KB237129

1950년대 비평의 이해 Ⅱ

1950년대 비평의 이해 II

남원진 엮음

도서출판 **역락**

책을 내면서

"유토피아적 오아시스가 말라버리면, 진부함과 무력감의 황폐한 사막이 펼쳐진다." 이 황폐한 사막에서 ……

1950년대 비평 자료들을 정리하던 그 2년의 세월은 내겐 가장 힘든 시기였고, 달리 말할 수 있다면 외로움과 열정 그 자체였는지도 모르는 것. 그 외로움과 열정의 심연에서 인간의 위안이 되는 것이 있을까. 아마 존재하지 않는 것. 잠 안 오는 밤, 아니 끊임없이 반복되는 저 불면의 밤에 시달리며 나를 고통스럽게 했던 그 밤, 나를 투명하게 했던 것들. 시가 그렇고, 술이 그렇고 …….

세계가 엉망진창이기 때문에 나는 여유를 사랑한다. ……… 소설을 쓰는 것이 돈이 잘 벌린다는 것을 알면서도 시를 쓰는 사람들의 여유를 그러므로 나는 사랑한다. ……… 니체가 말하듯 사람이란 허무의 심연 위에서 줄을 타는 광대에 지나지 않는다는 것을 나는 알고 있다. 이러한 것들 때문에 나는 여유를 사랑한다. ……… 나는 이런 자의 행복을 사랑한다. ……… 다만 사람들은 때때로 행복하고 때때로 행복하지 않을 따름이라는 말을 나는 믿는다. 사람이란 다만 그러할 뿐이다. 그러한 사람의 여유를 나는 가장 사랑한다.

그것들은 모두 아련히 저 추억 속에 떠오르는 둘째누님의 교과서 속의 세계 그것이기도 하였다. 나는 다만 까치와 메뚜기와 벗하던 강변 버드나무집의 어린 소년이 되어 있었다. 그 순간 내 글쓰기의 기원이 이 외로움이었음을 나는 깨달을 수 있었다.

"우리가 갈 수 있고 가야만 할 길을 하늘의 별이 지도가 되어 주는 시대란 얼마나 행복한가"라고 시작되는 이 책을 완역한 원고가 지금도 내 서랍 속 깊숙한 곳에 있어, 잠 안 오는 밤이면 이를 꺼내 쓰다듬곤 하기를 마지 않는다. 내 젊음의 외로움과 열정이 거기 배어 있는 것이다.

"소설을 쓰는 것이 돈이 잘 벌린다는 것을 알면서도 시를 쓰는 사람들의 여유를 그러므로 나는 사랑한다." 이런 글이 창백하게 밀려오는 나의 밤을 달래곤 했으며 때론 나를 투명했던 것. 과연, 내 외로움의 기원은 무엇일까. 아마, 너가 없으면 내 삶은 공허하고 내 영혼은 황폐해진다는 것, 그 이상도 그 이하도 아닌 것. 내 외로움과 열정이란 것은 실상 '너 찾기'의 다른 이름에 불과한 것. 길은 끝도 없고 보이지 않는 것, 단지 긴 시간과의 싸움이 있을 뿐이라는 것을 나는 너무나 잘 알고 있다. 내 외로움과 열정은 달리 "젊음의 고뇌와 방황 …… 그 원천이 어디에 있으며 그 출구가 어디에 있는지 도무지 알 수 없었던 그 깊고 찐득찐득하고 질펀하던 심연!"과 닮아 있는지도 모르지만. 깊고 찐득찐득하고 질펀한 심연을 견디는 방법이란 아마도 오기 그 이상도 그 이하도 아닌 것. 그 심연을 스스로 달래는 길이 바로 글읽기와 글쓰기가 아닐까. 글이란 자기 심연의 고백의 일종이 아닐까.

그 심연과 함께 한 것이 저 선생들의 글이었으며, 그 언저리에 1950년대 비평 자료들 정리하기가 놓여있는 것. 그 50년대 비평 자료를 정리하고 읽기가 바로 그것. 이것이 스스로 힘내기며 스스로 견디기의 일종이었던 것. 그래서 애착이 가고 사랑스러운 것 …….

1950년대 비평은 전반적으로 근대성의 파산에서 연유한다. 따라서 1950년대 비평은 새로운 근대성 창조의 신화라고 말할 수 있다. 이어령으로 대표되는 화전민의식과 저항의 논리, 민족문학, 실존주의, 뉴크리티시즘, 전통론이 1950년대 중심축을 형성하는 비평론이라고 말할 수 있을 것이다. 이를 중심으로 하여 세대론이나 중요한 평론들을 『1950년대 비평의 이해』에 수록했으며, 많은 평론들을 싣고자 했으나 여러 가지 문제로 싣지 못한 것을 정말 아쉽게 생각한다. 이 평론들은 원문을 최대한 살리는 범위 내에서 수정을 한 것에 불과하다.(「I. A. 리챠즈의 비평과 그 방법」, 「작품평가의 기준」은 김용권 선생님께서 직접 수정하신 것이다.) 그리고 1950년대 비평의 이해를 돕기 위해 보잘 것 없고 엉성한 글을 싣게 되어서 무척 부끄럽고 무거운 마음이 앞선다. 여러 사람에게 조금이라도 도움이 되었으면 하는 마음에 1950년대 비평 목록과 작가 연구 목록을 함께 싣는다.

보잘 것 없는 책에 글을 실을 수 있도록 허락해 주신 여러 선생님들과 함께 김용권 선생님의 자상한 말씀에 진심으로 감사 드린다. 참 감사해야 할 분들이 너무 많다. 어머니! 당신의 날개가 되어드리고 싶었는데. 홀로 외롭게 늙으신 어머니와 항상 내 곁에서 말없이 나를 지켜주시는 병곤, 진태, 진모 형에게 이 자리를 빌어 감사드린다. 못난 제자를 항상 기억해 주시고 배움의 길로 인도해 주신 강인숙 선생님, 정창범, 김현룡, 김영철, 조오현, 정운채, 김일근, 조평환 선생님 그리고 서영화, 이현모, 김백현, 한석환, 박양자, 이호근 선생님께 진심으로 감사드린다. 어려운 출판 사정에도 불구하고 보잘 것 없는 책을 출판해 주신 역락 이대현 사장님께도 감사를 드린다. 그리고 ……

2001년 그 길고 춥던 어느 서울에서

남원진

차례

차례

차례

제1권

차례

I. 1950년대 비평 논쟁

1

본격작품의 풍작기

– 불건건한 비평태도의 지양 가기(可期) –

김 동 리

문단

한국문학은 1959년으로써 다섯 해째 풍작기를 맞는다. 이것은 「현대문학」「자유문학」「문학예술」(지금은 휴간 중이지만)「신문예」등 순문예지의 계속적인 간행과 「사상계」「사조」「신태양」「자유공론」등 종합잡지들이 문예란에다 많은 지면을 제공하는데 기인하는 것이다. 따라서 이러한 순문예지들과 종합지들이 계속 간행될 때까지 이 현상(문학적 풍작)은 앞으로도 계속되리라고 본다. 참고삼아 작년(戊戌年)도의 문단 수확을 잠깐 살펴보면 소설이 약 250편 시가 약 450편 희곡이 약 15편 평론이 약 300편이요 이에 동원된 작가(시인 평론가 포함)가 약 200명이나 된다. 위에서도 언급한 바와 같이 이러한 '문예적 풍작기'는 4·5년 이래 계속되는 중이지만 그것이 해마다 조금씩 더 증가되고 있는 것이다. 더구나 놀라운 점은 이 4·5년 내에 등장한 신인이 약 7·80명을 헤아리게 되었으며 그들의 대부분이 진지하고 견실한 작풍을 보여주고 있는 것이다.

이 밖에 또 한 가지 괄목할 일은 청소년층의 문예열과 아울러 학생문단의 활약상이다. 무술년도의 각 기관의 현상문예에 있어 당선자의 대부분이 20전후의 청소년들이며 각 중·고등학교와 각 대학의 문예활동 역시 해를 따라 활기와 약진을 더하고 있다.

20전후의 청소년들이 이렇게 당당히 당선이 되어 문단사회에 진출하게 되는데는 각 중·고등학교에서와 각 대학에서의 적극적인 문예활동이 그 밑받침이 되고 있는 것으로 보여진다.

그러면 부문별로 몇 가지 구체적인 문제를 통하여 1959년도의 문예계를 전망해보기로 하자.

소설문단 전망

소설문단에 있어 가장 현실적인 문제는 본격소설과 통속소설의 문제다. 본격소설 또는 순수소설에 종사하는 작가들이나 이것을 상대하는 평자들에게 있어 통속소설(또는 대중소설)이란 음악에 있어 유행가(또는 경음악)와 같은 것으로 거기다 진지한 문학적 가치나 예술 의의를 운위할 필요가 없는 것 같이 알고 있으며 그와 반면에 통속소설 또는 대중소설에 종사하는 작가들이나 이를 상대하는 독자들은 순수소설이란 것을 또한 어떤 특수한 고고취미 같은 것으로 알거나 그렇지 않으면 그 존재조차 모르는 사람들이 허다하다.

근본적으로는 물론 이 두 가지 성질의 소설 사이에 가로놓여 있는 담장이 무너질 수 없는 것이라 하더라도 우리나라와 같이 현격한 위치에서 대치되어 있는 것은 후진문단의 불건전한 표상(標相)에 지나지 않는 것이며 더욱이 장편이라고 하면 통속을 연상하리만큼 장편이 대부분이 통속적 경향에 놓여 있다는 사실과 아울러 생각할 때 우리가 이 문제를 소홀히 보고 있을 수 없는 것이다. 이에 대하여 내가 1959년도에 희망을 붙이는 일은 다음과 같은 몇 가지 점이다.

첫째는 세계문학전집이 활기를 띠고 간행되는 일이니 이것이 대중독자에게 보급된다면 그 결과에 있어 본격소설의 독자를 대폭적으로 증가시키는 역할을 하게 될 것이라는 점이요 둘째는 「소설계」 「소설공원」 같은 중간소설을 지향하는 월간지가 활기를 띠고 간행되는 일이니 이 역시 통속소설의 독자를 본격소설 독자로 이끌어 올리는 매개역할을 할 수 있으리라는 점이요 셋째로는 순문예지 통합지들이 중간소설의 전반을 계량하고 있다하니 이 또한 직접적인 방법의 하나가 될 수 있으리라고 믿어지기 때문인 것이다.

시단전망

우리의 시단도 대국적으로 보아서는 대단히 활기를 띠고 있으나 질적 수준은 양적 풍성에 비하여 많이 미치지 못하는 바 있다. 오늘날의 우리 시의 일반적인 결점은 시어의 세공성에 흘러있는 반면에 작품단위의 의상(意想)과 구성이 모호하고 희박한 점이다. 그리고 이것이 기성보다 신인의 시에 더욱 현저히 나타나고 있으며 이것은 자랑이 되기보다 1959년도에 있어서의 지양의 대상이 되어야 할 것이다.

평단전망

위에서도 언급한 바와 같이 양에 있어서의 풍성은 평단도 시나 소설에 결코 뒤떨어지지 않을 만하다. 그러나 질적 수준에 있어서는 시나 소설에도 훨씬 미치지 못한 것이 또한 평단이 아닐까 생각된다. 원칙론에 있어 이렇다 할 문장이 없는 것은 별도로 하더라도 시평이나 작품평의 졸렬성은 독자들의 빈축을 금할 수 없게 하였으니 그 가장 현저한 몇 가지 예를 들면 다음과 같다.

첫째 월평이나 총평을 쓰는 경우 원칙적으로는 그 달의 작품 그 해의 작품 전체가 비판대상이 되어야 하지만 지면관계로 그것이 불가능하다고 하더라도 그것의 취합선택엔 어떤 원칙과 규준을 내세워야 할 터인데 아무런 전제도 없이 임의의 작품을 끌어내어 부당하게 깎기도 하고 추기기도 하니 이것은 완전히 깎기위해서 끌어냈다거나 추기고 싶어서 끌어냈다는 말 밖에 되지 않는 것이요 둘째로 어떤 잡지가 월평이나 총평 같은 것을 위촉하면 그 위촉받은 당잡지의 작품에만 절대적인 비중을 주어서 왈가왈부를 하니 이 또한 전자에 못지 않은 비판정신의 타락이 아닐 수 없다.

가뜩이나 뒤떨어진 비평문단이 더구나 내일의 문단을 담당해야될 신인들이 스스로 평단의 권위와 신뢰성을 이렇게 여지없이 짓밟고 있으니 이맛살이 찌푸려지지 않을 수 없다. 1959년도에 있어서는 이러한 불건전한 비평태도도 지양되어야 할 것이다.

[『서울신문』, 1959. 1. 9]

2

중간소설론을 비평함
- 김동리의 발언에 대하여 -

김 우 종

지난 9일 「서울신문」에 발표된 '본격문학'의 풍작기를 읽어보고 매우 실망했다 그 논제가 말하는 바처럼 지난 한 해 동안에 본격문학이 얼마나 많은 풍작을 이루었느냐에 대해서는 그 질적 수준은 여하튼간에 아무도 의심하지 않을 것이다. 그렇지만 오랫동안 본격문학가의 대표적인 위치에 놓여 있는 김동리(金東里)씨는 이러한 본격문학의 풍작기에 있어서 스스로 발표하신 본격문학은 나로서는 한 편도 찾아볼 수 없었다는 것이 무엇보다 섭섭한 일이었다. 동리씨는 그 동안에 딴 일을 하였다.

하지만 이런 것은 동리씨가 발표하신 논문의 요지와는 전연 관련시켜 시비할 성질의 것은 안될 것이다. 동리씨의 발언이 건전한 한국문단의 발전에 해를 끼치는 바는 동리씨가 말씀하신 소위 '중간소설'론에 얼마나 많은 모순과 오류가 내포되어 있느냐에 있다. 동리씨가 말씀하시는 '중간소설'은 「소설계」나 「소설공원」같은 월간지에 발표된 것을 가리킨다. 그것은 본격문학의 영역을 지켜오던 유명한 작가 또는 극소수의 시인의 손으로 이루어진 것이다. 작년도 후반기부터 발간되기 시작한 「소설계」나 「소설공원」은 작가들에게 광범한 활동분야를 제공해 주었을 뿐만 아니라 「현대문학」이나 「자유문학」이나 「사상계」 또는 그 밖의 순문학지의 것보다 두곱 세곱 네곱의 고료를 지불함으로서 작가들에게 어떤 '기쁜 현상'을 이루어 주었다. 이런 기회에 나온 소설들을 동리씨는 중간소설이라고 지적하시며

"이 역시 통속소설의 독자를 본격소설의 독자로 이끌어올리는 매개역할을 하리라는" 것이었다. 이것은 소설계를 타락시키는 위험천만한 말씀이다. 그 작품들이 비록 쟁쟁히 명성을 떨치고 있는 필자들의 것이라고 하더라도 그것은 중간소설은 아니라고 생각된다. 어느 사전에는 중간소설이란 "순문학과 통속소설의 중간을 걷고 있는 내용의 소설"이라고 되어 있는데 이 말을 수정하면 순문학과 대중문학의 중간이라고 해야 될 것이며 이러한 중간소설은 이쪽도 아니고 저쪽도 아닌 중간을 의미하는 것이 아니라 이쪽도 되고 저쪽도 되는 것을 의미한다고 생각된다.

즉 중간소설은 본격문학 또는 순문학에도 속하는 한편 대중들에게도 널리 이해된다는 대중성을 띠고 있는 것을 의미할 것이다. 이것은 가장 이상적인 소설이며 본격문학 또는 순문학으로서의 가치도 없고 그렇다고 대중을 계몽할 수 있는 대중문학에도 속하지 않는 무가치한 것을 의미하지는 않는다고 생각한다.

그런데 「소설계」 또는 「소설공원」 같은 월간지에 발표된 대부분의 작품들은 대중문학으로서도 부족하려니와 본격문학이나 순문학이라고 자랑할 수도 없는 참으로 안이하게 써진 작품들이었다. 다시 말하면 대부분이 '힘도 안 들이고 양심가들로 부터 욕도 안 듣고 고료도 받을 수 있는 가장 기술적인 방법'으로 써진 것이었다. 이런 의미에서 동리씨가 말하는 '중간소설'이란 너무나 추(醜)를 미화한 부당한 명칭이었다. 따라서 이것을 가지고 통속소설의 독자를 본격소설의 독자로 이끌어올리는 역할을 하리라고 해석한 것도 잘못된 것이었다. '중간'이라는 단어의 의미만으로 그와 같이 해석될 수 있다면 같은 사고방식으로 그것은 본격소설의 독자를 통속소설의 독자로 저하시키는 역할을 하는 것이라고 거꾸로 해석할 수도 있지 않을까? 그뿐만 아니라 그와 같은 소설들은 본격문학자들이 통속문학자로 타락하는 예비단계가 될 수도 있다는 우려성을 우리는 어떻게 부정할 것인가?

살기 위해 작품을 쓰는 것은 아무도 나무라지 않는다. 비록 안가(安價)한 작품이라고 하더라고 그런 작품들이 남을 못 살게굴 것도 아닐 바에야 무엇때문에 그 작가들의 양심이 그르다고 비난할 수 있겠는가? 하지만 자기 행동이 비양심적인 것은 아니라고 하더라도 아름다운 것도 아닐 때에는 결코 그것을 아름답다고 주장해서는 안된다. 그것은 위선이요 비양심적인 행동이 된다. 즉 동리씨가 본격문학 활동에서 잠시 발을 빼고 안가(安價)한 작품만을 생산하기까지는 비양심적인 것은 아니었으나 그것을 부끄러워 하시지 않고 미화하시기 시작한 발언은 결코 양심적인 발언이라고는 할 수 없다. 그뿐만 아니라 동리씨의 발언은 안가한 작품을 딴 양심가들의 정성어린 작품과 구별지을 수 없도록 독자들의 비평안을 흐려버릴 위험성이 있다. 그리고 동리씨의 발언으로 말미암아 딴 순수작가들도 자신의 타락을 합리화할 용기를 얻을지도 모른다. 이것은 곧 한국의 본격소설의 파괴과정이 될 것이다.

최근에 월평 총평 등은 이어령(李御寧)씨나 윤병로(尹炳魯)씨나 유정호(柳呈鎬)[1]씨가 주로 담당했는데 동리씨는 그들의 작품선택이 어떤 일개 잡지에만 절대적인 비중을 두고 있다고 근거없는 비난을 삼으시며 또한 국부적인 것을 과장하여 신진평단 전체를 타락이라고 규정하시었다. 아실만한 분께서 이렇게 규정하시는 동기를 구태여 캐고 싶지는 않지만 어떤 작품을 '실존문학'이라고도 규정하고 '극한의식'이라고도 하고 이어령씨가 정확히 지적한 것처럼 "우리말도 잘 모르는 문학"을 '지성적'이라고 하신 최근 얼마 동안의 그 분의 경향을 살펴보면 나로서도 너무나 그 분을 지금까지 존경해 왔으니만큼 어떤 배신같은데서 느끼는 설움도 너무나 큰 것이다. 10여년 전에 김 모(金東錫 - 엮은이)의 '당의 문학'에 대항하여 본격문학을 수호한 가장 큰 공덕자 김동리씨는 지금 스스로의 손으로 조금씩 조금씩 그 본격문학을 무너뜨리고 있다.

[『조선일보』, 1959. 1. 23]

---

1) 유종호(柳宗鎬)의 오식 - 엮은이

3
논쟁조건과 좌표문제
- 김우종씨의 소론과 관련하여 -

김 동 리

근본적으로 말해서 인생이란 그 올바른 자세에서 볼 때 그 자체가 영원히 배우는 과정이라해도 좋다. 천지나 세상이나 그것의 집약이라 볼 수 있는 서적이 우리에게 끝없는 행복과 신념의 원천이 되는 것도 그것이 우리의 눈에 그냥 아름답게 보인다거나 어떤 쾌적한 생존조건이 되기 때문만이 아니고 진실로 우리가 거기서 끝없는 배움을 계속할 수 있는 대상이 되기 때문이라고 나는 본다. 이런 의미에서 나는 선후배를 가리지 않고 나와 더불어 인생이나 자연이나 또는 시나 소설 따위를 논의하고자는 사람이 있다면 기쁘게 그를 맞아줄 용의를 갖고 있다. 그럼에도 불구하고 이 7·8년간 나를 비난하고 또는 나에게 불만이나 시비를 걸어온 모든 신인들에 대하여 하나도 상대를 하지 않고 일률적으로 묵살을 계속해 온 것은 그러한 논의에서 근본적으로 내가 배울 것이 없음을 보았기 때문인 것이다. '근본적으로'란 무엇인가. 사람의 지혜나 지식을 맞대어 보고 겨루어 봄으로써 그 심천(深淺)과 장단이 판명될 수도 있고 흑백이 가려질 수도 있지만 그 '맞대어보고 겨루어볼' 만한 '좌표'(Coordinates)가 성립되지 않을 때는 맞대어볼래야 맞대어볼 수도 없는 것이 된다. 나의 소론을 자의적으로 왜곡시켜 놓고 거기다 엉뚱한 자기류의 주장을 붙여서 시비를 걸어온다면 이야말로 전신에 먹칠을 한 거지아이가 흰 옷입은 '의관'과 더불어 먹살을 잡고 싸워보자는 것과 무엇이 다르단 말인가. '근본적으로'란 그 동기부터가 지혜나 지식의 문제가 아닌 불순한 것이라는 뜻이다.

그러면 김우종(金宇鍾)씨의 소론(1월 22일자 본지 게재의 「중간소설론을 비평함」을 지칭함.)에 내가 이 글을 쓰는 것은 무슨 까닭인가. 그것은 '좌표'에 준할만한 예의라도 갖추어 보려고 했기 때문인 것이다. 본론으로 들어가자.

김우종씨의 나에 대한 비난은 다음의 세 가지다. 첫째 중간소설에 관한 문제, 둘째 나의 '실존적' '극한의식' '지성적' 하는 평문이 그를 실망시켰다는 것, 셋째 저간의 젊은 평가들이 작품선택을 어떤 특수관계의 잡지에 절대적인 비중을 둔다고 한 말이 "근거없는 비난"이란 것 이것이다. 그런데 김우종씨는 그 문제에 들어가기 전에 "오랫동안 본격문학가의 대표자적인 위치에 놓여 있던 김동리씨는 이러한 본격문학의 풍작기에 있어서 스스로 발표하신 본격문학은 나로서는 한 편도 찾아볼 수 없었다는 것이 무엇보다 섭섭한 일이었다."고 전제하고 있다. 이것은 나의 작품을 두고 하는 말이다. 이 경우 내가 이에 대하여 답변하기를 나는 원치 않는다. 그러나 다음 문제와도 관련이 됨으로 사무적인 답변을 치러 두겠다. 씨가 만약 내 앞에 있다면 나는 먼저 이렇게 물을 것이다. 씨는 작년도의 문학작품을 읽은 일이 있느냐고 그리고 자기의 양심에 비쳐서 소설을 안다고 스스로를 허락하고 있느냐고 내가 만약 「강유기」(江遊記)와 「당고개 무당」과 「자매」(姉妹)와 「어떤 고백」을 「현대문학」지 같은데 발표했었던들 "김동리씨는 본격소설을 4편 밖에 발표하지 못했다."고 했을 것이 아닌가고. 김우종씨는 통속소설도 순문예지에 발표되면 본격소설이 되고 본격소설도 순문예지 이외의 기관에 발표되면 비본격소설이 되는 것으로 착각하고 있지 않는가고. 나는 앞으로도 더 오래 계속되어야 할 역사를 위하여 또 우리들의 발언에 준열한 책임을 지워두기 위하여 사무적인 증언을 기록해야 한다면 — 「강유기」는 나의 작품 중에서는 나의 가장 완전한 것 중의 하나요 「당고개 무당」은 비교적 뽑힐만한 작품이요 여타의 2편은 무난하다. 그리고 '완전'과 '우수'와 '무난'의 표준은 '본격'에 준한다. —

그럼 여기서 중간소설 운운에 대해서 보기로 하자. 씨의 중간소설 운운을 요약하면 "동리씨가 말씀하시는 중간소설은 「소설계」나 「소설공원」 같은 월간지에 발표된 것을 가리킨다."는 것 다른 데서는 "중간소설이라고 지적"했다고 되어 있다.

다음은 "중간소설은 본격문학 또는 순문학에도 속하는 한편 대중들에게도 널리 이해"되는 "가장 이상적인 소설"이라는 것. 그런데 "동리씨가 말하는 중간소설이란 너무나 추(醜)를 미화한 부당한 명칭"으로서 "본격소설과 통속소설 독자에게 함께 해를 끼치는 비양심적인 발언"이란 것 등이다.

그런데 놀라지 않을 수 없는 일은 "동리씨가 말씀하시는 소위 중간소설론"이라고 하는 또는 "동리씨가 중간소설이라고 지적"했다는 문제의 "중간소설론이 어디에 나와 있느냐" 하는 문제다. 내가 '중간소설'이란 말을 사용한 글은 김우종씨가 반발 대상으로 삼은 1월 9일자 「서울신문」지의 「1959년 문단 전망론」(독자는 본문을 참조해 주시리.)에 나오는 "둘째는 「소설계」 「소설공원」 같은 중간소설을 지향하는 월간지가 활기를 띠고 간행되는 일이니 이 역시 통속소설의 독자를 본격소설 독자로 이끌어 올리는 매개역할을 할 수 있으리라는 점이요"라고 한 한 구절이 있을 뿐이다. 그 글 전부가 2백자 12장으로 거기서 소설 시 평론 세 부분으로 나누어서 전망한 가운데 우리나라 본격소설도 앞으로는 보다 더 많은 독자를 획득하게 되리라는 전망적 관측으로서 첫째는 「세계문학전집」 출판의 성행을 들고 둘째로 "중간소설을 지향하는 월간지"의 출현을 들었는데 그 전부가 위에 인용한 한 구절 그 뿐인 것이다.

김우종씨는 그 글을 내어서 다시 읽어 보라. 눈을 씻고 또 다시 읽어 보라. 거기 '동리씨의 중간소설'이 어디 있으며 더군다나 「소설계」 「소설공원」에 발표된 소설이 중간소설이라고 지적한 것이 어디 있단 말인가. "중간소설을 지향하는 월간지"가 나왔다는 말 한 마디가 '중간소설론'이 되며 또 이것이 중간소설이라 하고 지적한 것이 되는가. 김우종씨는 도대체 '지향'이란 말을 모르는 것 같다. "「소설계」란 잡지는 중간소설을 지향한다" 하는 말과 "「소설계」란 잡지에 실린 작품들은 중간소설이라" 하는 말이 같단 말인가. '지향'과 '성취'는 같지 않다. '지향'이란 '뜻이 쏠리어서 향하는 방향'이라고 사전에도 나와 있지 않은가. 지금 이미 다 돼 있는 것이 아니고 앞으로 도달할 목표나 방향을 가리키는 말이란 것쯤을 '우리말을 모른 사람이' 아니라면 어째서 모른단 말인가.

그렇다면 보라. 김우종씨는 자가당착(自家撞着)에 빠져 있는 것이다. 씨의 중간소설론에 의하면 "중간소설은 본격문학 또는 순문학에도 속하는 한편 대중들에게도 널리 이해된다."는 "가장 이상적인 소설"이라 했는데 씨의 말대로 중간소설이 그렇게 훌륭한 것이라면 그것을 '지향'하는 잡지에 집필하는 작가가 어째서 본격문학을 파괴하는 것이 되며 '비양심적'이 된단 말인가. '이상적'이란 도대체 무슨 뜻인가. 이것도 사전을 찾아야 한단 말인가. 우리가 알고 있는 '이상적인 소설'이라고 한다면 (이상과 이상주의를 혼돈한 것이 아닐진대) 그것은 우리가 상상하며 또한 의욕할 수 있는 가장 완전하고 가장 위대하고 가장 영구적인 가치를 가진 소설로서 그 이상을 상상할 수 없는 소설이라는 뜻이 되는데 그렇다면 그것은 본격소설이니 통속소설이니 하는 따위와 비교할 필요도 없는 그것을 초월한 최상의 것이 되어야 할 것이다. 그렇다면 그와 같은 최상의 것을 지향하는 일이 어째서 비양심적이 되며 나아가서는 김우종씨의 실망과 비애를 초래할 이유가 된단 말인가. 평론이라면 어디까지나 논리가 성립되어야 하지 않는가. '최상의 것'(이상적인 소설)이 따로 나와 있다면 그 다음 것도 제 아무리 본격소설일지라도 '최상의 것'은 못되고 그 다음 것이나 그 다음 다음 것쯤 되어야 하지 않는가. 우리는 김우종씨의 소론대로 만약 본격소설이 '최상의 것'이 아니라 '최상의 것'은 따로 나와 있고 본격소설은 그 다음이나 그 다음 다음의 것밖에 되지 않는다면 김우종씨의 비애와 실망에도 불구하고 그 '최상의 것' 또는 '이상적인 소설'을 지향해야 할 것이다.

그러나 나는 김우종씨의 중간소설론을 찬성하지 않는다. 나는 중간소설을 '이상적인 소설'이라고 보지 않는다. 나에게서 중간소설론을 들으려

거든 자리를 고쳐주기 바란다.(이것은 중간소설론이 아니고 그 이전의 좌표문제다.) 여기서 나는 우종씨에게 돌려 주어야 하겠다. "우종씨가 말하는 중간소설이란 너무나 추를 미화한 부당한 명칭"이다. 중간소설을 가리켜 '이상적인 소설'이라고 하는 사람 이상으로 "추를 미화한" 사람이 있을까. 이야말로 "본격소설과 통속소설 독자에게 함께 해를 끼치는 몰지각한 (비양심적인) 발언이" 아니고 무엇인가. 나는 김우종씨가 어째서 이와 같은 엉망진창을 노는지 알 수가 없다. 씨는 아까 나의 '지향'이란 말을 이해하지 못한 것 같이 자기자신의 '이상적'이란 말도 잘못 알고 쓰지 않는가. 씨는 아무래도 우리말이 서투른 것 같다.

한 문제에 대강 논급하고 나니 지면이 다 됐다. 이하는 간단히 언급하겠다.

다음은 '실존문학' '극한의식' '지성적' 운운에 관한 문제다.

내가 그 작품에 '실존성'을 지적한 것은 한말숙(韓末淑)씨의 「신화의 단애」다. '극한의식'을 인정한 것은 「인간제대」(人間除隊)(작품집)와 유주현(柳周鉉)씨의 「언덕을 향하여」에 대해서다. 그리고 '지성적' 오상원(吳尙源)씨의 작풍을 두고 한 말이다. 이것은 소설을 알고 이러한 용어들의 어의를 알고 여기 지적한 작품들을 읽은 사람이라면 나의 판단이 정확하고 정당하다는 것을 알게 될 것이다. 김우종씨는 "이어령씨가 정확히 지적한 것처럼 '우리말도 모르는 문장'을" 내가 '지성적'이라고 했대서 "설움도 너무나 큰 것이었다."고 했는데 내가 보기엔 김우종씨의 "설움"이 딴데 있는 것 같다. 그것(설움)은 오히려 이어령씨가 정확히 지적한 것처럼 이런 구절을 삽입하는 것 같은 그러한데 있을 것이다. 그리고 앞으로는 그 '설움'의 소재가 또 다시 옮겨질 것이다. 도대체 '우리말도 모르는'이란 무엇인가. 이것은 때벗지 못한 수사법의 과장일 것이다. '우리말도 모르는'이란 것이 '우리말도 서투른' 또는 '생경한 직역체의 문장'을 의미한 것이라면 그것을 그렇게 말한 사람이다. 그것을 '정확한 지적'이라고 하는 김우종씨들이야말로 '우리말도 모르는' 평론가들일 것이다. 왜 그러냐 하면 이 사람들의 문장에야말로 '우리말도 서투른 생경한 직역체의' 것이 얼마든지 수두룩하기 때문이다. '우리말도 모르는 문장'으로 평론가도 된다면 '우리말도 모르는 문장'이 어째서 '지성적'일 수는 없단 말이냐 내가 보기에는 평론이야말로 보다 더 직접적으로 '지성적'에 관련된 것이다. 그리고 또 내가 보기에는 한국의 어떠한 작가도 오늘의 이러한 신인평론가들만큼 '우리말도 모르'지는 않은 것 같다. '우리말도 더 모르는 문장'이 '지성적'의 심판관도 될 수 있다면 '우리말도 덜 모르는 문장'이 '지성적'이어서 모순일 것은 없지 않는가. 물론 작가 가운데는 좀더 우리말이 능숙한 사람도 있고 좀더 능숙치 못한 사람도 있는 것이 사실이다. 그러나 우리말의 우리말의 능동성 여하가 '지성적'의 기준이 된다는 논법은 누구의 허락을 맡고 나왔단 말인가. 내가 보기에는 정서적(작풍)인 작가와 지성적(작풍)인 작가를 가를 수 있다면 평균적으로 보아서 보다 더 우리말이 능숙한 사람은 오히려 전자에 속하며 지성적인 작가보다는 더 우리말이 서투른 사람은 '지성적인 작가'보다도 더 '지성적'을 본위로 해야하는 평가(評家)에 속하고 있다. 나는 이미 20여년 전에 나의 모든 문학적 및 문단적 발언에 영구히 책임을 진다고 선언한 바 있지만 이 자리에서 또 한 번 이 말을 되풀이 해 두겠다. 나는 내가 '실존적' '극한의식' '지성적' 등으로 그 작품의 주제나 작풍을 규정한 작가나 작품에 대해서 원한다면 구체적으로 그것을 입증해 보일 용의를 가지고 있다.

다만 '가십'이 아닌 '좌표'에 입각한 의견서를 나에게 제시하라. 셋째로 특정지와 비평대상의 선택 문제다. 씨는 그것을 "근거없는 비난"이라고 했는데 씨가 이 '근거'란 말을 또 잘못 알고 쓴 것이 아닌가. 지금 나의 좌우에는 '근거'를 제시할 재료가 산적해 있다. 씨는 '최근'이라고 하고 몇몇 사람의 이름을 임의로 내밀었지만 이것은 씨의 자의다. 나는 '최근'이라고 하지도 않았고 몇몇 사람을 지적하지도 않았다. 신인 평가(評家)의 대체적인 경향을 말했고 또 신인이기 때문에 길지 않은 과거 족적을 총체적으로 두고 말한 것이다. 그리고 이에 대해서는 내가 구태여 증거를 제시할 여지도 없이 문단에 관심을 가져온 사람이면 이미 다 알고 있는 사실이기도 한 것이다.

　이상으로써 나는 김우종씨의 과오와 무고의 대략 십분지일(十分之一)쯤을 적발하였다. 그러나 김우종씨는 이대로 밥 먹고 잠자고 잊어서는 안 된다. 김우종씨는 중간소설을 가리켜 '이상적인 소설'이라고 한 말을 취소해야 한다. 이것은 본격소설에 대한 중상일뿐 아니라 수 십년간 이를 위하여 모든 것을 바쳐 온 본격문학가들에 대한 모독이기 때문이다. 그리고 중간소설을 '이상적인' 것이라고 까지 극구찬양한 중간소설 예찬자 김우종씨가 씨의 말대로 하면 "지금까지 본격문학의 대표자적 위치"에 있었고 지금도 본격소설의 존엄과 지위를 강조하기 위하여 「세계문학전집」 간행 및 "중간소설을 지향하는" 월간지의 출현이 본격소설의 독자를 증가시킬 것이라고 희망한, '존경하는' 선배를 도리어 중간소설 찬양자인 자기의 위치와 바꾸어 놓고 '파괴' '비양심' 운운의 폭언과 모함을 자행한 책임을 김우종씨가 져야 한다. 그렇지 않으면 '은 삼십 세겔'보다도 값싼 원고료와 혼란을 틈타려는 성급한 공명심과 이에 부합되는 간악한 사교를 위하여 '존경하던 선배'와 복무해야 할 본격문학의 이름을 배신으로서 팔고 살빛 검은 '가롯 유다'의 의발(衣鉢)을 택한 자는 바로 저기 서 있는 김우종씨라고 문학의 역사가 그 입을 닫히지 않을 것이다.

　끝으로 한마디 일러 둘 것은 나는 앞으로도 나에게 불만이나 비난을 표시하는 신인(평가)의 문장으로서 논쟁의 '좌표'가 성립되거나 모래알만치라도 근거와 이치가 있다고 볼 때는 흔연(欣然)히 응답의 붓을 들 것이다. 그러나 나의 논지를 자의적으로 왜곡시켜 놓고 거기다 근거 없는 자기류의 부정견을 함부로 갖다붙이고는 횡설수설하는 자에 대해서는 나는 그를 출세욕에 성급한 명예욕의 기갈자로 보고 종전과 같이 묵살을 계속할 것이다. '좌표'도 성립 안 되는 '가십'이나 부정견에 일일이 응수하기엔 나의 시간이 너무나 귀하기 때문이다.

[『조선일보』, 1959. 2. 1~2]

4

영원한 모순

- 김동리씨에게 묻는다 -

이 어 령

2월이 오자 어느 날 문단에는 조그마한 사격전이 있었다. 그 중 김동리(金東里)씨가 김우종(金宇鍾)씨를 향해 발사한 산발탄의 한 파편이 나에게 까지 날아왔다. 그리고 마지막에 김동리씨는 역습에 대비할 방어선을 이렇게 쳤다.

"'좌표'도 성립 안 되는 '가십'이나 부정견에 일일이 응수하기엔 나의 시간이 너무나 귀하다."—이 장엄한 선언 그것은 문득 우리를 슬프게 한다.

그러나 시간은 동리씨에게만 귀한 것이 아니다. 물론 씨가 「소설공론」의 독자를 위하여 원고를 쓰고 그리고 한 잔의 다(茶)를 마시는 그런 시각이 이십촉 희미한 전등 밑에서 책을 뒤지고 앉았는 우리의 지루한 시간보다는 귀중할는지도 모른다. 하지만 지금부터 내가 씨를 향해 이 글을 쓰는 까닭은 결코 나의 시간이 한가로워서가 아니다.

그러니 아쉬운대로 나에 관련된 이야기만을 여기에 적어 씨의 고견을 다시 듣기로 한다. 씨는 이 글을 읽고 논전에의 '좌표'가 성립 안되다고, 그리하여 계속해서 묵살할 작정이라고 말할는지 모른다. 아니 이 글을 읽기도 전에 벌써부터 씨는 그렇게 생각하고 있었는지도 모른다.

그러나 우리는 알고 있다. "나의 글을 자의적으로 왜곡해 놓고 거기에 부정견을 함부로 갖다 붙이는" 신인 평론가가 있다고 증언하는 김동리씨의 태도야말로 바로 자의적인 왜곡이라는 것을 …. 그리고 또 알고 있다.

"이러한 용어들의 어의를 알고 여기 지적한 작품들을 읽은 사람이라면 나의 판단이 정확하고 정당하다는 것을 알게 될 것이다." 또는 "이에 대해서 내가 구태여 증거를 제시할 여지도 없이 문단에 관심을 가져온 사람이면 이미 다 알고 있는 사실이기도 한 것이다." 라는 씨의 논리들이 얼마나 자기류의 부정견인가를 …. 모든 독자가—문단에 관심을 가져온 모든 사람이—다 같이 자기의 말에 동의할 것이라는 근거가 대체 어디에 있는 것일까? 동리씨의 독자는 나의 독자일 수도 있는 것이다. 그런데 누가 씨에게 독자의 전권을 부여해 주었단 말인가?

그러나 보다 더 시급한 것은 다음과 같은 본론이다.

(1) 오상원(吳尙源)씨의 문장은 과연 지성적인가? 또 그가 우리말을 모른다는 것이 지나친 과장인가? … 나는 이 문제에 대해서 「사상계」 12월호에 이미 언급한 바 있다. 지루하게 되풀이하지는 않겠다. 씨가 상원씨의 문장이 아직도 지성적인 것이라고 확신하는 그것에 대해서만 몇 마디 한다. 한 마디로 지성적인 문장이란 서술이 정확한 문장이다. 언어의 '커노테이션'이 아니라 '디노테이션'에 있어서 말이다. 그런데 상원씨는 '그'라는 지시대명사도 옳게 사용하고 있지 않다. 또 형용사나 관형사, 그리고 부사의 사용과 그 위치까지도 잘 모르고 있다. '나갔다'와 '나왔다'의 의미 차이도 모르고 있다. 그렇지 않다고 생각한다면 중등 말본책을 다시 한 번 그의 소설 옆에 펴두어라. 그래도 알아 들을 수 없다면 그때 일일이 그의 소설을 인용해서 지적해 주겠다. 언제나 지성은 애매한 그늘을 싫어한다.

'발레리'의 언어가 투명한 까닭은 '헉슬리'의 문장이 윤택한 까닭은 모두 그들이 지성의 훈련을 받았기 때문이다. 오상원씨의 소설을 놓고 지성적이냐 정서적이냐 하고 따진다는 것은 마치 배속에든 태아를 두고 여자냐 남자냐 하고 싸움하는 것처럼 어리석은 일이다. 그러기에 지금 그에게 필요한 것은 지성적인 문장도 정서적인 문장도 아니라 바로 우리의 국어부터 배워야 한다는 사실이다. (작가로서 말이다.) 그는 우리나라의 말을 모르고 있다. 그러므로 이것은 조금도 과장이 아니다. 콩을 콩이라 하고 팥을 팥이라 하는 이상으로 명확한 일이다. 그래 '무기미'(無氣味)가 우리 말이었던가? 동리씨는 물론 방을 '부옥'(部屋)이라고 하는 사람들까지도 다 우리말을 안다고 할 것이지만 우리에겐 차마 그럴 용기가 없다. 그런데 동리씨는 그것을 지적한 비평가의 글이 더 생경하다고 근거없는 억설을 내세운다. '본다'는 말을 '눈준다고' 하고 또 한 문장에서 긁힌 음반과도 같이 '미묘'하다는 말을 수 십 번씩 되풀이 하는 그런 문장을 나는 별로 써 본 기억이 없다. 더구나 평론에서 말이다. 백보 양보해서 동리씨의 그러한 말을 시인해 두자. 그렇다고 해도 도둑이 잡아다 준 도둑은 도둑이 아닌가? 누가 잡았든 도둑은 도둑이다. 동리씨는 비평도 빚처럼 서로 상쇄되는 것인줄 아는 모양이다. '지드'는 '부에리에'의 소설 「검은 길」을 읽고 그 문법적 오류를 일일이 지적하면서 이렇게 말한 일이 있다.

"나는 이 작가가 불란서어를 모르고 있다는 슬픈 사실을 인정하지 않을 수 없다. … 우리의 아름다운 모국어여! 사상을 키운 어버이여… '부에리에'씨는 불란서어를 모르고 있다." '지드'의 이 말도 동리씨가 지적하고 있는 것처럼 때벗지 못한 수사법의 과장이었던가? 또 '지드'의 문장에서 틀린 어법이 발견되기만 하면 '부에리에'씨도 오상원씨의 경우처럼 지성이 다시 인정될 것인가?

"정서적(작풍)인 작가와 지성적(작풍)인 작가를 가를 수 있다면 평균적으로 보아서 보다 더 우리말이 능숙한 사람은 오히려 전자에 속하며" 운운한 씨의 말은 또 무슨 논리이냐? '리챠즈'는 언어의 기능을 '정서적 사용'과 '서술적 사용'으로 양분하고 있는데 씨의 능숙이란 말은 '언어의 정서적 사용'에다가만 표준을 두고 한 소리다. 동리씨는 언제나 자기가 한 소리에 책임을 진다고 하였다. 오상원 씨의 문장은 서술적 사용에 있어서는 정확한가? 즉 지성적이냐? 다시 묻는다.

(2) 한말숙(韓末淑)씨의 「신화의 단애」에서 씨는 '실존성'을 인정한다고 하였다. …… 이 문제도 나와 관련되어 있는 것이다. 나는 두 차례에 걸쳐 동리씨가 한말숙씨의 전기 작품을 '실존주의'로 해석하고 있는 부당성을 지적한 일이 있었다. 그런데 이 문제를 따지기 전에 먼저 김동리씨

의 '실존성'이란 말부터 물어보지 않으면 안된다. 나는 아직 '실재성'(實在性)이라는 철학용어를 들어본 일은 있어도 '실존성'이라는 용어는 동리씨로부터 처음 들었기 때문이다. 과문한 탓인지 나는 '실존' '실존해명' '실존주'(實存疇) '실존적' '실존적 교통' 등등의 말 밖에는 아직 기억할 수가 없다. '실존성'이라는 모호한 말을 쓰는 것 이것이 바로 언어사용에 있어서 비지성적 태도의 예가 될 것이다. '실존'과 '실존성'은 어떻게 다른가. '실존' 밑에 '성'을 붙일 수 있는가? 붙일 수 있다면 '원어'로는 어떻게 되느냐. 구체적으로 제시해주기 바란다. '실존'이란 개념은 명확히 이해하지 못하고 있기 때문에 '실존성'이라는 조작어를 만들 수 있는 것이며 한말숙의 '에로티시즘'을 아무 거리낌없이 실존주의라고 날조할 수 있는 것이다. 나의 말에 모순이 있다면 그 모순을 지적해 주었으면 한다.

(3) 추식(秋湜)씨의 「인간제대」에서 '극한의식'을 지적할 수 있다는데……. 씨가 애용하는 '좌표'란 말과 같이 '극한의식'이란 것도 일종의 번역어다. 세종대왕 시절에 '극한의식'(極限意識)이라는 한문을 썼다면 천하의 석학 성삼문(成三問)도 당황했을 것이다. 즉 '극한의식'이라는 개념은 서구의 문화적 문맥 위에 서 있는 것이다. 그러므로 씨는 이 '극한의식'(Grenzsituation)이라는 말이 '야스퍼스'의 실존철학의 용어에서 비롯한 것임을 잘 알고 있을 것이다. 인간의 궁극에 있어서 마주치는 하나의 벽(말하자면 죽음이라든가 무(無)라든가 하는 탈출 불가능의 근원적인 문제)을 의식하는 상황임을 알 것이다. 어디까지나 그것은 형이상적 조건이며 또 그것은 객관적으로 파악하는 것이 아니라 존재에의 자각으로써만이 느낄 수 있는 문제다. 그러므로 동물이나 일상적 생활에만 젖어 있는 사람들에겐 '극한의식'이 있을 수 없다. 그런데 추식의 작품이 이런 '극한의식'을 나타낸 것이 아니었던가? 그 주인공들은 하나도 실존의 자각으로 해서 괴로워 하고 있는 것 같지 않다.

그들의 비극은 사회의 하층구조에서 일어나고 있는 것이기 때문이다. 그들에겐 직업을 주거나 먹을 양식을 주기만 하면 된다. 그들이 '극한의식'을 가지고 있다면 "존재하는 것은 무엇인가?" 하는 근원적인 물음때문에 당연히 괴로워했어야 할 것이다. 그런데 그들을 통해서 원망하고 비판하고 토의한 추식의 발언은 '인간존재의 어둠'이 아니라 '사회의 어둠'이었기 때문에 주인공들의 몸부림도 역시 '존재(내부)의 벽'이 아니라 '사회(외부)의 벽'을 향한 것이었다. 씨는 아무래도 극한의식이라는 것을 오해하고 있는 것 같다. 「부랑아」, 「인간제대」 등의 작품을 더 자세히 보라. 그러면 '말로'나 '까뮈'의 극한의식이 아니라 '삐에르 앙쁘'나 '라뮈'가 쳐 놓은 사회의 '거미줄'과 같은 것임을 발견할 것이다. 그리고 이러한 '거미줄'은 '극한의식'이라는 말과 상당한 차이가 있다는 것을 알게 될 것이다.

우선 오늘은 이 세 가지 문제만을 묻는다. 오상원씨의 문장에서 '지성'을 한말숙씨의 작품에서 '실존사상'을 추식씨에서 '극한의식'을 각기 발견할 수 있다는 것은 바다 속에서 독수리를 발견하였다는 말보다도 더 기적 같은 일이기에 진상을 물어보는 것이다. 나는 씨가 지적한 것 같은 "명예욕의 기갈자도 출세광"도 아니다. 그 점은 안심해도 좋을 것이다. 출세를 위해서라면 아마 지금쯤 나는 심동리씨가 아니리 내 고향의 유권자들과 이야기하고 있었을 것이다.

또 씨의 생각대로 과연 남이 씨를 비난하는 것이 명예욕을 충족시키는 방법이 된 것이라면 지금쯤 우리는 얼마나 행복했을는지 모른다. 그리고 또 인생이란 얼마나 안이한 것이었을까? 자기에게 불리한 질문을 모두 좌표가 성립 안되는 글이라고 규정짓고 묵살해버리는 그 편리한 동리씨의 유일한 무기도 이제 자신의 영원한 모순을 영원히 합리화시켜 주지는 못할 것이다. 씨가 나의 이 우견에서 "모래알만한 그 근거와 이치"라도 발견해 준다면 다행이겠다. 기적을 본 것처럼 마치 기적을 본 것처럼….

[『경향신문』, 1959. 2. 9~10]

금단의 무기

- 이어령씨의 「영원한 모순」을 읽고 -

원 형 갑

2월이 오자 어느 날 문단에는 조그마한 사격전이 있었다. 그 중 김동리(金東里)씨가 김우종(金宇鍾)씨를 향해 발사한 산발탄의 한 파편이 이어령(李御寧)씨에게까지 날아갔다. 그래 참을성 있는 이어령씨노 가만히 있을 수가 없었다. 한방으로 쏘아 넘어뜨릴 그 방아쇠를 당기고 만 것이다. 그 무기의 이름은 '유식'이라는 것이었다. 때는 전율의 계절이다.

평안도에서 제일 혹독한 욕은 '거렁뱅이같은 새끼'이며 전라도에서는 '오사(誤死)할 놈' 서울에서는 '땀을 내 죽일 놈'이다. 그리고 '인텔리'들이 더러 쓰는 욕은 '무식하다'는 것이라고 생각한다. '인간성이 없다'든가 '덜 났다' 등이 있지만 그런 인격훼손 같은 것은 별 큰 자극이 없는 것 같다. 옛날에는 '컴먼센스가 없다'고 하면 가장 심한 욕이었다. 그것은 '인텔리'의 극부를 찌르는 셈이 된다. 그렇기 때문에 농담으로는 몰라도 양심으로는 좀처럼 쓰지 않는다. 당수선수(唐手選手)들도 극부를 찌르는 것만은 최후의 수단으로서 간직한다는 것이다. 그 최후의 금단의 무기를 세배를 대신해서 이어령씨가 김동리씨에게 쏘았다. 모두 손에 땀을 쥐고 직복(直複)했지만 슬그머니 고개를 돌려 버렸다. 김동리씨는 아주 쓰려졌는가 아무도 그에게 달려가서 확인코자 하는 사람은 없었다.

다행히 이어령씨가 쏜 탄환은 불발탄이었었다. 그래 할 수 없이 그 불발확인보고서를 적어야 한다고 깨달았다. 아직 자격도 없는 내가 ….

(1) 오상원(吳尙源)씨의 소설은 과연 지성적인가. 이어령씨는 아니라고 단정한다. 무엇보다도 이 쓰디쓴 단정을 내리기 위해서는 씨 특유의 삭제개념을 설정한다. 지성적인 소설이란 언어의 '커노테이션'이 아니라 '디노테이션'에 있어서만 있다는 것이다. 그리고 씨는 이 지성적의 정의에서는 하등의 의심도 안가는 모양이다.

정의라는 것도 이젠 좀 탐심해야 하지만 이렇게 대단하게 나오게 되면 다시 음미하지 않을 수 없다. 물론 작가란 그 유일의 도구인 언어를 가능한데까지 정확하게 써야 한다. 그러나 서술이 정확하다고 해서 그것이 곧 지성적인 작품이 될 수 있는가. 좀 극단적 예이지만 만일 국민학교 아동이 그 작문에서 정확한 언어표시를 했다면 어떨 것인가. '지성적'이야말로 정의를 술(述)해야 될 현대어이지만 오히려 그것은 '디노테이션'에서 찾을 것이 아니고 '커노테이션'에서 이야기되어야 할 것이다. 무엇보다도 문제는 '앵땅숑'(내포)에 있다고 할 수 있다. 만일 한 편의 소설을 놓고 지성적이냐 비지성적이냐고 묻는다면 그 해결점은 문장이라는 표현 그 자체가 아니라 표현된 것 즉 그 의도에서만 찾아져야 할 것이다. '디노테이션'이 정확하다는 것은 마치 잘 닦아진 유리병처럼 맑게 들여다보기 위해서이다. 먼저 있어야 할 것은 내포로서의 지성인 것이다. 지성이 보다 빈곤한 작가 시인 중에서도 언어의 '디노테이션'이 훌륭한 사람은 많다. 그와 반대로 '디노테이션'이 부족한 사람이라도 그 '코노테이션'에 있어 지성적인 사람을 우리는 수없이 본다. 물론 우리는 때로 문장 그 자체에서 지성을 느낄 수 있다. 그러나 그 문장이란 것도 내적 지성의 질의 표현이라고 보아질 것이며 여기에서 바로 문장이 지성을 결정한다고는 비약할 수 없다.

오상원씨는 '그'라는 지시대명사도 옳게 사용하지 못하고 '나갔다'와 '나왔다'의 의미차이도 모르는 작가라고 씨는 말했는데 그건 좀 너무 하지 않았는가 싶다. 시어머니 미우니까 그릇이라도 깬다는 감정으로 이해하고 싶다.

　　그러나 분명히 국어에 미숙한 것은 사실이라고 볼 때 거칠은 며느리의 손이라 때때로 깨물어야 하는것들이라고 생각하여 두는 것이 좋을 것 같다.

　　어쨌든 자기말을 공부해야한다는 것은 오상원씨를 포함한 모든 작가 시인의 영원한 숙제이다.

　　(2) 김동리씨는 한말숙(韓末淑)씨의 「신화의 단애」에서 실존성을 인정했다고 씨는 지적했다. '실존' '실존해명' '실존주' '실존적' '실존적 교통'은 있지만 '실존성'이란 말이 도대체 어디서 나왔느냐는 것이다. 그리고 그 '원어'를 제시하라고 사뭇 사납게 금단의 무기를 댄다. 물론 나는 김동리씨의 '실존성'이 어디에서 왔는지 모른다. 그러나 그 원어만 댈 수 있다면 족하는 어세다. 필경 그것은 제시되어야만 하는 것이다.

　　Existenzialität(實在性)[1]-하이데거-의 어디선가에서 보았다고 기억된다. '실존성'이란 말이 어디 있느냐고 여기저기에서 비웃던 바로 그 '원어'다. 실존성이 아니라도 이전에는 당위성에 대한 존재성이란 말을 흔히 썼었다. 물론 학자들이다. 존재나 실존이나 불어에서는 '에그지스땅스'로밖에 달리 말이 없다. 물론 독일어에서는 존재(Sein)에 대해서 현존재(Dasein)이지만 … 그 현존재인 바의 존재가 어디에서 와서 어디에로 가는지도 모르고 그저 거기에 내던져지고 오도(誤渡)되었다는 실존의 현실성을 실존성이라고 말할 수 있는 것이며 실존범주로서는 하나의 계기적 상태 말하자면 내던져져 있다는 그리고 스스로가 내던지는 목전에서 존재한다는 그런 기분의 상태를 의미할 것이다. 설혹 '실존성'이란 미어(迷語)가 없다 하더라도 남이 만드는 말을 김동리씨가 못 만들 것은 없다. '실존적'이 있다면 당연한 추리로써 '실존성'이 있을 것은 무리한 사고라고는 할 수 없지 않은가. 이렇게 깜찍하게 얄팍한 기지도 남의 아픈 점을 찌르려는 장난은 퍽 위험하다고 생각된다. 몇 년전인가에도 최일수(崔一秀)씨가 이런 간지러운 것으로 혼난 것같이 기억된다. 'ty'인가 'to'인가를 잘못 쓴 비(非)로.(물론 언어야말로 주의해야 한다. 그러나 본인에게

---

1) '實在性'이라 함은 '實存性'의 誤植임.

가만히 말할 수도 있지 않겠는가. 읽으려면 보다 큰 문제가 있다.)

한말숙(韓末淑)씨에게 실존성을 인정해서 안될가. 물론 안 된다. 실존이란 개념이 어마어마한 것으로 되었기 때문이다. 그러나 서구의, 일본의 많은 평론가들이 사르트르를 에로티시즘으로 평하고 데카당티즘으로 규정했다는 기억은 그렇게 오래 전의 일이 아니다. 가령 사르트르와 같은 한 시민세계적 노평론가 '줄리앙 방다'도 그의 「실존주의의 전통」(1947)에서 사르트르 소설을 "착란하고 지리멸렬(支離滅裂)한 생활에 의해서 이 엉터리없는 생을 때려부수고 … 자기의 무력에 복수하자."는 데카당스의 태도라고 평가절하했던 것이다. 한말숙씨의 작품이 에로티시즘이라면 방다적 견해로서 실존성이라고 말했던들 크게 '실존'의 개념을 이해 못한데서 오는 무식이라고는 할 수 없지 않은가. 나는 한말숙씨가 사르트르처럼 실존에의 역반응을 위해서 역대응의 자세를 의식한 작가인가는 모른다. 그러나 단순히 쾌감을 위한 통속적인 에로틱(그 취급태도에서)이 아니고 과격한 의미에서라면 그것은 역반응이 기대되든 안되든 실존적인 역대응이라고 보아질 수 있지 않은가 생각된다.

(3) 추식(秋湜)씨의 「인간제대」에서 김동리씨는 극한의식을 느끼신 모양이다. 이 역시 개념의 이해부족이라고 이어령씨는 단정했다. 말하자면 김동리씨가 느낀 극한의식도 또한 무식의 소치라는 것이다. 나도 그 무식의 한 사람이라고 말할 수 있다. 「인간제대」에서 '극한의식'을 느꼈다고 거리낌없이 말할 수 있기 때문이다. 오히려 거의 모든 문학작품에서 우리는 이 극한상황 의식을 체험하게 된다. 문제는 이해의 규준의 차이, 정도에 있다고 생각된다.

세종대왕 시절에 '극한의식'(極限意識)이라는 한문을 썼다면 천하의 석학 성삼문(成三問)도 당황했을 거라고 씨는 조롱하지만 그 시절에도 오늘과 같이 인간관계가 의욕과 감정과 본능에서 얽혀 있었던 것이 사실이라면 극한의식이 없었을리 없고 그러한 술어가 나온다고 해서 당황할 것도 없었을 것이다. 다만 실존주의라는 정신문화의 역사적 단계에서만 그것을 생각하기 때문에 오히려 극한의식에 대한 오해가 있다고 생각된다.

물론 발양지는 서구 현대의 '야스퍼스'의 머리이지만 그와 같은 의식은 인간이 때때로 느끼는 보편적 의식이라고 할 수 있다. 씨는 극한상황 의식을 너무 높이 쌓고 있는 것 같다. 가령 씨의 말로 "존재하는 것은 무엇인가."하는 근원적 물음에서만 있는 의식이라고 생각하는 점이다. 물론 그 것은 그렇다. 무엇인가 피할 수도 물러설 수도 없는 전혀 우연의 필연성에 의해서 우리들은 어떻게도 할 수 없는 벽에 둘러싸여 존재의 근원에 직면한다는 의식 이것이 '야스퍼스'의 극한상황의 일반적 규정성이다. 그러나 다시 '야스퍼스'는 특수적 규정성으로서의 극한상황을 내어놓고 있다. 죽음, 괴로움, 싸움, 책임 등이 그 내용이다. 그것은 즉 인간의 모든 음성(陰性)을 말하여주는 것에 다름 아니다. 싸움, 책임, 괴로움 등은 모두 대인간관계 즉 인간조건 인간의 복수, 사회에서만 가능한 것이다. 죽음이란 것까지도 '야스퍼스'는 교통의 의미에서 생각하고 있다. 이러한 음성의 강렬한 체험없이 문학은 어떠한 화원에서 꽃피는 것인가. 극한상황 의식이란 일반적으로 말하자면 운명이라든가 숙명의 의식이리고 말할 수도 있다.

만일 특수규정성으로서의 개별적인 극한상황을 생각지 않고 그 일반성만을 염두에 둔다면 그런 의식은 세계에서 몇 명, 그 몇 명이란 것도 '트로와퐁테'의 의견으로 하자면 순간적으로만 느끼는 단 몇 시간의 의식에 불과할 것이다. 물론 그런 의미한정에서는 추식씨의 「인간제대」가 '체크'될 리 없다. 그러나 씨의 말도 「인간제대」에 있어서의 '사회의 어둠'은 '야스퍼스'가 규정한 개별적 극한상황 외의 다른 것이 아닌 것이다.

나도 김동리씨가 입버릇처럼 한다는 '명동의 거지떼'에 끼일 사람이다. 그러나 '좌표'야 어쨌든 정견은 정직해야 한다. 더욱이 금단의 무기는 안전지대에 소개했다는 범위내에서이다. 주관이 주관에 규정될 수 없고 세계성 통유성(通有性)을 지녀야 한다는 것도 지성의 숙명이다. 결소(拔小)한 주관을 가치판단의 규준으로 할 수 없으며 틀림없다고 확신하는 사고도 선언할 마당에 가서는 주춤해야 될 줄 안다. 하물며 그 정언판단이 어떤 피해대상을 목표로 할 때는 더욱 그렇다. 비유에서이든 직언에서

이든 정언적 성격은 현대적 사고형식이라고는 할 수 없지 않을까. '엘리어트'는 '확실히'(Precisely)와 동시에 '모름지기'(Perhaps)라는 정언을 피하기 위한 부사를 상용어로 한다고 어디선가 보았다.

나도 이어령씨와 같이 '명예욕의 기갈자'나 '출세광'은 아니다. 그러나 문학하는 사람에 있어서 명예가 그 기본 인권이란 것을 알고 있다. 나는 내 명예를 위해서도 대선배인 김동리씨의 명예를 생각하지 않을 수 없었던 것이다.(2월 12일)

[『연합신문』, 1959. 2. 15]

6
좌표이전과 모래알과
- 이어령씨에 답한다 -

김 동 리

  2월 9일자 본지 소재 이어령(李御寧)씨의 「영원한 모순」에 답한다. 이는 2월 1일자 「조선일보」지 소재의 졸론 「논쟁의 조건과 좌표문제」(乞參照)의 한 부분에 대한 질문형식을 취한 글이다.

  전기 졸론 속에서 "나는 앞으로도 나에게 불만이나 비난을 표시히는 신인(評家)의 문장으로써 논쟁의 좌표가 성립되거나 모래알만큼이라도 근거나 이치가 있다고 볼 때는 흔연히 응답의 붓을 들 것이다. 그러나 나의 논지를 자의적으로 왜곡시켜놓고 거기다 근거 없는 자기류의 부정견을 함부로 갖다붙이고는 횡설수설하는 자에 대해서는 나는 그를 출세욕에 성급한 명예욕의 기갈자로 보고 종전과 같이 묵살을 계속할 것이다. 좌표도 성립 안되는 가십이나 부정견에 일일이 응수하기엔 나의 시간이 너무나 귀하기 때문이다."라고 한 말이 있다.

  이에 대하여 이씨는 "씨가 나의 이 우견에서 '모래알만한 근거와 이치'라도 발견해 준다면 다행이겠다." 하고 나의 해명을 간곡히 요청했다.

  이에 대한 나의 개괄적인 답변을 먼저 내린다면, 좌표가 성립되기에는 거리가 머나 어느 부분에 모래알만한 근거와 이치는 없지 않다―할 것이다. 씨는 과거 수 삼 년간 집회나 지상(紙上)을 통하여 쉴사이 없이 필자에 대한 비난과 반발을 일삼아 왔으나 내가 전적으로 이를 묵살해 온 것은 그것이 "모래알만한 근거와 이치"도 없는 좌표이전의 가십이요 부정견이라 보았기 때문이다.

그러면 이번의 씨의 소론을 두고 나는 어째서 "좌표도 성립되지 않으나 모래알만한 근거와 이치는 없지 않다."고 하는가. 좌표이전은 무엇이며 '모래알'은 무엇인가. 좌표가 성립 안되는 조건부터 밝히자.

씨는 먼저 '나의 시간'에 대하여 언급하였다. 아마 이것이 씨의 이번 글 가운데서는 제일 졸렬한 부분일 것이다.

그리고 씨 자신이 이미 후회하고 있을 것이다. 좌표이전(座標以前)의 이전(以前)이기 때문에 지면을 아끼겠다.

그 다음 "동리씨의 독자는 나의 독자" 운운이 있다. 이것은 내가 "이에 대해서는 내가 구태여 증거를 제시할 여지도 없이 문단에 관심을 가져온 사람이면 이미 다 알고 있는 사실이기도 한 것이다."라고 한 말에 대한 이의(異議)다. 그러나 이것은 알을 빼어내고 난 껍질에 대한 이의다. 나는 모든 독자가 내 말이면 무조건 믿을 것이라고 말한 것이 아니다. 조건부다. 엄연한 사실을 전제하고, 이 사실을 아는 독자라면 구태여 말할 필요도 없을 것이라고 말한 것이다. 이 말의 유래를 밝히려면 세 번이나 뒷걸음 쳐야한다. 내가 금년 신춘에 모 지(某紙)에서 기해(己亥) 문단 전망을 말하면서 일부 신인평가(新人評家)들의 비평행위가 불건전함을 지적하는 가운데, 어느 잡지가 월평이나 총평을 위촉하면 그 위촉받은 당해지의 소재작품에만 중점을 두는 경향이 있다고 한 말에 대해서 김우종씨가 그것을 가리켜 "근거없는 비난"이라고 하기에, 그 "근거를 제시할 재료는 나의 좌우에 산적해 있다."고 하고, 이 "산적된 재료"를 조건으로 전제한 뒤 위의 말을 했던 것이다. 이에 대하여 씨가 만약 정당히 항의하려면 나의 "산적된 재료"를 대상으로 삼아야 했을 것이다. 그래서 반증이 성립된다면 나는 근거없이 일부 신인평가를 비난한 것이 될 터이니 그 때는 이에 해당하는 책임을 내가 져야 할 것이다. 그런데 씨는 왜 나의 증거재료 운운에 언급하지 않고 그 껍질의 껍질인 독자 운운을 들고 나오는가. 독자야 우리 두 사람만의 독자이기나 한가. 천하 사람의 독자가 아닌가.

그 다음엔 '지성적'에 관한 것.

나는 오상원(吳尙源)씨의 작품이 '지성적'이라고 말했다. 이에 대하여 씨는 오상원씨의 작품 속에서 생경한(직역적인) 용어 몇 개를 찾아내 놓고 "우리말도 모르는 문장"을 어떻게 "지성적"이라고 하느냐고 나왔다. 그러나 씨가 정당한 평론을 하려면 이렇게 나와서는 안 된다. 그것은 일단 그것대로 두고 상원씨의 작풍이 (또는 문장이) '지성적'이냐 아니냐 하는 문제를 별도로 검토해 봐야 하는 것이다. 왜 그러냐 하면 내가 논급한 문제가 거기 있었기 때문이다. 만약 씨의 말대로 직역적인 용어 몇 개가 섞였기 때문에 '지성적'이 아니라면 정서적일 수는 있는가. 또는 감각적일 수는 있는가. 그렇지도 못하다면 아무 것도 아닌가. 그래서 '우리말도 모르는' 외국인의 부적이란 말인가. 그렇다면 좋다. 나는 씨에게서 씨가 만족할만한 '우리말도 모르는' '외국인의 부적'을 보여줄 것이다.

"깜박 눈을 뜬다." "슬픈 마음을 울 눈도 없이 고독했다." "피들이 흘러가는 혈맥들" "내장(內臟)한 유적의 보도(補道)" "야만(野蠻)한 원색" "서기한 광채" "사군자의 묵화를 그린" 등등은 씨의 「사반나의 풍경」과 「녹색우화집」(綠色寓話集)이란 두 편에서 조금 뽑아낸 것이다. 도대체 '깜박'은 눈을 뜨는데 쓰는 말인가. 우리말의 '깜박'은 불이 꺼지는데나 사물을 망각한데 쓰는 부사로 되어 있고 '깜박거린다'는 말은 있지만 이것은 '명멸'이 계속되는 상태를 가리키는 말이다. 그것을 무리로 붙인다고 하더라도 차라리 눈을 감는 쪽이지 뜨는 쪽은 아니다. "피들이 흘러가는 혈맥들"의 '들'은 영어복수법의 직역인 모양인데 우리말은 이와 달라서 "피가 흘러가는 혈맥들"이라고 한다. "야만한 원색"은 어느 나라 말인지 모르겠고 "서기한 광채"는 아마 "瑞氣한 光彩'인 모양인데 '서기'는 명사다. 명사 밑에 '한'이 붙어도 좋다면 '인간(人間)한' '지구(地球)한' '적색(赤色)한' '청색(靑色)한'도 다 말이 되어야 할 것이다. 또 "사군자의 묵화를 그린"이란 말이 있는데 이것도 그냥 "사군자를 그린" 하자. "사군자의 묵화"라고는 하지 않는다. 그것은 "밥을 먹은" 할 것을 "밥의 음식을 먹은" 하는 것과 같은 어법이다. 끝으로 "슬픈 마음을 울 눈도 없이 고독했다."와 "내장한 유적의 보도"는 어느 외국어의 사투린지 우리나라 계룡산 속에 있다는 어느 사교단체(邪敎團體)의 주부(呪符)인지 역시 짐작할 길이 없다.('보도'(補導)를 '포도'(鋪道)로 고쳐 놓고 보아도 마찬가지다.)

씨는 씨의 이러한 어법들이 오상원씨의 '무기미' '눈준다'보다 우리말에 가깝다고 생각하는가. 그렇다면 그야말로 자기 눈 속의 들보는 모르고 남의 눈의 티끌만 아는 사람이다. 어째서 자기는 오상원씨보다 더 '우리말도 모르'면서 '지성적'이 될 수 있고 자기보다 덜 '모르는' 오상원씨는 '지성적'이 되어서는 안 된다는 말인가. 그렇지도 않다면 평론이란 도대체 '지성적'과는 인연도 없는 문학이란 말인가. 평가의 자격이란 작가를 아낄 줄 아는데서부터 출발되는 것이라면 오상원씨에 관한 씨의 문장엔 분명히 비평적인 것보다 중상적인 것이 농후하다.

다음엔 '실존성'에 관한 것.

"한말숙(韓末淑)씨의 「신화의 단애」에서 씨는 '실존성'을 인정한다고 하였다.……" 하고 이씨는 시작한다. 씨는 계속한다. "먼저 동리씨의 '실존성'이란 말부터 물어보지 않으면 안 된다. 나는 아직 '실재성'(實在性)이라는 철학용어를 들어본 일은 있어도 '실존성'이라는 용어는 동리씨로부터 처음 들었기 때문이다. (중략) '실존성'이라는 모호한 말을 쓰는 것 이것이 바로 언어사용에 있어서 비지성적 태도의 예가 될 것이다. (중략) '실존' 밑에 '성'을 붙일 수 있는가? 붙일 수 있다면 원어로는 어떻게 되느냐. '실존'이란 개념은 명확히 이해하지 못하고 있기 때문에 실존성이라는 조작어를 만들 수 있"다고 나를 비난하였다. 그러나 이것도 또한 씨의 불찰이다. '실존성'이란 말은 나의 조작어가 아니고 '하이데거'의 주저 「존재와 시간」에 나오는 철학술어다. 독일어 원어로는 'Existenzialität' (Den Zusammhang dieser Strukturen nennen wir die Existenzialität.-s. 12. 1935년판)라 하며 실존철학을 입에 담는 사람으로서 이 말이 있느니 없느니 한다면 어이가 없어서 그 사람의 얼굴을 뻔히 쳐다보게 된다. 이 말이 있는 것도 모르고서 실존의 구조를 안다는 것은 거짓말이며, 실존의 구조를 모르면서 실존을 운위한다는 것은 감나무에 올라가서 오징어를 잡아왔다는 격이 될 수 밖에 없기 때문이다. "인간의 존재의미를 해석하려는 '하이데거'의 실존론적 존재론은 인간존재의 적극적인 특징으로서 사실성과 실존성을 들고 이것이 생기하는 방식을 캐어 물었다." 이것은 세계의 권위자의 한 사람인 조가경(曺街京) 교수의 일 절을 빌린 것이다. 나도 어령씨처럼 외국어를 잘 알지는 못하지만 술어를 잡아 쓸 때 사전이나 전문자에게 문의하는 것쯤은 알고 있다. 사람이 아는 것도 한도가 있고 모르는 것도 배우면 알게 되지만 공부하는 태도만은 착실해야 되겠다. 알만한 사람은 다 알고있는 지극히 중요한 술어를 자기가 모른다고 해서 '조작'이니 '날조'니 하는 불온한 어조로 요란스럽게 지상(紙上)을 통하여 문의를 하니 한국의 문인들은 저렇게 공부하는 방법조차 들떠있는가고 외부 사람들이 이맛살을 찌푸릴 것 같아서 내가 도리어 땀이 난다. 그리고 이 문제도 씨가 정당히 논의하려면 이렇게 낱말을 가지고 법석을 놀지말고 그 작품의 내용에서 자기는 어째서 실존성이 인정되지 않는다는 것을 구체적으로 제시하고 이에 대한 나의 견해를 물었어야 했을 것이다.

이상은 모두 좌표이전의 것들이요 그 좌표이전인 소이(所以)를 대강 밝히고 나니 지면이 다 됐다.

이제부터 '모래알'을 이야기 하자. 내가 씨의 이번 글에서 "모래알만한 근거나 이치"라도 인정할 점이 있었다는 것은 추식(秋湜)씨의 「인간제대」(작품집)와 극한의식에 관한 문제다. 씨는 추식씨의 「부랑아」, 「인간제대」에서 '사회의 벽'과 '사회의 어둠'은 인정할 수 있으나 그것이 극한의식의 산물은 아니라는 것이다.(나는 일찌기 그것을 극한의식의 산물이라고 지적했던 것이다.)

미리 한 마디 일러둘 것은 나는 추식씨와 유주현(柳周鉉)씨(「언덕을 향하여」)에 대하여 극한의식이 있다고 함께 말했는데 씨가 유씨에 대하여 침묵을 지킨 것을 보면 유씨에게서는 그것을 인정한 것으로 간주할 수밖에 없다는 점이다. 또 씨는 '야스퍼스'의 극한의식을 씨류(氏流)대로 소개해 놓고 그것을 '말로'와 '까뮈'에게 또한 씨류대로 적용시킨 뒤, 추씨의 경우에는 그런 식(式) 적용도 안되는 논법으로 나왔다. 그러나 그것은 너무나 기계주의다.(만약 지면이 허여(許與)된다면 씨의 그러한 적용에도 이와 유사한 거리는 있다는 점을 지적하고 싶지만 일단 여기서는 나의 결론만 기록해 두기로 한다.) '야스퍼스'와 '말로' 사이에 '말로'와 '까뮈' 사이에 극한의식의 차이가 있는 것처럼 그보다 좀 더 추식씨와의 사이엔 차이가 있어 마땅하다. 「부랑아」의 따라지 소년들이나 「인간제대」의 막다른 골목(나)은 씨의 말대로 직업이나 식량으로써 우선 해결될는지 모르나 그러한 극한적인 끝끝(따라지와 막다른 골목)에서 인생을 대결하는 추씨의 내적 체험 속에 한국적인(유씨의 경우 비슷하게) 그리고 추씨적인 극한의식이 도사리고 있는 것이다. 끝으로 한 마디 부탁하고 싶은 것은 나는 씨가 말을 요란스럽게 해서 중인(衆人)의 갈채를 얻으려는 방향보다 씨의 재능과 패기가 자기 자신을 가꾸는 쪽으로 더 많이 쓰여지기를 바란다. 돌에 뿌리를 박은 나무가 되지는 말아야 한다.

[『경향신문』, 1959. 2. 18~19]

7
못박힌 기독은 대답없다
- 다시 김동리씨에게 -

이 어 령

　김동리(金東里)씨에겐 살빛 검은 가롯 유다만이 있는 줄 알았더니 성
베드로와 같은 성실한 사도도 있다. 그것은 다행한 일이다. 못박힌 김동리
씨의 부활을 위해 이틀을 두고 그렇게 흐느낀 그 사도의 울음소리를 분명
히 나는 들었다.(14 · 15일자의 「연합신문」에 게재된 원형갑씨의 글)1)
그래서 비는 내리고 우리들의 주목(15일)은 침묵하였다. 그러나 이 베드
로도 내가 글을 쓰기 전에 세 번 다 김동리씨를 부정하고 있다. 동리씨가
말한 오상원(吳尙源)씨의 지성적 문장과 한말숙(韓末淑)씨의 실존과 그
러고도 추식(秋湜)씨의 극한의식을—하여 동리씨는 이 위대한 사도에게
결코 그의 열쇠를 맡겨서는 안 된다. 스스로 해결의 문을 열고 몸소 부활
의 기적을 보여주어야 한다.

　그 이유를 이제 나는 여기 몇 줄의 글로써 적는다. "때는 세배(歲拜)의
계절"이라고 소리 높이 황야에 외치는 동리의 사도는 분명 시대 착오자인
것 같기도 하다. 하이데거를 이야기하는 사람이 구력(舊曆)으로 설을 쇤
다는 것은 눈물겨운 '아이러니'다.

　그리고 이 사도의 등장으로 하여 동리씨와의 논전에 아무래도 제3혼혈

---

1) 원형갑, 「금단의 무기 - 이어령씨의 「영원한 모순」을 읽고」, 『연합신문』,
　　1959. 2. 15 - 엮은이

아가 생겨날 것 같다.

김동리씨 – 들어보시오. 세 번 당신을 부정한 당신의 사도 그 슬픈 이야기를 ….

제1의 부정.

오상원씨의 문장은 지성적이다. 이것은 김동리씨의 신앙이다. 그러나 그의 사도는 이것을 옹호하지 않았다. 그 이유는 대낮처럼 명백하다. 그는 "오상원씨의 '문장'이 과연 지성적인가?"하는 나의 반문을 "오상원씨의 '소설'은 과연 지성적인가"라는 다른 물음으로 바꿔 놓았기 때문이다. '문장'이 지성적이냐 아니냐 하는 것이 동리씨와 나와의 논점이었다.

그런데 현명한 그의 사도는 '소설'이 지성적이냐 아니냐 하는 문제를 들고 나섰다. 그러니까 그의 대답은 슬프게도 동문서답(東問西答)이 되지 않을 수 없다. 이 문제의 발단은 동리씨가 다음과 같이 말한데서 기인한 것이 아니었던가! "문장에 대해서는 왈가왈부(曰可曰否)가 있었지만 나로서는 역시 지성적인 문장으로 인정한다." 어째서 동리씨의 사도는 이 문제의 근원마저 모르고 있는 것일까? 지성이란 문제를 그 문장(표현)에만 한정해 놓고 이야기하게 된 동기를 모르고 있기 때문에 그 사도는 스승을 잃은 벌판에서 혼자 배회하고 있다. "만일 한 편의 소설을 놓고 지성적이냐 비지성적이냐고 묻는다면 그 해결점은 문장이라는 표현 그 자체가 아니라 표현된 것 즉 그 의도에서만 찾아져야 할 것이다." 옳은 소리인 것도 같다. 그러나 불행하다. 김동리씨도 나도 한 편의 소설을 놓고 지성적이냐 비지성적이냐고 묻지는 않았기 때문이다. 한 편의 소설이 아니라 한 편의 문장을 놓고 이야기는 시작됐다. 즉 운반되는 지성(의도의)이 아니라 그것을 운반하는 지성(표현) 논쟁의 핵심이다. 지금 따져야 할 것은 바퀴다. 김동리씨는 그 바퀴(문장)가 고장나지 않았다고 주장하는 것이다. 그의 사도가 좀더 현명하였더라면 바퀴(문장)를 말하는데 자동차(소설)의 이야기를 꺼내지는 않았을 것이다. 그렇다면 이 사도의 말이 김동리씨에게 어떠한 영향을 줄 것인가? 그것을 연극적 대사로 한 번 각색해 보자.

김동리 : 오상원씨의 차(소설)는 여간 좋지 않습니다. 특히 엔진(의도)이 좋지요. 그저 남들이 바퀴(문장)에 대해서 이러고 저러고들 합니다마는 제가 조사해 보니까 역시 그것도 성합니다.

이어령 : 엔진은 그렇다쳐도…바퀴는 성하지 않은데요. 자 이렇게 바퀴가 뻑뻑해서 잘 돌아가지 않는데 그래 그것이 성한단 말씀예요?

동리의 사도 : 허- 거 모르시는 말씀! 차를 어디 바퀴로 따지나요? 엔진(의도)이 그저 성해야지요 바퀴가 뻑뻑해도 그것은 좀 참아야지요.

불리하게 된 것은 누구냐? 바퀴 일부를 말하는데 '엔진'을 꺼내는 것은 동문서답일 뿐만 아니라 "바퀴가 성하지 않다는 것"을 동시에 긍정하고 있는 말이다. 이렇게 해서 그의 사도는 무의식적으로 그의 주(主)를 부정하고 말았다. 그리고 한 마디 덧붙일 것은 '디노테이션'과 '커노테이션'에 대한 술어까지도 그 사도는 모르고 있다는 그 점이다. 이 뜻을 사전에서가 아니라 '브룩스'와 '워렌'의 공저 「Modern Rhetorie」의 371~378혈(頁)에서 찾아보는 것이 좋을 것이다. 그 사도의 얼굴은 설상가상(雪上加霜)으로 붉어질 것이다. 애재(哀哉)! 누구를 탓하랴.

제2의 부정.

한말숙씨의 「신화의 단애」는 실존주의다. 이것도 김동리씨의 신앙이다. 그런데 그의 사도도 또 이것을 옹호해 주지 못하였다.

'실존성'이라는 말의 원어를 찾아낸 그 공로의 보람도 없이…. "성의(聖衣)를 찾았다." 그의 사도는 흥분하였다. 그러나 그 성의(실존성이란 말)가 과연 주(主) 김동리씨의 것인지 그는 증언하지 못하고 있다. "물론 김동리씨의 '실존성'이 어디에서 왔는지 모른다."고 솔직히 고백하고 있다. 그것도 어디선가 본 기억이 있다는 정도다. '프루스트'처럼 「잃어버린 시간을 찾아서」 이 사도는 길을 떠나야 할 것 같다. 또 독일어엔 능통한 것 같지만 불어엔 별로 흥미가 없는 모양이다. 왜냐하면 "존재나 실존이나 불어로는 '에그지스땅스'로 밖에 달리 말이 없다."는 것이다. 의심도 없이 … 이쯤되면 이번엔 불어사전의 '에르트'(être)가 통곡한다. 독일의 Sein(존재)은 불어의 être(존재)와 같은 것이기 때문이다. 또 영어로는 being. 동리씨의 사도 때문에 쥐꼬리만한 내 철학개념의 상식이나마 이야기할 수 있으니 참 무던히는 행복스럽다. 이제 이 사도로 해서 동리씨의 '실존성'이라는 개념이 아주 명확하게 드러났다. 즉 '실존성'이냐 혹은 하이데거가 말했다는 그 뜻으로서의 '실존성'이냐 즉 조작어냐? 혹은 인용어냐. 주사위는 던져졌다. 그 중 아무 것이나 하나 골라 잡아라.

문제는 원어를 댄대서 끝나는 것이 아니라 원어를 제시한 그 점에서 시작되는 것이다. 그리고 한말숙씨의 그 소설을 그대로 그 개념을 밝혀라. 단지 내가 실존성이란 말을 굳이 따지려한 까닭은 얄팍한 기지가 아니라 오히려 둔한 노파심때문이었다. 왜냐하면 씨는 처음에 한씨의 그 작품을 '실존주의 소설'이라고 명확히 말했다. 그 다음에 비난이 들어오니까 실존주의란 말은 '실존성'이라는 아주 애매한 말로 변색되었다. 나는 혹시 이것이 연막전술이 아닌가 기우하였기 때문에 뚜렷한 그것의 개념을 물은 것이다. 그것이 학술적으로 널리 쓰이고 있는 말이라면 그런 기우는 애당초 생겨나지도 않았을 것이 분명하다.

김동리씨의 사도는 한 곳에서도 김동리씨가 말하는 '실존성'의 의미를 밝혀주고 있지 않다. 그것은 당연하다. 아무래도 김동리씨가 김동리씨 이상의 다른 사람으로 변신할 수는 없기 때문에 또 그 사도는 한말숙씨의 작품을 자기가 말하는 '실존성'의 개념에다가도 부합시켜주지 않았다. 다만 그는 이렇게 추측하고 있을 뿐이다.

"그러나 단순히 쾌감을 위한 통속적인 에로틱(그 취급태도에서)이 아니고 과격한 의미에서라면 그것은 역반응이 기대되든 안되든 실존적인 역대응이라고 보아질 수 있지 않은가 생각된다."

참으로 편리한 말이다. 이 사람의 논법을 사용하면 우리는 어떠한 소설일지라도 다 실존주의라고 말해도 되는 것이다. 통속적인 에로틱이 아니고 진지한 의미를 가진 작품이기만 하면 모두 다 실존적인 역대응이 된다고 했으니 로맨스도 이효석(李孝石)이도 다 실존주의작가가 되는 판이다. 그리하여 이 사도는 그의 주(主) 동리씨가 별로 좋아하지도 않는 실존주의를 지금 홍수처럼 범람시키려고 노력하고 있다. 하나의 오류를 막기 위해서 수 천의 무고한 작품들을 실존주의로 만들어야 하는 아! 그 비장한 노동이여! 비단 그것 뿐일까? 그의 설에 의하면 사르트르의 작품까지를 남들은 '데까당스' '에로티시즘'으로 해석한다는 것이다. 이 말은 그대로 그의 주 동리씨에게 해도 좋을 말이다. "김동리씨 실존주의의 전형이라고 할만한 사르트르의 작품까지 남들은 에로티시즘이라 부른다는데 귀하는 어째서 창부적인 여대생 이야기를 데카당스나 에로티시즘이라 부르지 않고 실존주의라는 이름으로 부르시나요 … 당신의 사도가 증언한 대로 ……"

제3의 부정.

추식씨의 소설은 극한의식을 다룬 것이다. 이것도 동리씨의 신앙이다. 그런데 그의 사도는 이것마저도 옹호해주지 못하고 있다. 그 사도는 말한다. 극한상황에 대한 야스퍼스의 일반적 규정에는 물론 추식씨의 소설이 체크될 수 없지만 그의 특수적 규정성으로서의 극한상황을 적용하면 될 수 있다는 것이다. 이쯤되면 이야기는 이제 끝나야 된다. 그러한 의미에서라면 극한의식이 없는 작가란 한 사람도 있을 수 없기 때문이다. 멀리는 단테로부터 가까이는 사강에 이르기까지 그들은 모두 그 '극한의식'을 가지고 있는 사람이다. 그렇다. 그의 사도는 참으로 현명하다. 그의 주 동리씨의 말이 정당해지기 위해선 모든 작품이 실존주의 작품이 되어야 하는 것처럼 모든 작품이 극한의식의 소산이어야 한다. 어떤 작품쳐놓고 그가 제시한 죽음 괴로움 싸움 책임 등이 없는 것이 없다. 그렇게 까지 의미를 모호하게 해 놓지 않고서는 그의 말이 성립될리 만무다.

어떤 새장수가 '잉꼬'를 보고 "이것은 앵무새입니다."하고 말했다. 손님은 속아서 그 새를 비싼 가격에 사간다. 며칠 후 그 손님은 '잉꼬'를 들고 왔다. "이것은 앵무새가 아니라 잉꼬다 하든데…." 그러나 이 노기띤 손님을 향해 새장수는 이렇게 말한다. "잉꼬도 앵무새과에 속한답니다. 나는 그런 의미에서 앵무새라고 한 것이니까요." 이래도 안되면 그 새장수는 또 말할 것이다. "어차피 잉꼬나 앵무새는 다 같은 조류가 아닙니까?" 이렇게 해서 잉꼬가 앵무새가 되기 위해선 모든 새가 모든 앵무새과의 새들이 앵무새가 되어야 하는 것이다.

　이렇게 말하고 나니 눈물이 나오려고 한다. 나는 김동리씨의 사도를 미워할 수가 없는 것이다. 누구의 죄도 아니다. 죄는 단 하나다.

　김동리씨 당신의 명예를 위해서도 싸우서야 합니다. 지금 당신의 사도는 당신의 해답을 기다리고 있습니다. 당신의 대답이 정당하기만 하다면 언제든지 나는 당신과 당신의 독자 앞에 사과할 것입니다. 그리고 당신은 정말 죄없이 십자가에 못박힌 기독이 되고 나는 그 어리석은 바리새인이 되는 것입니다. 그리고 김우종(金宇鍾)씨는 살빛 검은 유다가 되지 않지 않을 수 없습니다.

　김동리씨! 스스로 부활의 기적을 보이셔야 합니다. 왜 십자가에서 말이 없으십니까. 정말 사반의 십자가가 동리의 십자가가 된 것입니까? 위대한 대선배이시여! 찬란한 우리의 그 명예여! (여기 자주 언급된 세 작가의 글에 우열을 가리자는 것이 이 글의 목적이 아님을 밝혀 둔다. 실존사상이나 극한의식이 있어야 반드시 좋은 작품이라는 이유가 없다. 또 문장이 지성적이라는 것도 다만 한 작품에 부당한 단언을 내리는 그것에 흑백을 가리자는 것이다.)

[『세계일보』, 1959. 2. 20~21]

8
논쟁의 초점
- 다시 김동리씨에게 -

이 어 령

지성이면 감천이라는 말이 있다. 김동리(金東里)씨의 말대로 불초소생(不肖小生)이 3년 동안이나 공을 닦은 보람으로 이제 겨우 좌표가 성립된 글 한 편을 쓰게 된 모양이다.

그것도 아직은 '모래알'만한 근거와 이치 밖에는 없는—. 그래 지금 나는 이 모래알이 바위가 되도록 힘써 보는 중이다. 그러니 김동리씨는 내 글의 좌표만 너무 근심하지 말고 우리가 논해야 할 문제의 초점을 잃지 않도록 노력해 주었으면 좋겠다. 모든 것은 양보해도 좋다. 다만 내가 애초에 내걸었던 세 가지 문제에 대한 해명과 그것에의 토의—이것만은 끝까지 깨끗한 결말을 내고 싶다. 나를 생각해서가 아니라 우리들의 문학을 위해서 말이다.

(1) 오상원(吳尚源)씨의 문장은 과연 지성적인가? 이것이 첫째 문제이다.

처음부터 논점은 오상원씨의 소설이 아니라 그의 문장, 구체적으로 그의 '표현'에 있었다. 이것을 다시 한 번 기억해 주기 바란다. 씨도 잘 알고 있듯이 우리가 지성이라는 문제를 문장에만 국한시켜 놓고 말하게 된 동기는 씨 자신이 이렇게 말하였기 때문이다. "… 문장에 대해서는 왈가왈부가 있었지만 나로서는 역시 지성적인 문장으로 인정한다."

그러니까 김동리씨는 오상원씨의 문장에 대해서 왈가왈부(曰可曰否)가 있을 때 '왈부'(曰否)가 아니라 '왈가'(曰可)라 한 사람이었다. 오씨의 문장이 부자연스럽게 문맥이 통하지 않고 또 생경하다고 할 때 씨는 그러한 결점을 합리화하기 위해서 내세운 것이 바로 지성적이라는 말이었다. 그러기에 나는 하나의 의심을 표명한 것이다. 왜냐하면 씨가 말하는 '지성적인 문장'이란 결과적으로 '브로컨 코리언'을 써도 무방하다는 이론이 되었기 때문이다.

즉 지성적인 문장으로 보면 그 서툰 문장도 괜찮은 것이 된다는 뜻이었다. 여기서 우리가 논해야 될 그 문제의 초점이었다. 그래서 지성적이라는 말이 결코 생경한 문장의 보호색이 될 수 없다는 그 이유로서 나는 다음과 같은 정의를 든 것이다. "지성적인 문장이란 서술이 정확한 문장이다. 언어의 '커노테이션'이 아니라 '디노테이션'에 있어서 말이다." 그런데 오씨의 문장은 서술이 부정확하다. 그 증거로 애매한 씨의 어법을 지면이 허용되는 범위 내에서 몇 개를 들었다.

이러한 논쟁의 초점을 알고 있었다면 씨의 해답은 필연적으로 다음과 같은 세 가지 방향으로 진전되었을 것이다. (A) 내가 생각하는 지성적인 문장과 김동리씨가 생각하고 있는 '지성적인 문장'과의 개념적 차이. (B) 김동리씨의 그러한 개념과 오상원씨의 문장과의 관계―실증. (C) 그러므로 그의 문장을 지성적이라는 말로 합리화하게 된 씨의 의도와 그 근거. 그런데 씨는 어떠하였던가. (A)도 (B)도 (C)도 제시하지 않고 다만 내 문장에 대해서만, 왈가왈부하였을 뿐이다. 이러한 자기모독의 슬픈 현상이 일어 날 것을 염려하고 미리 나는 다음과 같이 경고해 두었던 것이다. 백 보 양보해서 동리씨의 그러한 말(비평가의 글이 상원씨의 글보다 더 생경하다는 것)을 시인해 두자. 그렇다고 해도 도둑이 잡아다 준 도둑은 도둑이 아닌가? 동리씨는 비판도 빚처럼 상쇄되는 것인 줄 아는 모양이다. … '지드'는 '부에리에'의 소설 「검은 길」을 읽고 그 문법적 오류를 일일이 지적한 일이 있었다. 그런데 '지드'의 문장에서 틀린 어법이 발견되기만 하면 부에리에씨의 문장도 오상원씨의 경우처럼 다시 지성적인 것으로 인정될 수 있는 것일까?

　모래알은 잘 보시는 분이 어째서 이 대들보만한 수 행의 중요한 글을 발견하지 못하였던가? 나의 문장이 '브로컨 코리언'이라는 것을 증명함으로써 오씨의 문장이 지성적인 것이라는 그 신기한 이론은 대체 어느 논리학책에서 가져온 것일가?

　만약 씨의 논법대로 하자면 영화평론가는 어느 영화배우보다도 연기가 우수해야 할 것이고 정치평론가는 어느 정치인보다도 정치를 잘 해야 할 것이다. 그렇다면 평론가는 있을 필요가 없다. 김동리씨는 지금 나 하나를 부정하기 위해서 '비평문학'이라는 그 '장르' 자체를 부정하려고 든다. 김동리씨가 불란서인이었다면 '생트 봐브'의 비평은 그가 일찌기 「처녀시집」과 「애욕」이라는 소설을 썼던 탓으로 완전히 부정되고 말았을 것이다. 그런데 김동리씨가 불란서인이 아니었다는 것은 '생뜨 봐브'에게 있어선 천만의 다행이요, 나에게 있어선 천만의 불행인 것이다. 악문의 예로 씨가 제시한 「사반나의 풍경」, 「녹색우화집」은 내가 학생시절에 발표하였던 소설이요, 산문시였기 때문이다. 굳이 씨가 내 어법이 틀렸기 때문에 오상원씨의 문장이 지성적인 것이라고 우긴다면 얼마나 창피하고 비참한 결과가 생겨나는가를 주시하기 바란다.

　김동리씨의 논법대로 하자면 씨 자신이 만약 나보다도 우리말을 모르고 있다는 사실이 증명되기만 하면 오상원씨의 문장은 다시 비지성적인 것으로 떨어지게 될 것이다. 그런데 지금 나는 김동리씨의 구작을 들출 필요도 없이 그것을 증명할 수가 있다.

　씨는 내가 "깜박 눈을 뜬다."(낮잠자는 사람을 그리는 대목 중에 나오는 말이다.)는 말을 썼기 때문에 오상원씨보다도 우리말을 모르고 있다는 것이다. 그 이유는 우리말의 '깜박'은 '불이 꺼지는 데나 사물을 망각한데 쓰는 부사'이기 때문에 "눈을 뜨는" 것에는 쓰일 수 없다는 것이다. 그리고 "이 말을 무리로 붙인다고 하더라도 차라리 눈을 감는 쪽이지 뜨는 쪽은 아니다."라고 부연하고 있다. 그러나 무리로 붙일 것까지는 없다. 나에겐 그런 자선보다 고마운 하나의 사전이 있는 것이다. 자 「표준 국어사전」(을유문화사 판)과 「국어 새사전」(국어국문학회)을 펴 보자. "깜박—

(1) … 잠깐 어두워 졌다 밝아지는 모양 (2) 눈을 잠깐 감았다 뜨는 모양” 기어코 나는 유태인처럼 잔인한 짓을 하고 말았다. 20년 동안이나 소설을 써 온 씨가 아름다운 모국어를 지켜 온 그 순수문학가가 깜박이라는 평범한 우리나라말도 몰랐다니 …. 존경하는 이 선배를 위해서 부디 ‘계룡산사교단체’에서 편찬한 주부집(呪符集)이었기를 빌 따름이다.

그렇다. 이런 싸움은 이렇게도 창피하고 치사스런 결과만을 가져온다.

우리들의 시간은 귀하다. 오상원씨의 ‘지성적’ 문장을 논의하는데 씨는 내 습작품을 읽기 위하여 시간을 낭비할 까닭도 없고 또 내가 나의 문장을 변명하기 위해서 씨의 구작을 들출 필요도 없는 것이다.(씨가 내 문장을 두고 운운한 것은 이 논전과 별도로 곧 다른 지면에 자세히 밝히겠다.) 우리는 논점을 찾아 본론으로 들어가야 한다.

우리가 문장을 지성적인 것과 정서적인 것으로 구분하는데는 다음과 같은 준칙이 있다.

(A) 비정적(非情的) – 정숙적(情熟的) (B) 명(明)석 – 몽롱(朦朧) (C) 소상적(塑像的) – 음악적(音樂的) (D) 도식적(圖式的)·논리적(論理的) – 우연적(偶然的)·비논리적(非論理的) (E) 객관적(客觀的) – 주관적(主觀的) (F) 고정적(固定的) – 유동적(流動的)(이상 ‘슈나이데르’와 베르그송의 설을 원용.) 그런데 오상원씨는 아직 자기 문체를 확립시키지 못하고 있으며 가끔 문맥이 통하지 않는 문장을 쓰고 있기 때문에 그 문장에 대해선 정서적으로 보나 지성적으로 보나 ‘부’(否)라고 하는 수밖에 없다. 그런데 김동리씨는 그것을 지성적인 것으로 보면 ‘가’(可)하다고 하는 것이다. 김동리씨는 책임지고 말해야 된다. 지성적 문장이라는 개념과 오상원씨의 문장과 이 관계를 말이다.

(2) 한말숙(韓末淑)씨의 「신화의 단애」는 실존주의소설인가? — 내가 씨에게 실존성이라는 말의 원어를 대라고 한 것은 ‘실존주의’라는 말이 ‘실존성’이란 말로 성전환(?)을 하였기 때문이다. 씨는 처음에 한말숙씨의 「신화의 단애」는 “실존주의로 무장되어 있다.”(「현대문학」 통권 30)고 말하였다. 그런데 그것의 부당성을 지적하자 씨의 말대로 “그 작품에서

실존성"을 발견할 수 있다고 바뀌어진 것이다. 그래서 나는 혹시 '실존무적 실존'(實存舞的 實存)이 대두되는 판이 아닌가 은근히 걱정했던 것이다.(보통 독화사전—삼성당이나 산안편—에는 Existenzialität를 '생존(존재)성'이라고 번역하고 실존만은 '실존성'이라 하지 않고 그대로 '실존'이라고 번역해 놓았다.) 씨에게는 다행히도 독일어사전이 있었고 이미 '하이데거' 원서를 읽으신 분이기 때문에 나의 기우는 사라지고만 것이다. 나의 고마운 무식 때문에 씨가 말하는 실존의 좌표가 명확하게 밝혀졌다. A—「신화의 단애」는 실존주의소설이다. B—이 때의 실존주의는 실존무적 실존주의(조작어)가 아니라 '하이데거'의 철학을 배경으로 한 것이다. 문제는 아주 좁아졌고 또 구체화 되었다. 이제 씨에게 남은 마지막 문제는 한말숙씨의 소설(「신화의 단애」)에 '하이데거'의 실존철학('하이데거'의 자신은 '현상학적 존재론'이라고 부르지만)을 적용시키는 일이다. 그런데 이렇게 하려면 아무래도 '바그다드'의 요술이 필요할 것 같다. 그래서 '하이데거'씨는 지금 슬프게 포주가 되어야 하는 것이다. 김동리씨가 하이데거의 실존이라고 한 '진영'(眞英)은 요부의 그것과 조금도 다름이 없기 때문이다.

　여대생 '진영'은 밤이면 경일(慶一)이의 하숙으로 간다. 이유는 이렇다. "어디로 갈까? 오백환으로 재워줄 여관은 없다. …… 추운 방에, 내 몸을 꽁꽁 얼려 재우다니 죽으면 썩는 몸이다. 살아있는 이 순간 다시는 없을 이 지극히 소중한 순간을, 나는 하필이면 얼려 재워야만 한다는 말인가? 그것은 안될 말이다." 또 진영은 경일이의 친구인 준섭이와도 잔다. 그 이유는 이렇다. "파출소보다는 갈만한 것이었고 경일이의 집보다는 가까운 곳이었기 때문에. 또 진영은 생면부지인 어느 청년과 일주일간의 동거생활을 하려고 한다. 그 이유는 이렇다. 하숙비와 등록금을 내기 위한 삼십만환의 현찰 때문에…." 이게 만약 '하이데거'의 실존사상에서 온 것이라면 사창굴에서 우글거리는 그 창부들은 모두가 '하이데거'의 수제자들이 될 것이다. 그런데 한씨의 그 소설은 아무런 해결도 없이 이렇게 끝난다. 삼십만환을 내어 놓은 청년은 형사에게 잡혀가고 진영은 그 돈으로 하숙비를 갚는다.

그리고 오바와 구두와 빽을 산다. 그런데 한 가지 남은 것이 있다. 그것은 남자의 육체(사랑이 아니다.)다. 그래서 진영은 '경일을 포옹'하기 위해서 그에게 편지를 쓴다. 이상과 같은 진영의 생활을 통해서 우리는 이러한 사실을 지적할 수 있다. (A) 진영이의 행동관은 충동적이다. (B) 진영의 인생관은 낙관적이다. (C) 관능해방(본능충족)이 생의 목적이다.

그런데 이러한 진영은 바로 '하이데거'가 말하는 비실존적 인간—즉 일상적 생활에 얽매어 있는 바로 그 '세인'(世人)에 불과하다. 그러니까 진영이의 생활은 '우려'(Sorge—현존재가 일상계의 존재로서 표시되는)의 본래적 성격을 잃고 단순한 세인으로서 퇴락(頹落)되어 있는 상태에 지나지 않는 것이다. 진영이가 그러한 퇴락 속에서 '미래의 나'로 돌아가고 그래서 자기가 무(無) 앞에 직면해 있다는 것을 자각하게 될 때 비로소 실존을 의식하게 되는 것이다. 그러나 진영은 '본래의 나'와 '존재의 자각' 이전에서 헤매고 있다.

그러므로 우리는 그녀에게서 존재의 실존적인 근원인 그 무 앞에 나선 '불안'을 발견할 수가 없다. 진영이에게 있는 것은 '불안'이 아니라 도리어 '낙천'이다. 또한 인간의 현존재는 주사위처럼 '던져져 있는 것'이다. 그런데 이 '현존재의 있는 방식'이 바로 '하이데거'가 말하는 '실존'이다. 그러므로 이 '실존'은 '존재하는 것을 존재하게끔 하는 바의 존재 그 자체'에 이르는 통로가 된다.

말하기에도 창피하지만 진영이에 그러한 '하이데거'의 실존의식이 과연 있었다면 마땅히 진영은 창부가 아니라 '릴케'의 '천사'(「두이노의 비가」— 미와 공포, 즐거움과 슬픔, 지복과 불안 등의 이율배반적 생의 모순이 합일화된 존재)로 현신(現身)되어 있었을 것이다. 창부와 천사—하늘과 땅 사이가 너무 넓구나!(하이데거는 Holzwege. s. 288에서 릴케의 천사에 대하여 언급하고 있다.) 또 "현대의 정신적 상황에 있어서는 아무리 보아도 단편적이며 상대적일 수 밖에 없는 인간존재를 향하여 그 전체존재의 가능성을 알리며 또 나타내는 '양심의 부르짖음'"(「Sein und Zeit」)이 있었을 것이다.

그런데 그녀에게선 '불안의 용기'도 '사색'도 '숲의 오솔길을 가는 귀향자의 발언'도 찾아볼 수가 없다. 사실 '하이데거'의 실존사상이 문학에 적용된다면 그 성질로 보아 산문이 아니라 오히려 시의 경우에 있어서다. 이것은 마치 '사르트르'의 실존사상(앙가쥬망의)이 문학으로 나타날 때 그와 반대로 시가 아니라 산문(소설·희곡)의 형식을 취해야만 되는 그 경우와 같다. '하이데거'의 실존은 존재의 이해(탐구)를 위해서 있는 것이다. 그러므로 그에게 있어서 인간의 현존재를 대표하는 '언어'는 바로 존재이해의 원천이 되는 것이며 인간의 존재가 어떠한 것인가를 그 존재의 부호인 언어를 향하여 묻는 것이다.

그러므로 예술작품은 '세계의 개시'라는 존재자의 그 진리의 현성(現成)이다. 그러므로 "예술가의 발언은 무의 저편쪽에서 존재의 수원을 추억한 존재사적 사색자의 귀향의 말이 된다." 그것이 '횔더린'이며 '릴케'며 '카롯사'의 시인 것이다 이렇게 '하이데거'의 실존주의가 문학에 나타날 때는 그것이 현대적인 '세계'(존재의 밝음)와의 호응을 띠우게 되지 않을래야 않을 수 없는 운명에 있다.

더구나 분명히 씨는 '실존'이 아니라 '실존주의'라고 말하였다. 어떠한 '실존주의'건 인간의 '실존' 그것에서 오는 불안과 고뇌를 짊어지고 동시에 거기에서 초월하려는 그 방향의 제시에 의하여 그것은 비로소 한 의미를 갖게되는 것이다. 씨는 한말숙씨의 작품이 실존주의로 무장되었다고 한 이상 그의 '실존'과 그 '실존'의 처지까지도 함께 분명히 애기해야 된다. 씨는 옛날에 한 말을 전부 책임진다고 하였으니까! 나는 일찍이 지적한 것처럼 '하이데거'가 겨우 독일사람이라는 정도 밖에 모른다. 그러나 동리 씨는 씨의 현명한 독자와 나에게는 '하이데거'의 「태평의 단애」와의 관계는 명백히 설명해 주어야 한다.

(3) 극한의식 문제—이 문제는 씨도 솔직히 자기 잘못을 인정하고 있는 것 같기에 다음과 같은 비유로 끝내려 한다.

(그래도 석연치 않다면 지면을 얻어 별도로 이야기하겠다. 유주현(柳

周鉉)씨의 그것도 나는 극한의식으로 보지 않는다. 2월 4·5일부의 「부
산일보」을 참작하라.) 어떤 새장수가 '잉꼬'를 '앵무새'라고 해서 팔았다.
몇 일후 그 손님은 '잉꼬'를 들고 와서 이것은 '앵무새'가 아니라 '잉꼬'라
하든데 어떻게 된 셈이냐고 따져댄다. 그러나 그 새장수는 태연히 말한
다. "잉꼬도 앵무새과에 속한답니다. 나는 그런 의미에서 앵무새라고 한
것이니까요." 이래도 안되면 그 새장수는 또 말할 것이다. "'앵무새'와 '잉
꼬'는 별로 차이가 없는데 뭘 그렇게 요란스럽게…"

김동리씨 파(波)로 말하자면 이 세상에 극한의식이 없는 작품은 하나
도 없을 것이다.

씨는 나를 보고 기계주의자라고 말한다.

나는 이 말을 그대로 김동리씨에게 반환한다. 또 그것은 논쟁의 동기
요 결론이기도 하다. 한 작품을 곤충분류학자처럼 무슨적 무슨 '이즘'이라
고 간단히 규정해버리는 김동리씨의 그 기계주의적 안이한 비평방법이
여지껏 우리 평단을 지배해 왔던 고정관념이 아니었던가? 확실한 내용은
없고 이름만 붙어 다니는 '제3휴머니즘' 순수문학' 등등의 '딱지 비평'에
나는 엄숙하게 항거하는 것이다. 나는 씨의 "중인(衆人)의 갈채를 얻으려
는 방향보다 씨의 권위와 관록이 자기자신을 가꾸는 쪽으로 더 많이 쓰여
지기를 바란다."

그리고 앞으로는 고양이를 호랑이라고 불러서 순진한 사람들의 마음을
놀라게 해서는 안될 것이다.

[『경향신문』, 1959. 2. 25~28]

9

초점, 이탈치 말라
- 비평의 윤리와 논리적 책임 -

김 동 리

이어령(李御寧)씨의 「영원한 모순」이 이번에는 「논쟁의 초점」(2월 26일자 본지 소재)으로 옮겨져 왔다. 후자 역시 부제로서 필자의 이름을 내어 걸었다.

그런데 씨는 이보다 앞서(졸론 「좌표이전과 모래알과」보다는 하루 늦게) 「못박힌 기독은 대답없다」라는 만담식 문장을 모 지(某紙)에 발표하여 씨의 '모순'에 대한 나의 해명을 재촉한 바 있었다. 이것은 「영원한 모순」에 대한 원형갑(元亨甲)씨의 박문(駁文) 「금단의 무기」에 대한 박문이라고 보는 편이 옳겠는데 표제엔 원형갑씨 대신 나의 이름을 걸어 놓았다. 씨의 비유에 의하면 나는 십자가에 못박힌 기독이요, 어령씨는 기독을 못박은 '바리새 교인'이요, 원형갑씨는 기독의 부활을 기다리는 '베드로'라는 것이다. 그리고 씨는 「영원한 모순」으로써 나를 십자가에 못박았다는 것이요 내가 그에 대한 해명이 없는 한 곧 부활이 없음과 같다는 것이다. 그러나 씨의 이러한 비유가 만약 정당한 것이라면 나는 씨가 그 글을 발표한 것보다 하루 전에 이미 부활을 한 셈이요 따라서 그 글에 대해서는 이 이상 더 언급할 필요조차 없는 것이 된다. 다만 그 글과는 별도로 한 가지 일러둘 것이 있다. 그것은 그러한 만담식 문장을 앞으로는 삼가하도록 씨에게 권하고 싶은 점이다. 씨 자신을 '바리새'에 비한다거나 원형갑씨를 '베드로'에 비한 것도 작지 않은 망발이겠지만 나를 기독에 비한 것은 더욱 큰 망발인 것이다.(씨는 기독이나 베드로를 유다의 경우와 혼동할 지 모르나 그것은 전혀 별개의 이야기가 될 것이다.) 도대체 씨는 기독이란 말조차 모르고 있지 않는가. 기독은 어디까지나 부활이 있고서야 기독인 것이다. 씨의 말대로 십자가에 못박힌 채 부활이 없다면 기독이 아닌 것이다. '대답'없음이 '부활'없음을 가리키는 것이라면 기독이란 말은 거기 해당치도 않는 것이다. 차라리 「못박힌 예수는 대답없다」라고 했어야 만담이라도 성립이 되었을 것이다. 기독을 그와 같은 만담조에 엮은 씨의 태도를 문학인의 한 사람으로서 지극히 유감스럽게 생각한다.

본론으로 들어가기 전에 한 마디 더 일러둘 것은 소위 이러한 글에서는 초점을 변동시키거나 논리를 이탈하는 것이 가장 좋지 못한 일이라는 점이다. 씨는 그것을 나에게 일러 주면서 자신이 먼저 초점을 변동시키고 논리에서 이탈한 것이다. 자신의 그러한 탈선을 '컴푸라쥬'하기 위해서 도리어 그것을 나에게 내어민다면 그것은 더욱 좋지 못한 태도다. 오상원(吳尙源)씨의 문장은 지성적이다.—이 말에 대하여 씨가 나에게 항의해 왔기에 나는 그대로 응수해 준 것이다. '작풍'이란 말도 있는데 왜 하필 '문장'이라고 했느냐고 내가 따진 일이 있던가. 애당초 (檢査會席) 나는 '작풍'이라고 했지만 나중 문장으로 논의가 되기에 문장에도 '지성적'을 승인하였고(그 글에 '나로서는 역시'가 있는데 이 '역시'가 그 경위를 가리키는 말이다.) 그 뒤 다시는 다른 글에서 '작풍'이라 했는데 씨가 '문장'쪽을 택하기에 나로서는 결국 마찬가지니까 그냥 '문장'쪽으로 응수해 준 것이다.(씨는 오씨의 소설 또는 작풍은 지성적인데 문장은 그와 반대라고 생각하는지 모르나 나로서는 작풍이 지성적일 때 문장도 역시 지성적이라고 보는 것이다.) 또 한말숙(韓末淑)씨의 문제작에 대해서도 씨가 나에게서 '실존성'이란 말을 택해서 반박의 논거를 삼기에 나는 그대로 응수해 준 것이다. '실존주의로 무장'이라고도 있는데 왜 하필 '실존성'을 택했느냐고 이의를 제출한 일이 있던가. 나로서는 전자의 경우와 같이 역시 마찬가지니까 씨가 택하는대로에 응수해 준 것이다. 그렇다면 그 선(용어)에 좇아 의견을 전개시켜나가야 이야기가 되지 않는가. 소위 논쟁에 있어 기본 용어에 혼선을 준다거나 변동을 일으킨다는 사실이 무엇을 의미하는 것인가는 씨도 알 일이 아닌가. 이것이 바로 초점을 뭉개는 일이다. 자기가 택한 용어(초점)에서 논리가 막혔다면 깨끗이 머리를 수그리고 다음 단계로 이야기를 추진시켜 나아가는 것이 논쟁의 윤리가 아닐까. 논리가 궁해지자 갑자기 뒤를 돌아다 보며 딴말을 끌어낸다는 것은 그것이 바로 쥐구멍을 찾는 그 일인 것이다.

그뿐 아니라 씨는 또한 구체적인 것을 버리고 일반론으로 통로를 내려고 하였다. 논쟁에 있어 이 이상 어떻게 초점을 뭉갠단 말인가. 이것은 씨에게 있어 이미 논쟁이 끝났다는 증거며 남은 것은 논쟁이란 형식을 빌려서 딴 이야기를 하자는 것이다.

그러면 이것을 문제별로 보기로 하자.

첫째 '지성적'에 관한 문제.

씨는 오상원씨의 문장이 '지성적'이 아니라는 구체적인 증거로 그의 문장 속에서 '생경한 직역적인' 용어 수 개를 골라 내었던 것이다. 나는 누구의 문장에서라도 대개는 그런 것을 골라낼 수 있는 것이며 따라서 그것으로 '지성적'의 여부를 판단할 수는 없는 문제라고 해명하였고 그 증거로 평론가인 씨(寧)의 문장에서 그 이상 '생경한 직역적인' 용어를 제시했던 것이다.

그렇다면 씨는 자기의 용어엔 생경한 것이 없다고 하든지 그렇지 않다면 비평가의 문장은 본래 '지성적'인 것이 못된다고 하든지 둘 중에 하나를 택했어야 논리가 되는 것이다. 그런데 씨는 이러한 논리적인 초점에서 이탈하여 엉뚱한 일반론과 사리에 맞지 않은 자기변명을 시작한 것이다. 씨는 내가 제시한 여러 개 증거 가운데 '깜박'이란 말에 대하여 어느 사전을 인용하노라면서 "깜박 눈을 떴다"를 틀렸다고 한 내가 우리말을 모르는 것이라고 사람을 웃긴 것이다. 그러나 씨는 「우리말 큰 사전」(조선어학회편)에서 "(1) 정신이나, 또는 등불 별 같은 빤하게 보이는 물체가 잠깐 흐리거나 어두워진 꼴 (2) 눈을 잠간 감는 꼴"로 되어 있고 눈을 뜨는 꼴로는 나와있지 않는다는 사실을 어떻게 생각하는가. 우리나라에서 「큰 사전」보다 더 표준이 되고 완전한 사전이 따로 있다고 생각하는가. 보다 더 완전한 사전을 덮어놓고 보다 더 불완전한 사전을 표준으로 해야 한다는 이유는 어디 있는가. 씨가 이것을 분간키 어렵다면 다시 더 좋은 사전이 있다. 그것은 살아있는 한국인의 이성이란 사전이다. "그것을 깜박 잊었다." "불이 깜박 꺼졌다."와 함께 "깜박 눈을 떴다." "불이 깜박 켜졌다."가 성립되는가를 '살아있는 한국인의 이성'이란 사전에 물어보잔 말이다.

이 "깜박 눈을 떴다."와 함께 내가 씨의 문장에서 "우리말도 모르는" 예증으로 든 "슬픈 마음을 울 눈도 없이 고독했다." "피들이 흘러가는 혈맥들" "내장(內臟)한 유적의 보도(補道)" "야만(野蠻)한 원색" "서기한 광채" "사군자의 묵화를 그린" 등에 대하여 씨는 "학생시절에 발표한" "소설"이란 이유로 변명을 하였다. 그러나 그 '소설'이 발표된 것은 1956년 7월과 1957년 7월로 되어 있고 씨의 졸업은 1956년 3월로 되어 있는데 어째서 그것을 '학생시절'이라고 거짓말을 하는지 알 수 없으며, 설령 그것을 눈감아 준다 하더라도 1956년 봄부터 수 개 신문에 문단시평을 썼고, 그 해 가을에는 추천도 받았고, 57년 2월에는 56년도 총평까지 썼으니 이 어찌 문단 참가를 하기 전이라고 거짓말을 한단 말인가. 또 평론이 본업인데 어째서 '소설'을 두고 말하느냐 하였지만 나는 씨의 오점을 찾기 힘들어 소설을 들먹인 것이 아니고 어디까지나 논리적인 제약에서 씨가 오씨의 소설을 대상으로 했기 때문에 나도 씨의 '소설'을 대상으로 삼은 것뿐이요 씨가 자기의 평론문장을 내어민다면 그것은 더욱 편리한 일이다. 씨가 추천까지 받은 「현대시의 환위(環圍)와 환경」(「문학예술」 제3권 제10호)에서 한 군데를 펼치면 "도그마를 범하게 되고 역으로 시의 …" "서로 공히 합리적으로" 따위가 동일면(p. 176)에서 연발하는데 이 '역으로'와 '공히'가 분명히 현대인의 문장이라면 그것은 일어의 '갸꾸니'와 '도모니'의 직역어라 밖에는 볼 수 없지 않는가. "생경한 직역적인" 용어 몇 개를 들추어 냈다고 해서 그것으로 "우리말도 모르는" 것이 되고, '지성적'이 아니라는 구체적인 증거가 된다면, 그리고 그것이 오상원씨에만 한해서 적용될 것이 아니고 씨 자신에게도 적용이 될 것이라면 씨야말로 "우리말도 모르는" '비지성적'의 대표자가 될 것이며, 소설보다 더 직접적으로

'지성적'이어야 할 것이 평론이라면 씨의 평론은 평론도 아니라는 말이 되지 않는가. 씨는 자신이 택한 이 논거 이 초점에서 한 발짝도 옆으로 탈선하거나 뒤로 후퇴해서는 안 된다. 이것은 씨 자신이 택한 논리의 귀결이다. 씨는 지금 다음의 세 가지 중 어느 한 가지를 택해야 하는 것이다. 즉 씨 자신은 '비지성적'의 대표자이며 씨의 평론은 평론이 아니다 라는 것을 택하든지 그렇지 않으면 누구의 문장에서 "생경한 직역적인" 용어 몇 개를 들추어 내었다고 해서 그것으로 '비지성적'의 유일한 논증을 삼으려는 과오를 자인하든지 그렇지도 않다면 그 논법은 오상원씨에게만 적용되고 나(어령)에게는 적용되지 않는다고 하든지다….

둘째로 '실존성'에 관하여.

씨는 이 문제에 있어서도 논리와 초점에서 이탈한 채 '실존성'에 관한 일체의 논리적인 책임을 회피하고 일반론에 통하는 낡은 노트 조각과 사전 꽁무니 같은 것을 잔뜩 옮겨 놓았다. 씨는 분명히 "실존성이란 말은 동리씨로부터 처음 들었다."고 했으며 "실존이란 개념을 분명히 이해하지 못하고 있기 때문에 실존성이라는 조작어를 만들 수 있는 것"이라고 했으니까, 그것이 나의 '조작어'가 아니고 실존철학의 술어란 것을 확인했다면 자기의 과오에 대한 태도표명을 하는 것이 문학인의 예의요 지성인의 취할 바가 아닐까. 나는 씨에게 '실존성'이란 말이 있는지 없는지도 모르면서 어떻게 실존의 구조를 알며, 실존의 구조도 모르면서 어떻게 실존을 운위하느냐고 묻지 않았던가. 씨가 이에 대하여 대답할 말이 없을 때는 깨끗이 자기의 경홀(輕忽)과 불찰을 사과하는 것이 문화인다운 양식이지 거기서 그만 뒤를 돌아다 보고 딴말을 군지렁거리며 논리와 초점을 뭉개려는 것은 나보다 차라리 독자를 우롱하는 태도가 아닐까.

나는 씨가 이 문제(실존성)에 대하여 깨끗한 태도를 취해 주었다면 우리의 공동목적인 한말숙씨의 「신화의 단애」에 있어 실존성이 무엇인가를 구체적으로 증명해보이려 했던 것이다. '진영'(眞英)이라는 현존재에 있어 '던져진'(사실성) 의미와 '던지는'(실존성) 의미가 무엇인가를 도식을 그리듯이 확연히 보여주려 했던 것이다. (이 작품을 통하여 보여준 작자의 실존의식의 심도를 별문제로 한다면 그것은 표본적인 실존성의 작품이었던 것이다.)

셋째로 '극한의식'에 관하여

이 문제에 관해서는 씨는 먼저 번부터 말도 잘 이어지지않는 서투른 철학사전 조각같은 것을 옮겨놓고 있기에 무슨 장난인가 했더니 결국은 극한이란 개념파악이 안된데서 이러한 과오가 범해진 것을 알겠다. '실존성'이란 기본적인 술어가 있는 것도 모르고 실존주의 운운하는 식으로 극한 운운해서는 늘 마찬가지가 될 것이니 먼저 극한이란 개념부터 파악하고 보는 것이 어떨까. 그 절차는 대충 이렇다. 먼저 과학사전을 찾고 그 다음엔 철학사전을 들추고 거기서 '칸트'와 '야스퍼스'를 거쳐 우리 문학으로 들어와 추식(秋湜)씨의 「부랑아」, 「인간제대」 유주현(柳周鉉)씨의 「허구의 종말」, 「언덕을 향하여」, 장용학(張龍鶴)씨의 「인간의 종언」 등을 정독하라.(장씨의 이 작품은 이번 논의에 관련되지는 않았다.) 그렇게 하면 씨가 김성한(金聲翰)씨의 「극한」이란 작품에 대하여 "김씨가 한 일녀(日女)라는 인간을 극한으로 몰아넣었을 때…" 운운한 이 '극한'의 정체가 무엇이며 그리고 내가 어째서 특히 전기 작품들을 극한의식의 산물이라고 지칭하는가를 대강 알게 될 것이다.

그래도 짐작이 가지 않을 때는 자기의 마음 속에 추한 병이 들어있기 때문이라는 것을 깨달아야 할 것이다. 모르는 것을 아는 것 같이 늘어놓고 정밀치 않은 일부 독자를 속이려는 병, 꼼짝할 수 없는 과오를 범해놓고도 사과보다는 딴전을 쳐서 뭉개려는 병, 일시적인 허영심을 컴프라쥬하기 위하여 거짓말이라도 지상(紙上)에 공개하여 스스로의 인격을 파멸시키는 병……

씨의 연령이 나의 문단 연령과 비슷한데서 나로서는 세대적인 감회도 있어 특별한 기대와 관심을 가지고 씨의 문장을 접했으나 얻은 결론은 지금까지의 과도기적 신인과는 다른 의미의 신인(평론)이 더 나와야 한다는 것뿐이다.

(『경향신문』, 1959. 3. 5~6]

10

희극을 원하는가?

이 어 령

칼은 칼로 불은 불로써 갚는다. 그러나 주(主)여 한 번만 더 용렬하고 잔인한 이 인간의 감정을 억누르게 하시라.

다시 무엇을 논하고 다시 또 무엇을 밝히랴. 그러나 내 지금 그를 어루만진다는 것은 차라리 위선이며 그를 웃음으로 묵살해 버린다는 것은 도리어 문학의 도(道)가 아니다. 무지한 야우(野牛)와 싸우는 투우(鬪牛)에도 하나의 규칙이 있고 짐승들끼리의 그 투천(鬪天)에도 격식이 있는데 하물며 글을 논하고 지고한 정신을 다루는 문학인의 싸움에 어찌 하나의 법규가 없겠는가? 소가 홍포(紅布)만을 받듯이 싸움에는 공방의 술(術)이 있고 일정한 '도'가 있는 법이다.

씨가 논쟁의 사명과 그 본도를 알았을 것 같으면 내 이력과 문장을 들추기 전에 한 작가의 글을 '지성적'이라고 부르게 된 — 한 작가의 작품을 '실존주의'라고 규정하게 된 — 한 작가의 사상을 '극한의식'이라고 말하게 된 자신의 정체(그 연유와 근거)부터 밝히고 나와야 했을 것이다. 첫째 번 글에서도 둘째 번 글에서도 씨는 그 연유와 근거를 조금도 밝히지 않았다. 이번 논쟁을 통해서 씨가 어째서 모 작가의 글을 지성적이라 하고 모 작가의 소설을 실존주의나 극한의식이라고 하였는지 그 이유를 알게 된 독자에겐 '헵벨'식으로 파란의 왕관을 주겠다. 자기 입장을 덮어둔 채 싸우려는 이것이 곧 씨가 검은 복면을 썼다는 증거다. 한 사람은 그것을 흑(黑)이라고 다른 한 사람은 그것을 백(白)이라 할 때 당연히 전자는 그것을 흑이라고 말하게 된 자기 생각을 밝혀야 할 것이고 후자 또한 그것을 백이라고 한 자기 입장을 밝혀야 할 것이다. 그래야만 비로소 논쟁을 할 수 있고, 또 흑백을 가릴 수도 있는 것이다. 나는 내 입장을 밝혔다. 그런데 씨는 씨의 입장을 밝혔는가? "집에 금송아지"가 있다는 식으로 "산적한 자료가 있다"느니 "도식처럼 환하게 그려서 밝힐 수 있다"느니 "××를 읽어보면 알 수 있을 것이라"느니 말만 하면서 그것을 직접 공개하려 들지 않는 씨의 치기만만한 허세는 무엇을 의미하는가? 씨의 입장을 가지고 나의 입장을 비평하는 것이 논리의 본(本)이며 논쟁의 도(道)다. 내 일찍이 이를 지적해 주었음에도 불구하고 다시 내 문장만 가지고 운운하고 내 인신만 공격한 그것이 바로 씨가 정문으로 들어오지 아니하고 하수도로 침입했다는 증거다.

더구나 씨 자신이 인정하였듯이 불과 씨의 문단 연령 밖에 안되는 나이 어린 후배 앞에서 그게 차마 할 짓이었던가? 씨가 이렇게 불길한 복면을 쓰고 추한 하수도로 들어왔기 때문에 드디어 우리는 '콩' 이야기를 하다가 '팥' 이야기를 하게 되었다. 내가 내 문장에 대해서 변명하지 않았던 것은 씨의 술법으로 하여 초점을 잃지 않으려 했던 생각에 서다. 씨가 내 글을 좌표이전의 이전이라 하였을 때 이 모독을 참았던 까닭도 바로 여기에 있다. 그러나 이제 영영 논쟁의 초점은 상실되고 말았다. 이제 남은 것은 풍차와 싸우는 '돈키호테'의 희극뿐이다. 이번 논쟁에서 내가 얻은 수확은 간계와 허세로 가득찬 자객논법(刺客論法)의 전형을 얻은 것 뿐이다.

씨가 앞으로 진지하게 논쟁을 할 의사가 있다면, 자객논법을 버리고 정도를 택한다면, 그래서 씨가 생각하는 지성이라든가 극한의식이라든가 실존주의라든가 하는 개념을 밝히고 자신의 입장을 제시한다면 언제나 쾌히 응전할 것이다. 또 외줄을 타는 씨의 그 아슬아슬한 곡예를 위해서 하나의 부채까지도 마련해 줄 것이다. 그러나 자기 입장을 밝히지 않고 다시 내 글만 가지고 운운한다면 씨와 한 잔의 술은 나눌지언정 결코 문장에 대해선 한 마디의 말도 나누지 않을 것이다. "하시일준주·김여세론문"(何時一樽酒·金與細論文) — 그 마음 자못 수수(愁愁)롭다.

그러나 끝으로 청산할 것이 있다. 씨가 나에게 준 말 가운데서 반환해 드려야 할 말과 또 하나는 씨가 나의 문장을 운운한 그 질문에 답변하는 일이다. 이것으로 실패한 한 장면의 연극은 막이 내려지는 것이다.

(1) 씨에게 다시 돌려 줄 말 — "그래도 짐작이 가지 않을 때는 자기의 마음 속에 추한 병이 들어 있기 때문이라는 것을 깨달아야 할 것이다. 모르는 것을 아는 것 같이 늘어놓고 정밀치 않은 일부 독자를 속이려는 병, 꿈짝할 수 없는 과오를 범해 놓고도 사과보다는 딴전을 쳐서 뭉게려는 병, 일시적인 허영심을 '캄푸라쥬'(까무플라쥬?) 하기 위하여 거짓말이라도 지상(紙上)에 공개하여 스스로의 인격을 파멸시키는 병" — 이 점잖지 못한 말들은 씨가 나에게 선물로 준 것이다. 그러나 내게는 별로 필요하지 않으니 다시 찾아가기 바란다.

모르는 '독일이'를 아는 체 늘어놓는 김동리씨 자신에게나 약이 될 말들이다.(씨의 추천을 받은 정 모(鄭某)에게 씨는 실존성이란 말이 원어로 있는가 조사해 달라고 부탁하였다.)

정 모는 그래서 S대학 도서관으로 가고 실물을 찾아오듯이 'Existenzialität'란 말과 함께 '하이데거'의 원문 파편을 제공해 주었다. 그것을 씨는 마치 자기가 미리 알고나 있었던 것처럼 기세도 당당하게 내밀고 호령을 한다.

이것은 무슨 병에 속할까? 씨 자신이 진단해 보라. 더구나 'Existenzialität'란 말을 우리의 상식대로 '실존성'이라 하지 않고 굳이 '실존'이라고만 번역하며 '성'을 부쳐주지 않았던 사전들의 예를 명시하였음에도 불구하고 사죄 운운한 씨의 그 억지는 무슨 병의 증상일까?

모 작가의 글을 논하는데 엉뚱한 내 글을 들추어 일시적으로 논리의 빈곤을 '까무플라쥬' 하려는 씨에게나 — 정면에서 자기 이론을 들고 대적하지 못하는 씨에게나 — 연령으로라도 상대를 눌러보자는 씨에게나 — 필요한 말들이다. 그래서 일찍이 '적반하장'(賊反荷杖)이란 말이 있었느니라.

(2) 내 문장에 대해서 ─. 이 논쟁과는 관계없는 일이지만 씨가 그것을 자꾸 물어 오기에 대답한다.

A. 씨가 제일 먼저 내세운 '깜박'이라는 말에 대해서 우선 해명한다. 시는 깜박이란 말이 눈을 뜨는데 쓰이는 말이 아니라는 것이다. 그러나 국어국문학회의 사전과 을유문화사판 사전에는 엄연히 "눈을 감았다 뜨는 모양"이라고 적혀 있다. 다만 한글학회 큰사전만이 "눈을 감는 꼴"이라 되어 있을 뿐이다. 어느 사전에는 뜨는 쪽으로 되어 있고 어느 사전에는 감는 쪽으로 되어 있다는 것은 그만치 '깜박'이란 말의 한계가 명확치 않다는 것을 뜻하는 것이다. 오죽 할 말이 없으면 이럴 수도 있고 저럴 수도 있는 말까지 끄집어 내었겠는가? 치사스럽기 짝이 없지만 이게 어느 사전이 더 정확하냐 하는 것까지를 다 따지게 되었다. 부끄러워 더 말을 하지 않겠다, 「한글학회 큰사전」보다 뒤에 나온 사전들이(먼저 것을 참조했을 것임으로) 더 신용할만한 것이라고 하면 어떻게 하겠는가? 상대방의 잘못을 지적하려면 어느 사전을 가지고도 다 입증할 수 있는 확실한 오류를 들추라. 마치 '무기미'와 같은 말들을.

B. "슬픈 마음을 울 눈(目)도 없이 고독했다." 무엇이 잘못이란 말인가. 이것은 「실명한 비둘기」라는 산문시에서 나오는 한 구절인데 전후 문맥으로 보아 대낮처럼 분명치 않던가? 전쟁으로 눈을 잃은 비둘기의 이야기다. 슬픈 마음을 울어 볼 눈조차 없다는 것이다. 즉 눈물조차 흘릴 수 없다는 뜻이다.

C. "야만(野蠻)한 원색". 한여름의 바닷물과 낭떠러지의 황토흙의 빛깔을 표현한 말이다. 야만은 '야만한' 따위도 얼마든지 쓸 수 있다. 사전을 찾아보면 '야만'이란 풀이 끝에 '-하다'라고 되어 있다. '야만'이 형용사로 쓰일 수 있다는 표시다. '매운 바람'을 '고추바람'이라고 하는 경우처럼 이 때의 야만이란 말은 "야생한 것"의 '메타포'다. 즉 색깔이 매우 진하고 야생적이라는 표현이다. 표현기법의 ABC에 속하는 문제다.

D. "피들이 흘러가는 혈맥". 「유리공화국」이라는 상징적 산문시에 나오는 말이다. 하늘도 땅도 사람도 다 유리로 되어 있기 때문에 그 내부가

전부 들여다 보인다는 그 동화적인 나라를 가상해 본 것이다. 그래서 여인의 나체를 들여다보면 고운 "피들이 흘러가는 혈맥들"이 보인다고 하였다. 이 때 피에 '들'이 붙은 것은 만화영화에서 개개혈구가 영양분을 운반하는 그 작업광경처럼 피에 '아니미스틱'한 그 생명감을 준 '알레고리'다.

여인의 몸이 투명하다는 것이 이미 하나의 상징인 것처럼 여기의 피 또한 상징적인 피다. "손을 다쳤다. 피들이 흘러 나온다." 하면 잘못이다. "피들의 작업"이라 하면 '알레고리'가 되기 때문에 하등의 모순이 될 수 없다.

E. "내장(內臟)한 포도(鋪道)의 유적". 「성 페에타의 패배」에서 나오는 시의 한 구절이다. 그런데 이 앞에 어둠이란 말이 있다. 어둠을 내장한 포도 즉 표면적인 어둠이 아니라 그 내부에까지 스며있는 어둠의 '이미지'를 표현한 말이다. 시인은 어둠을 물처럼 찰름거린다고까지 표현한다.(朴斗鎭) 아무리 소설가일지라도 시의 수사학 정도는 알고 있어야 한다. 원칙이다.

F. "서기하는 광채". 기호지방—특히 충청도에서 쓰이는 말이다.

어둠 속에서 인광(燐光)처럼 퍼렇게 빛나는 것을 '서기한다'고 한다. "고양이가 서기한다." "서기하는 호랑이의 눈"이라고 얼마든지 말한다. 여기에선 자개박은 편상이 어두운 방에서 '서기한다'는 뜻이다. 이에 해당될 만한 표준어가 없기에 방언 그대로 썼다.

G. "사군자의 묵화". 묵화에는 여러 개의 종류가 있다. 묵화가 곧 사군자는 아니다. 이 때 사군자는 묵화의 한정어다. 어떤 묵화냐를 한정해 주자는 뜻으로 그렇게 쓰일 수 있는 것이 아닌가?

한숨이 나온다. 중학교 학생을 놓고 작문을 가르치는 것 같다. 20년이나 소설을 쓴 씨가 이렇게도 수사학에 어두운가 이러한 씨이고 보니 상원씨의 문장을 지성적이라고 하는 것도 당연한 일이다. 「사반나의 풍경」이나 「녹색우화집」이 비록 학생시절의 구작품이라 할지라도 비하하고 싶지는 않다. 나는 씨의 소설과 내 문장의 '컴마' 하나와도 바꾸고 싶지 않다.

나는 평론으로 문단에 나온 사람이기 때문에 지금껏 소설이나 시를 발표할 자격을 얻지 못하고 있다. 그러기에 학생시절에 써놓고 발표할 길이 없었던 그 소설과 산문시를 '교내 동인지'에 발표하게 된 것이다. 김동리 씨의 사고대로 하자면 '카프카'의 「심판」이 1926년에 발표되었기 때문에 그것은 '카프카'의 유령이 쓴 것이라고 믿어야 할 것이다. '카프카'는 이미 1924년에 죽었기 때문이다.

작품을 쓴 연대와 그것이 발표된 연대가 서로 다른 것이라는 정도도 모른다면 …… 나는 이제 더 무엇을 말하랴.

세상이 갑자기 슬퍼진다. '아프리카' 불귀순지역에서 생활하고 있는 느낌이다.

나는 그대로 김동리씨라면 웬만한 선배로 알고 있었다. 그러나 아 그러나 씨는…….

그렇다. 무릎을 끓고 빌 수 있을만한 선배라도 있으면 참말 행복하겠다. 이렇게 고독하고 이렇게 어린 마음에 상처는 받지 않았을 것이다. 여기까지 쓰다보니 눈시울이 뜨거워진다. 풍차와는 싸울 수 없다. 막을 내리든지 자기 입장을 밝히고 나오든지 그 중 하나를 선택하라. 그리고 우울했던 겨울이 가고 봄이 오는 저 하늘을 보자.

[『경향신문』, 1959. 3. 12~14]

11

´눈물´의 의미

김 동 리

　해방 전이다. 내가 시골서 '사설학술강습소'의 일을 하고 있을 때다. 이웃에 '시마다'라는 일인(日人)이 살고 있었다. 그 지방의 일인사회에서는 '숨은 문학자'로 통해 있었다. 나는 강습소의 일로 이 사람과 알게 되었는데 그 뒤 이 사람과는 만나는 족족 논쟁을 하게 되었다.

　한 번은 「죄와 벌」이 톨스토이의 작품인가 도스토예프스키의 작품인가를 두고 다투게 되었다.(지금 생각하면 모두가 고독했기 때문이지만) '시마다'씨의 주장에 의하면 그것이 톨스토이의 '역작'이라는 것이다. 내가 아무리 말해도 듣지 않는다. 톨스토이는 본래 도덕주의 작가이기 때문에 「죄와 벌」이라는 제목만 보더라고 톨스토이를 느낄 수 있다는 것이다. 그래서 내가 두 작가의 중요작품연보를 대강 비교해 보였더니 그 때는 거기 대해서 더 말하지 않고 그 대신 "당신이 언제 로서아에 다녀왔소" 하였다. 나는 로서아에 다녀온 일은 없고 다만 서적을 통해서 읽고 있을 뿐이라고 했더니 이번에는 "실제로 로서아에 가서 보고 와야 알지 서적을 어떻게 믿느냐"는 것이다. 여기서부터 그는 점점 의기양양해서 밖에 있는 이웃사람들까지 불러들여 놓고 "이 분은 나쯔메(夏目漱石)씨의 얼굴도 보지 못하고서 그의 문장을 안다고 하니 그럴 수가 있겠느냐"는 것이다. 여기서 내가 「죄와 벌」이 누구의 작품이냐 하는 문제와 '나쓰메'씨의 얼굴이 무슨 상관이냐고 했더니 이 친구 대답이 걸작이다. "그것은 앞 문제요 이것은 뒷 문제가 아니냐"는 것이다. 나는 담담히 웃을 수 밖에 없었다.

이번 이어령(李御寧)씨의 「희극을 원하는가」를 읽고 나는 문득 이 '시마다' 씨가 생각났다. 이번에는 초점이나 논리를 운위할 여지도 없이 완전히 게릴라가 되어 나타난 것이다. 이 경우 나는 옛날의 '시마다'씨를 상대하듯 담담히 웃고 있으면 충분하고, 따라서 내가 다시 이 글을 쓰는 목적은 게릴라의 소탕에 있는 것이 아님을 밝혀두고자 한다.

씨의 「희극을 원…」은 상중하(上中下)로 분재되었다. 나는 상중(上中)을 읽을 때까지 담담히 웃고 말려고 했다. 하(下)를 읽으니 써주고 싶어졌다. 그것은 씨가 "눈시울이 뜨거워진다."고 고백했기 때문이다. 나는 언제나 '눈물'에는 약하다. 씨는 "눈시울이 뜨거워"졌을 뿐 눈물은 흘리지 않았다고 겸양(謙讓)을 할는지 모르나 그것은 마찬가지다. 어쩌면 씨 자신도 그것을 못 보았을 것이다. 그만치 씨의 '눈물'은 씨 자신에게 있어서도 의외의 것이며 이유 모를 것이기 때문이다. 씨는 그 이유로서 '고독'과 '상처'를 들었으나 그것은 우연히 뛰어나온 문자에 지나지 않는다. 그러한 우연이 조성된 의식의 밑바닥이 문제다. 잠재의식의 세계 말이다. 이것은 씨에게 있어 어쩌면 지극히 중요한 문제가 될 것이다. 씨는 그렇지만 이것은 이번 논쟁과 직접관계가 없는 것이라고 생각할 것이다.

그래서 나도 씨의 눈물을 씨의 소론과 관련시켜 설명하려는 것이다. (그러나 이것은 어디까지나 위에서도 말한 바와 같이 '게릴라' 소탕전과 취의(趣意)가 다르다는 것을 믿어주기 바란다.)

그렇다면 나는 어째서 씨로 하여금 "눈시울이 뜨거워"지게 만들었는가.

씨는 먼저 내가 독일어를 모르면서 아는 체 했으며 그 증거로는 '실존성'이란 원어를 남에게 물어서 자기에게 가르쳐 주었다는 것이다. 나는 심히 따지지 않겠다. 다만 이렇게 말하고 싶다. 나의 글을 다시 한 번 읽어 보라고. 내가 외국어를 잘 안다고 했던가. "나도 어령씨처럼 외국어를 잘 알지는 못하지만 술어를 잡아 쓸 때 사전이나 전문가에게 문의하는 것쯤은 알고 있다."고 이미 나의 태도를 명백히 하지 않았던가. 씨가 만약 나에게 어학으로서의 독일어를 물어왔다면 나는 씨를 독일어전문가에게 넘겼을 것이다. 그러나 내가 쓰는 술어나 인용구절의 원문쯤은 내가 직접

사전을 찾기도 하고 전문가에게 물어서 '노트'도 하기 때문에 씨가 그것을 물어 왔을 때도 나는 그러한 방법으로 씨에게 제시했을 뿐 내가 독일어를 잘 안다고 한 일은 없지 않은가. 그보다도 씨가 제의한 문제의 초점은 '실존성'이란 말이 성립되는가, 원어로도 있는가, 하는 것이 아니던가. 이에 대해서 그것은 실존철학(하이데거)에 있어 기본 술어의 하나이며 원어로는 무엇이며 그 원어가 어느 구절에 나온다는 것까지 밝혀주지 않았던가. 그렇다면 씨는 그 한 마디 용어에 운명을 걸다시피하고 대어든 자기의 비평태도에 근본적인 결함이 있음을 깨달아야 했을 것인데 그러지 않고, 당신은 누구한테 배워서 가르쳐 준 것 아니요, 당신이 언제 독일어를 알았단 말이요, 하고 나온다면 위에 말한 '시마다'씨의 경우와 무엇이 다르단 말인가. 처음부터 나에게 독일어 강의를 신청했던가. 이야기의 초점이 아주 엉뚱하지 않느냐 말이다.

씨는 또 「문학」지가 '교내 동인지'라고 변명을 했지만 거기는 시인이며 동교교수인 송욱씨와 그 때 이미 '지성적인 작풍'으로 알려져 있던 오상원(吳尙源)씨의 작품들도 함께 발표되어 있지 않는가. 또 "작품을 쓴 연대와 그것이 발표된 연대가 서로 다른 것"이라고 엉뚱하게도 카프카의 유작을 들먹였지만 씨는 먼저 번 글에서 분명히 "학생시절에 발표한 소설"이라고 하지 않았는가. '쓴 연대'와 '발표 연대'를 구별하겠다는 사람이 어째서 먼저 번에는 "학생시절에 발표"라고 해 놓고 이 번에는 또 '쓴'이라고 하는가. 자가당착(自家撞着)도 분수가 있지 이렇게 되면 거짓말도 이중이 되지 않는가. 또 어느 시절에 썼든지 사회적인 생산 연대는 '발표'로써 표준한다는 문단의 불문율도 잊었단 말인가.

그러나 이보다는 더 중요한 문제가 있다. '학생시절' 운운으로 거짓말도 할 수 없이 「문학예술」지에서 추천까지 받은 평론문장 속에 '역으로'(갸꾸니) '공히'(도모니)가 나온 것은 어쩌느냐 말이다. 씨가 만약 이 문제를 자꾸 고집한다면 모국어를 모독하는 일 밖에 되지 않을 것이다. (나는 이것도 심히 따지지 않겠다.) 누구의 문장 속에서 '생경한 직역적인' 용어 한 두 개를 찾아 냈다고 해서 그것으로 '지성적'의 여부를 결정하려는 비평태도가 근본적으로 틀렸다고 하지 않았던가.

씨는 또 내가 어째서 '지성적'과 '실존성'과 '극한의식'을 적극적으로 밝혀주지 않느냐고 하였다. 이것은 이 논쟁의 출발이 무엇인가를 잊은 사람의 말이다. 전기 용어들은 나의 「소설천기」(小說薦記) 「심사소감」 등 불과 두석 장의 지극히 짧은 글에 나온 것인데 씨가 그와 같은 '자객논법'으로 반발하고 나오지 않았던가. 나의 대표적인 작품이나 평론에 대하여 정당한 방식으로 의견을 진술해 왔다면 내가 처음부터 '좌표이전'이란 말을 썼을 이도 없지 않는가. 내가 처음부터 '좌표이전'이라 하고 '좌표이전'인 소이를 밝혔을 때 씨가 그것을 순수히 받아 들이고 본론으로 들어가기를 원했다면 나도 이왕 붓을 들었으니까 생각을 달리 했을지도 모를 일이나 씨는 자기가 택한 논법에 의하여 스스로 여지 없는 과오에 빠진 뒤에도 그것을 캄푸라쥬하기 위해서 논리와 초점을 뭉개고 '학생시절'을 위장하려 하지 않았던가. 이러고서도 도리어 나에게 '논쟁의 도'를 운위하니 적반하장(賊反荷杖)이란 말이 무색하지 않은가.

씨는 첫 번 글에서 '실존성'이란 용어 하나에 운명을 걸고 달려 들었다. 그리고 두 번째 글에서 '깜박'이란 낱말 하나에 피를 뿜고 달려들었다. 그리고 세 번째가 '눈물'이었다. 씨는 옷깃을 바로 하고 이 일을 반성해 보라. 이 '운명을 걸고'와 '피를 뿜고'와 '눈물을 흘리며'의 의미를 씨는 분명히 '실존성'이란 말이 성립도 안되고 원어에도 없었으면 좋았을 것이다. '깜박'이란 말도 「우리말큰사전」이나 「중사전」에 그렇게 나와 있지 않았으면 좋았을 것이다. 어째서 좋을까, 얼마나 좋을까, 이것이 문제다. 씨가 나에게 '실존성'이란 말이 있느냐 조작이 아니냐 날조가 아니냐, 그러니까 이것도 틀리지 않았느냐, 그러니까 저것도 거짓말이 아니냐 하고 나왔을 때 씨의 소원대로 그 말이 조작이나 날조가 되었다면 그 덕택으로 나는 26년간의 모든 노작이 수포로 돌아간 것이 되고, 무식한 자가 되고, 거짓말쟁이가 되고 씨는 한치의 칼(한 개의 용어)로 적의 심장을 찔러서 넘어뜨린 천하의 영웅이 될번 했단 말인가. 씨의 이러한 자객정신은 그 다음의 '깜박'설에서도 역력히 나타났던 것이다.

그 다음 씨는 자기의 "깜박 눈을 뜬다." "슬픈 마음을 울 눈도 없이 고독했다." "야만(野蠻)한 원색" "피들이 흘러가는 혈맥들" "내장(內臟)한 유적의 보도(補道)" "서기하는 광채" "사군자의 묵화를 그린" 등에 대하여 (그것도 고쳐놓고) 설명을 하며 이것이 왜 말이 되지 않느냐고 하였다. 그러나 씨는 다음 사실을 알아야 한다. ― 부적(呪符)도 그것을 그린 사람으로서는 설명을 알 수 있다. 사군자만이 묵화가 아니기 때문에 "사군자의 묵화를 그린"이 옳다면, 밥만이 음식이 아니기 때문에 "밥의 음식을 먹은"이라야 옳단 말이냐고 묻지 않았던가.

씨는 어느 불완전한 사전에서 잘못된 말풀이 한 줄을 얻었다고 해서 자, 보라, 여기 있다, 너는 죽는다, 나는 유태인과 같이 잔인한 짓을 할 것이다. 20년이나 모국어를 지켜왔다는 자가 우리말도 모르는 꼴을 증명해보이마 ― 「큰사전」과 「중사전」마저 '깜박'에서 '깜박거리다'를 해설하고 말풀이를 틀리게 해놓았던들 '20년의 모국어'는 그만 이 '깜박'이라는 자객에게 찔려 죽고 말뻔한 셈이 되는 것이다. 어째서 남의 용어 하나에 운명을 걸다시피하고 달려드느냐 말이다. 그러다가 다행히도 그 용어에 결함이 있어서 상대자의 26년간의 노작과 적공(積功)이 휴지로 돌아가고 씨는 일조에 문단의 영웅이 되어서 남의 26년 위에 올라앉았으면 좋겠지만 만약 그러지 못할 때 씨는 이 자객의 목에다 무엇을 걸어두었단 말인가. 씨가 만약 정직한 사람이라면 자결밖에 할 길이 없지 않은가. 왜 그러냐하면 씨에게서 26년에 해당하는 것은 생명의 전부이니까.

나의 하루는 당신의 10년과 같소 한다든가 나의 컴마 하나는 당신의 시 백 편과도 바꾸지 않소 하는 따위는 사형수의 자포자기(自暴自棄)에 지나지 않는다. "역으로" "공히"는 컴마 하나보다 큰 것인가 작은 것인가. 그렇다. "역으로" "공히" "내장한 유적의 포도" "서기한 광채" 등등. 아무도 탐낼 사람은 없을 터이니까. 영원히 씨의 것으로 잘 보존해 두기 바란다.

나는 물론 씨에게서 자살이나 자포자기를 요구하지는 않는다. 그 대신 그러한 자객논법을 앞으로 쓰지 말도록 권하고 싶다. "실존성"이니 "깜박"이니 하는 용어 하나로 "20년의 모국어"를 묵살하려는 비평태도에 씨의 너무나 조급한 성격이 있으며 그러한 조급한 성격이 그러한 조급한 운명을 의미하는 것이라면 씨의 '눈물'이야말로 이 예고도 이유도 없이 찾아온 손님이야말로 씨의 그 조급한 운명과 귀결된 것이 아닐까. 나의 이 글이 씨의 문운(文運)과 건강에 도움이 되기를 빌며 앞으로의 비평태도에 근본적인 성찰이 있기를 바란다.

[『경향신문』, 1959. 3. 20~22]

언쟁이냐 논쟁이냐
- 김동리씨와 이어령씨의 논쟁을 보고… -

이 철 범

시시한 발단은 시시한 끝을 맺는다. 그리하여 불미스러운 끝을 맺었다. 나는 결론부터 얘기했다. 지난 해 있은 각 문학계의 논쟁도 모든 사람의 기대에 어긋나고 욕설로 끝을 맺었듯이 오래간만에 있은 문학논쟁도 역시 마찬가지 경우를 마련했다. 논쟁이라는 것이 어디까지나 문제를 취급하는 의미에서 그 중요성이 있는 것이 이 말머리를 잡고 인신공격과 기타 얼굴이 간지러워서 못 견딜 언사조로 메워 있다면 그것은 논쟁이 아니라 개인의 언쟁이며 그런 언쟁을 뒤에서 신문 문화면이란 매스커뮤니케이션이 제공될 필요가 없다고 본다.

이번 경우를 좀더 자세히 보건대 첫째 김우종(金宇鍾)씨의 '중간소설론'을 반박한다는 글부터 성립되지 않는다. 김동리(金東里)씨가 중간소설론이란 것을 쓴 것도 아니고 「서울신문」에 몇 자 언급한 것을 그런 제목으로 쓴다는 것 자체가 논쟁의 기초 요소도 갖추지 못했던 것이 그러나 그 글에 대한 김동리씨의 글을 보고 놀랐다. 논리적으로 타당하다. "신진 평론가를 전부 비난한 구절은 빼고" 너무나 타당한 글이었는데 우리는 그 글에서 김씨의 무게가 새삼스럽게 가벼웠다는 것을 느꼈다. 좀더 대가의 입장에서 윤기 흐르는 글을 썼던들 이미 논쟁은 시작하지 않았을 것이다. 다음은 그 분이 이어령(李御寧)씨한테도 갔다와서 근 한 달 동안 김씨와 이씨간에 논쟁이 불붙었다. 한 달 동안이나 오고간 논쟁은 우리 문예계에 얼마만한 플러스를 가져왔는가? 처음엔 다소 흥미있게 주시하고 나중엔 모두 염증을 느낀 나머지 빨리 걷어치웠으면 했다. 그러면 우리의 기대한 이유를 적어본다. 과거에도 문학논쟁이 있었다. 그러나 그땐 주로 '프로' 문학이냐 순수문학이냐 등의 정치적 요소가 많이 개재된 논쟁이었으나 이번 경우 그래도 문학자체의 문제로서 특히 현대문학에서 많이 논의되는 어떤 면에선 가장 핵심문제라고 해도 과언이 아닌 문제가 그 초점이었기 때문이다. (1) 지성적 (2) 실존성 (3) 극한의식 등 사실 그 문제는 문학분야에서만이라도 광범위한 의미를 갖고 있는 중요한 문제였다. 그 문제를 가지고 그래도 우리 소설계의 중진인 김동리씨나 또 신진평론가로서 가장 샤프한 이어령씨가 논쟁을 하게 되었으니 우리의 기대도 자못 컸고 또 퍽이나 흥미있게 바로보게 되었던 것이다. 첫 번째 이어령의 글은 그 세 가지 문제에 대해서 나는 이렇게 생각하는데 김씨 자신은 어떻게 생각하는가 라는 질문이었다. 그러나 김씨는 자기의 입장을 끝끝내 밝히지 않았고 대신 이씨의 문장을 비난함으로써 (1) 지성적이냐의 물음에 동문서답(東問西答)을 했다. (2) 실존성이란 말도 마찬가지다. 「신화의 단애」라는 소설의 내용과 실존성이란 문제를 밝혀달라는 이씨의 요청과 아울러 실존성이란 원어가 있는가라는 물음에 소설의 내용과 실존성이란 문제는 끝끝내 밝혀지지 않았고 대신 실존성이란 원어가 있다 라고 했다.

그러니까 결국 따지고 보면 이런 경우 논쟁이 성립 안되는 것이다. 이씨의 물음에 "나는 이런 각도에서 이렇게 본다."라는 말이 있어야 "거기에 대해서 나는 이렇게 본다." 그래야 비로소 논쟁이 되는 것이다. 그런데 논쟁이 되지 않는 것을 가지고 한 달 동안이나 무엇을 했는가 '말싸움'을 한 것이다. 나는 여기서 김동리씨한테 한 마디하고 싶다. 그래도 문학을 이십 몇 년간이나 했다고 하는 분이 이번 이씨에 대한 글을 보고 퍽 유감스럽게 생각했다. 한 번 여론조사를 해보면 자기 스스로의 가치를 스스로가 알리라고 생각는다. 이씨는 이 글을 쓰는 필자와 친한 사이다. 그렇다고 내가 이씨 편에 가담해서 김씨를 비난하자는 것이 아니다. 이씨한테도 다소 그릇됨이 있다고 하자. 아직 젊은 분이다. 거기에 비하면 김씨는 일가를 이룬 사람이라 해도 과언이 아니다. 그 일가를 이룬 김씨가 글을 그렇게 밖에 못쓰느냐고 생각해볼 때 말로는 표현할 수 없다. 우리의 선배와 그 후배와 한국문학사와 함께 생각하면서 역시 혈맥이 끊어져 있는 감을 느낀다. 우리는 이번 논쟁이 비록 문학계에 플러스를 초래치 못했다 하더라도 '무슨' 교훈은 되었다고 본다. 우리는 그 교훈을 진실로 현재와 미래에다 되살려야 할 것으로 믿는다. 지금의 문제는 '누가 이기느냐 지느냐' 하는 계속할 문제는 아니니까. 그보다 대체 무엇을 논했는가 하는 문제라고 본다. 그것은 내가 여기서 말하지 않아도 독자들은 다 잘 알고 있으리라고 본다.

[『세계일보』, 1959. 3. 28]

13
서글픈 만용이 아니었기를
- 독자로서 김동리 · 이어령 양씨에게 말한다 -

임 순 철

'Der Rubin'의 마법에서 이제 막풀려나온 공주처럼 가련하게도 나는 이제야 새 정신이 드는 듯하다. 우둔한 탓이다. 또 한 번 애써 읽어 보았다. 역시 모호한 점이 가시지 않는다. 몹시 안타까웠다. 정녕 그 무엇인가 정체를 잡지 못하고서는 이대로 넘길 수는 없을 것 같다. 그렇다. 문학에 관하여서는 거의 문외한인 내가 붓을 든 소이는 바로 여기에 있다. 이어령(李御寧)씨와 김동리(金東里)씨 두 분의 논쟁 「영원한 모순」, 「좌표이전과 모래알과」, 「논쟁의 초점」, 「초점 이탈치말라」, 「희극을 원하는가?」, 「눈물의 의미」 등의 표제를 붙인 기사들 …. 김동리씨는 이미 낭만을 찾아 사라져간 어느 문학소녀와의 추억과 더불어 기억한 이래 근래에는 「사반의 십자가」라는 장편소설을 쓴 기성중진작가로 알고 있는터요. 이어령씨는 신진 평론가—그것도 요 몇 달전 대학신문의 좌담회 기사를 읽은 이후 본교 출신이었다는 정도의 상식을 가지고 있는 터이니 기사만을 읽는 독자의 입장에서 이 글을 쓰는 마음이 한결 가볍다. 영국의 '부랙스톤'이 출판의 자유를 강조하는 한편 발표에 대하여 발표자는 "그 만용에 대하여 책임을 져야 한다."고 말한 것처럼 이제 써나가는 미숙한 이 글에 대하여 책임을 져야함은 물론 이 말은 문인에게도 그대로 타당한 불문율일지도 모른다. 이미 주관을 떠나서 객관화된 그리고 어떤 의미에선 독자의 존재를 망각한 논쟁들을 검토하여 보자.

이어령씨의 질문은 이것이었다.

(1) 오상원(吳尙源)씨의 문장이 지성적이냐? 그는 "지성적인 문장이란 서술이 정확한 문장이다. 언어의 '커노테이션'이 아니다. '디노테이션'에 있어서 말이다."라고 정의하면서 "생경한 직역적인" 용어로 "무기미" "눈준다" 등을 들었다. 확실히 김동리씨가 지적한 것처럼 "깜박 눈을 뜬다." "슬픈 마음을 울 눈도 없이 고독했다." "야만한 원색" 등 해석하기에 따라서는 생경한 직역적인 용어는 평론가는 물론 작가에게서도 오히려 찾을 수 있다는게 보통일는지 모른다. 이런 의미에서 "생경한 직역적인" 용어 몇 개를 가지고 지성적이냐 아니냐를 따지는 것은 무의미하지 않느냐는 점까지는 소극적이나마 김동리씨의 태도는 명백하다. 확실히 두 분은 상이한 지성적인 문장의 정의를 가진 것이 분명하다. 독자의 주의가 김동리씨의 지성적인 문장의 정의에 모여지는 것은 오히려 당연한 일이다. 해석의 초점은 정의를 밝히지 않는 태도 바로 그것이다. 여기에 보다 적극적인 김동리씨의 아량이 필요하다. "왔노라 보았노라 이겼노라"라는 단 세 마디로 완전한 의사표시를 하여 천하에 유명한 '시저'를 들출 필요도 없이 비록 「소설천기」(小說薦記) 「심사소감」의 지극히 짧은 글"에 썼을 망정 지성적인 문장이라고 결론을 내리는데에는 26년간 노고의 배경이 있을 것이다. 지극히 짧은 글에 썼다는 것이 회피의 이유는 될 수 없을 줄 믿는다. 정의만 밝혀지면 우리는 안다. 어느 의견이 타당한가를….

(2) 한말숙(韓末淑)의 「신화의 단애」에 나오는 진영(眞英)이가 실존사상의 표현이나 실존성이란 조작어가 아니냐? 원어를 대라. '하이데거'의 「시간과 존재」에 나오는 철학술어 'Existenzialität'다.

이 얼마나 통쾌한 대답이냐! 조작어가 아니다. 질문자의 입장에서 도의적인 책임을 져야할 것이다. 만약 이런 질문이 실존의 구조를 몰랐다는데 기인한다면 그런 질문은 논리이전의 것이다.

문제는 진영이의 어느 면이 실존사상의 표현인가를 지적하면 된다.

이어령씨는 진영의 행동은 충동적이요 인생관은 낙천적이요 본능충족이 생의 목적이었다고 규정하고, 이런 생활은 바로 '하이데거'의 비실존적

인간에 해당하기 때문에 실존사상의 표현이 아니라고 주장하였다. 여기에 대한 유일한 대답은 전술한 책임추궁에 그치는 것이 아니고 김동리씨가 생각하는 실존성의 개념과 진영이의 생활과의 관계를 천명(闡明)함으로써 환언하면 "도식을 그리듯이 확연히 보여주려했던 것이다."의 의도를 소생(蘇生)시키면 문제는 간단하고 분명해 질 것이다.

　(3) 추식(秋湜)씨의 「인간제대」「부랑아」는 극한의식의 산물이냐? 이상 두 질문이 '좌표이전'의 것이었음에 대하여 이 최후의 문제만 가까스로 "모래알만한 근거와 이치"가 포함된 것이었기에 더 한층 주의를 하였다.

　그러나 이런 환희는 순간, 실망과 함께 나의 표정은 울상이 되었다.

　그렇다. 사계(斯界)의 중진인 선배에게 항의적인 질문에 앞서 갖추어야할 전제조건이 있다. 적어도 질문자는 개념정도는 알고 와야한다는 윤리가 그것이다.

　김동리씨의 의견을 신빙(信憑)한다면 최후의 "모래알만한 근거와 이유"마저 영영 깨어져버렸으니 김동리씨의 의견을 들어볼 기회가 두절되었다. 여기에 독자가 요구하는 질문의 성격이 달라질 수 밖에 없는 필연성이 있다. 빈약한 지식을 모아도 그 방대한 철학을 공부할 시간이 없는 독자의 사정이요. '노트'와 붓을 들고 찾아가 강의를 들어 마땅하되 이왕 붓을 든 김에 물어볼 수 밖에 없다.

　이 만용을 가상히 여겨 설명해줄 수 있는 여유는 있는지—이후 남몰래 비교하여 볼 것이 있다.

　조작어가 아니냐, 독일어를 모르지 않느냐, 학생시절에 발표한 것이란 거짓말이 아니냐, 초점을 뭉개는 병이 아니냐는 등등은 논쟁이전의 것이요 오히려 귀중한 지면을 어느 때나 이런 것으로 장식한 것은 독자로서 픽 유감스러운 일이었다.

　그러나 여기 꼭 부언할 말이 있다. '자객논법' 만약 질문자의 본의가 "남의 26년간의 노작과 적공(積功)이 휴지로 돌아가고 씨가 일조에 문단의 영웅"이 되려는 야심에서 복면을 하고 틈을 타서 적의 심장에 칼을 던진 것이라면 한국문학의 장래를 위하여 얼마나 통곡할 일인가? 그러나 그것이 기성인의 결함 자객논법이 성할만큼 엉성한 점에 기인하는 것이라면 누구의 죄일까?

사회적으로 보아 분명하듯이 인간의 본능은 권위의 옹립을 위하여 기존이라는 이름의 무기를 가지고 신우등인(新優等人)을 경계하는 지혜를 사용할 줄 안다. 폭로가 두려워서 장성을 쌓는다. 여기에 "한 사람에의 진리는 만인에의 진리다."라는 경구가 매장을 당하고 만다. 이리될 때 기존과 신인의 암류(暗流)와 충돌, 한국문학의 퇴보, 후세인의 이맛살을 찌푸리게 하는 근원이 조성되는게 아닌가?

심장이 뛴다. "자객논법" "기존이라는 이름의 무기" 이런 단어를 생각하여 보았다는 것이 얼마나 두려운 일인가?

이것이 나이 몰이해한 편견이요 근거없는 낭설이라면 차라리 어린 가슴이 비록 하루 이틀의 고민의 상처를 입는다 할지라도 한국의 장래를 위하여 얼마나 다행한 일일까?

평소에 존경하는 김동리씨와 친절하고 자세한 설명과 훈시만이 이 언 가슴을 녹여줄 열쇠가 되리라 것은 물론이다.

[『경향신문』, 1959. 3. 30]

II. 1950년대의 이해

1

1950년대

고 은

전쟁은 우리에게 무엇인가

6·25알파는 6·25로부터 떨어져 나갔는지 모른다. 오늘날 6·25는 그 전천후적(全天候的) 사변을 목격하지 않거나 목격했다 하더라도 그것을 중요시 하지않는 세대에 의해서 때때로 음화화되고 있다. 그것은 현실 밖으로 6·25의 의미를 거세시키는 일이다. 그 전쟁은 그러므로 화석이 되기 쉽다.

그리하여 고대사의 수·당(隋·唐)침략, 원구(元寇), 이조의 수기(數奇)한 둔전전(屯田戰), 임진·정유의 왜구(倭寇)가 지난 뒤 6·25사변은 그런 역사적 사건의 평면에 놓아두려고 한다. 그것은 어느덧 역사속의 비창조적인 정태(情態)에 지나지 않는다.

이제 1950년대의 비극은 부대(父代) 또는 역대(歷代)의 비극이 되었다. 사회나 개인에게 있어서 그들의 동시대는 그것으로부터 관련되지 않고 있다. 그래서 아직도 그 전쟁을 기억하고 그 전쟁의 의미를 실물대(實物大)로 설정하려는 의도를 일종의 회향병에 비유하고 있다. 그래서 그 전쟁으로 인한 깊은 상해를 받은 자가 그 때의 암흑 그대로의 얼굴을 가지고 있으면 그것은 문화재가 되고 만다. 어느덧 전쟁이, 모든 과장으로도 표현 부족이었던 그 전쟁이 그렇게 희미한 사료(史料)로서 남겨졌는가라고 할만큼 전후의 사회의식은 6·25와 단절되었다는 사실은 일단 당연할지 모른다.

6·25는 현실에 속해 있지 않다. 그러나 그것은 그 이후의 세대에게 근원적인 원체험(原體驗)이 되고 있다. 60년대, 70년대라는 사기 당하기 쉬운 허황한 연대기 구호(年代記口號)에도 불구하고 아직도 그것의 의미는 지속되지 않으면 안된다. 실제로 6·25는 한 시대로 완료되지 않았다. 그것은 거의 무기한으로 연장되고 있다. 어떤 변형 어떤 발전으로 각색되면서도 그것의 원상은 현대 한국사의 자장(磁場)을 이루며 많은 역사의 부분들이 그것에 흡인되고 있는 사실을 간과할 수 없다. 이를테면 그것은 그 이전의 8·15와 정신적 소작인으로 채워진 식민지시대, 3·1운동, 개화기의 희극까지를 소급함으로써 6·25의 의미 자체가 증대되고 그 이후의 4·19, 5·16의 동인(動因)으로서 현대사의 구심을 이루고 있다.

또한 그것은 현실적으로 남북분단, 동족상잔, 냉전문화의 교착 따위의 정치, 경제, 사회 일반에 기본적으로 작용하고 있는 것이다.

이러한 전쟁의 의미가 오늘날 시사적으로 처리되는 것은 그것을 정신적 영역안으로 수용할 만한 의식의 광학(光學)이 없기 때문이다. 따라서 6·25 자체를 아무런 준비도 없이 만난 주체적 자아상실을 파악할 수 있고 그것으로부터 어떤 종류의 창조적 자극을 전칭적(全稱的)으로 받지 않고 넘기려는 기계적인 사고방식이 지적된다.

6·25는 6·25 자체에만 비극이 있는 것은 아니다. 그것을 어떻게 체험하고 어떻게 수용하고 있는가에 따라서 더 큰 비극의 의미가 부여될지 모른다. 과연 이와 같은 형태가 문학적 입장에 어떻게 반영되고 있는가.

이 문제는 현대 한국문학사에 있어서 도저히 그냥 넘겨버릴 페이지가 아니다. 물론 50년대 문학을 전쟁문학 또는 전후문학이라는 소재주의로 단정하면 그만이거나 그것이 다른 시대에 대질(對質)되어서 논의되는 것으로 끝날 일은 아니다. 도리어 6·25문학이야말로 한국문학의 가능성에 대한 보편적인 진단이 될 수 있다. 왜냐하면 6·25가 문학적으로 제2의 개화기였기 때문이다. 그것은 자동적(自動的)으로 그 이전의 문학이 도

전받고 6·25문학조차 그 도전에 유린되었다.

6·25이전까지의 문학은 이른바 성황당문학(城隍堂文學)이었다. 응당 작가는 이미 자연화된 토속의 흔적을 대상으로 삼았고 그러한 흙 위에는 어떤 문법을 적용해도 끝내 성황당밖에는 그려 낼 수 없었다. 그것은 이 땅에 사는 작가의 숙명이 되었던 것이다. 신문학사상 가장 중요한 작가인 경우 그들의 업적은 그러한 토속적 샤머니즘에 제일의적(第一義的)으로 침윤되었던 것이다. 이런 문학에 반항한 것이 카프문학이나 주지주의문학이었다. 그러나 그것들은 한번도 신문학 이후의 주격인 서낭당주의를 능가한 사실이 없다.

그런 점에서 한국 문학은 일종의 민속문학(民俗文學)이었으며 그것은 세계문학과 한국문학의 비교가 역사와 민속 정도의 차이로 말해지는 문학적 주변성 문학적 후진성들로 충당되게 만들었다. 다시 말하면 그런 문학은 재래적 향토주의를 강요함으로써 문학이 사회적 역사적 기능에 전혀 무력할 수 밖에 없었다. 물론 어떤 문학도 그것이 시대, 상황의 소산이라고 한다면 바로 그런 문학의 시대가 식민지시대라는 점을 잊어버릴 수 없다. 그러나 문학에 인간과 현실이 들어 있지 않다면 그것은 문학이라고 할 수 없다.

시에 있어서 자연귀의와 전래해 온 한(恨)의 세계가 왕조적·식민지적 발상법으로 자기자신의 무력함과 타자에 대한 존숭으로 계승되고 사물·상황으로부터 도출되는 시적 대상을 여성적 노예적 체념으로만 기대 했다. 그래서 항상 한국시는 훌쩍 훌쩍 울 수 밖에 없었다.

또한 소설에서 가난이나 돌맹이가 쌓인 동구밖의 서낭당 고개를 넘어가는 마을 노인만이 가장 온당한 주제였으며 그것은 한글 창제이후 오랫동안의 한문화권(漢文化圈)의 그늘에서 여성이나 천민계층의 문자로 묻혀 있던 한글이 갖는 허약한 서술기능에 의해서 어떤 종류의 지적 발효력도 개입될 수 없게 만들었다.

김소월(金素月), 서정주(徐廷柱), 김영랑(金永朗)과 김동인(金東仁), 염상섭(廉想涉), 이태준(李泰俊), 김동리(金東里)들이 50년대 이후의 세대에 의해서 그것이 극복의 대상이 되지 않고 하나의 국문학에 편입시키려는 일련의 비평적 성과는 바로 신문학 이래의 정체된 향토성의 문학을 부정하는 태도인 것이다.

전쟁은 50년대의 문학에 그러한 오랫동안의 산야에 남겨져 있는 재래 언어들을 기성건물과 함께 파괴했다. 8·15해방의 정치적 사회적 혼돈에 의해서 많은 식민지시대의 작가가 그 정치의 소용돌이에 희생된 뒤의 문단적 공백을 1930년대 이후의 서낭당파가 매웠을 때 그것은 임시적으로 한국적이라는 틀, 고유하다는 틀로 정당화 되었다. 그러한 토속·민속주의가 타자라고 할 수 없어도 그것을 현실적인 대상으로 삼는 일은 시대착오에 틀림없다. 현대문학에 대하여 그것을 한국문학의 패턴으로만 고집하는 졸렬한 현상은 그것에 저항할 때의 졸렬한 현상과 함께 6·25의 폐허에 있었던 스캔들이었다. 이런 사실이 50년대 문학의 특성으로 집약되는 제2개화기로서의 전후문학을 가능케 했다.

그러므로 6·25이전의 재래주의자들이 전통이라고 오도하고 있는 사실은 그것에 대한 자각적 저항을 받은 뒤에 한국문학의 기본형을 수정하지 않으면 안될 의무를 가진다. 그러나 그 의무는 수행되지 않았다. 전쟁은 그러한 일을 질서정연한 비평행위로 판단하지 않고 전쟁이라는 폭력으로만 파괴할 수 있었다. 그 폭력의 어조에 의해서 새로운 세대가 등장한 것이다. 50년대 문학을 문학적 테러리즘으로 말하는 이유가 거기서 연역된다.

사실상 재래문학은 50년대의 저항을 받을만한 견고한 방어력을 가지지 않고 전혀 한말(韓末)의 구식군대와 방불할 정도였다. 그런 군사력이 청·일의 위력에 굴복한 것처럼 서정주, 김동리는 누구보다도 감상적 아프레게르의 저항에 의해서 잠정적으로 탈색될 수 있었다. 50년대 문학은 전쟁을 배경으로 삼고 그 전쟁의 특혜를 받고 있었다. 그것은 기성작가들의 대부분이 전쟁을 흉년 악역쯤으로 생각했기 때문에 그 전쟁으로부터 자동성(自同性)을 얻지 못한 사실에 의해서 새로운 세대에게 전쟁의 의미를 박탈당한 것이다.

   물론 어떤 문학 세대보다도 50년대의 저항적 공헌은 명기(明記)되어야 한다. 그러나 그들의 문학은 어떻게 시도 되었는가, 그 시도는 바람직한 것인가를 통해서 비판할 여지가 드러난다. 첫째 50년대 문학은 전통과 단절된 문화적 비극과 정치적 냉전 문화로 인한 반공주의의 도식에 의해서 작가의 현실의식 또는 사고의 오리지널리티에 폐쇄적으로 압력을 가했던 것이다. 말하자면 그들은 전통적 자아상실을 경험하는 것과 함께 자아사(自我史)가 세계사(世界史)로부터 소외당한 지방성을 모면할 수 없었다. 제2차 대전후의 서구문학, 일본문학이 냉전시대에도 불구하고 예술적으로 승리한 이유는 그것이 어떤 정치작용에 의해서도 억제 되지 않는 사회에서 만들어졌기 때문이다. 또한 그런 진단은 그들의 전후문학은 그 이전의 문학과 관련될 때 문학내적인 단절이 없었기 때문이라는 사실도 의미한다.

   그러나 50년대의 한국문학은 그러한 문학의 장(場)의 환상이었다. 50년대 문학은 그러므로 신문학이 일본 메이지유신(明治維新)에 의한 서구문학을 복사한 것과 똑같은 수준으로 서구문학을 모방하는 일에만 힘을 낭비할 수 밖에 없었다. 그때 전통문화와의 대화가 불가능한 문학적 현실을 새삼스럽게 경험했고 전쟁의 의미는 그들 자신의 생명현상이기보다는 서구문학의 실존주의 주지주의 따위에 무지몽매하게 가탁(假托)되어서 그것은 가장 필연적인 그들 자신의 전후문학에 대한 많은 가능성을 배제하고 말았던 것이다. 50년대는 그들의 시대를 창조적으로 형성할 수 없었다. 결국 그들은 아무것도 극복하지 못했고 50년대 청소년사회가 일종의 깡패 사회였던 것과 동일한 작가 수준에 머물렀다. 그들은 명동의 폐허에서 임화수(林和秀)계의 깡패와 동서했던 것이다.

   전쟁은 그 전쟁이 형식적으로 끝난 전쟁 직후에 문학적으로 기여할 수 없는 것이다. 그 점은 정치문화와 문학사이의 거리로 설명된다. 그러므로 가장 좋은 소재는 그 소재가 아직도 살아 있는 시대에는 언어를 묵살한다. 어떤 현실은 그것이 역사화됨으로써 처음으로 그것을 추구한 언어와 등가해지는 것이다.

그렇기 때문에 6·25세대는 당장 너무나 큰 현실―전쟁을 감당할 언어를 가질 수 없었던 것이다. 그런 점에서 그들은 막대한 그러나 공허한 소재 앞에서 과거도 현실도 손에 닿지 못한 채 6·25적 테러, 6·25적 제스처로 일관했던 것이다. 그런 점에서 손창섭(孫昌涉), 김성한(金聲翰), 선우휘(鮮于煇)는 그들이 사실상 8·15세대라는 체험적 의지로 전후문학에 공헌한 사실이 부가된다.

세계문학은 트로이전쟁 이래로 전쟁의 극적인 조건을 주제로 삼아 온 것으로 요약된다.

「일리어드」「오딧세이」 그리고 중세의 기사도 로망, 셰익스피어의 문학, 그리하여 톨스토이의 전쟁문학, 제1차 대전의 '전쟁시인'과 레마르크, 헤밍웨이의 문학, 제2차대전 이래의 프랑스 저항문학과 실존주의 문학과 어윈 쇼, 노먼 메일러, 하인리히 뷜, 일본의 전후문학들은 고대문학이 전쟁을 소재로 삼아 온 이래 전쟁은 연애와 함께 문학의 중요한 대상이 되고 문학적 극한상황이나 인간의 실존성 따위에 반향했다. 그것은 문학이 인간을 문제로 삼는 것이라고 근본적으로 말할 경우 그 인간의 극화된 갈등·모순들이 전쟁에 의해서 특징적으로 노출되기 때문이다. 전쟁은 가장 비인간적인 작용에 의해서 인간을 만들어내는 것이다. 인간사는 전쟁사라고 할 수 있다. 그때 문학이 전쟁문학으로서 전쟁을 영속적으로 추구하는 것은 새삼스러운 일이 아니다.

한국문학이 그러한 문학적 소재의 실체로서 전쟁을 직접 경험한 일은 없다. 그것은 「삼국지연의」(三國志演義)와의 관인적(官人的)인 「임진록」(壬辰錄)으로 만족해 왔을 뿐이다. 그것이 6·25라는 비극적 사변으로서의 제2차 대전후의 얄타체제가 만든 타율적 전쟁이었다는 사실 대내적으로는 한민족이 서로 다른 이념의 의제(擬制)로 상잔했다는 사실, 그리고 그 전쟁이 한반도를 폐허와 전선으로 휩쓸었다는 사실이 그 안에 살고 있는 한국인 또는 한국작가에게 사회적 개인적으로 치명적인 충격을 준 것으로 나타났을 때 그것은 전쟁과 문학이라는 관계의 생명력이었다.

그러나 그 전쟁에 대해서 기성작가는 그들의 서낭당 무당의 의식형태

그대로 전쟁을 성전화(聖戰化)시키는 정치적 어용문학이나 그들의 유일한 도구였던 토속적 인정취미에 전쟁의 가장 작은 단면을 맞추는 것 밖에 시도할 수 없었다.

그런 1930년대적 작가가 1950년대의 도전을 받았을 때 그들의 정체성은 50년대의 도전이 거둔 뜻밖의 성과를 만들었다. 그러나 이렇게 출발한 전후문학은 전쟁에 너무나 빨리 자승(自乘)되었기 때문에 당장 그 전쟁 전부를 문학으로 책임지려는 우열한 의욕이 그것을 객체로 파악할 필요성을 찾지 못하게 했다. 끝내 그 전쟁에 작가가 패배하거나 그 전쟁 컴플렉스에 의해서 작가 스스로 어떤 가능성을 즉흥적으로 포기한 것이다. 그러므로 한국문학이 가장 위대한 소재를 가졌다는 사실은 다만 그것을 무효화시킬 수 밖에 없었다는 문학적 비극에 머물렀다.

이런 비판은 50년대 작가에게 너무 많은 것을 기대하는 태도일지 모른다. 손창섭(孫昌涉)의 인간극, 장용학(張龍鶴) 김성한(金聲翰)의 실존주의, 선우휘(鮮于煇)의 선생휴머니즘, 박경리(朴景利)의 전장에서의 인간상, 강신재(姜信哉)의 전후 여성의식, 오상원(吳尙源) 이호철(李浩哲) 서기원(徐基源)의 전후의식, 최인훈(崔仁勳)의 심층적 지식인상, 그리고 김수영(金洙暎)의 언어적 다다이즘과 하근찬(河瑾燦)·강용준(姜龍俊)들의 체험적 단층들이 전후문학의 주역으로 떠오른 것만으로도 비평적 동정은 가능하다. 나폴레옹의 모스크바 원정이후 톨스토이의 「전쟁과 평화」가 나왔다는 사실에 집착한 나머지 그들의 전후문학을 자학적으로 개탄하는 일이라면 그것은 어리석은 일이다. 신문학이후 한국문학은 하나의 전쟁을 주체적으로 체험할만한 의식의 수평(水平)에 도달하지 못했다. 그들의 문학은 다만 전쟁에 의해서 강간당했을 뿐이다. 전쟁 앞에서도 그들은 어떤 의식의 형태적 긴장이 없었다. 그들 이전의 할아버지들이 "난리 났네!"라고 말하는 정도의 체험이었다. 서정주가 김천(金泉)전쟁에 가서 전사자를 보고 발광한 사실, 이중섭(李仲燮)이 공산주의 피해 의식으로 발광한 사실이 그들의 예술성에도 불구하고 그 전쟁을 직면할 수 있는 완강한 의식기능이 없었다는 증거를 낳고 있다. 그래서 작가는 그 전쟁 앞에서 무기도 이념도 없는 민간인에 지나지 않았다. 이런 현상은 50년대의 전후작가에게도 그대로 연장되었다.

그런 지적(知的) 영양실조가 비록 6·25의 전후세대라고 하더라도 그들에게 전후의 실존주의 위기신학, 앙포르멜, '돌체' '르네상스' 음악 「사상계」(思想界)의 오산문화(五山文化)에 둘러 싸인 폐허에서 그들의 바탕을 이룬다는 것은 그 방황, 허세, 통금시대의 술잔과 함께 아무것도 기대할 수 없었다. 역사는 너무 커다란 현실을 그 현실 안에 있는 세대에게 덮어 씌웠다. 그들은 바로 그들의 당대에 짓밟혀버린 것이다. 그리하여 그 당대의 폐허에서 살아 남은 잡초와 같은 창조의지가 그 다음 세대에 이르러서 처음으로 자기자신을 확신하게 되었던 것이다.

아아 1950년대

'아아 50년대!'라고 말하지 않으면 안된다. 모든 논리를 등지고 불치의 감탄사로서 말하지 않으면 안된다.

그 50년대의 정열과 광태와 퇴폐들을 사랑한다는 것은 폐허를 사랑한다는 뜻이 된다. 모든 것이 끝났다. 그리고 모든 것이 다시 시작되지 않으면 안되었다. 이것은 오랜 뒤에 하나의 환상으로 밖에 보상받을 수 없었지만 그 시대는 그런 상황한계에 직면케 한 것이다.

지금 나는 그것을 증언하지 않으면 살 수 없는 것 같다. 한 시대가 이룬 역사가 그저 쓸모없게 멸멸할 뿐 아주 의미를 잃으려 하는 위기를 보이고 있기 때문이다. 역사가 50년대의 역사를 산화시키고 있기 때문이다.

그 뿐이 아니다. 1950년대의 모든 허망과 무의미를 확인함으로써 그 시대를 토인비적 역사법칙보다도, 어떤 법칙보다도 빨리 침몰시켜 버리고 싶은 자기 해체를 위해서인 것이다.

나는 영광스럽게도 그리고 가장 불명예스럽게도 50년대 마지막 고아인 것이다.

50년대—무엇보다도 그것은 두 가지의 근원으로 만들어졌다. 처절하고 무모한 듯한 죽음과 삶이 그것이다.

죽음은 동작동(銅雀洞)묘지, 삶은 손창섭, 장용학의 세계가 대표한다. 전쟁터에서 쓰러진 청춘, 전쟁터에서 부상당한 청춘, 누구나 보완할 수 없게, 수정할 수 없게 이지러든 청춘이 하나의 비극적 연대기를 만든 것이다. 그것이 얼마나 텅빈 비극에 지나지 않았던가. 그 시대를 가장 처참하게 산 자가 그 시대를 빨리 망각해 버린 세대로서 그 시대를 장식했다는 것이 얼마나 공허한 일이었는가.

그럼에도 불구하고 50년대는 살아 있는 세대뿐이 아니라 저 국립묘지의 무덤까지도, 부산의 한 찻집에서 음독자살한 시인 전봉래(全鳳來)의 죽음까지도 포함하고 있다. 그 시대의 정신적 상황 속에는 언제나 살아 있는 50년대에 대하여 반드시 백마고지(白馬高地)의 백골 한 자루와 죽음이 가정되어 있고 그들이 살고 있다는 것은 영원히 죽음과 연결된다는 뜻으로서의 인간적 기투(企投) 조건을 전제해 왔다.

1950년대 여름. 전쟁은 그 우기의 여름 어느 날 새벽에 그 때에야 겨우 잠들 수 있던 해방의 혼란과 언제나 불안하지만 어느 만큼 안정되려던 사회적 질서의 일체를 무너뜨렸고 처음에는 하나의 급성풍문이었던 것이 뜻밖에 전쟁 자체가 무엇인가라는 전체적인 모습을, 역사와 역사의 몰락이 무엇인가를, 확실한 5천 년의 역사였지만 그 역사 속에는 자연 밖에 들어 있지 않았던 오랜 습관에 대한 커다란 공포를, 그리하여 절망과 폐허가 무엇인가를 가장 신랄하게 알려주고 그 전쟁은 전쟁의 50년대로서 쉼표없이 끝나고 만 것이다.

모든 곳은 전장이었고 전쟁 속의 시장이었다. 생활은 허물어진 집터와 참호에서 가능했다. 참호의 아들로서, 바로크의 아들로서 50년대의 실향세대는 태어난 것이다.

50년대는 누구 하나라도, 병역을 기피해서 미국유학을 떠난 자에게도 그 참혹의 비극, 그 피에 젖은 포항전투와 향로봉(香爐峯)의 비극으로부터 주부(呪符)를 떼지 못하는 것처럼 벗어날 수 없었다. 50년대란 바로 전쟁이 만들고 전쟁이 버린 고아의 시대인 것이다. 역사가 인간을 버리고 예술자체가 인간을 버린 유기의 시대인 것이다.

그러므로 50년대의 문학은 한국문학에 있어서 마이너스의 운명을 감수하고 '아아 공허한 시대여!'라는 썩은 영탄을 읊조리게 하는 것이다.

미셸 뷔또르는 "프랑스에서 전쟁에 참여했다고 할 때 그것은 언제나 제1차대전을 의미한다."라고 말했다. 그것은 제2차대전이 프랑스국민들에게 대하여 아주 고통스럽게 불명예적인 것, 런던의 드골 환상정권이 현실로서 개선문의 파리 입성을 실현했지만 아직 수동적인 것으로만 체험되었기 때문이다.

프랑스와 제2차대전과의 관계는 일종의 전체적 굴욕감으로 차 있고 따라서 프랑스국민은 그들 자신의 힘으로 이 전쟁으로부터 벗어났다는 의식을 갖지 못하고 있는, 앵글로색슨과 양키가 수놓은 노르망디상륙이 빚은 프랑스적 좌절을 가지고 있는 그들의 의식 때문이다.

그러므로 그 자신을 어떻게 해서라도 쉽사리 잊어버리려고 하는 것이 그들의 습관이 된 것이다. 그 전쟁으로부터 26년이 지난 오늘날 프랑스는 드골이라는 제2차대전의 신비스러운 영웅을 완전히 포기하기에 이르렀는데 그것은 제2차대전의 암흑과 그들의 비극적인 심야총서시대, 폴 베를렌느의 시가 암호로 쓰이던 패배시대를 어떻게 빨리 극복할 수 있는가에 관련해서 무척 성급했던 전후 프랑스의 상황에 그 근원을 둘 만한 일이다.

모든 것은 '아프레!' '아프레!'로부터 시작했다. 아프레가 그들의 고향이었다. 이른바 빅토르 위고의 노트르담 고딕 사원아래에 사르트리앙들이 사르트르와 시몬느 보봐르를 둘러싸고 사진으로 서 있고 옛 시대의 주일에 종소리가 울렸지만 모든 것이 아프레였다.

말하자면 그들은 전쟁이 끝나자마자 될 수 있는 대로 빨리 그 쓰라린 괄호를 닫아 버리려 했고 마치 아무런 일도 일어나지 않았던 것처럼 전전 상태의 어떤 증후까지도 뛰어넘어서 소급하려는 무리로 나타났다. 아프레는 망각을 위한 것이다.

이러한 무리가 전후 프랑스문학에 있어서 혁명적인 누보로망운동으로 발전되었고 모든 소설은 반소설이다라는 근본적인 입장을 발견하기에 이르렀다. 그런데 여기서 결코 간과할 수 없는 것은 아무리 그들이 제2차대전 속의 절망을 잊어 버리려 해도 실제로 그 전쟁에 의해서 초래된 변화는 제1차대전에 의한 것보다 훨씬 심각한 것이었다. 제1차대전은 오히려 휴머니즘을 낳았으나 제2차대전은 휴머니즘이 죽어버렸다. 그 사망한 휴머니즘을 위해서 사르트르의 실존주의는 바로 프랑스 전후문학의 깃발이 되었다. 영원한 불평객, 영원한 이상주의로서의 좌파 사르트르의 반체제는 그를 철학자, 작가, 정치운동가이게 하고 그것들이 되지 못하게 하기도 했다.

아무튼 프랑스는 그 고통스러운 과거를 악몽으로 돌리려는 태도를 추구한 것이다. 그것이 파리에는 아직도 보들레리앙의 우수가 가능했다는 것, 그것이 정치적 문학의식과 사아의식, 조금씩 변질된 샹송의 현실화를 가능케 했다는 것으로 발전한 것이다.

실존주의와 다삐에선언들은 사실상 제2차대전을 통해서 서구문화권의 일몰을 의미했고 제2차 대전은 그들이 아무리 잊어버리려 해도 잊을 수 없는 서구의 마지막 운명으로서 실감되기 시작했다.

프랑스는 파리의 뷔시정권이 섰다가 아이젠하워에 의해서 해방되고 도이치는 히틀러 자신과 함께 멸망하고 전승국가 잉글랜드는 이기자마자 지구의 한 섬으로 퇴각된 일련의 정세에서 서구의 몰락은 일단 실증된다. 그러나 그들은 영원히 사라지지 않는다. 오스카 와일드가 욕한 양키보다도 훨씬 다채롭게, 쟝 꼭도가 비난한 양키보다도 훨씬 웅장하게 그들의 지중해와 북해 사이에서 문학의 찬란함을 지속하는 것이다.

(『1950년대』, 민음사, 1973)

2

1950년대 비평의 이해

남 원 진

I. 글을 시작하면서

일반적으로 문학사는 "미적 관점과 역사적 관점이 통합된 하나의 전체적인 형상"1)이라고 파악된다. 문학사는 문학의 역사적 존재 양태에 대한 이해를 도모할 뿐만 아니라 그 역사 전개의 방향성까지도 제시하며, 문학 텍스트의 변모 내용에 대한 역사적 의미화이기 때문에, 이는 문학과 문학성의 역사적 존재론에 대한 규명에도 연결되는 문학의 역사적 전개 양상에 대한 이해이면서 동시에 문학사의 지향성에 대한 실천적인 인식을 의미한다.2) 진정한 문학사는 "새로운 시대를 위한 약속의 언어"이며 "자기 문학의 역사에 대한 반성과 비판의 언어"3)이며, "미래의 역사적 방향성을 가늠하면서 과거의 문학을 통시적으로 체계화"4)하는 작업이다. 이는 문학과 문학성의 역사적 해석과 전망에 관한 문제라고 요약할 수 있다. 그러나 '역사의 종언'5)이라고 말해지는 이 시대에, 우리는 이러한 시각에

---

1) 한강희, 『한국 현대비평의 인식과 논리』(「1960년대 한국문학비평 연구 - 전통론, 세대론, 참여론을 중심으로」, 성균관대 박사, 1998), 태학사, 1998, 17면.
2) 권영민, 『한국현대문학사』(1945~1990), 민음사, 1993, 18~27면.
3) 위의 책, 1993, 6면.
4) 홍창수, 「남한문학사 서술양상과 북한문학 연구동향」, 최동호(편), 『남북한 현대문학사』, 나남, 1995, 42면.

대한 새로운 인식이 중요한 거멀못의 역할을 한다는 점을 자각해야 한다. 따라서 먼저 우리는 문학과 문학사의 새로운 인식 전환의 중요성을 자각해야 한다.

체코 출신의 비평가인 르네 윌렉은 그의 『문학의 이론』 1장 첫 부분, "우리가 우선 해야 할 일은 문학(literature)과 문학 연구(literary study)를 구별하는 일이다. 이 둘은 별개의 활동이다. 다시 말하면 전자는 창조적인 것, 즉 하나의 예술이고, 후자는 정확히 말해서 하나의 과학은 아닐지언정 일종의 지식(knowledge)이거나 일종의 학습(learning)이다."[6] 라고 적고 있다. 이는 문학과 문학 연구의 구별에 대한 인정과 아울러 문학 연구 자체가 지니는 보편성 또는 객관성의 결여에 대한 불투명성을 지적한 구절이다. 즉 문학 연구는 객관성의 다른 이름이며 학문의 성격을 규정하는 막스 베버(M. Weber)가 지적한 가치중립성(Wertfreiheit)의 결여 형태[7]이다.

푸코는 우리가 흔히 선험적으로 존재하는 자명한 개념으로 받아들이는 문학이란 용어가 19세기 산물이라는 점을 지적한다. 따라서 우리는 '문

---

5) 후쿠야마는 "자유민주주의가 '인류의 이데올로기 진화의 종점'이나 '인류 최후의 정부형태'가 될지도 모르며, 따라서 자유민주주의는 '역사의 종말'이 된다고 주장"한다. 즉 그는 "어떤 시대, 어떤 민족의 경험에서 생각하더라도 유일한, 그리고 일관된 진화의 과정으로서의 역사가 끝났다는 것"을 지적한다. 이는 인간사회에서 한없이 계속되는 진화의 역사는 종말에 직면했다는 지적이다.(F. Fukuyama, 『역사의 종말』, 이상훈(역), 한마음사, 1992, 7~9면)

6) R. Wellek & A. Warren, *Theory of Literature*, Penguin Books, 1963, p.15.

7) 예술과 문학 연구의 엄밀한 학문으로써의 미달 현상에 대한 자각 현상으로 나타난 문학 연구의 학문화에 대한 두 갈래의 과학적 방법론의 제시, 즉 문학이 언어 사용의 일종이라는 원칙에 따라 언어적 규칙으로써 문학 연구를 체계화하는 이른바 형식주의 연구, 문학 형식과 사회적 구조와의 대응관계에서 이끌어낸 상동성 이론을 바탕으로 한 문학사회학의 연구가 있다. 이 두 방법론의 종합하여 극복하고자 한 바흐찐의 이론도 역시 한계 또한 명백하다.(김윤식, 「근대문학의 세 가지 시각」, 『한국문학의 근대성과 이데올로기 비판』, 서울대출판부, 1987, 3~34면 참조)

학'이라는 개념의 성립이 '근대'의 산물[8]임을 명확하게 인지해야 한다. 다양한 방식으로 말해지는 문학에서 "어떤 불변의 내재적 특질들을 떼어 내기는 쉽지 않을 것이"며, 또한 "문학의 '본질'이란 것은 결코 없다."[9] 문학은 항상 '열린 체계'이다.

17세기 초 베이컨(F. Bacon)의 「학문의 진보」라는 글에서 라틴어 'Historia litteraria'라는 명칭을 통해 문학사의 개념적 인식의 시작을 보듯이, 문학의 역사인 문학사도 근대의 산물임은 자명하다. 이러한 인식은 문학사를 '담론사'[10] 라는 새로운 시각을 부여해 주기도 한다. 특히 우리는 "문학사가 아니라 고전을 포함한 문학사의 비판"[11]의 형태로 쓰여진 푸코의 충실한 해설자인 가라타니 고진(柄谷行人)의 『일본근대문학의 기원』에서의 문학의 제도성을 비판을 재음미할 필요가 있는 것이다.

우리는 이런 한계 인식과 아울러 르네 웰렉의 문학 연구의 자립적 체계로서의 형태를 띤 문학의 역사에 대한 지적도 심사숙고할 필요가 있다. "문학사를 쓰는 것이, 즉 문학석이며 동시에 역사일 것 같기도 한 것을

---

8) "최종적으로 가장 중요함과 동시에 가장 기대하지 못한, 언어의 강등에 대한 마지막 보상은 문학의 출현이다. 물론 단테와 호머 이래로 서구 세계에는 오늘날 우리가 〈문학〉이라 부르는 언어의 한 형태가 실재해 왔다. 그러나 〈문학〉이란 단어는 최근에 생성된 것이며, 이것은 고유의 존재양식이 〈문학적인〉 특이한 언어의 고립화를 의미한다. 그 단어가 최근에 등장한 것은 언어가 객체로서 고유의 밀접성 내에 묻혀 있었던 19세기초에 언어는 다른 곳에서 독립된 형태로, 다시 말해 접근하기 어렵고 자신의 탄생의 불가사의에 둘러쌓여 있고 순수한 쓰기행위에 전적으로 의존하여 실재하는 독립된 형태로 스스로를 재구성하고 있었기 때문이다."(M. Foucault, 『말과 사물』, 이광래(역), 민음사, 1987, 347~348면)

9) T. Eagleton, *Literary Theory*, Basil Blackwell Publisher, 1983, p.9.

10) 담론(Discourse)이란 1차적으로 말하기와 글쓰기로 집약되는 모든 언술행위이며 종국적으로는 철학·종교·법률·의학 등 의미를 지시하거나 의미를 가지는 모든 것을 범칭한다. 그러므로 담론은 미시적이고 정태적인 차원의 담화는 물론, 거시적이고 동태적인 입론으로 확장된 개념이다.(D. Macdonell, 『담론이란 무엇인가』, 임상훈(역), 한울, 1992, 12~13면)

11) 柄谷行人, 「영어판에 부쳐」, 『일본근대문학의 기원』, 박유하(역), 민음사, 1997, 250면.

쓰는 것이 가능할까?"12) 그는 '문학'의 역사와 문학의 '역사'에 대해 진지하게 질문하고 있다.

일반적으로 우리가 문학사를 보는 시각은 i)문학을 민족이나 사회의 역사를 예증하는 단순한 기록으로 보는 경우 ii)문학이 예술이지만 역사의 기술은 불가능할 것이라는 사실을 인식하는 경우 iii)문학이 역사를 갖고 있다는 사실을 부정하는 경우13) 등으로 볼 수 있다. ii) iii)의 경우를 중심으로 보자면, 30년대 뉴크리티시즘의 분석 방법이나 형식주의의 입장에서는 문학사의 입지가 극히 제약되었으며, 유럽에서 60년대 이후 구조주의나 후기구조주의적 방법론으로 인하여 문학사의 위치는 더욱 위축된다. 문학의 역사에서 이런 일련의 사실은 우리에게 역사에 대한 근본적인 성찰을 요청한다.

르네 웰렉은 흔히 문학의 역사라고 하는 문학사에 대해 심각한 회의를 표명한다. 문학사는 "영원한 모형을 지향하여 나가는 통일적인 진보"라는 역사의 관념으로 기술할 수는 없다. 즉 "역사란 여러 가지 가치의 도식에 관련하여 비로소 쓸 수 있는 것이며, 이러한 도식은 역사 그 자체로부터 추상되지 않으면 안된다."14) 역사에 대한 헤겔(Hegel)의 동일성 철학의 통일적인 진보의 개념 부정을 통해서 그는 문학에 대한 가치 역사 기술의 가능성을 시사한다.

근대 사고의 핵심적 성찰인 『정신현상학』의 저자 헤겔에게 있어서, 역사는 이성을 바탕으로 한 더 나은 세계로의 진보를 의미한다. 그러나 이러한 인식의 한계는 이성에 대한 회의를 기본 바탕으로 한 후기구조주의자들의 탈근대성의 논의에서 드러나듯, 역사란 허구화된 가상의 이데올로기적 산물임을 망각한 사고 방식에 있다. 그리고 '민족' 또한 앤더슨이 『상상의 공동체』에서 지적하고 있듯이, 민족이란 개념이 역사적으로 기획된 '상상의 공동체'에 불과한 것이다. 따라서 우리는 이러한 인식을 바

---

12) R. Wellek & A. Warren, Ibid. p.252.
13) Ibid. p.252~255.
14) Ibid. p.255~257.

탕으로 "'문학사'라고 부르는 것은 객관적인 사실의 영역이기보다는 결국 이념적·상상적으로 구성된 추상적인 공간"15)이라는 사실을 정확하게 인식할 필요가 있다.

역사가 가상의 이데올로기와 관련되듯이, 우리는 문학사를 끊임없는 진화나 통일적인 진보의 개념으로 기술하기보다는 문학 체계를 이루고 있는 요소들 사이의 상호관계의 변화를 중시하는 가치체계로 인식해야 한다. 따라서 우리는 문학사에서 시대정신이라고 할 수 있는 그 시대의 지배적 요소를 찾아내고, 그것을 기술하며, 문학사를 항상 새롭게 인식하여 끊임없이 다시 써야 한다.

그리고 문학사의 거멀못이 되는 것이 시대구분의 문제이다. 조연현의 지적처럼 우리 문학사는 "대개 10년의 간격을 두고 그 문학적 성격이나 방향이 변모되어 왔다."16) 1950년의 6·25전쟁, 1960년의 4·19혁명, 1970년대 개발독재와 유신체제, 1980년의 광주민주항쟁 그리고 1990년의 동구권의 변화에 따른 세계질서의 재편으로 이어지는 10단위의 변화가 문학에 일정한 영향을 발휘한 것이다. 그러나 이런 연대기적 기술의 한계는 명백하다. 이런 연대기적 시대구분은 문학사의 내적인 변모와 정치사·사회사와 문학사의 상호 관계를 얼마나 적절하게 반영할 수 있는가 라는 근본적인 문제점17)을 안고 있다. 따라서 이런 인식의 한

---

15) 이광호, 「모순으로서의 근대 문학사 - 20세기 한국 문학사에 관한 비판적 가설」, 『문학과 사회』, 1999, 겨울, 1534면. 그리고 우리는 이에 대한 인식을 바탕으로 김윤식·김현의 『한국문학사』(민음사, 1973)에 대한 비판적 성찰을 가한 김철, 「'국문학'을 넘어서 - 국문학 연구 방법론에 대한 하나의 제안」(한국문학연구회, 『현역중진작가연구』, Ⅲ, 국학자료원, 1998)을 음미할 필요가 있다. "자본주의적 발전의 '후진성'과 그에 기반한 근대문학의 유치한 성장, 또는 이식문학적 성격을 '전통'의 발견이나 '민족문학의 면면한 연속성'으로 보충하거나 극복하려는 모든 노력은 결국 '근대 따라잡기'의 함정을 빠져 나올 수가 없다."(위의 글, 239면)

16) 조연현, 『한국현대문학사』, 성문각, 1969, 27면.

17) 김철은 「문학사의 '지양'과 '실현'」(『문학과 사회』, 1993. 봄) 57~58면에서 연대기적 서술의 한계를 다음과 같이 지적한다. "연대기적 역사 서술 방식이 지니는 가장 큰 맹점은, 그것이 사실의 표면 아래를 흐르는 어떤 역사적 법칙성과

계를 인정하는 범위 내에서, 한일합방과 한국동란이라는 시대의 변화가 문학사의 일정한 인식의 변화를 가지고 왔다는 점과 아울러 남북한 문학사 기술이라는 정당성을 고려하는 측면에서, 식민지 시대의 문학과 분단시대의 문학으로 시대를 구분하고, 본고에서는 분단시대의 시작이라고 할 수 있는 1950년대 문학사를 중심축으로 하여 기술하고자 한다. 특히 우리는 분단시대의 비평사에서 6·25전쟁을 통해 역사에 대한 기본적인 인식의 변화와 아울러 이러한 기본 인식을 바탕으로 하여 새로운 비평인식과 비평가의 등장이 이 시대를 파악하는 데 중요한 거멀못 역할을 한다고 인식할 수 있다. 비평이란 한 시대의 위기의식의 소산이며 비판의 방식이다. 따라서 새로운 인식이란 전쟁을 통한 역사의 종언과 더불어 근대의 파산이라는 명제이다. 분단시대의 문학이란 기본적으로 근대의 한계를 극복하려는 근대 초극의 문학이며 탈근대지향의 문학이라고 할 수 있다.

II. 1950년대의 위상

1950년대 문학에 대한 논의의 선험적 좌표로 설정되는 것이 6·25전쟁이며, 50년대는 전쟁이 주어가 되어 모든 것을 지배하는 형국이라 할 수 있다. 전쟁이란 극단적인 '이성의 자기파괴'[18]의 방식이다. "유토피아적 오

객관성을 파악하지 못한다는 것, 그럼으로써 총체적인 역사상(像)의 재구성에 실패하고 역사를 낱낱이 파편화된 일화나 사건들의 모음 정도로 축소시킨다는 점에 있을 것이다. 10년 단위의 문학사 시기 구분을 문제삼는 것도 결국은 그러한 위험을 예상하기 때문이다. 이런 방식의 문학사 이해로는 20세기 이전과 이후의 역사적 '단절과 연속'에 대한 체계적인 재구성이 불가능할 뿐만 아니라, 이른바 세계사적 보편성과 한국사적 특수성의 상호관계를 입체적으로 통찰하는 안목도 형성될 수 없을 것이다."

18) M. Horkheimer & T. W. Adorno, 『계몽의 변증법』, 김유동·주경식·이상훈(역), 문예출판사, 1995, 17면.

아시스가 말라버리면, 진부함과 무력감의 황폐한 사막이 펼쳐진다."19) 따라서 극단적 이성의 자기파괴인 전쟁은 폐허로 상징되는 황폐한 사막과 다름없다. 전쟁이란 폐허이외에는 아무 것도 존재하지 않는 것이 아니고 무엇이겠는가. 따라서 전쟁으로 인한 50년대는 폐허가 실체가 된 시대이다. 폐허는 이성적 인식에서 출발하는 근대 세계의 파산이며 근대 정신의 상실을 의미한다. 폐허란?

> 현하 한국을 실제로 보지 않고는 이 나라 민족들이 품은 자국에 대한 실망과 낙담이 어떠한 것인가를 판단할 수는 없을 것이다. 비참의 구렁에 떨어진 이 민족을 앞에 놓고는 제 아무리 무정한 자일지라도 자신의 무력함을 탄식치 않을 수 없으며 눈시울이 뜨거워지지 않을 수 없다. 참으로 이 거대한 비극은 우리들의 힘의 한계를 초월한 것이며 다만 태연실색(呆然失色)하여 '어쩌면 좋을까' 라는 말을 되풀이 할 수 밖에 도리가 없었다. (……) 도처에 대포가 있고 기간총이 놓여져 있고 참호가 있다. 가시 돋친 철조망이 둘리워져 있으며 전자가 있나. 또한 비행기와 전용열차와 화물자동차가 있으며 검푸른 녹이 쓴 잔체(殘體)와 계곡에 떨어진 철교와 폐허가 잠자고 있다. 부산 등지에는 백만의 피난민들이 양철판자나 종이 판쪽을 둘러서 바라크를 지어 서로억부터 살고 있으며 간혹 야숙의 돌배게꾼도 눈에 띤다. (……) 엄밀히 따져서 말한다면 폐허이외에 아무 것도 없는 이 나라에 (……)20)

폐허의 실체란 "우리의 힘의 한계를 초월한 것"이며 "다만 태열실색하여 '어쩌면 좋을까'라는 말을 되풀이 할 수 밖에 도리가 없"는 상황을 말함이다. 이러한 폐허 위에 선 1950년대는 이성적 사고가 사장된 감정, 감수성이 모든 것을 말하는 시대라고 명명될 수 밖에 없다. 시인 고은은 "〈아아 50년대!〉라고 말하지 않으면 안된다. 모든 논리를 등지고 불치의 감탄사로서 말하지 않으면 안된다."21)라고, 이성적 세계인식이 아니라

---

19) J. Habermas, 『새로운 불투명성』, 이진우 · 박미애(역), 문예출판사, 1995, 184면.
20) 로오쥬 뱅 엑크, 「한국기행」, 『현대문학』, 1955. 2, 83~85면.
21) 고 은, 『1950년대』, 청하, 1989. 19면.

감성적 인식의 세계로 1950년대를 규정하고 있다. 그는 전후세대를 전쟁의 폐허로 인해 정열과 퇴폐를 사랑한 세대로 명명하고 있다. 따라서 1950년대는 폐허 인식을 기반으로 한 감성적 시대이다.

이 감성적 시대의 문학의 성격은 어떠한가. 횔더린(Hölderlin)은 그의 비가 「빵과 포도주」에서 "이 가난한 시대에 무엇을 위한 시인인가?"라고 묻는다. 이에 대한 하이데거의 해석을 보면, 이 시대는 신의 부재, 신의 결여의 성격을 갖는다. 신들이나 신이 사라졌을 뿐만 아니라, 신성의 광채가 세계사 속에서 꺼져버린 것이 이 시대이다. 세계의 밤의 시대는 가난한 시대인 것22)이다. 이 논의에 힘입은 것으로 보이는 김윤식은 50년대를 "신이 침묵하는, 신이 떠나 버린 시대로"23) 표명한다. 그는 50년대를 정치적인 두 이데올로기의 극단적 대립 양상과는 달리 비평 이데올로기가 내재화된 흔적도 찾아 볼 수 없는 '영도의 좌표'로 설정한다.

따라서 한국 문학사에서 1950년대는 해방 공간과 달리 나라 만들기라는 지상과제가 사라진 시대이며 폐허가 지배하는 가난한 시대라고 설정할 수 있다. 1950년대는 거대한 괴물로 상징되는 근대 문명이 한 순간 잿더미가 된, 이성중심주의를 기반으로 하는 근대 파산의 시대인 것이다. 이러한 근대 파산의 시대에 새로운 근대성의 창출이 바로 1950년대 비평사이다.

III. 1950년대 비평의 가능성과 한계

1. 새로운 근대성 창출 - 화전민 의식과 저항의 논리

우리가 근대(the modern age)를 보편적인 개념으로 파악한다면, 근대는 아마도 '국민국가와 자본주의의 완성'을 의미할 것이다. 이러한 근대를 바탕으로 한 근대성(modernity)은 ① 하버마스(J. Habermas)의

---

22) M. Heidegger, 「가난한 시대의 시인」, 『시와 철학』, 소광희(역), 박영사, 1975, 207면.
23) 김윤식, 『한국 현대문학 비평사』, 서울대출판부, 1982, 271면.

미완의 기획, ② 리오타르(J. F. Lyotard)나 푸코(M. Foucault) 등의 탈근대성의 모델, 이를 후기 부르주아적인 이데올로기로 인식하는 ③ 마르크시즘 모델로 구별24)할 수 있다. 근대성에 대한 입장들은 여전히 논쟁적이지만, 이 글에서는 근대성을 이성의 기획을 바탕으로 한 진보의 신화로 인식하고자 한다.

1950년대란 이성의 기획을 바탕으로 한 진보의 신화가 한 순간에 잿더미로 변한 시대이다. 이 폐허 위에서 1950년대 비평이 시작된다. 한국문학사에서 분단시대의 비평은 한국의 근대 비평의 두 이데올로기인 사회주의사상과 민족주의사상이 거의 소멸되고 내재화의 양상을 띤다. 50년대 비평은 새로운 목소리로 새로운 근대성의 창출로 시작된다. '화전민 의식'과 '저항의 논리'로 대표되는 이어령의 '계몽의 기획'이 50년대 비평의 새로운 근대성의 모습으로 나타난다. 또한 우리는 이어령의 비평적 담론이 분명히 권력이라는 사실을 명확하게 인식하는 것25)이 중요하다.

"계몽이란 우리가 마땅히 스스로 책임져야 할 미성년 상태로부터 벗어나는 것이다."26) 이는 "시민사회 전체의 현실적인 운동을 개인이나 제도 속에서 구현된 이념이라는 측면에서 표현된 것"27)이다. 계몽의 이념은 다른 어떤 것에도 구애되지 않고 스스로의 이성을 자유롭게 사용하는 것이다. 특히 계몽주의는 전통적인 이론들을 백지화하고 이성의 판단 아래 명석·판명한 것만을 진리로 간주하는 특징을 갖는다.

후설은 갈릴레이를 "발견의 천재인 동시에 은폐의 천재"28)라고 적고

---

24) 남원진, 「이기영 문학사상 연구 – '유토피아' 의식을 중심으로」, 건국대 석사, 1997, 18~21면.
25) "…… 비평적 담론이 권력이라는 사실을 분명히 인식하는 것이다. 비평적 담론 자체의 내부에 선다는 것은 이 비평적 담론의 권력을 의식하지 못하는 것을 뜻하는데, 자신의 언어를 사용하는 것보다 더 자연스럽고 귀에 거슬리지 않기 때문이다."(T. Eagleton, Ibid, p.203)
26) I. Kant, 「계몽이란 무엇인가에 대한 답변」, 『칸트의 역사철학』, 이한구(편역), 서광사, 1992, 13면.
27) M. Horkheimer & T. W. Adorno, 앞의 책, 18면.
28) E. Husserl, 『유럽학문의 위기와 선험적 현상학』, 이종훈(역), 한길사, 1997,

있다. 이것은 근대 기획이란 발견이면서 은폐라는 사실을 말하는 것이며, 이 발견과 은폐는 선택과 배제의 원리인 것이다. 이 계몽의 기획은 배제와 선택의 양날을 가진 무기이기도 하다. 특히 비평행위에 내재되어 있는 권력적 차원은 그것이 가진 암암리에 또는 무의식적으로 드러낸 정치적 성격과 밀접한 관련29)을 맺는다.

이 배제와 선택의 양날이 이어령 비평을 이해하는 중요한 요소가 된다. 그의 구세대에 대한 배제와 신세대의 옹호가 그것이다. 먼저 그는 50년대를 "엉겅퀴와 가시나무 그리고 돌무덤이 있는 황료(荒蓼)한 지평", 즉 황무지로 상징되는 폐허로 인식하며, 이 가난한 시대를 '주어 없는 비극'의 시대로 명명한다.

> 엉겅퀴와 가시나무 그리고 돌무덤이 있는 황료(荒蓼)한 지평 위에 우리는 섰다. 이 거센 지역을 찾아 우리는 참으로 많은 바람과 많은 어둠 속을 유랑해 왔다. 저주받은 생애일랑 차라리 풍장(風葬)을 기억한다. (……) 우리는 화전민(火田民)이다. 우리들의 어린 곡물의 싹을 위하여 잡초의 불순물을 제거하는 그러한 불의 작업으로써 출발하는 화전민이다. 새 세대 문학인이 항거해야 할 정신이 바로 여기에 있다. 항거는 불의 작업이며 불의 작업은 신개지(新開地)를 개간하는 창조의 혼이다. 저 잡초의 더미를 도리어 풍양한 땅의 자양으로 바꾸는 마술이, 성실한 반역과 힘과 땀의 노동이 이 세대 문학인의 운명적인 출발이다.30)

> "우리들의 앞에서 하나의 문장이 끝났다는 이야깁니다. 우리들의 앞에는 거대한 '피어리어드', 전세대의 역사가 종식된 그 흔적의 '피어리어드'가 있고 그래서 다음 문장은 우리들에게서 부터 시작된다는 이야깁니다." (……) 확실히 지금은 어려운 시대입니다. 그래서 이 세대를 성실하게 살아가려면 역사적 정신의 주체인 '주어'를 탐색하려면―우리에겐 없던 결투 정신, 그 대결의 혼이 있어야 합니다. 그 결투의 윤리말입니다.31)

49면.

29) T. Eagleton, Ibid, p.195.
30) 이어령, 「화전민지대 ― 신세대의 문학을 위한 각서」, 『경향신문』, 1957. 1. 11.
31) 이어령, 「주어없는 비극 ― 이 세대의 어둠을 위하여」, 『조선일보』, 1958. 2. 10~11.

"우리들의 앞에서 하나의 문장이 끝났다."라는 선언은 '역사의 종언'이며 새로운 '역사의 시작'을 상징적으로 나타낸다. 이어령에게 1950년대란 새로운 근대성의 창출의 시대이며 '운명적 출발'의 시기인 것이다. 새로운 근대성의 창출은 '불의 작업', '결투의 정신'이며, 이 정신의 연장이 '저항의 논리'이다. 이 저항의 논리는 구세대 배제와 신세대의 옹호의 양면성을 가진 칼날이다.

따라서 이어령의 '화전민 의식'이 담지하고 있는 '운명적인 출발'인 새로운 근대성의 창출의 모습이란 한쪽 기둥이 전통 부정이다. 그는 이 시대를 "구세대의 문학과 새 세대의 문학이 반드시 교차되어야 할 문학적 혁명기"32)로 규정하고, 기성 문인을 일체의 우상으로 단죄하고 강경한 어조로 한국문단을 "시는 표어에서 끝나고 소설은 야담에서 또한 평론은 정실과 파당의 의전문(儀典文)으로 귀결된 적막한" 곳으로 비판한다. 그가 "써도 좋고 안 써도 좋은 글"33)로 구세대의 문학적 가치를 비판한 것은 계몽의 기획의 한 면인 배제의 논리의 단적인 예이다. 이 전통부정은 구세대 배제의 논리이며, 신세대 옹호의 논리이다.

새로운 세대에게 강조하는 것은 바로 '불의 작업'이며, '결투의 정신'이며 '저항의 논리'이다. 그는 문학적 혁명기의 언어는 "안락의자처럼 휴식을 주는 것이 아니라 여자의 목걸이 같은 것이 아니라 풍향처럼 바람에 울리는 음악이 아니라" "우리의 마음을 일깨우는 자명고"이며 "죽어간 모든 인간의 이름으로 호명되는 언어"34)라고 명명한다. 그리고 그는 신세대 작가가 가질 신념으로, "역사에의 관심이며 그것에 대한 책임을 자각하려는 정신", "인간이 인간을 사랑할 수 있도록 애정을 만들어 주어야 할 것" "사람들로 하여금 그의 적과 그의 벗을 명확히 가리켜주는 일"35)이라고 역설한다.

---

32) 이어령, 「우상의 파괴 – 문학적 혁명기를 위하여」, 『한국일보』, 1956. 5. 6.
33) 이어령, 「화전민지대」, 1957. 1. 11.
34) 이어령, 「그날 이후의 문학 – 6·25를 기억하는 '매니페스토'」, 『조선일보』, 1959. 6. 24.
35) 이어령, 「현대의 악마 – 오늘의 문학과 그 근거」, 『신군상』, 1958. 1, 89면.

"권력에 대한 저항은 다른 곳이 아닌 바로 권력으로부터 나오는 것이기에 권력이 있는 자리에 저항이 있기 마련"[36]이다. 이 계몽의 기획인 배제와 옹호의 논리는 권력 부정을 통한 권력 창출의 논리이다. 이어령은 구세대의 지배적 권력(담론)을 부정적으로 인식하고 이를 배제하고, 새로운 권력, 즉 새로운 세대의 담론을 창출한다. 그 새로운 담론의 근거가 저항의 논리이다.

이어령 비평의 저항의 논리는 현실과 역사의 성찰, 현실과 사회의 변혁의 한 형식이다. 그 대표적인 비평이 「현대 작가의 책임」(『자유문학』, 1958. 4), 「작가와 저항」(『지성』, 1958. 겨울), 「현대의 악마」(『신군상』, 1958. 1), 「작가의 현실참여」(『문학평론』, 1959. 1), 「사회참가의 문학」(『새벽』, 1960. 5) 등이다.

> 역사가 인간을 살육하는 문명을 낳았다면 그 같은 역사를 만든 책임은 우리 인간이 져야할 것이며 따라서 당연히 우리는 그러한 역사의 움직임에 대해서 저항하지 않을 수가 없다. '자연이 일으키는 사건' 그것의 책임은 신(?)이 져야 한다. 그러나 '역사'가 저지르고 있은 이 현실의 모든 사고는 '인간'이 져야만 할 책임이다. (……) 그리하여 우리는 이윽고 인간이 인간과 싸워야 하는 슬픈 계절을 맞이하였다. 인간이 인간과 싸워야 한다는 것은 인간이 인간의 역사와 대결한다는 말이며 그 역사 속에서 우리가 눈을 떠야한다는 것이며 새로운 역사의 움직임을 기대한다는 것이며 오늘의 이 역사적 현실을 비판하고 폭로하고 그리고 지양해 나가야 한다는 것이다.[37]

인간의 "역사가 인간을 살육하는 문명을 낳았다면 그 같은 역사를 만든 책임은 우리 인간이 져야할 것이며" "그러한 역사의 움직임에 대해서 저항하지 않을 수가 없다." 이러한 저항의 논리는 이어령의 저항이 근본적으로 문명에 대한 저항을 통한 인간 구원의 작업임을 알게 한다. 그의 저항은 인간이나 문학을 억압하는 모든 것에 대한 저항이다. 따라서 60년

---

36) M. Foucault, 『권력과 지식』, 홍성민(역), 나남, 1991, 177면.
37) 이어령, 「현대의 악마」, 87면.

대 이후의 그의 저항은 초기의 대사회적 담론을 계속 유지하지 못하고, 문학을 억압하는 것에 대한 저항의 형태로 드러난다.

김현은 1950년대 비평의 두 기둥을 전통단절론과 휴머니즘의 재건[38] 이라고 지적한다. 이 전통 단절론이 서구의 문학에 대한 편향성과 함께 새로운 근대성 창출에 일정한 역할을 한다. 이는 50년대 후반의 전통의 재인식과 연결된 고리의 역할을 한다. 1950년대는 폐허 위에서 출발한 것이기에 근대성 창출이 필연적인 것이다. 이어령의 '불의 작업'을 통한 저항의 논리는 새로운 근대성 창출로 나아가지만, '계몽의 기획'에서 벗어 난 것은 아니다. 따라서 1950년대의 새로운 근대성의 창출이란 여전히 근대의 논리에 종속된 것에 불과하다. 그리고 폐허 인식을 기본 전제로 한 50년대 비평은 1920년대 민족문학론을 확대재생산한 김동리를 중심 으로 한 민족문학과 정태용, 최일수에 의한 민족문학에 대한 관심, 불안 의식을 기반으로 한 막연한 휴머니즘의 형태를 띤 실존주의에 대한 경사 가 나타난다.

2. 폐허인식의 내재화 - 민족문학, 실존주의

1) 민족문학

전쟁은 근대의 체계가 한 순간 폐허가 되는 계몽의 자기 파괴의 극단 적인 모습이다. 계몽의 자기 파괴의 극단적인 모습이 황무지로 표상되는 폐허이다. 이 폐허 위에서 1950년대는 분단 극복이라는 과제를 담지하 고 있다. 이 분단 극복은 진보적인 민족문학에서 적극적으로 문제화된다.

민족이란 개념은 역사적으로 기획된 '상상의 공동체'에 불과한 것이다. 즉, 근대적인 민족의 본질은 아무런 중심이 없는 텅빈 동질성을 형성하는 공동체 없는 공동체이다. 이 텅빈 동질성을 기반으로 한 민족문학은 근대

---

38) 김 현, 「테로리즘의 문학 - 50년대 문학소고」, 『문학과 지성』, 1971. 여름, 337면.

기획이 낳은 대표적인 담론이다. 따라서 이 민족문학은 텅빈 동질성 형성과 함께 타자를 억압하고 배제하는 원리로 작용한다.

세계문학의 보편성 속에서 바라볼 때, 민족문학은 아마도 한국인의 고유한 정서와 토착성에 기반을 둔 문학일 것이다. 그러나 우리 나라에서 민족문학이란 용어는 독특하게 구별되는 의미 체계를 형성하고 그 의미가 변화되는 개념이다.

> 민족문학은 그러므로 정치적으로는 우파적 성격을 띠며, 문학적으로는 복고조를 내용으로 한다. 그것은 국민문학(민족문학)이 계몽주의와 밀접한 관련을 맺고 있는 것과 무관하지 않다. 한국의 계몽주의가 한국 현실의 모순을 파헤치는 것을 목적으로 삼는 대신 당위성을 항상 그 일관된 주장으로 밀고 와, 계몽주의자들의 시혜적 특성을 두드러지게 드러낸 것은 한국 계몽주의의 치명적 약점이다. 물론 한국의 계몽주의가 식민지화에 대한 반발로서 형성된 것이라는 점도 있지만 반식민지화에 너무 집착하여 한국 재래 사회구조의 모순을 눈감아버린 것은 계몽주의자들의 정신의 한 성향을 잘 보여준다. 여하튼 우파적 보수주의, 복고조, 계몽주의라는 세 지주는 민족주의 문학의 근간을 이룬다. 해방 후의 순수문학자들, 김동리, 서정주, 조연현, 박두진, 박목월, 조지훈 등의 문학이 쉽게 민족문학으로 규정될 수 있었던 것도 그러한 민족문학의 세 지주가 그들의 행동반경을 지탱할 수 있는 유일한 지주였기 때문이다. 그리고 그들의 권력 지향적 측면도 그러한 민족문학의 특성에서 벗어나는 것이 아니다.[39]

민족문학은 우파적 보수주의, 복고주의, 계몽주의를 정신적 기반을 가진 권력 지향적 성격을 갖는다. 이는 근대가 낳은 계몽적 기획의 대표적 담론이다. 김현은 이 담론에 대한 역겨움을 다음과 같이 드러낸다. "그것은 지나치게 국수주의적인 냄새를 풍기며, 지나치게 복고적이며, 지나치게 교조적이다. 그것이 포함하는 권력 지향적 특성이 또한 나에게는 싫다. 민족문학은 다시 한마디로 자르자면 한국 우위주의라는 가면을 쓴 패배주의자의 문학에 지나지 않는다. 그것은 사관이 결여되어 있는 문학이

---

39) 김 현, 「민족문학·그 문자와 언어」, 『월간문학』, 1970. 10. 119면.

며, 그런 의미에서 정신의 나치즘화에 쉽게 가담한다."[40] 이런 민족문학에 대한 강력한 비판적 기능을 가진 담론이 같은 이름의 민족문학이다. 일반적으로 이 민족문학을 진보적 민족문학이라고 지칭한다. 이 진보적 민족문학 역시 이성을 기반으로 한 진보의 신화라는 근대성의 다른 얼굴에 지나지 않는다.

한국문학에서 민족문학이란 프로문학에 대한 대타의식에서 출발한 용어이다. 이 용어는 나까니시 이노스케(中西伊之助)의 「새로운 민족문학의 수립」(『문예운동』 2, 1926. 5)이란 평론에서 사용되기 시작하여, 김동인의 「민족문학과 무산문학의 박약한 차이점과 양 합치성」(『삼천리』 1, 1929. 6), 김영팔의 「본질적으로 양문학은 빙탄의 관계」(『삼천리』 1, 1929. 6), 문일평의 「민족문학의 수립」(『문예공론』 2, 1929. 6)에서부터 본격적으로 사용된다. 그러나 민족문학이란 용어는 민족주의 문학이나 국민문학과 거의 유사한 의미로 사용된다. 1920년대 사용된 "조선으로 돌아가자!" "진정한 국민문학을 건설하자!"라는 구호로 대표되는 민족문학이란 실상 '문단상의 조선주의'라고 명명할 수 있다. "'조선주의'는 다시 말하면 조선 민족 정신의 발현, 문학 고전의 부활, 민족적 예술 형식의 창조, 외래 사조 추종의 배척 등이 그 중심 골자인 듯한다."[41] 이 시기에 사용된 민족문학은 우파적 보수주의, 복고주의를 정신적 기반을 가진 권력 지향적 성격을 갖는다. 이런 민족문학의 정신적 기반은 해방이후 1950년대까지 확대 재생산 된다.

> 순수 문학이란 한마디로 말하면 문학 정신의 본령정계(本領正系)의 문학이다. 문학 정신의 본령이면 물론 인간성 옹호에 있으며 인간성 옹호가 요청되는 것은 개성 향유를 전제한 인간성의 창조 의식이 신장되는 때이니만치 순수 문학의 본질은 언제나 휴머니즘의 기조(基調)되는 것이다. (……)
> 민족 문학이란 원칙적으로 민족 정신이 기본되어야 하는 것이며 민족 정

---

40) 위의 글, 119면.
41) 김기진, 「문예 시평 – 문단상 조선주의」(『조선지광』, 1927. 2), 홍정선(편), 『김팔봉문학전집』 1, 문학과 지성사, 1988, 277~278면.

신이란 본질적으로 민족 단위의 휴머니즘 이외의 아무것도 아니기 때문이다. 우리는 민족적으로 과거 반세기 동안 이족(異族)의 억압과 모멸 속에 허덕이다가 오랜 역사에서 배양된 호매(豪邁)한 민족 정신이 그 해방을 초래하여 오늘날의 민족 정신 신장의 역사적 실현을 보게 되었거니와 이것은 곧 데모크라시로써 표방되는 세계사적 휴머니즘의 연속적 필연성에서 오는 민족 단위의 휴머니즘으로서 규정할 수 있는 것이다. 이와 같이 민족 정신을 민족 단위의 휴머니즘으로 볼 때 휴머니즘을 그 기본 내용으로 하는 순수 문학과 민족 정신이 기본되는 민족 문학과의 관계란 벌써 본질적으로 별개의 것일 수 없다는 것을 알 수 있다.42)

김동리는 순수문학이 인간성 옹호를 본질로 하는 '본령정계의 문학'이라고 정의한다. 이 순수문학은 '휴머니즘'을 기조로 하는 문학이다. 민족문학은 민족정신을 기본으로 하는 문학이며, 본질적으로 민족정신이란 민족 단위의 휴머니즘인 까닭으로 순수문학과 동일한 것이다. 김동리는 '민족문학=순수문학'이란 논리를 도출한다. 인간성 옹호를 본질로 하는 이 문학론의 전제가 바로 추상성과 몰역사성이다. 이 순수문학론은 해방 공간에서 문학가동맹이라는 타자로부터 자신을 특권적으로 차별화 하는 권력지향적 성격을 가진 것이다. '순수문학'으로 표방되는 김동리의 민족문학론은 1950년대에도 「민족문학의 이념과 현실」(『문화춘추』, 1954. 2)과 같은 평론으로 그대로 재생산된다.

이에 반해 정태용, 최일수는 김동리로 대표되는 민족문학론을 비판하면서 새로운 민족문학의 담론을 개진한다. 먼저 정태용은 「민족문학론」에서, '민족'이란 용어가 "근대 시민사회와 더불어 형성되어진 '민족국가'와 함께 등장된 개념"43)이라고 지적한다.

어떠한 시대 어느 지역 혹은 나라의 작가들이 의식적이고 아니고간에 그

---

42) 김동리, 「순수 문학의 진의 – 민족 문학의 당면 과제로서」(『서울신문』, 1946. 9. 14), 『김동리 전집』 7, 민음사, 1997, 79~81면.
43) 정태용, 「민족문학론 – 개념규정을 위한 하나의 시고」, 『현대문학』, 1956. 11, 40면.

시간적 공간적 위치가 그 시대의 세계사적인 사건들을 짊어지고 해결해야할 운명을 지고 있는 민족이나 집단에 소속해 있으며, 그 작가 또한 의식, 무의식임을 막론하고 그 문제를 문학적 정신으로서 실천했다면, 그러한 작품들은 가장 민족적인 동시에 세계문학의 대표작으로서 능히 그 자리를 확보할 수 있을 것이다. (……)

무엇이나 다 민족문학이 될 수는 없다. 우리 문제를 주체적으로 행동하고 체험하고 사상하고 해결해 가는 산 인간의 감정과 이성과 지성의 바탕을 옳게 조직하고 형상한 작품만이 민족문학일 것이요 또 그것이 우리 문학자가 수행해야 할 문학상 임무가 아니고 다른 어디에 있을 것인가? 인간적으로나 민족적으로나 위기에 직면했다고 느끼면 느끼는 그만치 어떠한 방법으로도 도피하거나 회피할 수 없이 맡아서 해내야 할 일이 바로 민족문학이란 명제 속에 들어 있는 것이다.44)

정태용은 보수적 민족문학을 비판하면서, 민족문학을 "우리 문제를 주체적으로 행동하고 체험하고 사상하고 해결해 가는 산 인간의 감정과 이성과 지성의 바탕을 옳게 조직하고 형상한 작품"이라고 정의한다. 그는 이런 민족문학을 세계문학과의 연관 속에서 파악하면서, 그 시대의 세계사적인 사건들을 짊어지고 해결해야할 운명을 지닌 민족이나 집단에서, 그 문제를 문학적 정신으로 실천한 문학을 세계문학의 대표작이라고 지적한다. 따라서 정태용의 민족문학론은 몰역사성에서 구체적 역사성으로 방향을 전환시키는 이정표 역할을 한다. 1950년대, 민족문학론은 이성을 바탕으로 한 진보의 신화라는 강력한 담론이 정태용에 의해서 도출되어 최일수에 의해 확대 재생산된다.

최일수의 비평의 지향점은 이념 대립과 분단의 현실 상황에서 통일지향의 새로운 민족문학의 수립이다. 특히 그의 민족문학의 지향과 모색은 구체적 역사성 위에 놓여 있다. 이 역사성 위에서 그는 분단 극복을 위한 민족문학의 현대화 문제를 역설한다.

---

44) 위의 글, 46~48면.

우리 민족문학의 현대적 방향에 가장 요구되는 문제는 서구의 현대문학의
비판적인 섭취와 전통의 올바른 계승을 통한 주체성의 확립이라는 이 두 개의
커다란 문제가 서로 밀착되고 통일되는 데 있다고 믿게 되는 것이다. (……)

현대적인 서사정신이란 올바른 전통의 계승에 입각한 민족문학의 현대화
를 말하는 것이며 그것은 분단된 민족의 통일의식이요 또한 현대적인 지성과
감성 그리고 사유와 행동, 이지와 정서가 동일성 위에 밀착되어진 그러한 통
일된 인간을 민족적인 현실생활 속에서 창현하면서 근원적인 창조의 계기를
개시하는 민족정신을 말하는 것이다.(……)

오늘에 있어서는 분열된 주체를 통일시킴으로써 근대의 관조문학을 지양
하고 행동적인 사회참여와 새로운 인간의 형성이 그 기저가 되면서 전통의
올바른 계승과 현대문학의 비판적인 섭취를 주체적인 토대 밑에서 이룩하려
는 이른바 새로운 현대의 방향을 모색하는데 있는 것이다.[45]

민족문학의 현대적 방향은 서구의 현대문학의 비판적인 섭취와 전통의
올바른 계승을 통한 주체성의 확립에 있다. 6·25동란으로 말미암아 분
단된 현실 속에서 우리 문학이 지향해야 할 목표는 통일을 구현시키기 위
한 민족 정신의 발현에 있다. 그는 올바른 민족 정신의 발현을 위해『춘
향전』과 같은 평민문학이 보여준 평등정신과 저항정신의 계승이 필요함
을 지적한다. 그리고 우리 문학은 행동적인 인간 형성과 적극적인 사회참
여의 방향으로 나아가야 한다. 따라서 최일수의 민족문학의 궁극적 지향
점은 분단된 조국의 현실을 기반으로 하여 분단 극복에 있다.

이 문제의 연장선상에서 민족문학과 세계문학과의 관계를 새롭게 모색
하는 단계로 나아간다. "문학에 있어서 세계성이란 하나의 막연한 인간주
의나 가공적인 '코스모폴리타니즘'에 있는 것이 아니라 (……) 개개민족
의 하나하나가 지니고 있는 그 특수한 질적인 독자성을 철저하게 발현하
면서 그 독자성을 통하여 세계적으로 일관되는 총화적인 흐름을 말하는
것이다."[46] 최일수는 그의 민족문학론을 통하여 당대 지식인의 세계주의

---

45) 최일수, 「우리문학의 현대적 방향 - 전통의 올바른 계승을 위하여」, 『자유문학』,
　　　1956. 12, 171, 173, 177면.
46) 최일수, 「문학의 세계성과 민족성」 2, 『현대문학』, 1958. 1, 204면.

의 허상을 비판적으로 인식한다. 그는 민족문학이 세계와 교류하는 세계화의 길에서 그 자체의 고유성을 특질로 인식하고 자각하면서 민족문학의 세계화로 통합된다고 지적한다. 그리고 1970년대 이후의 민족문학론에서 제기되는 '분단문학론'이나 '제3세계문학론'의 이론적 맹아를 그의 민족문학론에서 볼 수 있다. 따라서 최일수의 민족문학론은 현실주의적 시각과 역사에 대한 전망을 기반으로 한 분단극복을 위한 민족문학의 현대화라고 할 수 있다. 결국 정태용, 최일수에 의해 제기된 민족문학론은 이성을 바탕으로 한 진보의 신화라는 근대성의 강력한 담론을 재생산하고 있다.

민족문학론은 배제와 선택의 관계에서 이루어진 비평적 담론47)이다. 김동리나 최일수의 비평적 담론은 타자와 관계에서 휘두르는 권력관계에서 이루어지는 것인데 이 권력은 우익적 민족문학이나 진보적 민족문학 어느 것을 선택하든 간에 강력한 배제의 원리를 가진 것이다. 이 선택과 배제의 원리의 추구는 동일한 뮤법 속에 갇혀 버리고 마는 폐쇄적 회로에 불과하다. 그들의 민족문학론은 60년대 이후 더 이상 진전되지 못한다. 이들은 변화하는 역사적 상황에서 현실적인 탄력성을 확보할 수 없는 폐쇄 회로에 갇혀 버린 것이다. 따라서 우리 시대의 과제는 배제와 선택의 기획인 민족문학론을 넘어서 현실적 탄력성의 확보를 통한 타자의 인정과 상호 긍정의 새로운 민족문학 모색의 길을 찾아야 한다.

2) 실존주의

모든 전쟁문학이 휴머니즘을 기본으로 하여 출발하듯, 한국전쟁문학도 휴머니즘론에 수렴된다고 말해도 크게 틀리지는 않을 것이다. 이 휴머니

---

47) "비평적 담론의 권력은 권위가 타자와 관계되는 가운데 휘두르는 권력인데, 이는 담론을 규정하고 유지하는 자들과 선택되어 담론에 받아들여진 자들 사이의 권력 관계이다. 그것은 담론을 훌륭하게 구사하거나 그렇지 못한 데 따라서 면허증을 부여하거나 하지 않을 수 있는 권력이다."(T. Eagleton, Ibid, p.203)

즘론의 형태를 띠고 나타난 것이 실존주의이다.

고은은 1950년대를 실존주의 시대로 명명하면서 그 시대를 냉소적으로 비난하고 있다. "실존. 실존주의. 그것은 50년대 작가를 철저한 패배자로 만들었고 50년대 문학은 그것에 모든 것을 바친 여자의 멜로드라마였다."48)

1950년대 비평의 논리적 규명을 위해서는 실존주의문학, 실존주의, 실존철학 등에 대한 논리적 규명이 필요하다. 실존 철학이란 명칭은 하이네만에 의해 명명된 것49)이고, 1954년 그의 저서『실존철학은 살았는가 죽었는가』에서 이 문제를 진지하게 논의한다. 사실, 실존철학은 이론적 명징성이 결여된 것으로 널리 알려져 있다. 짐머만이 지적하고 있듯이, "만일 어떤 하나의 특정한 방법에 의해 연결되어 있고 그 방법을 통해서 설명해 낼 수 있는 어떤 단일적인 대상을 소유하고 있는 하나의 사상을 실존철학에서 생각한다면, 그런 실존철학이란 사실 존재하지 않는다."50) 다시 말해서 실존철학이라고 명명되는 것은 각기 다른 경향, 즉 키에르케고르적, 하이데거적, 사르트르적, 마르셀적 특징으로 단일적인 철학을 이끌어내기란 사실상 힘들다. 철학 연구자들에 의해서 명명된 "주체적 존재로서의 실존의 본질과 구조를 밝히려는 철학적 입장을 널리 실존철학"51)이라고 부르는 것일 뿐이다. 특히 그들에게 주목된 것은 전통적 "형이상학의 반대 운동"52)으로 파악된 측면이다. 그리고 실존 철학의 변형 형태인 실존주의 문학은 사상적인 요소는 어느 정도 탈색된 유행사조적인 의미로 ― 몇 몇의 예외는 있지만 ― 전후 세계문학에 유행한 것도 사실이다. 특히 우리에게 유입된 실존철학은 사르트르, 까뮈의 작품을 통해서 들어온 것으로 오해의 소지가 다분히 있었다. 50년대 실존주의는 사르트르나 까뮈 사상의 본질에서 접근한 것이 아니라 세계적 유행의 의

48) 고 은, 앞의 책, 381면.
49) F. Heinemann,『실존철학』, 황문수(역), 문예출판사, 1979, 7면.
50) F. Zimmermann,『실존철학』, 이기상(역), 서광사, 1987, 14면.
51)『세계철학 대사전』, 교육출판공사, 1985, 654면.
52) F. Zimmermann, 앞의 책, 14면.

미로써 사상이 탈각된 상태인 '실존적인 무드'로 이를 스스로 왜곡시킨 상태로 받아들인 것53)이다.

1950년 이전의 실존철학과 실존주의 작가의 소개는 1930년대 초반부터 이헌구의 「불란서문단종횡관」(『문예월간』, 1931. 12)이나 신남철의 글 「나치스의 철학자 하이덱겔」(『신동아』, 34. 11)에서 시작된다. 이러한 소개는 대부분이 번역, 논설, 해제 등의 형태를 통해 단편적으로 실존철학과 실존주의 문학의 내용을 언급하는 정도이다. 해방 후 비평에서 '고민 문학'으로 실존주의 문학이 이해되었으며, 다시 말해서 실존주의 수용이 사르트르의 참여문학의 방향이 아니라 미국의 모더니즘의 세례를 받은 실존적 정신분석의 방향으로 편중되어 유입된다. 실존적 정신분석이란 "인간은 하나의 전체"로 "아무것도 열어보이지 않는 어떤 취미, 어떤 버릇, 어떤 인간적인 행위란 있을 수 없는 것"으로 "인간의 경험적인 행위들을 해독하는 것이다."54) 그러나 이 수용은 기본적으로 심리분석 차원으로 한정되어 있고, 실존적 정신 분석을 집중적으로 수용되거나 연구된 것은 아니다.

1950년대 비평에서 불안·절망·우울·공포·부조리·허무·구원이라는 폐허인식의 내재화라는 전제 위에서 실존주의가 인식된다. 50년대 실존주의는 외국문학 전공자인 손우성·김붕구·안병욱·이환·윤현 등에 의해 번역·정리·해석 등으로 소개된다. 폐허라는 상황하에 놓여 있는 50년대 비평은 최혜실이 지적한 것처럼 "일종의 직관 중심의 모더니즘 문학의 역할"을 실존주의 문학이 수행했을 뿐 만 아니라, "묘하게도 현실 참여와 묘사의 경향" 또한 "실존주의의 한 주류인 휴머니즘, 앙가쥬망"55)이 하고 있다. 루카치가 주장하고 있듯이, 실존주의는 물신 숭배의 한 모습으로 제국주의 시대의 모순을 자유 일반에 대한 추상적 경험에 의

---

53) 남원진, 「1950년대 문학 연구 – 실존주의의 관련 양상을 중심으로」, 『한국 현대 작가 연구』, 박이정, 1997.
54) J. P. Sartre, 『존재와 무』 2, 손우성(역), 삼성출판사, 1990, 381면.
55) 최혜실, 「실존주의 문학론」, 구인환(외), 『한국전후문학연구』, 삼지원, 1995, 147면.

해 모색된 개인주의적 내면탐구[56]이며, 또한 그는 모더니즘 이데올로기를 대변하는 문학적 실체로 실존주의[57]를 평가한다. 따라서 모더니즘의 사상적 기반이 되는 것이 실존주의이다. 그러나 현실 참여 경향과 관련된 사르트르의 수용은 50년대의 문제성을 드러내는 것도 사실이다. 다시 말해서 당대의 문인이나 비평가들은 사르트르의 초기 사상에서 후기의 참여의 경향으로 진행에 대한 진지한 탐구 없이 휴머니즘을 찬양하고 있다.

그러나 최일수의 「실존문학의 총화적 비판 – 하나의 서론적 고찰」에서

> 우리 민족문학이 그 엄숙한 입체성의 확립을 위한 피어린 수난을 겪어온 오늘에 있어서 현실의 불안에 대하여 고민과 권태를 느끼기만 하면 그러한 정체적 몸부림과 잃어버린 세대를 피의 체험으로써 넘어선 오늘의 민족적 현실에 비추어 이 외래 유파를 비판하고 지양해야할 시기가 왔다고 보는 것이다.[58]

라고 지적한다. 그는 민족문학을 지향하는 입장에서 서구 사조의 무분별한 수용에 대한 비판적 견해를 피력하고 있다. 즉 실존주의적 불안과 허무의식을 극복하면서 민족문학을 확립할 것을 피력한 것이다.

그리고 비평계에서 50년대에 주목되는 것은 김동리와 이어령의 작품 논쟁이다. 이 논쟁은 김동리의 「본격작품의 풍작기」(『서울신문』, 1959. 1. 9)에서 '비평적 정신의 타락'이라고 비평 태도에 대한 비난에 대한 김우종의 반론 「중간소설론을 비평함」(『조선일보』, 1959. 1. 23)에서 출발해서, 한말숙의 「신화의 단애」와 추식의 「인간 제대」에 대한 실존성의 문제로 비화되자 이에 대한 이어령의 비판으로 인해 양자간의 논쟁이 본격화된다.

---

56) G. Lukacs, 「실존주의냐 맑스주의냐」, G. Novack(편), 『실존과 혁명』, 김영숙(역), 한울, 1983, 151면.

57) G. Lukacs, 『우리시대의 리얼리즘』, 문학예술연구회(역), 인간사, 1986, 31~33면.

58) 최일수, 「실존문학의 총화적 비판 – 하나의 서론적 고찰」, 『경향신문』, 1955. 4. 13.

김동리는 「논쟁조건과 좌표문제」(『조선일보』, 1959. 2. 1~2. 2.)에서 "내가 그 작품에 '실존성'을 지적한 것은 한말숙씨의 「신화의 단애」나, '극한의식'을 인정한 것은 추식씨의 『인간제대』(작품집)와 유주현씨의 「언덕을 향하여」에 대해서다. 그리고 '지성적' 오상원씨의 작품을 두고 한 말이다."59)라고 지적하고 있지만, 구체적으로 이 작품들이 실존성이나 극한의식의 관련에 대한 아무런 언급이 되어 있지 않다.

이에 대해 이어령은 「영원한 모순 - 김동리씨에게 묻는다」(『경향신문』, 1959. 2. 9~2. 10)에서 이것에 관련해 문제제기를 하고 있다.

① 오상원의 문장은 과연 지성적인가? 그에게 필요한 것은 정서적인 문장도 지성적 문장도 아니라 우리의 국어부터 배워야 한다는 사실이다.
② 한말숙의 「신화의 단애」에서 실존성을 인정할 수 있는가? '실존'이라는 개념을 명확히 이해하지 못했기에 '실존성'이라는 조작어를 만들 수 있는 것이며, 한말숙의 작품은 에로티즘에 불과하며 실존주의라고 날조한 것이다.
③ 추식의 「인간제대」에서 '극한의식'을 지적할 수 있는가? 야스퍼스의 '실존상황'(Grenzsituation)을 인용하면서 추식의 작품의 주인공의 몸부림이 '인간존재의 어둠'이 아니라 '사회의 어둠'에서 연유한 것이며, 또한 '존재의 벽'이 아니라 '사회의 벽'을 향한 것이기에 이 작품 을 극한의식과 관련시키는 것은 오해이다.

김동리는 이에 대한 반박으로 「좌표이전과 모래알과 - 이어령씨에 답한다」(『경향신문』, 1959. 2. 18~2. 19)에서, 실존성(Existenzialität)은 하이데거의 『존재와 시간』에 나오는 철학용어를 번역한 것이며, 야스퍼스나 말로 사이에 말로와 까뮈 사이에 극한의식의 차이가 있는 것처럼 추식의 극한의식도 종래 실존주의의 그것과의 차이일 뿐이라고 지적한다. 실존성의 용어 문제의 잘못은 인정하지만, 이어령은 「논쟁의 초점」(『경향신문』, 1959. 2. 25~2. 27)에서 한말숙의 소설에서 나오는 주인공인

---

59) 김동리, 「논쟁조건과 좌표문제」, 『조선일보』, 1959. 2. 2.

진영은 창부일 뿐 실존적 자각을 가진 인물이 아니라고 지적한다.

> 여대생 '진영'은 밤이면 경일이의 하숙으로 간다. 이유는 이렇다. "어디로 갈까? 오백환으로 재워줄 여관은 없다. …… 추운 방에, 내 몸을 꽁꽁 얼려 재우다니 죽으면 썩는 몸이다. 살아 있는 이 순간 다시는 없을 이 지극히 소중한 순간을, 나는 하필이면 얼려 재워야만 한다는 말인가? 그것은 안될 말이다." 또 진영은 경일이의 친구인 준섭이와도 잔다. 그 이유는 이렇다. 파출소보다는 갈만한 것이었고 경일이의 집보다는 가까운 곳이었기 때문에. 또 진영은 생면부지인 어느 청년과 일주일간의 동거생활을 하려고 한다. 그 이유는 이렇다. 하숙비와 등록금을 내기 위한 삼십만환의 현찰 때문에……60)

따라서 진영의 성격은 충동적이며 낙관적일 뿐만 아니라 성에 대한 본능충족적 면모를 갖고 있다. 또한 그녀는 인간의 실존에서 오는 불안과 고뇌가 담겨 있지 않고 무책임한 말만 하고 있을 뿐 인간 실존과는 무관하다. 이 논쟁에서 알 수 있듯이 실존성이란 용어에 집중되어 있으며 실존주의 문학에 대한 깊이 있는 이해는 이루어지지 않고 있으며, 또한 이러한 사실은 대부분 50년대 문인에게 적용되는 문제이기도 하다. "50년대의 문학적 의식이란 '인간 탐구'에 관심이 있었으며, 그 인간 탐구의 표본으로서 실존 문학이 이해되고 있을 따름이다. 거기에는 가장 중요한 것은 휴머니즘일 것이다."61) 즉, 휴머니즘의 탐구를 통한 실존주의가 실존주의 문학을 탄생시킨 것이다. 따라서 50년대 폐허인식의 내재화를 통해 인간탐구에 대한 관심의 형태로 휴머니즘으로 이어지고, 이 휴머니즘의 인식이 실존주의 문학을 성립시킨 것이다.

이런 50년대 실존주의에 대한 전반적인 인식 결여에 반해서, 고석규에 의해서 실존주의가 내재화된 형태인 실존의식 탐구가 나타난다. 그의 비평은 자기 세대의 운명에서 연유하는 위기의식의 산물이다. 50년대 세대

---

60) 이어령, 「논쟁의 초점」, 『경향신문』, 1959. 2. 27.
61) 전기철, 『한국전후문예비평연구』(「한국 전후문예비평 전개 양상 고찰 - 불안의식의 내재화와 응전력을 중심으로」, 서울대 박사, 1992), 서울, 1994, 63면.

의 운명적 모습인 폐허란 여백의 공간이며 창조의 공간이다. 고석규의 "여백은 그들의 영원한 갈망의 표적"이며, "부재의 존재를 말하는 것"62) 이다.

> 그들은 말할 수 없는 정적에 싸여 있습니다. 정적! 그렇습니다. 지금은 아무런 음운도 들을 수 없는 것이나 사실 그들의 침묵은 우리에게 무엇인가 전하고 있는 것입니다.
>
> 그들의 고독한 위치와 경건한 자세를 바라볼수록 정적이란 다만 들을 수 없는 소리에 절로 상태한 것입니다. 그들은 저마다 소리와 같은 파문을 던지며 저 무한한 공백 속에서 스스로의 위치를 떠나기 위하여 울고 있는 것인지도 모릅니다. 분명히 들려올듯한 그들의 환한 울림, 그것은 차라리 이름할 수 없는 빛깔이라고도 할 것입니다.
>
> 보일 수 없는 내부에서 자꾸 흘러가는 빛깔의 고민이 있을지언정 왜 빛깔은 저 여백의 하찮은 부면(部面)에 자기를 물들이는 것입니까. 한결같이 밝은 빛과 보얗게 울리는 빛과 또는 얼룩진 빛과 그 밖의 많은 빛문(紋)을 생각할 수 있습니다. 이 빛깔이란 우리들 눈으로 가리지 못할 조화 속에 이루워진 것입니다. 한 마디로 말하여 그것들은 모두 괴로워하는 표현이라 할 수 있습니다.
>
> 정적은 하나의 표현이올시다. 그리고 그것은 하나의 빛이올시다. 빛은 아름다운 것입니다. 무한한 것입니다. 저 많은 빛깔의 아름다움은 얼마나 직관적이며 신비적이며 또 원시적인 것입니까.63)

고석규는 부조리한 현실 극복의 논리로 실존의식을 기반으로 한 형이상학적 성채를 쌓는다. 그의 비평 인식은 현저히 서구의 형이상학적 사유방식에 접근하고 있다. 이 사유방식으로 말미암아 그는 존재 탐구의 내면성으로 깊이 침윤된다. 내면지향적 비평은 비평적 자기 투입을 통하여 주체지향의 담론을 형성한다. 주체 지향의 담론을 그는 '여백의 존재성'이라고 명명하고, 무한한 공백 속에서 울고 있는 '이름할 수 없는 빛깔'이라고 인식한다.

---

62) 고석규, 「여백의 존재성」, 고석규·김재섭, 『超劇』, 삼협문화사, 1954, 30면.
63) 위의 책, 24~25면.

이런 주체 지향의 비평은 역설정신을 기반으로 한 「시인의 역설」에서 유려하게 펼쳐진다. 특히 「시인의 역설」에서 윤동주론이라고 할 수 있는 「'어둠'에 대하여」는 그의 내면 지향의 편린이 고스란히 드러나 있는 평문이다. 그가 이 글에서 쓰고자 한 것은 윤동주를 통한 어둠에서 익어간 사상, '고석규론'에 다름 아니다. 윤동주이면서 고석규에게 "어둠은 나의 소유로서가 아니라, 나의 전체를 지배하는 나"인 것이다. "어둠으로 말미암은, 어둠으로서의 자기 존재에 대하여 그는 몹시나 초췌하며 암담했던 모양이다."64)

> 비록 '대칭위치'로써의 밝음을 예지하면서도 그것을 휘잡지 못하는 스스로의 묽은 준비를 탄회(嘆懷)하였음은 사뭇 육중한 어둠의 도가니 속에 그가 질식되는 그만한 이유에서였을까.
> 아닐 것이다. "오늘에 있어서는 다만 말 못하는 비극의 배경이다." "오로지 밤은 나의 도전의 호적(好敵)이면 그만이다"(동상)라는 절박된 긴장감으로 미뤄볼진대 어둠으로서의 자기 존재를 애써 부정하며 타소(打消)하려는 생생한 노력이 비쳐져, 이른바 '사상'이란 어둠으로서의 자기 존재를 밝음으로서의 자기 존재와 대칭시키는 "나의 염원"(동상)이라고도 생각되는 것이다.65)

윤동주의 어둠을 통해서 그는 자기 존재의 '어둠'에서 자기 존재의 '밝음'으로의 내면 탐구의 여정을 그린 것이다. 윤동주가 어둠을 극복하지 못했듯이, 고석규 또한 그의 어둠을 극복하지 못하고 존재의 내면 속으로 깊이 침잠하고 말았다. 즉 그는 윤동주의 어둠을 통해서 그의 운명의 얼굴을 본 것에 불과하다. 그가 간절히 원한 것은 열이다. "빛이 많다고 해서 더 많은 열이 있는 것이 아닌 것이다. 사람들의 말을 들으면 괴테는 운명할 때 '빛을! 빛을! 아직도 더 많은 빛을!' 하고 말했다고 한다. 그러나 우리가 원하는 것은 '빛을, 아직도 더 빛을'이 아니다. 우리는 추위 때문에 얼어 죽는 것이지, 암흑 때문에 죽는 것이 아니다. 밤이 죽이는 것

---

64) 고석규, 「시인의 역설」, 『문학예술』, 1957. 8, 202면.
65) 위의 글, 202면.

이 아니라 얼음이 죽이는 것이다."66) 따라서 고석규의 실존의식을 기반
으로 한 내면 지향의 담론 또한 폐쇄회로에 불과한 것이다. 이는 현실과
타자와 교섭이 불가능한 비평적 공간이며 가야하고 가야만 하는 길이 보
이지 않는 담론인 것이다.

3. 새로운 비평의 가능성과 전통의 재인식

1950년대 비평사에서 주목할 점은 대학의 지적 풍토를 내면화한 새로
운 비평인식을 가지고 등장하게 되는 전문적인 평론가들이다. 그 대표적
인 전후 세대 평론가는 고석규(부산대 국문과), 김붕구(서울대 불문과),
김양수(국학대 사학과), 김용권(서울대 영문과), 김우종(서울대 국문과),
송욱(서울대 영문과), 유종호(서울대 영문과), 윤병로(성균관대 국문과),
이봉래(일본 릿쿄대), 이어령(서울대 국문과), 이영일(영남대 영문과),
이철범(동국대 영문과), 정명환(서울대 불문과), 정창범(연세대 사학과),
천상병(서울대 상대), 최일수(조선대), 홍사중(서울대 사학과) 등이다.
특히 1950년대 전반의 폐허라는 인식을 넘어서, 전후세대 평론가들은
현대평론가협회를 결성하고 1959년 1월 동인지『문학평론』을 창간을 하
며, 백철, 김용권을 중심으로 새로운 비평의 가능성으로 미국의 뉴크리티
시즘을 소개 수용한다.

이 뉴크리티시즘이란 T. S. 엘리어트, T. E. 흄, J. C. 랜섬, A. 테이
트, C. 브룩스, I. A. 리챠즈 등의 사상이 중심이 되어 형성된 것이다.
그 사상적 골격은 "북부의 산업 자본주의에 대항하기 위하여 남부의 전통
적인 농본주의를 부활 강화해야 한다."67)는 것이다. 이는 노예제도를 기
반으로 한 농본주의적 전통에 입각한 보수주의적 이데올로기에 근거하고
있다. 뉴크리티시즘은 "근본적으로 순전한 비합리주의, 농업운동으로서의
우익적인 '피와 토지'의 정치운동 그리고 종교적 교리와 밀접히 연관된 비

---

66) M. Unamuno,『생의 비극적 의미』(외), 장선영(역), 삼성출판사, 1976, 305면.
67) 이상섭,『복합성의 시학』, 민음사, 1987, 12면.

합리주의"68)이다.

이 뉴크리티시즘은 문학의 내적인 언어의 분석으로부터 출발하여 비평의 내재적 가치를 문제삼고자 한 것이다. 이를 기반으로 하여 의미의 드라마, 긴장, 갈등, 아이러니, 역설 등에 주력한다.

이 뉴크리티시즘의 한국적 양상은 분석 비평의 비판적 태도를 견지해야 한다69)고 주장한 백철에 의해서 수용·소개된다. 그는 1956년 7월 국제 P. E. N 대회에 참석하면서 뉴크리티시즘에 대해 본격적으로 소개하기 시작한다. 김용권과 백철에 의하면, 뉴크리티시즘의 도입 과정을 다음과 같이 말하고 있다.

우리나라에서 '신비평'이 사람들의 입에 오르내리게 된 것은 극히 최근의 일이다. 물론 엘리어트와 리챠즈의 이름은 3, 40년대에 이미 소개되고 언급된 일은 있었으나 '신비평'과의 관련하에서 논급된 적은 없었던 것으로 여겨진다. 대개는 영국의 현대문학, 특히 영시에 있어서의 새로운 경향, 이를테면 20년대의 형이상적 시와, 30년대의 전위적 사회적 시와 관련해서, 새로운 경향의 비평관으로서의 논의되었다. 물론 리챠즈의 과학적 견해도 소개되었었다.(김기림씨 『시의 이해』) 그러던 것이 '신비평'이라는 말로 소개된 것은 아마 P.E.N 런던대회에 참석한 우리나라 대표단이 돌아와 그들의 보고문이 본지에 발표되었을 때가 처음이 아니였던가 기억한다. 동대회석상에서 토론된 비평가의 위치에 관한 몇몇 서구인사들의 의견도 아울러 게재되었었다.70)

우리 문단에 뉴크리티시즘이 단편적으로 소개되기 시작한 것은 1956년 무렵부터라고 기억하고 있다. 그러나 뉴크리티시즘이 더 우리 비평계와 독자의 주목을 끌게 된 것은 1957년 말에 내가 미국에서 「클리언스 브룩스와의 인터비유기」, 뒤 이어서 1958년 초에 「분석비평의 의의」라는 뉴크리티시즘을 소개하는 논문이 국내에서 발표된 것이 더 구체적인 계기로 된 것 같다.71)

---

68) T. Eagleton, Ibid, p.49
69) 백 철, 「뉴크리티시즘에 대하여」, 『문학예술』, 1956. 11, 181면.
70) 김용권, 「뉴크리티시즘과 한국비평문학」, 『자유문학』, 1960. 10, 284면.

뉴크리티시즘과 관련하여 백철은 「뉴크리티시즘에 대하여」(「문학예술」, 1956. 11), 「비평가의 직능」(『자유문학』, 1956. 12), 「I. A. 리챠즈와의 문학대화」(「사상계」, 1958. 5), 「비평가의 자격과 할 일」(『동아일보』, 1958. 6. 24~26, 28~29, 7. 1), 「뉴크리티시즘의 제문제」(「사상계」, 1958. 11)라는 글을 발표한다. 그리고 김용권은 R. 웰렉의 「문학연구론」(『사상계』, 1957. 4), R. M. 스톨먼의 「뉴크리티시즘」(『문학예술』, 1957. 4~5) 등의 번역문과 「I. A. 리챠즈의 비평과 그 방법」(『사상계』, 1957. 11~12), 「비평의 문맥」(『자유문학』, 1958. 4), 「작품 평가의 기준」(『문학평론』, 1959. 1.), 「뉴크리티시즘과 한국비평문학」(『자유문학』, 1960. 10) 등을 통해 본격적으로 소개한다. 또는 이 시기에 W. 엠프슨의 「평론가는 시골 상점 주인과 같은 것이다」(『자유문학』, 1956. 12), A. 테이트의 「소설기교론」(『자유문학』, 1958. 4)

> 우리 한국의 문학비평의 입장에서 뉴크리티시즘을 일차 현대비평으로 평가해서 받아 들일 것은 필요한 일이면서 동시에 그것을 받아 들이는 조건이란 전게한 세 가지의 조건 즉 문학을 일차 그 자체의 내적 조건에서 파악하는 일, 둘째 언어의 조건에서 한국 비평가는 일차 특별한 의의를 갖고 임해야 되는 일.(여기는 우리가 신문학사상 한 번도 이 언어의 문제에 대하여 진실한 검토를 한 일이 없으니만치 하나의 중요한 문학사적인 의미를 띤 것이라고 보고 싶은 면이다.) 셋째, 그 분석의 비평방법인데 여기도 한국의 비평이 일차 받아들여서 크게 참고해야 할 면이다. (……)
> 그러나 먼저 본 바와 같이 그 뉴크리티시즘의 비평이론과 방법에는 한계가 있는 것으로서 그 점을 참작하여 그들이 범한 지나친 과오의 전철을 밟지 않도록 경계할 일이다.72)

백철은 뉴크리티시즘을 현대비평으로 평가하면서, 그 구체적이고 분석적인 해석방법을 받아들여서 실재 비평에 적용해 볼 것을 강조하면서, 뉴

---

71) 백　철, 「뉴크리티시즘의 행방」, 『세대』, 1966. 2, 86면.
72) 백　철, 「뉴크리티시즘의 제문제 - 그 현대성에 대한 평가와 섭취를 중심으로」, 『사상계』, 1958. 11, 409~410면.

크리티시즘의 한계를 인식하고 그것에 대한 비판적 태도를 견지해야 한다는 입장을 취한다. 그러나 이 방법에 대한 구체적인 극복에 대한 언급이 없는 것으로 보아 그는 소개 이상의 입장은 아니었던 것으로 보인다. 그리고 50년대 뉴크리티시즘의 대표적인 소개자인 김용권은 "하나의 방법으로서의 신비평을 부정해야 할 이유는 없다."73)고 지적한다.

> 그것을 무시하건 말건, 어디까지나 개개 비평가의 자유이다. 그러나 그것을 통해서 비평의 대상이 좀 더 정확히 포착되고 작품을 설명하고 평가하는 비평의 언어가 한결 명확성을 띨 수 있게 된다면, 현재의 막연한 관념적 비평의 과다가 시정될 것만은 확신할 수 있겠다. (……) 그리고 신비평이나 앞으로 우리 나라를 찾아올 다른 어떠한 비평사상, 비평방법이든지 간에 그것이 우리의 비평행위의 한 내용이 되기 위해서는 여기에 대한 좀 더 깊고 넓은 이해가 선행되어야 할 줄로 믿는다.74)

1950년대 뉴크리티시즘은 새로운 비평의 가능성으로 문단에서 소개된다. 이는 인상주의나 감상주의적 비평에 대한 비판으로 구체적이고 분석적인 뉴크리티시즘에 관심을 갖고 소개한 것이다. 김용권은 뉴크리티시즘을 포함한 외국문학비평이 우리 비평 행위의 한 내용이 되기 위한 깊고 넓은 이해가 필요함을 역설한다.

뉴크리티시즘의 수용과 실천은 송욱의 「시와 지성」(『문학예술』, 1956. 1)과 『시학평전』(일조각, 1963), 이철범의 「분석비평의 입장에서」(『조선일보』, 1958. 1. 24), 김용권의 「비평의 문맥」, 「작품 평가의 기준」, 정한모의 문체 분석을 거쳐, 1960년대 이후 이상섭 · 김종길 · 김용직 · 김우창에 이르러 본격적인 적용이나 성과물들이 나타난다.

50년대 후반의 전후비평은 근대 파산의 한 목소리인 '화전민 의식'의 한 기둥을 장식한 전통부정에 대한 전통의 재인식이라는 전통론이 대두한다. 평민문학에서 '저항 정신'을 추출하여 이를 계승하고자 한 최일수,

---

73) 김용권, 「뉴크리티시즘과 한국비평문학」, 286면.
74) 위의 글, 286면.

연암(燕岩) 박지원의 문학에서 근대문학의 기점을 잡으려는 윤병로, 고전의 현대적 재해석을 통해 전통의 새로운 국면을 열어 보이려는 한 김우종의 전통의 재인식 등은 60년대로 이어지는 시대정신의 흐름이다. 새로운 시대로의 진행의 문턱에 전통론이 자리잡고 있으며, 이는 지배적인 인식의 변화를 보여준다. 50년대 중반이후 전개된 전통론은 60년대로 들어서면서 유종호·이어령 등의 전통 단절론, 조동일·천이두 등의 반성적 계승론(반성적 극복론), 정태용·장일우의 주체적 계승론(주체적 수용론)으로 세분화된다. 반성적 계승론은 단절론을 극복하기 위한 대안으로 고전문학 속에서의 전통 찾기, 한국적인 것 찾기에 기반을 둔다면, 주체적 계승론은 대상의 발견하는데 그치지 말고 이에 상응하는 논리를 찾아 방법적으로 심화시키는 논점이다.75) 50년대 전통론은 4·19혁명과 더불어 60년대 비평의 한 과제인 전통의 재인식과 '순수 참여 논쟁'으로 나아가며, 70년대 민족문학, 80년대 민중문학 논쟁으로 나아가는 이정표 역할을 한다. 분단시대의 비평은 전통과 밀접한 관련을 맺고 있는 민족문학의 창조와 극복의 상징적 '장'이다. 따라서 분단시대의 비평은 이성을 기반으로 하는 거대한 거인, 근대의 신화에 대한 창조이면서 극복의 장인 것이다.

Ⅳ. 글을 맺으면서

1950년대의 문학사는 폐허가 상징하는 이성적 판단이 소멸된 자리에 번성하는 감수성의 역사이다. 이 시대는 "비오는 명동은 (……) 실존주의의 술과 그레꼬 샹송과 가을비의 우수가 얼마나 파리의 암울한 신화였던가"76)로 명명되는 시대이다. 이 감수성은 두 이데올로기의 찢김 속에서 신의 신성이 가려진 정신의 불모성을 여지없이 드러냄을 상징적으로 표

---

75) 한강희, 앞의 책, 287~288면.
76) 고 은, 앞의 책, 29면.

상한다. 이 불모의 상황에서 새로운 근대성의 창출의 모색이 50년대 비평사라고 한다면, 이 불모성 극복이라는 문제를 안은 60년대는 사르트르의 참여 문학으로 눈을 돌린 시기이다. 60년대 순수·참여의 지양의 형태로 나타난 것이 70년대의 민족문학, 80년대의 민중문학이다. 특히 개발독재의 시대로 명명되는 70년대는 본격적인 자본주의 근대화와 그에 따른 민중운동의 물결로 점철된 시대이다. 특히 문학에서는 체제저항적인 특징을 강하게 드러낸 민족문학이 구심점 역할을 한다. 민족문학은 "민족의 주체적 생존과 인간적 발전이 요구하는 문학"이며 "진정으로 인간다운 삶을 위한 문학"[77]이다. 백낙청은 민족문학이 민중을 주체로 한 구체적인 반식민·반봉건의 민중적 의식의 문학적 표출이며 세계문학으로서의 선진성을 획득해야 한다고 지적한다. 이 민족문학이란 계몽의 기획이 낳은 진보의 신화에 다른 이름이 아닐까. 우리 시대의 민족문학의 과제는 계몽의 기획이 배태한 억압과 배제의 원리를 넘어서 타자의 인정과 긍정의 새로운 민족문학의 수립이 아닐까. 만약 문학이 '미로 속의 길 찾기'라고 명명할 수 있다면, 분단시대의 문학은 민족문학의 끝없는 길 헤메기와 길 찾기일지도 모르는 것이며, 근대라는 거인이 만든 모순을 극복하려는 탈근대 지향의 문학일지도 모르는 것. "길은 항시 어데나 있고, 길은 결국 아무데도 없다."[78]

---

77) 백낙청, 「민족문학이념의 신전개」, 『월간중앙』, 1974. 7. 82면.
78) 서정주, 「바다」, 『미당시전집』 1, 민음사, 1994. 58면.

III. 1950년대 비평 목록

1
1950년대 비평 목록

1. 1950년

구자윤, 「평민문학고」, 『어문』 2, 1950. 1.

김동리, 「우연성의 연구」, 『신사조』 1, 1950. 1.

김성욱, 「봐레리 단상」, 『문예』 6, 1950. 1.

김진섭, 「고독의 철학 – 문호와 고독」, 『신사조』 1, 1950. 1.

유동준, 「문학단상」, 『문예』 6, 1950. 1.

유지룡, 「현내문학의 생리성」, 『민성』, 1950. 1.

유치환, 「수상록」, 『문예』 6, 1950. 1.

이헌구, 「반공자유세계문화인대회를 제창한다」, 『신천지』 41, 1950. 1.

이헌구, 「조연현 저 『문학과 사상』」, 『주간서울』 71, 1950. 1.

조연현, 「1949년도 문단총평」, 『문예』 6, 1950. 1.

조연현, 「문학계의 1년 – 문화계 1년의 회고와 전망」, 『신천지』 41, 1950. 1.

조연현, 「서정주론」, 『주간서울』 71, 1950. 1.

최정희, 「여성과 문학」, 『부인경향』 1, 1950. 1.

하한수, 「씨나리오 단상」, 『문예』 6, 1950. 1.

한흑구, 「나의 벽화」, 『문예』 6, 1950. 1.

구 상, 「경작과 파동기 – 시단」, 『연합신문』, 1950. 1. 1.

박종화, 「민족문화와 새 희망」, 『평화일보』, 1950. 1. 1.

염상섭, 「나의 민족문학」, 『국제신문』, 1950. 1. 1.

조연현, 「비평의 본격화」, 『서울신문』, 1950. 1. 1.

허 집, 「새해를 맞는 나의 희망 – 시정신을 찾자」, 『국도신문』, 1950. 1. 1.

홍효민, 「문학평론의 회고와 전망 – 조선적 성격의 확립」, 『연합신문』, 1950. 1. 1.

홍효민, 「문화의 이론과 사명 – 신문문화면에 관련하여」, 『한성일보』, 1950. 1. 1.

홍효민, 「문화의 논리와 사명 – 신문문화면에 관련하여」, 『황성시보』, 1950. 1. 1.

양주동, 「민족 항거의 시혼 – 김광섭 시집 『마음』을 읽고」, 『서울신문』, 1950. 1. 8.

임옥인, 「새로운 작품 구상」, 『서울신문』, 1950. 1. 8.

설창수, 「예술정책의 기초」, 『연합신문』, 1950. 1. 11~13.

구 상, 「꽃들아! 네 마음대로 피어라! – 시인 김광섭씨의 역정」, 『경향신문』, 1950.
    1. 12~13.

염상섭, 「민족문학수립의 이념」, 『조선일보』, 1950. 1. 15.

최인욱, 「비평의 비평 – 주관비평의 새로운 형성」, 『경향신문』, 1950. 1. 18~20.

박영희, 「조선신문 학예란 회고」, 『연합신문』, 1950. 1. 22.

서정주, 「내가 사숙해 온 것」, 『국도신문』, 1950. 1. 22~23.

임긍재, 「신춘창작개평 – 테마의 산만성과 묘사의 습작성」, 『경향신문』, 1950. 1.
    23~28.

이경재, 「무실의 고발 – 민족문학의 실제성」, 『자유신문』, 1950. 1. 25.

양운한, 「현문단에 보내는 제언」, 『자유신문』, 1950. 1. 27.

염상섭, 「실험이 없는 세대 – 문화교류와 평론에 힘쓰라」, 『연합신문』, 1950. 1. 31.

강신재(외), 「신예작가 좌담회」, 『문예』 7, 1950. 2.

김삼규, 「전향 문화인의 진로」, 『민족문화』 2, 1950. 2.

김태오, 「시인적 체험」, 『학풍』 10, 1950. 2.

서정주, 「조선의 현대시 – 그 회고와 전망」, 『문예』 7, 1950. 2.

이숭녕, 「문체의 시대적 고찰」, 『문예』 7, 1950. 2.

조규동, 「문화 자유성의 확립」, 『민족문화』 2, 1950. 2.

조연현, 「구원에의 갈망 – 창조로서의 문학」, 『민족문화』 2, 1950. 2.

조연현, 「도스토엡스키론」, 『문예』 7, 1950. 2.

조지훈, 「조선문화의 성격 – 풍토적 환경과 민족성」, 『민족문화』 2, 1950. 2.

홍효민, 「민족문화의 원류 – 그 기본적인 성격에 대하여」, 『민족문화』 2, 1950. 2.

조연현, 「비평인의 비애 – 미지의 청년 ×에게」, 『경향신문』, 1950. 2. 1~4.

곽종원, 「창작적으로 본 작품과 비평」, 『서울신문』, 1950. 2. 2~4.

염상섭, 「남한문단의 신전기 – 자신이 본 우리 문단」, 『한성일보』, 1950. 2. 2.

유치진, 「희곡작품을 읽고 – 현상문예작품」, 『한성시보』, 1950. 2. 3.

조연현, 「민족문학의 당면과제 – 현문단의 장해는 무엇인가」, 『국민신문』, 1950. 2.
    8~12.

임서하, 「창작의식의 빈곤 -『백민』33인집을 읽고」, 『한성일보』, 1950. 2. 11~
　　　　12, 14.

김영진, 「최근의 창작계 -『백민』33인집을 읽고」, 『경향신문』, 1950. 2. 15~17.

이석훈, 「문학자의 심혼 - 현실과 문학운동의 당면과제」, 『서울신문』, 1950. 2.
　　　　16~17.

김광주, 「평론의 독단 권리」, 『서울신문』, 1950. 2. 19.

곽종원, 「상징·감상·폭로 -『백민』33인집을 읽고」, 『서울신문』, 1950. 2. 23~26.

백　철, 「소설의 길 - 신춘작품집에 대하여」, 『국도신문』, 1950. 2. 25, 28, 3. 1, 3, 5.

곽종원, 「인간 김광섭론」, 『백민』21, 1950. 3.

김기림, 「문화의 운명」, 『문예』8, 1950. 3.

김동리, 「2월작단」, 『문예』8, 1950. 3.

김을윤, 「최근 미국시의 동태」, 『백민』21, 1950. 3.

김진섭, 「문학과 문명」, 『문예』8, 1950. 3.

김춘수, 「소묘집」, 『문예』8, 1950. 3.

김태오, 「예술과 인생」, 『백민』21, 1950. 3.

방인근, 「문단문우록」, 『문예』8~9, 1950. 3~4.

서정주, 「영랑의 서정시」, 『문예』8, 1950. 3.

양주동, 「비평의 논리와 실제」, 『백민』21, 1950. 3.

연　포, 「幽明 시인군의 회고」, 『백민』21, 1950. 3.

오세명, 「씨나리오 문학론」, 『백민』21, 1950. 3.

유치진, 「국립극장 설치와 연극 육성에 대한 방책」, 『신천지』44, 1950. 3.

윤고종, 「문학과 사상문제」, 『백민』21, 1950. 3.

윤영춘, 「현대중국시단」, 『백민』21, 1950. 3.

이인수, 「금세기 전반의 사조 - 영문학의 경우」, 『학풍』11, 1950. 3.

이하윤, 「한국신시발달의 경로」, 『백민』21, 1950. 3.

이헌구, 「문학운동의 성격과 정신」, 『백민』21, 1950. 3.

이희승, 「시와 언어」, 『백민』21, 1950. 3.

임긍재, 「정치주의 문학의 비문학성」, 『백민』21, 1950. 3.

전희복, 「봄과 고 함대훈 선생」, 『문예』8, 1950. 3.

정인섭, 「시의 기교론」, 『백민』21, 1950. 3.

조규동, 「자유민주문화의 탐구」, 『백민』21, 1950. 3.

조석제, 「장혁주의 「제일조선인비판」을 반박」, 『신천지』 44, 1950. 3.

조연현, 「도스토예프스키의 생활」, 『혜성』 2, 1950. 3.

조연현, 「독단과 아류 – 독창과 추종」, 『희망』 3, 1950. 3.

홍효민, 「문학과 비문학·기타 – 문예시평」, 『신천지』 44, 1950. 3.

홍효민, 「문호와 연대」, 『혜성』 2, 1950. 3.

김광섭, 「기미정신과 문단」, 『서울신문』, 1950. 3. 1.

김 송, 「「살어리」의 향수 – 감격의 시인 윤곤강 형을 조함」, 『서울신문』, 1950. 3. 1.

설창수, 「예술 각 부문과 문교정책」, 『서울신문』, 1950. 3. 3~5.

홍효민, 「곡 윤곤강 시인」, 『연합신문』, 1950. 3. 5.

박영준, 「나와 내 이름」, 『국도신문』, 1950. 3. 9.

이주훈, 「아동문학의 한계 – 최근 동향의 소감」, 『연합신문』, 1950. 3. 9.

윤고종, 「주체적 세력의 결핍」, 『연합신문』, 1950. 3. 12.

윤고종, 「소설생산에 있어서의 두 개의 사실적 방법」, 『서울신문』, 1950. 3. 16~17.

김동리, 「현대문학의 길 – 백철의 「소설의 길」을 박함」, 『국도신문』, 1950. 3. 18~
        19, 21~22, 24.

조지훈, 「모색에서 자각으로」, 『고대신문』, 1950. 3. 18.

홍효민, 「문학의 건강성」, 『서울신문』, 1950. 3. 21~22.

백 철, 「산문문학과 리얼리즘 – 김동리의 미몽을 계함」, 『국도신문』, 1950. 3. 29,
        31~4. 1.

백 철, 「문학논의의 주제」, 『서울신문』, 1950. 3. 29~31.

김동리, 「문단시평」, 『문예』 9, 1950. 4.

백 철, 「신인군과 신세계」, 『문예』 9, 1950. 4.

양운한, 「우주를 대한 시인의 판세」, 『신천지』 45, 1950. 4.

이하윤, 「외국의 문학 유입·수용·섭수·소화의 방도 여하」, 『신천지』 45, 1950. 4.

전영택, 「나의 문단 생활 회고」, 『신천지』 45, 1950. 4.

정학모, 「고전적 문예와 교육」, 『어문』 3, 1950. 4.

조연현, 「장편소설과 단편소설」, 『문예』 9, 1950. 4.

조지훈, 「현대문학의 고전적 의미」, 『문예』 9, 1950. 4.

조지훈, 「자연과 문학」, 『부인』 25, 1950. 4.

홍효민, 「영혼에의 복귀」, 『문예』 9, 1950. 4.

김동리, 「(속) 현대문학의 길」, 『국도신문』, 1950. 4. 4~7.

백 철, 「본제로 돌아가서 - 논쟁에 냉정을 기하라」, 『국도신문』, 1950. 4. 8.

김동리, 「신문학의 정신의 기조 - 낭만과 사실의 주제로서의 인간」, 『서울신문』, 1950. 4. 11~16.

三芝洞人, 「논전을 위한 논전인가? - 특구세력의 백철 대 김동리 싸움」, 『연합신문』, 1950. 4. 13.

정지용, 「월파와 시집 『망향』」, 『국도신문』, 1950. 4. 15.

김광섭, 「『문학』으로 개제하면서」, 『문학』 22, 1950. 5.

김기림, 「소설의 파격」, 『문학』 22, 1950. 5.

김동리, 「예술인의 고뇌」, 『민성』 45, 1950. 5.

김동리, 「우연성의 연구」, 『신사조』, 1950. 5.

김하명, 「신소설과 『혈의 누』와 이인직」, 『문학』 22, 1950. 5.

박기준, 「언어·문학·평론」, 『문예』 10, 1950. 5.

설정식, 「함렛트에 관한 노트」, 『학풍』 12, 1950. 5.

안응렬, 「항거문학에 대하여」, 『학풍』 12, 1950. 5.

양병식, 「전후의 불란서 문학과 사상」, 『학풍』 12, 1950. 5.

염상섭(외), 「삼천만인의 문학 - 설문」, 『문학』 22, 1950. 5.

윤영춘, 「시단소감 - 김광섭 제2시집 『마음』을 읽고」, 『문학』 22, 1950. 5.

이병기, 「고전문학론」, 『문학』 22, 1950. 5.

정비석, 「장편소설과 성문제」, 『문학』 22, 1950. 5.

정비석, 「신문소설고심담」, 『혜성』 4, 1950. 5.

조연현, 「반자연주의 소설」, 『신사조』, 1950. 5.

조연현, 「신인과 신세대 - 일군 신진작가에 대하여」, 『신천지』 46, 1950. 5.

최인욱, 「월탄의 시세계」, 『문학』 22, 1950. 5.

한흑구, 「월터 휘트먼론」, 『신사조』, 1950. 5.

홍효민, 「애욕소설의 윤리」, 『문학』 22, 1950. 5.

홍효민, 「낭만과 기교의 분류」, 『신천지』 46, 1950. 5.

백 철, 「순소설과 정통소설 - 대중소설과는 삼각관계인가」, 『서울신문』, 1950. 5. 4~5. 7.

김선동, 「영화 쩌널리즘의 확립 - 비평의 특질을 위하여」, 『국도신문』, 1950. 5. 16~17.

윤고종, 「산문과 근대정신」, 『서울신문』, 1950. 5. 20~21.

구 상, 「균형 잃은 예지 - 이한직론」, 『시문학』 2, 1950. 6.

김광섭, 「고민의 시대·인간·시」, 『문예』 11, 1950. 6.

김사엽, 「고전 해독의 오류」, 『문학』 23, 1950. 6.

김종문, 「문화의 선전성」, 『문학』 23, 1950. 6.

김태오, 「정인섭론」, 『주간서울』 92, 1950. 6.

박종화(외), 「새로운 문학의 방향을 논함 - 좌담회」, 『문학』 23, 1950. 6.

변세진, 「문화와 사회」, 『학풍』 13, 1950. 6.

염상섭, 「나의 문학수련」, 『문학』 23, 1950. 6.

윤복진, 「동요문학사의 하나의 위치 - 석종과 목월과 나」, 『시문학』 2, 1950. 6.

이하윤, 「나의 문단회고」, 『신천지』 47, 1950. 6.

임긍재, 「작가 3인론」, 『문학』 23, 1950. 6.

장만영, 「석정의 시」, 『시문학』 2, 1950. 6.

조연현, 「5월의 작단」, 『문예』 11, 1950. 6.

조연현, 「안정과 반항 - 고원의 곡과 이단의 시」, 『시문학』 2, 1950. 6.

조영암, 「이헌구론 - 소천과 이산의 우정을 주로 하여」, 『문학』 23, 1950. 6.

조지훈, 「시작 노트초 - 시의 언어적 생성」, 『시문학』 2, 1950. 6.

조 향, 「시의 감각성」, 『문학』 23, 1950. 6.

조연현, 「본격소설에의 길 - 백철씨의 오류에 대하여」, 『경향신문』, 1950. 6. 6~8.

김기림, 「시조와 현대」, 『국도신문』, 1950. 6. 9~11.

임서하, 「소설 이후 - 최근창작계십독초」, 『서울신문』, 1950. 6. 14~15.

임긍재, 「1950년대 상반기 개평 - 내용의 몽환성과 형식의 기교성」, 『연합신문』,
      1950. 6. 20.

김 송, 「운명적인 주제 - 전투문학을 강조함」, 『서울신문』, 1950. 6. 27.

김광주, 「문학가는 매소부가 아니다! - 북쪽으로 달아난 문화인들에게」, 『경향신문』,
      1950. 10. 25~27.

조연현, 「부역문인에 대해」, 『서울신문』, 1950. 11. 11~12.

김기완, 「전쟁과 문학」, 『문예』 12, 1950. 12.

이선근, 「결전 문화인에게 격함」, 『문예』 12, 1950. 12.

2. 1951년

김동리, 「온정과 선의의 세계 - 「명암」을 중심으로」, 『신문예』, 1951. 1.
최인욱, 「전쟁문학론」, 『신천지』 51, 1951. 1.
조지훈, 「시의 전기에 대하여」, 『시문학』 3, 1951. 6.
조연현, 「6월 창작평」, 『경향신문』, 1951. 6. 9~11.
곽종원, 「문학운동의 부흥론」, 『신조』 2, 1951. 7.
백 철, 「민주주의와 문학」, 『신조』 2, 1951. 7.
윤고종, 「묘사적 정신의 실천」, 『신조』 2, 1951. 7.
조규동, 「전쟁과 문화인의 책무」, 『신조』 2, 1951. 7.
이종영, 「전시문화정책론」, 『전시문학』 1, 1951. 8.
이은상, 「이충무공의 애국심(특히 공의 시가를 논함)」, 『신생공론』 1,
        1951. 10.
조연현, 「국가시설의 개선 - 문학」, 『경향신문』, 1951. 10. 10.
이봉래, 「절망과 풍자 - 상식적인 '노-트'」, 『경향신문』, 1951. 10. 16~18.
안수길, 「문단만보」, 『경향신문』, 1951. 10. 20, 22~23.
조연현, 「전쟁과 문화 - 문화의식과 조국의식」, 『서울신문』, 1951. 12. 5~7.

3. 1952년

곽종원, 「문학정신의 확립」, 『자유세계』 1, 1952. 1.
김성욱, 「전쟁과 영혼」, 『문예』 13, 1952. 1.
김춘수, 「릴케적 실존 - 시 「향수병」에 대하여」, 『문예』 13, 1952. 1.
박남수, 「문학인의 반성과 각오」, 『신사조』 13, 1952. 1.
설창수, 「시와 대중」, 『문예』 13, 1952. 1.
양병식, 「최근 불문학의 제문제」, 『신천지』 49, 1952. 1.
조연현, 「현실성과 예술성」, 『신천지』 49, 1952. 1.
허박년, 「전후 미국문학 전망」, 『신천지』 49, 1952. 1.
김성욱, 「시와 인형」, 『해동공론』, 1952. 3.

최인욱, 「새로운 문화의 형성 - 문화에 대한 일반적 고찰」, 『서울신문』, 1952. 3.
    22~27.
김기진, 「문학노트」, 『전선문학』 1, 1952. 4.
김소운, 「춘원 이광수의 편모」, 『자유세계』 1, 1952. 4.
김영수, 「나의 창작방법 - 펜을 들기까지」, 『전선문학』 1, 1952. 4.
박기준, 「한국작가의 반성 - 평론 '노트'에서」, 『전선문학』 1, 1952. 4.
백 철, 「새로운 인간관계의 문제」, 『자유세계』 3, 1952. 4.
이봉래, 「현대시의 새로운 가능」, 『자유세계』 3, 1952. 4.
임긍재, 「전시하의 한국문학자의 책무」, 『전선문학』 1, 1952. 4.
조영출, 「부산문학자의 활동」, 『전선문학』 1, 1952. 4.
조영암, 「젊은 한용운의 문학과 그 생애」, 『자유세계』 4, 1952. 4.
백 철, 「농촌관 ABC - 속 「도시의 벗에게」 서간」, 『서울신문』, 1952. 5. 29~30,
    6. 1.
이인석, 「새 인간형의 창조 - 민족문학 진로에 대하여」, 『서울신문』, 1952. 6. 12~13.
이봉래, 「정치와 문학 - 문학자의 정치적 책무에 관하여」, 『연합신문』, 1952. 6.
    20. 22.
백 철, 「한국현대문학의 특질」, 『자유세계』 5, 1952. 8.
정병욱, 「국문학의 개념 규정에의 신제언」, 『자유세계』 5, 1952. 8.
정비석, 「김동인의 예술과 생애」, 『자유세계』 5, 1952. 8.
조연현, 「현대의 위기와 문학정신의 방향」, 『자유세계』 5, 1952. 8.
조 향, 「20세기 문예사조」, 『사상』 1~4, 1952. 8~12.
최남선, 「국난극복론」, 『자유세계』 5, 1952. 8.
홍백웅, 「인물평 - 영상섭(편)」, 『자유세계』 5, 1952. 8.
김일조, 「작가와 시대감각」, 『연합신문』, 1952. 10. 23.
구 상, 「시단분포」, 『시와 시론』 1, 1952. 11.
김기석, 「한민족의 문화적 책임」, 『사상』 3, 1952. 11.
김성욱, 「뽈 봐레리 단상」, 『시와 시론』 1, 1952. 11.
김 송, 「민주문화의 방향 - 전쟁과 문학의 성격」, 『자유예술』 1, 1952. 11.
김춘수, 「시 스타일 시론」, 『시와 시론』 1, 1952. 11.
박기준, 「한국예술인의 민주적 참여」, 『자유예술』 1, 1952. 11.
설창수, 「시와 혁명」, 『시와 시론』 1, 1952. 11.

양병식, 「현대소설의 문제 - 사르트르와 모리아크를 중심으로」, 『자유예술』 1,
        1952. 11.
이정호, 「구도의 시 - 구상 소론」, 『시와 시론』 1, 1952. 11.
이종후, 「새로운 세계관의 확립을 위하여」, 『시와 시론』 1, 1952. 11.
조영암, 「동란중의 문단개관」, 『자유예술』 1, 1952. 11.
김기영, 「편집인의 당면과제」, 『자유세계』 7, 1952. 12.
김동리, 「부진무실의 1년」, 『전선문학』 2, 1952. 12.
서남동, 「현대문학의 비판과 그 재건」, 『사상』 4, 1952. 12.
이헌구, 「문화전선은 형성되었는가」, 『전선문학』 2, 1952. 12.
정민조, 「시조의 연구 - 조선 고대시가의 분류」, 『신생공론』 7, 1952. 12.
홍영의, 「군인과 문화」, 『전선문학』 2, 1952. 12.

4. 1953년

이병기, 「역사시조의 작품」, 『시조연구』 1, 1953. 1.
이진환, 「시조창의 개설」, 『시조연구』 1, 1953. 1.
이태극, 「시조부흥론」, 『시조연구』 1, 1953. 1.
이희승, 「시조감상」, 『시조연구』 1, 1953. 1.
정병욱, 「3대 고시조집의 전승 체계 소고」, 『시조연구』 1, 1953. 1.
정신득, 「황진이와 시조」, 『시조연구』 1, 1953. 1.
김대현, 「초월해야 할 유파 - 문단」, 『경향신문』, 1953. 1. 1.
백 철, 「정상과 국제적 시야 - 회고와 문학사적 위치」, 『서울신문』,
        1953. 1. 1.
곽종원, 「농민문학에 대하여 - 관념의 세계와 현실의 유리」, 『연합신문』, 1953. 1.
        18~19.
조연현, 「문화인의 정치적 참가에 관한 원칙적인 이해와 현실적 경고」, 『연합신문』,
        1953. 1. 22~24.
K.K.T, 「문단의 신세대」, 『연합신문』, 1953. 1. 18.
정창범, 「역사소설의 문제」, 『연합신문』, 1953. 1. 30, 2. 1.
곽종원, 「황순원론」, 『문예』 15, 1953. 2.

김기진, 「전쟁문학의 방향」, 『전선문학』 3, 1953. 2.

모윤숙, 「한국문학의 독자성」, 『문예』 15, 1953. 2.

박두진, 「나의 독어록」, 『전선문학』 3, 1953. 2.

손우성, 「현대불문학의 방향」, 『문예』 15, 1953. 2.

유동준, 「불안의 해소와 문학」, 『문예』 15, 1953. 2.

임긍재, 「자유와 반자유의 예술」, 『문예』 15, 1953. 2.

조연현, 「병과 건강 · 인간과 인격 - '도스토예프스키'와 '괴테'의 경우」, 『문예』 15, 1953. 2.

조윤제, 「고전문학과 현대문학」, 『문예』 15, 1953. 2.

홍 맹, 「구세대에의 항거- 20대의 메니패스트」, 『연합신문』, 1953. 2. 9, 11.

김용호, 「형극의 철로 - 신세대의 고민」, 『연합신문』, 1953. 2. 13.

염상섭, 「작가와 분위기 - 정치소설이 나와도 좋을 때다」, 『연합신문』, 1953. 2. 19~20.

김경린, 「백철씨의 현대의 불안과 문학에 대하여 - 현대의 항변」, 『연합신문』, 1953. 2. 22~25.

이 일, 「역사성에 관한 시론 - 신세대 서설」, 『연합신문』, 1953. 2. 26~28.

이인석, 「신인간형과 개척자 정신 - 민족문학의 진로에 대하여」, 『연합신문』, 1953. 2. 26~28.

이무영, 「고민하는 문학 - 문학도의 독백」, 『서울신문』, 1953. 3. 6.

최태응, 「염상섭씨에게」, 『연합신문』, 1953. 3. 11.

정창범, 「자연인에의 항거 - 새로운 산문을 위하여」, 『연합신문』, 1953. 3. 14~15.

조연현, 「제2의 창작행위」, 『경향신문』, 1953. 3. 19~20.

곽종원, 「과도기적 조치」, 『경향신문』, 1953. 3. 25~26.

양병식, 「김동리씨에게」, 『연합신문』, 1953. 3. 25.

임인수, 「작가와 태도」, 『연합신문』, 1953. 3. 27.

염상섭, 「'원로' 사퇴의 변」, 『경향신문』, 1953. 3. 29.

유동준, 「전란 속의 인간 - 박용구저 소설집 『안개는 아직도』」, 『서울신문』, 1953. 3. 29.

구 상, 「문학정신과 혁명정신」, 『전선문학』 4, 1953. 4.

김계숙, 「인간과 문화」, 『사상계』 1, 1953. 4.

김기석, 「민족문화와 그 이상」, 『협동』 39, 1953. 4.

김기진, 「정신의 빈곤」, 『전선문학』 4, 1953. 4.

김종길, 「전쟁과 시」, 『전선문학』 4, 1953. 4.
정창범, 「주체적 자기한정성 - 하나의 비극의식으로서」, 『연합신문』,
          1953. 4. 10~11.
곽종원, 「6·25 동란 이후의 작단개관」, 『신천지』 52, 1953. 5.
구 상, 「종군작가단 2년」, 『전선문학』 5, 1953. 5.
김수성, 「현대 영시단의 동향」, 『사상계』 2, 1953. 5.
박용구, 「역사소설사견」, 『문예』 16, 1953. 5.
백낙용, 「한국의 교육·과학·문화」, 『사상계』 2, 1953. 5.
백 철, 「자연주의와 상섭작품」, 『자유세계』 9, 1953. 5.
신도성, 「문화와 정치」, 『문예』 16, 1953. 5.
이무영, 「전쟁과 문학(속 고민의 문학)」, 『전선문학』 5, 1953. 5.
조연현, 「한국전쟁과 한국문학」, 『전선문학』 5, 1953. 5.
김규동, 「문단에의 자서 - 새로운 주체성의 확립을 위하여」, 『연합신문』, 1953. 5. 9.
백 철, 「현대와 그 항변 - 두 개의 오식의 정정」, 『경향신문』, 1953. 5. 14, 15, 17.
임 호, 「문단에의 편지」, 『연합신문』, 1953. 5. 18.
백 철, 「모색하는 현대문학」, 『수도평론』 1, 1953. 6.
백 철, 「평전 김동인 선생」, 『신천지』 53, 1953. 6.
오영진, 「문화정세론」, 『사상계』 3, 1953. 6.
유창순, 「국문학에 나타난 국난기의 편상」, 『사상계』 3, 1953. 6.
조연현, 「예술의 자유와 문화인의 사명」, 『자유세계』 10, 1953. 6.
허박년, 「고민하는 연극」, 『수도평론』 1, 1953. 6.
곽종원, 「문예시평 - 낙수의 수확」, 『서울신문』, 1953. 6. 14.
최태응, 「누구를 위하여 - 민족·자유·예술·국토」, 『연합신문』, 1953. 6. 17.
오상순, 「문화의 운명 - 동란 3주년을 맞으며」, 『연합신문』, 1953. 6. 25.
곽종원, 「비평문학의 새로운 기능」, 『문화세계』 1, 1953. 7.
곽종원, 「문단 권위의 확립」, 『신천지』 54, 1953. 7.
백낙용, 「한국교육의 당면과제」, 『사상계』 4, 1953. 7.
백 철, 「문단을 위한 부의」, 『문화세계』 1, 1953. 7.
이종영, 「동란조국과 문화의 위치」, 『문화세계』 1, 1953. 7.
임긍재, 「회의와 모색의 계제 - 한국문학계의 현황과 장래」, 『문화세계』 1, 1953. 7.
조연현, 「문학의 목표에 대한 일고」, 『문화세계』 1, 1953. 7.

조연현, 「문화보호법 시비」, 『수도평론』 2, 1953. 7.

조영암, 「신인 등장에 대한 문단적 분석」, 『문화세계』 1, 1953. 7.

조흔파, 「풍속문학과 민족성 – 사적 소고와 그 변천상」, 『문화세계』 1, 1953. 7.

양병식, 「문학자의 정치참여문제」, 『중앙일보』, 1953. 7. 14.

김용호, 「문학과 문단의식」, 『연합신문』, 1953. 7. 15.

손천일, 「정치와 문학」, 『연합신문』, 1953. 7. 15.

곽종원, 「신인대망론」, 『서울신문』, 1953. 7. 19.

조영암, 「민족문학 옹호의 당면과제 – 문화공산당숙청 소론」, 『중앙일보』, 1953. 7. 21.

최태응, 「소설 15년 – 비애 속에 창작 단속」, 『연합신문』, 1953. 7. 23.

김규동, 「위기의 연대와 문학정신 – 조영암씨의 민족문학 웅변론 비판」, 『중앙일보』,
    1953. 7. 24~25.

한병식, 「현대문화에의 반성 – 신 '문화론'을 중심으로」, 『연합신문』, 1953. 7. 30.

이헌구, 「위기의 극복과 착오의 불식」, 『문화세계』 2, 1953. 8.

임긍재, 「신인간주의 문학의 이론과 사적 고찰」, 『문화세계』 2, 1953. 8.

조연현, 「주제의 의의」, 『문화세계』 2, 1953. 8.

이한직, 「20세기 문학의 특질 – 의식의 문학」, 『서울신문』, 1953. 8. 2.

이무영, 「문학·생활·소재 – 작가의 귀농을 제의함」, 『서울신문』, 1953. 8. 9, 23.

이정선, 「문화정책의 맹점 – '빨치산'적 출판의 고발을 기위하는 문단과 관련하여」,
    『태양신문』, 1953. 8. 13~15.

이무영, 「비평문학의 재건」, 『중앙신문』, 1953. 8. 19.

홍효민, 「역사소설의 구성과 성격」, 『연합신문』, 1953. 8. 28, 30.

곽종원, 「상반기의 작단 총평」, 『문예』 17, 1953. 9.

김기진, 「동란 3년간과 문화계의 족적」, 『문화세계』 3, 1953. 9.

김동사, 「상반기의 문화 – 전쟁·빈곤·기아(연극계)」, 『전선문학』 6, 1953. 9.

김용호, 「문학 이전의 과제」, 『신천지』 55, 1953. 9.

김재은, 「문학에 나타난 인간의 양극상」, 『문화세계』 3, 1953. 9.

김춘수, 「에세이와 현대정신」, 『문예』 17, 1953. 9.

박태진, 「번역문학에 대한 시비」, 『문화세계』 3, 1953. 9.

방기환, 「상반기 문화 – 진통기의 소산(창작계)」, 『전선문학』 6, 1953. 9.

왕운석, 「상반기의 문화 – 시단우감」, 『전선문학』 6, 1953. 9.

윤인구, 「외국인이 본 한국의 교육」, 『사상계』 6, 1953. 9.

이원수, 「상반기의 문화 - 아동문학 최근 소감」, 『전선문학』 6, 1953. 9.

임긍재, 「제3문학관의 독소성 - 백철씨의 「모색하는 현대문학」을 중심으로」, 『문예』 17, 1953. 9.

조용만, 「문화의 재건」, 『문예』 17, 1953. 9.

곽종원, 「시대사조와 작가정신의 옹호」, 『자유신문』, 1953. 9. 6.

박철주, 「북한 숙청의 생태 - 설정식의 경우」, 『중앙일보』, 1953. 9. 7, 9, 11.

윤고종, 「부산 이별은 전쟁 이별이 아니다」, 『중앙일보』, 1953. 9. 7.

조연현, 「도의적 정신의 확립 - 권력적 질서와 도덕적 질서와 도의적 질서」, 『서울신문』, 1953. 9. 13.

염상섭, 「피난문학 이후의 것 - 논단은 새 출발을 준비할 것」, 『중앙일보』, 1953. 9. 14.

김영수, 「문학 소제」, 『현대공론』 1, 1953. 10.

백낙용, 「한글운동의 방향」, 『사상계』 7, 1953. 10~11.

이하윤, 「한국의 문화 현실」, 『문화춘추』 1, 1953. 10.

정창범, 「문화 논리의 성찰」, 『현대공론』 1, 1953. 10.

조연현, 「절망 속의 인생 - 20세기적인 위기와 절망에 대하여」, 『현대공론』 1, 1953. 10.

전봉건, 「내가 항전한 보고 - 국민병으로서의 실험(문학)」, 『태양신문』, 1953. 10. 6~7.

백 철, 「문단재건의 과제 - 낡은 것과 새 것의 대치가 긴요」, 『서울신문』, 1953. 10. 18.

이헌구, 「현실에 입각한 문화정책 긴요」, 『중앙일보』, 1953. 10. 22.

오상순, 「평화를 그리는 마음 - 문화에 붓치는 하나의 각서」, 『연합신문』, 1953. 10. 25.

백 철, 「연령이 문제인가 - 버려야 할 관념의 하나」, 『자유신문』, 10. 26~27.

김은우, 「궤변의 본의와 그 현대적 가치」, 『문화세계』 4, 1953. 11.

김차영, 「현대시의 경위」, 『문예』 18, 1953. 11.

박종화, 「작가의 자숙과 반성」, 『문화세계』 4, 1953. 11.

송 욱, 「서정주론」, 『문예』 18, 1953. 11.

오종식, 「신문화 지향과 과제」, 『문화세계』 4, 1953. 11.

이종환, 「아동문학소고」, 『문예』 18, 1953. 11.

임긍재, 「자유의 지구 - 반발정신의 문학사적 고찰서」, 『문화세계』 4, 1953. 11.

천상병, 「묘사의 한계 - 허윤석론」, 『문예』 18, 1953. 11.

이봉래, 「피난 3주년간의 문화운동(문학) - 반목·혼잡·방황」, 『경향신문』, 1953. 11. 5.

이봉래, 「피난 3주년간의 문화운동(문학) - '리아리즘'의 좌절」, 『경향신문』, 1953. 11. 6.

조영암, 「(속)문단 정화론 - 고소를 고소하며」, 『태양신문』, 1953. 11. 7.

이봉래, 「피난 3주년간의 문화운동(문학) - 불모의 황무지」, 『경향신문』, 1953. 11. 7.

이봉래, 「피난 3주년간의 문화운동(문학) - 결정적인 교체기」, 『경향신문』, 1953. 11. 9.

문화부, 「위기에 선 문단 윤리 15년 - 백철씨 대 조영암씨 사건을 중심으로」, 『중앙일보』, 1953. 11. 8.

백상현, 「항도문단 보고기」, 『중앙일보』, 1953. 11. 15.

박익수, 「사고, 묘사에의 반성 -주로 과학에서 문학에」, 『중앙일보』, 1953. 11. 29.

김광주, 「연극운동의 현재와 장래」, 『신천지』 58, 1953. 12.

김양수, 「청마론」, 『문예』 19, 1953. 12.

김용호, 「출판문화의 번역의 문제 - 현실성과 그 타개책」, 『신천지』 58, 1953. 12.

김춘수, 「문학이란 괴물」, 『문예』 19, 1953. 12.

김효성, 「시에 관한 노트」, 『전선문학』 7, 1953. 12.

박목월, 「시의 표현에 대하여」, 『전선문학』 7, 1953. 12.

박화목, 「아동문학의 위치」, 『전선문학』 7, 1953. 12.

백 철, 「외국문학과 그 번역」, 『문예』 19, 1953. 12.

손우성, 「출판문화의 번역의 문제 - 문화건설과 번역문학」, 『신천지』 58, 1953. 12.

신석정, 「가람론」, 『신조』 3, 1953. 12.

이병기, 「시의 창작에 대한 작가로서의 교양」, 『신조』 3, 1953. 12.

장순하, 「현대시조문학소사」, 『신조』 3, 1953. 12.

전봉건, 「시의 비평에 대하여」, 『문예』 19, 1953. 12.

정비석, 「출판문화의 번역의 문제 - 번역문학에 대한 사견」, 『신천지』 58, 1953. 12.

곽종원, 「계사년의 총결산 - 연재소설의 홍소(소설)」, 『태양신문』, 1953. 12. 5.

백 철, 「계사 문단」, 『중앙일보』, 1953. 12. 25.

백 철, 「금년도 단편소설의 전망 - 창작의 미학과 현실성」, 『중앙일보』, 1953. 12. 25~27.

이한직, 「시단의 1년 – 계사 결산」, 『태양신문』, 1953. 12. 25.
김기원, 「군인이 본 계사 문단 – 몰정과 비지의 결산을 위하여」, 『중앙일보』, 1953. 12. 29~30.

5. 1954년

김성욱, 「김춘수의 「隣人」론」, 『문예』 20, 1954. 1.
김수영, 「프로필 안수길」, 『문화세계』, 1954. 1.
송 욱, 「현대영시와 그 전통」, 『문예』 20, 1954. 1.
조연현, 「문학연구에 관한 기본적 자세 – 테누와 몰튼을 중심으로」, 『문예』 20, 1954. 1.
조연현, 「문화계의 1년 회고」, 『문화춘추』 4, 1954. 1.
홍정근, 「문화인의 사명」, 『문화춘추』 4, 1954. 1
염상섭, 「신진대망론」, 『중앙일보』, 1954. 1. 1.
樹 州, 「결교 35년 – 갑오생 공초 '오상순'을 말함」, 『중앙일보』, 1954. 1. 1.
김동리, 「인간주의 민간문학 제창」, 『평화신문』, 1954. 1. 1~2.
조윤제, 「한국문학의 진로」, 『서울신문』, 1954. 1. 3.
김경린, 「현대문학과 '리아리테' – 주로 문예작품 추천자와 현대성에 관련하여」, 『중앙일보』, 1954. 1. 17.
김규동, 「비평의식의 확립 – 역사적 의식과 새로운 문학의 본질」, 『평화신문』, 1954. 1. 19~20.
이봉래, 「민족문학과 전통 – 휴매니즘을 중심으로」, 『평화신문』, 1954. 1. 27~28.
고희동, 「신문화의 남상기 – 나와 '조선서화협회' 시대」, 『신천지』 60, 1954. 2.
김기진, 「신문화의 남상기 – 나와 '토월회' 시대」, 『신천지』 60, 1954. 2.
마해송, 「신문화의 남상기 – 나와 '색동회' 시대」, 『신천지』 60, 1954. 2.
박종화, 「신문화의 남상기 – 『백조』 시대와 그 전야」, 『신천지』 60, 1954. 2.
염상섭, 「신문화의 남상기 – 나와 『폐허』 시대」, 『신천지』 60, 1954. 2.
이하윤, 「신문화의 남상기 – 나와 '외국문학연구회' 시대」, 『신천지』 60, 1954. 2.
이철범, 「현대문화와 '져날이즘' – 주로 상식적인 견해에 의한」, 『태양신문』, 1954. 2. 2~3.

김팔봉, 「신춘창작평 - '생'과 '개'의 존엄」, 『조선일보』, 1954. 2. 8.

김팔봉, 「신춘창작평 - 성장하는 청년군상」, 『조선일보』, 1954. 2. 15.

곽종원, 「창작계 후진성의 극복을 위하여」, 『평화신문』, 1954. 2. 15.

백 철, 「현대문학의 분야 - 그 넓이와 깊이에 관하여」, 『평화신문』, 1954. 2. 22~23.

고석규, 「모더니티에 대하여」, 『신작품』 7, 1954. 3.

김병철, 「전후 미국의 신문학운동」, 『사상계』 11, 1954. 3.

이봉래, 「논쟁·집단·비평의 자유」, 『문예』 21. 1954. 3.

이헌구, 「문학과 자유」, 『현대공론』 4, 1954. 3.

이형기, 「인격·문학·양심」, 『문예』 21, 1954. 3.

최남선, 「3·1 운동의 사적 고찰」, 『현대공론』 4, 1954. 3.

허영숙, 「내가 본 춘원의 생애」, 『현대공론』 4, 1954. 3.

홍효민, 「문학의 역사적 사명 - 상식·모랄·휴매니티의 새로운 진전」, 『문예』 21,
1954. 3.

박성호, 「연극과 정치」, 『신천지』 62, 1954. 4.

이한직, 「현대세계문학 1」, 『문학과 예술』 1, 1954. 4.

조연현, 「현실성과 시대성」, 『문학과 예술』 1, 1954. 4.

김광섭, 「자연과 문학과 국토」, 『신천지』 63, 1954. 5.

이헌구, 「논화문학의 제창」, 『신천지』 63, 1954. 5.

최태응, 「나의 초기 작품시대」, 『평화신문』, 1954. 5. 10.

이무영, 「우리는 무엇을 어떻게 쓸 것인가 - 소재와 문학(저조한 문단에 기함)」, 『서
울신문』, 1954. 5. 16.

박영준, 「현문단의 주류를 새로 북돋고자 - 현대적 고민의 파악(저조한 문단에 기함)」,
『서울신문』, 1954. 5. 16.

신낙현, 「춘원 이광수는 과연 친일파였던가?」, 『신태양』 22~23, 1954. 6~7.

오화섭, 「비극의 본질」, 『현대예술』 2, 1954. 6.

전봉건, 「시인·음악·잡문」, 『현대예술』 2, 1954. 6.

조연현, 「한국해방문단 10년사」, 『문학과 예술』 2, 1954. 6.

유주현, 「소설가가 본 평론가 - 지나친 주관성」, 『평화신문』, 1954. 6. 21.

김남중, 「문학활동의 조직화 - 질서·보편·세계성에 대하여」, 『조선일보』, 1954.
6. 21.

백 철, 「인간성의 옹호와 문학 - 6·25를 계기한 한국문학의 전진」, 『조선일보』,

1954. 6. 26.
박영준, 「문학과 작가의식」, 『현대공론』 8, 1954. 8.
윤고종, 「서정과 비평」, 『현대공론』 8, 1954. 8.
이봉래, 「아동문학론」, 『신천지』 65, 1954. 8.
임긍재, 「문학과 정치의식」, 『현대공론』 8, 1954. 8.
전봉건, 「음악의 의미」, 『신천지』 65, 1954. 8.
조연현, 「현대문학과 니힐리즘」, 『현대공론』 8, 1954. 8.
亞 樓, 「작가의 현실참여 - 문단여적」, 『평화신문』, 1954. 8. 2.
김팔봉, 「문단작품과 현실 - 현실성과 개념파악 미비」, 『평화신문』, 1954. 8. 9.
송지영, 「그림과 소설의 차이 - 하나의 작품평을 겸하여」, 『한국일보』, 1954. 8. 9.
조연현, 「8·15로 돌아가자 - 민주문화전선의 통일을 위해」, 『연합신문』, 1954. 8. 15.
백 철, 「해방 후 10년간의 문학 - 문학사적으로 본 견습시대」, 『서울신문』, 1954.
        8. 15.
홍효민, 「우리 문단의 시대적 경향 - 해방에서 오늘까지」, 『중앙일보』, 1954. 8. 15.
이헌구, 「해방 10년간의 문단 회고 - 선지자적 정신의 창조」, 『조선일보』, 1954. 8.
        16.
곽종원, 「상반기 작단 총평」, 『조선일보』, 1954. 8. 23.
백 철, 「두 개의 단편소설집 - 자화상과 소정의 상」, 『조선일보』, 1954. 8. 30.
곽종원, 「문학시류의 배제와 문학관의 확립」, 『새벽』 1, 1954. 9.
김기진, 「신극운동 초창기의 회고」, 『신태양』 25, 1954. 9.
백 철, 「문학의 후진성과 부흥」, 『새벽』 1, 1954. 9.
이효상, 「현대철학과 문학의 일단면」, 『사상계』 14, 1954. 9.
정비석, 「독립투쟁사상에서 본 한글운동의 위치」, 『사상계』 14, 1954. 9.
주요한, 「진정한 문자 혁신」, 『새벽』 1, 1954. 9.
최남선, 「진실정신」, 『새벽』 1, 1954. 9.
최태응, 「문단시감 - 수준없는 작단」, 『조선일보』, 1954. 9. 13.
백 철, 「문학작품과 독서계 - 최근 독서경향에 대하여」, 『자유신문』, 1954. 9. 20.
최인욱(외), 「문학좌담회에서의 논점 - 작품수준을 확보」, 『평화신문』, 1954. 9.
        26.
김광섭, 「문화계의 지적 책임을 문함」, 『자유신문』, 1954. 9. 27.
강규원, 「순수문학의 변명」, 『원광문화』 2, 1954. 10.

강신철, 「인간성의 문학」, 『원광문화』 2, 1954. 10.

김경수, 「슐레아리즘 발생인」, 『원광문화』 2, 1954. 10.

김동인, 「기미운동당시의 춘원」, 『청춘』, 1954. 10.

박목월, 「여요에 대한 노우트」, 『현대공론』 10, 1954. 10.

백 철, 「그 환경과 우리의 민족문화」, 『펜』 1, 1954. 10.

유길규, 「로멘티시즘의 부조리한 기분」, 『원광문화』 2, 1954. 10.

유재영, 「60년전 현대문예정신」, 『원광문화』 2, 1954. 10.

이희승, 「한글 수난사」, 『현대공론』 10, 1954. 10.

임긍재, 「작금 1년간의 문화계 동태」, 『원광문화』 2, 1954. 10.

조지훈, 「한용운 선생」, 『신천지』 67, 1954. 10.

지병호, 「소설 장르로서의 내심의 독백」, 『원광문화』 2, 1954. 10.

황동규, 「T. S. 엘리옽의 노우트」, 『원광문화』 2, 1954. 10.

최태응, 「소설의 위기와 타개의 길 - 요지음의 감상을 중심으로」, 『평화신문』,
      1954. 10. 3.

양병식, 「문학과 시대의 양심 - 작가의 책임과 새 문학적 방법」, 『경향신문』, 1954.
      10. 17.

백 철, 「신구의 교체가 오는가 - 「바버드의 최후」가 근년의 대표작(창작시평)」, 『한
      국일보』, 1954. 10. 26~11. 1.

김용호, 「현대시에 있어서의 감성과 지성」, 『시작』, 1954. 11.

백 철, 「문학의 주체성의 문제」, 『신태양』 27, 1954. 11.

곽종원, 「문예 통속성의 경계와 기술의 숙련」, 『새벽』 2, 1954. 12.

곽종원, 「대결정신이 왕성했다」, 『신태양』 28, 1954. 12.

김사엽, 「송강의 문학정신」, 『경대학보』, 1954. 12.

김성욱, 「청마론서설」, 『시정신』 8, 1954. 12.

이헌구, 「현대 지성인의 저항의식」, 『새벽』 2, 1954. 12.

임긍재, 「1954년도 창작 총평」, 『신태양』 28, 1954. 12.

정영해, 「이종영씨 소론에 답함」, 『사상계』 17, 1954. 12.

김경항, 「문학적 레지스탕스 - 서식하게 되는 이유 몇 가지」, 『평화신문』, 1954.
      12. 2, 5.

임긍재, 「1954년 문화계 총결산 - 자욱작용의 창작경향에 항하여」, 『평화신문』,
      1954. 12. 2, 5.

이무영, 「공백의 갑오문단을 회고함 – 생애와 발표무대의 빈곤」, 『동아일보』, 1954.
　　　12. 30.

6. 1955년

계용묵, 「저항문학의 저항적 기술」, 『현대공론』 13, 1955. 1.
김계숙, 「현대정신의 특징」, 『현대문학』 1, 1955. 1.
김춘수, 「현대시의 선구자들」, 『현대문학』 1, 1955. 1.
백　철, 「『개벽』 전후의 문단사조」, 『현대공론』 13, 1955. 1.
백　철, 「저-너리즘과 문화성」, 『현대문학』 1, 1955. 1.
손우성, 「실존문학에의 과정」, 『현대문학』 1, 1955. 1.
이종영, 「허세와 도피 – 정영해씨에게 답함」, 『사상계』 18, 1955. 1.
장경학, 「근대적 기점으로서의 「호질」」, 『사상계』 18, 1955. 1.
전광용, 「호소와 체관의 표백」, 『사상계』 18, 1955. 1.
최남선, 「한국문단의 추창기」, 『현대문하』 1, 1955. 1.
허백년, 「헤밍웨이의 인간과 작품」, 『현대문학』 1, 1955. 1.
홍웅선, 「아동문학의 의의」, 『현대공론』 13, 1955. 1.
전봉건, 「저항문학의 본질과 소감 – 계용묵씨의 시론에 대하여」, 『평화신문』, 1955.
　　　1. 16. 18.
최인욱, 「1월 창작평 – 연두의 소설계를 논함」, 『연합신문』, 1955. 1. 26.
최인욱, 「1월 창작평 – 이채를 띤 손씨의 「혈서」」, 『연합신문』, 1955. 1. 28.
김우종, 「오상원론」, 『사상계』 19, 1955. 2.
김팔봉·손우성·백　철·이무영, 「한국문학의 현재와 장래」, 『사상계』 19, 1955. 2.
김성욱, 「비극의 복수성」, 『현대문학』 2, 1955. 2.
김윤성, 「한국의 현대시」, 『현대문학』 2, 1955. 2.
박인환, 「현대시의 변모」, 『신태양』 30, 1955. 2.
백　철, 「신세대적인 것과 문학」, 『사상계』 19, 1955. 2.
이무영, 「우리 문학이 가는 길」, 『사상계』 19, 1955. 2.
이종환, 「결산 1954년」, 『현대문학』 2, 1955. 2.
장우성, 「동양문화의 현대성」, 『현대문학』 2, 1955. 2.

전영택, 「창조와 조선문단」, 『현대문학』 2, 1955. 2.

조연현, 「학예술원 성립의 현실적 배경」, 『현대문학』 2, 1955. 2.

조연현, 「1월의 작단」, 『현대문학』 2, 1955. 2.

조지훈, 「1월의 시단」, 『현대문학』 2, 1955. 2.

홍효민, 「역사소설의 사적 고찰」, 『현대문학』 2, 1955. 2.

임긍재, 「창작계 점평 – 신예들의 정진」, 『동아일보』, 1955. 2. 2.

이봉구, 「작가와 작품세계 – 자유문학상 수상작을 중심으로」, 『평화신문』, 1955. 2. 10.

신재연, 「이상의 생애와 예술 – 문학의 새 충동을 위하여」, 『연합신문』, 1955. 2. 25.

곽종원, 「현대한국문학의 방향」, 『현대문학』 3, 1955. 3.

김광식, 「선의의 저항」, 『교육문화』 15, 1955. 3.

김규동, 「현대시의 사상」, 『사상계』 20, 1955. 3.

김병철, 「현대미국신진작가론 – 양차 대전후의 사조적인 비교 고찰」, 『새벽』 4,
        1955. 3.

김양수, 「독성의식의 자폭 – 알출 램보오론」, 『현대문학』 3, 1955. 3.

김팔봉, 「문학시감」, 『사상계』 20~26, 1955. 3~9.

박순함, 「김동인론 – 특히 단편작가로서」, 『이화』(이화여대), 1955. 3.

이능우, 「현대의 참요」, 『사상계』 20, 1955. 3.

이어령, 「이상론 – '순수 의식'의 완성과 그 파벽」, 『서울문리대학보』, 1955. 3.

이종영, 「국어학사의 시대성 논고」, 『학총』 1, 1955. 3.

조윤제, 「국문학발달의 사론적 고찰」, 『현대문학』 3~4, 1955. 3~4.

조연현, 「2월의 소설」, 『현대문학』 3, 1955. 3.

조지훈, 「2월의 시단」, 『현대문학』 3, 1955. 3.

백 철, 「3・1운동과 그 뒤의 문학 – 문학사상에 짙은 '황혼의 시대'」, 『조선일보』,
        1955. 3. 1.

유 엽, 「춘향전과 우리 생활 – 소설의 영향력에 대하여」, 『자유신문』, 1955. 3. 5~6.

홍효민, 「한국문학의 문학사적 의의 – 민족문학의 올바른 이해를 위하여」, 『조선일
        보』, 1955. 3. 9~11.

임긍재, 「소설점평 – 성실성의 제시」, 『동아일보』, 1955. 3. 10.

김동리, 「현대의식과 한국문학」, 『한국일보』, 1955. 3. 11.

최태응, 「염상섭씨에게」, 『연합신문』, 1953. 3. 11.

홍효민, 「민족문학의 중심과제 – 논리적 질서에 대하여」, 『경향신문』, 1955. 3. 16.

고석규, 「문학과 문학하는 일 – 사이비성의 극복」, 『부산일보』, 1955. 3. 20.

김동리, 「한국문학의 현대적 과제 – 민족적 과제와 세계적 과제의 일원화적 지양을 위하여」, 『자유신문』, 1955. 3. 26~27.

이무영, 「새 것과 낡은 것 – 무엇을 어떻게 쓸 것인가」, 『경향신문』, 1955. 3. 26~27.

곽종원, 「안수길론」, 『신태양』 32, 1955. 4.

백 철, 「현대시와 그 난해성」, 『시작』, 1955. 4.

안병욱, 「실존주의의 계보」, 『사상계』 21, 1955. 4.

양병식, 「비평가의 감각」, 『현대문학』 4, 1955. 4.

유종호, 「승리와 패배」, 『세대』 27, 1955. 4.

이봉래, 「시인의 존재」, 『시작』, 1955. 4.

조연현, 「염상섭론」, 『신태양』 32, 1955. 4.

조연현, 「병자의 노래 – 손창섭의 작품세계」, 『현대문학』 4, 1955. 4.

조연현, 「3월의 창작계」, 『현대문학』 4, 1955. 4.

조지훈, 「3월의 시」, 『현대문학』 4, 1955. 4.

표문태, 「한국소설의 성격」, 『연합신문』, 1955. 4. 2.

최인욱, 「4월 창작평 – 밀다원시대를 비롯하여」, 『평화신문』, 1955. 4. 8.

조연현, 「단편소설의 특성 – 본고 '양춘꽁뜨리세' 총평」, 『한국일보』, 1955. 4. 11.

김남중, 「비평의 형태와 가치」, 『조선일보』, 1955. 4. 12.

최일수, 「실존문학의 총화적 비판 – 하나의 서론적 고찰」, 『경향신문』, 1955. 4. 13~15.

곽종원, 「문예시평 – 세태묘사의 경향」, 『경향신문』, 1955. 4. 15~16.

임긍재, 「저항문학의 사상성 – 현대문학의 하나의 지향으로서」, 『경향신문』, 1955. 4. 22~24.

김규동, 「자아의식과 비평」, 『시작』, 1955. 5.

김양수, 「문학에 있어서의 현실」, 『현대문학』 5, 1955. 5.

김종문, 「현대시의 위치」, 『시작』, 1955. 5.

손우성, 「불란서 시의 신경향 – 초현실에서의 변천과정」, 『시작』, 1955. 5.

안동민, 「춘원 이광수론」, 『현대문학』 5, 1955. 5~6.

이경성, 「미술비평의 제문제」, 『현대문학』 5, 1955. 5.

장 호, 「집단의식 부근」, 『시작』, 1955. 5.

전봉건, 「시인의 눈 – 정치·사회·전쟁과의 관계」, 『시작』, 1955. 5.

전봉건, 「현대시의 의상」, 『현대문학』 5, 1955. 5.

정 규, 「현대예술은 난해한 것인가」, 『시작』, 1955. 5.

정창범, 「현대정신과 카도리시즘 – 위기의식의 소재」, 『현대문학』 5, 1955. 5.

조연현, 「4월의 창작」, 『현대문학』 5, 1955. 5.

조지훈, 「4월의 시단 – 시의 빈곤」, 『현대문학』 5, 1955. 5.

천상병, 「한국의 현역대가 – 주체의식의 관점에서」, 『현대문학』 5, 1955. 5.

허성백, 「비평의 비판」, 『현대문학』 5, 1955. 5.

홍효민, 「시인과 가인 창작과 모랄」, 『새벽』 5, 1955. 5.

임긍재, 「소설시평 – 현실과 인간결핍」, 『동아일보』, 1955. 5. 3.

김남중, 「유행어와 세태 – 민중의 자연발생적 비평」, 『조선일보』, 1955. 5. 3.

전봉건, 「현대와 그 인식과 문학」, 『조선일보』, 1955. 5. 5.

이철재, 「혁신문학과 한국 – 주로 우리 경우를 제정키 위하여」, 『연합신문』, 1955.
     5. 6.

이무영, 「농민문화와 농민문학 – 한 작가의 위치에서」, 『서울신문』, 1955. 5. 7, 8,
     10.

손우성, 「문학의 행동성」, 『조선일보』, 1955. 5. 18~21.

박영준, 「모델과 모랄 – 문학적 순수성의 필요」, 『연합신문』, 1955. 5. 21.

곽종원, 「상반기 창작 총평 – 순화된 동란제재의 대두」, 『현대문학』 6, 1955. 6.

김광식, 「사고와 장소」, 『문학예술』 3, 1955. 6.

김성민, 「영화와 문학성」, 『문학예술』 3, 1955. 6.

박경종, 「동심과 동요작가」, 『문학예술』 3, 1955. 6.

박목월, 「5월의 시단」, 『현대문학』 6, 1955. 6.

백 철, 「문학을 뜻하는 학생에게」, 『사상계』 23, 1955. 6.

손우성, 「주류의 생성 전기」, 『사상계』 23, 1955. 6.

손우성, 「국문학의 비동화성 – 불문학의 영향에 관하여」, 『현대문학』 6, 1955. 6.

이 활, 「구상씨의 「우리시의 이념과 방법」을 박함」, 『중앙』, 1955. 6~7.

임긍재, 「원죄와 현실의 반항 – 박영준론」, 『신태양』 34, 1955. 6.

장욱진, 「발상과 방법」, 『문학예술』 3, 1955. 6.

조연현, 「한국현대문학사」, 『현대문학』 6~41, 1955. 6~58. 5.

최태호, 「아동과 아동문학」, 『문학과 예술』 3, 1955. 6.

이무영, 「소설의 재미」, 『연합신문』, 1955. 6. 1.

김　송, 「전쟁문학의 재고 - 공식주의의 설정을 배격함」, 『한국일보』, 1955. 6. 2.

박영준, 「작품과 현실성 - 문학의 영원성과 현실의 보편성」, 『서울신문』, 1955. 6. 12.

손우성, 「6월호 창작평 - 반격과 무저항」, 『서울신문』, 1955. 6. 17, 19.

김동리, 「진실한 문인들은 분열과 허위를 미워한다」, 『서울신문』, 1955. 6. 24.

김　송, 「6·25 5주년과 문학계 회고 - 전쟁을 주제로 한 문학작품을 중심으로」, 『한국일보』, 1955. 6. 25.

전광용, 「6·25사변과 문학」, 『조선일보』, 1955. 6. 25.

윤영춘, 「문학의 현실성」, 『서울신문』, 1955. 6. 25, 28.

홍효민, 「6·25동란과 문학활동」, 『연합신문』, 1955. 6. 26.

구　상, 「우리 시의 이념과 방법」, 『문학예술』 4, 1955. 7.

김사엽, 「시가 형식의 변천과 사회성」, 『예술집단』 1, 1955. 7.

박목월, 「6월의 시단」, 『현대문학』 7, 1955. 7.

박지홍, 「춘향전의 현대문학적 고찰」, 『예술집단』 1, 1955. 7.

손우성, 「비평의 창작성」, 『사상계』 24, 1955. 7.

손우성, 「5월의 창작평」, 『사상계』 24, 1955. 7.

이가원, 「이조 전기소설연구」, 『현대문학』 7~8, 1955. 7~8.

이능우, 「이조 여류작품의 특수성」, 『현대문학』 7, 1955. 7.

이석재, 「발작의 반로맨지즘」, 『현대문학』 7, 1955. 7.

이혜구, 「무속연구」, 『사상계』 24, 1955. 7.

임긍재, 「이무영론 - 인간과 흙의 거리」, 『신태양』 35, 1955. 7.

정창범, 「현대시의 두 경향 - 그 단층의 분석과 접근의 가능성」, 『현대문학』 7, 1955. 7.

조연현, 「시단에의 호소」, 『새벽』 6, 1955. 7.

최순우, 「이조미의 성찰」, 『문학예술』 4, 1955. 7.

최재서, 「문학의 속성」, 『새벽』 6, 1955. 7.

한교석, 「전통과 문학」, 『사상계』 24, 1955. 7.

홍효민, 「문학의 역사적 성장 - 백조와 신경향파에 대한 고찰」, 『현대문학』 7, 1955. 7.

임긍재, 「6월창작합평 - 현실부정의 모사」, 『경향신문』, 1955. 7. 1~2.

손우성, 「휴매니즘의 발족」, 『조선일보』, 1955. 7. 7~8.

박계주, 「진실한 문인이 되라 - 김동리씨의 망언에 답함」, 『서울신문』, 1955. 7. 8.

방기환, 「7월 창작평 - 조화의 역감」, 『동아일보』, 1955. 7. 28.

곽종원, 「해방문단 10년 총결산 - 문단적인 회고와 작품적 수확」, 『현대문학』 8, 1955. 8.

김계숙, 「현대의 과제」, 『현대문학』 8, 1955. 8.

김광섭, 「광복 10년간의 문화계」, 『연합민주공론』 1, 1955. 8.

김기진, 「6·25 전란과 현대문학」, 『연합민주공론』 1, 1955. 8.

김동욱, 「국문학연구의 현황과 장래」, 『사상계』 25, 1955. 8.

김용호, 「7월의 시단」, 『현대문학』 8, 1955. 8.

김종문, 「나와 시」, 『문학예술』 5, 1955. 8.

김춘수, 「형태상으로 본 한국의 현대시」, 『문예예술』 5~13, 1955. 8~1956. 4.

박태진, 「외국문학과 나」, 『문학예술』 5, 1955. 8.

이헌구, 「한국문학의 새로운 지향」, 『연합민주공론』 1, 1955. 8.

전봉건, 「시·예술·사랑」, 『문학예술』 5, 1955. 8.

한교석, 「전통의식과 창작」, 『사상계』 25, 1955. 8.

황순원, 「그와 나그네」, 『문학예술』 5, 1955. 8.

최인욱, 「문화 10년의 성찰(문학) - 환도 후의 동향과 신인의 활동」, 『평화신문』, 1955. 8. 9.

최인욱, 「8월의 소설 - 신진의 대거 진출과 기성의 노쇠」, 『동아일보』, 1955. 8. 10.

염상섭, 「해방 10년의 걸음(문학) - 좌익암약과 피난문학의 저조」, 『동아일보』, 1955. 8. 15.

이헌구, 「모색도정의 문학 - 역사적 현실파악의 취약성」, 『조선일보』, 1955. 8. 15~16.

백 철, 「문화 10년 문학 - 이제부터가 창조기 - 다난한 재건기를 회고」, 『경향신문』, 1955. 8. 15~17.

곽종원, 「문단분포 시비론 - 광복 10년의 축도를 더듬어」, 『동앙일보』, 1955. 8. 16.

강한영, 「〈적벽가〉에 대하여」, 『현대문학』 9, 1955. 9.

곽종원, 「외국문학의 수입에 대한 관견」, 『문학예술』 6, 1955. 9.

구자균, 「한국고전문학의 특질」, 『현대문학』 9, 1955. 9.

김동욱, 「황진이와 허난설헌」, 『현대문학』 9, 1955. 9.

김민수, 「언어의 창조와 정리 - 작가적 견지와 문법학적 견지」, 『현대문학』 9, 1955. 9.

김용호, 「8월의 시단」, 『현대문학』 9, 1955. 9.

박용구, 「역사소설의 지명」, 『문학예술』 6, 1955. 9.

박종화, 「여명기의 한국근세문화」, 『현대문학』 9~10, 12, 1955. 9~10, 12.

백 철, 「외국문학의 도입문제」, 『문학예술』 6, 1955. 9.

백 철, 「자리잡은 창작계」, 『새벽』 7, 1955. 9.

손우성, 「여류와 신인 작품의 비중」, 『사상계』 26, 1955. 9.

이경선, 「비교문학 서설」, 『사상계』 26, 1955. 9.

최상수, 「『장끼전』에 대하여」, 『현대문학』 9, 1955. 9.

최재서, 「예술적 체험」, 『새벽』 7, 1955. 9.

최일수, 「현대소설과 내용 분석 - 새세대의 창작활동을 중심으로」, 『한국일보』, 1955. 9. 8, 10.

정한숙, 「야담과 소설」, 『서울신문』, 1955. 9. 13.

계용묵, 「한국문단측면사」, 『현대문학』 10, 12~13, 1955. 10, 12, 56. 1.

김구용, 「내 시의 발상과 방법」, 『문학예술』 7, 1955. 10.

김양수, 「서정주의 영향」, 『현대문학』 10~11, 1955. 10~11.

김용호, 「9월의 시단」, 『현대문학』 10, 1955. 10.

김윤성, 「시작에 대하여」, 『문학예술』 7, 1955. 10.

김춘수, 「무제」, 『문학예술』 7, 1955. 10.

백 철, 「전형기의 문학」, 『사상계』 27, 1955. 10.

서정희, 「소월과 그 문학」, 『국어국문학연구논문집』 1, 1955. 10.

여세기, 「최근중공문예이론의 동향」, 『문학예술』 7, 1955. 10.

이무영, 「우리 문학의 가는 길, 가야 할 길」, 『사상계』 27, 1955. 10.

이태극, 「언어와 문학」, 『사상계』 27, 1955. 10.

전광용, 「신소설연구」, 『사상계』 27~28, 30~33, 35~38, 40, 1955. 10~11, 1956. 1~4, 6~9, 11.

정창범, 「역사소설의 리아리티」, 『현대문학』 10, 1955. 10.

최일수, 「니힐 본질과 초극정신」, 『현대문학』 10, 1955. 10.

최재서, 「문학의 한계」, 『사상계』 27, 1955. 10.

박영준, 「문학 연보 - 반항의 문학정신」, 『서울신문』, 1955. 10. 7.

김성한, 「문학 연보 - 창조적 신문학」, 『서울신문』, 1955. 10. 12.

임호균, 「이번 수법은 만네리즘 - 김형·신형의 소감을 읽고」, 『중앙일보』, 1955. 10. 12.

김동리, 「50년대 작가들의 작품세계 - 신화에의 현대의식」, 『서울신문』, 1955. 10. 14, 19, 21, 24, 27, 28, 31.

김광주, 「작가정신과 젊은 세대」, 『경향신문』, 1955. 10. 16~17.

최인욱, 「10월의 창작평 - '靜寂—瞬'의 광지와 '夏日怨情'의 묘사」, 『동아일보』, 1955. 10. 16.

백 철, 「신인과 현대의식 - 본질은 찾아지고 있는가」, 『조선일보』, 1955. 10. 18~28.

권상로, 「문학인의 사명」, 『현대문학』 11, 1955. 11.

김동인, 「한국근대소설고」, 『사상계』 28, 1955. 11.

김민수, 「『사씨남정기』 고」, 『현대문학』 11, 1955. 11.

박연희, 「문학적 잡담」, 『문학예술』 8, 1955. 11.

손창섭, 「여담」, 『문학예술』 8, 1955. 11.

윤병로, 「염상섭 문학의 사실성」, 『성대문학』, 1955. 11.

이능우, 「상대의 정화」, 『현대문학』 11~12, 1955. 11 ~ 12.

이종환, 「아동문학과 성인문학」, 『문학예술』 8, 1955. 11.

이희승, 「기지 두가지」, 『문학예술』 8, 1955. 11.

정창범, 「김유정론」, 『사상계』 28, 1955. 11.

조향록, 「지성의 파탄」, 『현대문학』 11, 1955. 11.

최재서, 「시적 체험」, 『새벽』 8, 1955. 11.

홍사중, 「현대의 지성과 신에의 접근 - 카프카의 경우」, 『현대문학』 11~12, 1955.11~12.

곽종원, 「11월의 창작평- 건실한 면에 비해 파도 없는 수준」, 『동아일보』, 1955. 11. 22.

장내원, 「문학에 깃든 인권 옹호」, 『조선일보』, 11. 27~28.

고석규, 「현대시의 심연」, 『예술집단』 2, 1955. 12.

곽종원, 「작가정신을 통해 본 현실의식」, 『문학예술』 9, 1955. 12.

김붕구, 「증인문학」, 『사상계』 29, 1955. 12.

남 욱, 「리아리티 문제」, 『예술집단』 2, 1955. 12.

백 철, 「소월의 문학사적 위치」, 『문학예술』 9, 1955. 12.

이영일, 「차원이 이질성과 지양」, 『예술집단』 2, 1955. 12.

임긍재, 「1954년도 창작 총평」, 『신태양』 40, 1955. 12.

임석운, 「근대적 자아의 절망과 저항」, 『고대문화』, 1955. 12.

임종국, 「이상 연구」, 『고대문화』, 1955. 12.

전봉건, 「오늘과 시인의 모습」, 『예술집단』 2, 1955. 12.

정태용, 「김유정론 - 니힐리즘과 문학」, 『예술집단』 2, 1955. 12.

최광열, 「문학비평의 정공법을 논함」, 『예술집단』 2, 1955. 12.

박연희, 「문학작품과 작가 - 의식에 대한 독백」, 『동아일보』, 1955. 12. 6.

정창범, 「12월의 창작평 - 작용력의 결핍」, 『동아일보』, 1955. 12. 17.

조규동, 「사회진보와 문학의 위치」, 『연합신문』, 1955. 12. 21.

김동리, 「풍양성작의 을미 문단 - 각 부문에서 신진 진출의 성관」, 『동아일보』,
　　　　1955. 12. 23~24.

손우성, 「이미사주의 결산 - 가꿔지는 인간문학의 새싹」, 『동아일보』, 1955. 12.
　　　　24.

이무영, 「융성찬란했던 문단 - 그러나 양 많고 질적으로 빈약(창작)」, 『한국일보』,
　　　　1955. 12. 25~26.

김용호, 「을미문화 총결산 - 창작」, 『서울신문』, 1955. 12. 29.

곽종원, 「을미문단개관 - 정리기의 의욕 과시」, 『연합신문』, 1955. 12. 29.

최인욱, 「을미년의 창작계 - 침체타개의 작가 총동원」, 『평화신문』, 1955. 12. 30.

최인욱, 「괄목할 신진의 활약 - 기성인의 성실도 매우 반가운 일」, 『자유신문』,
　　　　1955. 12. 31.

이봉래, 「을미문단의 총결산 - 예년보다 풍부한 수확」, 『자유신문』, 1955. 12. 31.

7. 1956년

곽종원, 「1955년도 창작계 별견」, 『현대문학』 13, 1956. 1.

김종후, 「작가의 패기」, 『현대문학』 13, 1956. 1.

김춘수, 「시 형태상의 다다이즘」, 『문학예술』 10, 1956. 1.

김팔봉·백 철, 「1955년의 한국문학」, 『사상계』 30, 1956. 1.

박두진, 「모색과 진통과 답보의 1년 – 특히 『현대문학』·『문학예술』지를 중심으로」,
      『현대문학』 13, 1956. 1.

박성의, 「국문학 고전과 유불도사상」, 『사상계』 30, 1956. 1.

백 철, 「자연주의 뒤에 올 것」, 『문학예술』 10, 1956. 1.

송 욱, 「시와 지성」, 『문학예술』 10, 1956. 1.

윤고종, 「1955년의 회고와 신년에의 희망」, 『새벽』 9, 1956. 1.

이 환, 「실존주의 문학의 철학적 기반」, 『문학예술』 10, 1956. 1.

장용학, 「나의 작가수업」, 『현대문학』 13, 1956. 1.

전대웅, 「언어의 모랄」, 『현대문학』 13, 1956. 1.

조연현, 「우리나라의 비평문학 – 그 회고와 전망」, 『문학예술』 10, 1956. 1.

조영암, 「일제에 항거한 시인 군상」, 『전망』 4, 1956. 1.

최재서, 「표현과 전달」, 『새벽』 9, 1956. 1.

김동리, 「을미(문단)의 회고와 병신의 전망 – 문단결실기는 도래」, 『중앙일보』,
      1956. 1. 1.

백 철, 「지방색과 생활의 문학 – 모방사에서 자기의 것으로」, 『동아일보』, 1956. 1.
      1, 3.

손우성, 「자유인간의 길 – 젊은 세대에의 제언」, 『조선일보』, 1956. 1. 9~11.

이어령, 「동양의 하늘 – 현대문학의 위기와 그 출구」, 『한국일보』, 1956. 1. 19~20.

곽종원, 「신인대망론」, 『중앙일보』, 1956. 1. 20, 22.

최인욱, 「1월 창작평 – 진전없는 무풍지대」, 『평화신문』, 1956. 1. 28.

조연현, 「1월 창작평 – 정진하는 창작계」, 『한국일보』, 1956. 1. 29.

김양수, 「나의 비평수업」, 『현대문학』 14, 1956. 2.

김현승, 「인생파와 모던이즘」, 『현대문학』 14, 1956. 2.

박영준, 「누워서 글쓰는 버릇」, 『문학예술』 11, 1956. 2.

백 철, 「세기말의 인간관」, 『사상계』 31, 1956. 2.

오현우, 「전후 불란서 문학사조의 주류」, 『사상계』 31, 1956. 2.

유치환, 「신의 자세」, 『현대문학』 14, 1956. 2.

윤영춘, 「쉑스피어와 여성」, 『현대문학』 14, 1956. 2.

이광훈, 「선우휘론」, 『문학춘추』, 1956. 2.

이봉구, 「향수와 분위기」, 『문학예술』 11, 1956. 2.
이항영, 「문화의 국가적 보호」, 『현대문학』 14, 1956. 2.
장덕순, 「『심청전』의 민간설화적 사고」, 『사상계』 31, 1956. 2.
전영택, 「나의 문학과 생활」, 『현대문학』 14, 1956. 2.
정 규, 「나의 인물화」, 『문학예술』 11, 1956. 2.
조연현, 「월탄 박종화론」, 『신태양』 42, 1956. 2.
조연현, 「1월의 창작」, 『현대문학』 14, 1956. 2.
최인욱, 「「월하취적도」을 쓸 때」, 『문학예술』 11, 1956. 2.
최일수, 「우리 문학에 있어서 신인의 위치」, 『문학예술』 11, 1956. 2.
최재서, 「문학과 사상」, 『사상계』 31, 1956. 2.
홍효민, 「애국사상과 애국문학」, 『현대문학』 14, 1956. 2.
곽종원, 「2월의 창작평 - 주제의 빈인」, 『동아일보』, 1956. 2. 25.
조연현, 「제3회 자유문학상 심사를 마치고」, 『조선일보』, 1956. 2. 26~27.
곽종원, 「작가의 행동성에 대하여」, 『문학예술』 12, 1956. 3.
김구용, 「나의 문학수업」, 『현대문학』 15, 1956. 3.
김기석, 「1919년의 역사적 위치」, 『새벽』 10, 1956. 3.
김병기, 「전통이라는 것과 새로운 것」, 『새벽』 10, 1956. 3.
김종후, 「위기의 해명과 초극」, 『현대문학』 15, 1956. 3.
손우성, 「비평의 위치」, 『문학예술』 12, 1956. 3.
윤병로, 「빙허 현진건론」, 『현대문학』 15, 1956. 3.
유 정, 「현실과의 대결」, 『현대문학』 15, 1956. 3.
이인모, 「작품구성과 작가생활」, 『문학예술』 12, 1956. 3.
정창범, 「현대문학과 독창성의 한계」, 『문학예술』 12, 1956. 3.
정하은, 「문학이전 - 싸르뜨르를 중심으로」, 『현대문학』 15~16, 1956. 3~4.
조연현, 「비평의 신세대」, 『문학예술』 12, 1956. 3.
조지훈, 「현대시의 방법적 회의 - 2월의 시를 중심으로」, 『현대문학』 15, 1956. 3.
최일수, 「신춘창작평」, 『신태양』 43, 1956. 3.
최재서, 「문학과 사상」, 『사상계』 32, 1956. 3.
홍사중, 「근대적인 것의 한국적 구조」, 『현대문학』 15, 1956. 3.
이봉래, 「2월의 창작평 - 비교적 좋은 수확」, 『조선일보』, 1956. 3. 4, 6.
조연현, 「문총의 독선 - 자유문학상 시비를 중심으로」, 『서울신문』, 1956. 3. 4.

곽종원, 「공허한 내용 – 신춘문예의 신인들」, 『서울신문』, 1956. 3. 8~9.

이봉래, 「비교적 좋은 수확」, 『조선일보』, 1956. 3. 10.

신석주, 「이상의 생애와 예술 – 그의 18주기를 보내며」, 『평화신문』, 1956. 3. 20.

이무영, 「패배의 3월 작단 – 현저해진 통속소설의 침투」, 『동아일보』, 1956. 3. 23~24.

김양수, 「문학에서의 미의 창조」, 『현대문학』 16, 1956. 4.

김춘수, 「김소월론을 위한 각서」, 『현대문학』 16, 1956. 4.

손우성, 「현대적 사색과 지식인의 위치」, 『사상계』 33, 1956. 4.

윤영춘, 「임어당 문학의 세계성」, 『신태양』 44, 1956. 4.

이가원, 「도산별곡 췌론」, 『현대문학』 16, 18~19, 1956. 4, 6~7.

이봉래, 「신세대론 – 작가를 중심으로 한 시론」, 『문학예술』 13, 1956. 4.

이봉래, 「한국의 모던이즘」, 『현대문학』 16~17, 1956. 4~5.

이형기, 「나의 문학수업」, 『현대문학』 16, 1956. 4.

전봉건, 「문학적 비양식 – 김동리씨의 선민의식과 학생문제」, 『신세계』 4, 1956. 4.

정창범, 「과도기의 지성 – 사조와의 거리」, 『현대문학』 16, 1956. 4.

주요한, 「나의 문학수업」, 『문학예술』 13, 1956. 4.

최일수, 「현대시의 순수감각비판 – 55년도의 시집을 중심으로」, 『문학예술』 13, 1956. 4.

최일수, 「노래하는 시와 생각하는 시 – 시의 '음률'과 '이메이즈'의 차질」, 『현대문학』 16, 1956. 4.

최재서, 「현대 비평에 있어서의 개성의 문제」, 『사상계』 33, 1956. 4.

홍사중, 「신세대의 문학 – 변명과 항거와」, 『한국일보』, 1956. 4. 5.

정봉래, 「문학적 포오즈 – 작품인식으로서의 출발」, 『동아일보』, 1956. 4. 5~6.

김동리, 「문단 신세대의 문제 – 신인에 대한 몇 가지 부의」, 『중앙일보』, 1956. 4. 12, 14.

곽종원, 「4월의 창작평 – 선악계에의 유혹」, 『평화신문』, 1956. 4. 23.

김동리, 「전진하는 문단 – 유지된 어느 정도의 수준(4월 창작평)」, 『동아일보』, 1956. 4. 29.

고석규, 「현대시의 전개 – 비유에 대하여(모던이즘 비판)」, 『시연구』 1, 1956. 5.

곽소진, 「작가가 본 비평가」, 『문학예술』 14, 1956. 5.

김성욱, 「모던이즘 소고(모던이즘 비판)」, 『시연구』 1, 1956. 5.

김종후, 「민족문학소론」, 『현대문학』 17, 1956. 5.
김춘수, 「모던이즘과 니힐리즘 - 유형학적 시론(모던이즘 비판)」, 『시연구』 1,
　　　　1956. 5.
손우성, 「가식과 독창」, 『현대문학』 17, 1956. 5.
손진태, 「한국민족의 설화」, 『민속학보』, 1956. 5.
유치환, 「회오의 신」, 『시연구』 1, 1956. 5.
오상원, 「나의 문학수업」, 『현대문학』 17, 1956. 5.
이경성, 「원시에의 향수」, 『현대문학』 17, 1956. 5.
이봉래, 「문학과 문학상의 경위」, 『새벽』 11, 1956. 5.
이봉구, 「내가 알던 시인 박인환」, 『신시학』, 1956. 5.
이인모, 「품사적 사실과 작가의 성격」, 『현대문학』 17~20, 1956. 5~8.
정창범, 「회화정신과 회화적 경향」, 『문학예술』 14, 1956. 5.
정한모, 「문체로 본 동인과 효석」, 『문학예술』 14~21, 1956. 5~12.
조지훈, 「현대시의 문제(모던이즘 비판)」, 『시연구』 1, 1956. 5.
최재서, 「문학의 목적 · 기능 · 효용」, 『사상계』 34, 1956. 5.
홍사중, 「창작수법을 위한 시론 - 기술과 예술성의 문제」, 『현대문학』 17, 1956. 5.
이어령, 「우상의 파괴 - 문학적 혁명기를 위하여」, 『한국일보』, 1956. 5. 6.
정창범, 「문학과 독서 - 편향성의 지양」, 『연합신문』, 1956. 5. 12.
권선근, 「나의 문학수업」, 『현대문학』 18, 1956. 6.
김양수, 「5월의 소설」, 『현대문학』 18, 1956. 6.
박용구, 「춘원의 역사소설」, 『현대문학』 18, 20~23, 1956. 6, 8~11.
박종화, 「문학의 기점과 윤리」, 『신태양』 46, 1956. 6.
임동권, 「민속상으로 본 색채어」, 『현대문학』 18~19, 1956. 6~7.
정병욱, 「시조부흥운동비판」, 『신태양』 46, 1956. 6.
정한숙, 「나의 문학수업」, 『현대문학』 18, 1956. 6.
최일수, 「새로운 시도의 세계 - 5월의 시단」, 『현대문학』 18, 1956. 6.
최재서, 「낭만주의의 초극」, 『사상계』 35, 1956. 6.
홍사중, 「문학비평의 위치」, 『문학예술』 15, 1956. 6.
최일수, 「문학촌의 주변 - 신인의 발언」, 『연합신문』, 1956. 6. 24.
최인욱, 「6월의 창작계 - 메카니즘과 목적의식」, 『동아일보』, 1956. 6. 24.
정태용, 「6월의 창작평 - 감상과 무기력」, 『조선일보』, 1956. 6. 26~28.

김광섭, 「6·25의 부산물과 전시문학」, 『동아일보』, 1956. 6. 27.

조연현, 「예술원상에 빛나는 양대가」, 『한국일보』, 1956. 6. 29.

곽종원, 「상반기 창작총평」, 『현대문학』 19, 1956. 7.

김구용, 「무상의 모태」, 『현대문학』 19, 1956. 7.

노천명, 「김상용 평전」, 『자유문학』 1, 1956. 7.

문덕수, 「목련의 자세 - 「목석의 노래」에서 본 김상옥」, 『현대문학』 19, 1956. 7.

백 철, 「농민문학을 제기 - 민족문학의 제재를 넓히자」, 『자유문학』 1, 1956. 7.

이헌구, 「김영랑 평전」, 『자유문학』 1, 1956. 7.

이 환, 「휴매니즘과 실존주의」, 『문학예술』 16, 1956. 7.

이휘영, 「현대불란서문학」, 『자유문학』 1, 1956. 7.

정비석, 「김동인 평전」, 『자유문학』 1, 1956. 7.

조지훈, 「시단시평 - 두 개의 방향」, 『문학예술』 16, 1956. 7.

주요한, 「『창조』 시대의 문단」, 『자유문학』 1, 1956. 7.

양병식, 「작가와 현실문제 - 문단과 비평에 대한 의문」, 『조선일보』, 1956. 7. 2~4.

이어령, 「6월의 창작평 - 최종의 기수들」, 『한국일보』, 1956. 7. 2~4.

정창범, 「감동과 사고의 재건」, 『동아일보』, 1956. 7. 11.

백 철, 「하나의 전환기 - 독자관계와 문학의 반성」, 『한국일보』, 1956. 7. 16~21.

곽종원, 「상반기 창작계 총평주조의 상실과 사상성의 빈곤」, 『조선일보』,
    1956. 7. 21, 23, 24.

정창범, 「7월의 창작평 - 시점의 불안정」, 『연합신문』, 1956. 7. 21~22.

곽종원, 「1956년도 상반기 총평」, 『조선일보』, 1956. 7. 23.

김광섭, 「일도의 인생과 시의 세계」, 『자유문학』 2, 1956. 8.

김팔봉, 「한국문단 측면사」, 『사상계』 37~41, 1956. 8~12.

방종현, 「노계가사」, 『한글』 118, 1956. 8.

백 철, 「채만식형의 문학적 모습」, 『자유문학』 2, 1956. 8.

윤고종, 「창작 방법의 제문제」, 『자유문학』 2, 1956. 8.

이봉래, 「전통의 정체」, 『문학예술』 17, 1956. 8.

이태극, 「시조는 현대시로 살아 있다」, 『신태양』 48, 1956. 8.

임동권, 「민요와 민족성」, 『문학예술』 17, 1956. 8.

주요한, 「수주 변영로」, 『자유문학』 2, 1956. 8.

최일수, 「모더니즘 본질과 비판」, 『시의 비평』 2, 1956. 8.

최일수, 「예술가의 생리와 본질 - 「눈매」(정한숙)와 「계모」(방기환)를 읽고」, 『신태
    양』 48, 1956. 8.
최재서, 「문학과 사상」(개고), 『사상계』 37, 1956. 8.
김광섭, 「현대문학에 있어서의 성격문제」, 『조선일보』, 1956. 8. 7~9.
김광섭, 「해방과 문학상의 실현 - 열 한 번째의 8·15를 맞으며」, 『조선일보』,
    1956. 8. 15~16.
김동리, 「문학계의 족적 - 8·15문단이 걸어간 자취」, 『연합신문』, 1956. 8. 15~17.
정태용, 「작가의 주체성을 상실 - 요망되는 현실에의 능동적 자율성」, 『자유신문』,
    1956. 8. 15.
정태용, 「8월 창작평 - 신변소설과 비평정신」, 『연합신문』, 1956. 8. 19~20.
곽종원, 「풍성했던 8월 창작 - 기계문명에의 항거」, 『동아일보』, 1956. 8. 28~29.
곽종원, 「작가와 비평가의 위치」, 『새벽』 13, 1956. 9.
곽종원, 「답보와 모색의 교차」, 『신태양』 49, 1956. 9.
김상일, 「문체론에의 반성」, 『현대문학』 21, 1956. 9.
김양수, 「신세대론에의 부언」, 『현대문학』 21, 1956. 9.
김춘수, 「이상의 시」, 『문학예술』 18, 1956. 9.
이능우, 「향가의 매력 - 그 장르적 성격에 대하여」, 『현대문학』 21, 1956. 9.
이봉래, 「나의 문학수업」, 『현대문학』 21, 1956. 9.
장용학, 「감상적 발언」, 『문학예술』 18, 1956. 9.
장우성, 「무비대가·무비권위의 난무장 - 신진 등장을 기존 세력의 적으로 알지 말자」,
    『새벽』 13, 1956. 9.
전영경, 「나의 문학수업 - 고민하는 김천하씨」, 『현대문학』 21, 1956. 9.
정태용, 「현대시의 과제」, 『시작』, 1956. 9.
최일수, 「현대시와 본질과 비판」, 『시작』, 1956. 9.
최일수, 「비평의 문학성과 현대성」, 『현대문학』 21, 1956. 9.
최재서, 「비극적 체험」, 『새벽』 13~16, 1956. 9~1957. 2.
최용진, 「춘원의 『단종애사』와 나」, 『자유신문』, 1956. 9. 6~8.
정태용, 「신시대는 왔는가」, 『조선일보』, 1956. 9. 7, 8, 10.
김사엽, 「도학자의 가곡관」, 『경북대논문집』, 1956. 10.
이어령, 「현대시의 Umgebung과 Umbelt - 시비평방법서설」, 『문학예술』 19,
    1956. 10.

이어령, 「나르시스의 학살 – 이상의 시와 그 난해성」, 『신세계』, 1956. 10, 1957. 1.

임동권, 「민요에 반영된 항일의식」, 『현대문학』 22, 1956. 10.

임희재, 「나의 문학수업」, 『현대문학』 22, 1956. 10.

정창범, 「나의 문학수업」, 『현대문학』 22, 1956. 10.

조용만, 「한국문학의 세계성」, 『현대문학』 22, 1956. 10.

조 향, 「네오 슐레알리즘 시론」, 『신태양』 50~51, 1956. 10~11.

한성기, 「나의 문학수업」, 『현대문학』 22, 1956. 10.

안수길, 「작가의 사상과 작중인물의 사상」, 『동아일보』, 1956. 10. 11~12.

김기동, 「한국시가의 장르적 발전」, 『현대문학』 23~26, 1956. 11~1957. 2.

김종후, 「동양의 휴매니즘」, 『현대문학』 23, 1956. 11.

김현승, 「우리말의 특질과 현대시」, 『현대문학』 23, 1956. 11.

문덕수, 「비평의 모랄 – 일부 신인의 난폭에 대하여」, 『현대문학』 23, 1956. 11.

백 철, 「뉴크리티시즘에 대하여」, 『문학예술』 20, 1956. 11.

이어령, 「비유법 논고」, 『문학예술』 20~21, 1956. 11~12.

이인모, 「문장형성법과 작가의 성격」, 『현대문학』 23~27, 1956. 11~1957. 3.

정진업, 「희곡문학의 연극성」, 『현대문학』 23, 1956. 11.

정태용, 「민족문학론」, 『현대문학』 23, 1956. 11.

조윤제, 「향가연구에의 제언 – 이능우군의 「향가의 매력」을 읽고」, 『현대문학』 23,
    1956. 11.

유주현, 「창작 월평에 대한 사족 – 부진했던 10월 창작계를 논평함에 대신해서」, 『동
    아일보』, 1956. 11. 2.

이어령, 「아이커더스의 귀화 – 휴머니즘의 의미」, 『서울신문』, 1956. 11. 10.

정한숙, 「창작평에 대한 관견」, 『동아일보』, 1956. 11. 16.

곽학송, 「11월의 창작평 – 왜곡된 인간상」, 『동아일보』, 1956. 11. 29.

김양수, 「비평에서의 미의 추구」, 『현대문학』 24, 1956. 12.

김윤성, 「시어록」, 『현대문학』 24, 1956. 12.

이교창, 「인간존재의 탐구 – 싸르트르 『구토』론」, 『문학예술』 21, 1956. 12.

이능우, 「이조의 戲詩歌」, 『현대문학』 24~27, 1956. 12~1957. 3.

이어령, 「1956년의 작가 상황」, 『문학예술』 21, 1956. 12.

이태극, 「고전문학과 전쟁」, 『자유문학』 3, 1956. 12.

전광용, 「유산 계승과 창작의 방법」, 『자유문학』 3, 1956. 12.

정병욱, 「고전과 현대문학의 제문제」, 『자유문학』 3, 1956. 12.

정창범, 「현실기피적 '이디옴'」, 『현대문학』 24, 1956. 12.

최일수, 「우리 문학의 현대적 방향 - 전통의 올바른 계승을 위하여」, 『자유문학』 3, 1956. 12.

최일수, 「현대문학의 근본특질」, 『현대문학』 24~25, 1956. 12~1957. 1.

정태용, 「11월 창작평 - 불경기의 작단」, 『조선일보』, 1956. 12. 4~6.

조영암, 「문예시감 - 소설의 재미」, 『동아일보』, 1956. 12. 4~5.

곽종원, 「정지작업에 진일보 - 그러나 대체로 무기력했다(문학 평단)」, 『경향신문』, 1956. 12. 10~11.

안수길, 「11월의 창작계 - 저항의식과 새 인간관계」, 『경향신문』, 1956. 12. 12~13.

조연현, 「금년도 창작계 총평 - 양에 비해 저조한 질」, 『조선일보』, 1956. 12. 17~18.

백 철, 「금년도의 창작계 - 비중이 커졌다」, 『경향신문』, 1956. 12. 20~23.

이 환, 「반항의 비극성 - 까뮤의 의식세계」, 『경향신문』, 1956. 12. 20, 30.

백 철, 「병신 문화의 자취(문학) - 사조 상실의 세계관」, 『동아일보』, 1956. 12. 22.

백 철, 「병신 문화의 자취(분학) - 정중격동의 신계기」, 『동아일보』, 1956. 12. 23.

김광섭, 「내용의 편견과 시론 빈곤」, 『조선일보』, 1956. 12. 24~26.

8. 1957년

김춘수, 「전후 15년의 한국시」, 『한국전후문제시집』, 신구문화사, 1957.

이어령, 「전후시에 대한 노트 2장」, 『한국전후문제시집』, 신구문화사, 1957.

고정곤, 「현대사상의 위기와 우리의 씨튜에이숀」, 『현대문학』 25, 1957. 1.

곽종원, 「1956년도 창작계 총평」, 『현대문학』 25, 1957. 1.

백 철, 「고전부활과 현대문학」, 『현대문학』 25, 1957. 1.

안장현, 「지성의 문학」, 『신생공론』 15, 1957. 1.

박종화, 「작문과 다른 창작 - 이해에 신진에게 바란다」, 『동아일보』, 1957. 1. 1.

백 철, 「넘어야 할 상태 수준 - 제재의 확대와 문장 개조」, 『평화신문』, 1957. 1. 1, 3. 4.

조연현, 「절실한 신인의 등장 - 그릇된 양성을 경계하며」, 『평화신문』, 1957. 1. 1.

김광섭, 「신인들의 육성방책 - 자기근원과 추구의 정신」, 『평화신문』, 1957. 1. 4.

김동리, 「정유 문단에 부의 - 문학작품의 질적 향상을 위한 제안」, 『평화신문』, 1957. 1. 5~6.

박정봉, 「자유문학상 심의에의 제언 - 종파성과 실록편향을 지양하라」, 『한국일보』, 1957. 1. 8.

이봉래, 「문학스타일의 위치 - 서론에 즈음하여」, 『평화신문』, 1957. 1. 9.

이어령, 「화전민 지역 - 신세대의 문학을 위한 각서」, 『경향신문』, 1957. 1. 11~12.

허윤석, 「소설의 풍속성 - 오영수 창작집 『갯마을』을 중심으로」, 『조선일보』, 1957. 1. 15.

곽종원, 「내용과 형식의 균제 - 작가의 제작태도에 대하여」, 『동아일보』, 1957. 1. 18.

이어령, 「현실초극점으로만 탄생 - 시의 '오부제'에 대하여」, 『평화신문』, 1957. 1. 18.

김동리, 「자유문학상 심사 경위」, 『연합신문』, 1957. 1. 21~22.

김광섭, 「작품평가와 투표의 배리 - 자유문학상 심사 경위와 소감」, 『조선일보』, 1957. 1. 21~22.

이어령, 「겨울의 축제」, 『서울신문』, 1957. 1. 21.

김동리·김성민, 「원작과 각색의 한계 - 각본 「처와 애인」은 소설 「실존무」의 표절인가?」, 『세계일보』, 1957. 1. 25, 27~29.

김광주, 「작가와 독자와의 거리 - 가까운 것이냐 먼 것이냐」, 『동아일보』, 1957. 1. 25~26.

곽종원, 「신세대의 문학정신 - 두 세계의 대결을 포착하려는 노력」, 『서울신문』, 1957. 1. 25, 27.

박노춘, 「기류시조작품 쇄담」, 『조선일보』, 1957. 1. 27.

유치환, 「창작예술 분야 - 끝내 아류여야 하나」, 『동아일보』, 1957. 1. 27.

안수길, 「12월의 창작계 - 전례없는 중견의 활약」, 『경향신문』, 1957. 1. 28~30.

계용묵, 「암흑기의 우리 문단」, 『현대문학』 26, 1957. 2.

고석규, 「시인의 역설」, 『문학예술』 22~28, 1957. 2~8.

김기진, 「문인들은 상호비판하자」, 『새벽』 16, 1957. 2.

김성래, 「신문소설의 형식과 그 본질」, 『현대문학』 26, 1957. 2.

김양수, 「고독한 미의 편력 - 창조에 관한 제3장」, 『현대문학』 26, 1957. 2.

김윤경, 「우리글의 변천과 한글운동」, 『여원』 1, 1957. 2.

김춘수, 「1956년의 시와 시론」, 『문학예술』 22, 1957. 2.

박노태, 「중국신문학운동의 회고」, 『사상계』 43, 1957. 2.

이광래, 「희곡의 이론과 창작」, 『여원』 1, 1957. 2.

이어령, 「유성군의 위치」, 『문학예술』 22, 1957. 2.

장덕순, 「설화문학과 그 계승문제」, 『사상계』 43, 1957. 2.

조승원, 「한용운 평전」, 『녹원』, 1957. 2.

허영숙, 「억류인사부인들의 단장의 서」, 『주부생활』, 1957. 2.

홍사중, 「리리시즘의 영토」, 『현대문학』 26, 1957. 2.

박영수, 「푸로메데 인간 - 현대소설의 주인공들」, 『동아일보』, 1957. 2. 5.

정태용, 「신춘문예 당선작품들 - 신 '리얼리즘'의 대두」, 『평화신문』, 1957. 2. 5, 6, 8.

박연희, 「문학과 폭력 - 비만한 비자유의 항거」, 『동아일보』, 1957. 2. 6.

정한숙, 「작가의 성실성」, 『동아일보』, 1957. 2. 10.

안수길, 「1월의 창작계 - 장편소설의 경향」, 『경향신문』, 1957. 2. 12.

백 철, 「신춘 창작계의 인상 - 신인의 등장, 소장인의 진출 등」, 『연합신문』, 1957.
        2. 12.

안수길, 「1월의 창작계 - 낡은 형태의 지식인」, 『경향신문』, 1957. 2. 14.

백 철, 「신춘 창작계의 인상 - 전란 취재와 그 성과」, 『연합신문』, 1957. 2. 14.

최인욱, 「현대문학에 대한 염원」, 『동아일보』, 1957. 2. 21 22.

이영일, 「소설의 세계와 미학 - 신춘문예 당선작을 중심으로」, 『조선일보』, 1957.
        2. 22~23.

김구용, 「시우 이형기론 - 한국협상 소식을 듣고」, 『자유신문』, 1957. 2. 23~24.

조연현, 「제2회 현대문학사 신인상 심사 경위」, 『조선일보』, 1957. 2. 26.

정태용, 「문학의 진·선·미」, 『조선일보』, 1957. 2. 26~28.

김경린, 「현대시의 제문제」, 『문학예술』 23, 1957. 3.

김우종, 「은유법론고 - 비평의 일방법론으로서」, 『현대문학』 27, 1957. 3.

박종서, 「전후의 독일문학」, 『사상계』 44, 1957. 3.

백 철, 「국문학사 서술방법론」, 『사상계』 44, 1957. 3.

송 욱, 「현대시의 반성」, 『문학예술』 23, 1957. 3.

윤병로, 「'리얼이즘'의 현대적 방향」, 『현대문학』 27, 1957. 3.

이봉래, 「대중문화론」, 『문학예술』 23~24, 1957. 3~4.

정태용, 「현대시인연구 - 시사적 견지에서」, 『현대문학』 27~42, 1957. 3~1958. 6.

조연현, 「한국현대작가론 - 춘원 이광수(편)」, 『새벽』 17, 1957. 3.

이어령, 「우리문화의 반성 - 신화없는 민족」, 『경향신문』, 1957. 3. 13~15.

이무영, 「2·3월의 소설계 - 젊은 작가다운 기백과 패기의 결여」, 『세계일보』, 1957. 3. 13~16.

정태용, 「'저항'이라는 우상 - 이영일씨의 「소설의 세계와 미학」에 답함」, 『평화신문』, 1957. 3. 15~17.

백 철, 「창작·비평·현실 - 작가와 평가와 독자와의 관계」, 『서울신문』, 1957. 3. 21, 22, 25.

박기준, 「거리의 자살 - 평론 노우트에서」, 『연합신문』, 1957. 3. 22.

송 욱, 「딜렛탄티즘고」, 『동아일보』, 1957. 3. 22~23.

조연현, 「유언의 사상」, 『평화신문』, 1957. 3. 23.

곽종원, 「3월 창작평 - 안이한 세계의 저회」, 『연합신문』, 1957. 3. 25~27.

안수길, 「2월의 창작평 - 중년 지식인의 불안의식」, 『경향신문』, 1957. 3. 27.

안수길, 「2월의 창작평 - 관념적인 의식세계」, 『경향신문』, 1957. 3. 28.

이영일, 「상식의 한계와 비판 - 정태용씨에 대한 재비판」, 『평화신문』, 1957. 3. 29~30, 4. 2.

김양수, 「평단시감 - 산문, 시, 단평」, 『현대문학』 28, 1957. 4.

김용호, 「비정의 시」, 『사상계』 45, 1957. 4.

백 철, 「김성래(편) - 그의 후기작품을 중심으로」, 『새벽』 18, 1957. 4.

이교창, 「실존주의 문학의 내용과 형식」, 『문학예술』 24, 1957. 4.

이태극, 「작품과 시심 - 창작시조의 형태 전개를 중심으로 하여」, 『신조』 4, 1957. 4.

이태극, 「현대시조의 작풍관」, 『현대문학』 28~29, 1957. 4~5.

장순하, 「현대시조문학소사(중)」, 『신조』 4, 1957. 4.

천상병, 「창작월평」, 『현대문학』 28, 1957. 4.

윤고종, 「잡지 총평 - 4월호를 중심으로」, 『평화신문』, 1957. 4. 2~4.

정한숙, 「기수의 잠언 - 서구의 생리와 우리의 체온」, 『동아일보』, 1957. 4. 10.

고석규, 「모더니즘의 교훈 - 이상 20주기에 기함」, 『국제신문』, 1957. 4. 17.

이봉구, 「이상의 고독과 표정 - 그의 20주기를 맞으며」, 『서울신문』, 1957. 4. 17.

이어령, 「묘지없는 무덤 앞에서 - 추도 이상 20주기」, 『경향신문』, 1957. 4. 17.

이어령, 「이상의 문학 - 그의 20주기에」, 『경향신문』, 1957. 4. 18~19.

권 준, 「이상의 「날개」 - 그의 20주기를 맞이하며」, 『평화신문』, 1957. 4. 19.

김우종, 「TABU 이상론 - 그의 문학은 과연 옳은 것인가」, 『조선일보』, 1957. 4. 29.

김광식, 「작가정신의 빈곤」, 『문학예술』 25, 1957. 5.

김규동, 「나의 문학수업」, 『현대문학』 29, 1957. 5.

김용호, 「비평의 직능」, 『한글문예』, 1957. 5.

김우종, 「이상론」, 『현대문학』 29, 1957. 5.

김윤성, 「본격적 서정에의 전진」, 『문학예술』 25, 1957. 5.

박이문, 「현대시의 '메타휘'」, 『시와 비평』 3, 1957. 5.

송영택, 「한자, 소설, 작문」, 『문학예술』 25, 1957. 5.

윤병로, 「비평의 사명」, 『현대문학』 29, 1957. 5.

이철범, 「네오 크래시시즘」, 『문학예술』 25~26, 1957. 5~6.

이철범, 「현대시의 사상적 한계 소고 - 몇몇 시편을 중심으로」, 『시와 비평』 3, 1957. 5.

정창범, 「현대소설과 그 작용력에 대한 반성 - 독자와 현실」, 『현대문학』 29, 1957. 5.

조연현, 「한국현대작가론 - 김동인(편)」, 『새벽』 19, 1957. 5.

천상병, 「시단시평」, 『현대문학』 29, 1957. 5.

최일수, 「현대희곡의 특질」, 『사상계』 46, 1957. 5.

김 선, 「생활과 인간과 문학」, 『자유신문』, 1957. 5. 7.

곽종원, 「문학에 작용하는 목적의식」, 『동아일보』, 1957. 5. 9~10.

김경린, 「현대시의 이메지와 메타포오 - 현대시와 그 문제점」, 『자유문학』 4, 1957. 6.

김광섭, 「세계문단에 소개된 한국현대시」, 『자유문학』 4, 1957. 6.

김규동, 「현대시와 그 문제점 - 기교주의 시론의 비평」, 『자유문학』 4, 1957. 6.

김상일, 「한국의 상징주의 - 방법을 중심으로 한 시험」, 『현대문학』 30, 1957. 6.

김우종, 「항거없는 성춘향」, 『현대문학』 30, 1957. 6.

김종문, 「T. S. 엘리옷의 전통정신」, 『문학예술』 26, 1957. 6.

김종문, 「현대시와 그 문제점 - 현대시와 매스 커뮤니케이션」, 『자유문학』 4, 1957. 6.

송 욱, 「작가의 형성과 환경」, 『사상계』 47, 1957. 6.

유 정, 「현대시와 그 문제점 - 우리 현시단의 제경향」, 『자유문학』 4, 1957. 6.

이영일, 「현대시와 그 문제점 - 현대시의 사상성」, 『자유문학』 4, 1957. 6.

이봉래, 「현대시와 그 문제점 - 상징주의와 초현실주의」, 『자유문학』 4, 1957. 6.

임동권, 「민요의 향토적 고찰」, 『현대문학』 30, 32~33, 1957. 6, 8~9.

정병욱, 「고전의 현대화 논의」, 『사상계』 47, 1957. 6.

정인섭, 「현대시와 그 문제점 - 현대시와 제유파」, 『자유문학』 4, 1957. 6.

조연현, 「한국현대작가론 - 염상섭(편)」, 『새벽』 20, 1957. 6.

천상병, 「창작월평」, 『현대문학』 30, 1957. 6.

최일수, 「반성하는 현대시 -『현대의 온도』의 경우」, 『현대문학』 30~31, 1957. 6~7.

전영택, 「현대의 불안의식 - 자기를 잃은 탓일까. 방황·고민하는 인간들」, 『서울신문』, 1957. 6. 7.

김동리, 「한국문학의 방향 - 새로운 정신원천으로서의 동양」, 『서울신문』, 1957. 6. 13, 14, 17.

정창범, 「6월호 창작평 - 상식성의 재발견」, 『조선일보』, 1957. 6. 19~20.

조연현, 「6·25와 우리 문단 - 변화를 초래한 하나의 분수령」, 『연합신문』, 1957. 6. 25.

김동리, 「정유작단 상반기(소설편) - 기성진의 원숙과 신진의 의욕」, 『평화신문』, 1957. 6. 28~30.

김광섭, 「문화단체 종합은 가능한가」, 『자유문학』 5, 1957. 7.

김영덕, 「신문소설과 윤리」, 『자유문학』 5, 1957. 7.

김운학, 「공자의 문학관」, 『현대문학』 31, 1957. 7.

김일근, 「민족문학사적 시대구분시론 - 특히 근대문학의 기점에 대하여」, 『자유문학』 5, 1957. 7.

김춘수, 「이상의 죽음」, 『사상계』 48, 1957. 7.

박봉우, 「지방문단풍토기」, 『자유문학』 5, 1957. 7.

백 철, 「상반기 신구의 창작계」, 『사상계』 48, 1957. 7.

유종호, 「불모의 도식 - 1957년의 시」, 『문학예술』 27, 1957. 7.

윤병로, 「휴매니즘의 역사적 이해」, 『현대문학』 31, 1957. 7.

이무영, 「애정비평시론」, 『자유문학』 5, 1957. 7.

이어령, 「(속)나르시스의 학살 - 이상의 시와 그 난해성」, 『자유문학』 5, 1957. 7.

이철범, 「현대시의 위상」, 『현대문학』 31~32, 1957. 7~8.

천상병, 「비평의 방법」, 『현대문학』 31, 1957. 7.

이어령, 「시인을 위한 아포리즘」, 『자유신문』, 1957. 7. 1.

이철범, 「문예지 7월호의 신인 특집 소설평 - 황무지에서의 작업」, 『세계일보』,

　　　　1957. 7. 5, 6, 8.

윤병로, 「저항정신과 행동성 – 우리의 문학현상과 관련해서」, 『한국일보』, 1957. 7. 6.

김광섭, 「집단의식의 반영과 '문총'의 진로」, 『자유문학』 6, 1957. 8.

김붕구, 「현대의 신화」, 『사상계』 49, 1957. 8.

김상선, 「전환기의 한국문학」, 『중대문경』, 1957. 8.

김우종, 「영원의 비가」, 『현대문학』 32, 1957. 8.

김원태, 「현대시 방향의 소고」, 『자유세계』 7, 1957. 8.

백　철, 「현대소설의 과정」, 『자유문학』 6, 1957. 8.

손우성, 「논리의 항거성」, 『성웅』 3, 1957. 8.

안수길, 「소설의 기교의 변화」, 『자유문학』 6, 1957. 8.

이무영, 「소설과 모랄」, 『자유문학』 6, 1957. 8.

이어령, 「카다르시스 문학론」, 『문학예술』 23~32, 1957. 8~12.

조경희, 「여성과 독서」, 『기독세계』 1, 1957. 8.

조연현, 「민족적 특성과 인류적 보편성」, 『문학예술』 28, 1957. 8.

홍효민, 「문학전통과 소설전통」, 『현대문학』 32, 1957. 8.

김상일, 「자연주의와 그 유산」, 『현대문학』 33~34, 1957. 9　10

김우종, 「난해시의 본질」, 『현대문학』 33~34, 1957. 9~10.

박종화, 「시인을 통해서 본 한국문화」, 『사상계』 50~52, 1957. 9~11.

백　철, 「한국잡지 성쇠기」, 『신태양』 60, 1957. 9.

손우성, 「문학과 저항정신」, 『자유문학』 7, 1957. 9.

양병식, 「작가의 책임의식」, 『자유문학』 7, 1957. 9.

유동준, 「소설문학의 양상 – 그 단편적 특성을 중심으로」, 『현대문학』 33, 1957. 9.

이어령, 「기초문학함수론 – 비평문학의 방법과 그 기준」, 『사상계』 50~51, 1957.
　　　　9~10.

전봉건, 「시인과 독자의 광장」, 『자유문학』 7, 1957. 9.

고석규, 「비평적 '모랄'과 방법」, 『부산일보』, 1957. 9. 18.

김동리, 「신인의 작품세계 – 55년 이후의 작가들에 대해」, 『평화신문』, 1957. 9.
　　　　20~22, 24, 25, 27.

김동사, 「현대의식과 문학」, 『연합신문』, 1957. 9. 24.

김경린, 「현대시와 이메이지」, 『현대시』 1, 1957. 10.

김종후, 「노자의 현대적 의미」, 『현대문학』 34, 1957. 10.

박기준, 「평론을 평한다」, 『신태양』 61, 1957. 10.

안수길, 「기교면에서 본 9월의 창작」, 『문학예술』 30, 1957. 10.

S.A.T.생, 「1000자 인물평 - 다복아 박종화」, 『현대문학』 30, 1957. 10.

전대웅, 「포크너의 문학과 생활」, 『현대문학』 34~35, 1957. 10~11.

정상구, 「신형이상학과 신환상소설」, 『문필』 1, 1957. 10.

정태용, 「문학의 순수성 문제 - 용어 신뢰성에 대하여」, 『문필』 1, 1957. 10.

K.B.D.생, 「1000자 인물평 - 여장부 김말봉」, 『현대문학』 30, 1957. 10.

윤 현, 「실존철학의 사적 고찰 - 키에르케골 철학을 중심으로」, 『자유신문』, 1957.
        10. 6.

이무영, 「농민문학의 당면과제 - 농촌문인촌 건설을 제안하며」, 『조선일보』, 1957.
        10. 28.

윤 현, 「불안·절망·죄의 인간상 -키에르케골의 철학적 입장을 논함」, 『자유신문』,
        1957. 10. 30.

강한영, 「『박흥보가』 해설」, 『현대문학』 35, 1957. 11.

김규동, 「주류적 활동은 중견과 신인에」, 『중앙정치』 17, 1957. 11.

김용권, 「I. A. 리챠즈의 비평과 그 방법」, 『사상계』 52~53, 1957. 11~12.

김우종, 「죄인을 위한 불망비 -『장화홍련전』 재고」, 『현대문학』 35, 1957. 11.

문덕수, 「생명의 의지 - 유치환론」, 『현대문학』 35~41, 1957. 11~1958. 5.

문선규, 「『춘향전』 신고」, 『현대문학』 35~39, 1957. 11~1958. 3.

설종숙, 「비교문학에 대하여 - 이 방면을 위한 제언을 겸함」, 『향』 1, 1957. 11.

신상초, 「휴머니즘과 현대사의 발정」, 『자유문학』 8, 1957. 11.

유종호, 「언어의 유곡」, 『문학예술』 3, 1957. 11.

이난숙, 「민요 「아리랑」에 대산 서설」, 『향』 1, 1957. 11.

정태용, 「정치와 문학」, 『중앙정치』 17, 1957. 11.

조연현, 「문제작과 신풍 보인 작가들」, 『중앙정치』 17, 1957. 11.

K.E.B.생, 「1000자 인물평 - 자기도취의 김동리」, 『현대문학』 31, 1957. 11.

T.E.S.생, 「1000자 인물평 - 昔日의 논객 김기진」, 『현대문학』 31, 1957. 11.

홍순민, 「세계문학과 행동성 - 현대불문학을 중심으로 한 소고」, 『자유문학』 8,
        1957. 11.

홍효민, 「민족과 향토문학」, 『영문』 15, 1957. 11.

황면주, 「창시조의 기원」, 『현대문학』 35, 1957. 11.

전광용, 「작가의 개성문제 – 독자와의 개성에서 본」, 『서울신문』, 1957. 11. 14~15.
이어령, 「현대작가의 초상 – 선악과의 신화」, 『평화신문』, 1957. 11. 27, 30.
김규숙, 「르네상스적 인간형과 한국」, 『자유문학』 9, 1957. 12.
김기진, 「무엇을 할 것인가?」, 『사상계』 53, 1957. 12.
김양수, 「민족문학 확립의 과제 – 20세기적 관점에서의 방법론」, 『현대문학』 36,
     1957. 12.
김진수, 「관객을 위한 연극과 연극을 위한 연극」, 『자유문학』 9, 1957. 12.
김하태, 「생의 논리」, 『사상계』 53, 1957. 12.
백 철, 「『개벽』지 시대와 문학사조」, 『한국사상』, 1957. 12.
백 철, 「한국문학에 끼친 근대자연주의 영향」, 『중앙대어문학』 2, 1957. 12.
안수길, 「1957년도 문단개관 – 중장편의 경향(소설)」, 『자유문학』 9, 1957. 12.
오유권, 「나의 문학수업」, 『현대문학』 36, 1957. 12.
윤병로, 「문학과 연애」, 『현대문학』 36, 1957. 12.
이병기, 「시조론」, 『현대』 2, 1957. 12.
이어령, 「1957년 시총평」, 『사상계』 53, 1957. 12.
이영일, 「논리적 현실의 의미」, 『현대문학』 36~37, 1957. 12 – 1958. 1.
이원수, 「1957년도 문단개관 – 모색하는 여러 경향(아동문학)」, 『자유문학』 9,
     1957. 12.
이인식, 「1957년도 문단개관 – 변모된 시단주류(시)」, 『자유문학』 9, 1957. 12.
이철범, 「실존주의와 휴매니즘의 관계」, 『문학예술』 32, 1957. 12.
조연현, 「해방후 창작계의 제양상」, 『현대문학』 36, 1957. 12.
K.E.A생, 「1000자 인물평 – 정치적인 조지훈」, 『현대문학』 36, 1957. 12.
천상병·김양수·김우종, 「1957년의 문단과 문학」, 『현대문학』 36, 1957. 12.
최일수, 「문학의 세계성과 민족성」, 『현대문학』 36~40, 1957. 12~1958. 1~4.
최재서, 「문학의 내용과 형식」, 『사상계』 53, 1957. 12.
T.C.Y생, 「1000자 인물평 – 오해안받는 유치환」, 『현대문학』 36, 1957. 12.
김동리, 「11월의 창작평 – '현실적 관심'을 주제로」, 『조선일보』, 1957. 12. 2.
박연희, 「창작단상 – 문학자와 정치」, 『평화신문』, 1957. 12. 6.
조연현, 「1957년 문화계 총결산 – 특수한 개성과 경향 – 주제에의 농후가 엿보인다」,
     『평화신문』, 1957. 12. 9~11, 13.
윤병로, 「작가의 문제의식 – 우리문학의 정황」, 『조선일보』, 1957. 12. 11.

계용묵, 「'파류상'을 묻는다 - 금년도 창작계를 회고하며」, 『한국일보』, 1957. 12. 12.
이어령, 「변한 것은 아무것도 없다 - 문학소설」, 『경향신문』, 1957. 12. 12~13.
곽종원, 「1957년의 반성(문학계) - 전체적인 향상의 해」, 『동아일보』, 1957. 12. 13~14.
이철범, 「발표된 작품 거개가 무표정(소설) - 신인들이 많이 등장」, 『세계일보』, 1957. 12. 17~19.
곽종원, 「자리잡히는 정리기의 1년(창작계) - 작가들이 의욕이 왕성」, 『연합신문』, 1957. 12. 17~19.
조연현, 「문예 평단 1년의 회고 - 신인 활동이 압도적으로 우세」, 『한국일보』, 1957. 12. 18.
김동리, 「본격소설의 개화기 - 중단편 생산이 많았던 창작계」, 『조선일보』, 1957. 12. 23~25.
김광섭, 「시단 상황과 시의 지적 동향」, 『조선일보』, 1957. 12. 27~28.

9. 1958년

고석규, 「불안과 실존의식」, 『신군상』 1, 1958. 1.
고형권, 「인간의식의 전향(시와 과학)」, 『사상계』 54, 1958. 1.
김양수, 「한국현대문학의 지향점 - (속)민족문학 확립의 문제」, 『현대문학』 37, 1958. 1.
김춘수, 「전통의 계승에 대하여」, 『신군상』 1, 1958. 1.
박광선, 「까뮤의 작품세계」, 『자유문학』 10, 1958. 1.
손우성, 「부조리 인간 - 까뮤의 사상적 출발」, 『자유문학』 10, 1958. 1.
이어령, 「1957년의 작가들」, 『사상계』 54, 1958. 1.
이어령, 「현대의 악마 - 오늘의 문학과 그 근거」, 『신군상』 1, 1958. 1.
이희승, 「현대시에 미치는 고가의 영향」, 『자유문학』 10, 1958. 1.
조연현, 「간통문학론」, 『현대』 3, 1958. 1.
K.B.A.생, 「1000자 인물평 - 붉은 넥타이를 맨 서정주」, 『현대문학』 37, 1958. 1.
K.B.M.생, 「1000자 인물평 - 신화 속의 오상순」, 『현대문학』 37, 1958. 1.
최재서, 「(속)문학의 내용과 형식」, 『사상계』 54, 1958. 1.

이어령, 「토인과 생맥주 - 전통의 터너미노로지」, 『연합신문』, 1958. 1. 10~12.

이어령, 「금년문단에 바란다 - 장미밭의 전쟁을 지양」, 『한국일보』, 1958. 1. 21.

이철범, 「분석비평의 입장에 서서 - 왕년도의 우수작」, 『조선일보』, 1958. 1. 24.

이무영, 「기준이 서야 비판이 나린다 - 우수작 선정에 대하여」, 『조선일보』, 1958.
　　　　1. 27.

김동리, 「「모반」의 찬성」, 『사상계』 55, 1958. 2.

김붕구, 「휴머니즘의 재건 - 까뮤를 중심으로」, 『자유문학』 11, 1958. 2.

김양수, 「상호인물평 - 김우종의 인상」, 『현대문학』 38, 1958. 2.

김우종, 「단군신화의 시적 의미」, 『현대문학』 38~39, 1958. 2~3.

김우종, 「상호인물평 - 양수를 미워한다」, 『현대문학』 38, 1958. 2.

김팔봉, 「작가로서의 춘원」, 『사상계』 55, 1958. 2.

박남수, 「상의 성격」, 『사상계』 55, 1958. 2.

박종화, 「민족문학의 기본 자세」, 『현대문학』 38, 1957. 2.

백 철, 「제3회 동인문학상에 대해」, 『사상계』 55, 1958. 2.

C.II.K.생, 「1000자 인물평 - 순정의 김동명」, 『현대문학』 38, 1958. 2.

안수길, 「소감」, 『사상계』 55, 1958. 2.

오상원, 「당선소감」, 『사상계』 55, 1958. 2.

이은상, 「육당·춘원의 시대적 배경」, 『사상계』 55, 1958. 2.

이철범, 「역사적 체험과 비평정신 - 하나의 서설을 위하여」, 『자유문학』 11, 1958. 2.

임동권, 「민요의 주술성」, 『현대문학』 38, 1958. 2.

주요한, 「춘원의 인간과 생애」, 『사상계』 55, 1958. 2.

K.B.M.생, 「1000자 인물평 - 입을 가리고 웃는 황순원」, 『현대문학』 38, 1958. 2.

최일수, 「문학과 대중」, 『사상계』 55, 1958. 2.

한교석, 「번역문학과 그 양식」, 『자유문학』 11, 1958. 2.

함석헌, 「육당 춘원의 밤은 가고」, 『신태양』 65, 1958. 2.

황순원, 「나의 의견」, 『사상계』 55, 1958. 2.

이어령, 「주어없는 비극 - 이 세대의 어둠을 향하여」, 『조선일보』, 1958. 2. 10~11.

오상원, 「서구 사조와 우리의 생리」, 『동아일보』, 1958. 2. 27.

김구용, 「대망하던 책 - 손창섭 창작집 『비오는 날』」, 『현대문학』 39, 1958. 3.

김구용, 「상호비평 - 이형기의 편모」, 『현대문학』 39, 1958. 3.

김상일, 「예술과 정신분석」, 『현대문학』 39, 1958. 3.

김양수, 「(재속)민족문학의 확립의 과제 - 신세대의 문학정신」, 『현대문학』 39, 1958. 3.

김종후, 「장자론」, 『현대문학』 39~41, 1958. 3~5.

윤병로, 「1, 2월의 작단」, 『현대문학』 39, 1958. 3.

이한구, 「정서의 메카니즘」, 『자유문학』 12, 1958. 3.

이형기, 「상호비평 - 김구용의 고독」, 『현대문학』 39, 1958. 3.

최영환, 「예술활동의 자유성을 위하여」, 『현대』 5, 1958. 3.

김동리, 「문단현실과 신인간제 - 소설문학의 올바른 자세」, 『서울신문』, 1958. 3. 13~14.

이어령, 「모래의 성을 밝지 마십시오 - 문단선배들에게 말한다」, 『서울신문』, 1958. 3. 13.

김상일, 「3월 창작평 - '테에마'선생 안녕」, 『조선일보』, 1958. 3. 15, 17.

김우종, 「문학의 대중화를 위한 제언 - 독자 없는 문학은 '돼지목의 진주'」, 『연합신문』, 1958. 3. 17~18.

박영준, 「사소설의 시비 - 이 경향은 경계해야 옳다」, 『동아일보』, 1958. 3. 20.

고 원, 「현대시의 주제」, 『자유문학』 13, 1958. 4.

김기동, 「이조소설의 문체론적 고찰」, 『자유문학』 13, 1958. 4.

김동리, 「대중소설과 본격소설 - 그 성격적 차이에 관한 10가지 문답」, 『한국평론』 1, 1958. 4.

김양수, 「(보유)민족문학 확립의 문제 - 생명제일주의의 문학」, 『현대문학』 40, 1958. 4.

김 억, 「시작생활자서」, 『자유문학』 13, 1958. 4.

김용권, 「비평의 문맥 - 용어의 객관적 의미에서 본」, 『자유문학』 13, 1958. 4.

김현승, 「시작생활 20년기」, 『현대문학』 40, 1958. 4.

김형규, 「언어와 문학」, 『사상계』 57~58, 1958. 4~5.

박영희, 「현대문학사」, 『사상계』 57~69, 1958. 4~1959. 4.

서재관, 「신문소설에 불평 있다」, 『현대』 6, 1958. 4.

손우성, 「관념과 주관」, 『사상계』 57, 1958. 4.

원형갑, 「표상성과 전통의 문제」, 『현대문학』 40, 1958. 4.

유종호, 「비평의 반성」, 『현대문학』 40~41, 1958. 4~5.

윤병로, 「3월의 작단」, 『현대문학』 40, 1958. 4.

이어령, 「현대작가의 책임」, 『자유문학』 13, 1958. 4.

이철범, 「역사적 체험과 비판정신 - 하나의 서론을 위하여」, 『자유문학』 13, 1958. 4.

정귀영, 「영탄의 언어와 사고의 언어」, 『시와 시론』 1, 1958. 4.

정 종, 「철학과 시 - 하이데거의 시사상을 중심으로」, 『현대문학』 40~41, 1958. 4~5.

정한모, 「상호비평 - 한숙의 인상」, 『현대문학』 40, 1958. 4.

정한숙, 「상호비평 - 한모의 인상」, 『현대문학』 40, 1958. 4.

하희주, 「여성 제3인칭 문제」, 『현대문학』 40, 1958. 4.

최일수, 「시극과 종합적 영상 - 시극운동의 필요성을 주장하면서」, 『자유문학』, 13~14, 1958. 4~5.

함일근, 「로서아문학의 사조와 본질」, 『한국평론』 1, 1958. 4.

이영일, 「창작 월평 - 한국소설의 두 세대」, 『한국일보』, 1958. 4. 3~4.

조연현, 「현대의 과제 - '현대성'에 대한 반성」, 『서울신문』, 1958. 4. 3.

김광식, 「10대의 문학적 감성」, 『동아일보』, 1958. 4. 13.

이어령, 「현대의 신라인들 - 외국문학에 대한 우리 자세」, 『경향신문』, 1958. 4. 22~23.

안수길, 「5월호에 실린 창작 독후감에 대하여 - 읽는 소설, 생각하는 소설」, 『서울신문』, 1958. 4. 30.

권명수, 「사실주의 문학」, 『사상계』 58, 1958. 5.

김광섭, 「현대문학과 작가정신」, 『자유문학』 14, 1958. 5.

김상일, 「순수문학론」, 『현대문학』 41, 1958. 5.

김우종, 「나의 문학수업」, 『현대문학』 41, 1958. 5.

김정진, 「카프카의 문학」, 『자유문학』 14, 1958. 5.

백 철, 「I. A. 리챠즈와의 문학대화」, 『사상계』 58, 1958. 5.

윤병로, 「4월의 작단」, 『현대문학』 41, 1958. 5.

이경성, 「암흑과 광명의 시」, 『현대문학』 41~44, 1958. 5~8.

이병주, 「당시개설」, 『자유문학』 14~15, 1958. 5~6.

이철범, 「역사적 체험과 비평정신 - 복음과 군대 명령의 차이」, 『자유문학』 14, 1958. 5.

손창섭·곽학송, 「상호인물평」, 『현대문학』 41, 1958. 5.

장덕순, 「국문학의 방법론적 제문제」, 『사상계』 58, 1958. 5.

정상구, 「설교의 광장 – 춘원 이광수론」, 『신호문학』 1, 1958. 5.

조윤제, 「현대문학의 전통론」, 『자유문학』 14, 1958. 5.

조 향, 「DADA 운동의 회고」, 『신호문학』 1, 1958. 5.

진학문, 「육당이 걸어간 길」, 『사상계』 58, 1958. 5.

최인희·황금린, 「상호인물평」, 『현대문학』 41, 1958. 5.

홍해성, 「초창기의 학생극운동략사 1921~1935」, 『자유문학』 14, 1958. 5.

임종국, 「이상 삽화 – 그의 21주기를 기념하여」, 『자유신문』, 1958. 5. 16~18.

김홍무, 「문학이 가진 저항의식」, 『세계일보』, 1958. 5. 22, 23, 25.

박봉우, 「고독한 평론가 – 젊은 고석규형의 무덤에」, 『조선일보』, 1958. 5. 28.

고석규, 「시적 상상력 – '지성'의 관점을 주로」, 『현대문학』 42~47, 1958. 6~11.

권 준, 「『한성순보』에 대한 고찰」, 『향토서울』 2, 1958. 6.

권중휘, 「문학과 비문학」, 『지성』 1, 1958. 여름.

김붕구, 「A. 말르로와 제신의 변모」, 『지성』 1, 1958. 여름.

김수경, 「고민에 싸인 괴뢰문학」, 『신태양』 69, 1958. 6.

김영랑, 「박용철과 나」, 『자유문학』 15, 1958. 6.

김용권, 「전통 그 정의를 위하여」, 『지성』 1, 1958. 여름.

김정진, 「헬만 헷세와 유리알 유희」, 『지성』 1, 1958. 여름.

김태오, 「현대지성인의 생태」, 『지성』 1, 1958. 여름.

김팔봉, 「수필문학의 정도」, 『자유문학』 15, 1958. 6.

남평우, 「레지스탕스 문학과 그 작가들」, 『사상계』 59, 1958. 6.

박용철, 「시적 변용에 대하여」, 『자유문학』 15, 1958. 6.

박종홍, 「로고스와 창조 – 하이덱가아의 경우」, 『지성』 1, 1958. 여름.

설창수, 「지방문단의 특징」, 『자유문학』 15, 1958. 6.

신석정, 「문학적 자서전」, 『신문예』 1, 1958. 6.

오화섭, 「연극론」, 『지성』 1, 1958. 여름.

윤병로, 「나의 문학수업」, 『현대문학』 42, 1958. 6.

윤원호, 「수필문학개론」, 『자유문학』 15, 1958. 6.

이상백, 「원각사시말고」, 『향토서울』 2, 1958. 6.

이어령, 「한국소설의 현재와 장래 – 주로 해방후의 세 작가를 중심으로」, 『지성』 1,
       1958. 여름.

이인복, 「박경리 문학 소고 – 표류하는 인간상」, 『청파문학』(숙명여대), 1958. 6.

이철범, 「역사적 체험과 비평정신 - 한국동란의 역사적 체험과 시」, 『자유문학』
　　　15~16, 1958. 6~7.

윤원호, 「수필문학개론」, 『자유문학』 15, 1958. 6.

장덕순, 「국문학상에서 본 수필문학」, 『자유문학』 15, 1958. 6.

정병욱, 「문학상으로 본 해학과 민족성」, 『지성』 1, 1958. 여름.

정태용, 「비평가의 위치」, 『자유문학』 15, 1958. 6.

정태용, 「김영랑론」, 『현대문학』 42, 1958. 6.

조연현, 「무태의 확대와 사상의 심화 - 김동리 제4창작집 『실존무』에 대하여」, 『현대
　　　문학』 42, 1958. 6.

피천득, 「영국 '인포오멀 엣세이'」, 『자유문학』 15, 1958. 6.

한영환, 「근대 한국 로만주의 문학연구」, 『사조』 1, 1958. 6.

염상섭, 「문학도 함께 늙는가?」, 『동아일보』, 1958. 6. 11~12.

강신재, 「나의 문학과 결혼 전후」, 『동아일보』, 1958. 6. 17.

이어령, 「문학과 '젊음' - 「문학도 함께 늙는가?」를 읽고」, 『경향신문』, 1958. 6.
　　　21~22.

백　철, 「비평가의 자격과 할 일 - Y. 윈터즈씨는 이렇게 말한다」, 『동아일보』,
　　　1958. 6. 24~26, 28~29, 7. 1.

김광섭, 「6·25는 시사에 남을 것인가 - 전란과 그 이후 시문학의 경향」, 『조선일
　　　보』, 1958. 6. 25.

박영준·곽종원, 「전쟁문학을 말한다」, 『서울신문』, 1958. 6. 25.

유치환, 「불신의 문학 - 어떠한 자신에서 만인……에게 읽으라는 것이냐」, 『동아일
　　　보』, 1958. 6. 25.

김기원, 「6·25동란과 문화전선」, 『세계일보』, 1958. 6. 25, 26, 28.

이무영, 「진통모색의 8년 - 판연해진 신구세대의 대립」, 『조선일보』, 1958. 6.
　　　25~26.

박연희, 「나의 소설의 소재 - 작가와 소재」, 『동아일보』, 1958. 6. 28.

계용묵, 「문학적 자서전」, 『신문예』 2, 1958. 7.

구자균, 「춘향전고」, 『학술계』 1, 1958. 7.

권　준, 「문장의 변천 - 신문을 주로 한 하나의 자료」, 『신문예』 2, 1958. 7.

김기동, 「고전문학연구 - 춘향전의 내용적 고찰」, 『자유문학』 16~19, 1958. 7~10.

김동인, 「문단이면사 - 춘강여사·서해·월간야담」, 『신문예』 2, 1958. 7.

김사엽, 「고전문학연구 - 전대의 시조문학」, 『자유문학』 16, 1958. 7.

김성희, 「한국문화의 본질」, 『사조』 2, 1958. 7.

김운학, 「삼매론」, 『현대문학』 43, 1958. 7.

김윤경, 「주시경론」, 『사조』 2, 1958. 7.

박성의, 「김만중론」, 『사조』 2, 1958. 7.

박종홍, 「문학과 철학」, 『자유문학』 16, 1958. 7.

방종현, 「고전문학연구 - 송담가사연구」, 『자유문학』 16, 1958. 7.

백 철, 「상반기의 신구문학」, 『사상계』 60, 1957. 7.

손낙범, 「신재효와 변강쇠전」, 『학술계』 1, 1958. 7.

안수길, 「창작여담 - 「제2의 청춘」을 쓰고나서」, 『신문예』 2, 1958. 7.

양주동, 「향가연구의 회억」, 『사조』 2, 1958. 7.

이한직, 「상반기 시단의 인상」, 『사조』 2, 1958. 7.

조용만, 「문예사조의 의의와 분류」, 『사조』 2, 1958. 7.

홍이섭, 「정양용론」, 『사조』 2, 1958. 7.

황희영, 「고전문학연구 - 한국시가와 민족생활의 상관성」, 『자유문학』 16~19,
        1958. 7~10.

이어령, 「58년 상반기 예술계 총평 - 공백 속의 소설계」, 『세계일보』, 1958. 7. 2.

최정희, 「나의 문학 소녀시절」, 『동아일보』, 1958. 7. 2.

윤병로, 「소설문단의 반년 - 호수 속의 잡다한 어족」, 『한국일보』, 1958. 7. 3~5.

이무영, 「50대 문학의 항변」, 『동아일보』, 1958. 7. 5~6, 9~10.

염상섭, 「소설과 인생 - 문학은 언제나 아름답고 젊어야 한다」, 『서울신문』, 1958.
        7. 14.

백완기, 「『현대문학』과 『자유문학』 - 순문학지에 독자가 바라는 것」, 『한국일보』,
        1958. 7. 15.

박영준, 「작자와 작중인물과 독자」, 『동아일보』, 1958. 7. 17.

김우종, 「니힐에서 비약하라 - 신세대의 권태」, 『동아일보』, 1958. 7. 24.

안수길, 「어려운 작품과 쉬운 작품 - 명료성이 주는 친근함」, 『동아일보』, 1958. 7.
        29.

김윤성, 「진보적과 퇴보적과 - 이것도 저것도 아닌 것들」, 『동아일보』, 1958. 7. 31.

김광섭, 「집단의식 반영과 '문총'의 진로」, 『자유문학』 17, 1958. 8.

김기진, 「우리가 걸어온 30년」, 『사상계』 61~65, 1958. 8~12.

김민수, 「문법론의 기본문제」, 『현대문학』 44, 1958. 8.

김붕구, 「실존주의 문학」, 『사상계』 61, 1958. 8.

김상선, 「현대시와 기교」, 『중대문경』, 1958. 8.

김우종, 「수인의 항변」, 『현대문학』 44, 1958. 8.

김운학, 「지성의 반성」, 『현대문학』 44, 1958. 8.

문덕수, 「비평관의 문제」, 『현대문학』 44, 1958. 8.

김하태, 「실존주의와 기독교신학」, 『사상계』 61, 1958. 8.

박종홍, 「실존철학과 동양사상 - 특히 유학사상과의 비교」, 『사상계』 61, 1958. 8.

박철석, 「순수시 비평론 - 사적 경향을 중심으로」, 『자유문학』 17, 1958. 8.

안병욱, 「실존주의의 사상적 계보」, 『사상계』 61, 1958. 8.

안수길, 「7월의 창작계 - 주제를 중심으로」, 『사상계』 61, 1958. 8.

유종호, 「7월의 창작평 - 인상」, 『사상계』 61, 1958. 8.

윤병로, 「고착된 기성과 방황하는 신인」, 『한국평론』 4, 1958. 8.

윤병로, 「7월의 소설」, 『현대문학』 44, 1958. 8.

이빔욱, 「시의 행동성과 시어」, 『현대문학』 44, 1958. 8.

이어령, 「시와 속박」, 『현대시』 2, 1958. 8.

장백일, 「반항적 인간의 자유 - 까뮤를 위한 노우트」, 『자유문학』 17, 1958. 8.

정태용, 「김유정론 - 니힐리즘과 문학」, 『현내문흭』 44, 1958. 8.

조연현, 「언문일치 이후의 우리 문장의 변천」, 『사조』 3, 1958. 8.

조연현, 「한국예술의 기본자세」, 『한국평론』 4, 1958. 8.

조용만, 「잠재의식·성 신앙의 문학」, 『사조』 3, 1958. 8.

조지훈, 「한국문화사관 노우트 - 한국문화의 위치」, 『사조』 3, 1958. 8.

홍효민, 「역사소설의 근대문학적 위치」, 『현대문학』 44, 1958. 8.

황산덕, 「실존철학과 사회과학」, 『사상계』 61, 1958. 8.

김이석, 「우리 문학의 연령」, 『동아일보』, 1958. 8. 2.

곽종원, 「우리가 낳아서 키운 문학 - 건국 10년의 발자취」, 『동아일보』, 1958. 8. 7.

백 철, 「10년 회고에 다시금 반성되는 것 - 소설의 만네리즘사」, 『경향신문』,
       1958. 8. 8~10, 12, 13.

김우종, 「전쟁문학의 결실 - 창작 「백지의 기록」이 주는 것」, 『조선일보』, 1958. 8.
       8~9.

이무영, 「무위도식의 10년 - 샛길을 개척해야겠다」, 『연합신문』, 1958. 8. 12.

홍봉용, 「해외서 출판된 한국전쟁소설」, 『세계일보』, 1958. 8. 13~15, 17~19.

선우휘, 「올바른 실존감각 - 혹독한 누적」, 『동아일보』, 1958. 8. 14.

이헌구, 「너무 이기타산적 적당주의로 처세」, 『동아일보』, 1958. 8. 14.

김동리, 「문단 10년의 개관」, 『연합신문』, 1958. 8. 15.

김팔봉, 「우리가 걸어온 길 - 문인이 겪은 해방·건국·동란」, 『동아일보』, 1958. 8. 15~17, 19.

김종문, 「시단 10년과 현대시의 실험 - '아방 갸르트'의 위치」, 『조선일보』, 1958. 8. 15.

모윤숙, 「우리 문학의 해외 진출 - 세계적인 호흡 밑에 새로운 작품형성을 기대」, 『경향신문』, 1958. 8. 15.

박종화, 「건국 10년과 문학 - 그 사적 현실을 중심으로」, 『조선일보』, 1958. 8. 15~16.

이헌구, 「항전불굴의 문화정신 - 문화인이 싸워온 양상의 일면」, 『세계일보』, 1958. 8. 15.

곽종원, 「10년 한국의 고민 - 문학작품을 통해 본 실상」, 『한국일보』, 1958. 8. 18.

유주현, 「중간소설이라는 것 - 외롭지 않은 문학」, 『동아일보』, 1958. 8. 23.

김동리, 「동인문학상에 대하여 - 금년도 수상자 선정 경위와 수상작 「모반」」, 『조선일보』, 1958. 8. 23, 25.

정한숙, 「다작과 과작 - 작가의 자리에서」, 『동아일보』, 1958. 8. 24.

이강로, 「한글전용의 실제문제」, 『동아일보』, 1958. 8. 30~31.

곽종원, 「위기의식에 대한 성찰」, 『청파문학』, 1958. 9.

김사엽, 「웃음과 해학의 본질」, 『사조』 4, 1958. 9.

김상일, 「예술의 자주독립」, 『현대문학』 45~46, 1958. 9~10.

김우종, 「비평의 원칙문제」, 『현대문학』 45, 1958. 9.

모윤숙, 「인도시인 나이두여사와 나」, 『사조』 4, 1958. 9.

문덕수, 「시인과 상상력」, 『신호문학』 2, 1958. 9.

박철석, 「시와 산문의 거리 - 그 정신적 고찰」, 『자유문학』 18, 1958. 9.

손동일, 「아동문학론소고」, 『신호문학』 2~3, 1958. 9~10.

안수길, 「8월의 창작 - 재미에 중점을 두고」, 『사상계』 62, 1958. 9.

유종호, 「산문정신고」, 『현대문학』 45, 1958. 9.

이광석, 「지양되어야 할 중앙편중문화 - 문단을 중심으로」, 『신문화』 1, 1958. 9.

이승영, 「한국학의 방향전환」, 『사조』 4~5, 1958. 9~10.

이어령, 「상반기의 소설」, 『지성』 2, 1958. 가을.

이어령, 「시와 속박」, 『현대시』 2, 1958. 9.

이종우, 「질서에의 향수」, 『지성』 2, 1958. 가을.

이철범, 「상반기의 시」, 『지성』 2, 1958. 가을.

이항영, 「문화질서와 저작권」, 『지성』 2, 1958. 가을.

이희승, 「나와 시작」, 『사조』 4, 1958. 9.

장백일, 「현대작가의 자세 - 『자유문학』을 중심한 작단시평」, 『자유문학』 18, 1958. 9.

전광용, 「장혁주의 조국과 문학」, 『지성』 2, 1958. 가을.

정귀영, 「꿈과 수사의 시」, 『시와 시론』 2, 1958. 9.

정병욱, 「시조의 역사적 형태고」, 『현대문학』 45, 1958. 9.

정병조, 「A. 학슬리와 연애 대위법」, 『지성』 2, 1958. 가을.

정태용, 「실존주의와 불안 - 불안의 심리적 형상과 극복」, 『현대문학』 45, 1958. 9.

조명기, 「동양사상」, 『지성』 2, 1958. 가을.

조병회, 「S. H. 스펜더의 인상과 시」, 『사조』 4, 1958. 9.

조용만, 「사회의식과 종교의 문학」, 『사조』 4, 1958. 9.

조지훈, 「한국문화의 발전」, 『사조』 4, 1958. 9.

최일수, 「문학상의 세대의식 - 오늘 우리 문학의 현실에서」, 『지성』 2, 1958. 가을.

홍이섭, 「식민지 문화가 가져운 것」, 『한국평론』 5, 1958. 9.

홍효민, 「한국문단측면사」, 『현대문학』 45~48, 1958. 9 ~ 12.

곽종원, 「작품의 현대성과 불안의식」, 『세계일보』, 1958. 9. 1.

주요섭, 「소설의 활로 - 양보다 질을 높이라」, 『서울신문』, 1958. 9. 1.

이무영, 「오늘의 소설, 내일의 소설 - 예술의 연계성을 중심으로」, 『동아일보』,
     1958. 9. 3~4, 7, 9.

정봉래, 「시와 체험」, 『동아일보』, 1958. 9. 4.

안수길, 「신기한 소재와 윤리성」, 『서울신문』, 1958. 9. 14.

곽종원, 「휴매니티의 문제 - 다기한 양상의 발로과정」, 『동아일보』, 1958. 9. 11.

정창범, 「중간소설의 위치」, 『세계일보』, 1958. 9. 17~18.

신동한, 「상식에의 회귀 - 문단의 몇 가지 맹점」, 『한국일보』, 1958. 9. 17.

염상섭, 「비타협과 대중성 - 문학은 대중을 따라 내려가는 것이 아니다」, 『서울신
     문』, 1958. 9. 18.

김　송, 「서해문학의 재음미」, 『동아일보』, 1958. 9. 21.
김우종, 「위악의 생리 – 슬픈 종말이 그들을 기다린다」, 『동아일보』, 1958. 9. 24.
계용묵, 「소설 「회귀선」에 대하여」, 『현대문학』 46, 1958. 10.
김동리, 「창작의 과정과 방법」, 『신문예』 5~16, 1958. 10~1959. 11.
김상일, 「예술의 자주독립」, 『현대문학』 46, 1958. 10.
김우종, 「비평의 자유」, 『현대문학』 46, 1958. 10.
김회한, 「공문서에서의 한자폐지」, 『사조』 5, 1958. 10.
박성의, 「고전연구와 한자폐지」, 『사조』 5, 1958. 10.
박종화, 「문예작품에서의 한자폐지」, 『사조』 5, 1958. 10.
박종홍, 「문화의 전승·섭취·창조」, 『사상계』 63, 1958. 10.
백　철, 「한국문단에서 본 미국문화의 활동」, 『자유문학』 19, 1958. 10.
변영로, 「한국의 민족주의자 – 신채호론」, 『사조』 5, 1958. 10.
식석호, 「한국의 민족주의자 – 장지연론」, 『사조』 5, 1958. 10.
신선규, 「유수와 관조 – 김소월과 김광섭에 대하여」, 『자유문학』 19, 1958. 10.
안수길, 「9월의 창작 – 구성에 중점을 두고」, 『사상계』 63, 1958. 10.
오종식, 「신문에서의 한자폐지」, 『사조』 5, 1958. 10.
유종호, 「고언이설」, 『사상계』 63~64, 1958. 10~11.
이두현, 「한국의 가면」, 『사조』 5, 1958. 10.
이무영, 「세대론」, 『사조』 5, 1958. 10.
이어령, 「바람과 구름과의 대화 – 왜 문학논쟁이 불가능한가」, 『문화시대』, 1958. 10.
정병욱, 「우리 문학의 전통과 인습」, 『사상계』 63, 1958. 10.
정인승, 「한국의 민족주의자 – 권덕규론」, 『사조』 5, 1958. 10.
정익섭, 「김소월론」, 『전남대국민학보』, 1958. 10.
정한모, 「리얼리즘 문학의 한국적 양식」, 『사조』 5, 1958. 10.
조풍연, 「선전문에서의 한자폐지」, 『사조』 5, 1958. 10.
조연현, 「문호인의 정치 참여와 보수세력 합동문제」, 『한국평론』 6, 1958. 10.
조지훈, 「한국의 민족주의자 – 한용운론」, 『사조』 5, 1958. 10.
조　향, 「데뻬이즈망의 미학」, 『신문예』 5, 1958. 10.
조　향, 「20년의 발자취」, 『자유문학』 19, 1958. 10.
한상억, 「정신의 위기에 대하여 – 시의 위기에 대하여 고발과 타개를 위하여」, 『자유
　　　문학』 19, 1958. 10.

황금린, 「고 최인희 추도사」, 『현대문학』 46, 1958. 10

김우종, 「비평의 공백지대를 허용될 수 없다 – 순수문학과 대중문학을 위요한 제문제」, 『한국일보』, 1958. 10. 6.

오학영, 「연극부흥을 위하여 – 신협공연을 중심으로」, 『한국일보』, 1958. 10. 8.

박연희, 「평론의 기준 – 작가 안수길씨에게」, 『경향신문』, 1958. 10. 11.

최학주, 「손자가 말하는 '육당' – 할아버지와 나」, 『한국일보』, 1958. 10. 13.

김창호, 「송강의 문학」, 『한국일보』, 1958. 10. 14.

이어령, 「조롱을 여시오 – 시인 서정주 선생에게」, 『경향신문』, 1958. 10. 15.

안수길, 「월평의 기준 – 작가 박연희씨에게」, 『경향신문』, 1958. 10. 16.

정태용, 「허영적인 사고방식 – 교육환경의 표어에서 생각난 것」, 『한국일보』, 1958. 10. 19.

박연희, 「작가와 생활」, 『동아일보』, 1958. 10. 23.

곽종원, 「피안과 현세의 대결 – 김동리의 『사반의 십자가』를 읽고」, 『조선일보』, 1958. 10. 27.

정공채, 「문학과 결투정신 – 독자의 푸른 눈」, 『연합신문』, 1958. 10. 28.

김규동, 「바다의 이미지에 대하여」, 『자유문학』 20, 1958. 20.

김동인, 「문학과 나」, 『신문예』 6, 1958. 11.

김사엽, 「노계위엄곡」, 『경북대논문집』, 1958. 11.

김사엽, 「비판론 – 문학비판의 경우에서」, 『사조』 6, 1958. 11.

김운학, 「비평의 자율성」, 『현대문학』 47, 1958. 11.

박봉우, 「소월의 시와 생애」, 『여화』, 1958. 11.

박철석, 「현대시에 관한 단고」, 『자유문학』 20, 1958. 11.

백 철, 「뉴크리티시즘의 제문제」, 『사상계』, 1958. 11.

서기원·이호철, 「상호비평 – 서기원과 이호철」, 『현대문학』 47, 1958. 11.

신선규, 「심안의 획득 – 주요섭론」, 『자유문학』 20, 1958. 11.

안수길, 「10월의 창작 – 인상을 더듬어」, 『사상계』, 1958. 11.

이무영, 「고행과 작가의 정신」, 『자유문학』 20, 1958. 11.

이숭녕, 「비판의 태도」, 『사조』 6, 1958. 11.

이숭녕, 「언어와 문장」, 『자유문학』 20, 1958. 11.

이어령, 「해학의 미적 범주」, 『사상계』 64, 1958. 11.

이항녕, 「유진오론」, 『사조』 6, 1958. 11.

장순하, 「시조문학의 임상고발」, 『현대문학』 47, 1958. 11.

조윤제, 「비판의 논의 – 장덕순군의 「어정대는 40대 국문학」을 읽고」, 『신태양』 74, 1958. 11.

조윤제, 「'멋'이라는 말」, 『자유문학』 20, 1958. 11.

천이두, 「인간속성과 모랄 – 황순원의 가능성」, 『현대문학』 47, 1958. 11.

신선규, 「11월 창작평 – 전진하는 정신」, 『세계일보』, 1958. 11. 17~19.

이어령, 「만추의 창작계」, 『조선일보』, 1958. 11. 24~26.

권중휘, 「문학과 사상」, 『지성』 3, 1958. 겨울.

김동리, 「대학과 문예교육 – 대학의 재인식」, 『사조』 7, 1958. 12.

김사엽, 「조윤제 박사에게 드리는 편지 – 「비판의 논리」에 답함」, 『사조』 7, 1958. 12.

김사엽, 「새로 발전된 시조」, 『자유문학』 21, 1958. 12.

김우종, 「주제와 구성의 문제 – 『사반의 십자가』에 대하여」, 『현대문학』 48, 1958. 12.

박노춘, 「기류시조문학잡고」, 『자유문학』 21, 1958. 12.

박노태, 「魯迅론」, 『지성』 3, 1958. 겨울.

목 월, 「1958년의 시 총평 – 수운록」, 『사상계』 65, 1958. 12.

방소송, 「씨나리오론」, 『지성』 3, 1958. 겨울.

백 철, 「반항과 공동의 의식 – 친애하는 이어령군에게」, 『자유문학』 21, 1958. 12.

백 철, 「문화시감」, 『현대문학』 48, 1958. 12.

손우성, 「뼈 있는 자유」, 『자유문학』 21, 1958. 12.

손우성, 「프랑스정신」, 『지성』 3, 1958. 겨울.

신선규, 「미소의 근원 – 모윤숙론」, 『자유문학』 21, 1958. 12.

양주동, 「고전연구초」, 『사조』 7, 1958. 12.

유달영, 「교양론」, 『지성』 3, 1958. 겨울.

유 엽, 「민족문화론」, 『민족문화』 30, 1958. 12.

유종호, 「비평의 잡문제」, 『현대문학』 48, 1958. 12.

윤병로, 「혈서의 내용 – 손창섭론」, 『현대문학』 48, 1958. 12.

이교창, 「현문단의 정신적 상황」, 『사상계』 65, 1958. 12.

이어령, 「1958년의 소설 총평」, 『사상계』 65, 1958. 12.

이어령, 「비평가의 진단」, 『신문예』 7, 1958. 12.

이어령, 「작가와 저항 - HOP FROG의 암시」, 『지성』 3, 1958. 겨울.

이원수, 「문학으로서의 동화」, 『자유문학』 21, 1958. 12.

이창배, 「엘리어트와 「칵텔 파아티」」, 『지성』 3, 1958. 겨울.

이철범, 「Cool Romanticism 논고 - 현대시의 한 이론으로서」, 『지성』 3, 1958. 겨울.

장백일, 「1958년의 작단총평 - 또 하나의 빛을 향해서」, 『자유문학』 21, 1958. 12.

전광용, 「소월과 그의 소설 - 단편 「함박눈」」, 『지성』 3, 1958. 겨울.

최일수, 「문학의 현실·우리의 비원」, 『지성』 3, 1958. 겨울.

최학선, 「제주민요에 나타난 해녀의 생태」, 『현대문학』 48, 1958. 12.

허 명, 「만해 한용운 선생」, 『민족문화』 30, 1958. 12.

조연현, 「각자의 수준의 견지한 1년(1958년 문화계 총결산 - 문학) - 신인의 활동의 우세」, 『평화신문』, 1958. 12. 11~12.

백 철, 「올해 작품들을 읽은 주인상 - 또 하나의 로스트 제네문학」, 『동아일보』, 1958. 12. 13, 14, 16.

김 송, 「풍작이나 수화은 적었다 - 작가의 의무는 시대상황과의 관련」, 『세계일보』, 1958. 12. 19.

김우종, 「58년의 수확 - 침체 아닌 반성기」, 『연합신문』, 1958. 12. 21.

강신재, 「작품이 훌륭해도 불행 - 내가 독자의 위치에 설 때」, 『동아일보』, 1958. 12. 24.

조연현, 「무술년의 문단 총결산 - 특기할 만한 성과 없었다」, 『조선일보』, 1958. 12. 26.

정한숙, 「자작에 대한 판정 - 작가의 태도를 생각해본다」, 『동아일보』, 1958. 12. 28.

안수길, 「사소설의 한계 - 개인으로서의 '나' 사회화된 '나'」, 『동아일보』, 1958. 12. 29.

────, 「창작계에 스며드는 표절의 솜씨(정리 1958년 - 문단) - 질적 향상 없는 풍작의 해」, 『경향신문』, 1958. 12. 31.

10. 1959년

김광섭, 「문학단체의 반목은 해소될 수 없나」, 『자유공론』, 1959. 1.

김동욱, 「향가연구의 전망과 논전의 효용」, 『신태양』 76, 1959. 1.

김용권, 「작품 평가의 기준」, 『문학평론』 1, 1959. 1.

김우규, 「하늘과 땅의 변증법 - 『사반의 십자가』의 문제성」, 『현대문학』 49, 1959. 1.

김우종, 「복종과 반항 - 전통에의 재인식을 위한 소고」, 『현대문학』 49, 1959. 1.

김 철, 「최근 일본문단의 변모」, 『사상계』 66, 1959. 1.

박두진, 「1958년 시단총평 - 다양한 분포와 성실한 업적」, 『현대문학』 49, 1959. 1.

박이문, 「비평의 질서」, 『문학평론』 1, 1959. 1.

신선규, 「인의의 성실 - 작가 이무영론」, 『자유문학』 22, 1959. 1.

이어령, 「작가의 현실참여」, 『문학평론』 1, 1959. 1.

이철범, 「작가와 양식」, 『문학평론』 1, 1959. 1.

임진수, 「1958년 작단 총평 - 시의 상실과 모방의 과정」, 『자유문학』 22, 1959. 1.

장백일, 「1958년 작단 총평 - 또 하나의 빛을 향하여」, 『자유문학』 22, 1959. 1.

장한기, 「현대연극의 방향」, 『현대문학』 49, 1959. 1.

정태용, 「1958년 소설총평」, 『사상계』 66, 1959. 1.

정태용, 「1958년의 소설총관 - 두 세대와 디렘마의 세계」, 『현대문학』 49, 1959. 1.

조홍식, 「역사적 · 현실적 자각」, 『자유문학』 22, 1959. 1.

최재서, 「셰익스피어 비극의 개념 - 셰익스피어 연구초」, 『사상계』 66, 1959. 1.

박종화(외), 「신춘문화 - 사상성 부족한 문학」, 『세계일보』, 1959. 1. 1.

김동리, 「질적 향상의 염원 - 양적 풍성에 부응토록」, 『자유신문』, 1959. 1. 3.

신석정, 「나의 새해 설계 - 새로운 생명 있는 사회를」, 『세계일보』, 1959. 1. 3.

이무영, 「문화각개에 보내는 새해의 제언 - 생산문학의 진작」, 『세계일보』, 1959. 1. 3.

김광식, 「언어에 저항을 느껴야 - 과도기의 국어정화를 위하여」, 『동아일보』, 1959. 1. 9.

김동리, 「본격작품의 풍작기 - 불건전한 비평태도의 지양 가기」, 『서울신문』, 1959. 1. 9.

김규동, 「시인과 저항의식 - 1월을 장식하는 실험시 중심으로」, 『세계일보』, 1959. 1. 12~13.

최광열, 「번역문화에 이상 - 의사 '지바고' 등을 중심으로」, 『세계일보』, 1959. 1.
    18.
김우종, 「중간소설을 비평함 - 김동리씨의 발언에 대하여」, 『조선일보』, 1959. 1.
    23.
백 철, 「저항문학의 기치를 들자 - 신춘문예 당선작 「제3부두」를 읽고」, 『한국일
    보』, 1959. 1. 23.
양주동, 「시인이 된 동기와 이유 - '천재'란 자부심에서」, 『세계일보』, 1959. 1. 23.
김팔봉, 「소설가가 된 동기와 이유 - 일제에 대한 저항의식」, 『세계일보』, 1959. 1.
    24.
이하윤, 「시인된 동기와 이유 - 전환기의 고민에서 시작」, 『세계일보』, 1959. 1. 25.
이무영, 「소설가가 된 동기와 이유 - 고독과 실연에서」, 『세계일보』, 1959. 1. 26.
이철범, 「자유문학상 심사위원에 보내는 자서 - 아세아재단과 우리문학계」, 『세계일
    보』, 1959. 1. 26~27.
한창동, 「아동문학가가 된 동기와 이유 - 다정다한이 병이어서」, 『세계일보』, 1959.
    1. 27.
백 철, 「평론가가 된 동기와 이유 - 문학병법에의 관심」, 『세계일보』, 1959. 1. 28.
김용권(외), 「신진평론가 좌담회 - 새로운 비평문학수립을 모색, 전환에 직면한 문단
    의 고발장」, 『세계일보』, 1959. 1. 29~31.
주요섭, 「소설가가 된 동기와 이유 - 소학생 때 『리어왕』 읽고」, 『세계일보』, 1959.
    1. 31.
고 은, 「객관성·주관성의 문제」, 『문학평론』 2, 1959. 2.
곽소진, 「번역은 창작이 아니다」, 『문학평론』 2, 1959. 2.
김규동, 「우리 시가 걸어온 길 - 해외시의 영향 아래 탄생된 제유파」, 『신문예』 9,
    1959. 2.
김상일, 「고전의 전통과 현대」, 『현대문학』 50, 1959. 2.
김용권, 「로스트·앤드·앵그리 제너레이션스」, 『문학평론』 2, 1959. 2.
김우종, 「『지바고』론」, 『현대문학』 50, 1959. 2.
김우종, 「1월의 소설」, 『현대문학』 50, 1959. 2.
김현승, 「시의 한국적 주류 - 한국적인 주류를 위하여」, 『현대문학』 50, 1959. 2.
박두진, 「1월의 시단」, 『현대문학』 50, 1959. 2.
신봉승, 「시의 생성과 이해」, 『현대문학』 50, 1959. 2.

안수길, 「통속과 순수의 차이점」, 『자유문학』 23, 1959. 2.

이동영, 「長歌·歌詞·歌辭의 변별」, 『현대문학』 50, 1959. 2.

이무영, 「소설 추천의 이념」, 『자유문학』 23, 1959. 2.

이어령, 「방황하는 오늘의 작가들에게 - 작가적 사명」, 『문학평론』 2, 1959. 2.

이철범, 「백철씨에게 보내는 서한」, 『문학평론』 2, 1959. 2.

이철범, 「순수시와 현대시」, 『자유문학』 23, 1959. 2.

이태극, 「현대시조의 작품 생리」, 『자유문학』 23, 1959. 2.

이희승, 「다시 '멋'에 대하여 - 조윤제 박사에게」, 『자유문학』 23~24, 1959. 2~3.

장순하, 「현대시조문학의 거점」, 『현대문학』 50, 1959. 2.

정병욱, 「고전문학과 순화문제」, 『현대문학』 50, 1959. 2.

정봉래, 「세대와 작가의 관념」, 『자유문학』 23, 1959. 2.

최일수, 「'모더니즘' 백서」, 『자유문학』 23, 1959. 2.

홍효민, 「문단측면사」, 『현대문학』 50, 1959. 2.

김동리, 「논쟁조건과 좌표문제 - 김우종씨의 소론과 관련하여」, 『조선일보』, 1959.
        2. 1~2.

홍효민, 「소설가가 된 동기와 이유 - 소설써서 가택도 마련」, 『세계일보』, 1959. 2. 1.

김동리, 「소설가가 된 동기와 이유 - 인간·신·세계에 대한 한 관심」, 『세계일보』,
        1959. 2. 2.

김 송, 「소설가가 된 동기와 이유 - 사상 전단이 주안점」, 『세계일보』, 1959. 2. 4.

백 철, 「2월의 소설과 희곡 - 네오 내츌러리즘의 주변」, 『동아일보』, 1959. 2. 4.

백 철, 「2월의 소설과 희곡 - 실험적인 성과와 기타」, 『동아일보』, 1959. 2. 4.

양명문, 「시인이 된 동기와 이유 - 남하지 못하는 것하고파」, 『세계일보』, 1959. 2. 5.

정비석, 「소설가가 된 동기와 이유 - 내멋대로 살아보고자」, 『세계일보』, 1959. 2. 6.

이어령, 「영원한 모순 - 김동리씨에게 묻는다」, 『경향신문』, 1959. 2. 9~10.

김종문, 「시인이 된 동기와 이유 - 자살대신에 시를 쓰며 산다」, 『세계일보』, 1959.
        2. 10.

신선규, 「2월창작평 - 생동하는 현대의식」, 『세계일보』, 1959. 2. 11~12.

김우종, 「2월의 작단」, 『세계일보』, 1959. 2. 13~14.

설창수, 「시인이 된 동기와 이유 - 의지와 순명의 길」, 『세계일보』, 1959. 2. 14.

전봉건, 「2월의 시평 - 몇 작품 수준의 상승」, 『세계일보』, 1959. 2. 14.

원형갑, 「금단의 무기 - 이어령씨의 「영원한 모순」을 읽고」, 『연합신문』, 1959. 2. 15.

최상덕, 「소설가가 된 동기와 이유 - 獵讀·耽讀·盜讀서부터」, 『세계일보』, 1959.
    2. 15.
김규동, 「문학자와 정치 - 예술정신의 현실참여문제」, 『세계일보』, 1959. 2. 16~17.
문익환, 「저항과 내성의 시인 - 윤동주 14주기를 맞이하며」, 『세계일보』, 1959. 2.
    16~17.
김동리, 「좌표이전과 모래알과 - 이어령씨에 답한다」, 『경향신문』, 1959. 2. 18~19.
조연현, 「평론가가 된 동기와 이유 - 운명에 거역할 수 없었다」, 『세계일보』, 1959.
    2. 19.
김남조, 「시인이 된 동기와 이유 - 병약과 허무와 연모의 정」, 『세계일보』, 1959. 2.
    20.
이어령, 「못 박힌 기독은 대답없다 - 다시 김동리씨에게」, 『세계일보』, 1959. 2.
    20~21.
최요안, 「소설가가 된 동기와 이유 - 청년기의 불안과 번민에서」, 『세계일보』,
    1959. 2. 21.
박남수, 「시인이 된 동기와 이유 - 여기가 본업이 되었다」, 『세계일보』, 1959. 2.
    22.
임옥인, 「소설가가 된 동기와 이유 - 하고 싶은 말·해야할 말 때문」, 『세계일보』,
    1959. 2. 23.
이어령, 「논쟁의 초점 - 다시 김동리씨에게」, 『경향신문』, 1959. 2. 25~28.
김우규, 「한국기독교문학의 과제」, 『자유공론』 4, 1959. 3.
김우종, 「비평문학의 존엄성」, 『자유공론』 4, 1959. 3.
김우종, 「2월의 소설」, 『현대문학』 51, 1959. 3.
김춘수, 「소박과 감상」, 『사상계』 68, 1959. 3.
김택규, 「무교문학」, 『자유공론』 4, 1959. 3.
문덕수, 「서정의 온상 - 오영수씨 소설집 『명암』에 대하여」, 『현대문학』 51, 1959. 3.
박두진, 「2월의 시」, 『현대문학』 51, 1959. 3.
박철석, 「현대시의 형태고」, 『자유문학』 24, 1959. 3.
손우성, 「신과 인간」, 『신태양』 77, 1959. 3.
손창섭, 「문학과 생활」, 『신문예』 10, 1959. 3.
신동한, 「휴매니즘과 작가정신」, 『자유문학』 24, 1959. 3.
원형갑, 「앙가쥬망과 신비적 체험」, 『현대문학』 51, 1959. 3.

유 엽, 「'멋'에 대하여」, 『민족문화』 33, 1959. 3.

유종호, 「일별이언」, 『사상계』 68, 1959. 3.

유종호, 「작가·창조·현실」, 『현대문학』 51, 1959. 3.

윤병로, 「불교와 한국문학의 모랄」, 『자유공론』 4, 1959. 3.

윤병로, 「전통의 문제점」, 『자유문학』 24, 1959. 3.

이능우, 「한중 율문의 비교」, 『현대문학』 51, 1959. 3.

이어령, 「자유문학상을 향하여」, 『문학평론』 3, 1959. 3.

이어령, 「실존주의 문학의 길」, 『자유공론』 4, 1959. 3.

이영순, 「작가와 시인 - '개성과 인격과 경험'을 중심으로」, 『문학평론』 3, 1959. 3.

이헌구, 「통일을 위한 문화의 자세」, 『국제평론』 1, 1959. 3.

이홍우, 「풍경과 시정」, 『자유문학』 24, 1959. 3.

임희재, 「소설 각색의 실제 - 「모반」의 경우를 중심으로」, 『자유공론』 4, 1959. 3.

조윤제, 「시조의 현대적 의의」, 『현대문학』 51, 1959. 3.

천상병, 「불교사조와 한국문학」, 『자유공론』 4, 1959. 3.

천상병, 「독자성과 개성에 대하여 - 좋은 면도 있으나 이런 면이」, 『자유문학』 24,
      1959. 3.

이헌구, 「인류역사에 반역하는 만행 - 일본문화전통은 우리 선각자가 개발」, 『세계일
      보』, 1959. 3. 1.

박영준, 「소설가 된 동기와 이유 - 생리의 분비물」, 『세계일보』, 1959. 3. 2.

안장현, 「현대시에의 초대 - 소박한 독자에게」, 『세계일보』, 1959. 3. 2~4.

최홍규, 「우상과 인습에의 비평정신 - 구세대에 신세대의 증언」, 『세계일보』, 1959.
      3. 4.

김동리, 「초점, 이탈치말라 - 비평의 윤리와 논리적 책임」, 『경향신문』, 1959. 3.
      5~6.

황산덕, 「학문과 비평 - 최일운교수에게 묻는 네 가지 질문」, 『세계일보』, 1959. 3. 5.

홍효민, 「문학의 세계성격 - F. H. 더스틴 교수 소론의 재음미」, 『세계일보』, 1959.
      3. 6~7.

유 정, 「시인이 된 동기와 이유 - 미지의 세계에 대한 동경」, 『세계일보』, 1959. 3. 9.

이무영·백 철·김종문, 「과학시대에 있어서의 상상문학 - 이무영, 백 철, 김종문,
      삼씨의 소론을 중심으로」, 『세계일보』, 1959. 3. 10.

최태응, 「소설가가 된 동기와 이유 - 오랜 입원생활에서」, 『세계일보』, 1959. 3. 11.

──── , 「시인은 유형당하고 있다」, 『세계일보』, 1959. 3. 11.

이어령, 「희극을 원하는가?」, 『경향신문』, 1959. 3. 12~14.

박목월, 「시인이 된 동기와 이유 - 울음처럼 깃든 향수에서」, 『세계일보』, 1959. 3. 13.

김태관, 「실존주의의 정체 - 이효상 역 「두 가지 실존주의」에 붙여서」, 『경향신문』, 1959. 3. 14~15.

김광섭, 「시의 조형성과 내향적인 관조 - '자유·문혁상'의 의의와 수상작품에 대하여」, 『세계일보』, 1959. 3. 17.

김춘복, 「희곡문학의 재인식 - 네오크라시즘에 환원해야 한다」, 『세계일보』, 1959. 3. 18.

김동리, 「'눈물'의 의미」, 『경향신문』, 1959. 3. 20~22.

이헌구, 「정열과 행동의 구현자 - 고 일보 함대훈형의 10주기 맞이하여」, 『세계일보』, 1959. 3. 21.

강신재, 「남의 열매만 따먹을 순 없어 - 글 안쓰면 세상을 공사는 것」, 『세계일보』, 1959. 3. 22.

신석정, 「시인이 된 동기와 이유 - 산야를 헤매던 '부헤미안'」, 『세계일보』, 1959. 3. 25.

김세종, 「'한글흘림체'에 대하여 - 맞춤법이 스스로 해결되는 신고안」, 『세계일보』, 1959. 3. 26.

김규동, 「시인이 된 동기와 이유 - 죽음의 슬픔과 실연 속에」, 『세계일보』, 1959. 3. 27.

유주현, 「소설가가 된 동기와 이유 - 방랑하다가 머무른 곳」, 『세계일보』, 1959. 3. 28.

이철범, 「언쟁이냐 논쟁이냐 - 김동리씨와 이어령씨의 논쟁을 보고…」, 『세계일보』, 1959. 3. 28.

최일문, 「비판 제5호 - 황산덕교수에 답함」, 『세계일보』, 1959. 3. 29~30.

임순철, 「서글픈 만용이 아니었기를 - 독자로서 김동리·이어령 양씨에게 말한다」, 『경향신문』, 1959. 3. 30.

김동리, 「'무명'에서 '광명'으로」, 『사상계』 69, 1959. 4.

김우종, 「3월의 작단」, 『현대문학』 52, 1959. 4.

문덕수, 「전통과 현실」, 『현대문학』 52, 1959. 4.

박두진, 「3월의 시」, 『현대문학』 52, 1959. 4.

박희선, 「시 비평의 기준」, 『민족문화』 34~35, 1959. 4~5.

백 철, 「야유의 인생·야유의 문학」, 『사상계』 69, 1959. 4.

백 철·김우종·유종호·이어령, 「『낙서족』을 읽고」, 『사상계』 69, 1959. 4.

원형갑, 「소설과 로마네스크」, 『현대문학』 52, 1959. 4.

유 엽, 「'모던이즘'에 대한 신구상」, 『민족문화』 34, 1959. 4.

유종호, 「인간모멸의 자서」, 『사상계』 69, 1959. 4.

이어령, 「잡음」, 『사상계』 69, 1959. 4.

이태극, 「시조문단의 진로」, 『자유문학』 25, 1959. 4.

장한기, 「현대극의 특질」, 『현대문학』 52, 1959. 4.

천상병, 「현실에 책임을」, 『현대문학』 52, 1959. 4.

천이두, 「고독과 산문 – 나르시스와 푸로메커우스를 중심으로」, 『현대문학』 52,
　　　1959. 4.

최일수, 「씨나리오와 문학」, 『현대문학』 52, 1959. 4.

최재서, 「영시개설」, 『사상계』 69~70, 1959. 4~5.

윤금숙, 「소설가가 된 동기와 이유 – 회의와 부정의 괴로움에서」, 『세계일보』,
　　　1959. 4. 2.

김광식, 「소설가가 된 동기와 이유 – 감동의 표현과 세계의 발견」, 『세계일보』,
　　　1959. 4. 3.

김영수, 「소설가가 된 동기와 이유 – 피고에겐 죄가 없습니다」, 『세계일보』, 1959.
　　　4. 3.

정귀영, 「현대시의 성격 – 시인과 독자의 태도를 위하여」, 『세계일보』, 1959. 4.
　　　6~8.

이병도, 「기구한 운명의 시인 – 고인 상아탑 황석우형을 추억하면서」, 『세계일보』,
　　　1959. 4. 19.

유종호, 「4월의 소설평 – 도피·돈주·현실부정」, 『한국일보』, 1959. 4. 23~24.

이어령, 「상상문학의 진의 – 펜의 논제를 말한다」, 『동아일보』, 1959. 4. 24~25.

이명원, 「순수파와 통속소설의 문제 – 모든 문화는 중간화하고 있다」, 『한국일보』,
　　　1959. 4. 25.

신선규, 「4월 창작계 – 문제와 해결」, 『세계일보』, 1959. 4. 26~27.

김종문, 「모성계의 신화 – 모윤숙 시집 『정경』에 대하여」, 『세계일보』, 1959. 4. 28.

김우종, 「문학과 세대문제 – 책임의식의 결핍」, 『동아일보』, 1959. 4. 30.

곽종원·선우휘·최일수, 「『북간도』를 읽고」, 『사상계』 70, 1959. 5.

금수현, 「아동문학과 교육」, 『자유문학』 26, 1959. 5.

김상일, 「한국의 현대시」, 『현대문학』 53, 1959. 5.

김운학, 「현대의 의식 – 문학관의 밑받침을 위한」, 『현대문학』 53, 1959. 5.

김춘수, 「글을 어떻게 읽고 지을 것인가」, 『신문예』 12, 1959. 5.

박두진, 「4월의 시」, 『현대문학』 53, 1959. 5.

박철석, 「두 시인의 경우」, 『자유문학』 26, 1959. 5.

백 철, 「미국문화와 그 영향의 문제」, 『국제평론』 2, 1959. 5.

백 철, 「또 하나의 리얼리즘」, 『사상계』 70, 1959. 5.

서정주, 「소월의 자연과 유계와 종교」, 『신태양』 79, 1959. 5.

여석기, 「문학과 지식인」, 『사상계』 70, 1959. 5.

유 정, 「정신의 위기와 시인의 자세」, 『신문예』 12, 1959. 5.

정태용, 「4월의 작단」, 『현대문학』 53, 1959. 5.

정홍교, 「소년운동과 아동문학」, 『자유문학』 26, 1959. 5.

최일수, 「기념비직인 노작 –『북간도』를 읽고」, 『사상계』 70, 1959. 5.

홍효민, 「국초 이인직론」, 『현대문학』 53, 1959. 5.

현 웅, 「두개의 세계문학을 결합 – 건조한 현대문학의 '오아시스'」, 『세계일보』,
      1959. 5. 1.

이홍우, 「인간·전쟁·예술」, 『세계일보』, 1959. 5. 6, 8.

장용학, 「현대문학의 양상 – 주어와 연금술」, 『동아일보』, 1959. 5. 8~9.

유종호, 「5월의 창작평 – 사실·세태·저항」, 『한국일보』, 1959. 5. 12~13.

이헌구, 「자기 육체에 항거한 시인 – 모든 존재에 조소를 던지고 가다」, 『세계일보』,
      1959. 5. 15.

김팔봉, 「현실과 문학자 – 경이·비평·대결정신의 앙양」, 『동아일보』, 1959. 5. 22.

박일송, 「망각의 영토 – 산간문학에 대한 제언」, 『연합신문』, 1959. 5. 21~22.

강신재, 「평론가의 예술적 감각 – 백철씨의 평을 박한다」, 『동아일보』, 1959. 5. 27.

백 철, 「문장과 이메지의 간격 – 강신재씨에게 답함」, 『동아일보』, 1959. 5. 31.

곽종원, 「현실 긍정의 의미」, 『사상계』 71, 1959. 6.

김기진, 「한국신문수난사」, 『사상계』 71~73, 1959. 6.

김원중, 「김동리론」, 『국어국문학논문집』 8, 1959. 6.

김춘수, 「시의 전개」, 『신태양』 80, 1959. 6.

문덕수, 「전통과 자아」, 『현대문학』 54, 1959. 6.

박두진, 「5월의 시」, 『현대문학』 54, 1959. 6.

박철석, 「전통과 실험 - 자유문학을 중심으로 한 시평」, 『자유문학』 27, 1959. 6.

서정주, 「소월시에 있어서의 정서의 처리」, 『현대문학』 54, 1959. 6.

손우성, 「과학과 정신」, 『자유문학』 27~28, 1959. 6~7.

여석기, 「연극성의 부활 - 현대극의 반사실적 경향」, 『신문예』 13, 1959. 6.

이어령, 「59년 상반기 문학 총평 - 길에 도표가 없다」, 『사상계』 71, 1959. 6.

이철범, 「현대시 제경향」, 『신태양』 80, 1959. 6.

장사준, 「「정읍사」의 음악적 고찰 - 몇 가지 난점을 중심으로」, 『자유문학』 27,
        1959. 6.

정태용, 「5월의 소설」, 『현대문학』 54, 1959. 6.

조진대, 「神人(도스도엡스키 단상)」, 『현대문학』 54, 1959. 6.

최재서, 「역사·질서·문학」, 『사상계』 71~72, 1959. 6~7.

홍효민, 「육당 최남선론」, 『현대문학』 54, 1959. 6.

이무영, 「나의 창작역정 - 농민에의 매력」, 『서울신문』, 1959. 6. 1.

백 철, 「6월 작품 BEST의 순위 - 신진작가의 비약」, 『동아일보』, 1959. 6. 20.

백 철, 「6월 작품 BEST의 순위 - 기성층의 혼란한 설정」, 『동아일보』, 1959. 6. 21.

백 철, 「6월 작품 BEST의 순위 - 질적으로 빈곤했다」, 『동아일보』, 1959. 6. 23.

이어령, 「그날 이후의 문학 - 6·25를 기억하는 '메니페스토'」, 『조선일보』, 1959.
        6. 24.

최 원, 「인식과 판단의 대결지점 - 문학하는 자세와 비평윤리」, 『세계일보』, 1959.
        6. 24.

정태용, 「저조와 침체의 현상 - 상반기 문학 개관」, 『서울신문』, 1959. 6. 24.

이헌구, 「6·25의 문학적 실재성 - 피맺힌 역사적 파도와의 대결」, 『서울신문』,
        1959. 6. 25~26.

김동리, 「실종된 문인 군상 - 6·25동란 중에 사라진 사람들」, 『연합신문』, 1959.
        6. 25.

신동한, 「매국문학의 표본 - 김달수작 「박달의 재판」을 규탄한다」, 『세계일보』,
        1959. 6. 26.

조연현, 「전란 이후 10년간의 문화계 공적 - 다시 찾은 정신의 주체」, 『서울신문』,

1959. 6. 26.

강길운, 「조어론소고」, 『현대문학』 55~56, 1959. 7~8.

구자균, 「한국문학의 특질」, 『자유공론』 8, 1959. 7.

김광섭, 「시인 모윤숙론의 일단」, 『자유문학』 28, 1959. 7.

김남중, 「문화적 변태」, 『자유문학』 28, 1959. 7.

김윤성, 「6월의 시」, 『현대문학』 55, 1959. 7.

이동영, 「계촌의 생애와 학문」, 『현대문학』 55, 1959. 7.

장한기, 「한국신극략사」, 『현대문학』, 55~65, 1959. 7~1960. 5.

정태용, 「6월의 소설」, 『현대문학』 55, 1959. 7.

조연현, 「사랑의 사상」, 『자유공론』 8, 1959. 7.

최일수, 「문학전집간행의 문화적 의의」, 『현대문학』 55, 1959. 7.

홍효민, 「춘원 이광수론」, 『현대문학』 55, 1959. 7.

이어령, 「패배한 신인들 - 기성적인 문학에의 탈피」, 『동아일보』, 1959. 7. 1.

박영준, 「사변 이후의 한국소설계 - 모색에서 정리기로」, 『서울신문』, 1959. 7. 1.

이 호, 「「박달의 재판」을 재규탄함 - 김달수의 매국문학에 대하여」, 『세계일보』,
       1959. 7. 3.

조가경, 「저항문학구조의 표면 - 보편적 인간존재의 모색」, 『동아일보』, 1959. 7. 5.

이무영, 「허구이 세계와 문학의 세계 - 「박달의 재판」의 문학적 비판」, 『세계일보』,
       1959. 7. 20, 22.

백 철, 「7월 작품 '베스트'의 순위 - 배신당한 로빈슨·크루소」, 『동아일보』, 1959.
       7. 22.

백 철, 「7월 작품 '베스트'의 순위 - 악에 대한 의사표시들」, 『동아일보』, 1959. 7.
       23.

백 철, 「7월 작품 '베스트'의 순위 - 적극적인 실험을」, 『동아일보』, 1959. 7. 24.

백 철, 「현대문학의 제주류」, 『조선일보』, 1959. 7. 29~30.

조연현, 「'임'의 상실과 현대문학의 무력 - 영혼을 탕진해서 구할 대상이 있는가」,
       『자유신문』, 1959. 7. 29.

김규동, 「향토적 엘레지」, 『신문예』 14, 1959. 8.

김윤성, 「7월의 시」, 『현대문학』 56, 1959. 8.

문덕수, 「비평과 반항의 문제」, 『현대문학』 56, 1959. 8.

박영희, 「초창기의 문단측면사」, 『현대문학』 56~65, 1959. 8~1960. 5.

서정주, 「소월시에 있어서의 정한의 처리」, 『현대문학』 56, 1959. 8.

원형갑, 「실존과 문학의 형이상학」, 『현대문학』 56~60, 1959. 8~12.

유 엽, 「「야화」 필화사건의 전말 – 「개땅쇠의 변」을 쓴 동기와 그 전문」, 『민족문화』
      38, 1959. 8.

이우종, 「국문학상의 제이설 소고」, 『자유문학』 29, 1959. 8.

이어령, 「고독의 오솔길 – 소월시를 말한다」, 『신문예』 14, 1959. 8~9.

이철범, 「신라정신과 한국전통론 비판 – 서정주씨의 지론에 대한」, 『자유문학』 29,
      1959. 8.

정상구, 「위기의식의 문학적 전개」, 『자유공론』 9, 1959. 8.

정승묵, 「씨나리오의 문학성 – 그것은 하나의 몬타쥬 문학이다」, 『자유문학』 29,
      1959. 8.

정태용, 「7월의 소설」, 『현대문학』 56, 1959. 8.

정한모, 「소월시의 이해」, 『신문예』 14, 1959. 8.

최일수, 「한계상황의 인간」, 『사상계』 73, 1959. 8.

한재덕, 「북한문학계의 실정」, 『현대문학』 56, 1959. 8.

홍효민, 「소설가와 평론가」, 『자유공론』 9, 1959. 8.

홍효민, 「만해 한용운론」, 『현대문학』 56, 1959. 8.

유종호, 「8월 소설평 – 허풍없는 인간관찰을」, 『한국일보』, 1959. 8. 10~11.

이영일, 「8월의 시와 소설 – 시드는 허풍지대의 식물들」, 『평화신문』, 1959. 8. 2,
      12.

백 철・이무영・박영준, 「민족문학의 재반성」, 『서울신문』, 1959. 8. 16, 19.

백 철, 「8월 작품 베스트의 순위 – 지적인 것과 정적인 것 – '실험적인 바라에티' 초
      점잃은 궤변을 피하자」, 『동아일보』, 1959. 8. 26, 28, 29.

정태용, 「시적 소설의 시대 – 반지성적 사고방식에 관하여」, 『한국일보』, 1959. 8. 28.

김광섭, 「위기에 놓인 아동문학계 – 재건을 위한 몇 가지 진단」, 『신문예』 15,
      1959. 9.

김구용, 「현대문학과 체험」, 『성균』 10, 1959. 9.

김기진, 「문학이란 재미있고 쉬운 학문이 아니다 – 문학하는 태도」, 『신문예』 15,
      1959. 9.

김우종, 「현대작가산고」, 『현대문학』 57, 1959. 9.

김운학, 「난해시의 열등성」, 『현대문학』 57~58, 1959. 9~10.

김윤성, 「8월의 시」, 『현대문학』 57, 1959. 9.

백 철, 「우리 문화계의 당면과제 – 대담한 착안과 실험」, 『자유공론』 10, 1959. 9.

신동한, 「인간조건론 – 신세대의 작가정신」, 『자유문학』 30, 1959. 9.

염상섭, 「허장과 자와자찬이 아닌 봉임의 문학 – 문학하는 태도」, 『신문예』 15,
    1959. 9.

유종호, 「모멸과 번민 – 손창섭론」, 『현대문학』 57~58, 1959. 9~10.

이무영, 「진실한 인간으로서의 자기 완성 – 문학하는 태도」, 『신문예』 15, 1959. 9.

전봉건, 「신세대의 시인들 – 앤소로지 『신풍토』를 중심으로」, 『새벽』 34, 1959. 9.

전봉건, 「시와 쾌락」, 『자유공론』 10, 1959. 9.

전영택, 「인격·사상·독창력의 구비 – 문학하는 태도」, 『신문예』 15, 1959. 9.

정태용, 「8월의 소설」, 『현대문학』 57, 1959. 9.

조연현, 「신화와 전설과 문학」, 『현대문학』 57, 1959. 9.

천승준, 「인간의 긍정 – 오영수론」, 『현대문학』 57, 1959. 9.

최광렬, 「현상과 비형상 – 6·7·8월의 창작비평」, 『자유문학』 30, 1959. 9.

최용태, 「신세대의 고발 – 추천시인 11인을 중심한 서평」, 『자유문학』 30, 1959. 9.

유종호, 「9월의 소설평 – 더욱 현실에 밀착하라 – '에피소드'줍기에 그쳐서야」, 『한국
    일보』, 1959. 9. 14~15.

정태용, 「9월호 창작평 – 새로운 의욕의 발동」, 『서울신문』, 1959. 9. 16~17.

백 철, 「9월 작품 베스트의 순위 – 선위를 다투는 신인들」, 『동아일보』, 1959. 9.
    20, 22, 24.

이어령, 「프로이트이후의 문학 – 그의 20주기에」, 『조선일보』, 1959. 9. 24~25.

고석규, 「현대시의 형이상성」, 『시작업』 1, 1959. 10.

김상일, 「근대시인론(1) – 사용과 상화」, 『현대문학』 58, 1959. 10.

김우종, 「정형시 현대적 의미 – 시조의 부활문제를 중심으로」, 『시작업』 1, 1959. 10.

김윤성, 「9월의 시」, 『현대문학』 58, 1959. 10.

김종문, 「소월의 작품세계」, 『자유문학』 31, 1959. 10.

김춘수, 「ARS POETICA에 대한 태도의 전개」, 『시작업』 1, 1959. 10.

김현승, 「20대의 나의 시작」, 『시작업』 1, 1959. 10.

문덕수, 「한국현대시의 이메지」, 『시작업』 1, 1959. 10.

박효순, 「만해의 조국애와 『님의 침묵』」, 『전남대국문학보』, 1959. 10.

백 철, 「문학상에 반영된 네오·휴매니즘의 문제」, 『새벽』 35, 1959. 10.

양순필, 「현대시와 철학의 문제」, 『시작업』 1, 1959. 10.

이어령, 「오늘의 소설」, 『사상계』 75, 1959. 10.

정대위, 「亞阿의 신흥문화와 한국」, 『국제평론』 4, 1959. 10.

정봉래, 「예술에 있어서의 감각주의 - 감각적인 비평의 입장에서」, 『자유문학』 31,
        1959. 10.

정태용, 「9월의 소설」, 『현대문학』 58, 1959. 10.

홍효민, 「금동 김동인론」, 『현대문학』 58, 1959. 10.

정태용, 「작가와 생활방식 - 춘원과 금동과 이상」, 『한국일보』, 1959. 10. 9.

이어령, 「10월 대화 - 소설계 시평」, 『조선일보』, 1959. 10. 16~17.

유종호, 「10월 소설평 - 현실의 단상」, 『한국일보』, 1959. 10. 16~17.

백 철, 「10월 작품 소시민적 현대비극 베스트 순위」, 『동아일보』, 1959. 10. 27~29.

신동한, 「'시대의 양심'과 '행동의 조서' - 현대소설의 새로운 방향」, 『한국일보』,
        1959. 10. 31.

김상선, 「은유법 논고」, 『중대문경』, 1959. 11.

김상일, 「근대시인론(2) - 김소월」, 『현대문학』 59, 1959. 11.

김우종, 「생활과 문학」, 『현대문학』 59, 1959. 11.

백기만, 「상화의 시와 그 배경」, 『자유문학』 32, 1959. 11.

백 철, 「춘원의 문학과 그 배경」, 『자유문학』 32, 1959. 11.

신동한, 「현대의 문학적 진단」, 『자유문학』 32, 1959. 11.

신선규, 「자아 창조의 문체」, 『자유문학』 32, 1959. 11.

이어령, 「이상의 소설과 기교 - 「실화」와 「날개」를 중심으로」, 『문예』, 1959. 11~12.

이어령, 「현실을 바라보는 여섯 가지 위치」, 『사상계』 76, 1959. 11.

이어령, 「박탈된 인간의 휴일 - 제8요일을 읽고」, 『새벽』 35, 1959. 11.

이철범, 「6 · 25 이후 시인들의 지적도」, 『문예』, 1959. 11~12.

이희승, 「시조와 신시의 한계 - 특히 그 형식에 있어서」, 『자유문학』 32, 1959. 11.

임동권, 「민요수집의 의의와 방법」, 『현대문학』 59, 1959. 11.

정익섭, 「소월시의 음영과 전통성」, 『국어국문학』, 1959. 11.

정태용, 「10월의 소설」, 『현대문학』 59, 1959. 11.

정태정, 「불교사상과 실존주의」, 『현대문학』 59, 1959. 11.

천이두, 「르네상스와 산문정신」, 『현대문학』 59, 1959. 11.

김우종, 「현대문학의 특질과 한국소설 - 넓은 시야를 갖는 방향」, 『한국일보』,

1959. 11. 13.
유종호, 「11월 소설평 - 퇴행현상의 지양을 - '동정과 모랄리티' '인생 미니의 의의'
　　　'작품 여건과 그 해결'」, 『한국일보』, 1959. 11. 17, 18, 20.
이어령, 「비평활동과 비교문학의 한계」, 『국제신보』, 1959. 11. 15~16.
김상일, 「근대시인론(3) - 이장희」, 『현대문학』 60, 1959. 12.
박이문, 「시인 비니와 인간 조건」, 『문예』, 1959. 12.
유종호, 「토착어의 인간상」, 『현대문학』 60, 1959. 12.
윤병로, 「비평의 디렘마」, 『현대문학』 60, 1959. 12.
이동영, 「노계문헌의 정해」, 『현대문학』 60, 1959. 12.
이상보, 「노계시가의 배경」, 『현대문학』 60, 1959. 12.
이어령, 「잠자는 거인 - 뉴 제네레이션의 위치」, 『새벽』 36, 1959. 12.
이용주, 「비유의 기능」, 『현대문학』 60, 1959. 12.
이주홍, 「금년간의 아동문학개황」, 『문학』 3, 1959. 12.
정상구, 「1959년의 소설 총평 - 혼성 지대와 착란의 세계」, 『문학』 3, 1959. 12.
조 향, 「1959년의 시단 총평」, 『문학』 3, 1959. 12.
홍사중, 「문학정신에 관한 에스키모」, 『현대문학』 60~68, 1959. 12~1960. 8.
홍효민, 「정인보론」, 『현대문학』 60, 1959. 12.
이무영, 「새로운 농민형의 파악 - 농민문학의 농민의 생활 속에서」, 『동아일보』,
　　　1959. 12. 16.
곽종원, 「금년 창작의 경향 - 장편물 수확의 해」, 『한국일보』, 1959. 12. 22~23.
조연현, 「인간추구에의 질주 - 구체적 인간형과 상징적 인간형의 차이(작단)」, 『자유
　　　신문』, 1959. 12. 24.
백 철, 「금년도 소설 베스트 텐 기타 - 현실과 인간의 운명 - '현대문명과 노이로제'」,
　　　『동아일보』, 1959. 12. 25, 26, 28.
이철범, 「1959년의 소설 - 문단의 1년」, 『평화신문』, 1959. 12. 31.

Ⅳ. 1950년대 비평서 목록

IV. 1950년대 피란지 부산

1

1950년대 비평서 목록

김사엽, 『정송강연구』, 계몽사, 1950.
김사엽, 『현대시론』, 한국출판사, 1950.
김진섭, 『교양의 문학』, 조선공업문화사, 1950.
박목월, 『시문학』, 청록사, 1950.
우리어문학회, 『국문학사』, 신흥문화사, 1950.
이무영, 『소설작법』, 영문사, 1950.
김　송(편), 『전시문학 독본』, 계몽사, 1951.
백기만, 『상화와 고월』, 청구출판사, 1951.
김동리, 『문학개론』, 정음사, 1952.
김사엽, 『춘향전』, 대양출판사, 1952.
김용호, 『시문학 입문』, 남광문화사, 1952.
이병기(외), 『국문학선사』, 신구문화사, 1952.
이헌구, 『문화와 자유』, 삼화출판사, 1952.
장덕순, 『국문학통론』, 신구문화사, 1952.
김사엽, 『속담론』, 대건출판사, 1953.
백　철, 『신문학사조사』, 민중서관, 1953.
이광수, 『문장독본』, 청록사, 1953.
이능우, 『국문학개론』, 국어국문학회, 1953.
장만영(편), 『현대시 감상』, 산호장, 1953.
조연현, 『문학개론』, 고려출판사, 1953.
조지훈, 『시와 인생』, 박영사, 1953.
조지훈, 『시의 원리』, 산호장, 1953.
고석규·김재섭, 『초극』, 삼협문화사, 1954.
김사엽, 『국문학사』, 정음사, 1954.
백　철, 『문학개론』, 신구문화사, 1954.

유창돈, 『국문학사 요해』, 명세당, 1954.

윤영춘, 『문학과 인생』, 박영사, 1954.

이능우, 『국문학개론』, 문화서관, 1954.

조연현, 『문학입문』, 창인사, 1954.

조윤제, 『조선시가사강』, 을유문화사, 1954.

강범우, 『문학총림』, 이문당, 1955.

곽종원, 『신인간형의 탐구』, 동서문화사, 1955.

구자균, 『국문학개론』, 일성당서점, 1955.

김기동, 『국문학개론』, 대창문화사, 1955.

김덕환, 『문학체계론』, 신향사, 1955.

김동욱, 『국어국문학사』, 을유문화사, 1955.

백 철(편), 『현대평론수필선』, 한성도서, 1955.

이석훈, 『문학과 감상』, 청춘사, 1955.

이태극, 『국민사상과 시조문학』, 국민사상연구회, 1955.

조연현, 『문학개론』, 인간사, 1955.

김기동, 『한국고대소설개론』, 태창문화사, 1956.

김동인, 『춘원연구』, 신구문화사, 1956.

김사엽, 『이조시대의 가요연구』, 대양출판사, 1956.

서수생, 『국문학사』, 삼광출판사, 1956.

서정주, 『시창작 교실』, 인간사, 1956.

이병기(외), 『표준국문학사』, 신구문화사, 1956.

이능우, 『이조시조사』, 어문당, 1956.

장지연, 『위암문고』, 국사편찬위원회, 1956.

정상구, 『현대문학주조사』, 협동문화사, 1956.

조연현, 『한국 현대문학사』, 현대문학사, 1956.

양염규, 『한국문학십강』, 풍천문화사, 1957.

조연현, 『휴일의 의장』, 인간사, 1957.

김진섭, 『청천수필평론집』, 신아사, 1958.

김춘수, 『한국현대시형태론』, 해동문화사, 1958.

백두성, 『현대시 연구』, 동구문화사, 1958.

신선규, 『현대시론』, 인간사, 1958.

이광수, 『문학과 평론』, 광영사, 1958.

이태극, 『시조개론』, 새글사, 1958.

장만영 · 박목월, 『소월 시 감상』, 박영사, 1958.

조연현, 『문학과 그 주변』, 인간사, 1958.

조윤제, 『한국 시가의 연구』, 을유문화사, 1958.

곽종원(외), 『문학이란 어떠한 것일까』, 동서문화사, 1959.

김규동, 『새로운 시론』, 산호장, 1959.

김동욱, 『비교문학』, 신양사, 1959.

김사엽, 『송강가사』, 문호사, 1959.

김영수, 『문학사조사』, 수학사, 1959.

백기만, 『씨 뿌린 사람들』, 사조사, 1959.

백 철, 『문학의 개조』, 신구문화사, 1959.

서정주, 『시문학개론』, 정음사, 1959.

양염규, 『국문학개설』, 정연사, 1959.

양주동, 『국문학사』, 대일인쇄소, 1959.

양희석, 『현대문예사조론』, 신아사, 1959.

유 영, 『현대문학의 가는 길』, 양문사, 1959.

이가형, 『미국문학사』, 신구문화사, 1959.

이어령, 『저항의 문학』, 경지사, 1959.

임옥인, 『문장강화』, 신광사, 1959.

장만영, 『이정표』(자작시해설), 신흥출판사, 1959.

장만영 · 박목월, 『영랑시감상』, 박영사, 1959.

정병욱, 『국문학산고』, 신구문화사, 1959.

정인섭, 『한국문단논고』, 신흥출판사, 1959.

조윤제, 『국문학사』, 동국문화사, 1959.

조윤제, 『국문학사 개설』, 동국문화사, 1959.

홍일석, 『육당연구』, 일신사, 1959.

V. 1950년대 작가 연구 목록

1
1950년대 작가 연구 목록

■ 강신재

1) 일반 논문

강신재, 「나의 작가수업」, 『현대문학』, 1955. 12.

강신재, 「나의 문학과 결혼 전후」, 『동아일보』, 1958. 6. 17.

강신재, 「남의 열매만 따먹을 순 없어 - 글 안쓰면 세상을 공사는 것」, 『세계일보』,
　　　　1959. 3. 22.

강신재, 「『파도』 - 그 사계의 풍경」, 『문학사상』, 1974. 1.

강신재, 「『임진강의 민들레』는 이렇게」, 『문학사상』, 1974. 6.

강신재, 「나의 대표작 - 「젊은 느티나무」와 『파도』」, 『문학사상』, 1994. 1.

조연현, 「3월의 창작계」, 『현대문학』, 1955. 4.

곽종원, 「1955년도 창작계 별견」, 『현대문학』, 1956. 1.

윤병로, 「3월의 창작」, 『현대문학』, 1958. 4.

이어령, 「상반기의 소설」, 『지성』 2, 1958. 가을.

백　철, 「문장과 이메지의 간격 - 강신재씨에게 답함」, 『동아일보』, 1959. 5. 31.

정태용, 「6월의 소설」, 『현대문학』, 1959. 7.

조연현, 「강신재단상」, 『현대문학』, 1960. 2.

김인숙, 「「해방촌 가는 길」에 대한 소고」, 『교양』(고려대) 4, 1967. 12.

강인숙, 「한국 현대 여류 작가론」, 『현대문학』, 1968. 1.

강인숙, 「강신재론」, 『심상』, 1970. 7.

고　은, 「실내 작가론 8 - 강신재」, 『월간문학』, 1971. 6.

김　현, 「인간 본능의 왜소함을 직조」, 『중앙일보』, 1972. 4. 13.

정태용, 「강신재론」, 『현대문학』, 1972. 11.

정규웅, 「내밀한 조화의 세계 – 강신재 문학의 새로운 출구」, 『문학사상』, 1975. 1.

윤병로, 「강신재·박경리의 문학」, 『신한국문학전집』 11, 어문각, 1976.

윤병로, 「강신재(康信哉)의 『신설(新雪)』 – 애정윤리와 그 갈등」, 『소설의 이해』, 성균관대출판부, 1982.

원형갑, 「강신재와 삶의 원야 – 강신재의 『파도』」, 『광장』 115, 1983. 3.

정영자, 「강신재 소설 연구」, 『수련어문논집』(부산여대) 11, 1984. 2.

윤병로, 「전쟁·전후소설의 재평가」, 『한국현대소설의 탐구』, 범우사, 1985.

윤병로, 「현대여류작가의 문학적 성향 – 강신재·박경리의 경우」, 『한국 현대소설의 탐구』, 범우사, 1985.

김정자, 「소설의 공간기법적 의미분석 – 백신애와 강신재를 중심으로」, 『선청어문』(서울대) 16·17, 1988. 8.

권영민, 「서사적 공간과 황폐한 삶」, 『한국현대문학사』, 민음사, 1993.

김윤식·정호웅, 「한국전쟁의 충격과 새로운 출발의 모색」, 『한국소설사』, 예하, 1993.

구인환, 「전후 한국문학의 지형도 – 소설의 서사문법을 중심으로」, 구인환(외), 『한국전후문학연구』, 삼지원, 1995.

송경란, 「서술상황과 여성인물의 형상화 – 강신재의 「얼굴」과 「정순이」」, 『원우논총』(숙명여대) 16, 1998. 12.

2) 학위논문

이다영, 「1950년대 강신재 소설 연구」, 연세대 석사, 1995.

박미선, 「강신재 소설 연구 – 여성 인물의 현실 대응 양상을 중심으로」, 경희대 석사, 1996.

감호경, 「강신재 소설의 주제 연구」, 경기대 석사, 1998.

서경희, 「강신재 단편소설의 기법 연구」, 고려대 석사, 1999.

최명숙, 「강신재 전후 단편소설 연구」, 경원대 석사, 2000.

3) 단행본

유주현·강신재, 『현대한국문학전집』 1, 신구문화사, 1967.

강신재, 『젊은 느티나무』, 민음사, 1995.

■ **고석규**

1) 일반 논문.

박봉우, 「고독한 평론가 - 젊은 고석규형의 무덤에」, 『조선일보』, 1958. 5. 28.
송영택, 「감상과 야망속에서 간 고석규」, 『현대문학』, 1963. 2.
손경하, 「고석규의 기억」, 『부산문학』 5, 1973.
남송우, 「고석규, 그 잊혀진 미완의 비평적 행로」 1, 『부산문학』 17, 1985. 9.
남송우, 「고석규, 그 잊혀진 미완의 비평적 행로」 2, 『부산문예』 4, 1985. 12. 31.
박홍배, 「고석규 연구」, 『在釜 작고시인 연구』, 아성출판사, 1988.
　　＝『오늘의 문예비평』 동인(편), 『고석규의 면모』, 책읽는 사람, 1993.
구모룡, 「고석규, 혹은 역설의 비평가 - 고석규 유고 평론집 『여백의 존재성』」, 『현
　　대시학』, 1991. 3.
　　＝『오늘의 문예비평』 동인(편), 『고석규의 면모』, 책읽는 사람, 1993.
남송우, 「고석규, 그 미완의 비평적 행로」, 『현대시학』, 1991. 3.
　　＝『오늘의 문예비평』 동인(편), 『고석규의 면모』, 책읽는 사람, 1993.
한계전, 「전후시에 있어서 모더니즘의 특성과 그 가능성」, 『시와 시학』, 1991. 봄~여름.
　　＝『한국전후문학의 형성과 전개』, 태학사, 1993.
김윤식, 「고석규의 정신적 소묘 - 1950년대 비평 감수성의 기원」, 『시와 시학』,
　　1991. 겨울~1992. 봄.
　　＝『한국현대문학사상사론』, 일지사, 1992.
　　＝『한국문학의 근대성 비판』, 문예출판사, 1993.
김윤식, 「1950년대 한국문예비평의 3가지 양상 - 고석규의 정신적 소묘 (2)」, 『오
　　늘의 문예비평』, 1992. 봄.
　　＝『한국문학의 근대성 비판』, 문예출판사, 1993.
　　＝『오늘의 문예비평』 동인(편), 『고석규의 면모』, 책읽는 사람, 1993.
김윤식, 「전후문학의 원점 - 6·25와 릴케·윤동주·고석규」, 『문학사상』, 1992. 7.
　　＝『한국문학의 근대성 비판』, 문예출판사, 1993.
　　＝『오늘의 문예비평』 동인(편), 『고석규의 면모』, 책읽는 사람, 1993.
박태일, 「전쟁 속에 얼어붙은 꽃봉오리 - 고석규 유고 시집 『청동의 관』」, 『문학정
　　신』, 1992. 7~8.

　　　＝『오늘의 문예비평』 동인(편), 『고석규의 면모』, 책읽는 사람, 1993.

김윤식, 「『청동의 계절』에서 『청동의 관』까지 - 고석규의 정신적 소묘」, 『외국문학』, 1992. 9.

　　　＝『한국문학의 근대성 비판』, 문예출판사, 1993.

　　　＝『오늘의 문예비평』 동인(편), 『고석규의 면모』, 책읽는 사람, 1993.

김윤식·정호웅, 「한국전쟁의 충격과 새로운 출발의 모색」, 『한국소설사』, 예하, 1993.

김정한, 「고석규에의 추억」, 『오늘의 문예비평』 동인(편), 『고석규의 면모』, 책읽는 사람, 1993.

김춘수, 「고석규의 평론세계」, 『오늘의 문예비평』 동인(편), 『고석규의 면모』, 책읽는 사람, 1993.

김일곤, 「낭만이 깃들었던 시절 - 오랜 옛날 벗 고석규」, 『오늘의 문예비평』 동인(편), 『고석규의 면모』, 책읽는 사람, 1993.

손경하, 「고석규의 기억」, 『오늘의 문예비평』 동인(편), 『고석규의 면모』, 책읽는 사람, 1993.

장관진, 「고석규의 片貌」, 『오늘의 문예비평』 동인(편), 『고석규의 면모』, 책읽는 사람, 1993.

홍기종, 「석규와 나」, 『오늘의 문예비평』 동인(편), 『고석규의 면모』, 책읽는 사람, 1993.

김규태, 「고석규의 죽음과 보들레르」, 『오늘의 문예비평』 동인(편), 『고석규의 면모』, 책읽는 사람, 1993.

정상옥, 「선배님을 추모하며」, 『오늘의 문예비평』 동인(편), 『고석규의 면모』, 책읽는 사람, 1993.

하연승, 「고석규와 만날 무렵」, 『오늘의 문예비평』 동인(편), 『고석규의 면모』, 책읽는 사람, 1993.

문혜원, 「역설을 주제로 한 고석규 비평연구」, 『오늘의 문예비평』 동인 (편), 『고석규의 면모』, 책읽는 사람, 1993.

김경복, 「자폐와 심연에서의 빛 찾기 - 고석규의 시세계」, 『오늘의 문예비평』, 1993. 겨울.

김윤식, 「한국 전후문학과 실존주의 - 고석규와 관련하여」, 『오늘의 문예비평』, 1993. 겨울.

김재섭, 「석규단장 삼제 - 고석규의 문학」, 『오늘의 문예비평』, 1993. 겨울.

남송우, 「고석규, 그 역설의 진원지를 찾아」, 『오늘의 문예비평』, 1993. 겨울.

유병근, 「고석규 씨와의 인연」, 『오늘의 문예비평』, 1993. 겨울.

김윤식, 「전후비평 감수성의 세 가지 양상」, 문학사와 비평연구회(편), 『1970년대 문학연구』, 예하, 1994.

조영복, 「공포 체험의 시적 변용과 그로테스크의 시 - 고석규론」, 한국현대문학연구회, 『한국문학과 모더니즘』, 한양출판, 1994.

김동환, 「이분법적 사유구조와 영웅지향성 - 고석규론」, 구인환(외), 『한국전후문학연구』, 삼지원, 1995.

임영봉, 「전후문학과 고석규 비평의 의미」, 『중앙대어문논집』 24, 1995. 8.

김윤식, 「고석규와 더불어 범어사에 가다 - 팔푼이가 본 동백꽃」, 『오늘의 문예비평』, 1996. 가을.
　　　　＝『농경사회와 유랑민의 상상력』, 문학동네, 1999.

남송우, 「1950년대 고석규 비평의 해석학적 연구」, 『한국문학논총』 19, 1996. 12.

하상일, 「1950년대 고석규 시와 시론의 '근대성' 연구」, 『국어국문학』(부산대) 33, 1996. 12.

김윤식, 「방법으로서의 문학사」, 『발견으로서의 한국현대문학사』, 서울대출판부, 1997.

하상일, 「1950년대 고석규 비평의 근대성 연구」, 『국어국문학』(부산대) 35, 1998. 12.

강경화, 「비평 인식의 발현 양상과 실현화 전략」, 『한국문학비평의 인식과 담론의 실현화 연구』, 태학사, 1999.

남송우, 「이데올로기의 대립과 민족문학론」, 박철희·김시태(편), 『한국 현대문학사』, 시문학사, 2000.

이미순, 「고석규의 비평과 수사학」, 『한국 현대문학비평과 수사학』, 월인, 2000.

임영봉, 「전후문학과 고석규 비평」, 『한국 현대문학 비평론』, 역락, 2000.

한수영, 「모더니즘론의 이념과 방법」, 『한국현대 비평의 이념과 성격』, 국학자료원, 2000.

이미순, 「고석규 비평의 '역설'에 대하여」, 『개신어문연구』 17, 2000. 12.

2) 학위 논문.

전기철, 「한국 전후문예비평 전개 양상 고찰 – 불안의식의 내재화와 응전력을 중심으
　　로」, 서울대 박사, 1992.
　　　= 『한국 전후 문예비평 연구』, 서울, 1994.
조영복, 「1950년대 모더니즘 시에 있어서 '내적 체험'의 기호화 연구」, 서울대 석사,
　　1992.
임태우, 「고석규 문학 비평 연구」, 서울대 석사, 1993.
　　　= 『오늘의 문예비평』 동인(편), 『고석규의 면모』, 책읽는 사람, 1993.
한수영, 「1950년대 한국 문예비평론 연구 – 민족문학론, 실존주의문학론, 모더니즘
　　론을 중심으로」, 연세대 박사, 1996.
　　　= 『한국현대 비평의 이념과 성격』, 국학자료원, 2000.
강경화, 「1950년대의 비평 인식과 실현화 연구」, 성균관대 박사, 1998.
　　　= 『한국문학비평의 인식과 담론의 실현화 연구』, 태학사, 1999
하상일, 「1950년대 고석규 문학의 근대성 연구」, 부산대 석사, 1999.

3) 단행본.

『오늘의 문예비평』 동인(편), 『고석규유고전집』 1~5, 책읽는 사람, 1993.
남송우(외), 『고석규 문학의 재조명』, 세종출판사, 2000.

■ 고 원

1) 일반 논문

고　원, 「거부의 미학」, 『현대한국문학전집』 18, 신구문화사, 1967.
조연현, 「안정과 반항 - 고원의 곡과 이단의 시」, 『시문학』 2, 1950. 6.
고　은, 「모국어에 대한 회귀적인 사랑」, 고　원, 『물너울』, 창작과 비평사, 1985.
원형갑, 「고원의 「묘지에서 날으는 호각소리」」, 『한국 현대시의 주류』, 종로서적, 1987.
채수영, 「어둠인식과 광명지향 - 고원론」, 『대전어문학』 6, 1989. 2.
김윤식, 「한국문학의 번역에 관한 논의 - 브리감 영 대학의 한국문학회의」, 『김윤식 평론문학선』, 문학사상사, 1991.
김윤식, 「서정주·맥켄·고원」, 『환각을 찾아서』, 세계사, 1992.
남원진, 「고원 연구 - 모더니티 지향성과 현실 지향성을 중심으로」, 『한국현대작가연구』, 박이정출판사, 1997.

■ 고 은

1) 일반 논문

김 현, 「고은의 전설」, 고 은, 『신·언어 최후의 마을』, 인문서점, 1967.

이유경, 「고은의 신작 5편」, 『현대시학』, 1969. 6.

김 현, 「두 편의 시 읽기」, 『현대문학』, 1969. 9.

김 현, 「'바다의 무덤'에 대하여」, 『월간문학』, 1970. 5.

오규원, 「고은의 '니르바나' 주변」, 『현대시학』, 1971. 2.

이승훈, 「현실인식의 두 겨향」, 『현대시학』, 1972. 2.

오규원, 「시적 변용과 그 의미 - 송욱과 고은의 경우」, 『문학과 지성』, 1972. 봄.

김윤식·김 현, 「고은 혹은 소멸의 시학」, 『한국문학사』, 민음사, 1973.

김 현, 「시인의 상상적 세계」, 『상상력과 인간』, 일지사, 1973.

이유경, 「고은과 60년대」, 『현대시학』, 1973. 12.

김 현, 「말하지 못한 자의 아픔」, 『중앙일보』, 1973. 12. 5.

김병익, 「위대한 허무, 부정의 아름다움」, 고 은, 『어린 나그네』, 예문관, 1974.

김주연, 「김춘수와 고은의 변모」, 『변동사회와 작가』, 문학과 지성사, 1974.

김종철, 「시와 긴장」, 『문학과 지성』, 1974. 가을.

홍기삼, 「시정신의 유랑 - 고은 시집 『문의 마을에 가서』」, 『창작과 비평』, 1974. 가을.

이문구, 「고은 소설 『일식』 서평」, 『한국문학』, 1974. 11.

김 현, 「고은을 찾아서」, 『시인을 찾아서』, 민음사, 1975.

염무웅, 「고은의 시세계」, 고 은, 『부활』, 민음사, 1975.

김종해, 「역사의식과 한」, 『심상』, 1976. 5.

황명걸, 「비애 속의 역사」, 『내외출판계』, 1977. 11.

김종철, 「시와 역사적 상상력」, 『창작과 비평』, 1978. 봄.

한계전, 「작품과 세계와의 관계」, 『문학과 지성』, 1978. 봄.

김주연, 「김춘수와 고은」, 『세계의 문학』, 1978. 여름.

최하림, 「고은의 새로운 시」, 『현대문학』, 1978. 8.

김 현, 「어둠 속의 밝음」, 『뿌리깊은 나무』, 1978. 2.
        =『우리 시대의 문학』, 문장사, 1979.

김 현, 「놀램과 주장의 세계」, 『문학과 지성』, 1979. 봄.

=『우리 시대의 문학』, 문장사, 1979.

신경림, 「다섯 권의 시집」, 『창작과 비평』, 1979. 봄.

송건호, 「참된 삶과 시상의 소재」, 『창작과 비평』, 1979. 가을.

송효섭, 「相距와 合一의 시학 - 고은 「문의 마을에 가서」」, 정한모·김재홍(편), 『한국대표시평설』, 문학세계사, 1983.

문익환, 「조용한 가락으로 조국을」, 고 은, 『조국의 별』, 창작과 비평사, 1984.

송기원, 「정신적인 친정」, 고 은, 『어떤 소년』, 청하, 1984.

이문구, 「화곡사 시대의 일절」, 고 은, 『어떤 소년』, 청하, 1984.

백낙청, 「한 시인의 변모와 성숙」, 『세계의 문학』, 1984. 여름.

최하림, 「두 시인의 초상」, 『오늘의 책』, 1984. 여름.

정과리, 「부사성의 시학」, 『예술과 비평』, 1984. 가을.

김영무, 「자기탐닉에서 공감의 세계로」, 백낙청·염무웅(편), 『한국문학의 현단계』 Ⅳ, 창작과 비평사, 1985.

민용태, 「유교적 테마, 기타」, 『문학사상』, 1985. 3.

장석주, 「허무주의 그 이후」, 『현실시각』, 1985. 4.

김재홍, 「광복 40년의 한국시」, 『한국문학』, 1985. 8.

김규동, 「시대인식으로서의 시학」, 『한국문학』, 1985. 12.

정효구, 「85년도 시단의 다양한 성과」, 『한국문학』, 1985. 12.

최동호, 「시적 풍요와 우리 시대의 나침반」, 『한국문학』, 1985. 12.

리영희, 「언제나 경이로운 시인」, 고 은, 『시여, 날아가라』, 실천문학사, 1986.

백낙청, 「『만인보』를 읽으며」, 고 은, 『만인보』 1~3, 창작과 비평사, 1986.

최원식, 「일이 결코 기쁨인 나라」, 고 은, 『전원시편』, 민음사, 1986.

김주연, 「현실, 시 그리고 초월」, 『외국문학』, 1986. 여름.

서준섭, 「낯익은 것과 낯선 것」, 『문예중앙』, 1986. 여름.

김규동, 「고뇌를 읽는 기쁨」, 『한국문학』, 1986. 11.

김영무, 「해방된 언어와 민중적 삶의 실천」, 고 은, 『고은문학선』, 나남, 1987.

김태현, 「함께 사는 삶」, 『한국문학』, 1987. 1.

김흥규, 「개체와 역사」, 『세계의 문학』, 1987. 봄.

박덕규, 「상황의 서정시」, 『한국문학』, 1987. 4.

오효진, 「재야의 계관시인 고은」, 『월간조선』, 1987. 5.

이운용, 「삶에 대한 통찰, 현실시각」, 『현대문학』, 1987. 6.

장석주, 「중견시인들의 삶읽기」, 『한국문학』, 1987. 6.

황지우·고 은, 「고은과의 만남」, 『문예중앙』, 1987. 여름.

박혜경, 「노래를 통한 민중의 문화참여」, 『한국문학』, 1987. 8.

이형기, 「강화된 시단 체질」, 『한국문학』, 1987. 12.

김병익, 「초록 생명으로서의 도정」, 고 은, 『나의 저녁』, 한국문학사, 1988.

성민엽, 「고은 혹은 시의 숨결」, 고 은, 『네 눈동자』, 창작과 비평사, 1988.

오세영, 「농촌시의 가능성」, 『한국현대시의 행방』, 종로서적, 1988.

임헌영, 「6월항쟁을 낳은 시정신」, 고 은, 『그날의 대행진』, 전예원, 1988.

김우종, 「민중문학의 성격과 그 형성과정」, 『한국문학』, 1988. 1.

이윤택, 「본래적 서정에로의 귀의」, 『한국문학』, 1988. 2.

이숭원, 「관념·정서·세계인식」, 『한국문학』, 1988. 3.

박혜경, 「민중적 통일의 문학적 가능성 -『백두산』」, 『창작과 비평』, 1988. 봄.

구모룡, 「거슬러오르기의 삶」, 『한국문학』, 1988. 5.

구모룡, 「시와 성실성」, 『한국문학』, 1988. 6.

오세영, 「시인의 변모」, 『한국문학』, 1988. 8.

장석주, 「모욕과 수모의 현실 속에서」, 『한국문학』, 1988. 9.

이경수, 「우리 시대의 사랑노래」, 『문학과 사회』, 1988. 가을.

이시영, 「고은과 신경림」, 『창작과 비평』, 1988. 가을.

이광호, 「죽음의 구체성을 향한 시적 갱신」, 『현대시세계』, 1988. 겨울.

조남현, 「범상한 소재에서 비범한 연상으로」, 『문학사상』, 1988. 12.

김현자, 「허무주의에서 역사의식으로」, 김용직(외), 『한국현대시연구』, 민음사,
        1989.

백낙청, 「통일운동과 문학」, 『창작과 비평』, 1989. 봄.

황지우, 「고은론 - 탄압받는 시인은 끝내 탄압을 이긴다」, 『사회와 사상』, 1989. 6.

정남영, 「민족문학과 노동자계급문학」, 『창작과 비평』, 1989. 가을.

조정환, 「고은 시인의 '신세대' 비판에 대한 답신」, 『노동해방문학』, 1989. 12.

김명인, 「어려운 발문」, 고 은, 『아침이슬』, 동아, 1990.

김주연, 「85년도를 돌아보며」, 『문학과 정신의 힘』, 문학과 지성사, 1990.

임우기, 「이야기꾼으로서의 시인」, 『살림의 문학』, 문학과 지성사, 1990.

백낙청, 「만인을 주제로 한 소설 같은 시」, 『조선일보』, 1990. 1. 10.

김명환, 「90년대 문학운동의 새로운 전망」, 『창작과 비평』, 1990. 봄.

황학주, 「생존자 고은에 대하여」, 『문학정신』, 1990. 6.

윤혜원, 「'허무'에서 '역사'로의 변화무쌍한 존재바꾸기」, 『한길문학』, 1990. 9.

김태현, 「새로운 세계를 여는 시」, 『실천문학』, 1990. 겨울.

김재홍, 「생명, 사랑, 자유」, 고 은, 『누가 눈물없이 울고 있는가』, 시와 시학사, 1991.

박혜경, 「민족 생명력의 개체적 형상화」, 『비평 속에서의 꿈꾸기』, 문학과 지성사, 1991.

조동일, 「선승이면서 광대인 고은의 시」, 고 은, 『해금강』, 한길사, 1991.

이경호·정효구·고 은, 「허무에서 역사로, 다시 새로운 삶으로의 질주」, 『문학정신』, 1991. 1.

윤여탁, 「민중적 삶의 이야기화 - 고은론」, 『현대시』, 1991. 8.

박해현, 「고은 초기시에 나타난 연기의 의미」, 『작가세계』, 1991. 가을.

이경호, 「단절된 평가와 새로운 길트기(자료)」, 『작가세계』, 1991. 가을.

이경호, 「문학적 연대기」, 『작가세계』, 1991. 가을.

이동하, 「선재동자의 새로운 구도여행」, 『작가세계』, 1991. 가을.

황현산, 「역사의 어둠과 어둠의 역사」, 『작가세계』, 1991. 가을.

현기영, 「민족문학과 소설적 성과 - 고은 『화엄경』, 이상락 『누더기 시인의 사랑』, 원명희, 『높새 부는 바다』」, 『창작과 비평』, 1991. 겨울.

송기숙, 「속수무책의 사나이」, 고 은, 『내일의 노래』, 창작과 비평사, 1992.

고형진, 「선시와 무의미시 - 고은 『뭐냐』, 김춘수 『처용단장』」, 『현대시 세계』, 1992. 봄.

안수환, 「진흙과 화엄 - 고은문학의 구원관」, 『연암축산원예전문대논문집』 11, 1992. 3. = 『현대시학』, 1992. 10.

염무웅, 「'시와 리얼리즘'에 대하여」, 『창작과 비평』, 1992. 봄.

김재홍·고 은, 「이 작가 이 작품을 말한다 - 고은 시집 『내일의 노래』」, 『세계일보』, 1992. 5. 23.

고종석, 「'내일의 노래' 부르는 민족문학가」, 『한겨레신문』, 1992. 5. 27.

이시영, 「고은의 시, 허수정의 노래 - 고은 『내일의 노래』, 허수정 『혼자 가는 먼 집』」, 『창작과 비평』, 1992. 여름.

황정산, 「'시와 현실주의' 논의의 진전을 위하여」, 『창작과 비평』 1992. 여름.

안수환, 「진흙과 화엄」, 『현대시학』, 1992. 11.

김명인, 「60년대적 허무주의의 마지막 장」, 신경림·백낙청(편), 『고은 문학의 세계』, 창작과 비평사, 1993.

김병익, 「구도의 끝없는 나그넷길, 그 변증」, 신경림·백낙청(편), 『고은 문학의 세계』, 창작과 비평사, 1993.

김승희, 「파란과 신명의 축제」, 『고은문학앨범』, 웅진출판, 1993.

김영무, 「『백두산』의 시적 상상력」, 신경림·백낙청(편), 『고은 문학의 세계』, 창작과 비평사, 1993.

김재홍, 「『백두산』과 『만인보』, 그리고 고은의 문학사상」, 신경림·백낙청(편), 『고은 문학의 세계』, 창작과 비평사, 1993.

김주연, 「죽음과 행복한 잠 - 고은의 70년대」, 신경림·백낙청(편), 『고은 문학의 세계』, 창작과 비평사, 1993.

백낙청, 「선시와 리얼리즘 - 최근의 시집 세 권을 중심으로」, 신경림·백낙청(편), 『고은 문학의 세계』, 창작과 비평사, 1993.

성민엽, 「민족문학론의 추구, 그 밖과 안」, 신경림·백낙청(편), 『고은 문학의 세계』, 창작과 비평사, 1993.

신경림, 「바람받아 늙은 팽나무와 고은의 시」, 고 은, 『아직 가지 않은 길』, 현대문학사, 1993.

염무웅, 「삶의 깊이, 민족문학의 자부심 - 『조국의 별』을 중심으로」, 신경림·백낙청(편), 『고은 문학의 세계』, 창작과 비평사, 1993.

윤영천, 「인물시의 새로운 가능성 - 『만인보』론」, 신경림·백낙청(편), 『고은 문학의 세계』, 창작과 비평사, 1993.

이경수, 「중심없는 세계, 존재의 빈 아름다움 - 고은의 초기 시에 대하여」, 신경림·백낙청(편), 『고은 문학의 세계』, 창작과 비평사, 1993.

이승훈, 「고은의 시론」, 『한국현대시론사』, 고려원, 1993.

임헌영, 「허무의식에서 민족의식까지」, 『우리 시대의 시읽기』, 공동체, 1993.

장석주, 「역사의 삶, 그 각성과 실천」, 신경림·백낙청(편), 『고은 문학의 세계』, 창작과 비평사, 1993.

최원식, 「고은, 서정시 30년의 역정」, 『고은문학앨범』, 웅진출판, 1993. = 신경림·백낙청(편), 『고은 문학의 세계』, 창작과 비평사, 1993.

최원식·김태현·권성우, 「고은 시인과의 대화 - 그의 문학과 삶」, 신경림·백낙청

(편), 『고은 문학의 세계』, 창작과 비평사, 1993.

한만수, 「수필과 여기, 사랑과 환멸」, 신경림·백낙청(편), 『고은 문학의 세계』, 창작과 비평사, 1993.

황정산, 「역사와 현실의 경계 -『나의 저녁』과 『아침이슬』을 중심으로」, 신경림·백낙청(편), 『고은 문학의 세계』, 창작과 비평사, 1993.

홍정선, 「'세월 같은 사랑'에 이르는 길」, 『동서문학』, 1993. 9.

이동순, 「'존재의 전이'에 대하여 - 고은 시의 민족문학적 성과」, 『국어국문학연구』(영남대) 21, 1993. 12.

= 신경림·백낙청(편), 『고은 문학의 세계』, 창작과 비평사, 1993.

이동순, 「서사시 『백두산』의 민족문학적 의의」, 『동일문화논총』 4, 1995. 9.

이승훈, 「고은 -「눈길」」, 『한국 현대시 새롭게 읽기』, 세계사, 1996.

최현식, 「삶의 리듬을 조율하는 세 가지 방식 - 고은·황동규·김명인의 최근 시를 중심으로」, 『문학과 사회』, 1997. 8.

오세영, 「고은의 '삶'」, 『현대시』, 1997. 9.

이영진, 「두 원로시인의 근작을 읽고 - 고은 『어느 기념비』, 황동규 『외계인』」, 『창작과 비평』, 1997. 가을.

이인영, 「고은론 - 시간의 공간화, 죽음의 공간화」, 한국문학연구회, 『현역 중진 작가 연구』 Ⅱ, 국학자료원, 1998.

김재홍, '고은 시의 지속과 변화 - 여성상을 중심으로」, 『문학과 의식』, 1998. 5.

고　은·이경철, 「금강산 여인에 홀린 예순다섯의 청춘」, 『문예중앙』, 1998. 가을.

김재홍, 「내성과 자유에의 길 - 고은 『속삭임』」, 『세계의 문학』, 1998. 겨울.

김예호, 「고은 시의 서정성」, 『국민어문연구』(국민대), 1999. 2.

한원균, 「고은 시의 미적 층위, 변화와 지속성의 문제 -『피안감성』(1960)에서 『머나먼 길』(1999)까지」, 『한국문학평론』, 1999. 가을.

김윤배, 「문의 마을과 장미골 사이의 고은 시인」, 『현대시학』, 1999. 11.

2) 학위 논문

이영광, 「고은 시 연구 - 낭만적 성격을 중심으로」, 고려대 석사, 1995.

박정홍, 「고은의 전반기 시세계 연구」, 연세대 석사, 1996.

강현정, 「고은 시 연구 - 이미지 구조와 존재론적 전이를 중심으로」, 이화여대 석사,

1997.
차옥혜, 「고은 시의 변모양상에 관한 연구 - 60~80년대를 중심으로」, 동국대 석사,
  1997.
신동호, 「한국시에 나타난 백두산 상징 연구 - 서사시. 조기천의 「백두산」, 고은의
  「백두산」, 김성휘의 「장백산아 이야기하라」를 중심으로」, 중앙대 석사. 1999.
한원균, 「고은 시 연구」, 경희대 박사, 1999.
이인영, 「김춘수와 고은 시의 허무의식 연구」, 연세대 박사, 2000.

3) 단행본

고 은, 『고은시전집』 1~2, 민음사, 1983.
고 은, 『고은문학앨범』, 웅진출판, 1993.
신경림·백낙청(편), 『고은 문학의 세계』, 창작과 비평사, 1993.
황지우(편), 『고은을 찾아서』, 버팀목, 1995.

■ 구 상

1) 일반 논문

구 상, 「구상씨의 행장 연구」, 『신태양』, 1952. 9.

구 상, 「片想」, 『현대한국문학전집』 18, 신구문화사, 1967.

구 상, 「나의 시작태도」, 『시와 의식』 5, 1975. 6.

구 상, 「사물에 대한 자기진실에의 욕구」, 『현대시학』, 1978. 4.

구 상, 「나의 문학적 인생론」, 『표현』 5, 1982. 6.

구 상, 「나의 문학, 나의 시작법」, 『현대문학』, 1983. 6.

이정호, 「구도의 시 - 구상 소론」, 『시와 시론』 1, 1952. 11.

이 활, 「구상씨의 「우리시의 이념과 방법」을 박함」, 『중앙』, 1955. 6~7.

유종호, 「7월의 창작평」, 『사상계』, 1958. 8.

박희진, 「동인지 시대 1 - 공초와 구상 : 60년대 사화집(편)」, 『아세아』, 1969. 2.

고 은, 「전선의 휴머니즘」, 『1950년대』, 민음사, 1973.

이승훈, 「한국전쟁과 시의 세 양상 - 구상·박양균·전봉건」, 『현대시학』, 1974. 8.

김원태, 「기독교적 신앙의 구명 - 구상의 경우, 시와 종교」, 『현대시학』, 1974. 12.

원형갑, 「산문을 통해서 본 구상의 문학정신」, 『수필문학』, 1975. 11, 1976. 1.

김영수, 「신화적 상상력」, 『한국문학』, 1976. 7.

이철범, 「현대를 사는 시인」, 『현대와 현대시』, 문학과 지성사, 1977.

김윤식, 「구상론」, 『현대시학』, 1978. 6~8.

구중서, 「존재·이데올로기의 초월」, 『민족문학의 길』, 새밭사, 1979.

박철석, 「삶의 변증법」, 『현대시학』, 1979. 1.

안수환, 「구상문학과 케류그마」, 『시문학』, 1979. 11.

안수환, 「상황과 구원」, 『시와 의식』, 1980. 겨울.

김우창, 「시·현실·행복」, 『지상의 척도』, 민음사, 1981.

김광림, 「신앙과 구도의 시」, 『현대시학』, 1981. 5.

김해성, 「가톨리시즘과 존재적 시관 - 구상론」, 『현대시문학비평』, 대광출판사, 1982.

이영걸, 「구상시집 『까마귀』」, 『현대시학』, 1982. 5.

김봉군, 「비극의 상황과 구원에의 빛 - 구상 「초토의 시」」, 정한모·김재홍(편), 『한
    국현대시평설』, 문학세계사, 1983.

한광구, 「한국 현대시의 6 · 25 체험」 2, 『현대시학』, 1983. 3.

이우영, 「지키는 시」, 『현대시학』, 1983. 5.

김봉군, 「구상의 『초토의 시』 연구 - 한국 기독교 작가작품론」, 『성심여대논문집』 14, 1983. 7.

김봉군, 「시와 믿음과 삶의 합일 - 구상 『모과 옹두리에도 사연이』」, 『현대시학』, 1983. 10~11.

하현식, 「개성과 비개성주의」, 『현대시학』, 1983. 10.

김광림, 「절규의 언어 - 구상의 형태고」, 『시와 의식』, 1983. 겨울.

김봉군, 「구상론」, 김봉군(외), 『한국현대작가론』, 민지사, 1984.

鴻農映二, 「한국의 전후 시인 - 구상 · 박인환 · 한하운」, 『아시아공론』 133, 1984. 3.

이운룡, 「존재 내면의 시와 역사의식 - 구상의 『초토의 시』 중심으로」, 『표현』 7, 1984. 3.

김재홍, 「자기 극복과 초인의 길」, 『현대시』, 1984. 여름.

안수환, 「구상 문학과 신의 존재」, 『한국문학』, 1984. 10.

이운룡, 「신현실주의 시와 「까마귀」론」, 『월간문학』, 1984. 10~11.

하현식, 「인간의 실재와 형이상학적 인식」, 『현대시학』, 1984. 10~11.

안수환, 「구상문학과 신의 존재」, 『한국문학』, 1984. 11.

성찬경, 「구상의 『모과 옹두리에도 사연이』」, 『심상』, 1984. 11.

홍신선, 「초월과 물의 시학」, 『시문학』, 1985. 7.

이운용, 「시와 기독교 사상론 - 구상의 말씀의 실상에 대하여」, 『시문학』

이운영, 「구상시의 사상과 형상성 연구」, 『존재인식과 역사의식의 시』, 신아출판사, 1986.

조남익, 「시대정신의 峻論과 심화」, 『현대시학』, 1986. 3.

이운용, 「시와 기독교적 상상력」, 『한국언어문학』 24, 1986. 12.

이운영, 「역사적 상황과 시의식 - 구상의 단시를 중심으로」, 『현대문학』, 1987. 1.

나태주, 「화해와 사랑의 정신」, 『현대시학』, 1987. 6.

이운용, 「구상 시에 나타난 기독교 정신」, 『장태진박사회갑기념논총』, 1987. 12.

신익호, 「구상」, 『기독교와 한국현대시』, 한남대출판부, 1988.

김광림, 「전쟁고발과 죽음의 증언」, 『현대시학』, 1988. 4.

이운용, 「자연의 서정과 노장철학 - 구상의 단시를 중심으로」, 『예술계』 38, 1988. 7.

김봉군, 「존재의 비애와 우주적 비전 - 구상 『저런 죽일 놈』」, 『현대문학』, 1989. 2.

안소니 티그, 「참됨과 헌신 - 구상의 시세계」, 『현대문학』, 1989. 8~9.
김경수·구 상, 「우리시의 정체성을 생각한다」, 『현대시학』, 1990. 3.
성찬경, 「무심과 묵상과 아름다움 - 구 상·중광 시화집 『유치찬란』」, 『현대시학』,
　　　 1990. 3.
안소니 티그, 「깊은 명상과 신비에 눈뜬 시」, 구상, 『조화속에서』, 미래사, 1991.
이운영, 「존재와 영원을 조명한 시 - 구상론」, 『현대시』, 1991. 봄.
이운영, 「구상 「초토의 시 15」 - 실존과 역사에 대한 시」, 한국시문학회, 『한국 현대
　　　 시 작품연구와 감상』, 학문사, 1993.
구중서, 「잃어버린 자아의 재확립 - 구상의 시세계」, 『문학사상』, 1994. 2.
심원섭, 「지옥도와 절대 영원의 사이 - 1950년대 구상의 시와 삶의 편력」, 『비평문
　　　 학』 9, 1995. 8.
　　　 = 한국문학연구회, 『1950년대 남북한 시인 연구』, 국학자료원, 1996.
강신주, 「한국현대시에 나타난 노인의식 연구 - 정한모, 조병화, 구상의 시를 중심으
　　　 로」, 『숙명여대한국학연구』 5, 1995. 12.
구중서, 「잃어버린 나를 찾아서 - 구상론」, 『문학과 현대사상』, 문학동네, 1996.

2) 학위 논문

신익호, 「한국 현대 기독교시 연구 - 김현승·박두진·구상 시를 중심으로」, 전북대
　　　 박사. 1987.
이운용, 「한국 기독교시 연구 - 김현승·박두진·구상을 중심으로」, 조선대 박사,
　　　 1989.
박명희, 「구상의 연작시에 나타난 주제 양상 연구」, 부산여대 석사, 1995.
엄미라, 「가톨릭시즘 시 연구 - 정지용·구상·김남조·최민순·이해인 중심으로」,
　　　 건국대 석사, 1999.
최은희, 「구상시 연구 - 가톨릭시즘을 중심으로」, 세종대 석사, 2000.

3) 단행본

구 상, 『구상문학선』, 성바오로출판사, 1975.
구 상, 『구상시전집』, 서문당, 1986.

■ 김관식

1) 일반 논문

김관식, 「나의 詩쓰는……」, 『현대한국문학전집』 18, 신구문화사, 1967.
천상병, 「창작월평」, 『현대문학』, 1957. 5.
유종호, 「불모의 도식 – 1957년의 시」, 『문학예술』, 1957. 7.
          = 『비순수의 선언』, 신구문화사, 1962.
이철범, 「상반기의 시」, 『지성』 2, 1958. 가을.
천상병, 「문단희평」, 『시문학』, 1966. 10.
신경림, 「김관식, 인간과 문학」, 『월간문학』, 1970. 10.
천상병, 「젊은 동양시인의 운명 – 김관식의 귀천을 슬퍼하면서」, 『창작과 비평』,
          1970. 겨울.
김종철, 「김관식 시집」, 『창작과 비평』, 1976. 가을.
최하림, 「세계의 심화와 질서화」, 『문학과 지성』, 1977. 봄.
조남익, 「박재삼·김관식의 시」, 『현대시학』, 1987. 4.
이형기, 「50년대 후반기의 시」, 『현대시학』, 1988. 4.
이근배, 「'대한민국 시인' 김관식」, 『동아일보』, 1990. 10. 26.
성기조, 「김관식의 시와 동양인의 외로움」, 『청람어문학』 5, 1991. 11.
송희복, 「석상의 노래」, 『한국 서정시의 이해』, 예하, 1993.
정효구, 「김관식 시에 나타난 정신세계의 고찰」, 『충북대인문학지』 14, 1996. 6.
정효구, 「김관식 시에 나타난 정신세계」, 『20세기 한국시와 비평정신』, 새미, 1997.
최하림, 「에피소드는 즐겁다 – 김관식과 천상병」, 『시인을 찾아서』, 프레스 21, 1999.

2) 학위 논문

이연희, 「김관식 시 연구」, 강릉대 석사, 1997.
황인원, 「1950년대 시의 자연성 연구 – 구자운, 김관식, 이동주, 박재삼 시를 중심
          으로」, 성균관대 박사, 1999.

3) 단행본

고 은, 『김관식 평전』, 청년사, 1977.

■ 김구용

1) 일반 논문

김구용, 「내 시의 발상과 방법」, 『문학예술』, 1955. 10.

김구용, 「현대시의 배경」, 『성대문학』 3, 1956.

김구용, 「나의 문학수업」, 『현대문학』, 1956. 3.

김구용, 「현대문학과 체험」, 『성균』 10, 1959. 9.

김구용, 「말」, 『현대한국문학전집』 18, 신구문화사, 1967.

김구용, 「못보고도 안 사람들 - 내가 영향받은 작가」, 『현대문학』, 1967. 9.

김구용, 「산문시는 왜 쓰는가」, 『심상』, 1974. 6.

김구용, 「나와 쉬르리얼리즘」, 『월간문학』, 1974. 6.

김구용, 「일기」, 『현대시학』, 1977. 12~1979. 2.

김구용·김종철, 「나의 문학, 나의 시작법」, 『현대문학』, 1983. 2.

소시훈, 「2월의 시단」, 『현대문학』, 1955. 3.

박목월, 「6월의 시단」, 『현대문학』, 1955. 7.

천상병, 「창작월평」, 『현대문학』, 1957. 4.

유종호, 「불모의 도식 - 1957년의 시」, 『문학예술』, 1957. 7.
      =『비순수의 선언』, 신구문화사, 1962.

이어령, 「1957년 시 총평」, 『사상계』, 1957. 12.

이형기, 「상호비평 - 김구용의 고독」, 『현대문학』, 1958. 3.

이철범, 「상반기의 시」, 『지성』 2, 1958. 가을.

김춘수, 「언어」, 『사상계』, 1959. 2.

김 현, 「암시의 미학이 갖는 문제점 - 언어파의 시학에 관해서」, 『현대한국문학집』,
      신구문화사, 1967.

성찬경, 「김구용 시집 『시집 1』」, 『월간문학』, 1969. 8.

고 은, 「존재의 해체 『시집 1』」, 『현대시학』, 1969. 9.

김용직, 「해석·제작·수용의 궤적 - 한국 시단에 끼친 산문시의 발자취」, 『심상』,
      1974. 6.

김 현, 「놀램과 주장의 세계」, 『문학과 지성』, 1979. 봄.
      =『우리 시대의 문학』, 문장사, 1979.

염무웅, 「50년대 시의 비판적 개관」, 『월간대화』, 1976. 11.
          = 『민중시대의 문학』, 창작과 비평사, 1979.
김규동, 「김구용 시집 『시』」, 『한국문학』, 1977. 9.
김 현, 「놀램과 주장의 세계 – 『구곡』, 『새벽길』」, 『문학과 지성』, 1979. 봄.
최원규, 「다섯」, 『현대시학』, 1979. 10.
최원규, 「김구용의 시」, 『월간문학』, 1981. 1.
하현식, 「언어 그 천형의 외로움」, 『현대시학』, 1981. 3.
박찬선, 「醇正의 두 양상」, 『현대시학』, 1982. 9.
김광림, 「진실의 갈증 – 김구용 「소리」」, 정한모·김재홍(편), 『한국현대시평설』,
          문학세계사, 1983.
이우영, 「지키는 시」, 『현대시학』, 1983. 5.
한광구, 「한국 현대시의 6·25체험」 4~5, 『현대시학』, 1983. 5~6.
하현식, 「실험의식과 화해의 시학」, 『현대시학』, 1983. 6.
김종길, 「김구용의 「삼곡」」, 『시론』, 탐구당, 1985.
백우선, 「시의 발길, 손길」, 『현대시학』, 1985. 8.
김종천, 「구용선생 방문기」, 『현대문학』, 1986. 2.
조남익, 「김구용·홍윤식의 시」, 『현대시학』, 1986. 7.
윤병로, 「김구용 시 평설 – 시집 『시』를 중심으로」, 한국문학평론가협회, 『한국현대
          시인작가론』, 신아출판사, 1984.
임종욱, 「김구용의 시문학론」, 동국대 석사, 1987.
이지엽, 「시의 안정성과 견고성」, 『현대시학』, 1987. 5.
박찬선, 「간방의 다양성」, 『현대시학』, 1987. 8.
하현식, 「감수성의 회복」, 『현대시학』, 1988. 3.
민 영, 「1950년대 시의 물길」, 『창작과 비평』, 1989. 봄.
하현식, 「김구용론 – 선적 인식과 초현실의식」, 『한국시인론』, 백산출판사, 1990.
성기조, 「김구용의 시 「탈출」과 6·25의 실상」, 『시문학』, 1993. 4.
이건제, 「空의 명상과 산문시의 정신 – 김구용론」, 송하춘·이남호(편), 『1950년대
          의 시인들』, 나남, 1994.
김강태, 「나는 내 얘기 안합니다 – 행동은 죽지 않고 / 그들만 없다(김구용, '4·19
          기념' 시구)」, 『현대시』, 1998. 6.

2) 학위 논문

이동이, 「『송백팔』의 불교적 영향 – 역설적 기법을 통한 조명」, 전북대 석사, 1984.
임종옥, 「김구용의 시문학관」, 동국대 석사, 1988.
김진경, 「척약재 김구용의 시세계 연구」, 고려대 석사, 1996.
강성민, 「김구용 초기시 연구」, 동국대 석사, 2000.

3) 단행본

김구용, 『김구용문학전집』 1~6, 2000.
성범중, 『척약재 김구용의 문학세계』, 울산대출판부, 1997.

■ 김남조

1) 일반 논문

김남조, 「나직한 응답」, 『현대한국문학전집』 18, 신구문화사, 1967.

김남조, 「시의 낙서첩」, 『심상』, 1976. 10.

김남조, 「나의 인생, 나의 문학」, 『월간문학』, 1978. 9.

김남조, 「사랑과 삶의 시들」, 『바람세례』, 문학세계사, 1988.

김남조, 「시와 시인의 하는 일」, 『바람세례』, 문학세계사, 1988.

김남조, 「자연과 인간, 그 치유기를 불러오는 노래를」, 『문학사상』, 1996. 10.

조지훈, 「4월의 시단 – 시의 빈곤」, 『현대문학』, 1955. 5.

최일수, 「현대시의 순수감각비판 – 55년도의 시집을 중심으로」, 『문학예술』, 1956. 4.

윤병로, 「조병화·김남조의 시집」, 『월간문학』, 1971. 5.

정한모, 「內熱한 경지와 그 서정」, 『심상』, 1973. 11.

최원규, 「한국시단총관」, 『시문학』, 1973. 12.

정현기, 「지상적 삶의 시적 찬미 – 김남조의 『바람세계』」, 『심상』, 1974. 4.

김지향, 「『그분의 백합』에 내재하는 것」, 『현대시학』, 1974. 5.

김지향, 「현역 여류시의 에로스」, 『현대시학』, 1974. 10.

김규동, 「생명의 원초적 파악과 언어」, 『현대시학』, 1975. 1.

신세훈, 「4월의 시」, 『시문학』, 1976. 5.

이명자, 「동행자의 목소리」, 『심상』, 1976. 11.

이옥희, 「꽃을 소재로 한 한국현대시」, 『현대시학』, 1978. 12.

하현식, 「시에 있어서의 삶의 인식」, 『현대시학』, 1981. 2.

박진환, 「탈고향과 그 귀향의 미학」, 『현대문학』, 1981. 6.

김용직, 「김남조의 시세계」, 『소설문학』, 1981. 9.

고정희, 「소외의식과 역설적 반응」, 『현대시학』, 1981. 11.

박청륭, 「산 그 침묵의 혓바닥」, 『현대시학』, 1981. 12.

김유선, 「물과 불의 긴장력 – 김남조 「겨울바다」」, 정한모·김재홍(편), 『한국현대시
　　　평설』, 문학세계사, 1983.

이우영, 「동기와 변용」, 『현대시학』, 1983. 3.

하현식, 「애정의 시학」, 『현대시학』, 1983. 12.

김재홍, 「사랑시학의 한 지평」, 『문학사상』, 1984. 8.

원형갑, 「김남조의 시적 언어의 권리」, 『현대문학』, 1984. 10.

정영자, 「여류시의 모성적 축제와 그 붕괴」, 『월간문학』, 1984. 10.

박찬선, 「자연과 시」, 『현대시학』, 1984. 11.

박청륭, 「감성의 생리」, 『현대시학』, 1984. 11.

하현식, 「기원과 운명수순의 논리」, 『현대시학』, 1985. 8.

조남익, 「김남조·김광림의 시」, 『현대문학』, 1986. 11.

이상섭, 「시의 여러 말씨」, 『문학사상』, 1987. 2.

오순탁, 「알파와 오메가」, 『현대시학』, 1988. 3.

김효중, 「김남조 시에 나타난 상징의 의미」, 『국문학연구』 11, 1988. 6.

박현서, 「정서의식의 다양한 언어화」, 『현대시학』, 1988. 6.

김은전, 「정념의 시인」, 『한국 현대시 연구』, 민음사, 1989.

김재홍, 「김남조, 사랑시학의 한 지평」, 『한국 현대시인 비판』, 시와 시학사, 1991.

이명재, 「생명·기원·사랑의 시학」, 김남조, 『가난한 이름에게』, 미래사, 1991.

정영자, 「사랑시학의 변모과정 – 김남조 시의 변화양상」, 『현대시』, 1991. 3.

신은경, 「여성성의 구현으로서의 여성 테스트와 여성문제 – 김남조 시를 중심으로」,
       『문학정신』, 1991. 12.

송희복, 「태양의 刻文」, 『한국 서정시의 이해』, 예하, 1993.

송희복, 「설화」, 『한국 서정시의 이해』, 예하, 1993.

엄창섭, 「김남조론」, 『관대어문논집』 21, 1993. 2.

김지향, 「김남조론」, 『한국현대여성시인연구』, 형설출판사, 1994.

이승훈, 「김남조 – 「정념의 기」」, 『한국 현대시 새롭게 읽기』, 세계사, 1996.

정영자, 「김남조의 시세계」, 『한국여성시인연구』, 평민사, 1996.

윤병로, 「한국시에서의 기독교와 문학 – 김남조와 홍윤숙의 시세계」, 『문학과 의식』,
       1996. 10.

오광수, 「고희에도 식지않는 생명의 노래」, 『한국일보』, 1998. 12. 15.

김해성, 「김남조론 – 기구와 인간과의 대화시관」, 김해성·한성우, 『해방후 시인론』,
       대광출판사, 1999.

김경복, 「희망, 사랑의 또다른 이름」, 『시문학』, 1999. 10.

유혜목·김남조, 「김남조 시인과의 대담」, 『시문학』, 1999. 10.

2) 학위 논문

김복순, 「한국 현대여류시에 나타난 애정의식 연구 – 모윤숙·노천명·김남조·홍윤
    숙 시를 중심으로」, 서울여대 박사, 1990.
백승민, 「김남조 시 연구 – 물·불·꽃의 심상과 색채와의 관계를 중심으로」, 고려대
    석사, 1993.
엄기옥, 「김남조 시에 내재된 심상에 관한 연구 –『범부의 노래』를 중심으로」, 관동
    대 석사, 1996.
김경복, 「김남조 시 연구」, 경희대 석사, 1998.
엄미라, 「가톨릭시즘 시 연구 – 정지용·구상·김남조·최민순·이해인 중심으로」,
    건국대 석사, 1999.
윤효선, 「김남조 시 연구」, 성신여대 석사, 2000.
조윤미, 「김남조 시 연구」, 조선대 석사, 2000.

3) 단행본

김남조, 『김남조시전집』, 서문당, 1983.
신세훈(편), 『김남조 시가 있는 명상노우트』, 일월서각, 1985.

■ 김동리

1) 일반 논문

김우철, 「생활과 진실과 체험 – 김동리씨의 「산화」」, 『동아일보』, 1936. 2. 21, 25~26.

김환태, 「심리의 입체적 구도 – 8월 창작평」, 『조선일보』, 1936. 8. 11.

박영희, 「창작월평 – 고흔 해학과 냉정한 묘사」, 『조선일보』, 1937. 1. 21.

김동성, 「「황토기」」, 『문장』, 1939. 5.

유진오, 「대립보다는 협력을 요망 – 김동리씨에게」, 『매일신보』, 1940. 2. 23.

이원조, 「허구와 진실 – 서울신문 단편 리레를 읽고」, 『서울신문』, 1946. 9. 1.

김병규, 「순수문제와 휴머니즘」, 『심천지』, 1947. 1.

김병규, 「순수문학과 정치」, 『신조선』, 1947. 2.

김광주, 「문학의 정신 – 김동리씨의 「무녀도」를 중심으로」, 『경향신문』, 1947. 7. 21.

김동석, 「순수의 정체 – 김동리론」, 『신천지』 21, 1947. 11.
=『뿌르조아의 인간상』, 탐구탕, 1949.

조연현, 「무식의 폭로 – 김동석씨의 김동리론을 논함」, 『구국』 1, 1948. 1.

조연현, 「허무에의 의지 – 김동리씨 「황토기」를 중심으로」, 『민중일보』, 1948. 1. 23.

임긍재, 「민족문학 제창 후의 작품경향」, 『예술조선』, 1948. 4.

박 원, 「신문학에 있어서의 휴머니즘론」, 『청년문학』, 1948. 6. 15.

조지훈, 「입명의 문학 – 김동리 평론집 『문학과 인간』에 대하여」, 『경향신문』, 1948.
11. 23.

서정주, 「김동리 평론집 『문학과 인간』에 대하여」, 『백민』, 1949. 1.

홍효민, 「김동리 저 『문학과 인간』 서평」, 『백민』, 1949. 1.

이광현, 「민족문학의 재검토」, 『자유신문』, 1949. 1. 25~28.

조연현, 「허무에의 의지 – 김동리씨 「황토기」를 읽고」, 『국제신문』, 1949. 1. 30.

김 송, 「제3세계를 지향하는 문학 – 김동리 「황토기」를 읽고」, 『경향신문』, 1949.
2. 22.

박래원, 「김동리와 「무녀도」」, 『가우』(중앙대) 29, 1949. 7. 20.

백 철, 「산문문학과 리얼리즘 – 김동리의 미몽을 계함」, 『국도신문』, 1950. 3. 29,
31~4. 1.

三芝洞人, 「논전을 위한 논전인가 – 특구세력의 백철 대 김동리 싸움」, 『연합신문』,

1950. 4. 13.

양병식, 「김동리씨에게」, 『연합신문』, 1953. 3. 25.

조연현, 「1월의 작단」, 『현대문학』, 1955. 2.

조연현, 「2월의 소설」, 『현대문학』, 1955. 3.

조연현, 「4월의 창작」, 『현대문학』, 1955. 5.

백 철, 「창작계 활기 띠는가」, 『새벽』, 1955. 9.
        = 『문학의 개조』, 신구문화사, 1959.

곽종원, 「1955년도 창작계 별견」, 『현대문학』, 1956. 1.

전봉건, 「문학적 비양식 – 김동리씨의 선민의식과 학생문제」, 『신세계』 4, 1956. 4.

박계주, 「진실한 문인이 되라 – 김동리씨의 망언에 답함」, 『서울신문』, 1955. 7. 8.

이어령, 「우상의 파괴 – 문학적 혁명기를 위하여」, 『한국일보』, 1956. 5.

김성민 · 김동리, 「원작과 각색의 한계 – 각본 「처와 애인」은 소설 「실존무」의 표절인
        가?」, 『세계일보』, 1957. 1. 25, 27~29.

K.E.B.생, 「1000자 인물평 – 자기도취의 김동리」, 『현대문학』, 1957. 11.

조연현, 「무태의 확대와 사상의 심화 – 김동리 제4창작집 『실존무』에 대하여」, 『현대
        문학』, 1958. 6.

곽종원, 「피안과 현세의 대결 – 김동리의 『사반의 십자가』를 읽고」, 『조선일보』,
        1958. 10. 27.

김우종, 「주제와 구성의 문제 – 『사반의 십자가』에 대하여」, 『현대문학』, 1958. 12.

김우규, 「하늘과 땅의 변증법 – 『사반의 십자가』의 문제성」, 『현대문학』, 1959. 1.

김우종, 「중간소설론을 비평함 – 김동리씨의 발언에 대하여」, 『조선일보』, 1959. 1. 23.

이어령, 「영원한 모순 – 김동리씨에게 묻는다」, 『경향신문』, 1959. 2. 9~10.

원형갑, 「금단의 무기 – 이어령씨의 「영원한 모순」을 읽고」, 『연합신문』, 1959. 2. 15.

이어령, 「못박힌 기독은 대답없다 – 다시 김동리씨에게」, 『세계일보』, 1959. 2. 20~21.

이어령, 「논쟁의 초점 – 다시 김동리씨에게」, 『경향신문』, 1959. 2. 25~28.

이어령, 「희극을 원하는가」, 『경향신문』, 1959. 3. 12~14.

이철범, 「언쟁이냐 논쟁이냐 – 김동리씨와 이어령씨의 논쟁을 보고…」, 『세계일보』,
        1959. 3. 28.

임순철, 「서글픈 만용이 아니었기를 – 독자로서 김동리 · 이어령 양씨에게 말한다」,
        『경향신문』, 1959. 3. 30.

김원중, 「김동리론」, 『국어국문학논문집』 8, 1959. 6.

손우성, 「하늘과 땅의 비중 - 『사반의 십자가』론」, 『사상계』, 1960. 2.

이봉구, 「문학적 산보」, 『현대문학』, 1961. 7.

유종호, 「한국의 페시미즘 - 운명론의 계보」, 『현대문학』, 1961. 9.
    = 『비순수의 선언』, 신구문화사, 1962.

유종호, 「一瞥二言 - 1961년의 소설」, 『사상계』, 1961. 12.
    = 『비순수의 선언』, 신구문화사, 1962.

김춘수, 「에피소드의 역할」, 『경북대어문논총』, 1962. 12.

이유식, 「(속) 프로메테우스적 인간상」, 『현대문학』, 1963. 7.

이형기, 「김동리론 - 「등신불」을 중심으로」, 『문학춘추』, 1964. 5.

홍사중, 「동토의 계절」, 『문학춘추』, 1964. 5.

장일수, 「동리문학을 논함」, 『한양』 33, 1964. 11.

정태용, 「비극미와 성격미 - 김동리론」, 『예술원논문집』, 1964. 12. 12.

이광훈, 「사양의 토속적 인간상 - 김동리의 경우」, 『문학춘추』, 1965. 1.

신동욱, 「미토스의 지평 - 김동리의 「무녀도」를 중심으로」, 『현대문학』, 1965. 2.

조연현, 「해방 20년(문학) - 김동석 김동리 대논쟁」, 『대한일보』, 1965. 5. 8.

곽종원, 「노자이 없는 저조」, 『현대문학』, 1966. 2.

이형기, 「세 작품의 콘트라스트」, 『현대문학』, 1966. 2.

정창범, 「저회적인 풍경」, 『현대문학』, 1966. 2.

윤병로, 「자리잡히는 사소설」, 『현대문학』, 1966. 2.

김우정, 「이달의 문제작」, 『주간한국』, 1966. 8. 7.

염무웅, 「7월의 수확 - 상황과 문체」, 『문학』 4, 1966. 8.

임헌영, 「니힐과 반항」, 『현대문학』, 1966. 8.

정창범, 「서정과 전형」, 『세대』, 1966. 8.

천이두, 「한국의 두 가지 소설」, 『현대문학』, 1966. 8.

구창환, 「김동리의 문학세계」, 『조선대어문학논총』 7, 1966. 11.

조연현, 「김동리와 성불의 미학」, 『현대문학』, 1966. 11.

김우종, 「명작에서 본 10태 - 김동리 작 「바위」」, 『대한일보』, 1967. 5. 11.

이형기, 「「석노인」의 워밍업」, 『현대문학』, 1967. 6.

곽종원, 「현실 야유의 미학」, 『현대문학』, 1967. 10.

김우종, 「신당의 미학」, 『한국현대소설사』, 선명문화사, 1968.

이보영, 「연화의 비의 - 김동리론」, 『중앙』, 1968. 1.

천이두, 「에고적 측면과 초에고적 측면」, 『현대문학』, 1968. 5.

천이두, 「토속세계의 설정과 그 한계」, 『사상계』, 1968. 12.

염무웅, 「샤아머니즘의 미학 - 김동리론」, 『한국단편문학대계』 4, 삼성출판사, 1969.

염무웅, 「집착과 변모 - 김동리 문학의 현실감각」, 『6·8문학』, 1969.

천이두, 「한의 인정」, 『한국현대소설론』, 형설출판사, 1969.

김병익, 「개안 - 예술가의 생성(2)」, 『동아일보』, 1969. 1. 16.

고 은, 「실내작가론(2) - 김동리」, 『월간문학』, 1969. 4.

김경임, 「한국의 관념소설고」, 『한국어문학연구』(이화여대), 1970. 2.

염무웅, 「문학의 교육 - 김동리 「무녀도」」, 『월간문학』, 1970. 6.

이보영, 「신화적 소설의 반성」, 『현대문학』, 1970. 12.

정한숙, 「현미경과 돋보기」, 『고려대논문집』, 1970. 12.

김치수, 「김동리의 「무녀도」」, 『한국현대소설작품론』, 문장, 1971.

정창범, 「김동리와 그 문학」, 『신한국문학전집』 15, 어문각, 1972.

김영숙, 「김동리 문학과 니힐리즘」, 『문호』(건국대) 6~7, 1972. 2.

최원식, 「신성사와 세속사의 갈등」, 『신동아』, 1972. 4.

유금호, 「샤머니즘과 동리의 허무」, 『새시대문학』, 1972. 7~8.

안병무, 「종교가가 본 한국작가의 종교의식」, 『문학사상』, 1972. 12.

고 은, 「전선의 휴머니즘」, 『1950년대』, 민음사, 1973.

김윤식·김 현, 「김동리 혹은 제3휴머니즘의 기수」, 『한국문학사』, 민음사, 1973.

김병욱, 「영원회귀의 문학」, 『동리문학 연구』, 1973.

이보영, 「연화의 비의」, 『동리문학 연구』, 1973.

이형기, 「김동리론 - 「등신불」을 중심으로」, 『동리문학 연구』, 1973.

정한숙, 「현미경과 돋보기」, 『동리문학 연구』, 1973.

백 철, 「30년대의 문단상황과 김동리 문학론의 의의」, 『동리문학 연구』, 1973.

이철균, 「모순적 자기동일성에의 영원한 참여」, 『동리문학 연구』, 1973.

신경림, 「문학과 민중 - 현대한국문학에 나타난 민중의식」, 『창작과 비평』, 1973. 봄.

서경수, 「소신의 미학 - 종교가가 본 한국작가의 종교의식」, 『문학사상』, 1973. 6.

남상학, 「『사반의 십자가』의 문제점」, 『기원』, 1973. 6.

김병익, 「자연에의 친화와 귀의」, 『한국문학』, 1973. 12.

조연현, 「전통의 개념과 그 가치」, 『보운』(충남대) 3, 1973. 12.

김윤식, 「전통지향성의 한계 - 김동리론」, 『한국근대작가론고』, 일지사, 1974.

주종연, 「한국현대작품론 - 「감자」 및 「무녀도」」, 『국민대학논문집』 7, 1974. 3.

이상섭, 「이무기의 둔갑」, 『문학과 지성』, 1974. 봄.

김주연, 「생명의 신비와 불멸의 믿음」, 『서울평론』, 1974. 2.

이철균, 「모순적 자기동일성에의 영원한 참여」, 『시문학』, 1974. 3.

이보영, 「관념성의 허실」, 『한국문학』, 1974. 7.

이상희, 「청년문화론은 선정주의의 가면」, 『문학사상』, 1974. 7.

주종연, 「한국 현대 작품론(1) - 「감자」 및 「무녀도」」, 『국민대논문집』 7, 1975. 3.

김영수, 「동리 문학의 사상적 궤적」, 『한국문학』, 1975. 6.

김상일, 「동리문학의 성역, 동리문학의 체계」, 『한국문학』, 1975. 11.

김영주, 「「석노인」고」, 『수련어문논집』(부산여대), 1975. 12.

천이두, 「동리문학의 구조 - 「등신불」을 중심으로」, 『국어국문학』(전북대) 17,
    1975. 12.

김윤식, 「구경적 생의 형식」, 『한국현대문학사』, 일지사, 1976.

박동규, 「신당과 원시의 풍경 - 김동리론」, 『한국현대작가 연구』, 민음사, 1976.

이형기, 「김동리론」, 『감성의 논리』, 문학과 지성사, 1976.

임종국, 「현대소설과 불교 - 김동리의 「등신불」을 중심으로」, 『법륜』, 1977. 4.

김양수, 「김동리와 선우휘」, 『현대문학』, 1978. 1.

정재훈, 「한국 현대소설에 나타난 죽음의 연구」, 『월간충정』, 1978. 1~3.

정창범, 「서정과 리얼리티 - 구「바위」와 신「바위」」, 『독서생활』, 1976. 1.

김윤식, 「원작과 개작의 거리 - 김동리의 「바위」의 경우」, 『독서생활』, 1976. 1.

송상일, 「서사구조와 아픔의 환기」, 『현대문학』, 1976. 4.

이규호, 「전쟁과 실존과 논리 - 김동리의 「실존무」」, 『한국문학』, 1976. 6.

이동희, 「순수의식과 문체미학 - 김동리의 경우」, 『안동교대논문집』, 1976. 9.

김윤식, 「문협정통파의 정신구조 - 생의 구경적 형식」, 『한국근대문학사상 비판』, 일
    지사, 1978.

정창범, 「김동리의 바위」, 『작중인물의 심층분석』, 평민사, 1978.

이재선, 「정신사적 구원의 문제」, 『문학사상』, 1978. 5.

이태동, 「동리문학과 휴머니즘」, 『한국문학』, 1978. 6.

김희보, 「김동리의 『사반의 십자가』와 구원의 문제 - F. Kafka의 「성」과의 비교」,
    『기독교사상』, 1978. 9.

천이두, 「허구와 진실」, 『현대문학』, 1978. 9~10.

김병익, 「한국소설과 한국 기독교」, 『상황과 상상력』, 문학과 지성사, 1979.

이재선, 「정신사적 구원의 문제」, 『한국현대소설사』, 홍성사, 1979.

구창환, 「김동리의 문학세계」, 『동리문학이 한국문학에 미친 영향』(중앙대 문창과), 1979.

김상일, 「동리문학의 성역」, 『동리문학이 한국문학에 미친 영향』(중앙대 문창과), 1979.

김양수, 「한국문학의 사상성 모색을 위한 동의」, 『동리문학이 한국문학에 미친 영향』(중앙대 문창과), 1979.

김영수, 「동리문학의 사상적 궤적」, 『동리문학이 한국문학에 미친 영향』(중앙대 문창과), 1979.

서경수, 「소신의 미학」, 『동리문학이 한국문학에 미친 영향』(중앙대 문창과), 1979.

송백헌, 「토속신의 미학과 원색적 인간상」, 『동리문학이 한국문학에 미친 영향』(중앙대 문창과), 1979.

신동욱, 「김동리의 「무녀도」」, 『동리문학이 한국문학에 미친 영향』(중앙대 문창과), 1979.

천이두, 「동굴의 미학과 광장의 신학」, 『세계의 문학』, 1979. 봄.

강성천, 「샤머니즘의 문학적 수용 - 김동리의 「무녀도」를 중심으로」, 『월간문학』, 1979. 4.

이동희, 「영남지방의 현대소설 - 현진건·김동리론」, 『교대춘추』, 1980. 1.

김 현, 「김동리에게 청한다 - 단편소설 「참외」를 읽고」, 『뿌리깊은 나무』, 1980. 11.

김병욱, 「영원회귀의 문학 - 김동리론」, 김병욱·김영일·김진국·최 무(편), 『문학과 신화』, 대람, 1981.

이재선, 「소설에 나타난 사랑과 죽음」, 『한국문학의 지평』, 새문사, 1981.

이재선, 「신비와 현실의 양극적 거리」, 『한국문학의 지평』, 새문사, 1981.

이재선, 「정신사의 충돌과 영상의 문학」, 『한국문학의 지평』, 새문사, 1981.

유인순, 「「등신불」을 위한 새로운 독서」, 『이화여대논문집』 4, 1981.

이보영, 「기독교문학의 가능성」, 『예술원논문집』 20, 1981.

신동욱, 「김동리의 소설에 나타난 비극적인 삶의 인식 - 주로 김동리의 「무녀도」 개작을 중심으로」, 『동방학지』, 1981. 9.

류준형, 「「등신불」과 「빈처」의 시점에 대하여」, 『어문학교육』, 1981. 12.

김윤식, 「1930년대의 비평 – 이데올로기의 내재화」, 『한국 현대문학 비평사』, 서울
　　대출판부, 1982.
신동욱, 「김동리의 소설에 나타난 비극적인 삶의 인식」, 『우리시대의 작가와 모순의
　　미학』, 개문사, 1982.
정무룡, 「김동리 소설의 무속소 연구」, 『국어국문학논문집』, 1982. 1.
유종렬, 「김동리 소설의 개작고 – 「무녀도」 「산화」 「바위」를 중심으로」, 『국어국문
　　학』, 1982. 3.
정영자, 「원시신앙의 문학적 전개」, 『월간문학』, 1982. 3.
신동욱, 「선사적 공간의 의미」, 『소설문학』, 1982. 7.
조낙현, 「김동리의 「무녀도」고」, 『관동어문학』, 1982. 9.
권영민, 「한국문학과 이데올로기」, 『한국근대문학과 시대정신』, 문예출판사, 1983.
김병익, 「하늘과 땅의 대결 – 김동리의 『사반의 십자가』」, 『부드러움의 힘』, 청아,
　　1983.
김열규, 「속신과 불안」, 『한국문학사』(그 형상과 해석), 탐구당, 1983.
구인환, 「현실변혁을 지향하는 두 영광」, 『광장』, 1983. 1.
최병탁, 「김동리의 「황토기」에 나타난 풍수설화 모티프」, 『북악논총』, 1983. 2.
이농희, 「김동리의 「만자동경」고」, 『시문학』, 1983. 5.
우한용, 「현대소설의 고전수용에 관한 연구 – 『을화』의 바리공주 수용을 중심으로」,
　　『전북대논문집』, 1983. 8.
곽학송, 「동리 김시종」, 『전북대논문집』, 1983. 8.
유종렬, 「김동리 소설의 공간과 죽음의 구조」, 『동래여전논문집』, 1983. 11.
김우종, 「김동리와 순수문학의 지향」, 『한국현대소설사 연구』, 민음사, 1984.
김치수, 「소멸의 미학 – 김동리의 「무녀도」」, 『문학과 비평의 구조』, 문학과 지성사,
　　1984.
이동하, 「김동리의 소설에 대한 일 고찰」, 『관악어문연구』 9, 1984.
이보영, 「김동리의 초기 소설」, 『식민지시대 문학론』, 필그림, 1984.
하창수, 「소망과 현실의 변증법」, 『지평』 3, 1984.
구창환, 「토속적 상징과 휴머니즘 – 김동리론」, 김용성 · 우한용(편), 『한국근대작가
　　연구』, 삼지원, 1985.
김열규, 「동리문학과 순수문학」, 백낙청 · 염무웅(편), 『한국문학의 현단계』 Ⅳ, 창작
　　과 비평사, 1985.

조남현, 「「저승새」와 보살행화 설화」, 『한국현대문학의 자계』, 평민사, 1985.

김영숙, 「동리문학에 나타난 종교의식」, 『건국대대학원논문집』, 1985. 2.

이태동, 「막다른 끝의 '밀다원' - 「밀다원 시대」」, 『문학사상』, 1985. 6.

오동춘, 「「무녀도」 소설의 시간구조」, 『새국어교육』, 1985. 12.

김용희, 「공간의 전환구조」, 『현대소설에 나타난 길의 상징성』, 정음사, 1986.

서연호, 「희비극적 접근 새 가능성 - 대중의 「무녀도」」, 『한국일보』, 1986. 6. 7.

이상구, 「제3휴머니즘과 문학적 형상화 - 김동리 문학론」, 『경남대어문논집』, 1986. 8.

유기룡, 「죽음과 재생의 이미지로 본 「무녀도」」, 『계성문학』 3, 1986. 10.

이광풍, 「동리문학과 신화적 상상력」, 『국제대논문집』 14, 1986. 12.

이인복, 「김동리의 신령주의」, 『한국문학과 기독교사상』, 우신사, 1987.

설중환, 「작가와 사회」, 『백수문학』 21, 1987.

이광풍, 「「무녀도」의 신화학적 이해」, 『이응호박사회갑논총』, 1987.

김상태, 「현대의 고전을 찾는다」, 『현대문학』, 1987.

조낙현, 「김동리의 『을화』고」, 『관동대논문집』, 1987.

조춘호, 「김동리의 「황토기」론 - 르네 지라르의 '욕망'의 삼각형 이론의 적용을 통하
   여」, 『대구한의대논문집』 5, 1987. 12.

이윤택, 「이데올로기와 사랑」, 『해체 실천 그 이후』, 청하, 1988.

임금복, 「김동리의 「달」에 나타난 원형적 의미」, 『성신어문학』 1, 1988.

조낙현, 「김동리의 「달」에 나타난 인간관」, 『관동대논문집』 16, 1988. 2.

장백일, 「「무녀도」의 정신분석학적 접근」, 『월간문학』, 1988. 3.

박영순, 「김동리의 「해방」 연구」, 『국어국문학』 99, 1988.

김우석, 「김동리의 초기소설 연구」, 『행당논집』(한양대) 3, 1988. 7.

이형우, 「절대자의 차원과 인간의 몫 - 「무녀도」, 『만다라』, 『사람의 아들』의 갈등구
조로 본 작가의식의 연구」, 『동양문학』 6, 1988. 10.

전정구, 「죽음의 한 연구 - 동리의 「까치소리」를 중심으로」, 『월간문학』, 1988. 11.

김종익, 「『을화』에 나타난 등장인물의 의미작용 분석」, 『동양어문논집』 23, 1988. 12.

이동하, 「김동리의 「극락조」에 대하여」, 『전농어문연구』 1, 1988. 12.
   = 『현대소설의 정신사적 연구』, 일지사, 1989.

이동하, 「한국문학의 전통지향적 보수주의 연구」, 『현대소설의 정신사적 연구』, 일지
   사, 1989.

최병우, 「보수주의의 문학적 형상화」, 『한국 현대장편소설 연구』, 삼지원, 1989.

송하섭, 「김동리 소설의 서정성 연구」, 『대학논문집』 13, 1989.

안성수, 「죽음과 떠남의 변증법」, 『조선일보』, 1989. 1. 6~10.

윤병로, 「1930년대 소설의 일 연구」, 『대동문화연구』(성균관대), 1989. 2.

이동하, 「순수문학과 독재정권 - 김동리, 서정주, 김춘수의 경우」, 『서울시립대대학
　　　문화』, 1989. 2.

김혜니, 「언술과 이야기의 서술 연구」, 『이화어문논집』 10, 1989. 3.

곽경숙, 「김동리 단편소설의 일반의미론적 연구」, 『국어교육』 65, 1989. 7.

홍경표, 「민간전승 모티프의 소설적 수용」, 『전통문화연구』(효성여대), 1989. 7.

윤병로, 「김동리의 「무녀도」론」, 『이병호박사회갑논총』, 1989. 6.

유금호, 「동리 소설의 「본향」 회귀고」, 『구인환박사회갑논총』, 1989. 10.

김정숙, 「『사반의 십자가』와 『을화』」, 『월간문학』, 1989. 11.

이동하, 「한국현대소설과 기독교의 관련양상에 대한 고찰」, 『배달말』 14, 1989. 12.

서종택, 「김동리의 초기소설」, 『한국 현대소설 연구』, 새문사, 1990.

임영천, 「갈등의 종교사회학 - 한국문학 속의 기독교」, 『기독교교육』, 1990.

고정상, 「김동리 「황토기」론」, 『백록어문』(제주대), 1990. 2.

이은숙, 「김동리의 「무녀도」 연구」, 『성신어문학』 3, 1990. 2.

이동하, 「한국현대소설과 기독교의 관련양상」, 『한국문학』, 1990. 2.

김정숙, 「김동리 소설의 공간적 상징」, 『평사민제선생회갑논총』, 1990. 10.

이정숙, 「샤머니즘의 가능성과 그 한계」, 『한성어문학』, 1991.

정호웅, 「50년대 소설론」, 문학사와 비평연구회(편), 『1950년대 문학연구』, 예하,
　　　1991.

김윤식, 「근대성 또는 주인과 노예의 변증법」, 『현대문학』, 1991. 11.

구모룡, 「생의 형식과 반근대주의 미학 - 김동리의 소설 유기론」, 『한국문학과 열린
　　　체계의 비평담론』, 열음사, 1992.

김윤식, 「니힐리즘과 한국근대문학 - 김동리와 손창섭」, 『현대소설과의 대화』, 현대
　　　소설사, 1992.

송현호, 「「무녀도」, 「바위」, 「역마」, 『사반의 십자가』, 「등신불」, 「까치소리」」, 『한국
　　　현대소설의 해설』, 관동출판사, 1992.

신형기, 「순수의 정체 - 해방기의 김동리」, 『해방기소설 연구』, 태학사, 1992.

박양호, 「김동리 소설의 인물 연구」, 『전남대어문논총』, 1992.

손봉주, 「김동리의 『사반의 십자가』 소고」, 『청람어문학』, 1992.

이상구, 「『무녀도』와 『을화』의 거리」, 『명지대인문과학연구논총』, 1992.

전영숙, 「『무녀도』 소설의 구조분석 연구」, 『신흥전문대논문집』, 1992.

김윤식, 「우리 근대문학 연구의 한 방향 - 근대와 그 초극에 관련하여(1)」, 『외국문
학』, 1992. 봄.
= 『한국문학의 근대성 비판』, 문예출판사, 1993.

김윤식, 「한국 근대문학 교육의 어떤 좌표 - 근대와 그 초극에 관련하여」, 『현대비평
과 이론』, 1992. 봄.
= 『한국문학의 근대성 비판』, 문예출판사, 1993.

김윤식, 「정신주의에 대한 비판 - 소월시와 김동리 문학」, 『서정시학』 2, 1992. 6.
= 『한국문학의 근대성 비판』, 문예출판사, 1993.

김윤식, 「1930년대 한국평단의 문예시평과 문학이념의 관련양상에 대한 연구」, 『한
국학보』, 1992. 여름.

류보선, 「탈근대적 지향과 전근대적 귀결」, 『문학정신』, 1992. 7.

김윤식, 「『을화』론 - 서사무가와 소설 사이에 걸린 등불 하나」, 『대학신문』, 1992.
9. 28.

김윤식, 「은유로서의 노벨문학상 - 김동리의 『을화』」, 『문학사상』, 1992. 10.

이명재, 「변증법적 휴머니즘의 소설미학 - 김동리 『을화』」, 『문학사상』, 1992. 12.

김윤식, 「글쓰기의 기원 - 구경적 삶의 형식으로서의 글쓰기 / 김동리의 경우」, 『한
국문학의 근대성 비판』, 문예출판사, 1993.

송희복, 「순수문학의 비평적 소명 - 김동리론」, 『해방기 문학비평 연구』, 문학과 지
성사, 1993.

이태동, 「한국순수문학의 위대한 집념」, 『김동리』, 벽호, 1993.

구모룡, 「생의 형식과 서정적 소설론」, 『한국문학논총』, 1993.

강진호, 「탈이념과 '무'의 현실적 의미」, 『고려대어문논집』, 1993.

김영건, 「김동리의 「무녀도」 연구」, 『경남어문논집』, 1993.

김택중, 「『무녀도』의 줄거리를 중심으로 한 층위 분석」, 『대전어문학』, 1993.

박헌호, 「50년대 비평의 성격과 민족문학론으로의 도정」, 조건상(편), 『한국전후문
학연구』, 성균관대출판부, 1993.

손봉주, 「김동리 『사반의 십자가』의 분석적 연구」, 『청람어문학』, 1993.

심영덕, 「현대소설에 나타난 죽음의 일 고찰」, 『영남어문학』, 1993.

진정석, 「일제말기 김동리 문학의 낭만주의적 성격」, 『외국문학』, 1993. 여름.

김윤식, 「구경적 삶의 형식의 문학관 형성과정에 관한 연구」, 『한국학보』, 1993. 여름.

김윤식, 「김동리 문학의 고전적 성격」, 『소설과 사상』, 1993. 가을.

김윤식, 「소설과 우연성의 문제 – 김동리, 조연현, 九鬼周造」, 『문예중앙』, 1993. 가을.

김윤식, 「땅끝의식과 그 초극」, 『심상』, 1993. 겨울.

권오현, 「전후소설의 지식인상 연구」, 『계명어문학』, 1993. 12.
    =『문학에 대한 두 가지 단상』, 사람, 2000.

양선규, 「한국근대소설의 보수주의 미학 연구 – 김동리, 황순원 소설에 대한 분석심
    리학적 접근을 중심으로」, 『충북대인문학지』 10, 1993. 12.

고 은, 「김동리 서설 – 문장의 경이」, 김동리, 『김동리대표작선』, 책세상, 1994.

김윤식, 「극한의식으로서의 비평과 실존주의」, 『한국근대문학사상 연구』 2, 아세아
    문화사, 1994.

이종환, 「'존재의 널뛰기'로서의 문학」, 김동리, 『김동리대표작선』, 책세상, 1994.

장양수, 「신앙소설 – 김동리『사반의 십자가』」, 『한국의 문제소설』, 집문당, 1994.

정상균, 「김동리」, 『한국현대서사문학연구』, 새문사, 1994.

정호웅, 「50년대 소설론」, 『우리 소설이 걸어온 길』, 솔, 1994.

곽종원, 「김동리 문학의 동서양 사상적 측면의 구명」, 『예술논문집』, 1994.

김정숙, 「영원히 존재하는 것의 상징」, 『문학정신』 25, 1994.

김택중, 「식민지시대 소설에 나타난 현실인식」, 『대전어문학』, 1994.

이미림, 「김동리 소설의 전반적 양상」, 『우산어문학』(상지대), 1994.

김종익, 「비평가 김동리론 – 초기의 비평활동을 중심으로」, 『홍익어문』 13, 1994. 2.

김윤식, 「이무기의 논리와 생리 – 김동리 문학의 비극성」, 『문예중앙』, 1994. 겨울.

류양선, 「세대-순수 논쟁과 김동리의 비평」, 『진단학보』 78, 1994. 12.

유인순, 「광야의 소리와 별빛 –『사반의 십자가』의 구조와 성서의 변형수용」, 『강원
    대어문학보』 17, 1994. 12.

김윤식, 「「무녀도」에서 『을화』에 이른 길」, 김동리, 『을화』, 동아출판사, 1995.

김윤식, 「김동리 문학의 성격 – 주인과 노예의 변증법」, 『김동리전집』 2, 민음사,
    1995.

김윤식, 「『을화』론 – 이승과 저승 사이에 걸린 등불 하나」, 『김동리전집』 6, 민음사,
    1995.

김치수, 「김동리의 초기 단편」, 『김동리전집』 3, 민음사, 1995.

유종호, 「현실주의의 승리 – 다시 읽는 김동리 초기 단편」, 『김동리전집』 1, 민음사,

1995.

　　　= 『문학의 즐거움』, 민음사, 1995.

이건재, 「민족문학을 향한 전통과 근대의 변증법」, 최동호(편), 『남북한 현대문학
　　　사』, 나남, 1995.

이동하, 「영웅 소설의 전통과 보수적 기독교의 문제」, 『김동리전집』 5, 민음사,
　　　1995.

이태동, 「자연과의 친화 - 『무녀도』와 『회색인』의 경우」, 김우창(외), 『한국문학이란
　　　무엇인가』, 민음사, 1995.

진정석, 「역사에서 설화로, 설화에서 우화로 - 김동리의 역사 소설에 대하여」, 『김동
　　　리전집』 4, 민음사, 1995.

이태동, 「역사와 신비평, 그리고 메타비평 - 해방공간에서 90년대까지의 문학비평」,
　　　『문학사상』, 1995. 4.

신형기, 「비평의 열림과 민족 모순의 심화 - 해방기와 한국전쟁 이후 비평의 흐름」,
　　　『문학사상』, 1995. 4.

류양선, 「해방기 순수 문학론 비판 - 김동리의 비평 활동을 중심으로」, 『실천문학』,
　　　1995. 여름.

김종익, 「순수문학 모색의 한 양상 - 논쟁을 통해서 본 김동리의 순수무학」, 『동국어
　　　문학』 7, 1995. 12.

안용철, 「「무녀도」 연구 - 삶의 명분과 생존을 위한 삶」, 『전남대용봉논총』 24,
　　　1995. 12.

이동길, 「김동리의 『을화』론」, 『영남어문학』 28, 1995. 12.

조회경, 「김동리 문학과 '신명찾기'」, 『숙명여대한국학연구』 5, 1995. 12.

최택균, 「김동리의 제3휴머니즘과 『사반의 십자가』 - 구경적 거리와 원형 회귀성」,
　　　『성균어문연구』 30, 1995. 12.

강진호, 「1930년대 후반기 신세대 작가 연구」, 『한국근대문학작가 연구』, 깊은샘,
　　　1996.

이동하, 「한국비평의 재조명 3 - 김동리 비판」, 『한국문학과 비판적 지성』, 새문사,
　　　1996.

이동하, 「대결의 문학 - 김동리」, 『한국문학과 비판적 지성』, 새문사, 1996.

이재선, 「「무녀도」에서 『을화』까지 - 현실과 시대의 원격적 관조자」, 『한국문학의 원
　　　근법』, 민음사, 1996.

진정석, 「김동리론 - 근대성 비판과 비평의 이데올로기」, 김윤식(외), 『한국현대비평
　　　가연구』, 강, 1996.
편집부(편), 「한국현대소설의 샤머니즘 수용양상 - 「무녀도」, 『움직이는 성』, 『불의
　　　딸』을 중심으로」, 『원천어문』(아주대) 8~9, 1996.
김종익, 「죽음과 신, 인간에 대한 명상 - 김동리론」, 『시문학』, 1996. 2.
윤재천, 「김동리의 수필세계 - 정서의 지성화」, 『수필학』 3, 1996. 3.
정혜영, 「김동리 연구 1 - 삶의 근거, 문학의 근거」, 『문학과 의식』, 1996. 5.
김일수, 「궁핍과 혼란의 도시문화 - 김동리, 계용묵, 염상섭, 채만식의 소설을 중심
　　　으로」, 『국토정보』 178, 1996. 8.
서재원, 「황순원과 김동리 소설 비교 연구 - 설화적인 소설을 중심으로」, 『고려대한
　　　국어문교육』 8, 1996. 12.
정재곤, 「김동리의 「등신불」 - 한 구절에 대한 정신분석적 읽기」, 『현대비평과 이
　　　론』, 1996. 겨울.
이택화, 「나르시스 신화의 재현인 「무녀도」와 「달」」, 『개신어문연구』 13, 1996.
　　　12.
한명환, 「김동리소설의 '죽음'에 대한 고찰 - 「황토기」, 「바위」, 「저승새」, 「까치소리」
　　　를 중심으로」, 『순천향대인문과학논총』 2, 1996. 12.
김윤식, 「『문학과 인간』의 사상사적 배경 - 김동리의 경우」, 『발견으로서의 한국현대
　　　문학사』, 서울대출판부, 1997.
김윤식, 「문예지의 이념과 그 문학사적 의의 -『문예』, 『현대문학』, 『문학예술』의 경
　　　우」, 『발견으로서의 한국현대문학사』, 서울대출판부, 1997.
남원진, 「1950년대 문학 연구 - 실존주의의 관련 양상을 중심으로」, 『한국현대작가
　　　연구』, 박이정출판사, 1997.
황충일, 「해방기 김동리의 문학론 연구」, 『청람어문학』 18, 1997. 1.
이영희, 「김동리 소설 연구 - 무속성을 중심으로」, 『성신어문학』 9, 1997. 2.
이상우, 「김동리의 소설 세계 - 삼각 관계와 짝사랑에 대하여」, 『국제어문』 18,
　　　1997. 7.
조병춘, 「김동리론 - 운명적 삶의 설화적 공간」, 『문학과 의식』, 1997. 11.
최선희, 「김동리 소설의 가족의식 -『을화』를 중심으로」, 『한국전통문화연구』(대구효
　　　성가톨릭대) 12, 1997. 12.
조회경, 「김동리 초기 작품고 - 상실과 회복의 변주」, 전혜자・서정자・변정화(외),

『한국현대소설연구』, 국학자료원, 1998.

이영희, 「김동리 소설 연구 - 작품에 나타난 불교적 세계관을 중심으로」, 『성신어문학』 10, 1998. 2.

최영구, 「신화적 담론 수용과 미학적 거리 극복의 소설미학」, 『신라대수련어문학논집』 24, 1998. 4.

김윤식, 「고전의 형식과 민담의 형식 - 「구운몽」과 「우렁각시」 설화에 부쳐」, 『문학사상』, 1998. 8.

이진우, 「김동리 소설에 나타난 구경의 세계」, 『대전대인문과학논문집』 26, 1998. 8.

김윤식, 「세 가지 표정의 책 - 임화 『문학의 논리』, 루카치 『소설의 이론』, 김동리 『무녀도』」, 『농경사회 상상력과 유랑민의 상상력』, 문학동네, 1999.

김윤식, 「유랑민의 상상력과 정주민의 상상력 - 「서편제」와 「무녀도」」, 『농경사회 상상력과 유랑민의 상상력』, 문학동네, 1999.

김윤식, 「우주의 넋과 마주한 사람의 누지개 두 편 - 김동리 유작시 30편에 부쳐」, 『농경사회 상상력과 유랑민의 상상력』, 문학동네, 1999.
    = 권영민(편), 『김동리가 남긴 시』, 문학사상사, 1999.

김윤식, 「환청과 환각 틈에 낀 작가의 육성 - 『김동리와 그이 시대』 3부작의 경우」, 박완서·신경림·김윤식·김병익, 『아름다운 성찰』, 한울, 1999.

김윤식, 「근대의 초극론은 가능한가 - 병적 그리움과 미적 열망」, 『한국근대문학연구방법론입문』, 서울대출판부, 1999.

김윤식, 「체험으로서의 작가론과 그 존립 방식 - 『사반과의 대화』에 부쳐」, 『한국근대문학연구방법론입문』, 서울대출판부, 1999.

김주현, 「김동리의 전후소설 연구」, 박동규(외), 『한국전후문학의 분석적연구』, 월인, 1999.

김 철, 「김동리와 파시즘 - 「황토기」를 중심으로」, 한국문학연구회, 『현역중진작가연구』 IV, 국학자료원, 1999.

이정숙, 「『을화』를 통해 본 샤머니즘의 가능성과 그 한계」, 『한국 현대소설 연구』, 깊은샘, 1999.

구수경, 「김동리 소설의 신비화 방식 고찰 - 「무녀도」, 「황토기」, 「등신불」을 중심으로」, 『건양대인문논총』 3, 1999. 2.

이동하, 「작가적 생애 전부가 스며들어 있는 작품 - 김동리의 『을화』」, 『문학사상』, 1999. 3.

이정숙, 「모티프(motif)」, 『소설과 사상』, 1999. 봄.

김윤식, 「무엇을 위한, 무엇에 대한 '회계(會計)'인가 - 김동리의 일제 말기 작품 「회계」 분석」, 『현대문학』, 1999. 5.

권오현, 「한국소설의 기독교사상 수용 양상 연구」, 『계명어문학』 12, 1999. 6. =『문학에 대한 두 가지 단상』, 사람, 2000.

김종균, 「김동리 초기소설의 반근대성 연구」, 『한국외대논문집』 31, 1999. 6.

양진오, 「문학의 새 지평 문제를 둘러싼 세대 논쟁 - 문학사적 전통에 대한 차별화 전략의 문제」, 『문학사상』, 1999. 9.

이화진, 「식민지 시대 김동리 소설의 순수정신과 현실의 관계」, 『안동어문학』 4, 1999. 11.

손종업, 「30년대 후반기 반근대주의 담론의 진정성 - 숲으로의 회귀」, 중앙어문학회, 『어문논집』 27, 1999. 12.

오창은, 「전후 실존주의·전통론의 '단절과 계승' - 1950년대 비평문학을 중심으로」, 중앙어문학회, 『어문논집』 27, 1999. 12.

남송우, 「이데올로기의 대립과 민족문학론」, 박철희·김시태(편), 『한국현대문학사』, 시문학사, 2000.

한수영, 「실존주의 문학론의 수용과 그 영향」, 『한국현대 비평의 이념과 성격』, 국학자료원, 2000.

한희수, 「김동리 소설과 기독교」, 『한님어문학』 24, 2000. 1.

장양수, 「샤머니즘-인간 구원의 길 - 김동리 단편 「무녀도」의 의미」, 『동의논집인문사회과학』 32, 2000. 2.

김윤식, 「김동리의 미수록 작품 「산이야기」에 대하여 - 「무녀도」계와 「산제」계」, 『현대문학』, 2000. 6.

2) 학위 논문

차광희, 「소설의 신인간형 - 김동리와 카뮈의 중심으로」, 건국대 석사, 1964.

김영숙, 「김동리 문학과 니힐리즘」, 건국대 석사, 1971.

박양호, 「김동리 작품의 사상적 배경에 관한 연구」, 중앙대 석사, 1975.

허경탁, 「김동리에 대한 문체론적 연구」, 전북대 석사, 1978.

이선순, 「김동리의 「까치소리」 연구」, 서강대 석사, 1980.

최시한, 「현대소설의 구조시학적 연구」, 서강대 석사, 1980.

김은숙, 「동리문학에 나타난 샤머니즘 사상 연구」, 효성여대 석사, 1981.

김정숙, 「김동리 소설에 나타난 민속문제 소고」, 중앙대 석사, 1981.

유종열, 「김동리 소설에 나타난 죽음의 양상」, 부산대 석사, 1982.

권인옥, 「「무녀도」와 『을화』 거리」, 고려대 석사, 1982.

곽윤관, 「김동리 소설의 기독교 수용양상에 관한 연구」, 연세대 석사, 1983.

김현덕, 「김동리 소설의 구조 연구」, 서강대 석사, 1983.

박방식, 「김동리 문학의 배경사상 연구」, 원광대 석사, 1983.

오세정, 「김동리 소설에 나타난 죽음에 관한 연구」, 성신여대 석사, 1983.

우남득, 「동리문학의 사의 구경 추구」, 이화여대 석사, 1983.

우일제, 「소설 「바위」의 구조 연구」, 숭전대 석사, 1983.

유만상, 「김동리 연구」, 고려대 석사, 1983.

정한옥, 「김동리 초기단편소설 연구」, 숭실대 석사, 1983.

강기남, 「김동리 소설 연구」, 경희대 석사, 1984.

김기동, 「김동리와 황순원 소설의 문체론적 비교 연구」, 원광대 석사, 1984.

남명희, 「김동리 문학과 불의 원형적 상상력」, 이화여대 석사, 1984.

손상화, 「김동리 소설에 나타난 죽음 의식」, 경북대 석사, 1984.

이종림, 「동리의 액자소설 연구」, 계명대 석사, 1984.

조미숙, 「김동리 단편소설 연구」, 전남대 석사, 1984.

천영숙, 「김동리 작품의 구조분석적 연구」, 연세대 석사, 1984.

이미림, 「김동리 초기문학 연구」, 숙명여대 석사, 1985.

김창규, 「김동리 초기 단편소설 연구」, 경북대 석사, 1985.

최정여, 「김동리 소설에 나타난 죽음의 양상 연구」, 계명대 석사, 1985.

김태영, 「김동리문학의 배경사상 연구」, 원광대 석사, 1986.

김용재, 「김동리의 단편소설 연구」, 전북대 석사, 1986.

박병록, 「김동리 소설 연구 - 공동체 위기를 중심으로」, 전북대 석사, 1986.

권성길, 「김동리 소설의 죽음의식에 대한 연구」, 명지대 석사, 1987.

곽경숙, 「김동리 소설의 일반의미론적 연구」, 숙명여대 석사, 1987.

김경숙, 「김동리 소설의 공간성 연구」, 이화여대 석사, 1987.

김석우, 「김동리의 초기소설 연구」, 한양대 석사, 1987.

박영순, 「김동리 소설에 나타난 인물유형 연구」, 동국대 석사, 1987.

신형기, 「해방직후의 문학운동 연구」, 연세대 박사, 1987.

오정아, 「김동리 소설의 토속세계고」, 동국대 석사, 1987.

이유섭, 「김동리의 『사반의 십자가』 연구」, 단국대 석사, 1987.

조승영, 「김동리 문학에 나타난 불교사상」, 경남대 석사, 1987.

김우석, 「김동리의 초기소설 연구」, 한양대 석사, 1988.

이규태, 「김동리문학에서의 신인간주의」, 경북대 석사, 1988.

이유섭, 「김동리의 『사반의 십자가』 연구」, 단국대 석사, 1988.

이혜자, 「동리문학의 원형적 이미지 연구」, 중앙대 석사, 1988.

장현숙, 「김동리소설의 민족의식과 허무의식」, 경희대 석사, 1988.

조승영, 「김동리 문학에 나타난 불교사상」, 경남대 석사, 1988.

안성수, 「한국 근대단편소설의 플롯 연구 시론」, 중앙대 박사, 1989.

이동하, 「한국문학의 전통지향적 보수주의 연구」, 서울대 박사, 1989.

정한옥, 「김동리 초기 단편소설 연구」, 숭실대 석사, 1989.

김동준, 「김동리의 소설 연구」, 경북대 석사, 1990.

김정숙, 「현대소설에 나타난 상징성 연구 - 김동리 작품을 중심으로」, 중앙대 박사,
    1990.

이은숙, 「김동리의 「무녀도」 연구」, 성신여대 석사, 1990.

조영민, 「김동리 단편소설에 나타난 무속성 연구」, 관동대 석사, 1990.

김홍순, 「김동리 단편소설의 분석」, 부산대 석사, 1991.

이상조, 「김동리 소설에 나타난 샤머니즘과 기독교」, 강원대 석사, 1991.

이상호, 「김동리 초기 단편소설 구조 연구 - 「무녀도」를 중심으로」, 배제대 석사,
    1991.

구모룡, 「한국 근대 문학유기론의 담론분석적 연구 - 조지훈, 김동리, 조윤제를 중심
    으로」, 부산대 박사, 1992.

소순희, 「김동리 「무녀도」에 나타난 샤머니즘 연구」, 원광대 석사, 1992.

이상구, 「김동리 소설의 서사구조 연구」, 한국교원대 석사, 1992.

이종옥, 「김동리 단편소설의 신화원형적 연구」, 전남대 석사, 1992.

이충우, 「김동리 소설의 사상적 배경 연구」, 성균관대 석사, 1992.

진영화, 「김동리 단편소설의 구조적 의미」, 연세대 석사, 1992.

한형구, 「일제말기 세대의 미의식에 관한 연구」, 서울대 박사, 1992.

간호배, 「김동리 소설의 원형과 영원회귀」, 고려대 석사, 1993.

박형욱, 「1930년대 김동리 문학 연구」, 서울대 석사, 1993.

손봉주, 「김동리 『사반의 십자가』의 분석적 연구」, 한국교원대 석사, 1993.

진정석, 「김동리 문학 연구」, 서울대 석사, 1993.

김영희, 「김동리 소설 연구 – 인물 유형에 따른 사상 중심으로」, 한남대 석사, 1994.

전경석, 「김동리와 황순원 시 연구」, 충남대 석사, 1994.

김영수, 「김동리 초기 문학 연구」, 연세대 석사, 1995.

박찬두, 「김동리 소설의 시간의식 연구」, 동국대 박사, 1995.

양순옥, 「김동리 소설에 나타난 인물의 현실극복 양상」, 경북대 석사, 1994.

유선혜, 「김동리 단편소설 연구」, 서강대 석사, 1995.

이영희, 「김동리 소설 연구 – 무속성을 중심으로」, 성신여대 석사, 1995.

최규익, 「김동리의 소설 연구」, 국민대 박사, 1995.

김영란, 「김동리 소설의 갈등양상 연구 – 「무녀도」, 『을화』, 『사반의 십자가』를 중심으
로」, 전주대 석사, 1996.

김종익, 「김동리의 비평활동 연구」, 홍익대 박사, 1996.

서성원, 「김동리 소설에 나타난 죽음의 연구」, 고려대 석사, 1996.

윤인숙, 「김동리 단편소설 연구 – 샤머니즘계열 작품을 중심으로」, 국민대 석사,
1996.

임금복, 「한국 현대소설의 죽음의식 연구 – 김동리, 박상륭, 이청준의 작품을 중심으
로」, 성신여대 박사, 1996.

정연희, 「김동리 문학에 나타난 '究竟'의 의미」, 고려대 석사, 1996.

한수영, 「1950년대 한국 문예비평론 연구 – 민족문학론, 실존주의문학론, 모더니즘
론을 중심으로」, 연세대 박사, 1996.

김성태, 「개작을 통해 본 김동리의 작가의식」, 영남대 석사, 1997.

박은성, 「김동리의 「무녀도」와 『을화』의 비교 고찰」, 조선대 석사, 1997.

이수길, 「김동리의 『사반의 십자가』 연구 – 성서와의 비교를 중심으로」, 공주대 석
사, 1997.

이지훈, 「김동리 소설의 담론구조 연구」, 성균관대 석사, 1997.

이택화, 「김동리 소설 연구 – 정신분석적 관점을 중심으로」, 충북대 박사, 1997.

정혜영, 「김동리 소설 연구」, 경북대 박사, 1997.

조희경, 「김동리 소설 연구」, 숙명여대 박사, 1997.

최의영, 「김동리 소설의 여성 인물 연구」, 동국대 석사, 1997.

황충일, 「김동리의 문학론 연구 - 일제말기 ~ 해방기를 중심으로」, 한국교원대 석사, 1997.
김동석, 「김동리 소설의 설화모티브 연구」, 명지대 박사, 1998.
김인수, 「김동리 역사소설 연구」, 부산외대 석사, 1998.
김찬기, 「1950년대 소설의 전통지향성 연구 - 김동리와 정한숙의 소설을 중심으로」, 고려대 석사, 1998.
양승희, 「김동리 소설의 기독교 사상」, 숙명여대 석사, 1998.
최은희, 「김동리 소설에 나타난 종교성 연구 - 시간을 중심으로」, 동국대 석사, 1998.
최정숙, 「문학교육의 실증적 방법 연구 - 김동리의 소설 「까치소리」에 대한 현장조사 활동을 중심으로」, 중앙대 석사, 1998.
김동민, 「김동리 소설의 서사구조 연구 - 물과 서사구조의 관계」, 경상대 석사, 1999.
김동한, 「김동리 소설의 상상력 연구 - 음양오행 사상의 시각을 중심으로」, 중앙대 석사, 1999.
김철응, 「김동리 초기 문학과 문학교육」, 홍익대 석사, 1999.
손호승, 「김동리의 초기 문학세계 연구」, 중앙대 석사, 1999.
이영희, 「김동리 소설의 사상적 배경 연구」, 성신여대 석사, 1999.
이 찬, 「김동리 문학 연구」, 고려대 석사, 1999.
이훈이, 「김동리 소설 연구」, 한국외대 석사, 1999.
임준성, 「김동리 초기 소설 연구」, 한양대 석사, 1999.
정향미, 「김동리 소설의 어머니상 연구」, 동국대 석사, 1999.
최택균, 「김동리 소설 연구 - 초월성과 현실성을 중심으로」, 성균관대 박사, 1999.
고은경, 「김동리 순수문학론의 비판적 연구」, 홍익대 석사, 2000.
김택중, 「김동리 소설의 문학지형학 연구」, 대전대 박사, 2000.
박종수, 「김동리 소설의 갈등구조 연구 - 『을화』를 중심으로」, 중부대 석사, 2000.
방민화, 「김동리 소설의 서정성에 관한 연구」, 숭실대 박사, 2000.
이을선, 「김동리 초기 단편소설 연구 - 현실 인식과 초월성을 중심으로」, 경원대 석사, 2000.
양일석, 「김동리 시에 나타난 죽음의식 연구」, 경기대 석사, 2001.
이진우, 「김동리 소설 연구 - 죽음의 인식과 구원을 중심으로」, 성균관대 박사,

        2001.
장재진, 「액자 소설의 담화 구조 연구 – 김동인, 김동리, 이청준 소설의 서사적 틀짜
        기」, 서강대 석사, 2001.
최순종, 「김동리의 『사반의 십자가』 연구」, 충남대 석사, 2001.

    3) 단행본

김동리, 『김동리대표작선집』 1~5, 삼성출판사, 1967.
김동리, 『김동리대표작선』, 책세상, 1994.
김동리, 『김동리전집』 1~8, 민음사, 1995 ~ 1997.
이광호·이남호(편), 『김동리문학앨범』, 웅진, 1995.
권영민(편), 『김동리가 남긴 시』, 문학사상사, 1999.
중앙대문창과(편), 『동리문학이 한국문학에 미친 영향』, 중앙대문창과, 1979.
김윤식, 『김동리와 그의 시대』, 민음사, 1995.
이재선(편), 『김동리』, 서강대출판부, 1995.
김윤식, 『해방공간 문단의 내면풍경』(김동리와 그의 시대 2), 민음사, 1996.
김정숙, 『김동리 삶과 문학』, 집문당, 1996.
류기룡(편), 『김동리』, 살림, 1996.
이동하, 『김동리』, 건국대출판부, 1996.
김윤식, 『사반과의 대화』(김동리와 그의 시대 3), 민음사, 1997.
조희경, 『김동리 소설연구』, 국학자료원, 1999.

■ 김성한

1) 일반 논문

임긍재, 「1954년 문화계 총결산」, 『평화신문』, 1954. 2. 21.

조연현, 「2월의 소설」, 『현대문학』, 1955. 3.

백 철, 「신인과 현대의식 – 본질은 찾아지고 있는가」, 『조선일보』, 1955. 10. 18~28.

곽종원, 「1955년도 창작계 별견」, 『현대문학』, 1956. 1.

이봉래, 「신세대론 – 작가를 중심으로 한 시론」, 『문학예술』, 1956. 4.

김팔봉(외), 「김동인문학상수상작품선후평」, 『사상계』, 1956. 5.

곽종원, 「상반기 작단총평」, 『현대문학』, 1956. 7.

박영수, 「프로메데적 인간」, 『동아일보』, 1957. 2. 5.

백 철, 「상반기 신구의 창작계」, 『사상계』, 1957. 7.

이어령, 「1957년의 작가들」, 『사상계』, 1958. 1.

윤병로, 「3월의 창작」, 『현대문학』, 1958. 4.

이어령, 「상반기의 소설」, 『지성』 2, 1958. 가을.

안수길, 「인상을 더듬어」, 『사상계』, 1958. 11.

백 철, 「올해 작품들을 읽은 주인공」, 『동아일보』, 1958. 12. 14.

김우종, 「동인문학상 수상작품론」, 『사상계』, 1960. 2.

백 철, 「전후 15년의 한국소설」, 『한국전후문제작품집』, 신구문화사, 1961.

김상선, 「신세대론」, 『국어국문학』 23, 1961. 5.

유종호, 「一瞥二言 – 1961년의 소설」, 『사상계』, 1961. 12.
        =『비순수의 선언』, 신구문화사, 1962.

김상선, 「김성한의 비평적 풍자」, 『신세대 작가론』, 일신사, 1964.

이유식, 「평면적 인간 – 김성한론」, 『현대문학』, 1964. 6.

백낙청, 「역사소설과 역사의식」, 『창작과 비평』, 1967. 봄.

백낙청, 「소설『이성계』에 대하여」, 『창작과 비평』, 1967. 가을.

김종출, 「역사소설 – 대중소설로서의 가능성」, 『신동아』, 1968. 12.

김치수, 「존재에 대한 회의 그리고 논리적 해학 – 김성한·장용학」, 『한국단편문학대
        계』 8, 삼성출판사, 1969.

백승철, 「김성한 작품 해설」, 『한국대표문학전집』 12, 삼중당, 1970.

홍기삼, 「역사의식과 문학 - 소설 『이성계』와 관련」, 『현대문학』, 1970. 3.

고 은, 「김성한의 정물화」, 『1950년대』, 민음사, 1973.

김 현, 「신념과 체념의 인간상 - 김성한」, 김 현, 『사회와 윤리』, 일지사, 1974.

유종호, 「지식인과 문학」, 『문학과 현실』, 민음사, 1975.

김상일, 「김성한론 - 『이성계』를 중심으로」, 『언문논집』 12, 1978.

김상선, 「김성한론 - 『이성계』를 중심으로」, 『중앙대어문논집』 12, 1978. 1.

이인복, 「1950년대 소설에 나타난 죽음」, 『한국문학에 나타난 죽음의식의 사적 연구』, 열화당, 1979.

김영화, 「김성한론」, 『현대문학』, 1980. 11.

권영민, 「역사적 상상력의 문제 - 김성한의 「바비도」」, 『한국현대소설작품론』, 문장, 1981.

신경득, 「전후상황과 신세대의 소설」, 『한국전후소설연구』, 일지사, 1983.

천이두, 「관념과 소설 - 한국소설과 사회참여」, 『한국현대소설론』, 형성출판사, 1983.

전영태, 「김성한 문학과 몰의식의 세계」, 『한국현대소설사연구』, 민음사, 1984.

곽학송, 「김성한과 장용학」, 『월간문학』, 1984. 1.

권오룡, 「시대와 도덕적 인간형」, 김성한, 『김성한중단편전집』, 책세상, 1988.

송현호, 「「바비도」」, 『한국현대소설의 해설』, 관동출판사, 1992.

이상진, 「김성한 단편소설에 나타난 서사적 거리」, 『연세어문학』 25, 1993. 2.

이은자, 「김성한의 지식인 소설 - 1950년대 소설을 중심으로」, 『오늘의 문예비평』, 1993. 2.
　　　　= 『숙명여대어문논총』 3, 1993. 2.

권오현, 「전후소설의 지식인상 연구」, 『계명어문학』, 1993. 12.
　　　　= 『문학에 대한 두 가지 단상』, 사람, 2000.

엄해영, 「김성한론」, 『한국어교육』 9, 1993. 12.

박유희, 「관념적 비판의식과 다양한 기법의 채택 - 김성한론」, 송하춘 · 이남호(편), 『1950년대의 소설가들』, 나남, 1994.

권오현, 「전후문학의 실존주의 수용 양상」, 『계명대신문』, 1994. 3. 15.
　　　　= 『문학에 대한 두 가지 단상』, 사람, 2000.

구인환, 「관념적 허상과 존재적 대응 - 김성한 소설의 변혁적 지향」, 『문학과 의식』, 1994. 7.

김경원, 「김성한 소설의 풍자성 연구」, 『관악어문연구』 19, 1994. 12.

엄해영, 「전후소설과 김성한 소설의 서사적 응전」, 『한국어교육』 10, 1994. 12.

이국환, 「김성한의 「달팽이」 의미 분석」, 『동아대국어국문학논문집』 13, 1994. 12.

정문권, 「김성한 소설의 휴머니즘 연구」, 『배제대인문논총』 8, 1994. 12.

김 철, 「냉전체제의 고착과 50년대 문학」, 민족문학사연구소, 『민족문학사 강좌』
        (하), 창작과 비평사, 1995.

남송우, 「인간됨의 가치 회복을 위한 모색」, 김성한·류주현, 『무명로·장씨일가』,
        동아출판사, 1995.

박유희, 「인식의 혼란과 자기 확인」, 최동호(편), 『남북한 현대문학사』, 나남, 1995.

정영곤, 「진리추구의 자기 지향성 - 「바비도」」, 『현대소설의 인물정체성』, 세종출판
        사, 1995.

조건상, 「풍유와 증언의 세계 - 김성한론」, 조건상(편), 『1950년대 문학의 이해』,
        성균관대출판부, 1996.

김영택, 「1950년대 한국소설과 풍자」, 『목원대논문집』 29, 1996. 3.

배경렬, 「김성한의 초기소설 연구」, 『문학과 의식』, 1996. 12.

현길언, 「인간 존재에 대한 탐구의 한 양식 - 김성한의 「바비도」와 이범선의 「오발탄」」,
        한양어문학회, 『1950년대 한국문학연구』, 보고사, 1997.

장양수, 「신 없는 세상의 황폐·혼탁 개탄 - 김성한의 단편 「오분간」의 경우」, 『동의
        논집』 25, 1997. 2.

최혜실, 「김성한 소설에 나타나는 현실인식과 작품 기법과의 관계」, 『국어교육』 93,
        1997. 2.

김영택, 「전후소설에서 인간됨의 구현 양상 - 김성한의 경우」, 『서울사대선청어문』
        26, 1998. 10.

최현주, 「풍자소설의 담론 특성 고찰 - 김성한의 단편소설을 중심으로」, 『한국언어문
        학』 42, 1999. 5.

권오현, 「전후소설의 이데올로기 표현 방법 연구」, 『문학에 대한 두 가지 단상』, 사
        람, 2000.

2) 학위 논문

신경득, 「한국전후소설 연구」, 건국대 박사, 1983.

이상운, 「김성한 단편소설 연구」, 연세대 석사, 1986.

엄해영, 「한국 전후 세대 소설 연구」, 세종대 박사, 1992.

김중철, 「김성한의 단편소설 연구 - 풍자성을 중심으로」, 한양대 석사, 1994.

박유희, 「김성한의 1950년대 소설 연구」, 고려대 석사, 1994.

정문권, 「한국전후소설의 휴머니즘 연구 - 김성한, 손창섭, 선우휘, 하근찬을 중심으
로」, 한남대 박사, 1995.

김무정, 「김성한 단편소설 연구 - 비판의식과 서술기법을 중심으로」, 경희대 석사,
1996.

박현정, 「김성한의 서술양상 연구」, 이화여대 석사, 1996.

윤남숙, 「김성한 초기소설 연구」, 계명대 석사, 1996.

이상근, 「임진왜란에 나타난 지도자와 민중의 의식에 대한 연구 - 김성한의 임진왜란
을 중심으로」, 충남대 석사, 1996.

정주영, 「김성한 단편소설 연구 - 작가 실존의식을 중심으로」, 경북대 석사, 1996.

최영애, 「김성한 소설 연구」, 경남대 석사, 1996.

권정복, 「김성한 우화소설 연구」, 인하대 석사, 1997.

김남희, 「김성한 소설에 나타난 작중인물의 현실대응 자세 - 1950년대 단편소설을
중심으로」, 건국대 석사, 1998.

나은진, 「1950년대 소설의 서사적 세 모형 연구 - 장용학, 손창섭, 김성한을 중심으
로」, 이화여대 박사, 1999.

박인종, 「김성한 소설 연구 - 초기 단편에 나타난 풍자성을 중심으로」, 성균관대 석
사, 1999.

심지현, 「김성한 풍자소설 연구」, 대구효성가톨릭대 석사, 1999.

최성희, 「1950년대 한국 전후소설의 의미구조 연구 - 장용학, 손창섭, 김성한을 중
심으로」, 경성대 석사, 1999.

방근철, 「김성한 단편소설 연구」, 경원대 석사, 2000.

김선영, 「김성한 단편소설의 갈등 해소 방법 연구」, 고려대 석사, 2001.

3) 단행본

김성한, 『김성한중단편전집』, 책세상, 1988.

김진기, 『김성한』, 보고사, 1999.

■ 김수영

1) 일반 논문

최일수, 「새로운 시도의 세계 - 5월 시평」, 『현대문학』, 1956. 6.
유종호, 「불모의 도식 - 1957년의 시」, 『문학예술』, 1957. 7.
　　　 =『비순수의 선언』, 신구문화사, 1962.
유종호, 「7월의 창작평」, 『사상계』, 1958. 8.
이철범, 「상반기의 시」, 『지성』 2, 1958. 가을.
김윤성, 「8월의 시」, 『현대문학』, 1959. 9.
이철범, 「영토를 쌓는 30대의 시인 - 김춘수, 김수영, 전봉건 시집에 대하여」, 『세계
　　　 일보』, 1960. 1. 15~16.
유종호, 「현실참여의 시 - 수영·봉건·동문의 시」, 『세대』, 1963. 1~2.
전봉건, 「許欺론 - 김수영 시인에게 부쳐」, 『세대』, 1965. 2.
김상익, 「이 달의 문제작 - 김수영 「현대식 교량」」, 『주간한국』, 1965. 7. 4.
김　현, 「시와 탐구의 태도」, 『문학』, 1966. 8.
김현승, 「김수영의 시적 위치」, 『현대문학』, 1967. 8.
　　　 = 황동규(편), 『김수영의 문학』, 민음사, 1983.
김우정, 「우리 시의 푸른 강줄기 - 한국현대시사서설」, 전봉건(편), 『별 하나의 영원
　　　 을』, 삼애사, 1968.
이어령, 「서랍 속에 든 不穩詩를 분석한다 - '지식인의 사회참여'를 읽고」, 『사상계』,
　　　 1968. 3.
조병화, 「허전한 옆자리 - 수영을 먼저 보내며」, 『국제신문』, 1968. 6. 18.
홍사중, 「탈속의 시인 김수영」, 『세대』, 1968. 7.
송　욱, 「작단시감 - 조지훈 「마을」, 김수영 「의자가 많아서 걸린다」, 김현승 「치아의
　　　 시」」, 『동아일보』, 1968. 7. 18.
박훈산, 「그날 고 김수영 시인을 생각하며」, 『신동아』, 1968. 8.
백낙청, 「김수영의 시세계」, 『현대문학』, 1968. 8.
　　　 = 황동규(편), 『김수영의 문학』, 민음사, 1983.
모윤숙, 「중환자들」, 『현대문학』, 1968. 8.
안수길, 「양극의 조화」, 『현대문학』, 1968. 8.

= 황동규(편), 『김수영의 문학』, 민음사, 1983.

유 정, 「김수영의 애도」, 『현대문학』, 1968. 8.

최정희, 「거목같은 사나이」, 『현대문학』, 1968. 8.

= 황동규(편), 『김수영의 문학』, 민음사, 1983.

김현승, 「김수영의 시사적 위치와 업적」, 『창작과 비평』, 1968. 가을.

= 황동규(편), 『김수영의 문학』, 민음사, 1983.

김병걸, 「참여론 백서」, 『현대문학』, 1968. 12.

=『격동기의 문학』, 일월서각, 2000.

백낙청, 「시민문학론」, 『창작과 비평』, 1969. 여름.

김현경, 「충실을 깨우쳐 준 시인의 혼」, 『여원』, 1968. 9.

김현경, 「임의 시는 강변의 불빛」, 『주부생활』, 1969. 9.

김소영, 「김수영과 나」, 『시인』, 1970. 8.

김윤식, 「시에 대한 질문방식의 발견」, 『시인』, 1970. 8.

= 황동규(편), 『김수영의 문학』, 민음사, 1983.

김지하, 「풍자냐, 자살이냐」, 『시인』, 1970. 8.

임중빈, 「자유와 순교」(상), 『시인』, 1970. 8.

= 황동규(편), 『김수영의 문학』, 민음사, 1983.

김인환, 「시인의식의 성숙과정 - 김수영의 경우」, 『고대문화』, 1971. 5.

=『월간문학』, 1972. 5.

김주연, 「45년 이후의 시인 개관」, 김현(외), 『현대한국문학의 이론』, 민음사, 1972.

김종문, 「김수영의 회상」, 『풀과 별』, 1972. 8.

김병걸, 「1960년의 시」, 『풀과 별』, 1972. 9.

=『격동기의 문학』, 일월서각, 2000.

고 은, 「그들은 이방인인가」, 『1950년대』, 민음사, 1973.

김윤식·김 현, 「김수영 혹은 소시민의 자기확인과 항의」, 『한국문학사』, 민음사, 1973.

신경림, 「문학과 민중 - 현대한국문학에 나타난 민중의식」, 『창작과 비평』, 1973. 봄.

이유경, 「김수영의 시」, 『현대문학』, 1973. 6.

황헌식, 「저항과 좌절 - 그 운명적 갈등」, 『시문학』, 1973. 6.

김용성, 「문학사 탐방 - 김수영(편)」, 『한국일보』, 1973. 6. 10.

          = 『한국현대문학사탐방』, 국민서관, 1973.
김종철, 「시적 진리와 시적 성취」, 『문학사상』, 1973. 9.
          = 황동규(편), 『김수영의 문학』, 민음사, 1983.
김 현, 「자유와 꿈」, 김수영, 『거대한 뿌리』, 민음사, 1974.
          = 황동규(편), 『김수영의 문학』, 민음사, 1983.
김윤식, 「모더니티의 파탄과 초월」, 『심상』, 1974. 2.
김 현, 「시와 시인을 찾아서 - 김수영(편)」, 『심상』, 1974. 5.
          = 『시인을 찾아서』, 민음사, 1974.
황동규, 「절망 후의 소리 - 김수영의 「꽃잎」」, 『심상』, 1974. 9.
최하림, 「60년대 시인의식」, 『현대문학』, 1974. 10.
          = 『시와 부정의 정신』, 문학과 지성사, 1984.
김시태, 「50년대시와 60년대시 - 김수영과 김광협을 중심으로」, 『시문학』, 1975. 1.
김병걸, 「1960년대 참여론의 지평」, 『문학논쟁집』, 태극출판사, 1976.
          = 『격동기의 문학』, 일월서각, 2000.
황동규, 「시의 소리」, 김수영, 『사랑의 뿌리』, 문학과 지성사, 1976.
황동규, 「정직의 공간」, 김수영, 『달의 행로를 밝을지라도』, 민음사, 1976.
          = 황동규(편), 『김수영의 문학』, 민음사, 1983.
송재영, 「시인의 시론, - 김수영 『시여, 침을 뱉어라』, 정현종 『날자 우울한 영혼이
          여』, 『문학과 지성』, 1976. 봄.
          = 황동규(편), 『김수영의 문학』, 민음사, 1983.
염무웅, 「김수영론」, 『창작과 비평』, 1976. 겨울.
          = 『민중시대의 문학』, 창작과 비평사, 1979.
          = 황동규(편), 『김수영의 문학』, 민음사, 1983.
김화영, 「미지의 모험 기타, 『퓨리턴의 초상』」, 『신동아』, 1976. 11.
          = 황동규(편), 『김수영의 문학』, 민음사, 1983.
구중서·최하림·김홍규·염무웅·백낙청, 「한국시의 반성과 문제점」, 『창작과 비
          평』, 1977. 봄.
이경수, 「시에 있어서의 정보의 효용과 한계」, 『세계의 문학』, 1977. 봄.
백낙청, 「역사적 인간과 시적 인간」, 『창작과 비평』, 1977. 여름.
          = 황동규(편), 『김수영의 문학』, 민음사, 1983.
김우창, 「예술가의 양심과 자유」, 『궁핍한 시대의 시인』, 민음사, 1978.

= 황동규(편), 『김수영의 문학』, 민음사, 1983.

노향림, 「거대한 뿌리」, 『여성중앙』, 1978.

백낙청, 「시민문학론」, 『민족문학과 세계문학』, 창작과 비평사, 1978.

염무웅, 「김수영과 신동엽, '이 땅의 사람들'」, 『뿌리깊은나무』, 1978.

오규원, 「한 시인과의 만남」, 『현실과 극기』, 문학과 지성사, 1978.

= 황동규(편), 『김수영의 문학』, 민음사, 1983.

서우석, 「시와 리듬」, 『문학과 지성』, 1978. 봄.

= 황동규(편), 『김수영의 문학』, 민음사, 1983.

김병택, 「시인의 현실과 자유」, 『현대문학』, 1978. 7.

김현자, 「자유를 향한 낙하 - 김수영론 시고, 「거대한 뿌리」와 「달의 행로를 밝을 지라도」를 중심으로」, 『내륙문학』 12, 1978. 10.

조남현, 「우상의 그늘」, 『심상』, 1978. 10.

= 『문학과 정신사적 자취』, 이우출판사, 1984.

김규동, 「인환의 화려한 자질과 수영의 소외의식」, 『현대시학』, 1978. 11.

장석주, 「현실과 꿈 - 김수영론」, 『언어의 마을을 찾아서』, 조형, 1979.

송명희, 「김수영론 - 인간상실과 회복에 대하여」, 『현대문학』, 1980. 8.

서우석, 「김수영, 리듬의 희열」, 『시와 리듬』, 문학과 지성사, 1981.

정과리, 「현실과 전망의 긴장이 끝간 데」, 『김수영』, 지식산업사, 1981.

= 『문학, 존재의 변증법』, 문학과 지성사, 1985.

최하림, 「자유의 초상」, 최하림(편), 『김수영』, 문학세계사, 1981.

박철석, 「김수영론」, 『현대시학』, 1981. 3.

기춘호, 「김수영의 시세계」, 『충북문학』 6, 1981. 9.

권영진, 「김수영론 - 김수영에 있어서의 자유의 의미」, 『숭전대논문집』 11, 1981. 9.

권영민, 「진실한 시인과 시의 진실성」, 『문예중앙』, 1981. 겨울.

김병걸, 「김수영의 시와 문학정신」, 『세계의 문학』, 1981. 겨울.

김인환, 「한 정직한 인간의 성숙과정」, 『신동아』, 1981. 11.

= 황동규(편), 『김수영의 문학』, 민음사, 1983.

송영목, 「김수영 연구」, 『현대시 논총』(김춘수교수회갑기념), 형설출판사, 1982.

유종호, 「시의 자유와 관습의 굴레 - 김수영의 시」, 『동시대의 시와 진실』, 민음사, 1982.

정현종, 「시와 행동, 추억과 역사」, 『월간조선』, 1982. 1.

= 황동규(편), 『김수영의 문학』, 민음사, 1983.

구모룡, 「도덕적 완전주의」, 『조선일보』, 1982. 1. 13~21.

유종호, 「시의 자유와 관습의 굴레」, 『세계의 문학』, 1982. 봄.

김영무, 「시에 있어서의 두겹의 시각」, 『세계의 문학』, 1982. 봄.

김주연, 「교양주의의 붕괴와 언어의 범속화」, 『정경문화』, 1982. 5.

= 황동규(편), 『김수영의 문학』, 민음사, 1983.

최하림, 「온 몸으로 온몸을 밀며」, 『마당』, 1982. 9.

김동환, 「김수영의 시적 주체 - 4·19 이후 시를 중심으로」, 『서울사대선청어문』 13, 1982. 11.

조경희, 「김수영 시에 나타난 모랄리티 연구」, 『효성여대문리대논문집』, 1982. 12.

김명수, 「김수영과 나」, 『세계의 문학』, 1982. 겨울.

김영무, 「김수영과 영향」, 『세계의 문학』, 1982. 겨울.

= 황동규(편), 『김수영의 문학』, 민음사, 1983.

김윤식, 「김수영의 변증법의 표정」, 『세계의 문학』, 1982. 겨울.

= 황동규(편), 『김수영의 문학』, 민음사, 1983.

이상옥, 「자유를 위한 영원한 여정」, 『세계의 문학』, 1982. 겨울.

= 황동규(편), 『김수영의 문학』, 민음사, 1983.

이성복, 「진실에 대한 열정」, 『세계의 문학』, 1982. 겨울.

= 황동규(편), 『김수영의 문학』, 민음사, 1983.

김치수, 「「풀」의 구조와 분석 - 김수영 「풀」」, 정한모·김재홍(편), 『한국현대시평 설』, 문학세계사, 1983.

이 탄, 「김수영의 이상주의」, 김용직(편), 『한국현대시사 연구』, 일지사, 1983.

황동규, 「양심과 자유, 그리고 사랑」, 황동규(편), 『김수영의 문학』, 민음사, 1983.

장경렬, 「삶의 시적 형상화의 문제 - 김수영의 4-50년대 시를 중심으로」, 『인하』 19, 1983. 2.

이승훈, 「김수영의 시론」, 『심상』, 1983. 3.

이숭원, 「김수영론」, 『심상』, 1983. 4.

김병익, 「진화, 혹은 시의 다의성」, 『세계의 문학』, 1983. 가을.

오효진, 「시인 김수영의 『거대한 뿌리』」, 『정경문화』, 1984. 2.

최하림, 「두 시인의 초상 - 『김수영전집』, 『고은시전집』」, 『오늘의 책』, 1984. 7.

이홍자, 「김수영의 시세계」, 『국어교육』 49~50, 1984. 12.

유재천, 「김수영의 「공자의 생활난」」, 『연세어문학』, 1984. 12.

구중서, 「4·19혁명과 한국문학」, 『한국문학과 역사의식』, 창작과 비평사, 1985.

오태수, 「김수영 시에 나타난 자유의 이미지 고찰」, 『인천어문학』 1, 1985. 2.

박철석, 「한국 다다·초현실주의 형성에 관한 연구」, 『현대시학』, 1985. 3~5.

강희근, 「김수영시 연구」, 『한국문학연구』 8, 1985. 6.

이경희, 「김수영 시의 언어학적 구조와 의미」, 『이화어문논집』(이화여대), 1986.

조남익, 「시대정신의 峻論과 심화」, 『현대시학』, 1986. 3.

이승훈, 「「시여, 침을 뱉어라」의 분석」, 『한국시의 구조분석』, 종로서적, 1987.

김정훈, 「김수영 시 연구 1 - 주제의식을 중심으로」, 『국제어문』 8, 1987. 5.

노대규, 「시의 언어학적 분석 - 김수영의 「눈」을 중심으로」, 『국어의미론』, 국학자료
　　　원, 1988.

김혜순, 「김춘수 시와 김수영 시에 나타난 시간 의식」, 『언어의 세계』 1, 1988.

김광림, 「전쟁고발과 죽음의 증언」, 『현대시학』, 1988. 4.

김재홍, 「4·19, 그 푸르고 힘찬 아우성 소리」, 『현대시학』, 1989. 4.

정현기, 「김수영론 - 죄의식과 저항, 시적 진실과 죽음 - 김수영의 사람됨과 시세계
　　　고찰」, 『문학사상』, 1989. 9.

백낙청, 「살아있는 김수영」, 김수영, 『사랑의 변주곡』, 창작과 비평사, 1990.

오규원, 「욕망과 사랑 - 「사랑의 변주곡」」, 박철희·김시태(편), 『현대시의 이해』,
　　　문학과 비평사, 1990.

이호준, 「김수영 시 연구, 후기시를 중심으로」, 『우석어문』(전주우석대) 6, 1990. 6.

이은정, 「김수영 시의 수용양상 - 상반된 수용의 문제」, 『이화여대대학원논문집』 18,
　　　1990. 8.

박상배, 「일상시와 포스트모더니즘」, 『현대시사상』, 1990. 가을.

고재석, 「김수영의 비애와 자유의 시학」, 『한국문학연구』(동국대) 13, 1990. 12.

정상미, 「김수영 초기시에 나타난 모더니즘 양상에 관한 고찰」, 『성심어문논총』 13,
　　　1990. 12.

이승훈, 「포스트모더니즘과 해체」, 『포스트모더니즘 시론』, 세계사, 1991.

이영섭, 「50년대 남한의 현실인식과 시적 형상」, 한국문학연구회(편), 『1950년대
　　　남북한 문학』, 평민사, 1991.

한형구, 「1950년대의 한국시 - 전쟁시 혹은 전후시의 전개」, 문학사와 비평연구회
　　　(편), 『1950년대 문학연구』, 예하, 1991.

성기조, 「김수영의 시와 자유에 대한 절규」, 『한국어문교육』(한국교원대) 2, 1991. 10.

김윤식, 「모더니티와 소시민성」, 『근대시와 인식』, 시와 시학사, 1992.

최유찬, 「시와 자유와 죽음」, 『리얼리즘 이론과 실제비평』, 두리, 1992.

이은정, 「동일한 시적 인식의 두 가지 표출방식 – 김춘수와 김수영의 시」, 『이화어문
　　　논총』 12, 1992. 3.

김상환, 「스으라 점묘화 – 김수영 시에서 데카르트의 백색 존재론으로」, 『철학연구』,
　　　1992. 봄.

김기중, 「윤리적 삶의 밀도와 시의 밀도」, 『세계의 문학』, 1992. 겨울.

김미원, 「김수영 시 연구」, 『시문학』, 1992. 12, 1993. 6~9.

김준오, 「한국 모더니즘의 현단계」, 『도시시와 해체시』, 문학과 비평사, 1993.

박윤우, 「전후 현대시의 상황과 김수영 문학의 원리」, 『한국전후문학의 형성과 전
　　　개』, 태학사, 1993.

이승훈, 「김수영의 시론」, 『한국현대시론사』, 고려원, 1993.

정재찬, 「김수영론 – 허무주의와 그 극복」, 문학사와 비평연구회, 『1960년대 문학연
　　　구』, 예하, 1993.

최하림, 「김수영 평전 – 요나의 긴 항해」, 『문예중앙』, 1993. 봄.

이승훈, 「우리시에 나타난 전위성」, 『현대시』, 1993. 9.

정남영, 「김수영의 시와 시론」, 『창작과 비평』, 1993. 가을.

조기현, 「혁명과 시 그리고 아나키즘 – 김수영과 신동엽을 중심으로」, 『시와 반시』,
　　　1993. 가을.

김상환, 「김수영과 책의 죽음 – 모더니즘의 책과 저자」 2, 『세계의 문학』, 1993. 겨울.

정남영, 「김수영의 시와 시론 – 난해성, 민중성, 현실주의」, 『창작과 비평』, 1993.
　　　겨울.

한영욱, 「김수영 시 연구 – 참여시의 진정성 규명」, 『인문과학연구』(성신여대) 13,
　　　1993. 12.

강연호, 「자기갱신의 모색과 탐구 – 김수영론」, 송하춘·이남호(편), 『1950년대의
　　　시인들』, 나남, 1994.

김상환, 「모더니즘 또는 사유의 금욕주의 – 김수영과 풍경의 미학」, 『현대시학』,
　　　1994. 1.

김상환, 「모더니즘 또는 사유의 금욕주의 – 김수영과 시의 속도」, 『현대시학』,
　　　1994. 3.

권오현, 「전후문학의 실존주의 수용 양상」, 『계명대신문』, 1994. 3. 15.
          =『문학에 대한 두 가지 단상』, 사람, 2000.
이만식, 「김수영과 전쟁과 참을성과」, 『현대시학』, 1994. 6.
김상환, 「전용, 혼용, 변용」, 『세계의 문학』, 1994. 가을.
김윤태, 「4 · 19혁명과 민족현실의 발견」, 민족문학사연구소, 『민족문학사 강좌』
          (하), 창작과 비평사, 1995.
서범석, 「김수영 「풀」의 구조분석」, 『문학과 사회비평』, 박이정출판사, 1995.
이승훈, 「한국 현대시와 아방가르드」, 『모더니즘 시론』, 문예출판사, 1995.
최미숙, 「내면에의 몰입과 외부세계에 대한 응전력 – 김수영론」, 구인환(외), 『한국
          전후문학 연구』, 삼지원, 1995.
황동규, 「유아론(唯我論)의 극복 – 3김의 경우」, 김우창(외), 『한국문학이란 무엇인
          가』, 민음사, 1995.
김혜순, 「김수영의 「풀」 연구」, 『현대시 사상』, 1995. 봄.
오규원, 「욕망과 사랑」, 『서울예대학보』, 1995. 3. 25.
김상환, 「우리시와 모더니즘의 변용」, 『현대시 사상』, 1995. 여름.
안한상, 「김수영의 시론고」, 『국어교육』, 87~88, 1995. 6.
김영옥, 「김수영 시에 나타난 부정의식」, 『원우논총』(숙명여대) 13, 1995. 7.
권오만, 「김수영 시의 기법론」, 『한양어문연구』 13, 1995. 12.
이종대, 「김수영의 시론 연구」, 『동국대한국문학연구』 18, 1995. 12.
박지영, 「비극적 사회인식과 '부정적 자의식' – 김수영의 50년대 시를 중심으로」, 조
          건상(편), 『1950년대 문학의 이해』, 성균관대출판부, 1996.
이승훈, 「김수영 – 「병풍」 「풀」」, 『한국 현대시 새롭게 읽기』, 세계사, 1996.
이영섭, 「시민사회 시인의 초상 – 김수영의 50년대 시 연구」, 한국문학연구회,
          『1950년대 남북한 시인 연구』, 국학자료원, 1996.
고 은, 「시 속의 나 – 이성부 · 김용락 · 신현림 · 최영숙 · 박해석 · 김수영 시집」, 『창
          작과 비평』, 1996. 9.
김태진, 「김수영 초기시의 비유기체성과 바로보기」, 『부산대어문교육논집』 15,
          1996. 9.
조병춘, 「김수영과 신동엽의 참여시 연구」, 『세명논총』 4, 1996. 6.
정과리, 「증발의 현상학, 회귀의 의미론 – 김수영의 『야정』」, 『문학과 사회』, 1996. 11.
김효곤, 「김수영의 「사랑의 변주곡」 연구」, 『국어국문학』(부산대) 33, 1996. 12.

유재천, 「김수영론 - 시와 혁명」, 『배달말』 21, 1996. 12.

이어령, 「김수영 「풀」」, 『조선일보』, 1996. 12. 10.

이상호, 「자아추구의 시학 - 김수영의 초기 시를 중심으로」, 한양어문학회, 『1950년
    대 한국문학연구』, 보고사, 1997.

정효구, 「이어령과 김수영의 '불온시' 논쟁」, 『20세기 한국시와 비평정신』, 새미,
    1997.

정효구, 「김수영 시에 나타난 사랑」, 『20세기 한국시와 비평정신』, 새미, 1997.

오형엽, 「검은 구멍 속의 불꽃」, 『현대시학』, 1997. 5.

최두석, 「김수영의 시세계」, 『강릉대인문학지』 23, 1997. 6.

임종성, 「생명 · 현실 인식과 시적 고뇌 - 서정주, 유치환, 김수영, 박인환의 경우」,
    『어문학교육』 19, 1997. 9.

김경숙, 「실존적 이성의 한계 인식 혹은 극복 의지 - 김수영론」, 민족문학사연구소
현대문학분과, 『1960년대 문학연구』, 깊은샘, 1998.

윤호병, 「릴케의 영향과 수용」, 『문학의 파르마콘』, 국학자료원, 1998.

이기성, 「1960년대 시와 근대적 주체의 두 양상 - 김수영과 신동엽의 시를 중심으로」,
    민족문학사연구소 현대문학분과, 『1960년대 문학연구』, 깊은샘, 1998.

하정일, 「주체성의 복원과 성찰의 서사」, 민족문학사연구소 현대문학분과, 『1960년
    대 문학연구』, 깊은샘, 1998.

허윤회, 「1960년대 '순수' 비평의 의미와 한계」, 민족문학사연구소 현대문학분과,
    『1960년대 문학연구』, 깊은샘, 1998.

하종오, 「'궁핍시대'에 시여 우뚝서라」, 『한국일보』, 1998. 2. 25.

최동호, 「김수영의 시적 변증법과 전통의 뿌리」, 『문학과 의식』, 1998. 5.

김수이, 「거대한 피로, 미완의 혁명 - 김수영의 30주기 〈오늘 우리에게 김수영은 무
    엇인가〉」, 『황해문화』 19, 1998. 6.

김상환, 「김수영의 역사 존재론 - 교량술로서의 작시에 대하여」, 『세계의 문학』,
    1998. 여름.

최재봉, 「시대를 넘어 자라는 '거대한 뿌리' - 김수영」, 『한겨레』, 1998. 6. 4.

하종오, 「김수영 30주기 - 21세기 한국문학 전망을 찾으려는 사상 등 조명활발」,
    『한국일보』, 1998. 6. 10.

임수만, 「김수영 문학의 양가성」, 박동규(외), 『한국전후문학의 분석적연구』, 월인,
    1999.

박남철, 「전통의 거대한 뿌리 – 전통 지향성과 현대 지향성을 중심으로」, 『현대시학』, 1998. 11~1999. 2.

김해성, 「김수영론 – 참여와 자유 옹호」, 김해성·한성우, 『해방후 시인론』, 대광출판사, 1999.

최하림, 「수용소 군도의 김수영」, 『시인을 찾아서』, 프레스 21, 1999.

강영기, 「김수영 시에 나타난 현실 인식의 양상」, 『영주어문』 1, 1999. 2.

강은교, 「김수영 시의 모티브 연구」, 『동아대인문과학연구』 5, 1999. 2.

김유중, 「김수영 시의 모더니티(1) – 지식, 권력, 육체의 문제」, 『건양대인문논총』 3, 1999. 2.

박남철, 「전통의 거대한 뿌리 – 박남철 시인의 김수영론」, 『현대시학』, 1999. 3.

박수연, 「김수영 시에서 근대성의 세 요소 – 시의 출발기(1945~49)를 중심으로」, 『한국언어문학』 42, 1999. 5.

성민엽, 「김수영의 「풀」과 『논어』」, 『현대문학』, 1999. 5.

오형엽, 「시적 실험과 시적 초월의 성과 및 한계 – 기존 논의의 정리와 반성」, 『문학사상』, 1999. 6.

윤여탁, 「시적 실천으로서의 '참여시'에 대한 평가 – 김수영, 신동엽, 박봉우의 시작(詩作)을 중심으로」, 『문학사상』, 1999. 6.

김삼숙, 「김수영 시의 전위적 성격 연구」, 『서울여대태릉어문연구』 8, 1999. 7.

이승원, 「김수영의 시정신과 그 계승」, 『서울여대태릉어문연구』 8, 1999. 7.

유중하, 「하나에서 둘로 – 김수영 그 이후」, 『창작과 비평』, 1999. 가을.

최동호, 「동양의 시학과 현대시 – 유가 철학과 김수영의 「풀」」, 『현대시』, 1999. 9.

황현산, 「蝨와 책 – 젊은 김수영의 초상」, 『현대시학』, 1999. 10.

김유중, 「김수영 시의 모더니티 2 – '죽음'의 한 연구」, 『관악어문연구』 24, 1999. 12.

노용무, 「김수영 시 연구 – 자기부정과 자기긍정을 중심으로」, 『어문연구』 104, 1999. 12.

고명철, 「문학과 정치권력의 역학관계 – 이어령/김수영의 '불온성' 논쟁」, 『문학과 창작』, 2000. 1.

한원균, 「'구멍'과 '우물'의 시학 – 자신으로 향하는 길 가기」, 『문학사상』, 2000. 2.

김유중, 「김수영 시에 나타난 몇가지 말라르메적인 모티브에 대하여」, 『서울대선청어문』, 2000. 3.

유중하, 「김수영과 4·19 : 사랑을 만드는 기술 – 「사랑의 변주곡」을 다시 음미하여」,

『당대비평』10, 2000. 3.

2) 학위 논문

이효영, 「김수영의 시 「현대식 교량」에 관한 분석적 연구」, 서울대 석사, 1974.
한영옥, 「김수영 연구」, 성신여대 석사, 1975.
박병환, 「김수영론 – 적의 의미」, 동국대 석사, 1976.
정대구, 「김수영 연구」, 명지대 석사, 1976.
이영섭, 「김수영의 시 연구」, 연세대 석사, 1977.
강현국, 「김수영 시에 나타난 현실 참여의 특성 연구 – 소외 의식과 모더니즘적 난해
성을 중심으로」, 경북대 석사, 1979.
이광웅, 「시와 죽음 – 김수영 시의 출발」, 원광대 석사, 1979.
김희수, 「김수영론」, 전남대 석사, 1980.
오정환, 「한국 현대시에 나타난 민중의식 – 1960년대 김수영·신동엽을 중심으로」,
동아대 석사, 1980.
장승엽, 「1930년대 모더니티와 김수영의 모더니티에 대한 비교 연구」, 동이대 석사,
1980.
이은봉, 「김수영 시에 나타난 '죽음' 연구」, 숭전대 석사, 1981.
김종윤, 「김수영론 – 정직성과 비극적 현실 인식」, 연세대 석사, 1982.
김창섭, 「김수영의 시 연구」, 고려대 석사, 1982.
김종인, 「김수영의 시세계」, 숭전대 석사, 1983.
김혜순, 「김춘수와 김수영 시에 나타난 시간의식의 대비적 고찰」, 건국대 석사,
1983.
박남철, 「김수영 시문학의 제1시대 연구 – 전통 지향성과 현대 지향성을 중심으로」,
경희대 석사, 1983.
임승천, 「김수영 시 연구」, 단국대 석사, 1983.
김혜련, 「김수영 시 연구」, 중앙대 석사, 1984.
윤유승, 「김수영 시 연구 – 시 의식의 변천양상을 중심으로」, 동아대 석사, 1984.
조혜련, 「김수영 시 연구」, 세종대 석사, 1984.
강응식, 「김수영의 시 「풀」 연구」, 경희대 석사, 1985.
김영옥, 「김수영 연구」, 숙명여대 석사, 1985.

안상호, 「김수영 시적 변용과정에 대한 고찰」, 동국대 석사, 1985.

양억관, 「김수영 시 연구 - 동력화된 이미지 분석을 중심으로」, 경희대 석사, 1985.

연용순, 「김수영 시 연구 - 주제·시어·수사적 기교를 중심으로」, 중앙대 석사,
        1985.

이필규, 「김수영 시의 부정정신」, 국민대 석사, 1985.

임대식, 「김수영의 시의 자유의식 고찰」, 조선대 석사, 1985.

김정훈, 「김수영 시 연구 - 주제의식을 중심으로」, 한양대 석사, 1986.

유재천, 「김수영 시 연구」, 연세대 박사, 1986.

김종윤, 「김수영의 시 연구」, 연세대 박사, 1987.

김창원, 「한국 현대시에 나타난 아이러니에 관한 연구 - 이상시와 김수영시를 중심으
        로」, 서울대 석사, 1987.

박종추, 「김수영의 시정신 고찰」, 조선대 석사, 1987.

이인순, 「시인 김수영 연구」, 전북대 석사, 1987.

조기현, 「김수영 시의 세계관과 비극성」, 경북대 석사, 1987.

조준형, 「김수영 시 연구 - 소시민성을 중심으로」, 한양대 석사, 1987.

소경애, 「김수영 시에 나타난 역동적 이미지 연구」, 부산대 석사, 1988.

정대호, 「김수영과 신동엽의 현실인식에 대한 비교 고찰」, 경북대 석사, 1988.

정호갑, 「김수영 시의 기법에 대하여」, 경상대 석사, 1988.

정호길, 「김수영의 '자유의식' 고」, 동국대 석사, 1988.

김수경, 「김수영의 시 연구」, 서울여대 석사, 1989.

안종국, 「김수영 시 연구 - 그 시의 미적 특질을 중심으로」, 연세대 석사, 1989.

이광길, 「김수영의 시의식 연구」, 동아대 석사, 1989.

이방원, 「김수영 시 연구」, 숙명여대 석사, 1989.

이호응, 「김수영 시 연구」, 전주우석대 석사, 1989.

이홍자, 「김수영 시 연구 - 시의 화자와 시인의 의식을 중심으로」, 서울대 석사,
        1989.

최상선, 「김수영 시 연구」, 국민대 석사, 1989.

강정화, 「김수영 시세계 연구 - 자아의식을 중심으로」, 단국대 석사, 1990.

배은미, 「김수영 모더니즘의 현실참여」, 부산대 석사, 1990.

이건제, 「김수영 시의 변모양상 연구 - 자아와 세계의 관계를 중심으로」, 고려대 석
        사, 1990.

이미현, 「김수영의 시 연구」, 경남대 석사, 1990.

조은수, 「김수영 시에 나타난 낭만성에 대한 연구」, 연세대 석사, 1990.

김이원, 「김수영 시 연구 – 세계인식 변모 과정을 중심으로」, 홍익대 석사, 1991.

문태환, 「김수영 시의 시어 연구 – 구조분석을 중심으로」, 동아대 석사, 1991.

위홍식, 「김수영 시의식 연구」, 성균관대 석사, 1991.

이세재, 「김수영 시 연구 – 「풀」을 중심으로」, 전주우석대 석사, 1991.

이태희, 「김수영 시의 화자 연구」, 인천대 석사, 1991.

김미섭, 「김수영 시 연구 – 후기시에 나타난 '현실참여의식'을 중심으로」, 인하대 석사, 1992.

김수이, 「김춘수와 김수영의 비교 연구 – 주제와 기법의 대응 관계를 중심으로」, 경희대 석사, 1992.

김오영, 「김수영론」, 연세대 석사, 1992.

김혜순, 「김수영 시 연구 – 담론의 특성 연구」, 건국대 박사, 1993.

이은정, 「김춘수와 김수영 시학의 대비적 연구」, 이화여대 석사, 1993.

이지연, 「김수영의 '온몸' 시학과 반시 연구 – 자유의식을 중심으로」, 부산대 석사, 1993.

황동상, 「김수영 시세계 연구」, 수원대 석사, 1993.

권영하, 「김수영 시 연구 – '바로보기'를 통한 시적 변용을 중심으로」, 성균관대 석사, 1994.

김광엽, 「한국 현대시 공간구조 연구 – 청마와 육사 · 김춘수 · 김수영 중심」, 서강대 박사, 1994.

김명인, 「김수영의 '현대성' 인식에 관한 연구」, 인하대 석사, 1994.

김은숙, 「김수영의 시 연구 – 시의식의 변모과정을 중심으로」, 인하대 석사, 1994.

이석우, 「김수영의 시 「풀」의 연구」, 청주대 석사, 1994.

이종대, 「김수영 시의 모더니즘 연구」, 동국대 박사, 1994.

전미경, 「현실인식과 시적 형상화 – 김수영과 신동엽의 대비적 고찰」, 부산대 석사, 1994.

조명제, 「김수영 시 연구」, 전주우석대 박사, 1994.

최규중, 「김수영과 신동엽의 시 비교연구」, 원광대 석사, 1994.

김수진, 「김수영의 초기시 연구 – 모더니즘과의 관련성을 중심으로」, 경원대 석사, 1995.

김형규, 「김수영의 시 연구」, 충남대 석사, 1995.

소필균, 「김수영의 「풀」 연구」, 전북대 석사, 1995.

신정은, 「박인환·김수영의 1950년대 시 대비 연구」, 경북대 석사, 1995.

심재웅, 「김수영 시 연구」, 국민대 석사, 1995.

양미복, 「김수영 시 연구 – 자아의식의 변모양상을 중심으로」, 원광대 석사, 1995.

이재성, 「김수영 시 연구 – 시의 변모과정을 중심으로」, 국민대 석사, 1995.

이 중, 「김수영 시 연구」, 경원대 박사, 1995.

정현선, 「모더니즘기의 문화교육적 연구 – 이상과 김수영을 중심으로」, 서울대 석사, 1995.

채형석, 「김수영의 시세계 연구 – 시의식의 변모양상을 중심으로」, 원광대 석사, 1995.

강연호, 「김수영 시 연구」, 고려대 박사, 1996.

구용모, 「김수영의 시론 연구 – 「반시론」과 「시여, 침을 뱉어라」를 중심으로」, 한양대 석사, 1996.

김태진, 「김수영 시의 환유구조 연구」, 부산대 석사, 1996.

서경희, 「김수영 시에 나타난 자아의식의 변모양상」, 조선대 석사, 1996.

성지연, 「김수영 시 연구 – 의식의 변모 양상을 중심으로」, 연세대 석사, 1996.

신철수, 「김수영 시의 시적 장치 연구」, 한국외대 석사, 1996.

홍기돈, 「김수영 시 연구 – 의식의 변모 양상을 중심으로」, 중앙대 석사, 1996.

강덕화, 「김수영 시 연구 – '새로움의 시학'을 중심으로」, 동국대 석사, 1997.

김영빈, 「김수영 시에 나타난 공간이미지 연구」, 명지대 석사, 1997.

문영희, 「김수영 시 연구」, 울산대 석사, 1997.

안수진, 「모더니즘시의 부정성 형성 연구 – 박인환과 김수영을 중심으로」, 서울대 석사, 1997.

오정혜, 「김수영 시의 언어적 특성 연구」, 동아대 석사, 1997.

윤대현, 「김수영 후기시에 나타난 아이러니 양상」, 동국대 석사, 1997.

이명순, 「김수영 시의 주제와 문체연구」, 성신여대 석사, 1997.

장명국, 「김수영 시 연구」, 한국외대 석사, 1997.

최미숙, 「한국 모더니즘시의 글쓰기 방식에 관한 연구 – 이상과 김수영을 중심으로」, 서울대 박사, 1997.

하인철, 「김수영 시 연구 – 김수영 시의 전개양상을 중심으로」, 서강대 석사, 1997.

강웅식, 「김수영의 시의식 연구 – '긴장'의 시론과 '힘'의 시학을 중심으로」, 고려대 박
　　　사, 1998.
금종애, 「김수영의 시에 나타난 '자유'에 대한 연구」, 한남대 석사, 1998.
김동경, 「김수영 시의 위악성 연구」, 한국교원대 석사, 1998.
김미정, 「김수영 시 정신 연구 – 자유와 사랑의 주제를 중심으로」, 강원대 석사,
　　　1998.
김영대, 「김수영 시의 풍자방법에 대한 연구」, 청주대 석사, 1998.
김효곤, 「김수영 시의 타자 현상 연구」, 부산대 석사, 1998.
노　철, 「김수영과 김춘수의 시작방법 연구」, 고려대 박사, 1998.
유승옥, 「김수영의 현실인식 방법과 시적 변모 – 이항 대립적 구조분석을 중심으로」,
　　　고려대 석사, 1998.
전옥자, 「김수영 시 연구 – 포스트모더니즘의 양상을 중심으로」, 명지대 석사,
　　　1998.
차혜경, 「김수영 시 연구」, 한양대 석사, 1998.
최원발, 「김수영과 신동엽의 역사의식 비교연구」, 청주대 석사, 1998.
황혜경, 「김수영 시의 아이러니 연구」, 이화여대 박사, 1998.
강영기, 「김수영 시의 현실 인식 연구 – 유형과 양상을 중심으로」, 제주대 석사,
　　　1999.
김미경, 「김수영 시의 현실인식 연구 – 4·19의 영향을 중심으로」, 대전대 석사,
　　　1999.
김삼숙, 「김수영 문학의 전위적 성격 연구」, 서울여대 석사, 1999.
문정이, 「김수영의 시정신 연구 – 모더니즘적 측면에서」, 경성대 석사, 1999.
문지성, 「김수영 시 연구 – '한국적 모더니즘'을 중심으로」, 가톨릭대 석사, 1999.
박수연, 「김수영 시 연구」, 충남대 박사, 1999.
심은희, 「김수영 시 연구」, 경희대 석사, 1999.
유진영, 「김수영의 시 연구 – 시의식의 변모과정을 중심으로」, 충남대 석사, 1999.
이정미, 「현실지향시의 시적 특징과 전통 연구– 사설시조와 김수영의 시를 중심으로」,
　　　한국교대 석사, 199 9.
임한호, 「김수영 시의 모더니즘 연구」, 한양대 석사, 1999.
장영표, 「현대시의 텍스트 언어학적 연구」, 한양대 석사, 1999.
최원영, 「김수영 시의 색채이미지 연구」, 명지대 석사, 1999.

고창환, 「김수영 시 연구 – 소시민적 일상에 대한 인식과 자기성찰을 중심으로」, 인
　　하대 석사, 2000.
권적웅, 「한국 현대시의 시작방법 연구 – 김춘수·김수영·신동엽의 시를 중심으로」,
　　고려대 박사, 2000.
김경애, 「김수영 시 연구 – 화자·청자의 변모양상을 중심으로」, 연세대 석사,
　　2000.
김원숙, 「김수영 시 연구 – 의식 변모양상을 중심으로」, 명지대 석사, 2000.
남진우, 「미적 근대성과 순간의 시학 연구 – 김수영·김종삼 시의 시간의식」, 중앙대
　　박사, 2000.
류명화, 「김수영 시 연구」, 충남대 석사, 2000.
박태건, 「김수영 시 연구 – 무의식적 욕망을 중심으로」, 원광대 석사, 2000.
엄은경, 「1960년대 참여시 연구 – 김수영, 박봉우, 신동엽을 중심으로」, 건국대 석
　　사, 2000.
유성원, 「김수영 시 연구 – ‘모더니즘 수용과 현실인식 강화’의 상관성을 중심으로」,
　　인하대 석사, 2000.
이혜승, 「김수영 시 연구 – 텍스트의 생성과 의미를 중심으로」, 서강대 석사, 2000.
정문화, 「김수영 시에 나타난 자유의식의 변모양상 연구」, 울산대 석사, 2000.
채상우, 「1960년대 순수/참여문학논쟁 연구 – 김수영-이어령 간의 불온시논쟁을 중
　　심으로」, 동국대 석사, 2000.
한명희, 「김수영의 시정신과 시방법론 연구」, 서울시립대 박사, 2000.
박경한, 「김수영 시 연구 – 시의식의 변모양상을 중심으로」, 영남대 석사, 2001.
박영규, 「김수영 시 연구」, 단국대 석사, 2001.
이미경, 「김수영 문학 연구 – 여성관을 중심으로」, 목포대 석사, 2001.
장유순, 「김수영 시에 나타난 ‘방’의 공간의식 연구」, 한국외대 석사, 2001.
조용덕, 「김수영 시 연구 – 자유정신을 중심으로」, 한국교대, 2001.

3) 단행본

김수영, 『김수영전집』 1~2, 민음사, 1981.
김수영, 『김수영』, 지식산업사, 1981.
최하림(편), 『김수영』, 문학세계사, 1981.

최하림, 『자유인의 초상』(김수영 평전), 문학세계사, 1982.
황동규(편), 『김수영의 문학』, 민음사, 1983.
김종윤, 『김수영 문학 연구』, 한샘, 1994.
김혜순, 『김수영』, 건국대출판부, 1995.
이은정, 『현대시학의 두 구도』(김춘수와 김수영), 소명, 1999.
김상환, 『풍자와 해탈 혹은 사랑과 죽음』(김수영론), 민음사, 2000.
김승희(편), 『김수영 다시 읽기』, 프레스21, 2000.
최성침, 『물의 모험』(김수영의 시), 아세아문화사, 2000.

■ 김용호

1) 일반 논문

김용호, 「동문서답 - 나의 시의 정신과 방향」, 『현대문학』, 1964. 9.

김용호, 「나의 시적 편력」, 『시문학』, 1971. 10.

윤곤강, 「『향년』을 읽고」, 『매일신보』, 1941. 7. 10.

김동석, 「분노의 시 - 김용호 시집 『해마다 피는 꽃』을 읽고」, 『조선중앙일보』,
1948. 7. 13.
= 『뿌르조아의 인간상』, 탐구탕, 1949.

박목월, 「5월의 시단」, 『현대문학』, 1955. 6.

장만연, 「김용호의 안과 밖」, 『문학춘추』 5, 1964. 8.

정태용, 「김용호론」, 『현대문학』, 1970. 12.

김해성, 「김용호론 - 생활과 지혜의 조화적 시관고」, 『한국현대시인론』, 금강출판사,
1973.

정한모, 「영랑·석정·이산·용호의 시」, 『심상』, 1974. 4.

이성교, 「김용호 연구」, 『인문과학연구소논문집』(성신여대) 7, 1974. 12.

김상배, 「역사적 현실과 시적 자아 - 김용호론」, 『단국대논문집』, 1978.

이성교, 「김용호론」, 『단국문학』 2, 1983. 5.

송하섭, 「말기의 김용호 - 유시집 『혼선』을 중심으로」, 『단국문학』 2, 1983. 5.

오동춘, 「생활에 뿌리는 인간양심 - 1983년 5월의 시조」, 『시문학』, 1983. 6.

문덕수, 「김용호 시 연구」, 『시문학』, 1984. 4.

민병욱, 「한국시의 서사 갈래 연구 - 김용호의 서사정신」, 『현대시학』, 1984. 10~11.

이헌석, 「한국 현대 서사시의 새 지평 - 『남해찬가』 소고」, 『월간문학』, 1984. 12.

김희철, 「시대적 감각과 생활지혜의 조화미학 연구 - 김용호론」, 『인문사회과학논총』
(서울여대) 2, 1987. 12.

박태일, 「김용호 시의 세계 경험과 그 틀」, 『가라문화』(경남대) 7, 1989. 12.

김수복, 「인생론적 삶의식의 세계」, 김용호, 『주막에서』, 미래사, 1991.

송희복, 「오월의 유혹」, 『한국 서정시의 이해』, 예하, 1993.

신상철, 「김용호의 思鄕詩」, 『경남대어문논집』 5, 1994. 12.

2) 학위 논문

김윤환, 「김용호론」, 단국대 석사, 1983.
한이각, 「한국 현대 서사시 연구 ─『국경의 밤』과『남해찬가』를 중심을」, 서울여대
　　　석사, 1987.
유병란, 「김용호 시 연구」, 성신여대 석사, 1990.

3) 단행본

김용호, 『김용호시전집』, 문광문화사, 1983.

■ 김윤성

1) 일반 논문

김윤성, 「시어록」, 『현대문학』, 1956. 12.

김윤성, 「진보적과 퇴보적과 – 이것도 저것도 아닌 것들」, 『동아일보』, 1958. 7. 31.

김윤성, 「한 마디」, 『현대한국문학전집』 18, 신구문화사, 1967.

김윤성, 「나의 시작 주변」, 『시문학』, 1971. 12.

조지훈, 「4월의 시단 – 시의 빈곤」, 『현대문학』, 1955. 5.

이어령, 「1957년 시 총평」, 『사상계』, 1957. 12.

김종해, 「시집 『유감』」, 『현대시학』, 1971. 12.

박양균, 「체관의 미학, 『애가』」, 『풀과 별』, 1973. 8.

이영일, 「시집 『애가』」, 『시문학』, 1973. 11.

천상병, 「김윤성론 – 시집 『애가』를 중심으로」, 『시문학』, 1976. 7~9.

김광림, 「인식과 표현」, 『현대시학』, 1979. 10.

김양수, 「정신의 술래잡기 – 김윤성론」, 『현대문학』, 1980. 1.

김해성, 「원숙한 인생 관조 – 김윤성론」, 『월간문학』, 1980. 5.

박진환, 「실험과 가능성 – 『응시』를 읽고」, 『현대시학』, 1981. 1.

홍희표, 「시의 내용」, 『시문학』, 1981. 7.

김경린, 「자기 심화의 세계, 『돌의 계절』」, 『현대시학』, 1982. 5.

이영걸, 「김윤성론 – 『돌의 계절』을 중심으로」, 『시문학』, 1982. 5.

이영걸, 「인식과 개괄의 무게 – 김윤성 「원경 II」」, 정한모·김재홍(편), 『한국현대
    시평설』, 문학세계사, 1983.

조남익, 「중도시인들의 서정」, 『현대시학』, 1986. 5.

김광림, 「전쟁고발과 죽음의 증언」, 『현대시학』, 1988. 4.

유종호, 「시와 사상」, 『문학이란 무엇인가』, 민음사, 1989.

윤석산, 「한국 현대시의 두 가지 어법 – 김춘수와 김윤성 시를 중심으로」, 『예술논문
    집』 37, 1998. 12.

윤석산·김윤성, 「원로시인과의 대담 – 김윤성 시인을 찾아서」, 『시문학』, 1999. 5.

윤석산, 「사유 중심의 새로운 시학」, 『시문학』, 1999. 5.

김용오, 「김윤성론 – 김윤성 시집 『저녁노을』을 중심으로」, 『시문학』, 1999. 11.

■ 김정한

1) 일반 논문

김우철, 「낭만적 정신과 재능」, 『동아일보』, 1936. 2. 25~26.

김남천, 「추수기의 작단」, 『문장』, 1940. 11.

백낙청, 「새로운 창작과 비평의 자세」, 『창작과 비평』 1, 1966.

김 현, 「희극적인 현실 풍자」, 『주간조선』, 1968. 10. 27.

김상일, 「토속적인 인간상 - 박영준·김정한·정비석」, 『한국단편문학대계』 4, 삼성
　　　 출판사, 1969.

김종철, 「김정한론」, 『현대문학』, 1969. 1.

염무웅·임중빈, 「김정한문학의 평가」, 김정한, 『인간단지』, 한얼문고, 1971.

김병걸, 「김정한 문학과 리얼리즘」, 『창작과 비평』, 1972. 봄.

임중빈, 「김정한론」, 『창조』, 1972. 3.

김병걸, 「한국소설과 사회의식」, 『창작과 비평』, 1972. 겨울.
　　　 =『격동기의 문학』, 일월서각, 2000.

신경림, 「문학과 민중 - 현대한국문학에 나타난 민중의식」, 『창작과 비평』, 1973. 봄.

오양호, 「현실과 산문정신」, 『어문학』 33, 1975.

백낙청, 「민족문학의 현단계」, 『창작과 비평』, 1975. 봄.

김영화, 「요산소설론」, 『고려대어문논집』 19~20, 1977.

염무웅, 「김정한소론」, 김정한, 『인간단지』, 동서문고, 1977.
　　　 =『민중시대의 문학』, 창작과 비평사, 1979.

김종철, 「저항과 인간해방의 리얼리즘」, 백낙청·염무웅(편), 『한국문학의 현단계』
　　　 III, 창작과 비평사, 1984.

김정자, 「주제의식의 강렬성과 삶의 동일성 - 김정한론」, 김용성·우한용(편), 『한국
　　　 근대작가연구』, 삼지원, 1985.

김종균, 「김정한 초기작품의 농민의식」, 『고려대어문논집』 27, 1987. 12.

김종균, 「김정한 초기 소설과 죽음의 두 양상」, 『광장』, 1988. 9.

홍기삼, 「김정한론」, 『한국현대작가연구』, 백문사, 1989.

김종균, 「김정한 초기 소설 연구 - 「월광한」·「낙서족」·「묵은 자장가」론」, 『한국외
　　　 대논문집』 22, 1989. 6.

조진기, 「김정한 소설 연구」, 『경남대가라문화』 7, 1989. 12.

김명인, 「1930년 전후의 농민운동과 그 소설적 형상화」, 『희망의 문학』, 풀빛, 1990.

송명희, 「「사하촌」과 「모래톱 이야기」의 거리」, 『우리문학』 9, 1990.

김정진, 「김정한 소설의 물과 불의 이미지 – 「사하촌」과 「모래톱 이야기」를 중심으로」, 『한국외대우리어문학연구』 2, 1990. 10.

최정식, 「요산의 사실주의 – 「모래톱 이야기」를 중심으로」, 『동래여전논문집』 9, 1990. 12.

황국명, 「역설적 희망의 문학 – 요산 김정한론」, 『문학정신』, 1990. 12.

배도용, 「「모래톱 이야기」의 구조분석」, 『우암어문논집』(부산외대) 1, 1991. 3.

김기호, 「김정한 초기소설과 그의 전향에 대한 고찰 – 작중인물의 현실대응의 변모를 중심으로」, 『한국외대우리어문학연구』 3, 1991. 8.

이규정, 「요산 김정한 연구」, 『부산여대논문집』 35, 1993. 1.

김교선, 「농민소설의 방법 – 김정한의 「사하촌」에 대하여」, 『비평문학』, 1993. 10.

최정식, 「요산의 작가정신과 작품세계」, 『동래여전논문집』 12, 1993. 11.

전승주, 「민족적 삶의 복원을 위한 모색」, 김정한·최정희, 『수라도·홍가』, 동아출판사, 1995.

조갑상, 「김정한 소설의 화자와 시점 문제」, 『경성대논문집』, 1995. 2.

최상윤, 「김정한 작품론 – 그의 전기 작품을 중심으로」, 『비평문학』, 1996. 7.

오기환, 「「사하촌」의 시점 분석과 작품 해석」, 『부산대어문교육논집』 15, 1996. 9.

박현철, 「낙동강 파수꾼 김정한의 삶과 문학 – 불의와 타협하지 말아라 그것은 사람의 길이 아니다」, 『환경운동』 43, 1997. 1.

김중하, 「인간 김정한론」, 『창작과 비평』, 1997. 봄.

김태기, 「요산 김정한 소설 연구」, 『배달말교육』 18, 1997. 11.

박홍배, 「김정한론 – 작품의 비사실성과 작가 의식의 이중성에 대한 소고」, 『부산예술학교논문집』 3, 1997. 12.

오선근, 「김정한 소설에 나타난 갈등과 해결양상의 실체 – 「사하촌」, 「항진기」, 「기로」를 중심으로」, 『중부대논문집』 10, 1997. 12.

강진호, 「근대화의 부정성과 본원적 인간의 추구 – 김정한론」, 민족문학사연구소 현대문학분과, 『1960년대 문학연구』, 깊은샘, 1998.

박선애, 「김정한의 문학과 삶 – 초기 작품으 중심으로」, 전혜자·서정자·변정화

(외), 『한국현대소설연구』, 국학자료원, 1998.

정희모, 「1960년대 소설의 서사적 새로움과 두 경향」, 민족문학사연구소 현대문학분과, 『1960년대 문학연구』, 깊은샘, 1998.

조정래, 「「지하촌」과 「사하촌」의 세계」, 『한국 근대사와 농민소설』, 국학자료원, 1998.

하정일, 「주체성의 복원과 성찰의 서사」, 민족문학사연구소 현대문학분과, 『1960년대 문학연구』, 깊은샘, 1998.

박선애, 「김정한 초기 소설연구」, 『개신어문연구』 15, 1998. 12.

김태기, 「요산 김정한 소설 연구(2)」, 『배달말교육』 20, 1999. 6.

조갑상, 「을숙도에서 뒷기미 나루까지 - 김정한 소설의 현장을 찾아서」, 『오늘의 문예비평』, 1999. 여름.

2) 학위 논문

김인배, 「김정한 소설의 문체 연구」, 동아대 석사, 1980.

박덕은, 「김정한의 소설 연구」, 전남대 석사, 1981.

임종헌, 「김정한론」, 충북대 석사, 1985.

박홍서, 「김정한 소설 인물유형 연구」, 경희대 석사, 1986.

김영연, 「김정한 소설 연구」, 청주대 석사, 1987.

박종무, 「김정한 소설의 작중인물 연구 - 사회의식과 상황에 대한 대응양상을 중심으로」, 한국외대 석사, 1988.

배연규, 「김정한 소설의 인물 연구 - 인물의 변모양상을 중심으로」, 경남대 석사, 1988.

양연규, 「김정한 소설의 인물 연구」, 경남대 석사, 1988.

이영선, 「김정한 작품 연구 - 미적 범주론에 의한 분석」, 동아대 석사, 1988.

정현섭, 「김정한 소설 연구」, 서울여대 석사, 1988.

조수웅, 「김정한 소설에 나타난 행동문학성 고찰」, 조선대 석사, 1989.

한동우, 「김정한 소설의 작중인물 연구 - 노인상을 중심으로」, 건국대 석사, 1990.

문성수, 「김정한 소설의 공간 분석」, 부산대 석사, 1991.

권민식, 「김정한 소설 인물 유형 연구」, 연세대 석사, 1992.

김덕혜, 「김정한 후기 소설에 있어서 물과 불의 상징성 연구 - 「모래톱 이야기」와

　　　　「유채」를 중심으로」, 한국외대 석사, 1992.
이병주, 「김정한 연구 - 불의에 대한 저항성을 중심으로」, 숙명여대 석사, 1992.
조갑상, 「김정한 소설 연구」, 동아대 박사, 1992.
최병춘, 「김정한의 초기 소설 연구」, 전북대 석사, 1992.
김양라, 「김정한 소설 연구」, 창원대 석사, 1993.
김인태, 「김정한 소설의 사회의식」, 강원대 석사, 1993.
이옥이, 김정한 농민소설 연구」, 대구대 석사, 1993.
곽현영, 「김정한의 상징 유형 연구」, 숙명여대 석사, 1994.
김광중, 「김정한 소설 연구」, 동국대 석사, 1994.
윤기환, 「소설 작품의 주제 파악을 위한 지도 방법 연구 - 고교 '문학' 교재에 수록된
　　　　김정한 작품을 중심으로」, 경북대 석사, 1995.
김태기, 「요산 김정한 소설세계와 이야기 방식 연구」, 경상대 박사, 1996.
박재범, 「김정한 소설 연구」, 계명대 석사, 1996.
이구지, 「김정한 소설의 인물 연구」, 경남대 석사, 1996.
차인호, 「김정한 수필 연구 -『낙동강의 파숫군』 수필집을 중심으로」, 한남대 석사,
　　　　1996.
김현준, 「김정한 소설의 현실인식과 극복양상」, 경남대 석사, 1997.
신병준, 「김정한 단편소설 연구」, 국민대 석사, 1998.
김길수, 「김정한 소설 연구」, 전남대 석사, 1999.
김미영, 「김정한 소설 연구 - 민족문학론과의 관련을 중심으로」, 중앙대 석사,
　　　　1999.
김수진, 「김정한 단편소설 연구」, 고려대 석사, 1999.
전용석, 「요산 김정한 소설 연구」, 성균관대 석사, 1999.
손혜경, 「김정한 후기작품의 결말유형 연구」, 영남대 석사, 2000.
임형도, 「김정한 소설 연구」, 성균관대 석사, 2000.

3) 단행본

김정한, 『김정한소설선집』, 창작과 비평사, 1976.

■ 김종길

1) 일반 논문

조지훈, 「4월의 시단 - 시의 빈곤」, 『현대문학』, 1955. 5.

김우창, 「감성과 비평, 『시론』」, 『창작과 비평』, 1966. 봄.

신동욱, 「실험과 전통의 비평, 『시론』」, 『시문학』, 1966. 2.

박목월, 「주체성과 순수한 모더니티, 『성탄제』」, 『현대시학』, 1969. 8.

김영태, 「『성탄제』」, 『월간문학』, 1969. 9.

정한모, 「김종길 『진실과 언어』」, 『문학과 지성』, 1975. 봄.

이승훈, 「시조집 『진실과 언어』」, 『심상』, 1975. 3.

김우창, 「『진실과 시어』론」, 『심상』, 1976. 4~5.

염무웅, 「50년대 시의 비판적 개관」, 『월간대화』, 1976. 11.
        =『민중시대의 문학』, 창작과 비평사, 1979.

김흥규, 「세계내적 초월의 비전과 절제」, 김종길, 『하회에서』, 민음사, 1977.

김우창, 「김종길 시선 『하회에서』」, 『한국문학』, 1977. 10.

정희성, 「김종길 시집 『하회에서』」, 『창작과 비평』, 1977. 겨울.

김주연, 「김종길의 『하회에서』」, 『세계의 문학』, 1979. 가을.

김우창, 「감각과 그 기율」, 『지상의 척도』, 민음사, 1981.

박청륭, 「산 그 침묵의 헛바닥」, 『현대시학』, 1981. 12.

유종호, 「점잖음의 미학 - 김종길의 시」, 『동시대의 시와 진실』, 민음사, 1982.

이승훈, 「「성탄제」의 구조적 분석 - 김종길 「성탄제」」, 정한모 · 김재홍(편), 『한국현
        대시평설』, 문학세계사, 1983.

장윤수, 「김종길 시의 특질 연구」, 『국제어문』 6~7, 1986. 8.

신동욱, 「시와 초월의 뜻」, 김용직(외), 『한국현대시연구』, 민음사, 1989.

김종길 · 고형진, 「우리시의 정체성을 생각한다」, 『현대시학』, 1990. 7.

이남호, 「명징성과 염결성」, 김종길, 『天地玄黃』, 미래사, 1991.

최동호, 「유가적 인본주의와 현대적 고고 - 김종길의 시」, 『현대시』, 1991. 11.

이건청, 「정통에 기초한 시편들의 주류 형성 - 김종길, 이태수, 박승철, 권이영의 시」,
        『현대시학』, 1992. 9.

이희중, 「역사의 沈沒과 시의 행로 - 김종길론」, 송하춘 · 이남호(편), 『1950년대의

시인들』, 나남, 1994.

이남호, 「1950년대와 전후세대 시인들의 성격」, 『현대시학』, 1994. 6.

김형자, 「뉴크리티시즘과 한국적 수용현상」, 구인환(외), 『한국전후문학연구』, 삼지원, 1995.

이경수, 「민족시 형성의 과제와 부정의 정신」, 최동호(편), 『남북한 현대문학사』, 나남, 1995.

송희복, 「집단적 삶 의식의 넓이, 개인적 실존 의식의 깊이 – 1960년대와 1970년대의 문학비평」, 『문학사상』, 1995. 4.

최동호, 「심미적 이성의 견고성과 비평 의식 – 김종길의 비평」, 『현대비평과 이론』 10, 1995. 10.

이승훈, 「김종길 – 「성탄제」」, 『한국 현대시 새롭게 읽기』, 세계사, 1996.

송왕섭, 「전후 '신비평'의 수용과 그 의미」, 『성균어문연구』 32, 1997. 12.

고형진, 「날카로운 감각과 격조높은 시선 – 김종길, 『달맞이꽃』」, 『현대시』, 1998. 3.

이남호, 「김종길 시인의 시 – 『달맞이꽃』을 중심으로」, 『현대시학』, 1998. 3.

김선학, 「엄숙함과 경건함과 품격 그리고 어조 – 김종길의 시 세계」, 『문학과 의식』, 1998. 8.

박진환, 「김종길」, 『한국현대시인연구』, 자유지성사, 1999.

박진환, 「김종길 시인과의 대담」, 『한국현대시인연구』, 자유지성사, 1999.

윤호병, 「영겁의 시학 – 김종길의 시세계」, 『현대시의 아포리아』, 청예원, 1999.

이미순, 「신비평의 수용과 형식탐구」, 『한국 현대문학비평과 수사학』, 월인, 2000.

2) 학위 논문

신희교, 「김종길 시 연구 – 이미지와 어조에 나타난 시의식의 변용을 중심으로」, 고려대 석사, 2000.

윤동재, 「오일도·조지훈·김종길의 한시와 현대시 상관성 비교 연구」, 고려대 박사, 2000.

3) 단행본

김종길, 『김종길전집』, 민음사, 1986.

■ 김종문

1) 일반 논문

김종문, 「시인이 된 동기와 이유 - 자살대신에 시를 쓰며 산다」, 『세계일보』, 1959.
    2. 10.
김종문, 「나의 시작 노트 - 의식의 작용」, 『시문학』, 1971. 9.
장 호, 「김종문의 신시집」, 『현대시학』, 1966. 2.
홍신선, 「시의 의미와 속죄양 의식 - 청마·지훈·남수·종문의 경우」, 『현대시학』,
    1974. 8.
박태진, 「김종문 선생의 문학세계」, 『한국문학』, 1981. 2.
박치원, 「김종문 시의 시적 발전과정」, 『현대시학』, 1981. 6.
민병욱, 「김종문의 서사정신과 서사갈래 체계」, 『현대시학』, 1984. 12, 1985. 1~2.
조남익, 「이형기·김종문의 시」, 『현대시학』, 1986. 12.

■ 김종삼

1) 일반 논문

김종삼, 「이 공백을」, 『현대한국문학전집』 18, 신구문화사, 1967.

이철범, 「상반기의 시」, 『지성』 2, 1958. 가을.

김　현, 「암시의 미학이 갖는 문제점 - 언어파의 시학에 관해서」, 『현대한국문학전집』, 신구문화사, 1967.

김광림, 「『십이음계』」, 『월간문학』, 1969. 9.

박성룡, 「『십이음계』」, 『현대시학』, 1969. 11.

김영태, 「음악의 배경 - 김종삼론」, 『시문학』, 1972. 8.

박진환, 「김종삼의 「고향」」, 『현대시학』, 1973. 5.

김　현, 「시와 시인을 찾아서 - 김종삼」, 『심상』, 1974. 8.
　　　　= 장석주(편), 『김종삼 전집』, 청하, 1988.

오규원, 「타이프니스 시인론 - 김종삼과 박용래를 중심으로」, 『문학과 지성』, 1975. 겨울.

한계전, 「작품과 세계와의 관계」, 『문학과 지성』, 1978. 봄.

김　현, 「김종삼의 시」, 『뿌리깊은 나무』, 1978. 10.
　　　　= 『우리 시대의 문학』, 문장사, 1979.

황동규, 「잔상의 미학 - 김종삼의 시세계」, 『문학과 지성』, 1978. 겨울.
　　　　= 장석주(편), 『김종삼 전집』, 청하, 1988.

오규원, 「김종삼의 시」, 『한국문학』, 1979. 5.

이승훈, 「분단의식의 한 양상 - 김종삼의 경우」, 『월간문학』, 1979. 6.

김광림, 「꽃과 죽음의 시」, 『현대시학』, 1979. 8.

이경수, 「부정의 시학 -『북치는 소년』」, 『세계의 문학』, 1979. 가을.
　　　　= 장석주(편), 『김종삼 전집』, 청하, 1988.

민　영, 「안으로 닫힌 시정신」, 『창작과 비평』, 1979. 겨울.
　　　　= 장석주(편), 『김종삼 전집』, 청하, 1988.

홍신선, 「50년대의 세 시인」, 『현대시학』, 1980. 2.

최원규, 「김종삼의 시」, 『월간문학』, 1981. 2.

차한수, 「내면의식의 성찰」, 『현대시학』, 1982. 6.

김　현, 「김종삼 「백발의 에즈라 파운드」」, 『살아있는 시들』 2, 홍성사, 1983.

윤병로, 「순박한 보헤미안의 시론 - 「누군가 나에게 물었다」」, 정한모·김재홍(편),
　　　　『한국현대시평설』, 문학세계사, 1983.

하현식, 「두 가지 줄기 그 시학」, 『현대시학』, 1983. 3.

강석경, 「문명의 배에서 침몰하는 토끼 - 시인 김종삼」, 『문학사상』, 1983. 9.
　　　　＝ 장석주(편), 『김종삼 전집』, 청하, 1988.

이승훈, 「평화의 시학」, 김종삼, 『평화롭게』, 고려원, 1984.
　　　　＝ 장석주(편), 『김종삼 전집』, 청하, 1988.

김영태, 「열 개의 메모 - 김종삼의 인간과 문학」, 『한국문학』, 1985. 2.

이승훈, 「삶의 돌각담 쌓기 - 김종삼의 작품 세계」, 『한국문학』, 1985. 2.

하현식, 「미완성의 수사학」, 『현대시학』, 1985. 2.

황동규, 「「북치는 소년」, 「물통」」, 『중앙일보』, 1985. 2. 27.

윤병로, 「순박한 보헤미안의 시론 - 누군가 나에게 물었다」, 『소설문학』, 1985. 5.

장석주, 「한 미학주의자의 상상세계」, 장석주(편), 『김종삼 전집』, 청하, 1988.

윤동재, 「참 삶을 일깨워주는 시 - 『북치는 소년』」, 『현대시학』, 1988. 3.

김광림, 「전쟁고발과 죽음의 증언」, 『현대시학』, 1988. 4.

이형기, 「50년대 후반기의 시」, 『현대시학』, 1988. 4.

신규호, 「김종삼론」, 『성결교신학교논문집』 17, 1988. 11.

김시태, 「언어의 고독한 축제」, 김용직(외), 『한국현대시연구』, 민음사, 1989.

신규호, 「무의미의 의미 1 - 김종삼론」, 『시문학』, 1989. 3.

민　영, 「1950년대 시의 물길」, 『창작과 비평』, 1989. 봄.

정한용, 「상상력의 공간, 그 내용 없는 아름다움 - 『김종삼 전집』」, 『현대시세계』,
　　　　1989. 여름.

김준오, 「완전주의, 그 절제의 미학」, 김종삼, 『스와니강이랑 요단강이랑』, 미래사,
　　　　1991.

이숭원, 「김종삼 시에 나타난 죽음과 삶」, 『현대시』, 1991. 1.

신현락, 「김종삼 시에 나타난 물의 이미지 고찰」, 『청람어문학』 7, 1992. 7.

김준오, 「고전주의적 절제와 완전주의 - 김종삼론」, 『도시시와 해체시』, 문학과 비평
　　　　사, 1993

신현락, 「김종삼 시에 공간구조에 관한 연구」, 『청람어문학』 8, 1993. 1.

이경호, 「보헤미안의 미학, 혹은 천진성의 시학 - 천상병·김종삼·박용래의 시세계」,

『현대시학』, 1993. 6.
오형엽, 「풍경의 背音과 존재의 감춤 - 김종삼론」, 『현대시』, 1994. 3.
    = 송하춘·이남호(편), 『1950년대의 시인들』, 나남, 1994.
나희덕, 「누구나 그 수심을 모른다」, 『현대시학』, 1994. 6.
정끝별, 「삶과 죽음의 경계, 용담포의 수심」, 『현대시학』, 1994. 6.
황동규, 「유아론(唯我論)의 극복 - 3김의 경우」, 김우창(외), 『한국문학이란 무엇인
    가』, 민음사, 1995.
홍용희, 「꿈과 평화의 시학 - 김종삼론」, 『고황논집』(경희대) 16, 1995. 9.
이승훈, 「김종삼 - 「물통」」, 『한국 현대시 새롭게 읽기』, 세계사, 1996.
이위조, 「김종삼 시의 죽음 의식에 관한 연구」, 『청람어문학』 18, 1997. 1.
한이각, 「김종삼 시 연구」, 『서울여대대학원논문집』 5, 1997. 12.
안수환, 「시와 상징」, 『시문학』, 1998. 5.
류명심, 「김종삼 시 연구」, 『국어국문학』(동아대) 17, 1998. 12.
최하림, 「김종삼과 술과 음악과」, 『시인을 찾아서』, 프레스 21, 1999.
황효일, 「미학과 현실, 그 경계와 일치 - 시인 김종삼론」, 『국민대북악논총』 16,
    1999. 2.
황현산, 「김종삼과 죽은 아이들」, 『현대시학』, 1999. 9.
정상균, 「김종삼 시 연구」, 『서울시립대인문과학』 7, 2000. 2.

2) 학위 논문

권정순, 「김종삼 시의 심미주의적 특성」, 연세대 석사, 1985.
김성춘, 「김종삼 시 연구 - 이미지 유형을 중심으로」, 부산대 석사, 1987.
김문영, 「김종삼 시 연구」, 경북대 석사, 1991.
장승원, 「김종삼 시 연구」, 동덕여대 석사, 1991.
백인덕, 「김종삼 시 연구」, 한양대 석사, 1992.
이영희, 「김종삼 시 연구 - 구조의 특징과 내면의 지향성을 중심으로」, 경희대 석사,
    1992.
진경희, 「김종삼 시 연구 - 물의 이미지를 중심으로」, 동아대 석사, 1992.
김태상, 「김종삼 시 연구 - 비극적 세계인식을 중심으로」, 중앙대 석사, 1993.
신현락, 「김종삼 시의 공간구조에 관한 연구」, 한국교원대 석사, 1993.

김소연, 「1950년대 시 연구 – 전봉건·김종삼·박용래의 초기시를 중심으로」, 성심
　　　여대 석사, 1994.
김지홍, 「김종삼 시의 현상학적 연구」, 국민대 석사, 1994.
김태민, 「김종삼 시 연구」, 경희대 석사, 1994.
이지영, 「김종삼 시의 상상력 연구」, 이화여대 석사, 1994.
백은주, 「김종삼 시 연구 – 환상의 구조와 의미를 중심으로」, 고려대 석사, 1995.
하희정, 「1950년대 시에 나타난 '부재의식'의 형상화 양상 연구 – 김춘수와 김종삼을
　　　중심으로」, 서울대 석사, 1995.
고경림, 「김종삼의 시의식 연구」, 제주대 석사, 1996.
정한용, 「한국 현대시의 초월지향성 연구 – 김종삼·박용래·천상병을 중심으로」, 경
　　　희대 박사, 1996.
최민성, 「김종삼 시 연구 – 방황의 정서를 중심으로」, 한양대 석사, 1996.
한이각, 「김종삼 시 연구」, 서울여대 박사, 1996.
박은희, 「김종삼 시 연구」, 성신여대 석사, 1997.
이민호, 「김종삼 시의 담화론적 연구」, 서강대 석사, 1997.
이한열, 「김종삼 시의 죽음의식에 관한 연구」, 한국교원대 석사, 1997.
김연제, 「김종삼 박용래 시 비교 연구」, 충북대 석사, 1998.
박성현, 「한국 전후시의 죽음의식 연구 – 김종삼·박인환·전봉건을 중심으로」, 건국
　　　대 석사, 1998.
이상오, 「김종삼 시 연구」, 고려대 석사, 1998.
최미정, 「김종삼 시에 나타난 원망공간 연구」, 숭실대 석사, 1998.
최종환, 「김종삼 시 연구 – '시간성'과 '타자성'을 중심으로」, 경희대 석사, 1998.

3) 단행본

장석주(편), 『김종삼전집』, 청하, 1988.

■ 김춘수

1) 일반 논문

김성욱, 「김춘수의 隣人론」, 『문예』 20, 1954. 1.

조지훈, 「4월의 시단 - 시의 빈곤」, 『현대문학』, 1955. 5.

조지훈, 「현대시의 방법적 회의 - 2월의 시를 중심으로」, 『현대문학』, 1956. 3.

이어령, 「1957년 시 총평」, 『사상계』, 1957. 12.

유종호, 「7월의 창작평」, 『사상계』, 1958. 8.

이철범, 「상반기의 시」, 『지성』 2, 1958. 가을.

이철범, 「영토를 쌓는 30대의 시인 - 김춘수, 김수영, 전봉건 시집에 대하여」, 『세계일보』, 1960. 1. 15~16.

박철석, 「고독의 한계 - 김춘수론」, 『자유문학』, 1961. 1.

김 현, 「존재의 탐구로서의 언어」, 『세대』 15, 1964. 7.

김 현, 「시와 탐구의 태도」, 『문학』, 1966. 8.

김 현, 「암시의 미학이 갖는 문제점 - 언어파의 시학에 관해서」, 『현대한국문학전집』, 신구문화사, 1967.

김우정, 「우리 시의 푸른 강줄기 - 한국현대시사서설」, 전봉건(편), 『별 하나의 영원을』, 삼애사, 1968.

고 은, 「실내 작가론 - 김춘수」, 『월간문학』, 1969. 10.

김 현, 「식물적 상상력의 개발 - (속)김춘수론」, 『현대시학』, 1970. 4.

김 현, 「신화적 인물의 시적 변용」, 『문학과 지성』, 1970. 겨울.

장명희, 「김춘수의 시세계」, 『국문학연구』(효성여대) 3, 1970. 12.

김용직, 「아네모네와 실험의식」, 『시문학』, 1972. 4.

이승훈, 「시의 존재론적 해석 시론 - 김춘수의 초기시를 중심으로」, 『춘천교대논문집』 11, 1972. 12.

김윤식·김 현, 「김춘수 혹은 무의미의 시학」, 『한국문학사』, 민음사, 1973.

오규원, 「김춘수의 무의미시」, 『현대시학』, 1973. 6.

김 현, 「말하지 못한 자의 아픔」, 『중앙일보』, 1973. 12. 5.

김주연, 「명상적 집중과 추억」, 김춘수, 『처용』, 민음사, 1974.

김주연, 「김춘수와 고은의 변모」, 『변동사회와 작가』, 문학과 지성사, 1974.

김 현, 「시와 시인을 찾아서 – 김춘수(편)」, 『심상』, 1974. 2.
장윤익, 「비현실의 현실과 무한의 변증법 – 김춘수의 「이중섭」을 중심으로」, 『시문학』, 1974. 4.
이승훈, 「존재에의 해명」, 『현대시학』, 1974. 5.
최하림, 「원초경험의 변형」, 『문학과 지성』, 1976. 여름.
김 현, 「역사와 인간 앞에 성실하려는 노력 – 김춘수 시론집 『의미와 무의미』」, 『대구매일』, 1976. 9.
장윤익, 「비현실의 현실과 무한의 변증법」, 『시문학』, 1977. 4.
이승훈, 「두 시인의 변모 – 김춘수·박목월」, 『문학과 지성』, 1977. 여름.
황동규, 「감상의 제어와 방임」, 『창작과 비평』, 1977. 가을.
이승훈, 「시적 인식의 문제 – 김춘수론」, 『현대문학』, 1977. 11.
박철석, 「김춘수·기타」, 『현대시학』, 1978. 4.
김주연, 「김춘수와 고은」, 『세계의 문학』, 1978. 여름.
이옥희, 「꽃을 소재로 한 한국현대시」, 『현대시학』, 1978. 12.
김 현, 「김춘수의 시적 변용」, 『상상력과 인간』, 일지사, 1979.
김 현, 「김춘수의 유년시절 시」, 『현대문학』, 1980. 1.
고정희, 「김춘수의 무의미론 소고」, 『시와 인식』, 1981.
김영태, 「언어의 표정 – 김춘수 시집 『비에 젖은 달』」, 『현대시학』, 1981. 4.
박철석, 「김춘수론」, 『현대시학』, 1981. 4.
이기철, 「의미시와 무의미시」, 『시문학』, 1981. 10.
김준오, 「처용시학」, 김춘수연구간행위원회, 『김춘수 연구』, 학문사, 1982.
홍경표, 「탈관념과 순수 이미지에의 지향」, 김춘수연구간행위원회, 『김춘수 연구』, 학문사, 1982.
김해성, 「순수에의 의지고 – 김춘수 시관 연구」, 『현대시논총』(김춘수회갑기념), 형설출판사, 1982.
원형갑, 「김춘수와 무의미시의 기본구조」, 『현대시논총』(김춘수회갑기념), 형설출판사, 1982.
조남현, 「난해시의 배경과 시의 장래」, 반시동인, 『반시의 시인들』, 문학세계사, 1982.
문덕수, 「김춘수론」, 『현대문학』, 1982. 9.
이승훈, 「김춘수의 시와 시론 – 『김춘수전집』 1~2」, 『현대시학』, 1982. 11.

권영민, 「인식으로서의 시와 시에 대한 인식」, 『세계의 문학』, 1982. 겨울.

김 현, 「김춘수에 대한 몇 개의 단상」, 『현대문학』, 1982. 12.

김 현, 「김춘수 「싸락눈」 「루오 할아버지가 그린 유화 두 점」」, 『살아있는 시들』 1, 홍성사, 1983.

이승훈, 「말의 새로운 모습」, 『비대상』, 민족문화사, 1983.

이형기, 「존재의 조명 – 김춘수 「꽃」」, 정한모·김재홍(편), 『한국현대시평설』, 문학세계사, 1983.

최원식, 「김춘수 시의 의미와 무의미」, 김용직(편), 『한국현대시사연구』, 일지사, 1983.

조원곤, 「김춘수 시의 변모, 실험정신」, 『부산산업대논문집』 4, 1983. 3.

하현식, 「두 가지 줄기 그 시학」, 『현대시학』, 1983. 3.

김 현, 「김춘수에 대한 두 개의 글」, 『책읽기의 괴로움』, 민음사, 1984.

이승훈, 「김춘수의 「꽃」 – 존재의 기호학」, 『문학사상』, 1984. 8.

윤광민, 「김춘수의 시세계 – 꽃의 이미지를 중심으로」, 『향란어문』(성신여대) 14, 1985. 4.

박철석, 「한국 다다·초현실주의 형성에 관한 연구」, 『현대시학』, 1985. 3~5.

김옥순, 「김춘수 연구문헌 목록 – 김춘수(편)」, 『문학사상』, 1985. 10.

조남익, 「김춘수의 절정언어」, 『현대시학』, 1986. 4.

이승훈, 「김춘수의 「꽃」 분석」, 『한국시의 구조분석』, 종로서적, 1987.

이승훈, 「존재의 시학」, 『한국시의 구조분석』, 종로서적, 1987.

김광림, 「전쟁고발과 죽음의 증언」, 『현대시학』, 1988. 4.

조명재, 「김춘수시의 현상학적 고찰 – 그의 후기시를 대상으로 하여」, 『비평문학』 2, 1988. 8.

이동하, 「순수문학과 독재정권 – 김동리, 서정주, 김춘수의 경우」, 『서울시립대대학문화』, 1989. 2.

김재홍, 「봄눈과 들풀의 이미지」, 『현대시학』, 1989. 3.

민 영, 「1950년대 시의 물길」, 『창작과 비평』, 1989. 봄.

장윤익, 「존재의 현상과 의미 – 「꽃」」, 박철희·김시태(편), 『현대시의 이해』, 문학과 비평사, 1990.

김용태, 「김춘수 시의 존재론과 Heidegger와의 거리」, 『부산여대수련어문논총』 17, 1990. 5.

= 한국어문교육학회, 『어문학교육』 12, 1990.

문혜원, 「절대 순수세계와 인간적인 울림의 조화 - 김춘수론」, 『문학사상』, 1990. 8.

김두한, 「김춘수 시에 나타난 슬픔」, 『국문학연구』(효성여대) 13, 1990. 12.

이영섭, 「50년대 남한의 현실인식과 시적 형상」, 한국문학연구회(편), 『1950년대 남북한 문학』, 평민사, 1991.

한형구, 「1950년대의 한국시 - 전쟁시 혹은 전후시의 전개」, 문학사와 비평연구회 (편), 『1950년대 문학연구』, 예하, 1991.

이기철, 「김춘수 시의 독법」, 『현대시』, 1991. 3.

이남호, 「김춘수의 『시의 위상』에 대하여」, 『세계의 문학』, 1991. 여름.

박선희, 「김춘수론 - 인물과 사물을 중심으로」, 『숭실어문』 8, 1991. 7.

임문혁, 「김춘수 시의 설화수용 양상 - 처용설화의 수용을 중심으로」, 『한국교원대한 국어문교육』 2, 1991. 10.

고형진, 「선시와 무의미시 - 고은, 『뭐냐』·김춘수, 『처용단장』」, 『현대시세계』, 1992. 봄.

이승훈, 「처용의 수난과 통사의 해체」, 『현대시사상』, 1992. 봄.

장정일, 「인공시학과 그 계보 - 김춘수·이하석·박기영」, 『세계의 문학』, 1992. 봄.

김주연, 「기쁜 노래 부르던 눈물 한 방울 - 김춘수 시집 『처용단장』」, 『현대문학』, 1992. 3.

이은정, 「동일한 시적 인식의 두 가지 표출방식 - 김춘수와 김수영의 시」, 『이화어문 논총』 12, 1992. 3.

이승하, 「70년대의 우리시 - 산업화 시대의 시인들」, 『현대시학』, 1992. 4~6.

김성욱, 「몇 편의 시작품을 중심으로」, 『비평문학』 6, 1992. 7.

김준경, 「김춘수의 시적 전개」, 『현대시』, 1992. 7.

이기철, 「김춘수론」, 『영남어문학』 22, 1992. 12.

김준오, 「한국 모더니즘의 현단게」, 『도시시와 해체시』, 문학과 비평사, 1993.

김준오, 「김춘수의 의미시와 소외현상학 - 김춘수론」, 『도시시와 해체시』, 문학과 비평사, 1993.

이승훈, 「김춘수의 시론」, 『한국현대시론사』, 고려원, 1993.

조병무, 「김춘수 「꽃을 위한 서시」 - 무의미와 대상」, 한국시문학회, 『한국 현대시 작품연구와 감상』, 학문사, 1993.

송희복, 「꽃」, 『한국 서정시의 이해』, 예하, 1993.

이은정, 「'처용'과 역사, 그 불화(不和)의 시학 - 김춘수의 「처용단장」론」, 이어령선생님화갑기념논문집간행위원회(편), 『구조와 분석』 1(시), 창, 1993.

최원규, 「김춘수론」, 『한국현대시론고』, 신원문화사, 1 ㅌ993.

윤재웅, 「머리 속의 여우, 그리고 꿈꾸는 숲 - 김춘수의 산문시 「서서 잠자는 숲」을 읽고」, 『현대시』, 1993. 2.

이태희, 「김춘수 연작시 「처용단장」 연구」, 『인천어문학』 9, 1993. 2.

이승훈, 「우리시에 나타난 전위성」, 『현대시』, 1993. 9.

문혜원, 「김춘수의 시와 시론에 나타난 이미지 연구」, 한국현대문학연구회, 『한국문학과 모더니즘』, 한양출판, 1994.

윤호병, 「문학과 회화 - 김춘수 시 「샤갈의 마을에 내리는 눈」과 샤갈 그림 「나와 마을」」, 『비교문학』, 민음사, 1994.

이혜원, 「시적 해탈의 도정 - 김춘수론」, 송하춘 · 이남호(편), 『1950년대의 시인들』, 나남, 1994.

김중신, 「전후문학의 교양교육적 講話와 실제 - 「꽃」과 「목마와 숙녀」를 중심으로」, 구인환(외), 『한국 전후문학 연구』, 삼지원, 1995.

김창원, 「시적 욕망의 해소를 향한 여정 - 김춘수론」, 구인환(외), 『한국 전후문학 연구』, 삼지원, 1995.

이승훈, 「한국 현대시와 아방가르드」, 『모더니즘 시론』, 문예출판사, 1995.

황동규, 「유아론(唯我論)의 극복 - 3김의 경우」, 김우창(외), 『한국문학이란 무엇인가』, 민음사, 1995.

정미혜, 「김춘수 시의 식물이미지 연구」, 『어문학교육』 17, 1995. 5.

문혜원, 「하이데거의 영향을 중심으로 한 김춘수 시의 실존론적인 분석」, 『비교문학』 20, 1995. 12.

강은교, 「김춘수 시의 모티프 연구」, 한국문학연구회, 『1950년대 남북한 시인 연구』, 국학자료원, 1996.

양왕용, 「김춘수시의 의미와 무의미」, 교재편찬위원회, 『한국문학의 이해』, 세종출판사, 1996.

이승훈, 「김춘수 - 「꽃」 「꽃을 위한 서시」 「이중섭」」, 『한국 현대시 새롭게 읽기』, 세계사, 1996.

남진숙, 「김춘수론 - '무의미시'를 중심으로」, 『원천어문』(아주대) 8~9, 1996.

신범순, 「작은 평화가 숨쉬는 휴식처 - 김춘수의 「샤갈의 마을에 내리는 눈」」, 『문학사상』, 1996. 1.

고명수, 「존재탐구의 지속 - 김춘수, 『壺』」, 『현대시』, 1996. 6.

이승훈, 「태어남은 태어나지 않는다 - 김춘수, 『호』」, 『현대시학』, 1996. 7.

정효구, 「김춘수 시의 변모 과정 연구」, 『개신어문연구』 13, 1996. 12.

허윤회, 「모더니티의 개인적 자각과 실현 - 김춘수론」, 『반교어문연구』 7, 1996. 12.

김현자, 「김춘수 시의 구조와 청자의 반응」, 『한국시의 감각과 미적거리』, 문학과 지성사, 1997.

동시영, 「『처용단장』의 울음 계열체와 구조」, 한양어문학회, 『1950년대 한국문학연구』, 보고사, 1997.

정효구, 「김춘수 시의 변모과정」, 『20세기 한국시와 비평정신』, 새미, 1997.

정효구, 「물음, 허무, 자유, 삶 - 김춘수론」, 『20세기 한국시와 비평정신』, 새미, 1997.

권혁웅, 「어둠 저 너머 세계의 분열과 화해, 무의미시와 그 이후 - 김춘수론」, 『문학사상』, 1997. 2.

김정란, 「이승, 빈 자리에 서다 - 김춘수, 『들림, 도스토예프스끼』」, 『현대시학』, 1997. 3.

손진은, 「역사의 무게와 개인의 실존 - 김춘수, 『꽃과 여우』」, 『현대시』, 1997. 3.

이승훈, 「여우와 도스토예프스키 - 김춘수, 『꽃과 여우』, 『들림, 도스토예프스키』」, 『현대문학』, 1997. 4.

최현식, 「'들린' 영혼의 자기관찰과 시적 표현 - 김춘수, 『들림, 도스토예프스키』」, 『현대시』, 1997. 4.

조영복, 「여우, 장미를 찾아가다 - 김춘수의 문학적 연대기」, 『작가세계』, 1997. 여름.

전미정, 「인간의 왜소함과 줄기차게 씨름하는 야곱」, 『작가세계』, 1997. 여름.

이승훈, 「김춘수, 시선과 응시의 매혹 - 『꽃과 여우』를 중심으로」, 『작가세계』, 1997. 여름.

신범순, 「무화과나무의 언어 - 김춘수 초기에서 『부다페스트에서의 소녀의 죽음』까지 시에 대해」, 『작가세계』, 1997. 여름.

서준섭, 「순수시의 향방 - 1960년대 이후의 김춘수의 시세계」, 『작가세계』, 1997. 여름.

송재학, 「처용에 대한 편견, 처용에 대한 편애」, 『작가세계』, 1997. 여름.

오세영, 「김춘수의 꽃」, 『현대시』, 1997. 7.

이숭원, 「많은 천지만물의 소묘」, 『문학사상』, 1997. 7.

윤석성, 「김춘수 시의 상징주의적 해석」, 『동악어문논집』 32, 1997. 12.

이경교, 「화자의 퇴행과 패러다임의 이동」, 『동국어문학』 9, 1997. 12.

문흥술, 「고독한 무의미 시인이 낳은 빛나는 처용 – 김춘수 시론」, 『시원의 울림』, 청
        동거울, 1998.

윤호병, 「릴케의 영향과 수용」, 『문학의 파르마콘』, 국학자료원, 1998.

이인영, 「대상 세계와 자아의 부정을 통한 세계 인식 – 김춘수론」, 민족문학사연구소
        현대문학분과, 『1960년대 문학연구』, 깊은샘, 1998.

김중식, 「'일상 초탈'의 비범함 '무의미 시'의 꿋꿋함 – 두 원로시인 신작시 동시 발표」,
        『경향신문』, 1998. 1. 7.

동시영, 「김춘수의 「처용단장」 분석」, 『동국대국어국문학논문집』 18, 1998. 2.

이형권, 「김춘수의 시론시 연구」, 『한국언어문학』 40, 1998. 6.

김용직·김춘수, 「『꽃의 소묘』에서 「쏘냐에게」까지」, 『동서문학』, 1998. 3.

김선학, 「쉬운 시가 주는 감동」, 『문학사상』, 1998. 7.

백진성, 「시의 현상학적 해석」, 『기전여전논문집』 18, 1998. 9.

윤석산, 「한국 현대시의 두 가지 어법 – 김춘수와 김윤성 시를 중심으로」, 『예술논문
        집』 37, 1998. 12.

이형권, 「김춘수 시의 작품 패러디 연구」, 『한국언어문학』 41, 1998. 12.

이태동, 「인식론적 추구의 시적 전개」, 『세계의 문학』, 1998. 겨울.

박진환, 「김춘수」, 『한국현대시인연구』, 자유지성사, 1999.

박진환, 「김춘수 시인과의 대담」, 『한국현대시인연구』, 자유지성사, 1999.

이창민, 「'김춘수론'을 위하여」, 『문학과 의식』, 1999. 2.

하종오, 「'실험' 넘어 따스한 '느낌'의 미학으로」, 『한국일보』, 1999. 2. 3.

고형진, 「심리적 사생과 관념 지우기 – 김춘수 『의자와 계단』」, 『현대시학』, 1999. 3.

오생근, 「노시인의 젊고 명증한 정신 – 김춘수, 『의자와 계단』」, 『서평문화』, 1999. 6.

이경철, 「내 이름 불러줄 이 없는 존재의 슬픔 – 시인 김춘수」, 『문예중앙』, 1999.
        가을.

신규호, 「김춘수 시의 비애미 연구」, 『어문학』 68, 1999. 10.

김은정, 「김춘수와 릴케의 비교문학적 연구」, 어문연구학회, 『어문연구』 32, 1999.
        12.

남기혁, 「김춘수의 무의미시론 연구」, 『서울대한국문화』 24, 1999. 12.

류순태, 「1950년대 김춘수 시에서의 '눈/눈짓'의 의미 고찰」, 『관악어문연구』 24, 1999. 12.

2) 학위 논문

신정순, 「김춘수 시에 나타난 빛·물·돌의 이미지와 상상력의 질서」, 이화여대 석사, 1981.

김혜순, 「김춘수와 김수영 시에 나타난 시간의식의 대비적 고찰」, 건국대 석사, 1983.

손자희, 「김춘수시 연구 - 이미지를 중심으로」, 중앙대 석사, 1983.

조명제, 「김춘수 시의 현상학적 연구」, 중앙대 석사, 1983.

이은정, 「김춘수의 시적 대상에 관한 연구」, 이화여대 석사, 1986.

박유미, 「김춘수 시 연구」, 고려대 석사, 1987.

이경철, 「김춘수 시의 변모양상 - 초기시에서 무의미시까지」, 동국대 석사, 1987.

김재만, 「김춘수 시 연구 - 물의 이미지와 상상력을 중심으로」, 한양대 석사, 1988.

장혜원, 「김춘수 시의 주제 비평적 연구 - 모티프 분석을 중심으로」, 부산대 석사, 1990.

김두한, 「김춘수 시 연구」, 효성여대 석사, 1991.

정유화, 「김춘수 시의 기호학적 구조연구」, 중앙대 석사, 1991.

김수이, 「김춘수와 김수영의 비교 연구 - 주제와 기법의 대응 관계를 중심으로」, 경희대 석사, 1992.

김현나, 「김춘수 시 연구」, 충남대 석사, 1992.

김혜숙, 「김춘수의 '처용'시편에 나타난 세계관 연구」, 부산대 석사, 1992.

이은정, 「김춘수와 김수영 시학의 대비적 연구」, 이화여대 박사, 1993.

김광엽, 「한국 현대시 공간구조 연구 - 청마와 육사·김춘수·김수영 중심」, 서강대 박사, 1994.

정미혜, 「김춘수 시의 식물이미지 연구」, 부산대 석사, 1994.

최은성, 「김춘수 시에 나타난 재생 모티프 연구 - 초기시를 중심으로」, 한성대 석사, 1994.

현승춘, 「김춘수의 시세계와 은유구조」, 제주대 석사, 1994.

권혁웅, 「김춘수 시 연구 - 시의식의 변모를 중심으로」, 고려대 석사, 1995.

오병욱, 「김춘수 시작품의 현상학적 접근」, 경희대 석사, 1995.

하희정, 「1950년대 시에 나타난 '부재의식'의 형상화 양상 연구 - 김춘수와 김종삼을
　　　중심으로」, 서울대 석사, 1995.

신동근, 「김춘수 시 연구 - 허무와 초월의 양태를 중심으로」, 공주대 석사, 1996.

이원영, 「김춘수 초기시의 낭만성 연구」, 숙명여대 석사, 1996.

임수만, 「김춘수 시의 기호학적 연구」, 서울대 석사, 1996.

송경호, 「김춘수 시의 변모 양상 연구」, 서울시립대 석사, 1997.

원희재, 「김춘수 시 연구 - 시의식의 변모과정을 중심으로」, 서울여대 석사, 1997.

이경란, 「김춘수 시의 현상학적 연구」, 명지대 석사, 1997.

이기용, 「김춘수 『처용단장』 연구」, 단국대 석사, 1997.

김지선, 「김춘수의 『처용단장』 연구」, 한양대 석사, 1998.

노 철, 「김수영과 김춘수의 시작방법 연구」, 고려대 박사, 1998.

서진영, 「김춘수 시에 나타난 나르시시즘 연구」, 서울대 석사, 1998.

서화준, 「김춘수 시에 나타난 성서적 이미지 연구 - 고통의 문제를 중심으로」, 인제
　　　대 석사, 1998.

이현정, 「김춘수 시 연구」, 성신여대 석사, 1998.

김영아, 「김춘수 시에 나타난 색채의 원형심상 연구 - 노란색의 원형을 중심으로」,
　　　공주대 석사, 1999.

김혜원, 「김춘수 시 연구 - 이미지 변모양상을 중심으로」, 성신여대 석사, 1999.

박기범, 「김춘수의 「처용단장」 연구」, 성균관대 석사, 1999.

서인숙, 「김춘수 시에 나타난 시의식 연구 - 『처용』 연작시형을 중심으로」, 울산대
　　　석사, 1999.

윤지영, 「김춘수 시 연구 - '무의미시'의 의미」, 서강대 석사, 1999.

이창민, 「김춘수 시 연구」, 고려대 박사, 1999.

황유숙, 「김춘수 시의 의식현상 연구」, 성신여대 석사, 1999.

권적웅, 「한국 현대시의 시작방법 연구 - 김춘수·김수영·신동엽의 시를 중심으로」,
　　　고려대 박사, 2000.

오정국, 「김춘수 시의 인물에 관한 연구」, 중앙대 석사, 2000.

이인영, 「김춘수와 고은 시의 허무의식 연구」, 연세대 박사, 2000.

서정윤, 「김춘수 시 연구」, 영남대 석사, 2000.

정영신, 「김춘수 시 연구」, 배재대 석사, 2001.

조혜진, 「김춘수 시 연구 - 시간의식을 중심으로」, 성신여대 석사, 2001.

3) 단행본

김춘수, 『김춘수전집』 1~3, 문장사, 1982.
김춘수, 『김춘수시전집』, 서문당, 1986.
김춘수, 『김춘수시전집』, 민음사, 1994.
이남호(편), 『김춘수문학앨범』, 웅진, 1995.
김춘수연구간행위원회, 『김춘수 연구』, 학문사, 1982.
김두한, 『김춘수의 시세계』, 문창사, 1997.
최상호, 『김춘수의 꽃을 가르치며』, 시와 시학, 1997.
이은정, 『현대시학의 두 구도』(김춘수와 김수영), 소명, 1999.

■ 박경리

1) 일반 논문

이인복, 「박경리 문학 소고 – 표류하는 인간상」, 『청파문학』(숙명여대), 1958. 6.

이어령, 「상반기의 소설」, 『지성』 2, 1958. 가을.

조연현, 「『태양의 계곡』과 『표류도』」, 『현대문학』, 1960. 1.

백 철, 「전후 15년의 한국소설」, 『한국전후문제작품집』, 신구문화사, 1961.

전수자, 「박경리 소설의 비극성 – 『김약국의 딸들』을 중심으로」, 『중앙대어문논집』, 1964. 9.

백낙청, 「피상적 기록에 그친 6·25 수난」, 『신동아』, 1965. 4.

조병무, 「자의식의 문학 – 박경리의 단편을 중심으로」, 『현대문학』, 1965. 11.

김우종, 「인간에의 증오」, 『현대한국문학전집』 11, 신구문화사, 1966.

이형기, 「운명의 네가필림」, 『현대한국문학전집』 11, 신구문화사, 1966.

홍사중, 「한정된 세계의 비극」, 『현대한국문학전집』 11, 신구문화사, 1966.

정명환, 「폐쇄된 사회의 문학 – 박경리씨의 세 작품을 중심으로」, 『사상계』, 1966. 3.
        =『한국작가와 지성』, 문학과 지성사, 1978.

최일수, 「박경리의 비판의식」, 『현대문학』, 1966. 8.

임중빈, 「삶 그리고 긍정의 모험」, 『문학춘추』, 1966. 12.

염무웅, 「박경리 문학의 매력」, 『세대』 47, 1967. 6.

김치수, 「불행한 여인상 – 박경리론」, 『한국단편문학대계』 10, 삼성출판사, 1969.

강인숙, 「박경리작품해설」, 『한국대표문학전집』 10, 삼중당, 1970.

염무웅, 「역사라는 운명극 – 박경리작 『토지』에 대하여」, 『신동아』, 1973. 11.
        =『민중시대의 문학』, 창작과 비평사, 1979.

송재영, 「소설의 넓이와 깊이」, 『문학과 지성』, 1974. 봄.
        =『현대소설의 옹호』, 문학과 지성사, 1979.

유종호, 「변모와 성장 – 박경리의 작품세계」, 『한국문학대전집』 4, 태극출판사, 1976.

윤병로, 「강신재·박경리의 문학」, 『신한국문학전집』 11, 어문각, 1976.

송재영, 「삶의 좌절과 초극」, 『문학과 지성』, 1976. 가을.

윤병로, 「폐쇄된 사회의 문학」, 『한국작가와 지성』, 문학과 지성사, 1978.

김병익, 「『토지』의 세계와 갈등의 진상」, 『상황과 상상력』, 문학과 지성사, 1979.

김 현, 「인간의 욕망에 대하여」, 『우리시대의 문학』, 문장사, 1979.

천이두, 「정통과 이단」, 『한국소설의 관점』, 문학과 지성사, 1980.

송재영, 「성장하는 민족 이야기」, 『문학과 지성』, 1980. 봄.

김형국, 「소설 『토지』의 인물들과 오늘의 도시생활」, 『뿌리깊은 나무』, 1980. 6~7.

이태동, 「소설 『토지』를 말한다」, 『월간조선』, 1980. 7.

서정미, 「『토지』의 한과 삶」, 『창작과 비평』, 1980. 여름.

김병걸, 「怨嗟의 세계 『토지』」, 『세계의 문학』, 1980. 여름.

신경득, 「소설과 사회의 변주(중) - 이범선, 박경리, 정한숙, 전광용론」, 『현대문학』,
    1980. 8.

강만길, 「문학과 역사」, 『세계의 문학』, 1980. 겨울.

이태동, 「『토지』와 역사적 상상력」, 『부조리와 인간의식』, 문예출판사, 1981.

김치수, 「『토지』의 세계」, 『문학사상』, 1981. 3.

김치수, 「간도 그 공간의 개방성」, 『문학사상』, 1981. 4.

김치수, 「한과 허무의 강 - 『토지』의 연재를 앞둔 『토지』 텍스트 분석」, 『문학사상』,
    1981. 5.

김치수, 「박경리와 대화」, 『신동아』, 1981. 5.

강만길, 「소설 『토지』와 한국근대사」, 이상신(편), 『문학과 역사』, 민음사, 1982.

유종호, 「여류다움의 거절 - 박경리의 소설」, 『동시대의 시와 진실』, 민음사, 1982.

홍정운, 「소설의 시간 - 박경리의 『토지』를 중심으로」, 『자하어문논집』(상명여대) 2,
    1982.

최일남, 「한을 알 때 인간은 눈을 뜬다 - 『토지』의 박경리」, 『신동아』, 1982. 10.

송재영, 「민족사와 드라마의 형식」, 『정경문화』, 1983. 6.

홍정운, 「『토지』의 시간구조」, 『월간문학』, 1983. 11.

김우종, 「전쟁과 리얼리티 - 박경리의 「시장과 전장」」, 『광장』, 1984. 2.

김병익, 「식민지 시대의 사회 변화와 인간 - 박경리의 『토지』 제3부」, 『들린시대의
    문학』, 문학과 지성사, 1985.

윤병로, 「전쟁·전후소설의 재평가」, 『한국현대소설의 탐구』, 범우사, 1985.

윤병로, 「현대여류작가의 문학적 성향 - 강신재·박경리의 경우」, 『한국현대소설의
    탐구』, 범우사, 1985.

김정숙, 「경험 현실과 허구의 현실」, 『조선일보』, 1985. 1. 8.

김 철, 「운명과 의지 -『토지』의 역사의식」,『문학의 시대』 3, 1986.

이태동·이만열, 「환상과 현실 사이 - 박경리론」,『한국현대소설의 위상』, 문예출판
　　사, 1986.

정미숙, 「『토지』에 나타난 역사의식」,『부산교대국어과교육』 6, 1986.

홍성암, 「역사소설의 사적 고찰」,『한양대어문연구』 4, 1986.

김정자, 「소설의 공간적 의미분석 - 박경리 소설을 중심으로」,『부산대인문논총』 31,
　　1987.

임헌영, 「중도파적 인도주의」, 박경리,『시장과 전장』, 중앙일보사, 1987.

한승옥, 「한국전후 장편소설 연구」,『국어국문학』 97, 1987.

임헌영, 「근대한국사의 변혁주체 모색 -『토지』의 작품세계와 사상」,『월간경향』,
　　1987. 8.

최영주, 「인터뷰 -『토지』는 끝이 없는 이야기」,『월간경향』, 1987. 8.

김병익, 「한의 민족사와 갈등의 사회사」, 박경리,『토지』, 삼성출판사, 1988.

임헌영, 「변혁운동과 불교사상 -『장길산』·『토지』·『태백산맥』에 나타난 승려상」,
　　『불교문학』 3, 1988.

김성희·성은애·이명호, 「『토지』에 나타난 여성 문제 인식과 역사의식 - 올바른 여
　　성문학의 정립을 위하여」,『여성』 3, 1989.

이기인, 「『토지』와『객주』의 심미적 거리」,『고대민족문화연구』 22, 1989. 2.

이재선, 「숨은 역사·인간의 사슬·욕망의 서사시 - 박경리의『토지』론」,『현대문
　　학』, 1989. 3.

김정신, 「30년대의 분석과 번역 -『토지』」,『세계의 문학』, 1989. 봄.

임헌영, 「박경리 작『토지』- 동학 이래 해방운동사 투영」,『국민일보』, 1989. 7. 20.

정호웅, 「박경리의『토지』론 - 지리산의 사상」,『동서문학』, 1989. 12.

김외곤, 「전후세대의 의식과 그 극복 - 박경리론」, 문학사와 비평연구회(편),『1950
　　년대 문학연구』, 예하, 1991.

김치수, 「문화와 문명 : 능욕당한 삶의 전경 - 박경리의『토지』제4부」,『열림과 일
　　굼』, 문학과 지성사, 1991.

정호웅, 「50년대 소설론」, 문학사와 비평연구회(편),『1950년대 문학연구』, 예하,
　　1991.

조남현, 「『시장과 전장』과 이념검토」, 한국현대문학회(편),『한국의 전후문학』, 태학
　　사, 1991.

김용구, 「박경리론 - 가족, 그 한의 뿌리」, 『문학사상』, 1991. 5.
　　　= 권영민(편), 『한국현대작가연구』, 문학사상사, 1991.
조남현, 「박경리의 『시장과 전장』」, 『한국현대소설의 해부』, 문예출판사, 1993.
정현기, 「박경리의 『토지』 연구 - 작품형성의 사상적 기둥」, 『연세대매지논총』 10,
　　　1993. 2.
권오현, 「1960년대 소설의 이데올로기 표현 방법 연구」, 『계명대대학원학술연구논
　　　문집』, 1994.
　　　=『문학에 대한 두 가지 단상』, 사람, 2000.
정상균, 「박경리」, 『한국현대서사문학연구』, 새문사, 1994.
정호웅, 「50년대 소설론」, 『우리 소설이 걸어온 길』, 솔, 1994.
채진홍, 「인간의 존엄과 생명의 확인 - 박경리론」, 송하춘·이남호(편), 『1950년대
　　　의 소설가들』, 나남, 1994.
이태동, 「동학혁명과 역사소설 - 박경리의 『토지』의 경우」, 『문학사상』, 1994. 1.
하응백, 「비극적 삶의 초극과 완성 -『토지』론」, 『현대문학』, 1994. 3.
류보선, 「비극성에서 한으로, 운명에서 역사로」, 『작가세계』, 1994. 가을.
송호근, 「삶에의 연민, 한의 미학」, 『작가세계』, 1994. 가을.
장경렬, 「슬픔, 괴로움, 고독, 사랑 그리고 문학」, 『작가세계』, 1994. 가을.
김만수, 「자신의 운명을 찾아가기 -『김약국의 딸들』을 읽고」, 『작가세계』, 1994.
　　　가을.
정현기, 「『토지』 해석을 위한 논리 세우기」, 『작가세계』, 1994. 가을.
우찬제, 「地母神의 상상력과 생명 미학 - 박경리의 「토지」론」, 『문학과 사회』, 1994.
　　　11.
　　　=『타자의 목소리』, 문학동네, 1996.
김치수, 「'시장'과 '전장'의 절묘한 대비」, 박경리, 『시장과 전장』, 동아출판사, 1995.
박유희, 「인식의 혼란과 자기 확인」, 최동호(편), 『남북한 현대문학사』, 나남, 1995.
유종호, 「문학 속에 굴절된 전쟁 경험」, 『문학의 즐거움』, 민음사, 1995.
장영우, 「박경리의 『토지』 - 한의 내연과 생명사상」, 홍기삼·한용환(편), 『『임꺽정』
　　　에서 『화두』까지』, 문학아카데미, 1995.
이주행, 「박경리의 『토지』에 쓰인 어휘 연구」, 『서울여대태릉어문연구』 5~6, 1995. 2.
이덕화, 「『토지』의 여인들 - 역사의 격랑을 헤쳐가는 '서희'」, 『문학과 의식』 27~28,
　　　1995. 3.

김진석, 「疎外하는 한의 문학 - 대하소설 『토지』론」, 『문예중앙』, 1995. 여름.

임명섭, 「『토지』, 식민지의 삶과 글쓰기」, 『현대비평과 이론』, 1995. 여름.

정현기, 「나라 찾기와 꼴 만들어 속 채우기 - 대표 장편을 중심으로」, 『문예중앙』, 1995. 여름.

이종암, 「박경리 문학의 속살 더듬기 - 박경리의 시에 대하여」, 『포항연구』 20, 1995. 12.

하응백, 「비극적 삶의 초극과 완성 -『토지』론」, 『문학으로 가는 길』, 문학과 지성사, 1996.

송경란, 「『불신시대』의 구조적 분석」, 『숙명여대어문논집』 6, 1996. 12.

이덕화, 「원초적 욕망을 갈구하는 인물들 - 박경리의 『토지』 이전의 문학세계」, 『연세여성연구』 2, 1996. 12.

정현기, 「『토지』 읽기를 위한 사상적 기둥」, 『한국소설의 이론』, 솔, 1997.

정현기, 「『토지』 읽기와 마디이론」, 『한국소설의 이론』, 솔, 1997.

이태동, 「여성작가 소설에 나타난 여성성 탐구 - 박경리, 박완서 그리고 오정희의 경우」, 『동국대한국문학연구』 19, 1997. 3.

천이두, 「한의 여러 궤적들 - 박경리의 『토지』」, 『문학과 의식』, 1997. 4.

이덕화, 「박경리의 심미적 존재론」, 『평택대논문집』, 1997. 8.
=『문학과 의식』, 1997. 11.

구재진, 「1960년대 박경리 소설에 나타난 '생활'의 의미 - 박경리론」, 민족문학사연구소 현대문학분과, 『1960년대 문학연구』, 깊은샘, 1998.

이미림, 「1960년대 박경리 단편의 작중인물과 모티프 연구」, 전혜자 · 서정자 · 변정화(외), 『한국현대소설연구』, 국학자료원, 1998.

정희모, 「1950년대 박경리 소설과 환멸주의」, 『1950년대 한국문학과 서사성』, 깊은샘, 1998.

천이두, 「한의 여러 궤적 - 박경리」, 『우리시대의 문학』, 문학동네, 1998.

최유찬, 「『토지』의 장르론적 고찰」, 한국문학연구회, 『현역중진작가연구』 Ⅱ, 국학자료원, 1998.

김명숙, 「박경리의 『토지』에서 본 민각적 색채」, 한국문학연구회, 『현역중진작가연구』 Ⅲ, 국학자료원, 1998.

김지연, 「『김약국의 딸들』 구조 분석」, 『경산어문학』 2, 1998. 2.

정영자, 「박경리 소설 연구」, 『신라대수련어문논집』 24, 1998. 4.

백지연, 「박경리의 『토지』 - 근대체험의 이중성과 여성 주체의 신화」, 『역사비평』
　　　43, 1998. 5.
박해현, 「대한민국 50년(문학50년) - 『토지』-『광장』-『난장이…』 소설 공동 1위」,
　　　『조선일보』, 1998. 7. 31.
김혜정, 「『시장과 전장』에 나타난 여성성」, 『개신어문연구』 15, 1998. 12.
김치수, 「민족 역사의 대서사시 - 박경리의 『토지』」, 『문학사상』, 1999. 3.
조세희·박경리, 「빈곤보다 두려운 것은 터전의 상실이다」, 『당대비평』 6, 1999. 3.
정현기, 「오붓하고 아름다운 문화 구심지로 만들어 가기를 꿈꾼다 - '토지문화관'을
　　　찾아서」, 『문화예술』, 1999. 4.
정현기, 「박경리론 - 생명 경외 사유와 문명 창조를 위한 고뇌」, 『문학과 의식』,
　　　1999. 8.
박태상, 「삶의 비극성이 가져다 준 깊이 - 박경리의 『김약국의 딸들』에 담겨진 의미」,
　　　『한국방송통신대논문집』 29, 2000. 2.
조윤아, 「박경리의 『토지』 연구 - 생명사상으로의 변모를 중심으로」, 『서울여대대학
　　　원논문집』 7, 2000. 2.

2) 학위 논문

홍성암, 「한국근대 역사소설 연구」, 한양대 박사, 1988.
정은경, 「박경리 소설의 인물 연구 - 『김약국의 딸들』을 중심으로」, 한양대 석사,
　　　1988.
홍성암, 「한국근대역사소설연구」, 한양대 박사, 1989.
최옥경, 「박경리 『토지』의 공간적 배경과 인물에 대한 연구」, 연세대 석사, 1990.
현정임, 「구한말에서 식민지 시기에 이르는 세계관의 구조와 변화 양상 - 박경리의
　　　『토지』를 중심으로」, 서강대 석사, 1991.
김명준, 「박경리의 『토지』 연구 - '삼대담'의 갈등구조를 중심으로」, 단국대 석사,
　　　1992.
김영신, 「박경리의 『토지』 연구」, 배제대 석사, 1993.
김명희, 「박경리 소설의 비극성 연구」, 전주대 석사, 1994.
신헌숙, 「박경리 문학 연구 - 운명론적 세계관을 중심으로」, 영남대 석사, 1994.
조순자, 「박경리 소설 연구」, 숭실대 석사, 1994.

조윤아, 「박경리 소설의 죽음 모티브」, 서울여대 석사, 1994.

백지연, 「박경리 초기 소설 연구 - 가족관계의 양상에 따른 여성인물의 정체성 탐색을 중심으로」, 경희대 석사, 1995.

이승윤, 「박경리의 『토지』 연구」, 연세대 석사, 1995.

한용임, 「박경리의 『토지』이전 장편소설 연구」, 연세대 석사, 1995.

김미향, 「박경리 초기 소설 연구」, 인천대 석사, 1996.

김현정, 「박경리 초기 단편소설 연구」, 성균관대 석사, 1996.

문상경, 「박경리의 『토지』 연구」, 계명대 석사, 1996.

이미숙, 「문학작품 속에 나타난 한의 인간 커뮤니케이션 구조 분석 - 박경리의 『토지』를 중심으로」, 서강대 석사, 1996.

정운갑, 「박경리의 『토지』 연구」, 중앙대 석사, 1996.

김수진, 「박경리의 『토지』 연구 - 인물 형상화를 중심으로」, 연세대 석사, 1997.

하태욱, 「박경리의 『토지』 연구 - 등장인물의 한맺힘과 풀림을 중심으로」, 연세대 석사, 1997.

김동숙, 「박경리 소설에 나타난 여성상 연구」, 대구효성가톨릭대 석사, 1998.

심혜순, 「박경리 『토지』에 나타난 지모신의 성격」, 경북대 석사, 1998.

이상례, 「박경리 소설 연구 - 『김약국의 딸들』, 『파시』, 『시장과 전장』을 중심으로」, 성신여대 석사, 1998.

이상진, 「박경리의 『토지』 연구 - 인물형상화를 중심으로」, 연세대 박사, 1998.

임영민, 「박경리의 『토지』에 나타난 죽음의 고찰」, 조선대 석사, 1998.

송희경, 「박경리의 초기 단편소설 연구 - 자전적 요소의 소설적 수용을 중심으로」, 대전대 석사, 1998.

정선경, 「박경리의 『토지』 연구 - 민족운동의 흐름과 일본관을 중심으로」, 성신여대 석사, 1998.

김혜정, 「박경리 소설의 여성성 연구」, 충북대 박사, 1999.

손용문, 「박경리 『토지』의 통속성 고찰」, 광운대 석사, 1999.

전상미, 「박경리의 『시장과 전장』 연구」, 연세대 석사, 1999.

정혜란, 「박경리 소설의 여성인물 연구」, 영남대 석사, 1999.

조윤아, 「박경리 『토지』의 생명사상적 변모에 관한 연구」, 서울여대 박사, 1999.

최유희, 「박경리 『토지』 연구」, 중앙대 박사, 1999.

한혜련, 「박경리 소설의 공간 연구」, 이화여대 석사, 1999.

김인숙, 「박경리『토지』의 대화성 연구」, 연세대 석사, 2000.

정인숙, 「박경리 초기 단편소설 연구」, 경원대 석사, 2000.

조미희, 「박경리 초기소설 연구」, 한양대 석사, 2000.

김수영, 「박경리 초기 장편소설의 인물유형 연구」, 서울여대 석사, 2001.

문숙원, 「박경리 소설에 나타난 소외 양상 고찰 – 1960년대 작품을 중심으로」, 강원
　　　대 석사, 2001.

최만봉, 「박경리의「표류도」연구」, 연세대 석사, 2001.

최수진, 「박경리 전쟁체험소설 연구」, 동아대 석사, 2001.

3) 단행본

박경리·이문희·정인영, 『현대한국문학전집』11, 신구문화사, 1966.

박경리, 『박경리문학전집』1~29, 지식산업사, 1988~1990.

김치수, 『박경리와 이청준』, 민음사, 1982.

박완서(외), 『수정의 메아리』(박경리의 삶과 문학), 솔, 1994.

정현기(편), 『한과 삶』(『토지』 비평집 1), 솔, 1994.

편집부(편), 『한·생명·대자대비』(『토지』 비평집 2), 솔, 1995.

한국문학연구회, 『『토지』와 박경리 문학』(『토지』 비평집 3), 솔, 1996.

최유찬, 『『토지』를 읽는다』(『토지』 비평집 4), 솔, 1996.

조남현(편), 『박경리』, 서강대출판부, 1996.

임우기·정호웅(편), 『『토지』 사전』, 솔, 1997.

최유찬(편), 『박경리』, 새미, 1998.

이상진, 『『토지』 연구』, 월인, 1999.

이덕화, 『박경리와 최명희 두 여성적 글쓰기』, 태학사, 2000.

■ 박봉우

1) 일반 논문

박봉우, 「지방문단풍토기」, 『자유문학』, 1957. 7.

박봉우, 「신세대의 자세와 황무지의 정신」, 『한국전후문제시집』, 신구문화사, 1961.

박봉우, 「독립의 나무는 건축한다」, 『현대한국문학전집』 18, 신구문화사, 1967.

박봉우, 「할말이 없다」, 『문학사상』, 1974. 12.

이철범, 「상반기의 시」, 『지성』 2, 1958. 가을.

김병걸, 「1960년의 시」, 『풀과 별』, 1972. 9.
        =『격동기의 문학』, 일월서각, 2000.

김종철, 「김관식·박봉우·최하림의 근간 시집」, 『창작과 비평』, 1976. 가을.

김종철, 「도덕적 관점과 시적 구체성」, 『창작과 비평』, 1976. 가을.

최하림, 「세계의 심화와 질서화」, 『문학과 지성』, 1977. 봄.

한광구, 「한국 현대시의 6·25체험」 4, 『현대시학』, 1983. 5.

조남익, 「박봉우·윤삼하의 시세계」, 『현대시학』, 1987. 9.

하인수, 「우리 시대의 괴짜 천상병과 박봉우」, 『월간중앙』, 1989. 4.

김재홍, 「새해 아침의 시」, 『현대시학』, 1990. 1.

정창범, 「박봉우의 세계」, 박봉우, 『나비와 철조망』, 미래사, 1991.

한형구, 「1950년대의 한국시 - 전쟁시 혹은 전후시의 전개」, 문학사와 비평연구회
        (편), 『1950년대 문학연구』, 예하, 1991.

송희복, 「휴전선」, 『한국 서정시의 이해』, 예하, 1993.

심선옥, 「박봉우론」, 조건상(편), 『한국전후문학연구』, 성대출판부, 1993.

윤여탁, 「1950년대 한국 시단의 형성과 참여시의 잉태」, 『한국전후문학의 형성과 전
        개』, 태학사, 1993.

박윤우, 「전후 한국시의 현실인식과 문화적 성격 연구」, 『호서어문연구』 1, 1993.

권오만, 「박봉우 시의 열림과 닫힘」, 『시와 시학』, 1993. 겨울.

김중배, 「'직업적 조국'이었던 시인 박봉우」, 『시와 시학』, 1993. 겨울.

손재호, 「박봉우 시인의 전주에서의 삶, 그 흐린 하늘」, 『시와 시학』, 1993. 겨울.

정한용, 「휴전선에 피어난 진달래꽃」, 『시와 시학』, 1993. 겨울.

조병화, 「박봉우 시인을 생각하며」, 『시와 시학』, 1993. 겨울.

원재훈, 「내 마음의 휴전선」, 『현대시학』, 1994. 6.

윤종영, 「박봉우 시정신의 전개 양상」, 『대전어문학』 12, 1995. 2.

오성호, 「상처받은 '나비'의 꿈과 절망 – 박봉우의 『휴전선』을 중심으로」, 한국문학연
　　　구회, 『1950년대 남북한 시인 연구』, 국학자료원, 1996.

한수영, 「1950년대 문학의 재인식」, 『작가연구』 1, 1996. 4.

유성호, 「1950년대 후반 시에서의 '참여'의 의미 – 박봉우·신동문·신동엽을 중심으
　　　로」, 『민족문학사연구』 10, 1997. 3.

남기혁, 「박봉우 초기시 연구」, 『작가연구』 3, 1997. 4.

노용무, 「박봉우 시 연구 – '나비'의 비상과 좌절을 중심으로」, 『한국문학논총』 22,
　　　1998. 6.

강희안, 「박봉우의 전후시에 나타난 자아의식에 관한 연구」, 『영남어문학』 23,
　　　1998. 12.

윤여탁, 「시적 실천으로서의 '참여시'에 대한 평가 – 김수영, 신동엽, 박봉우의 시작
　　　(詩作)을 중심으로」, 『문학사상』, 1999. 6.

2) 학위 논문

박지영, 「1950년대 후기시 연구 – 전영경, 박봉우, 민재식을 중심으로」, 성균관대
　　　석사, 1995.

윤종영, 「박봉우 연구 – 시정신의 전개양상을 중심으로」, 한남대 석사, 1995.

이영민, 「박봉우 시 연구」, 경희대 석사, 1995.

이성천, 「박봉우 시문학 연구」, 경희대 석사, 1996.

김민숙, 「박봉우 시 연구」, 건국대 석사, 1998.

김효신, 「한국 현대시의 병리적 현상 연구 – 한하운, 김광섭, 박봉우를 중심으로」, 건
　　　국대 석사, 1998.

박용석, 「박봉우 시 연구」, 명지대 석사, 1999.

권영식, 「박봉우 시 연구 – 낭만적 현실인식의 변모양상을 중심으로」, 덕성여대 석
　　　사, 2000.

엄은경, 「1960년대 참여시 연구 – 김수영, 박봉우, 신동엽을 중심으로」, 건국대 석
　　　사, 2000.

3) 단행본

박봉우, 『휴전선』, 정음사, 1957.
박봉우, 『황지의 풀잎』, 창작과 비평사, 1976.

■ 박연희

1) 일반 논문

박연희, 「문학적 잡담」, 『문학예술』, 1955. 11.
박연희, 「문학작품과 작가」, 『동아일보』, 1955. 12. 6.
박연희, 「나의 소설의 소재 - 작가와 소재」, 『동아일보』, 1958. 6. 28.
곽종원, 「1955년도 창작계 별견」, 『현대문학』, 1956. 1.
안수길, 「월평의 기준 - 작가 박연희씨에게」, 『경향신문』, 1958. 10. 16.
장백일, 「박연희론」, 『문학춘추』, 1965. 2.
신경득, 「전후상황과 신세대의 소설」, 『한국전후소설연구』, 일지사, 1983.
민병욱, 「삶의 서사적 탐색 - 『주인없는 도시』」, 『문학정신』, 1988. 11.
이숭원, 「박연희론 - 박연희 초기소설의 현실인식」, 이주형(외), 『한국현대작가연
      구』, 민음사, 1989.
최일수, 「소설가 박연희의 문학 - 장편 『주인 없는 도시』의 예술성」, 『월간문학』,
      1989. 1.
최일수, 「박연희의 '새로운 나'의 얼 - 긴 소설 『주인 없는 도시』의 문학다움」, 『분단
      헐기와 고루살기의 문학』, 원방각, 1993.
한수영, 「월남작가의 작품에 나타난 반공이데올로기와 50년대의 현실인식」, 『역사비
      평』, 1993. 여름.
진영복, 「남북한 양 체제에 대한 거리 두기 - 박연희의 「변모」」, 『민족문학사연구』
      9, 1996. 6.
하정일, 「주체성의 복원과 성찰의 서사」, 민족문학사연구소 현대문학분과, 『1960년
      대 문학연구』, 깊은샘, 1998.

2) 학위 논문

신경득, 「한국전후소설 연구」, 건국대 박사, 1983.

3) 단행본

오영수 · 박연희, 『현대한국문학전집』 1, 신구문화사, 1968.

■ 박용래

1) 일반 논문

박용래, 「백지와의 대화」, 『현대시학』, 1978. 4.

김　현, 「시인과 시적 대상」, 『현대문학』, 1971. 5.

김　현, 「말하지 못한 자의 아픔」, 『중앙일보』, 1973. 12. 5.

송재영, 「박용래론 - 동화 혹은 자기소멸」, 박용래, 『강아지풀』, 민음사, 1975.
　　　　=『현대문학의 옹호』, 문학과 지성사, 1979.

오규원, 「타이프니스 시인론」 - 김종삼과 박용래를 중심으로, 『문학과 지성』, 1975.
　　　　겨울.

조창환, 「두 개의 자연」, 『현대시학』, 1976. 8.

이승훈, 「박용래의 시세계 - 빈잔의 시학」, 박용래, 『백발의 꽃대궁』, 문학예술사,
　　　　1979.

김재홍, 「박용래, 전원상징과 낙하의 상상력」, 『심상』, 1980. 12.
　　　　=『한국 현대시인 비판』, 시와 시학사, 1991.

박재삼, 「철저히 시를 한 사람 박용래 사백을 보내며」, 『한국문학』, 1981. 1.

유자효, 「서정의 유형」, 『현대시학』, 1981. 3.

하현식, 「언어 그 천형의 외로움」, 『현대시학』, 1981. 3.

박청룡, 「산 그 침묵의 혓바닥」, 『현대시학』, 1981. 12.

홍희표, 「보이는 것과 보이지 않는 것 - 박용래 「저녁눈」」, 정한모・김재홍(편), 『한
　　　　국 대표시 평설』, 문학세계사, 1983.

하현식, 「자연 또는 향토 그 시학」, 『현대시학』, 1983. 5.

이문구, 「박용래 약전」, 박용래, 『먼바다』, 창작과 비평사, 1984.

홍희표, 「박용래론」(상・하), 『월간문학』, 1985. 2~3.

이은봉, 「토착적 서정의 마지막 울림 - 박용래의 시세계」, 『오늘의 책』, 1985. 봄.

하현식, 「토속미학의 정체 - 박용래시의 맥락」, 『현대시학』, 1986. 3.

조남익, 「황금찬・박용래의 시」, 『현대시학』, 1987. 5.

권오만, 「박용래론 - 한의 시각적 형상화」, 김용직(외), 『한국현대시연구』, 민음사,
　　　　1989.

김재홍, 「새해, 겨울의 서정시들」, 『현대시학』, 1989. 1.

손종호, 「박용래의 시세계 연구」, 『충북대인문과학연구소논문집』 35, 1989. 12.

손종호, 「근원적 고독에의 저항 – 박용래, 그 인간의 순수와 서정적 시세계」, 박용래, 『저녁눈』, 미래사, 1991.

김상헌, 「박용래 시 세계」, 『백학어문』(대구대) 5, 1992.

이승하, 「70년대의 우리시 – 산업화 시대의 시인들」, 『현대시학』, 1992. 4~6.

차한수, 「박용래 시의 연구」, 『동아논총』 29, 1992. 12.

이경호, 「보헤미안의 미학, 혹은 천진성의 시학 – 천상병·김종삼·박용래의 시세계」, 『현대시학』, 1993. 6.

권태주, 「박용래 시의 전통성 연구」, 『청람어문학』 11, 1994. 1.

이남호, 「1950년대와 전후세대 시인들의 성격」, 『현대시학』, 1994. 6.

이경수, 「민족시 형성의 과제와 부정의 정신」, 최동호(편), 『남북한 현대문학사』, 나남, 1995.

김명배, 「박용래 시 연구」, 『안성산업대논문집』 27, 1995. 12.

박명자, 「박용래 시의 모티프 – 붙잡을 수 없는 것들을 위한 여백」, 『어문연구』 91, 1996. 9.

강희안, 「박용래 시에 나타난 이미지의 공간 구조」, 『한남어문학』 22, 1997. 12.

최하림, 「눈물의 시인 박용래」, 『시인을 찾아서』, 프레스 21, 1999.

하희정, 「빛과 영혼, 그리고 내면화된 울음 – 천상병, 박용래의 시」, 박동규(외), 『한국전후문학의 분석적연구』, 월인, 1999.

정유화, 「이미지의 구조 미학과 공간현상학적 연구 – 박용래론」, 『어문논집』 27, 1999. 12.

2) 학위 논문

김종익, 「박용래 시 연구」, 연세대 석사, 1987.

전경희, 「박용래 시 연구」, 경희대 석사, 1992.

임성재, 「박용래론」, 경희대 석사, 1993.

권상기, 「박용래 시 연구 – 시전집 『먼 바다』를 중심으로」, 순천향대 석사, 1994.

권태주, 「박용래 시의 전통성 연구」, 한국교원대 석사, 1994.

김소연, 「1950년대 시 연구 – 전봉건·김종삼·박용래의 초기시를 중심으로」, 성심여대 석사, 1994.

문현주, 「박용래 시 연구」, 이화여대 석사, 1994.

송성헌, 「박용래 시 연구」, 경희대 석사, 1994.

이만철, 「박용래 시 연구 – 어조와 이미지의 시적 기능을 중심으로」, 고려대 석사, 1994.

강경자, 「박용래 시 연구 – 시의식을 중심으로」, 고려대 석사, 1995.

강희안, 「박용래 시 연구」, 배재대 석사, 1996.

김성우, 「박용래 시 연구」, 한양대 석사, 1996.

정대진, 「박용래 시 연구 – 작품의 형식이 가지는 의미를 중심으로」, 창원대 석사, 1996.

정한용, 「한국 현대시의 초월지향성 연구 – 김종삼·박용래·천상병을 중심으로」, 경희대 박사, 1996.

노미영, 「박용래 시의 미적 거리 연구」, 이화여대 석사, 1997.

허기순, 「박용래 시 연구」, 서강대 석사, 1997.

권혁제, 「박용래 시 연구 – 소재분석과 시의식을 중심으로」, 단국대 석사, 1998.

김연제, 「김종삼 박용래 시 비교 연구」, 충북대 석사, 1998.

최윤정, 「박용래 시 연구」, 서강대 석사, 1998.

민경희, 「박용래 시 연구」, 세명대 석사, 1999.

이문예, 「박용래 시 연구」, 한남대 석사, 2000.

이소연, 「박용래 시의 상상력 연구」, 경희대 석사, 2000.

3) 단행본

박용래, 『먼바다』(박용래시전집), 창작과 비평사, 1984.

■ 박인환

1) 일반 논문

박인환, 「불안과 희망 사이에서」, 『현대한국문학전집』 18, 신구문화사, 1967.

곽종원, 「정해문단의 회고」, 『백민』, 1948. 1.

최일수, 「현대시의 순수감각비판 – 55년도의 시집을 중심으로」, 『문학예술』, 1956. 4.

이봉구, 「내가 알던 시인 박인환」, 『신시학』, 1956. 5.

김수영, 「茉莉書舍」, 『고요한 기대』, 창우사, 1966.
    = 이동하(편), 『박인환』, 문학세계사, 1986.

고 은, 「제1차 저항」, 『1950년대』, 민음사, 1973.
    = 이동하(편), 『박인환』, 문학세계사, 1986.

고 은, 「후반기의 데카메론」, 『1950년대』, 민음사, 1973.
    = 이동하(편), 『박인환』, 문학세계사, 1986.

박의상, 「박인환의 시」, 『현대시학』, 1973. 1.

김영기, 「박인환 – 마약과 칼」, 『시문학』, 1973. 5.

백승철, 「시대고의 서구주의 – 박인환론」, 『심상』, 1974. 2.

김차영, 「박인환에 대한 몇 가지 추억」, 『시문학』, 1975. 6.
    = 이동하(편), 『박인환』, 문학세계사, 1986.

김재홍, 「동인 시운동의 변천」, 『심상』, 1975. 8.

김춘수, 「'후반기' 동인회의 의의」, 『심상』, 1975. 8.
    = 이동하(편), 『박인환』, 문학세계사, 1986.

박철석, 「박인환론」, 『시와 의식』 5, 1976.

이재철, 「모더니즘 시론 소고」, 『시문학』, 1976. 9.

김상태, 「박인환의 시론과 인생」, 『용광로』(부산공업전문대학) 25, 1977.

김재홍, 「모더니즘의 공과」, 『한국전쟁과 현대시의 응전력』, 평민사, 1978.
    = 이동하(편), 『박인환』, 문학세계사, 1986.

이주형, 「박인환 시고」, 『국어교육연구』 10, 1978.
    = 이동하(편), 『박인환』, 문학세계사, 1986.

김규동, 「박인환론」, 『심상』, 1978. 1.
    = 이동하(편), 『박인환』, 문학세계사, 1986.

김규동, 「인환의 화려한 자질과 수영의 소외의식」, 『현대시학』, 1978. 11.
오세영, 「후반기동인의 시사적 위치」, 『문학사상』, 1981. 1.
　　　＝ 이동하(편), 『박인환』, 문학세계사, 1986.
박철석, 「박인환론」, 『현대시학』, 1981. 2.
권영민, 「모든 떠나가는 것을 위하여 - 박인환 「목마와 숙녀」」, 정한모·김재홍(편),
　　　『한국대표시평설』, 문학세계사, 1983.
　　　＝ 이동하(편), 『박인환』, 문학세계사, 1986.
이건청, 「박인환과 모더니즘적 추구」, 김용직(편), 『한국현대시사 연구』, 일지사,
　　　1983.
　　　＝ 이동하(편), 『박인환』, 문학세계사, 1986.
장승엽, 「한국 모더니즘 시의 기본 패턴 시론 - 특히 김기림, 정지용, 김광균, 박인환
　　　을 중심으로」, 『국어국문학』(동아대), 1983.
김　현, 「박인환 현상」, 『한국일보』, 1984. 1. 12.
　　　＝『두꺼운 삶과 얇은 삶』, 나남, 1986.
鴻農映二, 「한국의 전후 시인 - 구상·박인환·한하운」, 『아시아공론』 133, 1984. 3.
김수영, 「박인환」, 이동하(편), 『박인환』, 문학세계사, 1986.
최하림, 「새로운 도시의 시인들」, 이동하(편), 『박인환』, 문학세계사, 1986.
최하림, 「한낮의 이카루스, 박인환」, 이동하(편), 『박인환』, 문학세계사, 1986.
김흥규, 「「검은 신이여」에 대하여」, 이동하(편), 『박인환』, 문학세계사, 1986.
조남익, 「모더니즘의 시사적 도전」, 『현대시학』, 1986. 2.
김광림, 「전쟁고발과 죽음의 증언」, 『현대시학』, 1988. 4.
민　영, 「1950년대 시의 물길」, 『창작과 비평』, 1989. 봄.
유재천, 「박인환론」, 『배달말』 14, 1989. 12.
김병택, 「'떠나는' 시대의 내면풍경 - 「목마와 숙녀」」, 박철희·김시태(편), 『현대시
　　　의 이해』, 문학과 비평사, 1990.
김병택, 「박인환론」, 『심전김흥식교수회갑논총』, 1990. 6.
박민수, 「박인환론 - 강원시인 연구」, 『춘천교대관동향토문화연구』 8, 1990. 12.
송기한, 「역사의 연속성과 그 문학사적 의미 - 박인환의 경우」, 문학사와 비평연구
　　　회, 『1950년대 문학연구』, 예하, 1991.
이동하, 「박인환의 시세계에 대하여」, 박인환, 『목마와 숙녀』, 미래사, 1991.
이영섭, 「50년대 남한의 현실인식과 시적 형상」, 한국문학연구회(편), 『1950년대

남북한 문학』, 평민사, 1991.

한형구, 「1950년대의 한국시 - 전쟁시 혹은 전후시의 전개」, 문학사와 비평연구회 (편), 『1950년대 문학연구』, 예하, 1991.

한계전, 「전후시에 있어서 모더니즘의 특성과 그 가능성」, 『시와 시학』, 1991. 봄~ 여름.

　　　＝『한국전후문학의 형성과 전개』, 태학사, 1993.

박민수, 「박인환론」, 『비평문학』 5, 1991. 10.

정구향, 「박인환 시의 모더니티 연구」, 건국현대문학연구회, 『한국현대문학의 이해』, 서강학술자료사, 1992.

양애경, 「50년대 모더니즘 시의 미적 구조」, 『어문연구』 23, 1992. 12.

김준오, 「한국 모더니즘의 현단계」, 『도시시와 해체시』, 문학과 비평사, 1993.

송희복, 「목마와 숙녀」, 『한국 서정시의 이해』, 예하, 1993.

권오현, 「전후문학의 실존주의 수용 양상」, 『계명대신문』, 1994. 3. 15.

　　　＝『문학에 대한 두 가지 단상』, 사람, 2000.

이남호, 「1950년대와 전후세대 시인들의 성격」, 『현대시학』, 1994. 6.

박혜숙, 「애송시와 문학사적 허구 - 박인환 시의 시사적 위치와 작품성 검토」, 『시문학』, 1994. 10.

김병택, 「박인환시에 있어서의 모더니즘의 수용과 시대인식 - 박인환론」, 『한국현대시인론』, 국학자료원, 1995.

김중신, 「전후문학의 교양교육적 講話와 실제 - 「꽃」과 「목마와 숙녀」를 중심으로」, 구인환(외), 『한국 전후문학 연구』, 삼지원, 1995.

정재찬, 「예술가의 초상에 관하여 - 박인환론」, 『한국 전후문학 연구』, 삼지원, 1995.

양애경, 「박인환 시 연구」, 『어문연구』 27, 1995. 12.

김종윤, 「전쟁체험과 실존적 불안의식 - 박인환론」, 한국문학연구회, 『1950년대 남북한 시인 연구』, 국학자료원, 1996.

박민수, 「박인환 시의 모더니즘적 특성」, 『한국 현대시의 리얼리즘과 모더니즘』, 국학자료원, 1996.

송현호, 「도시시의 어제와 오늘」, 『한국 현대 문학의 비평적 연구』, 국학자료원, 1996.

이승훈, 「박인환 - 「목마와 숙녀」」, 『한국 현대시 새롭게 읽기』, 세계사, 1996.

김영철, 「박인환의 현실주의 시 연구」, 『관악어문연구』 21, 1996. 12.
    = 『한국 현대시의 좌표』, 건국대출판부, 2000.
박혜숙, 「생과 사의 대립과 삶에의 치환 – 박인환의 「목마와 숙녀」 분석」, 『건국대국
    어문학』 21·22, 1997. 9.
임종성, 「생명·현실 인식과 시적 고뇌 – 서정주, 유치환, 김수영, 박인환의 경우」,
    『어문학교육』 19, 1997. 9.
윤호병, 「T. S. 엘리엇 시와 시론의 영향과 수용」, 『문학의 파르마콘』, 국학자료원,
    1998.
최하림, 「박인환의 찬란한 재치」, 『시인을 찾아서』, 프레스 21, 1999.
최하림, 「명동의 모더니스트 시인들」, 『시인을 찾아서』, 프레스 21, 1999.

2) 학위 논문

박귀례, 「박인환 연구」, 성신여대 석사, 1975.
박미용, 「박인환 시 연구 – 그의 시적 기교를 중심으로」, 공주사범대 석사, 1987.
손원상, 「박인환 시 연구」, 영남대 석사, 1989.
황경숙, 「박인환 시 연구」, 동아대 석사, 1991.
김정임, 「박인환 시 연구」, 연세대 석사, 1993.
양일웅, 「박인환 시 연구」, 전남대 석사, 1994.
최혜숙, 「박인환 시세계 고찰」, 조선대 석사, 1994.
신정은, 「박인환·김수영의 1950년대 시 대비 연구」, 경북대 석사, 1995.
윤향아, 「박인환 시 연구 – 실존적 시의식과 지적 서정을 중심으로」, 성균관대 석사,
    1995.
장수철, 「박인환 시 연구」, 한양대 석사, 1996.
안수진, 「모더니즘시의 부정성 형성 연구 – 박인환과 김수영을 중심으로」, 서울대 석
    사, 1997.
임미화, 「박인환 시에 나타난 현실인식 연구」, 건국대 석사, 1997.
최영민, 「박인환 시 연구」, 충남대 석사, 1997.
박성현, 「한국 전후시의 죽음의식 연구 – 김종삼·박인환·전봉건을 중심으로」, 건국
    대 석사, 1998.
조용봉, 「박인환 시 연구」, 한국외대 석사, 2000.

이홍섭, 「박인환 시 연구」, 경희대 석사, 2001.

3) 단행본

윤석산, 『박인환』(지금 그 사람 이름은 잊었지만), 영학출판사, 1983.
강계순, 『아! 박인환』(사랑의 진실마저도 애증의 그림자를 버릴 때), 문학예술사,
        1983.
이동하(편), 『박인환』, 문학세계사, 1986.
김영철, 『박인환』, 건국대출판부, 2000.

■ 박재삼

1) 일반 논문

김춘수, 「소박과 감상」, 『사상계』, 1959. 3.
정창범, 「의식적인 아나크로니즘 - 박재삼의 풍토」, 『세대』 16, 1964. 9.
고 은, 「실내작가론 (10)」, 『월간문학』, 1970. 1.
김주연, 「1945년 이후 시인 개관」, 김 현(외), 『현대한국문학의 이론』, 민음사,
        1972.
김윤식·김 현, 「박재삼」, 『한국문학사』, 민음사, 1973.
김 현, 「시와 시인을 찾아서 2 - 박재삼」, 『심상』, 1974. 3.
김주연, 「恨과 그 이후」, 박재삼, 『천년의 바람』, 민음사, 1975.
김윤식, 「전통파의 시와 시인들 - 시와 사상」, 『심상』, 1975. 9.
이상섭, 「『천년의 바람』의 가능성」, 『심상』, 1976. 1.
김시태, 「진정한 자아의 탐구」, 『현대문학』, 1977. 5.
윤재근, 「박재삼론」, 『현대문학』, 1977. 5.
김광림, 「꽃과 죽음의 시」, 『현대시학』, 1979. 8.
김명희, 「박재삼 시론」, 한국국어교육학회, 『대구어교육』 36, 1982. 12.
김 현, 「20, 박재삼 「추억에서」」, 『살아있는 시들』 1, 홍성사, 1983.
김 현, 「14, 박재삼 「추억에서」」, 『살아있는 시들』 2, 홍성사, 1983.
이명재, 「자연교감의 삶과 정한 - 박재삼 「울음이 타는 가을강」」, 정한모·김재홍
        (편), 『한국대표시평설』, 문학세계사, 1983.
하현식, 「계승과 높임의 시학」, 『현대시학』, 1983. 4.
남송우, 「세 편의 시에 대하여」, 『현대시학』, 1984. 4.
조태일, 「분단과 50년대 시의 현재성」, 백낙청·염무웅(편), 『한국문학의 현단계』
        Ⅳ, 창작과 비평사, 1985.
백운복, 「서정적 한의 형상」, 『시문학』, 1985. 5.
이헌석, 「시어의 다원화를 위하여 1 - 박재삼 시의 어미 활용고」, 『월간문학』,
        1985. 5.
오순탁, 「시를 읽는 즐거움」, 『현대시학』, 1985. 8.
민병욱, 「박재삼의 서사정신과 서사갈래 체계」, 『현대시학』, 1985. 9.

오양호, 「전봉건·함동선·박재삼·문덕수의 시」, 『시문학』, 1986. 4.

윤석산, 「우리 시대의 과제」, 『현대시학』, 1986. 9.

김몽선, 「모과향내 그윽한 삶의 시」, 『현대시학』, 1986. 11.

조남익, 「박재삼·김관식의 시」, 『현대시학』, 1987. 4.

박영교, 「절제와 리듬의 미학」, 『현대시학』, 1987. 5.

김윤식, 「서정적 빛 – 박재삼의 「추억에서」」, 『낯선 신을 찾아서』, 일지사, 1988.

이형기, 「50년대 후반기의 시」, 『현대시학』, 1988. 4.

김영민, 「서정시의 새로움을 위한 구도 – 박재삼론」, 『문학사상』, 1988. 6.

김성욱, 「박재삼의 시예술」, 『비평문학』 2, 1988. 8.

백운복, 「서정적 한의 형상 – 박재삼의 서정과 시세계」, 『비평문학』 2, 1988. 8.

김효중, 「자연인식과 전통적 서정성」, 『영남어문학』 15, 1988. 8.

백운복, 「서정적 한의 형상 – 박재삼의 시세계」, 『비평문학』 2, 1988. 8.

정광수, 「특유한 가락의 서정 – 박재삼『해와 달의 궤적』」, 『동양문학』 23, 1990. 5.

신 진, 「가난의 한에 관한 회상적 미학 – 박재삼의 「추억」」, 『문학과 비평』, 1990.
        여름.
        = 박철희·김시태(편), 『현대시의 이해』, 문학과 비평사, 1990.

박재삼·송희복, 「우리시의 정체성을 생각한다」, 『현대시학』, 1990. 12.

이영섭, 「50년대 남한의 현실인식과 시적 형상」, 한국문학연구회(편), 『1950년대
        남북한 문학』, 평민사, 1991.

오세영, 「아득함의 거리 – 박재삼론」, 『현대시』, 1991. 여름.

김기중, 「길없는 길의 시적 변주 – 이준관『가을 떡갈나무숲』, 박재삼『꽃은 푸른 빛
        을 피하고』, 이성선『절정의 노래』」, 『현대시학』, 1991. 12.

김재홍, 「시의 위의를 위하여 – 박재삼『꽃은 푸른 빛을 피하고』, 조정권『산정묘지』」,
        『세계의 문학』, 1991. 겨울.

송희복, 「울음이 타는 가을강」, 『한국 서정시의 이해』, 예하, 1993.

송희복, 「추억에서」, 『한국 서정시의 이해』, 예하, 1993.

천이두, 「한의 어두운 면과 밝은 면」, 『한의 구조 연구』, 문학과 지성사, 1993.

심재휘, 「슬픔의 상상력 – 박재삼론」, 송하춘·이남호(편), 『1950년대의 시인들』,
        나남, 1994.

이승훈, 「박재삼 – 「울음이 타는 가을강」」, 『한국 현대시 새롭게 읽기』, 세계사,
        1996.

이경수, 「서정주와 박재삼의 '춘향' 모티프 시 비교 연구 - 시선과 거리를 중심으로」, 『고려대민족문화연구』 29, 1996. 12.
안수환, 「유주율의 현 3 - 박재삼의 시세계」, 『시문학』, 1997. 4.
이광호, 「한과 친화력 - 박재삼 시의 자리」, 『현대시학』, 1997. 7.
오탁번, 「모성(母性) 이미지와 화합(和合)의 시정신」, 『현대문학』, 1997. 8.
천이두, 「그리움, 그리고 그 너머 - 박재삼의 시의 자취」, 『우리시대의 문학』, 문학동네, 1998.
박유미, 「박재삼 시의 전통 서정성 연구」, 『성신어문학』 10, 1998. 2.
하종오, 「'궁핍시대'에 시여 우뚝서라」, 『한국일보』, 1998. 2. 25.
하종오, 「가슴에 먼저 젖는 절절한 우리네 정서 - 박재삼 1주기 맞아 시전집 첫 번째권 출간」, 『한국일보』, 1998. 6. 10.
김재홍, 「순간과 영원의 사이에서 - 『박재삼 시선집 1』」, 『서평문화』, 1998. 9.
신현락, 「물의 이미지를 통해본 박재삼의 시세계」, 『비평문학』, 1998. 7.
박진환, 「박재삼」, 『한국현대시인연구』, 자유지성사, 1999.
최하림, 「가을강 같은 박재삼」, 『시인을 찾아서』, 프레스 21, 1999.
김혜련, 「박재삼 시 자세히 읽기 - 『춘향의 마음』(신구문화사, 1962)을 중심으로」, 『동국대한국문학연구』 21, 1999. 3.
김강제, 「박재삼 시에 나타난 서정시학의 의미」, 『국어국문학』(동아대) 18, 1999. 12.
양혜경, 「박재삼 시의 설화 수용 양상」, 『신라대수련어문논집』 25, 1999. 9.

2) 학위 논문

이광호, 「박재삼 시 연구 - 초기 시의 어조와 운율 분석」, 고려대 석사, 1988.
이상숙, 「박재삼 시의 이미지 연구 - 초기시에 나타난 '물'을 중심으로」, 고려대 석사, 1994.
김양희, 「박재삼 시 연구 - 초기 시의 이미지를 중심으로」, 한양대 석사, 1996.
이운진, 「박재삼 시의 운율 연구」, 동덕여대 석사, 1996.
조상경, 「박재삼 시의 시간의식 연구 - 기억의 구조를 중심으로」, 서울여대 석사, 1996.
김태호, 「박재삼의 시세계 연구」, 건국대 석사, 1998.
오정석, 「박재삼 시 연구 - 세계인식의 변모 양상을 중심으로」, 경희대 석사, 1998.

홍성란, 「박재삼 시 연구 - 죽음 의식과 죽음 이미지의 변모양상을 중심으로」, 경기
　　　대 석사, 1998.
김설아, 「박재삼 시 연구 - 한의 근원과 해한 의지」, 숙명여대 석사, 1999.
백미경, 「박재삼 시 연구 - 이미지와 주제를 중심으로」, 중앙대 석사, 1999.
안성길, 「박재삼 시 연구」, 창원대 석사, 1999.
양미령, 「박재삼시 연구」, 중앙대 석사, 1999.
유진화, 「박재삼 시 연구」, 명지대 석사, 1999.
황인원, 「1950년대 시의 자연성 연구 - 구자운, 김관식, 이동주, 박재삼 시를 중심
　　　으로」, 성균관대 박사, 1999.
공영옥, 「박재삼 시조 연구」, 한국교대 석사, 2000.
김주현, 「박재삼 시 연구」, 경희대 석사, 2000.
정영현, 「박재삼 시의 전개과정과 작품세계 연구」, 부산외대 석사, 2000.
허순희, 「박재삼 시 연구」, 동아대 석사, 2000.
김강제, 「박재삼 시 연구」, 동아대 박사, 2001.
박순오, 「박재삼 전통지향적 자연서정시의 근대성 비판」, 대구대 석사, 2001.
오용기, 「한국 현대시의 한에 대한 연구 - 김소월·서정주·박재삼의 시를 중심으로」,
　　　우석대 박사, 2001.
이민선, 「박재삼 시 교육방법연구 - 문학 교과서 수록시를 중심으로」, 부산대 석사,
　　　2001.
이현정, 「박재삼 시 연구 - 담화 구조를 중심으로」, 숙명여대 석사, 2001.
정인성, 「박재삼 시조와 시 연구」, 한국외대 석사, 2001.

3) 단행본

박재삼, 『박재삼시전집』, 민음사, 1998.

■ **백 철**

1) 일반 논문

안석주, 「투계같은 백철」, 『조선일보』, 1933. 2. 6.

임 화, 「동지 백철군을 논함」, 『조선일보』, 1933. 6. 16.

정비석, 「작가가 본 평가, 백철」, 『풍림』, 1937. 5.

임긍재, 「허망과 아부 – 백철씨의 신윤리의 제창을 읽고」, 『평화일보』, 1948. 3. 23~27.

조연현, 「개념의 공허와 그 모호성 – 백철씨의 『조선신문학사조사』를 중심으로」, 『문
　　　학과 사상』, 세계문화사, 1949.

이남수, 「문학이론의 빈곤성 – 백철·김기림 양씨의 문학개론에 대하여」, 『신천지』
　　　34, 1949. 4.

김동리, 「현대문학의 길 – 백철의 「소설의 길」을 박함」, 『국도신문』, 1950. 3. 18~
　　　19, 22, 24.

三芝洞人, 「논전을 위한 논전인가? – 특구세력의 백철 대 김동리 싸움」, 『연합신문』,
　　　1950. 4. 13.

조연현, 「본격소설에의 길 – 백철씨의 오류에 대하여」, 『경향신문』, 1950. 6. 6~8.

김경린, 「백철씨의 현대의 불안과 문학에 대하여 – 현대의 항변」, 『연합신문』,
　　　1953. 2. 22~25.

임긍재, 「제3문학관의 독소성 – 백철씨의 「모색하는 현대문학」을 중심으로」, 『문예』
　　　17, 1953. 9.

문화부, 「위기에 선 문단 윤리 15년 – 백철씨 대 조영암씨 사건을 중심으로」, 『중앙
　　　일보』, 1953. 11. 9.

조연현, 「우리나라의 비평문학 – 그 회고와 전망」, 『문학예술』, 1956. 1.
　　　=『휴일의 의장』, 인간사, 1957.

이철범, 「백철씨에게 보내는 서한」, 『문학평론』 2, 1959. 2.

강신재, 「평론가의 예술적 감각 – 백철씨의 평을 박한다」, 『동아일보』, 1959. 5.
　　　27.

유종호, 「성장과 심화의 궤적」, 『사상계』, 1965. 8.

김윤식, 「백철 연구을 위한 각서」, 『청파문학』 7, 1967. 4.

김윤식, 「한국문학연구방법론 – 뉴크리티시즘에 대하여」, 『근대한국문학연구』, 일지

사, 1973.

김윤식, 「1930년대의 비평 - 이데올로기의 내재화」, 『한국 현대문학 비평사』, 서울
　　　대출판부, 1982.

김종대, 「1930년대 휴머니즘 논쟁에 대한 고찰」, 『중앙대어문논집』 19, 1985.

이명재, 「백철문학연구 서설」, 『중앙대어문논집』 19, 1985.

김　현, 「비평의 유형학을 위하여」, 『예술과 비평』, 1985. 봄.
　　　=『분석과 해석』, 문학과 지성사, 1988.

오세영, 「30년대 휴머니즘비평과 생명파」, 『동양학』(단국대) 15, 1985. 10.

김재홍, 「백철의 생애와 문학」, 『문학사상』, 1985. 11.

김윤식, 「임화와 백철(상) - 거울화의 두 표정」, 『한국문학』, 1989. 3.

김윤식, 「임화와 백철 - 거울화의 두 표정 〈평론〉」, 『한국문학』, 1989. 5.

윤여탁, 「1930년대 서술시에 대한 연구 - 백철과 김용제를 중심으로」, 『국어국문학』
　　　101, 1989. 5.

권영민, 「1930년대 일본프로시단에서의 백철」, 『문학사상』, 1989. 9.

권영민, 「1930년대 한국 문단의 휴머니즘 문학론 - 백철의 경우를 중심으로」, 『서울
　　　대예술문화연구』 1, 1991. 7.

임종수, 「백철의 1930년대 문학비평론 - 전향이후의 비평을 중심으로」, 『관동어문
　　　학』 7, 1991. 12.

김종옥, 「백철의 초기 문학론에 대한 비판적 고찰」, 『목원어문학』 11, 1992. 12.

임종수, 「전형기의 문학론 연구 - 백철의 문학론 중심으로」, 어문연구회, 『어문연구』
　　　24, 1993. 10.

김주일, 「백철 문학론 연구」, 『목원어문학』 12, 1993. 12.

이경훈, 「백철의 친일문학론 연구」, 『원우논집』(연세대) 21, 1994. 2.

송희복, 「근현대 문학사론의 전개과정」, 『한국문학사론연구』, 문예출판사, 1995.

정명호, 「백철 문학론 - 1930년대를 중심으로」, 『명지어문학』 22, 1995. 3.

홍성암, 「백철 비평 연구」, 『동대논총』 25, 1995. 4.

손종업, 「백철 후기 비평의 본질 - 평론집 『문학의 개조』를 중심으로」, 『중앙대어문
　　　논집』 24, 1995. 8.

남송우, 「1930년대 백철 비평의 해석학적 연구」, 『한국문학논총』 16, 1995. 12.

이주형, 「백철론 - 새로움을 향한 모색의 도정」, 김윤식(외), 『한국 현대 비평가 연
　　　구』, 강, 1996.

안한상, 「해방기의 문단 조직과 문학론 연구 - 소위 '중간파'의 입장과 문학론을 중심으로」, 『전농어문연구』(서울시립대) 8, 1996. 3.

정재찬, 「백철의 신비평 수용에 관한 연구」, 『한국국어교육연구회논문집』 57, 1996. 3.

정명호, 「백철의 초기문학론 연구 - 농민문학론과 유물변증법적 창작방법론에 한하여」, 『명지어문학』 23, 1996. 8.

이해연, 「말기의 행동주의 문학론 연구 - 순수 문학자의 절충적 평가」, 『부산대어문교육논총』 15, 1996. 9.

한형구, 「30년대 휴머니즘 비평의 속성과 그 파장 - 백철 비평의 원질과 그 지속의 성격을 이해하기 위한 연구」, 『안성산업대논문집』 28, 1996. 12.

정재찬, 「백철의 신비평 수용에 관한 연구」, 문학사와 비평 연구회, 『한국 근대문학 연구의 반성과 새로운 모색』, 새미, 1997.

최원식, 「근대문학 기점론」, 『현대문학』, 1997. 1.

진영백, 「백철 문학론 연구 - 1930년대 비평담론을 중심으로」, 『부산외대우암어문논집』 8, 1997. 11.

박미령, 「비평의 휴머니즘과 인간탐구」, 『어문연구』 29, 1997. 12.

송왕섭, 「전후 '신비평'의 수용과 그 의미」, 『성균어문연구』 32, 1997. 12.

홍성암, 「백철론 - 비평 영역의 확대와 합리주의」, 『한국 현대 비평가 연구』, 태학사, 1998.

조찬제, 「백철 초기시 9편 발굴 - 문학사상, 1929년 일잡지게재 시소개」, 『경향신문』, 1998. 1. 31.

권영민, 「비평가 백철과 일본동경의 『지상낙원』 시대 - 일본어를 바탕으로 성립된 식민지 문화에 대한 도전」, 『문학사상』, 1998. 2.

김진석, 「심리소설론의 전개 양상」, 『서원대인문과학연구』 7, 1998. 2.

김영진, 「해방기 행동주의 문학론의 위치 - 백철의 관점을 중심으로」, 『목포어문학』(목포대) 1, 1998. 7.

김윤식, 「비평의 자립적 근거에 대하여 - 문학사와 비평의 관련 양상」, 『한국근대문학연구방법론입문』, 서울대출판부, 1999.

최하림, 「연설하다 연행된 백철」, 『시인을 찾아서』, 프레스 21, 1999.

진영백, 「백철 초기비평의 연구 - 일본프롤레타리아 문학론을 중심으로」, 『부산외대우암어문논집』 9, 1999. 2.

김기한, 「『신문학사조사』 연구」, 『건국어문학』(건국대) 23·24, 1999. 3.

김윤식, 「비평의 자립적 근거에 대하여 - 한국문학사와 비평의 관련양상」, 『한국학보』, 1999. 여름.

김상선, 「전후 문학론 서설」, 중앙어문학회, 『어문논집』 27, 1999. 12.

김현정, 「백철의 휴머니즘론에 나타난 주체의 욕망과 변모과정 연구」, 『한국언어문학』 43, 1999. 12.

남송우, 「이데올로기의 대립과 민족문학론」, 박철희·김시태(편), 『한국현대문학사』, 시문학사, 2000.

이미순, 「신비평의 수용과 형식탐구」, 『한국 현대문학비평과 수사학』, 월인, 2000.

임영봉, 「1960년대의 한국 문학 비평」, 『한국 현대문학 비평론』, 역락, 2000.

임영봉, 「1960년대 한국 문학비평 연구 - 비평 세대와 문학 인식의 분화 양상을 중심으로」, 『한국문학평론』, 2000. 봄.

양문규, 「한국 프로소설 연구사」, 『강릉대인문학보』 29, 2000. 6.

염 철, 「어떤 자유주의 평론가의 비애 - 백철론」, 『한국문학평론』, 2000. 가을.

2) 학위 논문

박용찬, 「1930년대 백철문학론 연구」, 경북대 석사, 1985.

김기한, 「백철의 1930년대 비평 연구」, 건국대 석사, 1988.

유은낭, 「백철의 문예비평 연구」, 전북대 석사, 1990.

임종수, 「백철 연구」, 충남대 박사, 1991.

김수종, 「1930년대 휴머니즘론 연구 - 백철·임화를 중심으로」, 고려대 석사, 1992.

김종석, 「백철의 인간주의론 연구」, 홍익대 석사, 1992.

송희복, 「해방기 문학비평연구」, 동국대 박사, 1992.

김정자, 「백철의 프로 문학론과 휴머니즘론의 대비적 연구」, 동덕여대 석사, 1995.

연은숙, 「백철 비평 연구」, 청주대 석사, 1997.

정명호, 「백철 비평 문학론 연구」, 명지대 박사, 1997.

김현정, 「백철의 휴머니즘 문학 연구」, 대전대 박사, 2000.

윤순재, 「해방이후 근현대문학사 비교 연구 - 백철의 『조선신문학사조사』와 조연현의 『한국현대문학사』를 중심으로」, 홍익대 석사, 2000.

3) 단행본

김팔봉외(편), 『백철문학전집』 1~3, 신구문화사, 1968.
백 철, 『인간탐구의 문학』(백철문학선), 창미사, 1986.

■ 서기원

1) 일반 논문

서기원·이호철, 「서기원과 이호철」, 『현대문학』, 1958. 11.

이어령, 「현실을 바라보는 여섯 가지 위치」, 『사상계』, 1959. 11.

유종호, 「一瞥二言 - 1961년의 소설」, 『사상계』, 1961. 12.
　　　　＝『비순수의 선언』, 신구문화사, 1962.

조동일, 「문단시감 - 역사를 다루는 작가의 자세」, 『조선일보』, 1965. 1. 1.

홍사중, 「서기원론」, 『문학춘추』, 1965. 2.

홍사중, 「역사와 문학의 세계 - 『혁명』을 통해 본 서기원」, 『신동아』, 1965. 12.

천상병, 「구질서에의 안티테에제 - 「암사지도」」, 『현대한국문학전집』 7, 신구문화사,
　　　　1966.

임중빈, 「작단시감 - 서기원의 「아리랑」」, 『동아일보』, 1966. 5. 10.

백낙청, 「눈에 띄는 중견의 생기, 중후한 주제 산산이 다뤄 - 서기원의 「공범자들」」,
　　　　『한국일보』, 1968. 8. 20.

이형기, 「암사지도와 전후의 의미 - 서기원론」, 『한국단편문학대계』 9, 삼성출판사,
　　　　1969.

김　현, 「분화 안된 사고의 흔적 - 서기원씨의 「전후문학의 옹호」를 논박한다」, 『서
　　　　울신문』, 1969. 5. 6.

김　현, 「오히려 그의 문학작품을 - 서기원의 「대변인이 준 약간의 실망」의 실망」,
　　　　『서울신문』, 1969. 5. 29.

김　현, 「현실의 압력을 이겨낸 지적 노력」, 『중앙일보』, 1972. 5. 10.

김　현, 「문학적 탐구 영역의 확장」, 『중앙일보』, 1972. 6. 12.

고　은, 「상황과 상황 문학」, 『1950년대』, 민음사, 1973.

신경림, 「문학과 민중 - 현대한국문학에 나타난 민중의식」, 『창작과 비평』, 1973. 봄.

임헌영, 「서기원의 작품세계」, 『한국문학전집』 38, 민중서관, 1976.

홍사중, 「파격의 포트레이얼」, 『현대한국문학전집』 7, 신구문화사, 1981.

이보영, 「난세의 부조리와 구원」, 『문예중앙』, 1982. 여름.

민현기, 「역사적 하강기의 불행한 삶」, 백낙청·염무웅(편), 『한국문학의 현단계』
　　　　III, 창작과 비평사, 1984.

성민엽, 「변하는 것과 불행한 삶」, 『세계의 문학』, 1984. 여름.

정현기, 「허무주의 혹은 냉소주의의 소설적 전개 - 서기원론」, 『소설문학』, 1984. 9.

황송분, 「다시 읽어보는 전후 문제작 - 서기원 지음 「암사지도」」, 『북한』 155,
1984. 11.

김병익, 「실패한 역사와 개인」, 『오늘의 역사 오늘의 문학』 5, 중앙일보사, 1987.

정규웅, 「전쟁문학의 결산, 역사와 현실의 조화」, 『한국문학전집』 23, 삼성출판사,
1987.
= 『동서한국문학전집』 24, 동서문화사, 1990.

최성자, 「'껵인 개혁' 호곡인 듯……사상전에 매미울음 - 서기원의 『왕조의 제단』……
경복궁」, 『한국일보』, 1987. 8. 9.

서종택, 「해방 이후의 소설과 개인의 의식 - 서기원, 김승옥, 최인호를 중심으로」,
『한국학연구』 1, 1988.

성민엽, 「역사에의 환멸과 풍자」, 서기원, 『서기원대표중단편선집』, 책세상, 1988.

김   훈, 「서기원론 - 초기소설의 인물을 중심으로」, 이주형(외), 『한국현대작가연
구』, 민음사, 1989.

홍기삼, 「서기원론 - 패배와 집념」, 『동서한국문학전집』 24, 동서문화사, 1990.

김윤식, 「6·25 전쟁문학 - 세대론의 시각」, 문학사와 비평연구회(편), 『1950년대
문학연구』, 예하, 1991.

이동하, 「신의 침묵에 대한 질문 - 「침묵」과 「조선백자마리아상」」, 『현대문학』,
1991. 4.

신동욱, 「신념의 인물과 현실인식 - 서기원의 작품을 중심으로」, 『현대문학』, 1992. 11.

강헌국, 「전쟁체험의 소설화와 그 한계 - 서기원론」, 송하춘·이남호(편), 『1950년
대의 소설가들』, 나남, 1994.

임헌영, 「서기원의 작품세계」, 『한국문학전집』 26, 삼성당, 1994.

홍사중, 「서기원과 그의 작품」, 『한국문학전집』 26, 학원출판사, 1994.

구인환, 「전후 한국문학의 지형도 - 소설의 서사문법을 중심으로」, 구인환(외), 『한
국전후문학연구』, 삼지원, 1995.

구재진, 「허무와 환멸 혹은 풍자와 냉소」, 서기원·이범선, 『암사지도·오발탄』, 동
아출판사, 1995.

박유희, 「인식의 혼란과 자기 확인」, 최동호(편), 『남북한 현대문학사』, 나남, 1995.

유종호, 「문학 속에 굴절된 전쟁 경험」, 『문학의 즐거움』, 민음사, 1995.

변지연, 「거처 상실과 그 출구로서의 사랑 - 서기원 전후소설론」, 『동국대한국문학연구』 18, 1995. 12.

차혜영, 「서기원의 1950년대 소설 - 자의식과 전망의 특성을 중심으로」, 『한양어문연구』 13, 1995. 12.

구자황, 「구원으로서의 생명과 사랑 - 서기원론」, 조건상(편), 『1950년대 문학의 이해』, 성균관대출판부, 1996.

조남현, 「다양한 소재에서 정직한 인식으로」, 서기원, 『암사지도』, 민음사, 1996.

서은선, 「서기원 소설에 나타난 전후 심리 묘사와 실존성의 연구」, 『부산외대우암어문논집』 6, 1996. 2.

차혜영, 「서기원의 1950년대 소설 연구 - 자의식과 전망의 특성을 중심으로」, 한양어문학회, 『1950년대 한국문학연구』, 보고사, 1997.

김태순, 「생명 존중을 통한 극한상황의 극복 - 서기원의 전후 문학을 중심으로」, 『건국어문학』 21 · 22, 1997. 9.

문흥술, 「전후의 병리학적 지도와 새로운 전망 모색 - 서기원, 「암사지도」」, 『현대문학』, 1997. 11.

이인복, 「현대소설에 나타난 죽음의식」, 『한국학연구』(숙명여대) 7, 1997. 12.

손정수, 「역사의 욕망화, 욕망의 역사화 - 서기원론」, 박동규(외), 『한국전후문학의 분석적연구』, 월인, 1999.

서기원 · 조성관, 「소설가 서기원의 역사, 권력, 전쟁, 문학, 인생」, 『월간조선』, 1999. 1.

이태동, 「전상자(戰傷者)의 아픔과 구원의 빛 - 서기원의 작품세계」, 『문학사상』, 2000. 3.

2) 학위 논문

박계정, 「1950년대 소설에서 본 피해자 의식 소고 - 손창섭, 서기원, 이범선을 중심으로」, 이화여대 석사, 1979.

이현경, 「서기원 소설 연구」, 고려대 석사, 1994.

오은엽, 「한국 전후소설 연구 - 오상원, 서기원, 강용준 소설을 중심으로」, 이화여대 석사, 1997.

박인숙, 「서기원 소설 연구 - 작품 속의 정치의식을 중심으로」, 경희대 석사, 1998.

강정훈, 「서기원 소설 연구 - 후기소설을 중심으로」, 한림대 석사, 1999.

3) 단행본

오상원·서기원, 『현대한국문학전집』 7, 신구문화사, 1966.
서기원, 『서기원대표중단편선집』, 책세상, 1988.
서기원, 『암사지도』, 민음사, 1996.

■ 서정주

1) 일반 논문

김동리, 「시집 『귀촉도』 발사」, 서정주, 『귀촉도』, 선문사, 1946.
조연현, 「원죄의 형벌」, 『문학과 사상』, 세계문화사, 1949.
    = 김우창(외), 『미당 연구』, 민음사, 1994.
조연현, 「서정주론」, 『주간서울』 71, 1950. 1.
김동리, 「서정주의 「추천사」」, 『문학과 인간』, 청춘사, 1952.
송 욱, 「서정주론」, 『문예』 18, 1953. 11.
    = 김우창(외), 『미당 연구』, 민음사, 1994.
김춘수, 「시인론을 위한 각서」, 『신작품』 8, 1954.
    = 『한국 현대시 형태론』, 해동문화사, 1958.
조지훈, 「1월의 시단」, 『현대문학』, 1955. 2.
조지훈, 「4월의 시단 - 시의 빈곤」, 『현대문학』, 1955. 5.
박목월, 「6월의 시단」, 『현대문학』, 1955. 7.
김용호, 「8월의 시단」, 『현대문학』, 1955. 9.
김양수, 「서정주의 영향」, 『현대문학』, 1955. 10~11.
박두진, 「모색과 진통과 답보의 1년 - 특히 『현대문학』·『문학예술』지를 중심으로」,
    『현대문학』, 1956. 1.
유종호, 「불모의 도식 - 1957년의 시」, 『문학예술』, 1957. 7.
    = 『비순수의 선언』, 신구문화사, 1962.
조연현, 「민족적 특성과 인류적 보편성」, 『문학예술』, 1957. 8.
이어령, 「1957년 시 총평」, 『사상계』, 1957. 12.
박진환, 「부활시인의 신경향」, 『국어국문학』(동국대) 1, 1958.
K.B.A.생, 「1000자 인물평 - 붉은 넥타이를 맨 서정주」, 『현대문학』, 1958. 1.
이철범, 「상반기의 시」, 『지성』 2, 1958. 가을.
이어령, 「조롱을 여시오 - 시인 서정주 선생에게」, 『경향신문』, 1958. 10. 15.
김윤성, 「7월의 시」, 『현대문학』, 1959. 8.
이철범, 「신라정신과 한국전통론 비판 - 서정주씨의 지론에 대한」, 『자유문학』,
    1959. 8.

최일남, 「「고향에 살자」의 서정주 선생」, 『현대문학』, 1960. 5.

유종호, 「한국의 페시미즘 - 운명론의 계보」, 『현대문학』, 1961. 9.
        =『비순수의 선언』, 신구문화사, 1962.

김 현, 「앙드레 브르통이 서정주에게 보내는 편지」, 『새세대』, 1962. 6. 22.

문덕수, 「신라 정신에 있어서의 영원성과 현실성」, 『현대문학』, 1963. 4.

김윤식, 「역사의 예술화」, 『현대문학』, 1963. 10.

강우식, 「신라정신의 고찰과 정주시」, 『성균』 17, 1963. 11.

김상일, 「「국화옆에서」의 기적 - 시인에의 요망」, 『현대문학』, 1964. 4.

김종길, 「시와 이성」, 『문학춘추』, 1964. 8.

김운학, 「한국 현대시에 나타난 불교사상」, 『현대문학』, 1964. 10.

구중서, 「서정주와 현실도피」, 『청맥』, 1965. 6.

원형갑, 「서정주론」, 『현대문학』, 1965. 7.

김시태, 「한국 현대시의 이미저리 소고」, 『동악어문논집』, 1965. 8.

원형갑, 「(속)서정주론 - 서정주의 신화」, 『현대문학』, 1965. 11.

김종길, 「「추천사」의 형태」, 『사상계』, 1966. 3.

원형갑, 「서정주론」, 『현대문학』, 1966. 3.

박두진, 「담한 시와 농한 시」, 『현대문학』, 1966. 5.

김학동, 「현대 시인 논고 1 - 서정주의 시를 중심으로」(상), 『동양문화』(대구대) 5,
        1966. 6.

박성룡, 「서정주 작 「무등을 보며」」, 『문예수첩』, 1966. 7.

원형갑, 「서정주」, 『현대문학』, 1967. 1.

김춘수, 「청마의 시와 미당의 시」, 『현대문학』, 1967. 5.

김학동, 「서정주 초기시에 미친 영향」, 『어문학』 16, 1967. 5.

이어령, 「한국 현대시의 두 갈래 길」, 『지성의 오솔길』, 1967. 8.

고 은, 「서정주 - 현대 한국의 유아독존」, 『세대』, 1967. 9.

김시태, 「시와 신념의 관계」, 『현대문학』, 1967. 12.

김우정, 「우리 시의 푸른 강줄기 - 한국현대시사서설」, 전봉건(편), 『별 하나의 영원
        을』, 삼애사, 1968.

문덕수, 「한국 현대 시인론」, 『현대문학』, 1968. 1.

최정순, 「한국 현대시의 이원성 - Dionysos적 경향, 서정주·이상을 중심으로」, 『광
        주교대논문집』 3, 1968. 1.

송재소, 「시적 방법으로서의 신화 - 서정주 씨에 보내는 각서」, 『아한』, 1968. 5.
김우창, 「한국시와 형이상 하나의 관점 - 최남선에서 서정주까지」, 『세대』, 1968. 7.
　　　 = 「한국시의 형이상 - 미당 선생의 시」, 『궁핍한 시대의 시인』, 민음사,
　　　 1977.
　　　 = 김우창(외), 『미당 연구』, 민음사, 1994.
원형갑, 「서정주의 신화」, 『현대문학』, 1968. 9.
김시태, 「현대시의 좌표」, 『현대문학』, 1968. 11.
고　은, 「실내작가론 - 서정주」, 『월간문학』, 1969. 3.
김주연, 「시의 현실과 매체 -『동천』, 『경상도의 가랑잎』」, 『현대문학』, 1969. 3.
이성부, 「삶의 어려움과 시의 어려움 -『동천』, 『청록집』 이후를 중심으로」, 『창작과
　　　 비평』, 1969. 여름.
김주연, 「서정주 시집『동천』」, 『월간문학』, 1969. 7.
김용직, 「'시인부락' 연구」, 『국문학논집』(단국대) 3, 1969. 11.
염무웅, 「서정주와 송욱의 경우 - 1960년대의 한국시」, 『시인』, 1969. 12.
　　　 = 「서정주소론」, 『민중시대의 문학』, 창작과 비평사, 1979.
이선영, 「서정주『국화옆에서』」, 『월간문학』, 1970. 6.
전상열, 「서정주론 - 그의 시사적 공과」, 『문화비평』, 1970. 6.
이정강, 「시인과 인간조건」, 『소천이헌구선생송수기념논총』, 1970. 8.
김성욱, 「'상리과원」 해도」, 『현대문학』, 1970. 9.
최원규, 「서정주 연구」, 『국어국문학』 49~50, 1970. 10.
최원규, 「서정주의 시정신 연구」, 『충남대논문집』 9, 1970. 12.
이용훈, 「개인적 생명의식에의 집념」, 『국어교육』 16, 1970.
신동욱, 「시를 읽는 법 -「추천사」의 해석」, 『현대문학』, 1971. 2.
김학동, 「신라의 영원주의」, 『어문학』 24, 1971. 4.
김재홍, 「하늘과 땅의 변증법」, 『월간문학』, 1971. 5.
한흑구, 「미당의 술과 시」, 『현대문학』, 1971. 6.
박철희, 「현대 한국시와 그 시구적 잔상 - 서정주와 자극시」, 『예술원논문집』 10,
　　　 1971. 7.
전상열, 「서정주론」, 『시문학』, 1971. 10.
오규원, 「색채의 미학 - 이상, 유치환, 서정주를 중심으로」, 『시문학』, 1971. 12.
김현승, 「서정주의 시세계」, 『한국현대시해설』, 관동출판사, 1972.

박철희, 「「속 질마재신화」 고」, 『현대문학』, 1972. 4.
천이두, 「지옥과 열반 - 서정주론」, 『시문학』, 1972. 6~9.
        = 김우창(외), 『미당 연구』, 민음사, 1994.
김인환, 「서정주의 시적 여정」, 『문학과 지성』, 1972. 여름.
        = 김우창(외), 『미당 연구』, 민음사, 1994.
김재홍, 「서정주론」, 『동서문화』, 1972. 7.
이성부, 「서정주의 시세계 - 『서정주 전집』을 읽고」, 『창작과 비평』, 1972. 겨울.
고 은, 「한 정신은 시대를 헤매었다」, 『1950년대』, 민음사, 1973.
정한모, 「미당 시의 이미저리와 방법」, 『현대시론』, 민중서관, 1973.
김윤식·김 현, 「서정주 혹은 불교적 인생관의 천착」, 『한국문학사』, 민음사, 1973.
고 은, 「서정주 시대의 보고 - 『서정주문학전집』」, 『문학과 지성』, 1973. 봄.
신경림, 「문학과 민중 - 현대한국문학에 나타난 민중의식」, 『창작과 비평』, 1973. 봄.
박희선, 「시와 선, 그리고 작품 - 『한국불교시선』」, 『풀과 별』 12, 1973. 6.
조운제, 「1950년대의 시맥 - 서정주의 시사적 위치」, 『풀과 별』 13, 1973. 7.
김윤식, 「문학에 있어서의 전통 계승의 문제」, 『세대』, 1973. 8.
        = 「전통과 예의 의미 - 서정주론」, 『한국근대작가론고』, 일지사, 1984.
        = 김우창(외), 『미당 연구』, 민음사, 1994.
최하림, 「체험의 문제 - 서정주에 있어서의 시간성과 장소성」, 『시문학』, 1974. 1~2.
김윤식, 「서정주·유치환·이육사 - 시와 전통의 맥락」, 『심상』, 1974. 4.
박진환, 「「속 질마재 신화」 고」, 『현대시학』, 1974. 4.
정의홍, 「꽃을 통한 육성의 몸부림 - 서정주의 꽃」, 『현대문학』, 1974. 5.
정영일, 「반신 미당 서정주의 귀의」, 『풀과 별』, 1974. 5.
박재삼, 「내경험 위에서 - 서정주의 「무제」」, 『심상』, 1974. 9.
홍신선, 「여성, 천상적 의미의 성당 - 서정주의 시」, 『현대시학』, 1974. 10.
박진환, 「삼교의 혼용과 샤먼의 신화 창조」, 『현대시학』, 1974. 12.
김시태, 「서정주의 역설적인 의미」, 『현대문학』, 1975. 4.
조병무, 「영원성과 현실성 - 미당 『질마재 신화』 고」, 『현대문학』, 1975. 5.
김영탁, 「서정주론 서설」, 『대동문화연구』(성균관대) 10, 1975. 12.
김우창, 「미당 선생의 시」, 서정주, 『떠돌이의 시』, 민음사, 1976.
김윤식, 「서정주 『질마재 신화』 고 - 거울화의 두 양상」, 『현대문학』, 1976. 3.
김열규, 「중력을 벗어난 공간 - 서정주의 「학」」, 『문학사상』, 1976. 4.

김종철, 「소나기를 보는 눈 - 서정주 저 『떠돌이의 시』」, 『세계의 문학』, 1976. 가을.

김용태, 「서정주론 - 불교적 성격의 시를 중심으로」, 『수련어문논집』 4, 1976. 11.

오규원, 「대가의 멋과 한계 『떠돌이의 시』」, 『문학과 지성』, 1976. 겨울.

송하선, 「미당의 『질마재 신화』 고찰」, 『한국언어문학』 14, 1976. 12.

허영자, 「현대시에 나타난 신화의 세계(하)」, 『연구논문집』(성신여대) 9, 1976.

오하근, 「정반에서 합일까지 - 「꽃밭의 독백」의 영원성과 현실성」, 『국어문학』(전북
대) 18, 1976.

김용태, 「미당 시의 실상성과 무애적 성격고」, 『하서김종우박사회갑기념논총』,
1977.

송하선, 「『서정주 시선』 고찰」, 『한국언어문학』 15, 1977.

김용태, 「서정주론」, 『현대문학』, 1977. 3.

조동민, 「미당과 청마」, 『현대문학』, 1977. 3.

이성부, 「시의 정도 - 서정주 시집 『떠돌이의 시』」, 『창작과 비평』, 1977. 봄.

최원규, 「미당 시의 불교적 영향」, 『현대시학』, 1977. 12.

송하선, 「서정주론」, 『시인과 진실』, 금화출판사, 1978.

이용훈, 「미당 시의 설화 수용의 양상」, 『해양대논문집』 13, 1978.

구연식, 「시집 『떠돌이의 시』에 나타난 범인론적 연구」, 『동아대국어국문학회논문
집』, 1978.

전상열, 「서정주론 - 그의 시사적 공과」, 『문화비평』, 1978. 2.

윤석호, 「서정주」, 『현대문학』, 1978. 3.

이용훈, 「미당 시의 설화 소재 작품고 - 『신라초』를 중심으로」, 『학술논총』, 1978. 9.

김준오, 「인간탐구와 미당의 신화」, 『심상』, 1978. 11.

이옥희, 「꽃을 소재로 한 한국현대시」, 『현대시학』, 1978. 12.

염무웅, 「서정주 소론」, 『민중시대의 문학』, 창작과 비평사, 1979.

정영자, 「원형의 재생 - 서정주론」, 『현대문학』, 1979. 4.

김시태, 「시인의 초상 - 서정주론」, 『시문학』, 1980. 2.

최하림, 「신화와 시의 세계」, 『문예중앙』, 1980. 봄.

박철석, 「서정주론」, 『현대시학』, 1980. 5.

박철석, 「미당시학의 변천고」, 『한국문학논총』, 1980. 12.

서우석, 「서정주 - 리듬의 완만한 대립」, 『시와 리듬』, 문학과 지성사, 1981.

신동욱, 「「국화옆에서」의 율격미」, 『우리시의 역사적 연구』, 새문사, 1981.

천이두, 「서정주의 「동천」」, 김용직·박철희(편), 『한국현대시작품론』, 문장사, 1981.

김재홍, 「서정주의 「화사」」, 『한국현대시작품론』, 문장사, 1981.

윤태수, 「미당 서정주론」, 『자하어문학』(상명여대) 1, 1981.

김선학, 「설화의 시적 수용 -『질마재 신화』를 중심으로」, 『한국문학연구』, 1981. 2.

정금철, 「『화사집』의 심리분석적 접근 - 「화사」장의 시를 중심으로」, 『서강어문』, 1981. 6.

김해성, 「서정주론 - 그의 불교사상을 중심으로」, 『월간문학』, 1981. 8.

황동규, 「탈의 완성과 해체 - 서정주의 정신과 시」, 『현대문학』, 1981. 9.
　　　 =『한국현대시문학대계』 16, 지식산업사, 1981.
　　　 = 김우창(외), 『미당 연구』, 민음사, 1994.

김열규, 「속신과 신화의 서정주론」, 『서강어문』, 1982.
　　　 = 김우창(외), 『미당 연구』, 민음사, 1994.

권영민, 「시적 체험과 이야기조 - 서정주 연재시 「안 잊히는 일들」을 읽고」, 『현대문학』, 1982. 12.

김재홍, 「생애사와 역사적 순응주의 - 서정주 연재시 「안 잊히는 일들」을 읽고」, 『현대문학』, 1982. 12.

박재삼, 「자유자재한 것 - 서정주 연재시 「안 잊히는 일들」을 읽고」, 『현대문학』, 1982. 12.

오세영, 「상상력과 개인사의 시화 - 서정주의 연재시 「안 잊히는 일들」을 읽고」, 『현대문학』, 1982. 12.

최원규, 「서정주와 불교정신」, 『한국현대시사연구』, 일지사, 1983.

최원규, 「존재의 심연과 관능의 음악 - 서정주 「화사」」, 정한모·김재홍(편), 『한국현대시평설』, 문학세계사, 1983.

신상철, 「『화사집』의 '님'」, 『현대시와 '님'의 연구』, 시문학사, 1983.

송효섭, 「『질마재 신화』의 서사구조 유형 -『삼국유사』와의 비교를 통한 시론」, 김열규(편), 『삼국유사와 한국문학』, 학연사, 1983.

정신재, 「미당 시에 나타난 신화적 의미」, 『시문학』, 1983. 1.

김해성, 「서정주의 시세계 - 불교와 국문학」, 『불광』, 1983. 2.

박덕근, 「서정주의 『동천』 연구」, 『국어국문학』, 1983. 2.

감태준, 「미당과 목월의 거리」, 『월간문학』, 1983. 3~4.

하현식, 「계승과 높임의 시학」, 『현대시학』, 1983. 4.

이우영, 「지키는 시」, 『현대시학』, 1983. 5.

윤재근, 「인생유전과 진언 - 서정주 시집 『안 잊히는 일들』」, 『현대문학』, 1983. 6.

김화영, 「미당 서정주론」(상~하), 『세계의 문학』, 1983. 가을~1984. 봄.

정신재, 「미당 시의 공간의식 - 초기시를 중심으로」, 『동악어문논집』, 1983. 10.

김봉군, 「서정주론」, 『한국현대작가론』, 민지사, 1984.

강희근, 「서정주 시의 서술형에 대하여」, 『월간문학』, 1984. 1.

하현식, 「미당 또는 존재의미의 변증법」, 『현대시학』, 1984. 1~3.

강우식, 「서정주 시의 상징 연구 - 초기 시집을 중심으로」, 『한국문학』, 1984. 7.

이진홍, 「서정주의 「국화옆에서」에 대한 존재론적 해명」, 『영남어문학』, 1984. 12.

김영수, 「서정주 시의 상징성 고찰」, 『안동대논문집』, 1984. 12.

강희근, 「서정주 시 연구」, 『우리 시문학 연구』, 예지각, 1985.

김준오, 「원시주의와 자학」, 『가면의 해석학』, 이우출판사, 1985.

박재삼, 「미당을 찾아서」, 『서정주시선』, 열음사, 1985.

박정환, 「서정주 시인 연구」, 『공주전문대논문집』, 1985. 1.

김지향, 「서정주 시에 나타난 무속신앙적 특성 - 그 신화적 접근 시고」, 『한양여전논
　　　문집』, 1985. 2.

백수인, 「미당 서정주의 시에 나타난 전통성 추이」, 『조선대인문과학연구』 6~7,
　　　1985. 9.

문정희, 「서정주의 시에 나타난 물의 이미지」, 『심상』, 1985. 10.

김재홍, 「미당 서정주」, 『한국현대시인연구』, 일지사, 1986.
　　　= 김우창(외), 『미당 연구』, 민음사, 1994.

박재승, 「서정주 시의 변모과정 - 『화사집』에서 『동천』까지」, 『동천조건상선생고희기
　　　념논총』, 형설출판사, 1986.

이 청, 「서정주의 시와 무속과의 연관성에 관한 소고」, 『청천강용권박사송수기념논
　　　총』, 1986.

이영희, 「서정주 시의 시간성 연구」, 『국어국문학』 95, 1986. 5.

임종찬, 「미당의 산문시와 그 시성(Poeticity)」, 『부산대인문논총』, 1986. 6.

신달자, 「색채의식과 영원성 - 목월의 청색과 미당의 옥빛을 중심으로」, 『원우논총』
　　　(숙명여대) 4, 1986. 8.

천경록, 「『화사집』의 이미지 연구」, 『서울사대선청어문』, 1986. 10.

김영수, 「피의 상징성과 그 기능 - 서정주 초기시에 있어서」, 『안동대논문집』,

1986. 12.
유자효, 「자의식과 달관」, 『현대시학』, 1986. 12.
김장선, 「미당 서정주 시의 원형적 고찰」, 『조선대교육대학원교육논총』, 1987. 2.
남진우, 「남녀 양성의 신화 - 서정주 초기시에 있어서 심층 탐험」, 『시운동』, 1987. 3.
　　　　= 김우창(외), 『미당 연구』, 민음사, 1994.
김창근, 「현대시의 원형적 상상력에 관한 연구 - 미당시를 중심으로」, 『동의어문논
　　　　집』, 1987. 4.
이어령, 「피의 순환과정 - 미당시학」, 『문학사상』, 1987. 10.
한만수, 「서정주 「자화상」을 보는 한 시각」, 『동국대연구논집』 17, 1987. 12.
백수인, 「미당 서정주 시의 인물 고찰 - 초기의 시를 중심으로」, 『조선대인문과학연
　　　　구』 9, 1988. 2.
이진홍, 「닫힌 세계의 갇힌 바람 - 미당의 『화사집』 해명」, 『영남어문학』 15, 1988. 8.
엄해영, 「미당시에 나타난 신화적 세계」, 『세종어문연구』 5~6, 1988. 12.
정신재, 「서정주론」, 『한국현대시인연구』, 태학사, 1989.
박종철, 「언어학과 시학(1) - 미당의 「뻔디기」를 중심으로」, 『이정정연찬선생회갑기
　　　　념논문집』, 1989.
김용직, 「한국현대시사(4) - 분단상황하의 한국문학과 시」, 『시대문학』 5, 1989. 1.
오시열, 「「화사」의 기호학적 접근을 통한 미당의 초기시 연구」, 『제주대백록어문』,
　　　　1989. 2.
이동하, 「순수문학과 독재정권 - 김동리, 서정주, 김춘수의 경우」, 『서울시립대대학
　　　　문화』, 1989. 2.
민　영, 「1950년대 시의 물길」, 『창작과 비평』, 1989. 봄.
강우식, 「존재의 대립과 친밀 - 「자화상」」, 박철희·김시태(편), 『현대시의 이해』,
　　　　문학과 비평사, 1990.
천이두, 「지옥과 열반 - 서정주론」, 『불교문학평론선』, 민족사, 1990.
김종대, 「한국시에서의 민속 수용양상 - 서정주의 『질마재 신화』를 중심으로」, 『돌곳
　　　　김상선교수화갑기념논총』, 1990.
이성교, 「서정주 초기시 연구 - 시적 발전과정과 향토성을 중심으로」, 『평민민제선생
　　　　화갑기념논문집』, 1990.
서정주·문정희, 「우리시의 정체성을 생각한다」, 『현대시학』, 1990. 1.
김선영, 「미당 서정주론 - 시적 '가다'의 의식을 통한 꽃과 영원의 의미」, 『세종대논

문집』16, 1990. 4.

송하선, 「백석의 『사슴』과 미당의 『질마재 신화』 대비고」, 『한국언어문학』 28,
　　　1990. 5.

송하선, 「'자유인'과 만보의 산책정신 - 미당의 후기시」, 『국어국문학연구』(홍대표교
　　　수화갑기념) 13, 1990. 10.

정봉래, 「서정주론 서설」, 『비평문학』, 1990. 10.

김재홍, 「서정주, 운명의 거울·존재의 거울」, 『한국 현대시인 비판』, 시와 시학사,
　　　1991.

원형갑, 「서정주의 일탈과 시인의 신성한 매춘」, 서정주, 『푸르른 날』, 미래사,
　　　1991.

이영섭, 「50년대 남한의 현실인식과 시적 형상」, 한국문학연구회(편), 『1950년대
　　　남북한 문학』, 평민사, 1991.

한형구, 「1950년대의 한국시 - 전쟁시 혹은 전후시의 전개」, 문학사와 비평연구회
　　　(편), 『1950년대 문학연구』, 예하, 1991.

이승훈, 「감성과 지성 - 우리시론을 찾아서(5)」, 『현대시』, 1991. 1.
　　　＝ 「서정주의 시론」, 『한국현대시론사』, 고려원, 1993.

임종욱, 「미당 서정주 시에 나타난 불교의식」, 『동원논집』(동국대) 3, 1991. 2.

김윤성, 「『화사집』의 바이탈리티」, 『현대시학』, 1991. 7.

박재삼, 「이런저런 생각」, 『현대시학』, 1991. 7.

이형기, 「'화사학교'의 늙은 유급생」, 『현대시학』, 1991. 7.

홍신선, 「해인사·지귀도·선운리 - 원체험 공간의 지도 그리기」, 『현대시학』,
　　　1991. 7.

강우식, 「단명의 미학」, 『현대시학』, 1991. 7.

채명식, 「『화사집』의 화자는 무엇을 꿈꾸고 있는가」, 『현대시학』, 1991. 7.

송희복, 「서정주 초기시의 세계」, 『현대시학』, 1991. 7.

김화영, 「한국인의 미의식 - 서정주의 시의 공간」, 『예술세계』, 1991. 11.
　　　＝ 김우창(외), 『미당 연구』, 민음사, 1994.

임문혁, 「서정주 시의 설화수용과 시적 효용」, 『청람어문학』, 1991. 11.

조명제, 「미당 서정주 문학 연구의 한 결정 - 송하선 『미당서정주연구』를 중심으로」,
　　　『시문학』, 1991. 11.

조화선, 「서정주의 시에 보이는 누님의 모습」, 『현대시학』, 1991. 12.

김윤식, 「서정주·멩켄·고원」, 『환각을 찾아서』, 세계사, 1992.

김옥선, 「서정주 시에 나타난 우주적 신비체험 - 『화사집』과 『질마재 신화』의 공간구조를 중심으로」, 『이화어문논집』(이화여대), 1992. 3.

김용희, 「서정주 시의 욕망구조와 그 은유의 정체 - 『서정주 시선』을 중심으로」, 『이화어문논집』(이화여대), 1992. 3.

이경희, 「서정주의 시 「알묏집과 개피떡」에 나타난 신비체험과 공간 - 달-바다(물)-여성 원형론」, 『이화어문논집』(이화여대), 1992. 3.

이승하, 「70년대의 우리시 - 산업화 시대의 시인들」, 『현대시학』, 1992. 4~6.

강성자, 「서정주와 윤동주의 자의식 비교 - 서정주의 초기시와 윤동주의 시를 중심으로」, 『청람어문학』 7~8, 1992. 7, 1993. 1.

변종태, 「미당 초기시의 연구 - 화제·초점·거리를 중심으로」, 『제주대교육대대학원교육논총』 2, 1992. 8.

최두석, 「서정주론」, 『서울사대선청어문』 20, 1992. 9.
    = 김우창(외), 『미당 연구』, 민음사, 1994.
    =『시와 리얼리즘』, 창작과 비평사, 1996.

김성권, 「시의 언어학적 고찰 - 「연꽃 만나고 가는 바람같이」를 중심으로」, 『서강어문』 8, 1992. 11.

염무웅, 「5, 60년대 남한문학의 민족문학적 위치」, 『창작과 비평』, 1992. 겨울.

강우식, 「절망의 길, 조화의 길」, 『서정주 문학앨범』, 웅진출판, 1993.

김선영, 「미당산, 광활한 정신의 숲」, 『서정주 문학앨범』, 웅진출판, 1993.

송희복, 「바다」, 『한국 서정시의 이해』, 예하, 1993.

송희복, 「무슨 꽃으로 문지르는 가슴이기에 나는 이리도 살고 싶은가」, 『한국 서정시의 이해』, 예하, 1993.

송희복, 「귀촉도」, 『한국 서정시의 이해』, 예하, 1993.

문덕수, 「서정주론」, 『금정최원규박사화갑기념논총』, 충남대출판부, 1993.

강윤후, 「미완의 사랑을 위하여 - 서정주의 연시 세계」, 『현대시학』, 1993. 3.

정효구, 「서정주의 시집 『화사집』에 나타난 육체성의 고찰」, 『충남대어문논총』, 1993. 7.

남진우, 「뱀, 미지의 부름 - 서정주, 김형영, 채호기를 중심으로」, 『작가세계』, 1993. 겨울.

김홍진, 「서정주 시의 원형 이미지 연구」, 『한남어문학』 19, 1993. 12.

문정희, 「서정주 시에 나타난 물의 심상과 그 변화 양상」, 『서울여대대학원논문집』
    1, 1993. 12.
김윤식, 「『화사집』과 더불어 충무에 가다」, 『설렘과 황홀의 순간』, 솔, 1994.
오세영, 「설화의 시적 변용」, 김우창(외), 『미당 연구』, 민음사, 1994.
윤재웅, 「바람과 풍류」, 김우창(외), 『미당 연구』, 민음사, 1994.
윤호병, 「문학과 건축 – 서정주 시 「광화문」과 건축물 '광화문'」, 『비교문학』, 민음사,
    1994.
신범순, 「질기고 부드럽게 걸러진 '영원' – 미당 서정주의 『떠돌이의 시』」, 『현대시』,
    1994. 1~3.
    = 김우창(외), 『미당 연구』, 민음사, 1994.
이남호, 「자포자기와 자존심」, 『현대시학』, 1994. 1.
정효구, 「우주공동체와 문학 – 신화, 제2의 자궁 : 서정주」, 『현대시학』, 1994. 1~2.
강우식, 「부조화 사이의 조화 – 미당 서정주의 『산시』를 중심으로」, 『성균관대인문과
    학』 24, 1994. 2.
권 유, 「미당 서정주의 「국화 옆에서」 분석 – 구조주의 입장에서」, 『대림전문대논문
    집』 16, 1994. 2.
황종연, 「신들린 시 떠도는 삶」, 『작가세계』, 1994. 봄.
    = 김우창(외), 『미당 연구』, 민음사, 1994.
김화영, 「봉산산방의 화창한 웃음」, 『작가세계』, 1994. 봄.
유종호, 「소리지향과 산문지향」, 『작가세계』, 1994. 봄.
    = 김우창(외), 『미당 연구』, 민음사, 1994.
    =『문학의 즐거움』, 민음사, 1995.
정현종, 「식민지시대 젊의 초상 – 서정주의 초기시 또는 여신으로서의 여자들」, 『작
    가세계』, 1994. 봄.
이광호, 「영원의 시간, 봉인된 시간」, 『작가세계』, 1994. 봄.
    = 김우창(외), 『미당 연구』, 민음사, 1994.
    =『환멸의 신화』, 민음사, 1995.
김주연, 「신비주의 속의 여인들…시? 시 – 서정주의 후기시 세계」, 『작가세계』,
    1994. 봄.
    = 김우창(외), 『미당 연구』, 민음사, 1994.
이제하, 「공덕동의 기억, 絶句, 기타」, 『작가세계』, 1994. 봄.

강우식, 「등단 무렵 이야기」, 『작가세계』, 1994. 봄.

오세영, 「미당과 그의 시대」, 『작가세계』, 1994. 봄.

김재홍, 「생명사상과 민족어 완성의 길」, 『작가세계』, 1994. 봄.

임영조, 「귀로 웃는다」, 『작가세계』, 1994. 봄.

신범순, 「질기고 부드럽게 걸러진 '영원' 2 – 미당 서정주의 『떠돌이의 시』」, 『현대
　　　시』, 1994. 4.

유병관, 「1930년대 후반 시인들이 '자화상'」, 『반교어문연구』 5, 1994. 4.

김정진, 「미당시에 나타난 '피'의 심상연구」, 『문학과 언어』 15, 1994. 5.

임우기, 「오늘, 미당 시는 무엇인가? – '회귀'의 아름다움?」, 『문예중앙』, 1994. 여름.

정효구, 「서정주 시에 나타난 여성 편향성 연구」, 『개신어문연구』 10, 1994. 7.

주세훈, 「서정주 시에 나타난 감탄어의 표출성격」, 『청람어문학』 12, 1994. 7.

김수이, 「서정주 시 고찰 2 – 제1기 시에 나타난 세 가지 일탈 양상을 중심으로」,
　　　『경희대고황논집』 14, 1994. 9.

신종호, 「서정주 시의 표제 연구」, 『숭실어문』 11, 1994. 10.

배경열, 「서정주시에 나타난 '상징'의 비교문학적 연구」, 『비교문학』 19, 1994. 12.

오탁번, 「서정주시의 비유와 모성심상」, 『고려대사대논총』 19, 1994. 12.

정효구, 「서정주 시의 거울 이미지 고찰」, 『충남대인문학지』 12, 1994. 12.

김남수·서정주, 「신라정신에 취해버린 미당 서정주 시인과 '걸어 다니는 미당시전집'」,
　　　『월간문학』, 1995. 1.

육근웅, 「시와 원형 – 서정주시의 한 해석」, 『한양대한국학논집』 26, 1995. 2.

정신재, 「시의 신화적 구조와 상상력」, 『시문학』, 1994. 2.

오세영, 「서정주 시의 영원과 현실」, 『동국대한국문학연구』 17, 1995. 3.

이승훈, 「서정주의 초기시에 나타난 미적 특성」, 『동국대한국문학연구』 17, 1995. 3.
　　　= 김우창(외), 『미당 연구』, 민음사, 1994.

황현상, 「서정주, 농경사회의 모더니즘」, 『동국대한국문학연구』 17, 1995. 3.
　　　= 김우창(외), 『미당 연구』, 민음사, 1994.

장현동, 「미당, 황지우, 박상순 그 피의 더러움」, 『작가세계』, 1995. 봄.

김유중, 「『화사』의 정신분석적 연구 – 작품 「화사」에 잠재하는 외디푸수적 양상에 대
　　　한 고찰」, 『서울사대선청어문』 23, 1995. 4.

정유화, 「『질마재 신화』의 공간구조에 나타난 매개항의 기능 고찰」, 『국어교육』 8
　　　7~88, 1995. 6.

정유화, 「「映山紅」의 구조와 기호론적 독해」, 『중앙대어문논집』 24, 1995. 8.

고정진, 「서정주의 『질마재 신화』의 '이야기 시'적 특성 연구」, 『예술논문집』 34, 1995. 12.

유경종, 「「추천사」의 언어학적 분석」, 『한양어문연구』 13, 1995. 12.

윤재웅, 「조지훈 시의 시세계 – 미당 시와 관련하여」, 『한국문학연구』(동국대) 18, 1995. 12.

이동희, 「미당 서정주 시의 idiom 고찰」, 『조선대인문과학연구』 17, 1995. 12.

조창환, 「서정주의 시의 운율과 구조」, 『아주어문연구』 2, 1995. 12.

허형만, 「한국현대시에 나타난 호남지역의 정서 – 영랑, 미당, 심호의 시를 중심으로」, 『현대시학』, 1995. 12.

이승훈, 「서정주 – 「화사」 「문」」, 『한국 현대시 새롭게 읽기』, 세계사, 1996.

김수이, 「서정주의 초기시에 나타난 일탈 양상에 관한 소고」, 『어문연구』 89, 1996. 3.

손진은, 「서정주 시의 삶과 죽음에 관한 연구」, 『문학과 언어』, 1996. 5.

최현식, 「서정주 초기시의 미적 특성에 대하여」, 『민족문학사연구』 9, 1996. 6.

오탁번, 「뙤약볕같은 놋쇠 요령과 저울눈」, 『현대시학』, 1996. 10.

이사라, 「서정주 시의 기호론적 구조 분석 – 시 「바다」에 관한 의미작용 연구」, 『서울산업대논문집』 43, 1996. 7.

강경화, 「미당의 시정신과 근대문학 해명의 한 단서」, 『반교어문연구』 7, 1996. 12.

김석환, 「『화사집』의 기호학적 연구」, 『명지대예체능논집』 7, 1996. 12.

이경수, 「서정주와 박재삼의 '춘향' 모티프 시 비교 연구 – 시선과 거리를 중심으로」, 『고려대민족문화연구』 29, 1996. 12.

임종성, 「현대시의 서술화 경향」, 『동아대국어국문학논문집』 15, 1996. 12.

김종회, 「하늘과 뒤안길의 대극 – 서정주」, 『문학과 전환기의 시대정신』, 민음사, 1997.

김윤식, 「무(無) 속에서 전개되는 변증법 – 『시인부락』의 어떤 생리와 논리」, 『발견으로서의 한국현대문학사』, 서울대출판부, 1997.

정효구, 「서정주 시의 거울 이미지」, 『20세기 한국시와 비평정신』, 새미, 1997.

정효구, 「서정주 시에 나타난 신화성의 양상과 그 의미」, 『20세기 한국시와 비평정신』, 새미, 1997.

임종성, 「생명·현실 인식과 시적 고뇌 – 서정주, 유치환, 김수영, 박인환의 경우」, 『어문학교육』 19, 1997. 9.

배경열, 「서정주 시의 상징 연구 - 초기 시집 『화사집』을 중심으로」, 『관악어문연구』
　　　22, 1997. 12.
이경교, 「화자의 퇴행과 패러다임의 이동」, 『동국어문학』 9, 1997. 12.
천이두, 「한의 여러 얼굴 - 서정주」, 『우리시대의 문학』, 문학동네, 1998.
차호일, 「『질마재 신화』의 교육적 수용」, 『경남어문논집』 9~10, 1998. 1.
김중식, 「'일상 초탈'의 비범함 '무의미 시'의 꿋꿋함 - 두 원로시인 신작시 동시 발표」,
　　　『경향신문』, 1998. 1. 7.
손진은, 「세계와 나의 존재방식 - 서정주, 『80소년 떠돌이의 시』」, 『현대시』, 1998. 2.
문효치, 「미당 서정주의 문학지도」, 『문학과 창작』, 1998. 4.
이경철 · 서정주, 「어디 현실이 우릴 비껴가겠어. 살아내야 되는 것이 현실이지」, 『문
　　　예중앙』, 1998. 여름.
유성호, 「서정주 『화사집』의 구성 원리와 구조 연구」, 『한국문학논총』 22, 1998. 6.
오세영, 「서정주의 「화사(花蛇)」」, 『현대시』, 1998. 8.
정순진, 「자아 정체성의 시적 형상화」, 『대전대인문과학논문집』 26, 1998. 8.
구연식, 「서정주론 2 - 시집 『떠돌이의 시』에 나타난 범인론적 미학」, 『시 · 시조와
　　　비평』 79, 1998. 12.
최현식, 「타락한 역사의 구원과 '질마재' - 서정주의 『질마재 신화』론」, 『한국언어문
　　　학』 41, 1998. 12.
한경희, 「「해일」의 구조와 나르시시즘 분석 - 서정주 『질마재신화』 중에서」, 『안동어
　　　문학』 2~3, 1998. 12.
김윤식, 「근대의 초극론은 가능한가 - 병적 그리움과 미적 열망」, 『한국근대문학연구
　　　방법론입문』, 서울대출판부, 1999.
박진환, 「미당 서정주 시에 대한 대담」, 『한국현대시인연구』, 자유지성사, 1999.
유지현, 「서정주 시의 공간 상상력 연구」, 『현대시의 공간상상력과 실존의 언어』, 청
　　　동거울, 1999.
유지현, 「귀소와 동경의 공간 시학 - 집의 공간 상상력과 김소월, 이용악, 윤동주, 서
정주, 백석 시에 나타난 상실의식」, 『현대시의 공간상상력과 실존의 언어』, 청동거
　　　울, 1999.
최하림, 「피난길의 세 시인」, 『시인을 찾아서』, 프레스 21, 1999.
최하림, 「서정주의 시적 편력」, 『시인을 찾아서』, 프레스 21, 1999.
김시태, 「서정주론」, 『시문학』, 1999. 2.

김지연, 「서정주 시의 상징 연구」, 『영주어문』 1, 1999. 2.

윤석성, 「미당시의 유가적 측면」, 『동악어문논집』 34, 1999. 2.

김경린, 「서정주의 시세계 「화사(花蛇)」에 대하여 - 문학사적 측면과 상징주의적 경향을 중심으로」, 『문학과 의식』, 1999. 5.

김상일, 「서정주시 열기(列記) 1」, 『지구문학』 6, 1999. 6.

손진은, 「반근대적 미학으로서의 서정주의 시」, 『경주대논문집』 12-2, 1999. 8.

정장진, 「현대시와 욕망」, 『현대시』, 1999. 8.

배영애, 「서정주의 시에 나타난 불교의식」, 『신라대수련어문논집』 25, 1999. 9.

정금철, 「서정주 『화사』의 담론연구」, 한국어문교육연구회, 『어문연구』 103, 1999. 9.

손종업, 「30년대 후반기 반근대주의 담론의 진정성 - 숲으로의 회귀」, 중앙어문학회, 『어문논집』 27, 1999. 12.

홍희표, 「김윤식 『현대문학사 탐구』, 서정주 『80소년 떠돌이 시』, 윤대녕 『정육점 여인에게』」, 『목원어문학』 17, 1999. 12.

권국명, 「미당의 시 「문둥이」의 기호론적 의미분석」, 『어문학』 69, 2000. 2.

김유선, 「미당시의 원형의식 - 떠돌이의 정체성을 중심으로」, 『어문학』 69, 2000. 2.

박명자, 「한국 현대시의 눈물의 시학 연구 - 한용운, 김현승, 서정주 시를 중심으로」, 『광주대민족문화예술연구소논문집』 9, 2000. 2.

장창영, 「『질마재 신화』의 다중성」, 『한국언어문학』 44, 2000. 5.

강근주, 「행방불명된 지용, 고국 등지려는 미당 - 2000년 가을, 대시인의 '우울한 초상'」, 『뉴스메이커』, 2000. 11. 16.

노만수, 「영원하고 본질적 세계로의 비상 - 서정주의 시세계… 첫시집 『화사집』에서 최근작 『80소년 떠돌이의 시』까지」, 『뉴스메이커』, 2000. 11. 16.

노만수, 「한국시, 미당 신화를 넘어라 - 문단에 '포스트 미당'논쟁 가열, "미당을 배워야 미당 능가한다"가 우세」, 『뉴스메이커』, 2001. 1. 18.

강근주, 「좌우익 논쟁에서 박정희 신드롬까지 - 해방 이후 한국 논쟁사… 민족문학론·한일회담·월남파병·청년문화론 등 '주목'」, 『뉴스메이커』, 2001. 3. 15.

2) 학위 논문

유근조, 「서정주 연구」, 충남대 석사, 1973.

조달곤, 「미당 서정주의 원형 연구 - 『신라초』·『동천』을 중심으로 한 신화 비평적 접근」, 동아대 석사, 1973.

강희근, 「미당 서정주 연구」, 동아대 석사, 1975.

송하선, 「서정주 연구」, 고려대 석사, 1977.

박상열, 「서정주 작품 연구 - 초기시를 중심으로」, 고려대 석사, 1978.

전정구, 「서정주 연구 - 『동천』을 중심으로」, 전북대 석사, 1978.

이원구, 「서정주 시의 기법 연구 - 시어·은유·심상·시형태」, 동국대 석사, 1979.

강준향, 「소월·미당·지훈 삼가시 연구」, 청주대 박사, 1980.

이남호, 「윤동주와 서정주의 「자화상」 비교분석」, 고려대 석사, 1980.

김영수, 「서정주 시의 상징성에 관한 연구」, 경북대 석사, 1981.

박재승, 「생명파 연구 - 서정주와 유치환을 중심으로」, 충북대 석사, 1981.

감태준, 「미당과 목월의 초기시 대비 연구」, 한양대 석사, 1982.

김영숙, 「서정주론」, 전북대 석사, 1982.

안동주, 「미당 서정주 연구 - 그 시정신을 중심으로」, 조선대 석사, 1982.

주 옥, 「서정주 시의 설화 수용 양상 연구」, 서강대 석사, 1982.

하재봉, 「서정주 시에 나타난 물질적 상상력의 연구」, 중앙대 석사, 1982.

강우식, 「서정주 시의 상징 연구 - 초기 시집을 중심으로」, 한양대 석사, 1983.

장보광, 「서정주의 자연연구」, 한양대 석사, 1983.

황인교, 「서정주 시의 상상력 연구」, 이화여대 석사, 1983.

이광수, 「지훈과 미당의 시론 비교」, 고려대 석사, 1984.

이종윤, 「서정주 초기 시의 연구 - 피의 심상을 중심으로」, 경희대 석사, 1984.

구자성, 「한국 현대시에 나타난 불교사상 - 만해와 미당의 시를 중심을」, 연세대 석
    사, 1985.

유경순, 「미당 시에 나타난 여성상 - 여성주의를 중심으로」, 인하대 석사, 1985.

조형순, 「현대시에 나타난 시적 화자와 청자의 연구 - 유치환과 서정주의 초기시를
    중심으로」, 경남대 석사, 1985.

김장선, 「미당 서정주 시의 원형적 고찰」, 조선대 석사, 1987.

변해숙, 「서정주 시의 시간성 연구」, 이화여대 석사, 1987.

양인호, 「서정주의 시 세계 고찰」, 조선대 석사, 1987.

김순주, 「서정주 시 연구 - 신라정신을 중심으로」, 연세대 석사, 1988.

김동일, 「서정주 시 연구 - 화자를 중심으로」, 성균관대 석사, 1989.

오형화, 「서정주 초기시의 의미구조 연구 - 이원성과 그 융합의 의지를 중심으로」,

고려대 석사, 1989.

이진홍, 「서정주의 시의 심상 연구 -『화사집』에서『동천』까지」, 영남대 박사, 1989.

정치희, 「서정주의 시정신 연구 - 인간애 사상을 중심으로」, 전북대 석사, 1989.

채명식, 「미당 시와 정념 통어의 방법 -『서정주 시선』을 중심으로」, 동국대 석사, 1989.

오 준, 「한국 현대시에 나타난 물의 양상 - 김소월, 서정주, 박목월의 시를 중심으로」, 중앙대 석사, 1991.

육근웅, 「서정주 시 연구」, 한양대 박사, 1991.

김신중, 「서정주 시에 나타난 물의 의미」, 영남대 석사, 1992.

송희복, 「해방기 문학비평연구」, 동국대 박사, 1992.

심혜련, 「서정주 시의 화자 청자 연구」, 이화여대 석사, 1992.

강성자, 「서정주와 윤동주의 자의식 비교 - 서정주의 초기시와 윤동주의 시를 중심으로」, 한국교원대 석사, 1993.

김홍진, 「서정주 시의 원형 이미지 연구」, 한남대 석사, 1993.

문정희, 「서정주 시 연구 - 물의 심상과 상징체계를 중심으로」, 서울여대 박사, 1993.

김석준, 「서정주 초기시 연구 - 사상적 변화를 중심으로」, 서울대 석사, 1994.

박순희, 「서정주 시 연구」, 성신여대 석사, 1994.

고시형, 「서성주 시의 형태론적 연구 -『화사집』에서『동천』까지」, 건국대 석사, 1995.

김미숙, 「『질마재 신화』에 나타난 신화적 삶의 양상 연구 - 서정주 시집『질마재 신화』고」, 원광대 석사, 1995.

유혜숙, 「서정주 시 연구 - 자기실현을 중심으로」, 서강대 박사, 1995.

이현정, 「서정주 시에 나타난 '바람'의 상승의지 연구 - 초기시를 중심으로」, 연세대 석사, 1995.

조규미, 「서정주 시의 병렬법 연구」, 이화여대 석사, 1995.

주세훈, 「서정주 시의 감탄어 연구 - 감탄어의 표출성격을 중심으로」, 한국교원대 석사, 1995.

강희경, 「서정주 시의 이미지 연구」, 호남대 석사, 1996.

김행숙, 「서정주와 유치환의 초기시 비교 연구」, 고려대 석사 1996.

손진은, 「서정주 시의 시간성 연구」, 경북대 박사, 1996.

유옥련, 「서정주 시 연구」, 원광대 석사, 1996.

윤재웅, 「서정주 시 연구」, 동국대 박사, 1996.

임재서, 「서정주 시에 나타난 세계 인식에 관한 연구 - 비극적 세계관과 시간성의 관련 양상을 중심으로」, 서울대 석사, 1996.

김수이, 「서정주 시의 변모과정 연구 - 욕망의 변화 양상을 중심으로」, 경희대 박사, 1997.

변재남, 「서정주 시에 있어서의 바람 이미지 연구」, 충북대 석사, 1997.

오시열, 「서정주의『화사집』연구」, 제주대 석사, 1997.

정유화, 「서정주 시의 기호론적 연구 - 그 이항대립과 매개항을 중심으로」, 중앙대 박사, 1997.

홍흥기, 「미당 서정주 시에 나타난 모더니티 연구 -『화사집』을 중심으로」, 동국대 석사, 1997.

김선영, 「서정주 시 연구」, 성신여대 박사, 1998.

박소유, 「서정주의 시적상상력에 의한 공간 연구」, 대구효성가톨릭대 석사, 1998.

신수경, 「서정주 시의 여성이미지 연구」, 순천대 석사, 1998.

유지현, 「서정주 시의 공간 상상력 연구 -『화사집』에서『질마재 신화』까지」, 고려대 박사, 1998.

간호익, 「서정주 시 연구 -『질마재 신화』를 중심으로」, 한양대 석사, 1999.

박경임, 「서정주 시 연구」, 성신여대 석사, 1999.

박명자, 「한국 현대시의 눈물의 시학 연구 - 한용운, 김현승, 서정주 시를 중심으로」, 원광대 박사, 1999.

배영애, 「현대시에 나타난 불교의식 연구 - 한용운, 서정주, 조지훈 시를 중심으로」, 숙명여대 박사, 1999.

송정란, 「현대시의 삼국유사 설화 수용에 관한 연구 - 미당 서정주의 시를 중심으로」, 동국대 석사, 1999.

엄경희, 「서정주 시의 자아와 공간·시간 연구」, 이화여대 박사, 1999.

이경숙, 「시적화자를 중심으로한 시담론 교수-학습 방법 연구」, 강원대 석사, 1999.

전미정, 「한국 현대시의 에로티시즘 연구 - 서정주, 오장환, 송욱, 전봉건의 시를 중심으로」, 서강대 박사, 1999.

조수엽, 「화사집의 여성상 연구 - 설자의 인식변화와 관련하여」, 동국대 석사, 1999.

최라영, 「서정주 초기 시 텍스트의 의미화과정 연구 – 여성과의 관련양상을 중심으로」, 서울대 석사, 1999.
한양순, 「서정주 시에 나타난 性과 禪의 의미 연구」, 배재대 석사, 1999.
김재석, 「미당 서정주의 『질마재 신화』 연구」, 목포대 석사, 2000.
김정신, 「서정주 시의 변모 과정 연구」, 경북대 박사, 2000.
나희덕, 「서정주의 『질마재 신화』연구 – 서술시적 특성을 중심으로」, 연세대 석사, 2000.
박계림, 「서정주 시에 나타난 성적 이미져리 연구」, 원광대 석사, 2000.
연은순, 「서정주 시 연구」, 청주대 박사, 2000.
유동완, 「서정주『질마재신화』의 원형 연구」, 원광대 석사, 2000.
이경희, 「서정주 시의 전통성 연구 – 문학사상을 중심으로」, 경희대 석사, 2000.
인선민, 「서정주의『질마재 신화』에 대한 연구」, 건국대 석사, 2000.
김영천, 「서정주 시 연구 – 음양의 이항 대립을 중심으로」, 목포대 석사, 2001.
서민경, 「서정주 시의 바다 이미지 연구」, 경희대 석사, 2001.
이태호, 「서정주의 시정신 변모 양상 연구」, 명지대 석사, 2001.
오용기, 「한국 현대시의 한에 대한 연구 – 김소월·서정주·박재삼의 시를 중심으로」, 우석대 박사, 2001.
조영주, 「서정주 시의 아니마 심상 연구」, 고려대 석사, 2001.
최훈주, 「서정주 시 연구 – 떠돌이 의식을 중심으로」, 목포대 석사, 2001.
홍예영, 「서정주 시어 연구」, 동국대 석사, 2001.
황숙희, 「서정주의 『질마재 신화』 연구 – 패러디 양상을 중심으로」, 강원대 석사, 2001.
황인학, 「서정주 시의 기호학적연구 –『화사집』에서『동천』까지」, 중앙대 석사, 2001.

3) 단행본

서정주, 『서정주문학전집』 1~5, 일지사, 1972.
서정주, 『미당 산문』, 민음사, 1993.
서정주, 『서정주문학앨범』, 웅진, 1993.
서정주, 『서정주전집』 1~5, 민음사, 1994.

조연현(외), 『서정주 연구』, 동화출판공사, 1975.
원형갑, 『서정주의 세계성』, 들소리, 1982.
김화영, 『미당 서정주의 시에 대하여』, 민음사, 1984.
송하선, 『미당 서정주 연구』, 선일문화사, 1991.
이 활, 『서정주·유치환의 시세계』, 명문당, 1991.
정봉래(편), 『시인 미당 서정주』, 좋은글, 1993.
김우창(외), 『미당 연구』, 민음사, 1994.
박철희(편), 『서정주』, 서강대출판부, 1995.
유혜숙, 『서정주 시의 이미지 연구』, 시문학사, 1996.
육근웅, 『서정주 시연구』, 국학자료원, 1997.
윤재웅, 『미당 서정주』, 태학사, 1998.
송하선, 『서정주 예술언어』, 국학자료원, 2000.

■ 선우휘

1) 일반 논문

선우휘, 「나의 처녀작을 말한다 – 용초도에서 쓴 「귀환」」, 『세대』. 1965. 9.

선우휘, 「현실과 지식인」, 『사상계』, 1969. 2.

선우휘, 「나의 문학, 나의 소설작법」, 『현대문학』, 1983. 9.

이어령, 「1957년의 작가들」, 『사상계』, 1958. 1.

안수길, 「7월의 작품평」, 『사상계』, 1958. 8.

이어령, 「상반기의 소설」, 『지성』 2, 1958. 가을.

김우종, 「동인상 수상작품론」, 『사상계』, 1960. 2.

백 철, 「한국문단 10년」, 『사상계』, 1960. 2.

백 철, 「전후 15년의 한국소설」, 『한국전후문제작품집』, 신구문화사, 1961.

이어령, 「문제성을 찾아서」, 『한국전후문제작품집』, 신구문화사, 1961.

이철범, 「조직 속에 갇힌 인간들 – 선우휘의 「추적의 피날레」에 대하여」, 『신세계』,
      1963. 1.

정명환, 「전쟁과 한국작가」, 『사상계』, 1963. 3.

이철범, 「전후한국소설의 인간상」, 『자유문학』, 1963. 4.

이광훈, 「선우휘론」, 『문학춘추』, 1965. 2.

이광훈, 「선우휘론」, 『연세국문학』, 1965. 12.

홍사중, 「선우휘론」, 『사상계』, 1966. 5.

이광훈, 「역사에의 저항과 도전 – 선우휘론」, 『현대한국문학전집』 12, 신구문화사,
      1967.

홍사중, 「테러리즘과 비인간화 – 「깃발없는 기수」」, 『현대한국문학전집』 12, 신구문
      화사, 1967.

천이두, 「권력의 메카니즘과 인간의 자유 – 「추적의 피날레」」, 『현대한국문학전집』
      12, 신구문화사, 1967.

정창범, 「가공의 무풍지대 – 「싸릿골의 신화」」, 『현대한국문학전집』 12, 신구문화사,
      1967.

이어령, 「역사・행동・관조 – 「불꽃」・「화재」・「오리와 계급장」」, 『현대한국문학전
      집』 12, 신구문화사, 1967.

조동일, 「지식인의 고민과 책임 - 「십자가 없는 골고다」」, 『현대한국문학전집』 12,
    신구문화사, 1967.
염무웅, 「선우휘론」, 『창작과 비평』, 1967. 겨울.
김 현, 「허무주의와 그 극복」, 『사상계』, 1968. 2.
유종호, 「離反과 갈등의 현실 - 선우휘론」, 『한국단편문학대계』 10, 삼성출판사,
    1969.
박태순, 「젊은이는 무엇인가 - 선우휘씨의 '현실과 지식인에 대한 반론'」, 『아세아』,
    1969. 3.
김 현, 「심적 공허와 환상적 현실」, 『대한일보』, 1970. 11. 17.
김인환, 「소설의 본질과 기능 - 선우휘 작 「추적의 피날레」에서」, 『현대문학』, 1972. 11.
김병걸, 「한국소설과 사회의식」, 『창작과 비평』, 1972. 겨울.
    =『격동기의 문학』, 일월서각, 2000.
고 은, 「행동 그리고 정열」, 『1950년대』, 민음사, 1973.
김상일, 「선우휘론」, 『신한국문학전집』 24, 어문각, 1974.
황헌식, 「선우휘론 - 그 디오니소스적 사도행전」, 『현대문학』, 1974. 7.
윤홍로, 「한국문학의 은유구조 - 선우휘의 「불꽃」을 중심으로」, 『동양학』(단국대) 4,
    1974. 10.
유종호, 「여섯 개의 작품」, 『문학과 현실』, 민음사, 1975.
신경득, 「전후상황과 신세대의 소설」, 『한국전후소설연구』, 일지사, 1983.
김양수, 「선우휘의 「불꽃」 - 행동의지의 상황문학」, 『광장』, 1984. 1.
이태동, 「선우휘의 「불꽃」」, 『문학사상』, 1984. 8.
김양수, 「행동의지의 상황문학」, 백 철(외), 『한국소설의 문제작』, 일념, 1985.
윤병로, 「전쟁·전후소설의 재평가」, 『한국현대소설의 탐구』, 범우사, 1985.
박철희, 「분단의 소재사 - 선우휘의 『한 평생』」, 『소설문학』, 1985. 5.
권영민, 「전후의식의 극복과 문학적 자기인식」, 『한국문학』, 1985. 6.
김상태, 「인간주의의 우화 - 선우휘의 『단독강화』」, 『문학사상』, 1985. 6.
이동하, 「선우휘의 「불꽃」 연구」, 『영남대어문논집』 2, 1986.
이동하, 「한국전후소설의 한 모습」, 『문예중앙』, 1986. 여름.
한승옥, 「한국전후소설의 현실극복의지 - 「불꽃」 『나무들 비탈에 서다』 「끊어진 다리」
    를 중심으로」, 『숭실어문』, 1986.
김선학, 「체험의 소설적 발언」, 『선우휘문학선집』, 조선일보사, 1987.

이재선, 「인간주의의 불꽃」, 『선우휘문학선집』, 조선일보사, 1987.

유기룡, 「「불꽃」의 동굴 모티프」, 『문학과 비평』, 1987. 가을.

이동하, 「선우휘의 「불꽃」연구」, 『우리문학의 논리』, 정음사, 1988.

김예호, 「문단초기작품에 나타난 분단의식 및 전쟁의식」, 『연세어문학』 21, 1988.

하정일, 「전후단편소설의 세계관적 구조와 장르적 특성」, 『현대문학의 연구』 1, 1989.

민현기, 「선우휘론 - 행동과 침묵의 시대적 의미」, 『문학사상』, 1989. 10.
        = 권영민(편), 『한국현대작가연구』, 문학사상사, 1991.

조남현, 「선우휘 소설에의 한 통로」, 『문학정신』, 1990. 2.

차원현, 「1950년대 한국소설의 분단인식」, 문학사와 비평연구회(편), 『1950년대 문학연구』, 예하, 1991.

한수영, 「1950년대 한국소설 연구 ; 남한(편)」, 한국문학연구회(편), 『1950년대 남북한 문학』, 평민사, 1991.

송현호, 「「불꽃」」, 『한국현대소설의 해설』, 관동출판사, 1992.

이화진, 「1950년대 선우휘문학에 나타난 현실대응 양상」, 조건상(편), 『한국전후문학연구』, 성균관대출판부, 1993.

조남현, 「선우휘의 소설세계」, 『한국현대소설의 해부』, 문예출판사, 1993.

채윤호, 「선우휘 소설 연구」, 『서울교대초등국어교육』 3, 1993. 2.

강진호, 「전후 현실과 행동주의 문학의 실체 - 선우휘론」, 송하춘 · 이남호(편), 『1950년대의 소설가들』, 나남, 1994.

유종호, 「선우휘의 작품세계」, 『한국문학전집』 25, 삼성당, 1994.

권오현, 「전후문학의 실존주의 수용 양상」, 『계명대신문』, 1994. 3. 15.
        =『문학에 대한 두 가지 단상』, 사람, 2000.

김성기, 「세대간의 갈등과 그 귀결 양상에 대한 소설사적 검토 -『치악산』, 『삼대』, 「불꽃」을 중심으로」, 『개신어문연구』 10, 1994. 7.

구인환, 「전후 한국문학의 지형도 - 소설의 서사문법을 중심으로」, 구인환(외), 『한국전후문학연구』, 삼지원, 1995.

장수익, 「월남민의식과 페이소스의 문학」, 선우휘 · 최상규, 『불꽃 · 포인트』, 동아출판사, 1995.

배경열, 「작중 인물의 '행동 성향' 고찰 - 「불꽃」과 「쓸쓸한 사람」을 중심으로」, 『문학과 의식』, 1995. 8.

김종욱, 「선우휘 초기소설에 대한 일고찰」, 『관악어문연구』 20, 1995. 12.
고정욱, 「이상주의와 역사 현실 – 선우휘의 「불꽃」론」, 조건상(편), 『1950년대 문학의 이해』, 성균관대출판부, 1996.
이동하, 「한국전후문학의 한 전형 – 선우휘」, 『한국문학과 비판적 지성』, 새문사, 1996.
정문권, 「인간애의 회복을 위한 행동의 미학 – 선우휘의 「불꽃」·「깃발 없는 기수」를 중심으로」, 『배재대인문논총』 10, 1996. 12.
조경안, 「선우휘 소설의 이데올로기 연구 – 「테러리스트」와 「불꽃」을 중심으로」, 『가톨릭대성심어문논집』 18·19, 1997. 2.
김병권, 「동·서양의 전쟁문학, 무엇을 제시하고 있나 – 선우휘의 「불꽃」편」, 『국방저널』 281, 1997. 5.
김진기, 「통시적 소재의 무시간성과 삶의 모티브 연구 – 50년대 선우휘 문학 연구」, 『건국어문학』(건국대) 21·22, 1997. 9.
현길언, 「한국 현대소설의 모티브 연구」, 『한양대한국한논집』 31, 1997. 10.
천이두, 「남성 편향의 문학 – 선우휘」, 『우리시대의 문학』, 문학동네, 1998.
이인섭, 「언어심리와 문체 4 – 선우휘의 「실향」을 중심으로」, 『한국어학』 7, 1998. 6.
양은창, 「선우휘의 「불꽃」」, 『한국 전후소설 구조론』, 웅동, 1999.
장수익, 「행동에의 의지와 월남민의 의식 – 선우휘론」, 박동규(외), 『한국전후문학의 분석적연구』, 월인, 1999.
강근주, 「좌우익 논쟁에서 박정희 신드롬까지 – 해방 이후 한국 논쟁사… 민족문학론·한일회담·월남파병·청년문화론 등 '주목'」, 『뉴스메이커』, 20001. 3. 15.

2) 학위 논문

신경득, 「한국전후소설 연구」, 건국대 박사, 1983.
김태순, 「선우휘 초기 소설 연구」, 건국대 석사, 1988.
이경자, 「선우휘 연구」, 숙명여대 석사, 1988.
이점갑, 「선우휘 소설 연구 – 작가의식을 중심으로」, 성균관대 석사, 1988.
권정화, 「선우휘 소설의 인물 연구 – 초기 단편소설을 중심으로」, 연세대 석사, 1990.
심순옥, 「선우휘 작품 연구」, 숙명여대 석사, 1990.

이정분, 「선우휘 소설에 나타난 인물형 연구」, 경북대 석사, 1991.

조태수, 「선우휘 소설 연구 - 「불꽃」과 「노다지」를 중심으로」, 한양대 석사, 1991.

노승권, 「선우휘 단편소설 연구 - 작중인물의 '죽음'을 중심으로」, 단국대 석사, 1992.

배경열, 「선우휘 소설 연구」, 서울대 석사, 1992.

최현희, 「선우휘 초기 단편의 역사의식과 그 한계」, 부산대 석사, 1993.

이영숙, 「선우휘 소설 연구」, 연세대 석사, 1994.

김춘기, 「1950년대 소설 연구 - 손창섭, 이범선, 선우휘를 중심으로」, 영남대 석사, 1995.

나종입, 「선우휘 소설의 인물 연구」, 목포대 석사, 1995.

정문권, 「한국전후소설의 휴머니즘 연구 - 김성한, 손창섭, 선우휘, 하근찬을 중심으로」, 한남대 박사, 1995.

문혜경, 「선우휘 소설 연구 - 의식 변화 양상을 중심으로」, 가톨릭대 석사, 1997.

안상학, 「선우휘 초기소설에 나타난 작가의식 연구」, 목원대 석사, 1997.

강희숙, 「1950년대 행동적 휴머니즘 소설 연구 - 선우휘·오상원을 중심으로」, 인하대 석사, 1998.

서동수, 「한국 전후소설에 나타난 이데올로기 연구 - 장용학, 선우휘를 중심으로」, 건국대 석사, 1998.

전희진, 「선우휘 소설 연구 - 인물유형과 작가의식의 상관성을 중심으로」, 경희대 석사, 1999.

이대환, 「선우휘 소설 연구 - 전쟁소설을 중심으로」, 대구대 석사, 2000.

장기영, 「선우휘 소설 연구」, 전남대 석사, 2000.

3) 단행본

선우휘, 『현대한국문학전집』 12, 신구문화사, 1967.

선우휘, 『선우휘문학선집』, 조선일보사, 1987~1988.

김진기, 『선우휘』, 보고사, 1999.

■ 손창섭

1) 일반 논문

최인욱, 「1월창작평 – 이채를 띤 손씨의 「혈서」」, 『연합신문』, 1955. 1. 28.

조연현, 「1월의 작단」, 『현대문학』, 1955. 2.

조연현, 「병자의 노래 – 손창섭의 작품세계」, 『현대문학』, 1955. 4.

조연현, 「3월의 창작계」, 『현대문학』, 1955. 4.

최인욱, 「신진의 대거 진출과 기성의 노쇠」, 『동아일보』, 1955. 8. 10.

최일수, 「현대소설과 내용 분석 – 새세대의 창작활동을 중심으로」, 『한국일보』,
        1955. 9. 8, 10.

백 철, 「신인과 현대의식 – 본질은 찾아지고 있는가」, 『조선일보』, 1955. 10. 18~28.

곽종원, 「1955년도 창작계 별견」, 『현대문학』, 1956. 1.

김팔봉·백 철, 「1955년의 한국문단」, 『사상계』, 1956. 1.

이무영, 「패배의 3월 작단」, 『동아일보』, 1956. 3. 26.

이봉래, 「신세대론 – 작가를 중심으로 한 시론」, 『문학예술』, 1956. 4.

김동리, 「전진하는 문단」, 『동아일보』, 1956. 4. 29.

김양수, 「5월의 소설」, 『현대문학』, 1956. 6.

곽종원, 「상반기작단총평」, 『현대문학』, 1956. 7.

곽종원, 「주조의 상실과 사상성의 빈인」, 『조선일보』, 1956. 7. 24.

이선영, 「아웃사이더의 반항 – 손창섭과 장용학을 중심으로」, 『현대문학』, 1956. 9.

곽종원, 「1956년도 창작계총평」, 『현대문학』, 1957. 1.

백 철, 「상반기 신구의 창작계 – 월간지의 작품을 읽고」, 『사상계』, 1957. 7.

이철범, 「신인들이 많이 등장」, 『세계일보』, 1957. 12. 17.

곽종원, 「작가들의 의욕이 왕성」, 『연합신문』, 1957. 12. 18.

이어령, 「1957년의 작가들」, 『사상계』, 1958. 1.

김구용, 「대망하던 책 – 손창섭 창작집 『비오는 날』」, 『현대문학』, 1958. 3.

윤병로, 「1, 2월의 소설」, 『현대문학』, 1958. 3.

안수길, 「9월의 창작평 – 구성에 중점을 두고」, 『사상계』, 1958. 10.

이어령, 「상반기의 소설」, 『지성』 2, 1958. 가을.

윤병로, 「혈서의 내용 – 손창섭론」, 『현대문학』, 1958. 12.

이어령, 「1958년의 소설 총평」, 『사상계』, 1958. 12.

백　철·김우종·유종호·이어령, 「『낙서족』을 읽고」, 『사상계』, 1959. 4.

김동리, 「'무명'에서 '광명'으로」, 『사상계』, 1959. 4.

김우종, 「야유의 인생·야유의 문학」, 『사상계』, 1959. 4.

유종호, 「인간모멸의 백서」, 『사상계』, 1959. 4.

유종호, 「모멸과 번민 – 손창섭론」, 『현대문학』, 1959. 9~10.
　　　　= 『비순수의 선언』, 신구문화사, 1962.
　　　　= 『현대한국문학전집』 3, 신구문화사, 1965.

김동리(외), 「제4회 동인문학상 수상작품선고」, 『사상계』, 1959. 10.

김동리, 「1959년의 소설」, 『사상계』, 1960. 1.

김우종, 「동인상 수상작품론」, 『사상계』, 1960. 2.

백　철, 「한국문단 10년 – 하나의 서론적인 글」, 『사상계』, 1960. 2.

송기숙, 「손창섭론」, 『전남대국문학보』, 1960. 12. 24.

백　철, 「전후 15년의 한국소설」, 『한국전후문제작품집』, 신구문화사, 1961.

김상일, 「손창섭 또는 비정의 신화」, 『현대문학』, 1961. 7.

유종호, 「고백이라는 것」, 『현대문학』, 1961. 12.
　　　　= 『비순수의 선언』, 신구문화사, 1962.

유종호, 「一瞥二言 – 1961년의 소설」, 『사상계』, 1961. 12.
　　　　= 『비순수의 신언』, 신구문화사, 1962.

김동리(외), 「소설 50년의 반성과 전망 – 한국현대소설 50년이 남긴 제문제」, 『사상
　　　　계』, 1962. 9.

천이두, 「소설에 나타난 실직자 문제」, 『세대』, 1964. 1.

송기숙, 「창작과정을 통해서 본 손창섭」, 『현대문학』, 1964. 3.

이광훈, 「패배한 지하실적 인간상」, 『문학춘추』, 1964. 5.

이광훈, 「패배한 지하실적 인간상 – 손창섭초기작품고」, 『문학춘추』, 1964. 8.

이유식, 「리얼리즘의 확대 – 주제면에서 본 한국의 현대소설」, 『현대문학』, 1964. 8.

천이두, 「아우트사이더 독백의 미학」, 『문학춘추』, 1964. 8.

송기숙, 「창작과정을 통해 본 손창섭」, 『현대문학』, 1964. 9.

김충신, 「손창섭연구 – 작품을 중심으로」, 『고대국문학』, 1964. 11.

김우종, 「긍정에의 의욕」, 『현대한국문학전집』 3, 신구문화사, 1965.

이어령, 「수인의 미학 – 「유실몽」, 「설중행」」, 『현대한국문학전집』 3, 신구문화사,

　　　　　　1965.

정창범, 「희화화된 애국자」, 『현대한국문학전집』 3, 신구문화사, 1965.

정창범, 「허구의 시도 ― 손창섭적 '공포'를 중심으로」, 『대한일보』, 1965. 1. 25.

정창범, 「손창섭 ― 자기모멸의 초상화」, 『문학춘추』, 1965. 2.
　　　　　＝『현대한국문학전집』 3, 신구문화사, 1965.

윤병로, 「월평 ― 자리잡는 사소설」, 『현대문학』, 1966. 2.

임중빈, 「실락원의 카타르시스 ― 손창섭과 새로운 가능성」, 『문학춘추』, 1966. 7.

이선영, 「아웃사이더의 반항 ― 손창섭, 장용학을 중심으로」, 『현대문학』, 1966. 12.

김영기, 「현실부정 정신의 미학 ― 이인직, 이광수, 손창섭, 최인훈」, 『현대문학』,
　　　　　1967. 12.

유종호, 「작단시대 ― 『환관』 ― '일급의 애기'를 빈틈없이 고담풍 엿보이고」, 『동아일
　　　　　보』, 1968. 1. 25.

김　현, 「허무주의와 그 극복」, 『사상계』, 1968. 2.

백낙청, 「재출발한 단색화가 ― 손창섭의 『청사에 빛나리』」, 『한국일보』, 1968. 5. 28.

유종호, 「인간 모멸의 미학 ― 손창섭론」, 『한국단편문학대계』 8, 삼성출판사, 1969.

김윤식, 「앓는 세대의 문학」, 『현대문학』, 1969. 10.

고　은, 「실내작가론 (9) ― 손창섭」, 『월간문학』, 1969. 12.

김병익, 「손창섭작품해설」, 『한국대표문학전집』 10, 삼중당, 1970.

조기원, 「손창섭의 문체론적 고찰」, 『서울사대선청어문』 1, 1970. 3.

이범선, 「언어와 작품과 작가」, 『한국외대논문집』 4, 1971.

이선영, 「한국 현대소설과 인간소외 ― 50년대의 손창섭과 60년대 이호철의 경우」,
　　　　　『연세대인문과학』, 24~25, 1971. 6.

김　현, 「테로리즘의 문학 ― 50년대 문학소고」, 『문학과 지성』, 1971. 여름.

김병익, 「현실의 원형과 검증」, 김　현(외), 『현대한국문학의 이론』, 민음사, 1972.

김윤식・김　현, 「손창섭 혹은 자기부정의 미학」, 『한국문학사』, 민음사, 1973.

신경림, 「문학과 민중 ― 현대한국문학에 나타난 민중의식」, 『창작과 비평』, 1973. 봄.

유종호, 「여섯 개의 작품」, 『문학과 현실』, 민음사, 1975.

백상창, 「절망적인 밀러 외 ― 손창섭의 「신의 희작」」, 『한국문학』, 1976. 6.

유종호, 「소외와 허무」, 『한국현대문학전집』 26, 삼성출판사, 1978.

정창범, 「손창섭의 심층 ― 자기모멸의 신화」, 『작중인물의 심층분석』, 평민사, 1978.

김영화, 「손창섭론 ― 권태형 인간상과 그 소설사적 의미」, 『월간문학』, 1978. 4.

신경득, 「반항과 좌절의 미학」, 『월간문학』, 1978. 12.

신경득, 「손창섭 연구」, 『청주간호대학논문집』, 1981.

유종호, 「주변성의 탐구 - 손창섭의 단편」, 『동시대의 시와 진실』, 민음사, 1982.

윤병로, 「손창섭(孫昌涉)론 - 혈서(血書)의 내용」, 『소설의 이해』, 성균관대출판부, 1982.

신상성, 「손창섭론」, 『새국어교육』, 1982. 12.

김영화, 「손창섭론」, 『현대작가론』, 문장, 1983.

신경득, 「전후소설의 심층심리분석」, 『한국전후소설연구』, 일지사, 1983.

윤병로, 「혈서의 의미 - 손창섭의 「잉여인간」」, 『광장』, 1983. 6.

곽학송, 「정한숙과 손창섭」, 『월간문학』, 1983. 12.

이동하, 「손창섭 소설의 세 단계」, 전광용(외), 『한국현대소설사연구』, 민음사, 1984.

이용남, 「손창섭론」, 김봉군(외), 『한국현대작가론』, 민지사, 1984.

이태동, 「비극적 유우머와 욕망과 현실 사이」, 『한국현대소설의 위상』, 문예출판사, 1985.

천이두, 「50년대 문학의 재조명」, 『현대문학』, 1985. 1.

선우휘·김우종·최동호, 「6·25와 분단문학의 극복」, 『한국문학』, 1985. 8.

김윤식, 「6·25와 소설의 내적형식」, 『우리소설과의 만남』, 민음사, 1986.

김해옥, 「손창섭 「공휴일」에 나타난 소외의식과 문학적 언어의 표현론적 기능에 관한 연구」, 『연세어문학』 19, 1986. 12.

이기인, 「손창섭 소설의 미적구조」, 『석헌정규복박사환력기념논총』, 태광문화사, 1987.

김종회, 「손창섭론 - 체험소설의 발화법, 그 특성과 한계」, 『문학사상』, 1989. 3.
        = 권영민(편), 『한국현대작가연구』, 문학사상사, 1991.

조남현, 「우리소설의 넓이와 깊이 - 손창섭 소설의 의미 매김」, 『문학정신』, 1989. 6~7.

이기인, 「손창섭소설의 구조」, 정덕준·서종택(편), 『한국현대소설연구』, 새문사, 1990.

황도경, 「주인공의 공간적 위상을 통해 본 손창섭의 작가의식」, 『이화어문논집』 11, 1990. 12.

김동환, 「한국 전후소설에 나타난 현실의 추상화방법연구」, 한국현대문학연구회, 『한국의 전후문학』, 태학사, 1991.

김윤식, 「6·25 전쟁문학 - 세대론의 시각」, 문학사와 비평연구회(편), 『1950년대
    문학연구』, 예하, 1991.

김종회, 「손창섭론 - 체험소설의 발화법, 그 특성과 한계」, 권영민(편), 『한국현대작
    가 연구』, 문학사상사, 1991.

정호웅, 「50년대 소설론」, 문학사와 비평연구회(편), 『1950년대 문학연구』, 예하,
    1991.

김 현, 「두 개의 실존적 정신분석 - 사르트르의 비평방법」, 『말들의 풍경』, 문학과
    지성사, 1991.

한수영, 「1950년대 한국소설 연구 ; 남한(편)」, 한국문학연구회(편), 『1950년대 남
    북한 문학』, 평민사, 1991.

김중하, 「손창섭의 「유실몽」 - 의미분석에 의한 무의미에의 가치부여」, 『문학과 비
    평』, 1991. 봄.

김동환, 「한국 전후소설에 나타난 현실의 추상화방법 연구」, 한국현대문학연구회,
    『한국의 전후문학』, 1991. 4.

김윤식, 「니힐리즘과 한국근대문학 - 김동리와 손창섭」, 『현대소설과의 대화』, 현대
    소설사, 1992.

송현호, 「「비오는 날」, 「혈서」」, 『한국현대소설의 해설』, 관동출판사, 1992.

엄해영, 「손창섭 소설 연구」, 『서울교대논문집』 25, 1992. 4.

유종호, 「주변성의 탐구」, 『동시대의 시와 진실』, 민음사, 1993.

조남현, 「손창섭의 소설 세계」, 『한국현대소설의 해부』, 문예출판사, 1993.

서준섭, 「정지된 세계의 소설 - 손창섭론」, 『문학과 논리』 3, (한국전후문학의 형성
    과 전개)1993.

김해연, 「이야기 - 변형된 욕망의 한 모습」, 『오늘의 문예비평』, 1993. 가을.

한상규, 「손창섭 초기소설에 나타난 아이러니의 미적 기능」, 『외국문학』, 1993. 가을.

권오현, 「전후소설의 지식인상 연구」, 『계명어문학』, 1993. 12.
    = 『문학에 대한 두 가지 단상』, 사람, 2000.

심영덕, 「손창섭 소설에 나타난 인간존재의 연구」, 『국어국문학연구』(영남대) 21,
    1993. 12.

한상규, 「손창섭 초기소설에 나타난 등장인물의 유형화」, 『관악어문연구』 18, 1993. 12.

정호웅, 「50년대 소설론」, 『우리 소설이 걸어온 길』, 솔, 1994.

최혜실, 「한국 현대 모더니즘 소설에 나타나는 '산책자(flâneur)'의 주제」, 한국현대
    문학연구회, 『한국문학과 모더니즘』, 한양출판, 1994.
권오현, 「전후문학의 실존주의 수용 양상」, 『계명대신문』, 1994. 3. 15.
    =『문학에 대한 두 가지 단상』, 사람, 2000.
김상욱, 「50년대 소설의 교육적 해석 - 손창섭의 「비오는 날」을 중심으로」, 『아주어
    문연구』 1, 1994. 12.
손종업, 「전후세대의 글쓰기와 '근대성' 문제 - 손창섭에서 전혜린까지」, 『고황논집』
    (경희대) 15, 1994. 12.
조명기, 「손창섭 단편 「혈서」의 인물 대립 양상과 그 의미」, 『국어국문학』(부산대)
    31, 1994. 12.
구인환, 「전후 한국문학의 지형도 - 소설의 서사문법을 중심으로」, 구인환(외), 『한
    국전후문학연구』, 삼지원, 1995.
김상욱, 「전후소설의 교육적 해석방법론 - 손창섭의 「비오는 날」을 중심으로」, 구인
    환(외), 『한국 전후문학 연구』, 삼지원, 1995.
김 철, 「냉전체제의 고착과 50년대 문학」, 민족문학사연구소, 『민족문학사 강좌』
    (하), 창작과 비평사, 1995.
김혜련, 「손창섭의 「비오는 날」 - 상실, 그 심연의 확인」, 홍기삼·한용환(편), 『『임
    꺽정』에서 『화두』까지』, 문학아카데미, 1995.
박유희, 「인식의 혼란과 자기 확인」, 최동호(편), 『남북한 현대문학사』, 나남, 1995.
서준섭, 「정지된 세계의 소설」, 손창섭, 『잉여인간』, 동아출판사, 1995.
    =『감각의 뒤편』, 문학과 지성사, 1995.
유종호, 「문학과 역사 사이 - 손창섭의 역사 단편」, 『문학의 즐거움』, 민음사, 1995.
조현일, 「허무주의의 심연과 극복의 노력 - 손창섭론」, 구인환(외), 『한국 전후문학
    연구』, 1995.
정문권, 「손창섭 소설의 휴머니즘 연구 - 현실의 비정성에 대한 극복의지」, 『한남어
    문학』 20, 1995. 4.
김윤정, 「손창섭의 소설 - 나르시시즘과 죽음의 문제」, 『한양어문연구』 13, 1995. 12.
박상란, 「반가부장 의식의 형상화」, 『동국대한국문학연구』 18, 1995. 12.
박동규, 「50년대 삶의 무력, 그것의 근거 - 손창섭론」, 『전후 한국소설의 연구』,
    서울대출판부, 1996.
송하춘, 「전쟁직후의 네거티브 필름 - 손창섭론」, 손창섭, 『잉여인간』, 민음사,

1996.

임경순, 「혈서의 세계와 욕망의 좌절」, 조건상(편), 『1950년대 문학의 이해』,
　　　　성균관대출판부, 1996.

김영택, 「1950년대 한국소설과 풍자」, 『목원대논문집』 29, 1996. 3.

조두영, 「손창섭 초기작품의 정신분석적 고찰 – 「사록기」, 「비오는 날」, 「생활적」을
　　　　대상으로 하여」, 『신경정신의학』 131, 1996. 3.

강진호, 「재일 한인의 수난사 – 손창섭의 『유맹』론」, 『작가연구』 1, 1996. 4.

김동환, 「『부부』의 윤리적 권력 관계와 그 의미」, 『작가연구』 1, 1996. 4.

송하춘, 「전후 시각으로 쓴 첫 일제 체험 – 손창섭의 「낙서족」론」, 『작가연구』 1,
　　　　1996. 4.

이동하, 「손창섭의 『길』에 대한 고찰」, 『작가연구』 1, 1996. 4.

정호웅, 「손창섭 소설의 인물성격과 형식」, 『작가연구』 1, 1996. 4.

한수영, 「1950년대 문학의 재인식」, 『작가연구』 1, 1996. 4.

하정일, 「전쟁 세대의 자화상」, 『작가연구』 1, 1996. 4.

우미영, 「손창섭론 – 자기 객관화의 여정」, 『한양대한국학논집』 29, 1996. 8.

이병순, 「손창섭 소설 연구 – 「비오는 날」과 「유실몽」을 중심으로」, 『숙명여대어문논
　　　　집』 6, 1996. 12.

김윤정, 「손창섭 소설 연구 – 나르시시즘과 죽음의 문제」, 한양어문학회, 『1950년대
　　　　한국문학연구』, 보고사, 1997.

김해옥, 「손창섭 소설의 소외 의식과 모더니티의 언어 – 「공휴일」을 중심으로」, 한양
　　　　어문학회, 『1950년대 한국문학연구』, 보고사, 1997.

유종호, 「한국 근대사회와 작가 – 손창섭의 경우」, 김종회(편), 『문학과 사회』, 집문
　　　　당, 1997.

이인섭, 「언어심리와 문체 3 – 손창섭의 「비오는 날」」, 『국어교육』 94, 1997. 8.

구수경, 「손창섭 소설에 나타난 성폭력 모티프 연구 – 「인간시세」, 「낙서족」을 중심
　　　　으로」, 『건양대인문논총』 2, 1997. 12.

이은자, 「손창섭의 「희생」 연구」, 전혜자·서정자·변정화(외), 『한국현대소설연구』,
　　　　국학자료원, 1998.

최예열, 「손창섭 소설 연구」, 『대전어문학』 15, 1998. 2.

박배식, 「전후소설에 나타난 내면화 경향」, 『비평문학』, 1998. 7.

최강민, 「손창섭 소설에 나타난 폭력성 – 5·60년대 소설을 중심으로」, 『중앙대어문

논집』 26, 1998. 12.
배개화, 「손창섭 초기 소설에 나타난 아이러니의 구조」, 박동규(외), 『한국전후문학
　　　　의 분석적연구』, 월인, 1999.
양은창, 「손창섭의 「휴실몽」」, 『한국 전후소설 구조론』, 웅동, 1999.
한　명, 「손창섭 소설의 인물유형 연구」, 『인천어문학』 14 · 15, 1999. 2.
우한용, 「존재 증명을 위한 투쟁 - 손창섭의 「잉여인간」」, 『문학사상』, 1999. 3.
김은자, 「손창섭 소설에 나타난 욕망의 의미」, 『관동어문학』 9 · 10, 1999. 11.
정덕준, 「손창섭, 역설의 문법」, 『한국언어문학』 43, 1999. 12.
정호웅, 「폐허에 피어난 꽃 - 손창섭론」, 『동서문학』, 2000. 6.

2) 학위 논문

이춘희, 「전후소설의 새양상」, 중앙대 석사, 1966.
최상윤, 「성격학에서 본 손창섭의 작중인물고」, 동아대 석사, 1971.
배정은, 「아웃사이더적 의식에 비추어본 이상, 손창섭, 장용학의 작품고」, 이화여대
　　　　서사, 1974.
배개화, 「손창섭 소설의 욕망구조 연구」, 서울대 석사, 1975.
이상숙, 「한국전후소설의 양상」, 고려대 석사, 1976.
우선덕, 「손창섭론 - 작품에 투영된 작가의 인간관을 중심으로」, 경희대 석사,
　　　　1978.
박계정, 「1950년대 소설에서 본 피해자 의식 소고 - 손창섭, 서기원, 이범선을 중심
　　　　으로」, 이화여대 석사, 1979.
정규진, 「손창섭 소설의 자의식 연구」, 서울대 석사, 1982.
최갑진, 「손창섭 초기 작품 연구」, 동아대 석사, 1982.
신경득, 「한국전후소설 연구」, 건국대 박사, 1983.
최철호, 「손창섭 문학에 나타난 인간관 고찰」, 조선대 석사. 1984.
김완신, 「1950년대 한국소설 연구 - 손창섭, 장용학을 중심으로」, 연세대 석사,
　　　　1985.
유선희, 「손창섭 소설의 문체론적 연구」, 전북대 석사, 1985.
최병조, 「손창섭 소설에 나타난 성격변모 연구」, 경희대 석사, 1985.
최영수, 「손창섭 소설의 신화비평적 연구」, 중앙대 석사, 1985.

최희영, 「손창섭 장편『낙서족』, 『부부』의 작중 인물 연구 – 지향형과 현실형의 갈등 양상을 중심으로」, 한국외대 석사, 1985.

김성수, 「손창섭 소설의 작중 인물 연구」, 고려대 석사, 1986.

박재선, 「손창섭의 「신의 희작」 연구」, 홍익대 석사, 1987.

이대욱, 「손창섭 소설에 나타난 풍자 연구」, 서울대 석사, 1987.

이은자, 「1950년대 소설 연구」, 숙명여대 석사, 1987.

송춘섭, 「손창섭 소설 연구」, 성균관대 석사, 1989.

이명란, 「손창섭의 단편소설 연구 – 불구적 인간성과 공간 이미지를 중심으로」, 숙명 여대 석사, 1989.

이화경, 「손창섭 소설의 문체 연구」, 전남대 석사, 1989.

강춘삼, 「손창섭의 1950년대 단편소설 연구 – 배경과 인물을 중심으로」, 전남대 석사, 1990.

이지연, 「전후소설에서의 '허무주의'와 '저항'의 성격 – 손창섭과 장용학 소설의 주제를 중심으로」, 성균관대 석사, 1990.

임채우, 「손창섭 소설의 특질 연구」, 건국대 석사, 1990.

정계순, 「손창섭 소설의 변모 양상 연구」, 충남대 석사, 1991.

김양호, 「전후 실존주의 소설 연구 – 손창섭·장용학·오상원을 중심으로」, 단국대 박사, 1992.

김현희, 「손창섭소설의 서술자 연구」, 충남대 석사, 1992.

박미영, 「손창섭 소설 연구」, 경희대 석사, 1992.

손미경, 「손창섭소설의 작중인물 연구」, 한국외대 석사, 1992.

엄해영, 「한국 전후 세대 소설 연구」, 세종대 박사, 1992.

최병우, 「한국일인칭 소설 연구」, 서울대 박사, 1992.

최종민, 「손창섭소설에 나타난 인간형 연구」, 서울대 석사, 1992.

홍상기, 「손창섭 소설 연구 – 1950년대 작품을 중심으로」, 연세대 석사, 1992.

김미란, 「손창섭 소설 연구」, 동덕여대 석사, 1993.

김숙영, 「손창섭론」, 고려대 석사, 1993.

손경란, 「손창섭의 1950년대 소설 연구 – 작중 지식인을 중심으로」, 숙명여대 석사, 1993.

손순분, 「손창섭 소설의 공간 설정에 관한 연구」, 경북대 석사, 1993.

정은경, 「손창섭소설연구」, 고려대 석사, 1993.

정춘수, 「1950년대 소설의 문체적 특징과 화자 안상 - 손창섭, 추식의 작품을 중심
　　　으로」, 성균관대 석사, 1993.
문화라, 「손창섭소설에 나타난 인물의 욕망구조 연구」, 이화여대 석사, 1994.
송현숙, 「손창섭 소설 연구 - 1950년대 단편의 서사담화기법과 세계인식을 중심으로」,
　　　서강대 석사, 1994.
이강현, 「손창섭 소설 연구 - 작가의식을 중심으로」, 세종대 박사, 1994.
최강인, 「자의식 소설의 공간대비 연구 - 이상, 최명익, 손창섭 작품을 중심으로」, 중
　　　앙대 석사, 1994.
김춘기, 「1950년대 소설 연구 - 손창섭, 이범선, 선우휘를 중심으로」, 영남대 석사,
　　　1995.
우혜선, 「손창섭 소설연구」, 숙명여대 석사, 1995.
정문권, 「한국전후소설의 휴머니즘 연구 - 김성한, 손창섭, 선우휘, 하근찬을 중심으로」,
　　　한남대 박사, 1995.
최미진, 「손창섭 소설의 욕망구조 연구」, 부산대 석사, 1995.
김성아, 「손창섭 초기소설의 미학구조 연구」, 연세대 석사, 1997.
김지영, 「손창섭 소설에 나타난 주체형성 연구」, 서울대 석사, 1997.
손한부, 「손창섭 소설 연구 - 초기작품을 중심으로」, 국민대 석사, 1997.
박정은, 「손창섭 소설의 정신분석학적 연구」, 건양대 석사, 1997.
한　명, 「손창섭 소설의 인물유형 연구」, 인천대 석사, 1997.
김효진, 「손창섭 소설에 나타난 실존주의 경향」, 강원대 석사, 1998.
노종상, 「사상의학을 통해 본 인물 유형연구 - 손창섭 소설을 중심으로」, 한성대 석
　　　사, 1998.
류동규, 「손창섭 소설의 아이러니 연구」, 경북대 석사, 1998.
서연주, 「손창섭 소설 연구 - 실존의식을 중심으로」, 국민대 석사, 1998.
성병모, 「손창섭 소설 연구」, 연세대 석사, 1998.
손운한, 「손창섭 소설 연구」, 계명대 석사, 1998.
심영덕, 「손창섭 소설의 심리학적 연구」, 영남대 박사, 1998.
최수정, 「손창섭 단편소설 연구」, 성균관대 석사, 1998.
곽니라, 「손창섭의 작가의식 연구」, 아주대 석사, 1999.
김재완, 「손창섭 소설 연구」, 성균관대 석사, 1999.
김진기, 「손창섭 소설연구 - 1950년대를 중심으로」, 건국대 박사, 1999.

나은진, 「1950년대 소설의 서사적 세 모형 연구 – 장용학, 손창섭, 김성한을 중심으로」, 이화여대 박사, 1999.
서정아, 「손창섭 소설과 문학교육」, 홍익대 석사, 1999.
윤승희, 「손창섭 소설의 성의식 연구」, 숭실대 석사, 1999.
이정은, 「손창섭 소설 연구」, 중앙대 석사, 1999.
이현아, 「손창섭 소설 연구 – 여성인물의 의미분석을 중심으로」, 세종대 석사, 1999.
조미숙, 「손창섭 소설의 실존주의 수용양태」, 창원대 석사, 1999.
최성희, 「1950년대 한국 전후소설의 의미구조 연구 – 장용학, 손창섭, 김성한을 중심으로」, 경성대 석사, 1999.
서동훈, 「손창섭 소설 연구」, 계명대 석사, 2000.
이기호, 「손창섭 소설에 나타난 욕망 발현양상 연구」, 명지대 석사, 2000.
이미영, 「손창섭 소설의 여성인물 연구」, 동국대 석사, 2000.
이상민, 「손창섭 소설에 나타난 욕망의 발현 양상 연구」, 가톨릭대 석사, 2000.
이영화, 「손창섭 소설에 나타난 여성인물 연구」, 단국대 석사, 2000.
홍기정, 「손창섭 소설의 그로테스크 미학 연구」, 고려대 석사, 2000.
남행숙, 「손창섭 소설에 등장하는 인물의 유형 연구」, 건양대 석사, 2001.
이경원, 「손창섭 소설 연구 – 실존의식의 확립과정 중심으로」, 덕성여대 석사, 2001.
허영임, 「손창섭 소설에 나타난 욕망의 반복 양상 연구」, 숙명여대 석사, 2001.
홍순애, 「손창섭 소설의 아이러니 연구」, 서강대 석사, 2001.

3) 단행본

손창섭, 『현대한국문학전집』 3, 신구문화사, 1965.
손창섭, 『손창섭대표작전집』 1~5, 예문관, 1970.
손창섭, 『잉여인간』, 민음사, 1996.
김진기, 『손창섭의 무의미 미학』, 박이정출판사, 1999.

■ 송 욱

1) 일반 논문

이어령, 「1957년 시총평」, 『사상계』, 1957. 12.

유종호, 「비순수의 선언 - 『하여지향』론」, 『사상계』, 1960. 3.

      = 『비순수의 선언』, 신구문화사, 1962.

염무웅, 「서정주와 송욱의 경우 - 1960년대의 한국시」, 『시인』, 1969. 12.

구중서, 「송욱의 「장미」론」, 『월간문학』, 1970. 6.

정현종, 「감각의 깊이, 관능 그리고 순진성」, 『지성』, 1971. 12.

오규원, 「시적 변용과 그 의미 - 송욱과 고은의 경우」, 『문학과 지성』, 1972. 봄.

김윤식·김 현, 「송욱」, 『한국문학사』, 민음사, 1973.

홍기창, 「송욱의 자연과 인간」, 『문학과 지성』, 1973. 여름.

이해녕, 「우주의 질서와 생명의 리듬 - 송욱의 시」, 『현대시학』, 1974. 10.

김 현, 「말과 우주 - 송욱의 사상적 세계」, 『세계의 문학』, 1978. 봄.

김춘수, 「형태의식과 생명긍정 및 우수감각」, 『세계의 문학』, 1978. 겨울.

이상섭, 「부끄러운 한국 문학과 경이로운 동양사상」, 『문학과 지성』, 1978. 겨울.

정현종, 「말과 자유연상의 세계 - 시신의 주소 」, 『월간조선』, 1981. 6.

전영태, 「비판적 지성과 풍자의 시」, 정한모·김재홍(편), 『한국현대시평설』, 문학세
      계사, 1983.

민 영, 「1950년대 시의 물길」, 『창작과 비평』, 1989. 봄.

한계전, 「송욱론」, 『정한모교수퇴임논문집』, 1989. 10.

이영섭, 「50년대 남한의 현실인식과 시적 형상」, 한국문학연구회(편), 『1950년대
      남북한 문학』, 평민사, 1991.

최유찬, 「1950년대 비평연구(1)」, 한국문학연구회(편), 『1950년대 남북한 문학』,
      평민사, 1991.

김유중, 「부활에의 꿈 - 송욱론」, 『현대문학』, 1991. 7.

      = 『한국현대시인론』, 시와 시학사, 1995.

오규원, 「시적 변용과 그 의미」, 『문학과 지성』, 1992. 봄.

이병헌, 「지식인의 가락」, 『현대시학』, 1992. 8.

이성모, 「말놀이의 시적 체험과 그 틀 - 송욱의 『하여지향』을 중심으로」, 『경남어문

논집』 5, 1992. 12.

황정산, 「새로운 시어의 운영과 비순수의 추구 - 송욱론」, 송하춘·이남호(편), 『1950년대 시인들』, 나남, 1994.

진순애, 「송욱 시의 은유 연구」, 『문학사상』, 1994. 4.

김형자, 「뉴크리티시즘과 한국적 수용현상」, 구인환(외), 『한국전후문학연구』, 삼지원, 1995.

이경수, 「민족시 형성의 과제와 부정의 정신」, 최동호(편), 『남북한 현대문학사』, 나남, 1995.

송희복, 「집단적 삶 의식의 넓이, 개인적 실존 의식의 깊이 - 1960년대와 1970년대의 문학비평」, 『문학사상』, 1995. 4.

황현산, 「역사 의식과 비평의식 - 송욱의 『시학평전』」, 『현대비평과 이론』 10, 1995. 10.

진순애, 「송욱 시론의 비교 문학적 연구」, 『초강송백헌박사화갑기념논총』(충남대), 1995. 11.

이숭원, 「송욱론 - 비평 정신의 고양과 방법론의 모색」, 김윤식(외), 『한국현대비평가연구』, 강, 1996.

박종석, 「송욱의 『시학평전』 연구 - 뉴 크리티시즘의 가치 평가와 주체적 시학」, 『동아대국어국문학논문집』 15, 1996. 12.

윤호병, 「T. S. 엘리엇 시와 시론의 영향과 수용」, 『문학의 파르마콘』, 국학자료원, 1998.

박제천, 「송욱 「장미」」, 『문학과 창작』, 1998. 6.

이미순, 「신비평의 수용과 형식탐구」, 『한국 현대문학비평과 수사학』, 월인, 2000.

이미순, 「송욱의 비평과 수사학」, 『한국 현대문학 비평과 수사학』, 월인, 2000

2) 학위 논문

권순섭, 「한국 현대시의 전통성 연구 - 김립과 송욱의 시에 나타난 골계를 중심으로」, 공주대 석사, 1990.

한원균, 「송욱 문학 연구」, 경희대 석사, 1992.

신진숙, 「전후시의 풍자 연구 - 송욱과 전영경의 시를 중심으로」, 경희대 석사, 1994.

진순애, 「송욱 시 연구 - 현상학적 창작과정을 중심으로」, 서울대 석사, 1994.
이순옥, 「1950년대 한국 풍자시 연구 - 송욱·전영경·민재식 시를 중심으로」, 부산
　　　대 석사, 1995.
이승하, 「한국 현대시에 나타난 풍자성 연구 - 송욱·전영경·신동문·김지하를 중
　　　심으로」, 중앙대 박사, 1996.
천세웅, 「송욱 시 연구 - 허무의식의 극복과정을 중심으로」, 명지대 석사, 1998.
박숙희, 「송욱 시 연구 - 언어관에 따른 시적 변모양상을 중심으로」, 경희대 석사,
　　　1999.
박종석, 「송욱 문학 연구」, 동아대 박사, 1999.
전미정, 「한국 현대시의 에로티시즘 연구 - 서정주, 오장환, 송욱, 전봉건의 시를 중
　　　심으로」, 서강대 박사, 1999.
홍부용, 「송욱 시 연구」, 동국대 석사, 2000.

　3) 단행본

김학동(외), 『송욱연구』, 역락, 2000.
박종석, 『송욱 평전』, 좋은날, 2000.
박종석, 『송욱 문학 연구』, 좋은날, 2000.

■ 신동엽

1) 일반 논문

조동일, 「시와 현실참여 – 참여파의 시적 가능성」, 『현대한국문학전집』 18, 신구문화사, 1967.

김수영, 「참여시의 정리」, 『창작과 비평』, 1967. 겨울.

김우창, 「신동엽의 『금강』에 대하여」, 『창작과 비평』, 1968. 봄.

김주연, 「시에서의 참여문제 – 신동엽의 『금강』을 중심으로」, 『상황과 인간』, 박우사, 1969.

구중서, 「신동엽형을 흙에 묻고」, 『월간문학』, 1969. 6.

이가림, 「신동엽론 – 신동엽에 있어서 '귀향'의 의미」, 『시인』, 1969. 8.

천상병, 「고 신동엽 문학과 인간 – 신동엽의 시」, 『월간문학』, 1969. 6.

김영무, 「신동엽의 시세계」, 마한학회, 『문학비평』 5, 1970. 4.

박두진, 「비극의 지평」, 『신동엽 전집』, 창작과 비평사, 1970.

박봉우, 「시인 신동엽」, 『신동엽 전집』, 창작과 비평사, 1970.

신동문, 「신동엽송」, 『신동엽 전집』, 창작과 비평사, 1970.

신동한, 「민중의 불기」, 『신동엽 전집』, 창작과 비평사, 1970.

김영무, 「신동엽의 시세계」, 『문학비평』, 1970. 3.

홍기삼, 「신동엽론」, 정수장학회, 『靑五』 4, 1970. 5.

인병선, 「당신은 가신 분이 아닙니다」, 『여성동아』, 1970. 12.

현재훈, 「통곡의 시인 신동엽에게」, 『세대』, 1971. 12.

김병걸, 「1960년의 시」, 『풀과 별』, 1972. 9.
          =『격동기의 문학』, 일월서각, 2000.

조남익, 「신동엽론」, 『시의 오솔길』, 세운문화사, 1973.

신경림, 「문학과 민중 – 현대한국문학에 나타난 민중의식」, 『창작과 비평』, 1973. 봄.

조태일, 「신동엽론」, 『창작과 비평』, 1973. 가을.

최하림, 「60년대 시인의식」, 『현대문학』, 1974. 8.

천승세, 「겨레의 아픔을 노래한 민족시인」, 『독서신문』, 1974. 9. 15.

백낙청, 「민족문학의 현단계」, 『창작과 비평』, 1975. 봄.

염무웅, 「김수영과 신동엽」, 『뿌리깊은 나무』, 1977. 12.

구중서, 「신동엽론」, 『창작과 비평』, 1979. 봄.

인병선, 「일찍 깨어 고고히 핀 코스모스여」, 『월간독서』, 1979. 5.

신정섭, 「대지를 아프게 한 못 하나, 아버지 얼굴가에 그려놓고」, 『엘레강스』, 1979. 6.

염무웅, 「서사시의 가능성과 문제점」, 김윤수·백낙청·염무웅(편), 『한국문학의 현
단계』 I, 창작과 비평사, 1982.
        = 『혼돈시대에 구상하는 문학의 논리』, 창작과 비평사, 1995.

최하림, 「신동엽」, 『작은 마을에서』, 문학과 지성사, 1982.

김종철, 「4·19정신과 우리의 시 – 신동엽과 김수영의 시를 중심으로」, 『외대학보』,
        1982. 4. 22.

서울대총문학연구회, 「한국 현대시의 이해 – 김수영과 신동엽을 중심으로」, 『대학신
        문』, 1982. 5. 31.

구중서, 「신동엽 문학의 재인식을 위하여」, 구중서(편), 『신동엽 – 그의 삶과 문학』,
        온누리, 1983.

윤재걸, 「한반도의 민족시인」, 구중서(편), 『신동엽 – 그의 삶과 문학』, 온누리,
        1983.

신경림, 「역사외시과 순수언어 – 신동엽의 시에 대하여」, 『삶의 진실과 시적 진실』,
        전예원, 1983.

홍정선, 「단순함의 힘 – 「껍데기는 가라」」, 정한모·김재홍(편), 『한국현대시평설』,
        문학세계사, 1983.

성민화, 「민중적 자기긍정의 시 – 신동엽의 시세계」, 『이대학보』, 1983. 6. 13.

채광석, 「한 시인의 민족적 감수성」, 『정경문화』, 1983. 11.

채광석, 「민족시인 신동엽」, 백낙청·염무웅(편), 『한국문학의 현단계』 III, 창작과
        비평사, 1984.

이시영, 「갈수록 커가는 시인」, 『신동엽』, 마당, 1984. 5.

장영천, 「신동엽 연구 – 그의 문학관을 중심으로」, 『숭전』(숭전대) 26, 1985. 3.

민병욱, 「신동엽의 서사정신과 서사갈래 체계」, 『현대시학』, 1985. 5~8.

신익호, 「신동엽론」, 『국어문학』(전북대) 25, 1985. 8.

고 은, 「한의 성찰」, 『문학과 민족』, 한길사, 1986.

조남익, 「황동규·신동엽의 시」, 『현대시학』, 1987. 11.

이동하, 「신동엽론 – 역사관과 여성관」, 김용직(외), 『한국현대시연구』, 민음사,
        1989.

김영진, 「신동엽 시에 나타난 민중의식 연구」, 『부산교대국어과교육』 9, 1989. 2.

김종철, 「신동엽론 - 민족·민중시와 도가적 상상력」, 『창작과 비평』, 1989. 봄.

김재홍, 「4·19, 그 푸르고 힘찬 아우성 소리」, 『현대시학』, 1989. 4.

백낙청, 「살아있는 신동엽 - 신동엽시인 20주기 문학강연」, 『창작과 비평』, 1989.
        여름.

이승연, 「신동엽론」, 『우석어문』(전주우석대) 6, 1990. 6.

신승엽, 「'정신주의'로부터 현실주의로」, 신동엽, 『껍데기는 가라』, 미래사, 1991.

유재천, 「신동엽론」, 한국문학연구회(편), 『1950년대 남북한 문학』, 평민사, 1991.

한형구, 「1950년대의 한국시 - 전쟁시 혹은 전후시의 전개」, 문학사와 비평연구회
        (편), 『1950년대 문학연구』, 예하, 1991.

서익환, 「신동엽의 시와 휴머니즘」, 『현대문학』, 1991. 3.

김창완, 「신동엽 시에 나타난 恨」, 『한남어문학』 17~18, 1992. 9.

송희복, 「불바다」, 『한국 서정시의 이해』, 예하, 1993.

이승훈, 「신동엽의 시론」, 『한국현대시론사』, 고려원, 1993.

조기현, 「혁명과 시 그리고 아나키즘 - 김수영과 신동엽을 중심으로」, 『시와 반시』,
        1993. 가을.

김창완, 「신동엽 시의 원형적 연구 - 原數性의 환원을 중심으로」, 『한남어문학』 19,
        1993. 12.

이심훈, 「신동엽 시 연구 - 시정신과 전통성을 중심으로」, 『청람어문학』, 1994. 1.

송희복, 「동학 백주년에 다시 읽는 서사시 『금강』」, 『현대시학』, 1994. 2.

신익호·김창완, 「『금강』의 서사성과 비극적 구조」, 『영남대논문집』 24, 1994. 4.

남송우, 「동학농민혁명 시에 나타난 리얼리즘의 한 양상」, 『현대시』, 1994. 5.

김영욱, 「신동엽 시에 나타난 민족적 세계관」, 『숙명여대어문논총』 4, 1994. 8.

강은교, 「신동엽 연구」 2, 『동아대논문집』 13, 1994. 12.

이영섭, 「신동엽의 서사시 『금강』 연구 -『금강』의 역사의식과 탈역사성」, 『목원대인
        문논총』 3, 1994. 12.

김윤태, 「4·19혁명과 민족현실의 발견」, 민족문학사연구소, 『민족문학사 강좌』
        (하), 창작과 비평사, 1995.

유종호, 「문학 속에 굴절된 전쟁 경험」, 『문학의 즐거움』, 민음사, 1995.

김창완, 「신동엽 시의 분단극복 문학적 지평」, 『대전어문학』 12, 1995. 2.

김창완, 「신동엽 시의 담화 구조」, 『한남어문학』 20, 1995. 4.

김윤선, 「서사시『금강』에 대하여」,『세종어문연구』8, 1995. 12.

이승훈, 「신동엽 - 「진달래 산천」」,『한국 현대시 새롭게 읽기』, 세계사, 1996.

한수영, 「1950년대 문학의 재인식」,『작가연구』1, 1996. 4.

김석영, 「생태계 위기와 그 문학적 대응 - 신동엽의 작품을 중심으로」,『영남어문학』 29, 1996. 6.

조병춘, 「김수영과 신동엽의 참여시 연구」,『세명논총』4, 1996. 6.

유성호, 「1950년대 후반 시에서의 '참여'의 의미 - 박봉우·신동문·신동엽을 중심으로」,『민족문학사연구』10, 1997. 3.

연은순, 「신동엽의 시세계 연구」,『청주대어문논집』13, 1997. 12.

박지영, 「유기체적 세계관과 유토피아 의식 - 신동엽론」, 민족문학사연구소 현대문학분과,『1960년대 문학연구』, 깊은샘, 1998.

이기성, 「1960년대 시와 근대적 주체의 두 양상 - 김수영과 신동엽의 시를 중심으로」, 민족문학사연구소 현대문학분과,『1960년대 문학연구』, 깊은샘, 1998.

김영철, 「신동엽 시의 상상력 구조」,『우리말글』16, 1998. 11. =『한국 현대시의 좌표』, 건국대출판부, 2000.

강형철, 「신동엽 시의 근원 모티프 ─ 치열한 현실익식과 풍부한 서정성의 발로」,『문학사상』, 1999. 4.

권혁웅, 「'하늘'을 본 사람 - 돌아올 길 없는 망명의 길을 떠난 서른아홉 해의 삶」,『문학사상』, 1999. 4.

윤여탁, 「시적 실천으로서의 '참여시'에 대한 평가 - 김수영, 신동엽, 박봉우의 시작(詩作)을 중심으로」,『문학사상』, 1999. 6.

유중하, 「하나에서 둘로 - 김수영 그 이후」,『창작과 비평』, 1999. 가을.

김영태, 「신동엽 시의 정서와 우리 가락 정서의 상관성 연구」,『청주대우암논총』21, 1999. 12.

지현배, 「신동엽 장시의 서술세계와 작가의식 - 「이야기하는 쟁기꾼의 대지」를 중심으로」,『금오공대선주논총』2, 1999. 12.

박경옥, 「신동엽 시의 신화성과 사회성」,『연민학지』8, 2000. 4.

2) 학위 논문

오정환, 「한국 현대시에 나타난 민중의식 - 1960년대 김수영·신동엽을 중심으로」, 동아대 석사, 1980.

원태희, 「신동엽 연구」, 중앙대 석사, 1987.

정귀련, 「신동엽 시의 이미지 연구」, 동아대 석사, 1987.

김응교, 「신동엽 시 연구 - 장르적 특성을 중심으로」, 연세대 석사, 1988.

정대호, 「김수영과 신동엽의 현실인식에 대한 비교 고찰」, 경북대 석사, 1988.

황학주, 「신동엽론 - 한과 민족의식을 중심으로」, 한양대 석사, 1989.

권현형, 「한국 현대 서사시 연구 -『금강』『오적』『남한강』을 중심으로」, 경희대 석사, 1990.

이춘우, 「서사시『금강』연구 - 장르 논의를 중심으로」, 세종대 석사, 1990.

송성열, 「신동엽 시의 지향성에 관한 연구 - 차수성·귀수성·원수성을 중심으로」, 공주대 석사, 1991.

탁상달, 「신동엽 연구」, 동아대 석사, 1991.

지현배, 「한국 현대 장시 연구 -『국경의 밤』『금강』『남』의 장르론적 접근」, 경북대 석사, 1993.

한영록, 「신동엽 시 연구 - 역사의식·시적 형상화를 중심으로」, 한국외대 석사, 1993.

권택삼, 「신동엽 연구」, 강원대 석사, 1994.

김선순, 「신동엽의 시세계 고찰」, 조선대 석사, 1994.

김지연, 「신동엽 시 연구」, 효성여대 석사, 1994.

김창완, 「신동엽 시 연구」, 한남대 박사, 1994.

김현숙, 「신동엽의『금강』연구」, 동아대 석사, 1994.

이심훈, 「신동엽 시 연구 - 시정신과 전통성을 중심으로」, 한국교원대 석사, 1994.

전미경, 「현실인식과 시적 형상화 - 김수영과 신동엽의 대비적 고찰」, 부산대 석사, 1994.

최규중, 「김수영과 신동엽의 시 비교연구」, 원광대 석사, 1994.

최동섭, 「신동엽의『금강』연구」, 계명대 석사, 1994.

권미란, 「신동엽의『금강』연구」, 전주우석대 석사, 1995.

김대진, 「신동엽 시 연구」, 국민대 석사, 1995.

박소현, 「신동엽 시 연구」, 성신여대 석사, 1995.

조숙희, 「신동엽의『금강』에 나타난 서사구조와 시정신」, 한남대 석사, 1995.

김기홍, 「신동엽 연구」, 국민대 석사, 1996.

김영옥, 「한국현대시의 서사성 연구 - 김동환, 임화, 신동엽을 중심으로」, 충남대 석사, 1996.

박화선, 「신동엽시의 설화 수용 연구」, 동아대 석사, 1996.
이연의, 「신동엽 시 연구 - 전통성을 중심으로」, 경희대 석사, 1996.
이정균, 「신동엽 시 연구 - 이미지 분석을 중심으로」, 단국대 석사, 1996.
김옥희, 「신동엽 작품에 나타난 여성성 연구」, 전남대 석사, 1997.
마해성, 「신동엽 시의 공간기호와 시정신에 관한 연구」, 명지대 석사, 1997.
오석균, 「신동엽 시 연구 - 전통성을 중심으로」, 인하대 석사, 1997.
오윤정, 「신동엽 시 연구 - 물질적 상상력과 歸數性의 시학」, 서강대 석사, 1997.
최성대, 「신동엽의 『금강』 연구」, 충북대 석사, 1997.
강명희, 「신동엽 시 연구」, 한양대 석사, 1998.
김상주, 「신동엽 시 연구」, 계명대 석사, 1998.
정상미, 「신동엽 시의 여성상 연구」, 경희대 석사, 1998.
최원발, 「김수영과 신동엽의 역사의식 비교연구」, 청주대 석사, 1998.
강형철, 「신동엽 시 연구」, 숭실대 박사, 1999.
김석영, 「신동엽 시의 탈식민성 연구」, 영남대 박사, 1999.
오신숙, 「신동엽 시 연구」, 건국대 석사, 1999.
정연화, 「신동엽의 현실인식 연구」, 충남대 석사, 1999.
정진홍, 「신동엽 시의 공간 심상 연구 - 하늘과 대지 심상을 중심으로」, 안동대 석사,
     1999.
박현정, 「신동엽 시의 화자 연구」, 조선대 석사, 2000.
이세재, 「신동엽 시 연구」, 우석대 박사, 2000.
이홍래, 「신동엽 서사시 금강 연구」, 경상대 석사, 2000.
김현희, 「신동엽 시 연구」, 한양대 석사, 2001.
조영태, 「신동엽 시 연구 - 시정신 연구를 중심으로」, 순천향대 석사, 2001.

3) 단행본

신동엽, 『신동엽전집』, 창작과 비평사, 1980.
구중서·강형철(편), 『민족시인 신동엽』, 소명, 1999.
구중서(편), 『신동엽』, 온누리, 1983.
성민엽(편), 『신동엽』, 문학세계사, 1984.
김창완, 『신동엽 시 연구』, 문학과 비평사, 1989.
김준오, 『신동엽』, 건국대출판부, 1997.

■ 오상원

1) 일반 논문

오상원, 「나의 문학수업」, 『현대문학』, 1956. 5.

오상원, 「서구 사조와 우리의 생리」, 『동아일보』, 1958. 2. 27.

오상원, 「진통기에서의 자기확립」, 『조선일보』, 1960. 3. 28.

오상원, 「문단에 보내는 공개장 - 만송족은 숙청돼야 한다」, 『동아일보』, 1960. 5. 7.

김우종, 「오상원론」, 『사상계』, 1955. 2.

손우성, 「여류와 신인작품의 비중」, 『사상계』, 1955. 9.

최일수, 「현대소설과 내용 분석 - 새세대의 창작활동을 중심으로」, 『한국일보』,
        1955. 9. 8, 10.

백 철, 「신인과 현대의식 - 본질은 찾아지고 있는가」, 『조선일보』, 1955. 10. 18~28.

김동리, 「동인문학상에 대하여 - 금년도 수상자 선정경위와 수상작 「모반」」, 『조선일
        보』, 1958. 8. 23, 25.

이어령, 「상반기의 소설」, 『지성』 2, 1958. 가을.

이어령, 「1958년의 소설 총평」, 『사상계』, 1958. 12.

김동리, 「논쟁조건과 좌표문제 - 김우종씨의 소론과 관련하여」, 『조선일보』, 1959.
        2. 1~2.

이어령, 「영원한 모순 - 김동리씨에게 묻는다」, 『경향신문』, 1959. 2. 9~10.

원형갑, 「금단의 무기 - 이어령씨의 「영원한 모순」을 읽고」, 『연합신문』, 1959. 2. 15.

김동리, 「좌표이전과 모래알과 - 이어령씨에 답한다」, 『경향신문』, 1959. 2. 18~19.

이어령, 「못박힌 기독은 대답없다 - 다시 김동리씨에게」, 『세계일보』, 1959. 2. 20~21.

이어령, 「논쟁의 초점 - 다시 김동리씨에게」, 『경향신문』, 1959. 2. 25~28.

임희재, 「소설 각색의 실제 - 「모반」의 경우를 중심으로」, 『자유공론』 4, 1959. 3.

김동리, 「초점, 이탈치말라 - 비평의 윤리와 논리적 책임」, 『경향신문』, 1959. 3. 5~6.

이어령, 「희극을 원하는가?」, 『경향신문』, 1959. 3. 12~14.

김동리, 「'눈물'의 의미」, 『경향신문』, 1959. 3. 20~22.

이철범, 「언쟁이냐 논쟁이냐 - 김동리씨와 이어령씨의 논쟁을 읽고…」, 『세계일보』,
        1959. 3. 28.

임순철, 「서글픈 만용이 아니었기를 - 독자로서 김동리·이어령 양씨에게 말한다」,

『경향신문』, 1959. 3. 30.

유종호, 「사실·세태·저항」, 『한국일보』, 1959. 5. 13.

이어령, 「길에 도표가 없다」, 『사상계』, 1959. 6.

김동리, 「1959년의 소설」, 『사상계』, 1960. 1.

김우종, 「동인상 수상 작품론」, 『사상계』, 1960. 2.

백　철, 「전후 15년의 한국소설」, 『한국전후문제작품집』, 신구문화사, 1961.

정명환, 「전쟁과 한국작가」, 『사상계』, 1963. 11.

김우종, 「오상원론」, 『문학춘추』, 1965. 2.

유종호, 「도상의 문학」, 『현대한국문학전집』 7, 신구문화사, 1966.

유종호, 「서구소설과 한국소설의 기법」, 『한국인과 문학사상』, 일조각, 1968.

김　현, 「허무주의와 그 극복」, 『사상계』, 1968. 2.

정창범, 「인간회귀와 리얼리티 - 오상원·전광용」, 『한국단편문학대계』 9, 삼성출판
　　　사, 1969.

김윤식, 「오상원, 오유권, 이범선과 그 문학」, 『신한국문학전집』 28, 어문각, 1973.

김교선, 「오상원의 「모반」 소고」, 『한국언어문학』 13, 1975.

김용직, 「인간탐구와 증언 내용」, 『선형기의 한국문예비평』, 열화당, 1979.

신경득, 「전후상황과 신세대의 소설」, 『한국전후소설연구』, 일지사, 1983.

윤병로, 「전쟁·전후소설의 재평가」, 『한국현대소설의 탐구』, 범우사, 1985.

이동하, 「전쟁의 후유증 - 내일 없는 삶의 모습」, 백　철(외), 『한국소설의 문제작』,
　　　일념, 1985.

선우휘·김우종·최동호, 「6·25와 분단문학의 극복」, 『한국문학』, 1985. 8.

김시태, 「맑스 문학의 초기 수용 양상」, 『월간문학』, 1986. 2.

유종호, 「청년의 문학 - 오상원의 작품세계」, 『동서한국문학전집』, 동서문화사,
　　　1987.

이동하, 「한국 전후소설의 한 모습」, 『우리 문학의 논리』, 정음사, 1987.

이동하, 「분단소설의 세 단계」, 『문학의 길, 삶의 길』, 문학과 지성사, 1987.

유태수, 「오상원론 - 「유예」 「모반」 「백지의 기록」을 중심으로」, 이주형(외), 『한국
　　　현대작가연구』, 민음사, 1989.

조남현, 「오상원의 소설세계」, 『문학정신』, 1989. 10.

한수영, 「1950년대 한국소설 연구 ; 남한(편)」, 한국문학연구회(편), 『1950년대 남
　　　북한 문학』, 평민사, 1991.

송현호, 「「유예」」, 『한국현대소설의 해설』, 관동출판사, 1992.

김양수, 「오상원의 작품세계 - 「유예」의 전형성」, 『강남어문』 7, 1992. 12.

손광식, 「오상원론」, 조건상(편), 『한국전후문학연구』, 성균관대출판부, 1993.

조건상, 「1950년대 소설의 일 양상 - 떠돌이의 삶과 기지촌문학」, 조건상(편), 『한
국전후문학연구』, 성균관대출판부, 1993.

권오현, 「전후소설의 지식인상 연구」, 『계명어문학』, 1993. 12.
= 『문학에 대한 두 가지 단상』, 사람, 2000.

장윤수, 「6 · 25, 그 문학적 대응의 한 양상 - 오상원론」, 송하춘 · 이남호(편),
『1950년대의 소설가들』, 나남, 1994.

김현숙, 「오상원 소설의 반전성 연구」, 『성신여대인문과학연구』 14, 1994. 3.

권오현, 「전후문학의 실존주의 수용 양상」, 『계명대신문』, 1994. 3. 15.
= 『문학에 대한 두 가지 단상』, 사람, 2000.

구인환, 「전후 한국문학의 지형도 - 소설의 서사문법을 중심으로」, 구인환(외), 『한
국전후문학연구』, 삼지원, 1995.

송태욱, 「휴머니즘과 도피의 메카니즘 - 참전세대의 논리」, 오영수 · 오상원, 『갯마
을 · 유예』, 동아출판사, 1995.

최수정, 「오상원 소설에 나타난 죽음 의식」, 『한양어문연구』 13, 1995. 12.

구재진, 「오상원론」, 『한성어문학』 15, 1996. 5.

배경열, 「오상원 소설 연구」, 『문학과 의식』, 1996. 10.

최수정, 「오상원 소설에 나타난 죽음 의식 연구」, 한양어문학회, 『1950년대 한국문
학연구』, 보고사, 1997.

박기려, 「오상원 소설에 나타난 실존의식 연구 - 「유예」, 「피리어드」, 「표정」을 중심
으로」, 『청람어문학』 18, 1997. 1.

이봉범, 「젊음과 패기의 문학 - 오상원론」, 『작가연구』 3, 1997. 4.

박재섭, 「전후소설에 있어서 까뮈의 이입 · 영향연구 - 오상원과 장용학의 작품을 중
심으로」, 『인제논총』 14-1, 1998. 10.

김진기, 「극적 구성의 변화와 그 의미 - 오상원론」, 『건국대인문과학논총』 33,
1999. 9.

배경열, 「행동적 휴머니즘 - 오상원론」, 『한국언어문학』 43, 1999. 12.

한수영, 「실존주의 문학론의 수용과 그 영향」, 『한국현대 비평의 이념과 성격』, 국학
자료원, 2000.

2) 학위 논문

신경득, 「한국전후소설 연구」, 건국대 박사, 1983.
김경중, 「오상원 소설 연구」, 전북대 석사, 1989.
김양호, 「전후 실존주의 소설 연구 – 손창섭, 장용학, 오상원을 중심으로」, 단국대 박
　　　사, 1992.
송태욱, 「오상원 소설 연구」, 연세대 석사, 1993.
백우흠, 「오상원 소설 연구」, 계명대 석사, 1994.
김경숙, 「오상원 소설 연구」, 전북대 석사, 1996.
이대영, 「한국현대실존주의소설 연구」, 충남대 박사, 1996.
임준호, 「오상원 소설 연구」, 서울대 석사, 1996.
한수영, 「1950년대 한국 문예비평론 연구 – 민족문학론, 실존주의문학론, 모더니즘
　　　론을 중심으로」, 연세대 박사, 1996.
박기려, 「오상원 소설에 나타난 주제의식 연구」, 한국교원대 석사, 1997.
오은엽, 「한국 전후소설 연구 – 오상원, 서기원, 강용준 소설을 중심으로」, 이화여대
　　　석사, 1997.
강희숙, 「1950년대 행동적 휴머니즘 소설 연구 – 선우휘 · 오상원을 중심으로」, 인하
　　　대 석사, 1998.
이형우, 「오상원 연구」, 경기대 석사, 1998.
김경미, 「오상원 소설의 서술기법 연구」, 경북대 석사, 1999.
한명섭, 「오상원 전후소설 연구」, 경원대 석사, 2000.
오나영, 「오상원 소설 연구」, 성신여대 석사, 2001.
조보연, 「오상원 소설 연구 – 현실인식과 기법 특징을 중심으로」, 성균관대 석사,
　　　2001.

3) 단행본

오상원 · 서기원, 『현대한국문학전집』 7, 신구문화사, 1966.

■ 오영수

1) 일반 논문

김동리, 「온정과 선의의 세계 - 「명암」을 중심으로」, 『신문예』, 1951. 1.
조연현, 「3월의 창작계」, 『현대문학』, 1955. 4.
조연현, 「4월의 창작」, 『현대문학』, 1955. 5.
곽종원, 「1955년도 창작계 별견」, 『현대문학』, 1956. 1.
조연현, 「1월의 창작」, 『현대문학』, 1956. 2.
허윤석, 「소설의 풍속성 - 오영수 창작집 『갯마을』을 중심으로」, 『조선일보』, 1957.
       1. 15.
천상병, 「창작월평」, 『현대문학』, 1957. 4.
윤병로, 「1, 2월의 소설」, 『현대문학』, 1958. 3.
이어령, 「상반기의 소설」, 『지성』 2, 1958. 가을.
김우종, 「2월의 작단」, 『세계일보』, 1959. 2. 13~14.
문덕수, 「서정의 온상 - 오영수씨 소설집 『명암』에 대하여」, 『현대문학』, 1959. 3.
정태용, 「8월의 시」, 『현대문학』, 1959. 9.
천승준, 「인간의 긍정 - 오영수론」, 『현대문학』, 1959. 9.
이강언, 「오영수연구」, 『국어국문학연구』(청구대) 5, 1961.
유종호, 「一瞥二言 - 1961년의 소설」, 『사상계』, 1961. 12.
       = 『비순수의 선언』, 신구문화사, 1962.
김상일, 「현대문학의 맹점 3 - 휴머니즘은 살인사상이다」, 『현대문학』, 1962. 12.
김용운, 「오영수 작품론 - 작품과 배경을 중심으로」, 『연세어문학』 1, 1965.
신동욱, 「긍정하는 히로」, 『현대문학』, 1965. 5.
천이두, 「한적·인정적 특질」, 『현대문학』, 1967. 8.
김병걸, 「오영수문학의 양의성」, 『현대문학』, 1967. 9.
       = 『격동기의 문학』, 일월서각, 2000.
염무웅, 「애환이 담긴 어촌 풍경 - 「갯마을」」, 『현대한국문학전집』 1, 신구문화사,
       1968.
이어령, 「따뜻한 인정의 세계 - 「후조」·「명암」」, 『현대한국문학전집』 1, 신구문화
       사, 1968.

천상병, 「선의의 문학 - 오영수론」, 『현대한국문학전집』 1, 신구문화사, 1968.

천상병, 「애증 없는 원시사회 -「은냇골 이야기」」, 『현대한국문학전집』 1, 신구문화사, 1968.

이형기, 「인간긍정의 시선 - 오영수론」, 『한국단편문학대계』 7, 삼성출판사, 1969.

윤병로, 「오영수와 그 문학」, 『신한국문학전집』 21, 어문각, 1973.

이화형, 「인정과 긍정의 미학」, 『고려대어문논집』, 14~15, 1973.

홍기삼, 「오영수의 「입원기」」, 『현대문학』, 1973. 6.

김영화, 「한국적 정서의 재현」, 『제주대학보』, 1974. 12.

이형기, 「인간 긍정의 심오한 추출」, 오영수, 『갯마을』, 삼중당, 1975.

김소운, 「오영수란 소설쟁이」, 오영수, 『황혼』, 창작과 비평사, 1977.

염무웅, 「노작가의 향수」, 『문학과 지성』, 1977. 봄.

김동리, 「오영수형에 대하여 -「머루」 무렵을 중심으로」, 『한국문학』, 1979. 7.

장문평, 「반문명적 인간성의 예시 - 오영수의 작품세계」, 『한국문학』, 1979. 7.

신경득, 「오영수론」, 『현대문학』, 1979. 9.

민현기, 「오영수의 「갯마을」」, 『국어국문학총서』 2, 1981.

조건상, 「난계 오영수론 서설」, 『대동문화연구』(성균관대) 14, 1981.

천이두, 「오영수의 문학」, 『한국현대문학전집』 25, 삼성출판사, 1981.

천이두, 「따뜻한 관조의 미학」, 오영수, 『산 산 산 갯마을 명암 외』, 삼성출판사, 1983.

김봉군, 「오영수론」, 김봉군·이용남·한상무, 『한국현대작가론』, 민지사, 1984.

선우휘·김우종·최동호, 「6·25와 분단문학의 극복」, 『한국문학』, 1985. 8.

김영화, 「오영수의 소설 연구」, 『제주대논문집』 24, 1987.

김용성, 「이상과 순수로 일관한 삶과 문학」, 오영수, 『오영수대표단편선집』, 책세상, 1989.

이재선, 「삶의 원초적 내재율과 그 조명」, 오영수, 『오영수대표단편선집』, 책세상, 1989.

장사선, 「오영수 소설의 작품세계」, 서종택·정덕준(편), 『한국현대소설연구』, 새문사, 1990.

차원현, 「1950년대 한국소설의 분단인식」, 문학사와 비평연구회(편), 『1950년대 문학연구』, 예하, 1991.

송현호, 「「갯마을」」, 『한국현대소설의 해설』, 관동출판사, 1992.

조건상, 「1950년대 소설의 일양상 - 떠돌이의 삶과 기지촌문학」, 조건상(편), 『한국 전후문학연구』, 성균관대출판부, 1993.

임종수, 「오영수 문학의 문체 연구」, 『강릉어문학』 8, 1993. 6.

신희교, 「신세대 소설의 구조와 의미 - 오영수론」, 송하춘·이남호(편), 『1950년대의 소설가들』, 나남, 1994.

박유희, 「인식의 혼란과 자기 확인」, 최동호(편), 『남북한 현대문학사』, 나남, 1995.

이태동, 「희생된 자들의 애환과 인정의 세계」, 오영수·오상원, 『갯마을·유예』, 동아출판사, 1995.

박동규, 「오영수론」, 『전후 한국소설의 연구』, 서울대출판부, 1996.

이현진, 「원초적 세계로의 갈구 - 오영수 소설 연구」, 『예술세계』, 1996. 11.

곽 근, 「오영수 소설속의 동물의 의미」, 『한국 현대문학의 어제와 오늘』, 국학자료원, 1997.

이재인, 「오영수의 현실인식과 문명비판」, 『경기대논문집』, 1997. 8.

김인호, 「오영수 소설에 나타난 생태학적 상상력」, 『동국대국어국문학논문집』 18, 1998. 2.

정희선, 「오영수론 - 작품세계를 중심으로」, 『순천청엄대논문집』, 1998. 11.

이익성, 「한국 전후 서정소설 연구 - 오영수와 이범선의 단편 소설을 중심으로」, 『개신어문연구』 15, 1998. 12.

이익성, 「오영수 단편소설의 서정소설적 특징」, 박동규(외), 『한국전후문학의 분석적 연구』, 월인, 1999.

이재인, 「자연의 서정적 이해와 본질적 인간 긍정」, 『경기대인문논총』 7, 1999. 12.

김은자, 「오영수 소설에 나타난 '자연' 고찰」, 『관동대인문학연구』 3, 2000. 2.

2) 학위 논문

김영진, 「오영수론」, 동아대 석사, 1980.

민경탁, 「오영수 소설 연구」, 고려대 석사, 1981.

배병철, 「현대소설에서 본 윤리의식 - 황순원·오영수 작품을 중심으로」, 경희대 석사, 1981.

김명복, 「오영수 소설 연구」, 성신여대 석사, 1982.

김명복, 「오영수의 소설 연구」, 성신여대 석사, 1983.

이영숙, 「오영수의 소설에 관한 연구」, 연세대 석사, 1983.

김학진, 「오영수 소설론」, 동국대 석사, 1985.

유희남, 「오영수 소설 연구」, 연세대 석사, 1986.

권명자, 「오영수 소설의 주제와 작중인물 연구 - 그 유형과 특성을 중심으로」, 한국외대 석사, 1987.

이혜진, 「오영수 소설에 나타난 서정성과 주제 연구」, 연세대 석사, 1989.

박상호, 「오영수 소설에 나타난 자연성 연구」, 영남대 석사, 1992.

김광희, 「오영수 소설에 나타난 작중인물 성격 연구」, 동국대 석사, 1993.

심연식, 「오영수 소설 연구」, 경원대 석사, 1994.

정혜미, 「오영수 소설 연구」, 성신여대 석사, 1995.

장승우, 「오영수 소설 연구」, 계명대 석사, 1996.

노하숙, 「오영수 소설 연구」, 국민대 석사, 1997.

하선경, 「오영수 소설 연구」, 성균관대 석사, 1997.

한은희, 「오영수 소설 연구」, 동국대 석사, 1997.

김서경, 「오영수 단편소설 연구 - 인물유형을 중심으로」, 경기대 석사, 1998.

김지영, 「오영수 소설 연구 - 그의 문학과 사회현실의 관계를 중심으로」, 강릉대 석사, 1999.

사은제, 「오영수 소설 연구」, 경기대 석사, 1999.

이현진, 「오영수 소설의 서정적 특성 연구」, 경기대 석사, 1999.

홍현민, 「오영수 소설 연구 - 주제와 인물의 성격 유형을 중심으로」, 중앙대 석사, 1999.

김민정, 「오영수 소설 연구 - 현실수용 양상을 중심으로」, 단국대 석사, 2000.

이광순, 「오영수 소설 연구」, 경산대 석사, 2000.

3) 단행본

오영수·박연희, 『현대한국문학전집』 1, 신구문화사, 1968.

오영수, 『오영수대표작선집』 1~7, 동림출판사, 1974.

오영수, 『오영수대표단편선집』, 책세상, 1989.

김영기, 『오영수론』, 현대문학사, 1973.

이재인, 『오영수 문학 연구』, 문예출판사, 1999.

■ 유종호

1) 일반 논문

장용학, 「해바라기와 '순수' 신판 - 유종호씨의 「씨니씨즘 기타」에 일언」, 『문학춘
      추』, 1964. 8.
장용학, 「낙관론의 주변 - 평론가 유종호론」, 『세대』, 1964. 10.
장용학, 「편리한 비평정신 - 오류·아류·순수」, 『문학춘추』, 1964. 11.
장용학, 「원만주의자의 초상 - 단세포씨와 깍두기씨의 대화」, 『세대』, 1965. 2.
장용학, 「시장의 고독」, 『문학춘추』, 1965. 3.
백 철, 「뉴크리티시즘의 행방」, 『세대』, 1966. 2.
김 현, 「테로리즘의 문학 - 50년대 문학 소고」, 『문학과 지성』, 1971. 여름.
곽광수, 「문학비평의 고전주의적 성취」, 『신동아』, 1982. 6.
권영민, 「비평의 정신과 방법의 문제」, 『세계의 문학』, 1982. 여름.
선우휘·김우종·최동호, 「6·25와 분단문학의 극복」, 『한국문학』, 1985. 8.
이남호, 「비순수로부터 동시대로의 전개」, 『문학의 시대』 3, 풀빛, 1986.
곽광수, 「문학개론의 새로운 모습 - 유종호『문학이란 무엇인가』」, 『세계의 문학』,
      1989. 겨울.
김우창, 「쉰 목소리 속에서 - 유종호씨의 비평과 리얼리즘」, 유종호, 『현실주의 상상
      력』, 나남, 1991.
      =『김우창 전집』 4, 민음사, 1993.
최유찬, 「1950년대 비평연구(1)」, 한국문학연구회(편), 『1950년대 남북한 문학』,
      평민사, 1991.
박철희, 「언어와 리얼리즘적 관점 - 유종호『현실주의 상상력』」, 『현대문학』, 1992. 1.
김윤식, 「1950년대 한국문예비평의 3가지 양상 - 고석규의 정신적 소묘(2)」, 『오늘
      의 문예비평』, 1992. 봄.
      =『한국문학의 근대성 비판』, 문예출판사, 1993.
      =『오늘의 문예비평』 동인(편), 『고석규의 면모』, 책읽는 사람, 1993.
김 철, 「열린 현실주의 - 유종호『현실주의 상상력』」, 『세계의 문학』, 1992. 봄.
이명재, 「비평의 터잡기와 폭넓힘 - 유종호『현실주의 상상력』」, 『현대비평과 이론』
      3, 1992. 봄.

반경환·유종호, 「한 중진 비평가의 행복과 진실 - 유종호」, 『현대시세계』, 1992.
    가을.
김윤식·정호웅, 「한국전쟁의 충격과 새로운 출발의 모색」, 『한국소설사』, 예하,
    1993.
김윤식, 「전후비평 감수성의 세 가지 양상」, 문학사와 비평 연구회(편), 『1970년대
    문학연구』, 예하, 1994.
이건재, 「민족문학을 향한 전통과 근대의 변증법」, 최동호(편), 『남북한 현대문학
    사』, 나남, 1995.
이광호, 「인간과 문학의 전면적 진실」, 『환멸의 신화』, 민음사, 1995.
이태동, 「역사와 신비평, 그리고 메타비평 - 해방공간에서 90년대까지의 문학비평」,
    『문학사상』, 1995. 4.
신경림, 「내가 만난 유종호」, 『오늘의 문예비평』, 1995. 여름.
이광호, 「인간과 문학의 전면적 진실 - 유종호론」, 『오늘의 문예비평』, 1995. 여름.
이경수, 「비평의 창조성과 전문성 - 유종호 『시란 무엇인가』」, 『세계의 문학』, 1995.
    가을.
서경석, 「유종호론 - 언어, 고전, 인문주의」, 김윤식(외), 『한국 현대 비평가 연구』,
    강, 1996.
송현호, 「유종호의 절충주의 문학론」, 『한국 현대문학의 비평적 연구』, 국학자료원,
    1996.
이동하, 「소설 및 문학평론과 역사적 진실의 문제」, 『인문과학』(서울시립대) 3,
    1996. 2.
김윤식, 「문예지의 이념과 그 문학사적 의의 - 『문예』, 『현대문학』, 『문학예술』의 경
    우」, 『동서문학』, 1996. 봄.
    = 『발견으로서의 한국현대문학사』, 서울대출판부, 1997.
이병헌, 「한국 원론 비평의 수준 - 유종호 『시란 무엇인가』」, 『현대비평과 이론』,
    1996. 봄·여름.
한 기, 「대가 비평의 초상, 강단 비평의 운명 - 『유종호 전집』에 대한 소론」, 『동서
    문학』, 1996. 봄.
    = 『합리주의의 문턱에서』, 강, 1997.
김준오, 「인문주의와 90년대 - 유종호 전집 5, 『문학의 즐거움』」, 『현대문학』,
    1996. 7.

구모룡, 「열린체계의 문학」, 『문학과 사회』, 1996. 가을.
신철하, 「비평의 운명」, 『무애』, 1998. 5.
강경화, 「비평 인식의 발현 양상과 실현화 전략」, 『한국문학비평의 인식과 담론의 실
   현화 연구』, 태학사, 1999.
남송우, 「이데올로기의 대립과 민족문학론」, 박철희·김시태(편), 『한국현대문학사』,
   시문학사, 2000.
임영봉, 「1960년대의 한국 문학 비평」, 『한국 현대문학 비평론』, 역락, 2000.
임영봉, 「1960년대 한국 문학비평 연구 - 비평 세대와 문학 인식의 분화 양상을 중
   심으로」, 『한국문학평론』, 2000. 봄.
유종호·이남호, 「지성의 창조와 문학의 위의 25년」, 『세계의 문학』, 2001. 여름.
이광호, 「비평의 귀환 - 유종호 평론집 『서정적 진실을 찾아서』 황종연 평론집 『비루
   한 것의 카니발』」, 『문학동네』, 2001. 여름.
정과리, 「경험적 고전주의자의 시선 - 유종호의 『서정적 진실을 찾아서』」, 『문학과
   사회』, 2001. 여름.

2) 학위 논문

강경화, 「1950년대의 비평 인식과 실현화 연구」, 성균관대 박사, 1998.
한강희, 「1960년대 한국문학비평 연구 - 전통론, 세대론, 참여론을 중심으로」, 성균
   관대 박사, 1998.

3) 단행본

유종호, 『유종호 전집』 1~5, 민음사, 1995.

■ 이동주

1) 일반 논문

이동주, 「한과 멋」, 『한국전후문제시집』, 신구문화사, 1961.

이동주, 「소감」, 『현대한국문학전집』 18, 신구문화사, 1967.

이동주, 「나의 시작 노트의 변모」, 『시문학』, 1971. 9.

김현승, 「서문에 대하여」, 이동주, 『혼야』, 호남출판사, 1951.

조지훈, 「2월의 시단」, 『현대문학』, 1955. 3.

김우정, 「우리 시의 푸른 강줄기 - 한국현대시사서설」, 전봉건(편), 『별 하나의 영원을』, 삼애사, 1968.

고 은, 「호남평야의 정적」, 『1950년대』, 민음사, 1973.

염무웅, 「50년대 시의 비판적 개관」, 『월간대화』, 1976. 11.
= 『민중시대의 문학』, 창작과 비평사, 1979.

성춘복, 「시의 모국과 참회의 길」, 『월간문학』, 1979. 4.

최승범, 「청자항아리 같은 시」, 『월간문학』, 1979. 4.

윤재근, 「이동주론」, 『현대문학』, 1979. 6.

채규판, 「이동주의 시」, 『시문학』, 1982. 5.

손광은, 「한과 멋의 시정신 - 이동주 「혼야」」, 정한모·김재홍(편), 『한국현대시평설』, 문학세계사, 1983.

채규판, 「조병화·이동주·전봉건의 시세계」, 『원광문화』 20, 1983. 7.

조남익, 「전통의 시, 신풍의 시 - 이동주·전봉건」, 『현대시학』, 1986. 10.

정봉래, 「이동주의 시 공간」, 『비평문학』 1, 1987.

김광림, 「전쟁고발과 죽음의 증언」, 『현대시학』, 1988. 4.

최일수, 「이동주의 곰삭은 시학 - 가신지 열 돌에 즈음하여」, 『시문학』, 1989. 2.

민 영, 「1950년대 시의 물길」, 『창작과 비평』, 1989. 봄.

김용주, 「한의 미학과 멋드러진 서정성」, 『한글문화』 3, 1990.

윤재근, 「이동주론」, 『현대시학』, 1990. 6.

이영섭, 「50년대 남한의 현실인식과 시적 형상」, 한국문학연구회(편), 『1950년대 남북한 문학』, 평민사, 1991.

유근조, 「이동주론 - 절제와 회오와 균형의 미학」, 『현대문학』, 1992. 11.

= 『중앙대논문집』 35, 1992. 12.
송희복, 「강강술래」, 『한국 서정시의 이해』, 예하, 1993.
천이두, 「한의 어두운 면과 밝은 면」, 『한의 구조 연구』, 문학과 지성사, 1993.
최일수, 「우리 시의 참 모양 - 이동주 시의 굽이와 삭힘」, 『분단헐기와 고루살기의
　　　문학』, 원방각, 1993.
임영섭, 「회고주의의 극복 - 이동주론」, 송하춘·이남호(편), 『1950년대의 시인들』,
　　　나남, 1994.
이남호, 「1950년대와 전후세대 시인들의 성격」, 『현대시학』, 1994. 6.
이경수, 「민족시 형성의 과제와 부정의 정신」, 최동호(편), 『남북한 현대문학사』, 나
　　　남, 1995.
허형만, 「한국 현대시에 나타난 호남지역의 정서 - 영랑, 미당, 심호의 시를 중심으
　　　로」, 『현대시학』, 1995. 12.
정봉래, 「정한의 시인 - 이동주론」, 『문학과 의식』, 1996. 10.
황인원, 「이동주 시에 나타난 자연성 - 1950년대 작품을 중심으로」, 『성균어문연구』
　　　33, 1998. 12.

2) 학위 논문

양금섭, 「심호 이동주 연구」, 고려대 석사, 1986.
백승현, 「심호 이동주의 시세계 연구」, 호남대 석사, 1997.
김병호, 「이동주 시 연구」, 중앙대 석사, 1999.
황인원, 「1950년대 시의 자연성 연구 - 구자운, 김관식, 이동주, 박재삼 시를 중심
　　　으로」, 성균관대 박사, 1999.

3) 단행본

이동주, 『이동주수상집』(그 두려운 영원에서), 태창문화사, 1983.

■ 이범선

1) 일반 논문

김양수, 「5월의 소설」, 『현대문학』, 1956. 6.

김동리, 「'학마을 사람들'에 붙임」, 이범선, 『학마을 사람들』, 오리문화사, 1958.

윤병로, 「1, 2월의 소설」, 『현대문학』, 1958. 3.

유종호, 「7월의 창작평」, 『사상계』, 1958. 8.

정태용, 「10월의 소설」, 『현대문학』, 1959. 11.

백 철, 「전후 15년의 한국소설」, 『한국전후문제작품집』, 신구문화사, 1961.

이어령, 「문제성을 찾아서」, 『한국전후문제작품집』, 신구문화사, 1961.

김우정, 「중견작가론 - 이범선론」, 『현대문학』, 1965. 2.

천승범, 「서민의 미학 - 이범선론」, 『현대한국문학전집』 6, 신구문화사, 1967.

홍사중, 「진실한 求神의 세계 - 「피해자」」, 『현대한국문학전집』 6, 신구문화사,
　　　　1967.

천이두, 「시와 인정의 세계 - 「갈매기」」, 『현대한국문학전집』 6, 신구문화사, 1967.

천이두, 「오발탄의 행방 - 「오발탄」」, 『현대한국문학전집』 6, 신구문화사, 1967.

김 현, 「소시민의 한계 - 이범선론」, 『한국단편문학대계』 9, 삼성출판사, 1969.

윤정순, 「현대작가 이범선과 그의 대표 작품들에 대한 연구 - 「오발탄」을 중심으로」,
　　　　『숙대학보』 9, 1969. 4.

백승철, 「이범선작품해설」, 『한국대표문학전집』 9, 삼중당, 1970.

김윤식, 「오상원, 오유권, 이범선과 그 문학」, 『신한국문학전집』 28, 어문각, 1973.

김교선, 「한국 전후문학의 특징에 대한 고찰 - 이범선의 「오발탄」을 중심으로」, 『전
　　　　북대국어문학』 17, 1975. 12.

백승철, 「고발문학의 기념비적 정점」, 이범선, 『오발탄』, 삼중당, 1976.

이선영, 「서정주의와 현실인식 - 이범선의 「표구된 휴지」」, 『뿌리깊은 나무』 3,
　　　　1976. 5.

윤재근, 「원형과 事象의 모순율 - 이범선론」, 『현대문학』, 1977. 6.

이태동, 「진리의 빛'과 실재적 신화의식 - 「조용한 아침」, 「표구된 휴지」, 「까치방」」,
　　　　『문학과 지성』, 1978. 가을.

김병욱, 「삶의 인식과 성찰 - 이범선의 『흰 까마귀의 수기』」, 『현대문학』, 1979. 7.

천이두, 「한국소설의 관점」, 『천이두평론집』, 문학과 지성사, 1980.

천승준, 「서민의 미학」, 『문학사상』, 1980. 2.

황헌식, 「집단과 소극적 개인 – 이범선론」, 『현대문학』, 1980. 3.

신경득, 「소설과 사회의 변주 – 이범선, 박경리, 정한숙, 전광용론」, 『현대문학』,
          1980. 7~9.

이재선, 「한국문학의 자아의식」, 『이대학보』, 1981. 11.

신동욱, 「우리 시대의 작가와 모순의 미학」, 『현대작품론』, 개문사, 1982.

김광식, 「이범선형의 영전에」, 『현대문학』, 1982. 5.

조병화, 「서민의 목소리」, 『현대문학』, 1982. 5.

김병욱, 「6·25와 전쟁문학」, 『이대학보』, 1982. 10.

김 준, 「전후시대의 상흔과 향수 – 이범선의 「오발탄」」, 『광장』, 1983. 7.

석일균, 「작가 이범선론 – 그 인간과 작품성 소고」, 『한국외대논문집』 17, 1984.

이태동, 「진리의 빛과 실존적 신화의식 – 정한숙, 이범선, 이정환」, 『한국현대소설의
          위상』, 문예출판사, 1985.

이 용, 「이범선 소설연구 – 초기 단편을 중심으로」, 『언어와 문화』 14, 1987.

김예호, 「문단초기작품에 나타난 분단의식 및 전쟁의식」, 『연세어문학』 21, 1988. 12.

이문구, 「이범선의 기독교 사상 연구 – 중편 「피해자」를 중심으로」, 『대전실전대논문
          집』 17, 1988. 12.

김정신, 「소박한 사람들의 소박할 수 없는 상처」, 이범선, 『이범선대표중단편선집』,
          책세상, 1989.

하정일, 「전후단편소설의 세계관적 구조와 장르적 특성」, 『현대문학의 연구』 1,
          1989.

이해경, 「이범선 소설의 제목에 나타난 특성 연구」, 『성신어문학』 2, 1989. 2.

차원현, 「1950년대 한국소설의 분단인식」, 문학사와 비평연구회(편), 『1950년대 문
          학연구』, 예하, 1991.

한수영, 「1950년대 한국소설 연구 ; 남한(편)」, 한국문학연구회(편), 『1950년대 남
          북한 문학』, 평민사, 1991.

이용남, 「서정과 고발의 미학 – 이범선과 그의 작품세계」, 『국어국문학』 106, 1991. 12.
          = 한국현대문학연구회, 『한국의 전후문학』, 태학사, 1991.

송현호, 「「오발탄」, 「학마을 사람들」」, 『한국현대소설의 해설』, 관동출판사, 1992.

권 유, 「이범선 소설론 – 단편소설을 중심으로」, 『이기영 소설 연구』, 태학사,

1993.

강현구, 「전흔과 좌절의 궤적 - 이범선론」, 송하춘·이남호(편), 『1950년대의 소설
　　　가들』, 나남, 1994.

구인환, 「전후 한국문학의 지형도 - 소설의 서사문법을 중심으로」, 구인환(외), 『한
　　　국전후문학연구』, 삼지원, 1995.

김　철, 「냉전체제의 고착과 50년대 문학」, 민족문학사연구소, 『민족문학사 강좌』
　　　(하), 창작과 비평사, 1995.

하정일, 「전후 리얼리즘의 외로운 명맥」, 서기원·이범선, 『암사지도·오발탄』, 동아
　　　출판사, 1995.

박동규, 「50년대 휴머니즘 문학의 전범 - 이범선론」, 『서울사대선청어문』 23,
　　　1995. 4.

최옥임, 「이범선 소설 연구 - 시대상황과 작가의식을 중심으로」, 『중앙대교육논총』
　　　12, 1995. 6.

박동규, 「50년대 이범선 소설의 인간형에 나타난 선의적 삶 연구」, 『관악어문연구』
　　　20, 1995. 12.

배경열, 「서정과 고발의 미학 - 이범선의 작품세계」, 『문학과 의식』, 1995. 12.

상영우, 「이상향의 농경과 휴머니즘의 정신 - 이범선론」, 『동국대한국문학연구』 18,
　　　1995. 12.

박동규, 「50년대 이범선 소설의 인간형에 니타난 선의적 삶 연구」, 『전후 한국소설
　　　의 연구』, 서울대출판부, 1996.

한수영, 「1950년대 문학의 재인식」, 『작가연구』 1, 1996. 4.

권　유, 「이범선 소설에 나타난 피해의식 연구」, 『한양어문연구』 14, 1996. 12.

송현호, 「이범선과 백선용의 분단소설 비교 연구 - 가부장제의 붕괴와 동양적 윤리
　　　회복의 문제를 중심으로」, 『비교문학』, 1996. 12.

현길언, 「인간 존재에 대한 탐구의 한 양식 - 김성한의 「바비도」와 이범선의 「오발탄」」,
　　　한양어문학회, 『1950년대 한국문학연구』, 보고사, 1997.

김형필, 「소설과 상징 - 「오발탄」과 『흰 까마귀의 수기』를 중심으로」, 『한국외대교육
　　　논총』 13, 1997. 12.

최예열, 「이범선 소설 연구」, 『대전대대학원논문집』 1, 1998. 2.

정호웅, 「실어(失語)의 형식 - 이범선의 「오발탄」론」, 『현대문학』, 1998. 4.

나병철, 「공동체의 파괴와 이데올로기의 전복 - 50년대 이범선의 소설세계」, 『한국

　　　교원대한국어교육』 7, 1998. 5.
이익성, 「한국 전후 서정소설 연구 – 오영수와 이범선의 단편 소설을 중심으로」, 『개
　　　신어문연구』 15, 1998. 12.
이익성, 「이범선 단편소설과 전후 서정소설」, 『충북대인문학지』 17, 1999. 2.
강진호, 「이범선 연구의 비판적 검토」, 『동국대한국문학연구』 21, 1999. 3.
김인호, 「서정성을 통한 주체 형성의 가능성 – 이범선의 「피해자」를 중심으로」, 『동
　　　국대한국문학연구』 21, 1999. 3.
유임하, 「상처받은 삶의 자기성찰 – 이범선의 장편 『흰까마귀의 수기』」, 『동국대한국
　　　문학연구』 21, 1999. 3.
정호웅, 「균형과 조화의 소설미학 – 이범선의 단편소설」, 『동국대한국문학연구』 21,
　　　1999. 3.
하정일, 「전후 소설의 성격과 이범선 문학」, 『동국대한국문학연구』 21, 1999. 3.
渡邊直紀, 「이범선과 전후 현실 비판 – 50년대 발표 작품의 특징과 관련해서」, 『동국
　　　대한국문학연구』 21, 1999. 3.
배경열, 「서정과 고발의 미학 – 이범선의 작품 세계」, 『한국문학논총』 25, 1999.
　　　12.

2) 학위 논문

박계정, 「1950년대 소설에서 본 피해자 의식 소고 – 손창섭, 서기원, 이범선을 중심
　　　으로」, 이화여대 석사, 1979.
김성기, 「이범선의 단편소설 연구」, 한양대 석사, 1983.
이안희, 「이범선 소설 연구 – 구조적 분석을 중심으로」, 이화여대 석사, 1983.
차정자, 「이범선 작품에 관한 연구」, 연세대 석사, 1984.
권　유, 「이범선 소설론」, 동국대 석사, 1985.
김상홍, 「이범선 소설 연구 – 단편소설을 중심으로」, 연세대 석사, 1986.
송광희, 「이범선과 이상 문학의 구조 연구 – 작품 「날개」와 「오발탄」의 공간을 중심
　　　으로」, 이화여대 석사, 1986.
김분청, 「이범선 소설 연구 – 시대상황과 관련한 인간형을 중심으로」, 영남대 석사,
　　　1988.
이해경, 「이범선 소설 연구 – 단편소설에 나타난 상징성을 중심으로」, 성신여대 석

사, 1988.

박수윤, 「이범선 단편소설 연구」, 중앙대 석사, 1990.

이철훈, 「이범선 소설 연구 – 단편소설을 중심으로」, 단국대 석사, 1990.

강홍원, 「한국전후소설에 나타난 인간상 고찰 – 김성한, 손창섭, 이범선을 중심으로」, 영남대 석사, 1991.

김인선, 「이범선의 단편소설 연구 – 등장인물의 소외양상을 중심으로」, 전북대 석사, 1991.

우명원, 「이범선 단편소설 연구」, 국민대 석사, 1991.

고은혜, 「이범선 소설 연구 – 단편소설을 중심으로」, 숙명여대 석사, 1992.

박필순, 「이범선 초기 단편소설 연구 – 작가의 사회의식을 중심으로」, 동아대 석사, 1993.

김태희, 「이범선 소설 연구 – 작품세계의 변모양상을 중심으로」, 전남대 석사, 1994.

박정배, 「이범선 소설 연구 – 작품에 나타난 갈등 양상을 중심으로」, 한남대 석사, 1994.

성진희, 「이범선 소설의 대립과 화해의 양상」, 경북대 석사, 1994.

송창선, 「이범선 소설의 갈등 연구」, 제주대 석사, 1994.

김은경, 「이범선 소설 연구」, 계명대 석사, 1995.

김춘기, 「1950년대 소설 연구 – 손창섭, 이범선, 선우휘를 중심으로」, 영남대 석사, 1995.

최옥임, 「이범선 소설 연구 – 시대상황과 작가의식을 중심으로」, 중앙대 석사, 1995.

공정희, 「이범선 소설 연구」, 한양대 석사, 1996.

박혜원, 「한국 귀향 소설 연구 – 이호철, 이범선, 하근찬을 중심으로」, 이화여대 석사, 1996.

한경옥, 「이범선 소설 연구 – 작품의 상징구조를 통해 본 작가의식」, 전남대 석사, 1996.

이은해, 「이범선 단편소설 연구 – 작가의식 규명을 중심으로」, 영남대 석사, 1997.

전윤주, 「이범선 소설 연구 – 작중 인물의 현실대응양상과 작품의 경향을 중심으로」, 성균관대 석사, 1997.

정희경, 「이범선 단편에 나타난 작가의 현실 인식 양상 – 인물의 현실 인식과 서술

구조를 중심으로」, 경북대 석사, 1997.

박상민, 「이범선 단편소설의 인물유형 연구」, 한국외대 석사, 1998.

고선옥, 「이범선 소설의 문체론적 고찰 – 1950년대 단편 소설을 중심으로」, 아주대 석사, 2000.

김미진, 「이범선 소설 연구 – 분단현실의 수용과 대응양상을 중심으로」, 서울여대 석사, 2000.

김진주, 「이범선 단편소설 연구 – 인물의 피해 양상을 중심으로」, 경기대 석사, 2000.

정재림, 「이범선 소설 연구 – 고향 모티프를 중심으로」, 고려대 석사, 2000.

3) 단행본

김광식·이범선, 『현대한국문학전집』 6, 신구문화사, 1967.

이범선, 『이범선대표중단편선집』, 책세상, 1989.

■ 이어령

1) 일반 논문

백 철, 「신인과 현대의식 – 본질은 찾아지고 있는가」, 『조선일보』, 1955. 10. 18~28.

백 철, 「반항과 공동의 의식 – 친애하는 이어령군에게」, 『자유문학』, 1958. 12.

원형갑, 「금단의 무기 – 이어령씨의 「영원한 모순」을 읽고」, 『연합신문』, 1959. 2. 15.

김동리, 「좌표이전과 모래알과 – 이어령씨에 답한다」, 『경향신문』, 1959. 2. 18~19.

김동리, 「초점, 이탈치말라 – 비평의 윤리와 논리적 책임」, 『경향신문』, 1959. 3. 5~6.

김동리, 「'눈물'의 의미」, 『경향신문』, 1959. 3. 20~22.

이철범, 「언쟁이냐 논쟁이냐 – 김동리씨와 이어령씨의 논쟁을 보고…」, 『세계일보』, 1959. 3. 28.

임순철, 「서글픈 만용이 아니었기를 – 독자로서 김동리·이어령 양씨에게 말한다」, 『경향신문』, 1959. 3. 30.

유종호, 「성장과 심화의 궤적 – 한국문학 20년」, 『사상계』, 1965. 8.

김수영, 「지식인의 사회참여 – 일간신문의 최근 논설을 중심으로」, 『사상계』, 1968. 1.

김수영, 「실험적인 문학과 정치적 자유 – 문예시평」, 「오늘의 한국문화를 위협하는 것」을 읽고, 『조선일보』, 1968. 2. 27.

김수영, 「불온성에 대한 비과학적인 억측」, 『조선일보』, 1968. 3. 36

김병걸, 「참여론 백서」, 『현대문학』, 1968. 12.
= 『격동기의 문학』, 일월서각, 2000.

김 현, 「이어령씨의 『한국과 한국인』을 읽고」, 『경향신문』, 1968. 12. 9.

김병걸, 「이어령의 언어장난」, 『시인』, 1970. 4.
= 『격동기의 문학』, 일월서각, 2000.

김 현, 「테로리즘의 문학 – 50년대 문학 소고」, 『문학과 지성』, 1971. 여름.

김 현, 「한국 비평의 가능성」, 김 현(외), 『현대 한국문학의 이론』, 민음사, 1972.

김병걸, 「1960년대 참여론의 지평」, 『문학논쟁집』, 태극출판사, 1976.
= 『격동기의 문학』, 일월서각, 2000.

김윤식, 「1950년대 – 전후세대의 비평」, 『한국현대문학비평사』, 서울대출판부, 1982.

홍정선, 「작가와 언어의식」, 김병익·김주연(편), 『해방 40년 : 민족지성의 회고와
　　전망』, 문학과 지성사, 1985.

선우휘·김우종·최동호, 「6·25와 분단문학의 극복」, 『한국문학』, 1985. 8.

이병주, 「우리의 자랑 이어령」, 이어령, 『지성채집』, 나남, 1986.

최동호, 「비평의 주체성 확립을 위하여」, 『불확정시대의 문학』, 문학과 지성사,
　　1987.

최유찬, 「1950년대 비평연구(1)」, 한국문학연구회(편), 『1950년대 남북한 문학』,
　　평민사, 1991.

김윤식, 「이상 연구의 계보」, 『현대소설과의 대화』, 현대소설사, 1992.

김윤식, 「1950년대 한국문예비평의 3가지 양상 – 고석규의 정신적 소묘(2)」, 『오늘
　　의 문예비평』, 1992. 봄.
　　＝『한국문학의 근대성 비판』, 문예출판사, 1993.
　　＝『오늘의 문예비평』 동인(편), 『고석규의 면모』, 책읽는 사람, 1993.

염무웅, 「5, 60년대 남한문학의 민족문학적 위치」, 『창작과 비평』, 1992. 겨울.

김윤식·정호웅, 「한국전쟁의 충격과 새로운 출발의 모색」, 『한국소설사』, 예하,
　　1993.

김채원, 「꿈을 현실로」, 이세기(외), 『영원한 기억 속의 작은 이야기』, 삼성출판사,
　　1993.

박헌호, 「50년대 비평의 성격과 민족문학론으로의 도정」, 조건상(편), 『한국전후문
　　학연구』, 성균관대출판부, 1993.

이경희, 「이어령 선생님을 통한 나의 문학 속으로의 여행」, 이세기(외), 『영원한 기
　　억 속의 작은 이야기』, 삼성출판사, 1993.

이태동, 「『장군의 수염』과 캐넌 문제 – 소설가로서의 이어령」, 이어령선생님화갑기념
　　논문집간행위원회(편), 『구조와 분석』 2(소설), 창, 1993.
　　＝ 이어령, 『이어령대표작품집』, 책세상, 1995.

김윤식, 「전후비평 감수성의 세 가지 양상」, 문학사와 비평 연구회(편), 『1970년대
　　문학연구』, 예하, 1994.

최문정, 「이어령 선생 회갑 기념 – 오늘이 오늘이소서」, 『문학사상』, 1994. 1.

김승희, 「언어의 율리시즈, 이어령 항해의 닻을 찾아서」, 이어령, 『이어령대표작품선
　　집』, 책세상, 1995.

이건재, 「민족문학을 향한 전통과 근대의 변증법」, 최동호(편), 『남북한 현대문학

사』, 나남, 1995.

최혜실, 「실존주의 문학론」, 구인환(외), 『한국전후문학연구』, 삼지원, 1995.

이태동, 「역사와 신비평, 그리고 메타비평 - 해방공간에서 90년대까지의 문학비평」,
『문학사상』, 1995. 4.

신형기, 「비평의 열림과 민족 모순의 심화 - 해방기와 한국전쟁 이후 비평의 흐름」,
『문학사상』, 1995. 4.

이승훈, 「이어령이라는 텍스트의 매혹 - 이어령, 『시 다시 읽기』」, 『문학사상』,
1995. 11.

이동하, 「이어령론 - 영광의 길, 고독의 길」, 김윤식(외), 『한국 현대 비평가 연구』,
강, 1996.

김윤식, 「방법으로서의 문학사」, 『발견으로서의 한국현대문학사』, 서울대출판부,
1997.

남원진, 「1950년대 문학 연구 - 실존주의의 관련 양상을 중심으로」, 『한국현대작가
연구』, 박이정출판사, 1997.

정효구, 「이어령과 김수영의 '불온시' 논쟁」, 『20세기 한국시와 비평정신』, 새미,
1997.

허윤회, 「1960년대 '순수' 비평의 의미와 한계」, 민족문학사연구소 현대문학분과,
『1960년대 문학연구』, 깊은샘, 1998.

마희정, 「1950년대 '김동리 대 이이령의 문학 논쟁' 고찰」, 『개신어문연구』 15,
1998. 12.

강경화, 「비평 인식의 발현 양상과 실현화 전략」, 『한국문학비평의 인식과 담론의 실
현화 연구』, 태학사, 1999.

김윤식, 「배꼽 언어와 공적 언어의 양가성 - 이어령의 경우」, 『농경사회 상상력과 유
랑민의 상상력』, 문학동네, 1999.

방민호, 「이어령의 구세대 비판 및 장용학의 한자사용론의 의미」, 박동규(외), 『한국
전후문학의 분석적연구』, 월인, 1999.

오창은, 「전후 실존주의 · 전통론의 '단절과 계승' - 1950년대 비평문학을 중심으로」,
중앙어문학회, 『어문논집』 27, 1999. 12.

남송우, 「이데올로기의 대립과 민족문학론」, 박철희 · 김시태(편), 『한국현대문학사』,
시문학사, 2000.

임영봉, 「1960년대의 한국 문학 비평」, 『한국 현대문학 비평론』, 역락, 2000.

한수영, 「실존주의 문학론의 수용과 그 영향」, 『한국현대 비평의 이념과 성격』, 국학
    자료원, 2000.
고명철, 「문학과 정치권력의 역학관계 - 이어령/김수영의 '불온성' 논쟁」, 『문학과 창
    작』, 2000. 1.
임영봉, 「1960년대 한국 문학비평 연구 - 비평 세대와 문학 인식의 분화 양상을 중
    심으로」, 『한국문학평론』, 2000. 봄.
강근주, 「좌우익 논쟁에서 박정희 신드롬까지 - 해방 이후 한국 논쟁사... 민족문학
    론·한일회담·월남파병·청년문화론 등 '주목'」, 『뉴스메이커』, 2001. 3. 15.
송희복, 「이어령의 李箱觀이 지닌 비평사적 의미 - 이어령론」, 『한국문학평론』,
    2000. 가을.
홍 의, 「'자유'에의 뜨거움과 차가움 - 60년대 후반 김수영-이어령의 참여·순수 문
    학 논쟁 고찰」, 『고황논집』(경희대) 27, 2000. 12.

2) 학위 논문

전기철, 「한국 전후문예비평 전개 양상 고찰 - 불안의식의 내재화와 응전력을 중심으
    로」, 서울대 박사, 1992.
    =『한국 전후 문예비평 연구』, 서울, 1994.
한수영, 「1950년대 한국 문예비평론 연구 - 민족문학론, 실존주의문학론, 모더니즘
    론을 중심으로」, 연세대 박사, 1996.
    =『한국 현대 비평의 이념과 성격』, 국학자료원, 2000.
강경화, 「1950년대의 비평 인식과 실현화 연구」, 성균관대 박사, 1998.
    =『한국 문학 비평의 인식과 담론의 실현화 연구』, 태학사, 1999.
한강희, 「1960년대 한국문학비평 연구 - 전통론, 세대론, 참여론을 중심으로」, 성균
    관대 박사, 1998.
    =『한국 현대 비평의 인식과 논리』, 태학사, 1998.
채상우, 「1960년대의 순수/참여문학논쟁 연구 - 김수영-이어령 간의 불온시논쟁을
    중심으로」, 동국대 석사, 2000.

3) 단행본

이어령, 『이어령전작집』 1~6, 동화출판공사, 1969.
이어령, 『이어령 신작전집』 1~10, 갑인출판사, 1977.
이어령, 『이어령전집』 1~20, 삼성출판사, 1986.
이어령, 『이어령대표작품선집』, 책세상, 1995.

■ 이원섭

1) 일반 논문

이원섭, 「문학은 무엇을 공헌하는가」, 『월간문학』, 1980. 9.
이원섭, 「전통의 계승·민중의 정서」, 『현대한국문학전집』18, 신구문화사, 1967.
이원섭, 「자서전 - 당선소감」, 『문예』 4, 1949. 11.
김우정, 「우리 시의 푸른 강줄기 - 한국현대시사서설」, 전봉건(편), 『별 하나의 영원
　　　을』, 삼애사, 1968.
김용호, 「8월의 시단」, 『현대문학』, 1955. 9.
김윤성, 「6월의 시」, 『현대문학』, 1959. 7.
염무웅, 「50년대 시의 비판적 개관」, 『월간대화』, 1976. 11.
　　　 = 『민중시대의 문학』, 창작과 비평사, 1979.
민　영, 「1950년대 시의 물길」, 『창작과 비평』, 1989. 봄.
문덕수, 「이원섭론 - 성서적 체험에서 불교까지」, 『시문학』, 1989. 9.
정찬영, 「무너진 현실, 그 길찾기 - 이순원, 『압구정동엔 비상구가 없다』, 이원섭,
　　　『섬』」, 『오늘의 문예비평』, 1992. 가을.

2) 단행본

이원섭, 『향미사』, 문예사, 1953.
이원섭, 『이 밤의 밀어』, 현암사, 1966.
이원섭, 『먹이사슬』, 동서문학, 1987.
이원섭, 『섬』, 풀빛, 1992.
이원섭, 『섬』 2, 동서문학, 1992.

■ 이형기

1) 일반 논문

이형기, 「근황」, 『현대한국문학전집』 18, 신구문화사, 1967.

이형기, 「시 또는 복수의 비수 – 나의 시론」, 『심상』, 1976. 4.

이형기, 「抱卵記 – 나의 취미·나의 생활」, 『심상』, 1976. 4.

이형기, 「내가 시를 쓰는 과정」, 『현대시』, 1991. 여름.

조지훈, 「4월의 시단 – 시의 빈곤」, 『현대문학』, 1955. 5.

김구용, 「시우 이형기론 – 한국협상 소식을 듣고」, 『자유신문』, 1957. 2. 23~24.

김구용, 「상호비평 – 이형기의 편모」, 『현대문학』, 1958. 3.

김우정, 「현대시의 기법과 사상 – 이형기의 『적막강산』을 중심으로」, 『현대문학』,
    1963. 9.

김우정, 「우리 시의 푸른 강줄기 – 한국현대시사서설」, 전봉건(편), 『별 하나의 영원
    을』, 삼애사, 1968.

김병걸, 「참여론 백서」, 『현대문학』, 1968. 12.
    =『격동기의 문학』, 일월서각, 2000.

김 현, 「시인과 시적 대상」, 『현대문학』, 1971. 5.

오규원, 「시인의 상상력과 시적 표현」, 『문학과 지성』, 1971. 여름.

홍기삼, 「시의 확대 – 네 개의 시집을 중심으로」, 『창작과 비평』, 1971. 여름.

고 은, 「별을 보던 시대는 행복했다」, 『1950년대』, 민음사, 1973.

허만하, 「칼의 구조」, 이형기, 『꿈꾸는 한발』, 창원사, 1975.

김윤식, 「미, 그 자멸에의 충동」, 『심상』, 1976. 4.

김용직, 「기능적인 시와 언어의 탄력성」, 『문학과 지성』, 1976. 여름.

염무웅, 「50년대 시의 비판적 개관」, 『월간대화』, 1976. 11.
    =『민중시대의 문학』, 창작과 비평사, 1979.

이유경, 「우리에의 반어들」, 『문학과 지성』, 1976. 겨울.

박청륭, 「시의 변증법」, 『현대시학』, 1980. 2.

홍신선, 「50년대의 세 시인」, 『현대시학』, 1980. 2.

이수익, 「이형기 평론집」, 『심상』, 1981. 3.

박청륭, 「바다 그 자괴의 물보라」, 『현대시학』, 1981. 9.

하현식, 「'냉담한 열정'의 호수 - 이형기 시집『풍선심장』」,『현대시학』, 1981. 9.

김 현, 「이형기「외톨바다」」,『살아있는 시들』 2, 홍성사, 1983.

홍신선, 「가치 바꿈의 방법과 의미 - 이형기「바늘」」, 정한모·김재홍(편),『한국현대시평설』, 문학세계사, 1983.

유한근, 「단독자의 사상 혹은 허무화」,『월간문학』, 1983. 3.

하현식, 「실험의식과 화해의 시학」,『현대시학』, 1983. 6.

김준오, 「入社的 상상력과 꿈의 시학」, 이형기,『그해 겨울의 눈』, 고려원, 1985.

하현식, 「절망과 전율의 창조」,『현대시학』, 1985. 5.

최동호, 「세련된 감각과 단단한 정신」, 이형기,『오늘의 내 몫은 우수 한 짐』, 문학사상사, 1986.

조남익, 「이형기·김종문의 시」,『현대시학』, 1986. 12.

황현산, 「회의와 자아실현의 궤적」,『현대시학』, 1986. 12.

채수영, 「시어와 시인의 의도」,『현대시학』, 1987. 12.

김재홍, 「6·25와 한국의 현대시」,『현대시와 역사의식』, 인하대출판부, 1988.

김광림, 「전쟁고발과 죽음의 증언」,『현대시학』, 1988. 4.

박현서, 「시적구조의 양상」,『현대시학』, 1988. 7.

김영철, 「서정주의와 악마주의의 변증법」, 김용직(외),『한국현대시 연구』, 민음사, 1989.

김영철, 「이형기 시 연구」,『정한모박사퇴임기념논총』, 1989.

하현식, 「절망과 전율의 창조」,『한국현대시인론』, 백산출탄사, 1990.

채수영, 「소실점의 예보와 길」,『현대시』, 1990. 여름.

이상호, 「시지프스의 굴레를 쓴 시인의 운명 - 이형기시집『심야의 일기예보』」,『현대시학』, 1990. 10.

황현산, 「긴장의 두 가지 - 기다림과 실천 - 이형기『심야의 일기예보』, 최두석『성에꽃』」,『현대시세계』, 1990. 가을.

유시옥, 「회의와 자아실현의 궤적」,『현대시 사상』, 1990. 겨울.

조창환, 「불꽃 속의 싸락눈」, 이형기,『별의 물 되어 흐르고』, 미래사, 1991.

정광수, 「허무와 상상력의 극치 - 이형기『심야의 극치』」,『동양문학』 31, 1991. 1.

이승훈, 「시론과 방법론」,『현대시』, 1991. 봄.

하현식, 「삶의 진실성의 문제」,『현대시』, 1991. 여름.

김수복, 「존재의 집에 대한 역설적 화법 - 이형기론」,『현대시』, 1991. 여름.

이광호, 「소실점의 풍경」, 『시와 시학』, 1992. 봄.

정효구, 「초월과 맞섬」, 『시와 시학』, 1992. 봄.

김준오, 「입사적 상상력과 꿈의 시학 - 이형기론」, 『도시시와 해체시』, 문학과 비평
　　　사, 1993

송희복, 「낙화」, 『한국 서정시의 이해』, 예하, 1993.

이승훈, 「이형기의 시론」, 『한국현대시론사』, 고려원, 1993.

오규원, 「모래의 바다, 바다의 모래 - 이형기의 시세계」, 『현대시』, 1993. 여름.

고형진, 「전통적 서정시의 계승과 심화 - 이형기론」, 송하춘 · 이남호(편), 『1950년
　　　대의 시인들』, 나남, 1994.

오세영, 「삶의 안과 밖 - 이형기론」, 『현대시』, 1994. 봄.

이승훈, 「이형기 - 「낙화」」, 『한국 현대시 새롭게 읽기』, 세계사, 1996.

김선학, 「극복, 달관, 시의 수사학」, 『현대문학』, 1997. 5.

오세영, 「이형기, 『돌의 환타지아』」, 『현대시』, 1997. 8.

허윤회, 「1960년대 '순수' 비평의 의미와 한계」, 민족문학사연구소 현대문학분과,
　　　『1960년대 문학연구』, 깊은샘, 1998.

하종오, 「"존재는 티끌로"… 원수해진 운명성찰」, 『한국일보』, 1998. 10 .28.

김선학, 「허무와 소멸에 관한 체험적 사색 - 이형기, 『절벽』, 천양희, 『해바라기』」,
　　　『문학사상』, 1998. 12.

박진환, 「이형기」, 『한국현대시인연구』, 자유지성사, 1999.

윤호병, 「엄숙주의 시학 - 이형기의 시세계」, 『현대시의 아포리아』, 청예원, 1999.

장영우, 「절망, 허무 그리고 신생 - 『절벽 : 이형기 시집』」, 『현대시』, 1999. 2.

손진은, 「우리 시의 한 경지 - 최하림과 이형기의 근간 시집을 중심으로」, 『오늘의
　　　문예비평』, 1999. 봄.

임영봉, 「1960년대의 한국 문학 비평」, 『한국 현대문학 비평론』, 역락, 2000.

이숭원, 「폐허의식과 도저한 허무주의 - 이형기론」, 『한국문학평론』, 2000. 가을.

　2) 학위 논문

목필균, 「이형기 시 연구 - 시세계의 변화를 중심으로」, 성신여대 석사, 1997.

박영수, 「이형기 시 연구」, 고려대 석사, 1997.

남진숙, 「한국 환경생태시 연구 - 이형기, 정현종, 이하석, 최승호 시를 중심으로」,

동국대 석사, 1998.

박선영, 「이형기 시 연구 - 중기 시를 중심으로」, 성신여대 석사, 1998.

이윤경, 「이형기 도시시 연구」, 동국대 석사, 2000.

김경미, 「이형기 시 연구」, 동아대 석사, 2001.

이재훈, 「이형기 시 연구 - 초기시를 중심으로」, 중앙대 석사, 2001.

■ 이호철

1) 일반 논문

이호철, 「나의 대표작 -『소시민』과『서울은 만원이다』」,『문학사상』, 1994. 2.
유종호, 「7월의 창작평」,『사상계』, 1958. 8.
서기원·이호철, 「서기원과 이호철」,『현대문학』, 1958. 11.
유종호, 「一瞥二言 - 1961년의 소설」,『사상계』, 1961. 12.
　　　＝『비순수의 선언』, 신구문화사, 1962.
천이두, 「피해자의 미학과 이방인의 미학 -「닳아지는 살들」과「후송」을 중심으로」,
　　　『현대문학』, 1963. 10~11.
천이두, 「이호철론 - 默契와 背信」,『문학춘추』, 1965. 2.
조동일, 「작단 시감 - 다시 제기되는 리얼리즘의 문제 -『소시민』의 경우」,『조선일
　　　보』, 1965. 8. 10.
정창범, 「소시민의 한국적 의미 - 이호철의『소시민』론」,『세계』 28, 1965. 11.
천이두, 「묵계와 배신 - 이호철론」,『현대한국문학전집』 8, 신구문화사, 1967.
조동일, 「소시민의 생리 -『소시민』」,『현대한국문학전집』 8, 신구문화사, 1967.
천이두, 「피해자의 윤리 -「닳아지는 살들」」,『현대한국문학전집』 8, 신구문화사,
　　　1967.
유종호, 「안정된 에뛰드의 세계 -「나상」·「판문점」」,『현대한국문학전집』 8, 신구문
　　　화사, 1967.
천이두, 「광적인 폭주의 의미 -「추운 저녁의 무더움」」,『현대한국문학전집』 8, 신구
　　　문화사, 1967.
김주연, 「왜곡된 소외의 사회학 - 이호철「고여있는 바닥」」,『세계』 45, 1967. 4.
정명환, 「실향민의 문학 - 이호철의『소시민』을 중심으로」,『창작과 비평』, 1967.
　　　여름.
김상일, 「복수의 시성」,『현대문학』, 1968. 7.
김병걸, 「참여론 백서」,『현대문학』, 1968. 12.
　　　＝『격동기의 문학』, 일월서각, 2000.
염무웅, 「순응과 탈피 - 이호철론」,『한국단편문학대계』 9, 삼성출판사, 1969.
염무웅, 「이호철작품 해설」,『한국대표문학전집』 10, 삼중당, 1970.

김치수, 「『소시민』의 의미」, 『월간문학』, 1970. 1.

김치수, 「관조자의 세계 - 이호철론」, 『문학과 지성』, 1970. 겨울.
　　　　= 『한국소설의 공간』, 열화당, 1976.

이선영, 「한국 현대소설과 인간소외 - 50년대의 손창섭과 60년대 이호철의 경우」,
　　　　『연세대인문과학』, 24~25, 1971. 6.

신경림, 「문학과 민중 - 현대한국문학에 나타난 민중의식」, 『창작과 비평』, 1973. 봄.

염무웅, 「다양한 관심의 세계 - 이호철의 작품세계」, 『한국문학대전집』 15, 태극출판
　　　　사, 1976.

김병걸, 「현실을 바라보는 세 개의 시선」, 『창작과 비평』, 1976. 가을.

김흥규, 「일상과 역사」, 『세계의 문학』, 1976. 가을.

정규웅, 「현실문제 제기의 기법과 정신」, 『문학과 지성』, 1976. 가을.

김상일, 「복수의 시성 - 이호철론」, 『현대문학』, 1980. 1.

이보영, 「소시민적 일상과 증언의 문학 - 이호철론」, 『현대문학』, 1980. 8.

백낙청, 「작가와 소시민」, 이호철, 『문』, 민음사, 1981.

최원식, 「사멸하는 현실과 살아있는 현실 - 이호철의 작품세계」, 『민족문학의 논리』,
　　　　창작과 비평사, 1982.

박동규, 「1950년대 소설의 변화」, 전광용(외), 『한국현대소설사연구』, 민음사,
　　　　1984.

김종철, 「통일과 문학」, 『오늘의 책』, 한길사, 1984. 가을.

천이두, 「50년대 문학의 재조명」, 『현대문학』, 1985. 1.

김정환, 「역사와 개인」, 이호철, 『까레이 우라』, 한겨레, 1986.

김윤식, 「소설가와 예술가의 갈등 - 이호철의 작품세계」, 이호철, 『무너앉은 소리』,
　　　　청계연구소, 1988.

임헌영, 「분단시대 소시민의 거울 - 이호철의 소설세계」, 이호철, 『빈 골짜기』, 청계
　　　　연구소, 1988.

유종호, 「비웃음의 70년대 이야기 - 『재미없는 세상』의 세계」, 이호철, 『재미없는 세
　　　　상』, 청계연구소, 1990.

최원식, 「1960년대의 세태소설 - 이호철의 『소시민』과 「심천도」」, 이호철, 『소시
　　　　민·심천도』, 청계연구소, 1988.

민현기, 「이호철론 - 이호철의 풍자소설」, 이주형(외), 『한국현대작가연구』, 민음사,
　　　　1989.

권영민, 「이호철론 - 닫힘과 열림의 변증법」, 『문학사상』, 1989. 5.
     = 권영민(편), 『한국현대작가연구』, 문학사상사, 1991.
한승옥, 「1950년대 소설」, 『한국근현대문학연구입문』, 한길사, 1990.
염무웅, 「개인사에 음각된 민족사 - 이호철의 문학세계」, 이호철, 『소슬한 밤의 이야
     기』, 청아, 1991.
정호웅, 「50년대 소설론」, 문학사와 비평연구회(편), 『1950년대 문학연구』, 예하,
     1991.
차원현, 「1950년대 한국소설의 분단인식」, 문학사와 비평연구회(편), 『1950년대 문
     학연구』, 예하, 1991.
한수영, 「1950년대 한국소설연구 - 남한(편)」, 한국문학연구회, 『1950년대 남북한
     문학』, 평민사, 1991.
송현호, 「「닳아지는 살들」」, 『한국현대소설의 해설』, 관동출판사, 1992.
정호웅, 「탈향, 그 출발의 소설사적 의미 - 이호철의 『소시민』론」, 『문학정신』,
     1992. 7.
     = 문학사와 비평연구회, 『1960년대 문학연구』, 예하, 1993.
정호웅, 「전환기의 변동상과 방법론의 힘」, 이호철, 『소시민』, 문학사상사, 1993.
이상갑, 「무위감의 정체와 '집'의 의미 - 이호철론」, 송하춘·이남호(편), 『1950년대
     의 소설가들』, 나남, 1994.
정호웅, 「50년대 소설론」, 『우리 소설이 걸어온 길』, 솔, 1994.
구인환, 「전후 한국문학의 지형도 - 소설의 서사문법을 중심으로」, 구인환(외), 『한
     국전후문학연구』, 삼지원, 1995.
염무웅, 「개인사에 음각된 민족사 - 이호철의 문학세계」, 『혼돈시대에 구상하는 문학
     의 논리』, 창작과 비평사, 1995.
임규찬, 「「판문점」, 『소시민』, 그리고 「큰산」」, 이호철, 『소시민』, 동아출판사,
     1995.
김춘식, 「소시민적 체험과 분단인식의 문학 - 이호철의 소설 「판문점」, 「탈사육기」,
     「이단자」(4), 「문」을 중심으로」, 『동국대한국문학연구』 18, 1995. 12.
서준섭, 「이호철 문학의 원점 - 『남녘사람 북녘사람』」, 『동서문학』, 1996. 9.
권명아, 「이호철론 - 안으로부터 열리는 새로운 관계성에 대한 탐색」, 한국문학연구
     회, 『현역 중진 작가 연구』 1, 국학자료원, 1997.
김윤식, 「문예지의 이념과 그 문학사적 의의 - 『문예』, 『현대문학』, 『문학예술』의 경

우」, 『발견으로서의 한국현대문학사』, 서울대출판부, 1997.

이호규, 「이호철론 - 새로운 현실로 나아가기 위한 현실 검증과 그 새김」, 한국문학
　　　연구회, 『현역 중진 작가 연구』 1, 국학자료원, 1997.

이호규, 「60년대 새로운 인식의 가능성 - 이호철의 「용암류」와 「판문점」」, 『연세어
　　　문학』 29, 1997. 4.

강진호, 「이호철의 『소시민』 연구」, 『민족문학사연구』 11, 1997. 10.

오현주, 「관조와 풍자의 관계 - 이호철론」, 민족문학사연구소 현대문학분과, 『1960
　　　년대 문학연구』, 깊은샘, 1998.

정희모, 「1960년대 소설의 서사적 새로움과 두 경향」, 민족문학사연구소 현대문학분
　　　과, 『1960년대 문학연구』, 깊은샘, 1998.

하정일, 「주체성의 복원과 성찰의 서사」, 민족문학사연구소 현대문학분과, 『1960년
　　　대 문학연구』, 깊은샘, 1998.

김미란, 「이호철론 - 이호철 초기 문학의 시간 의식 연구」, 한국문학연구회, 『현역중
　　　진작가연구』 IV, 국학자료원, 1999.

백승렬, 「이호철 초기 소설 연구」, 박동규(외), 『한국전후문학의 분석적연구』, 월인,
　　　1999.

이동하, 「한국 현대 장편소설에 나타난 서울 사람들의 삶 - 『압구정동엔 비상구가 없
　　　다』와 『서울은 만원이다』의 경우」, 『서울시립대서울학연구』 12, 1999. 4.

김유남, 「생활공동체를 이루면 통일이 온다 - 이호철 『한살림 통일론』」, 『서평문화』,
　　　1999. 9.

김윤식, 「기묘년(己卯年)을 빛낸 중진들의 투명한 솜씨들 - 이청준·최일남·이호철」,
　　　『문학사상』, 1999. 12.

권오현, 「혁명기 한국소설의 현실 반영 양상 연구」, 『문학에 대한 두 가지 단상』, 사
　　　람, 2000.

한수영, 「체험과 회상의 두 가지 양식 - 최인훈의 『화두』와 이호철의 『남녘사람 북녘
　　　사람』을 중심으로」, 『시문학』, 2000. 4.

김상일, 「이호철의 역사관」, 『지구문학』 10, 2000. 6.

2) 학위 논문

박철우, 「이호철 소설 연구 - 분단상황을 재제로 한 작품을 중심으로」, 중앙대 석사,

1989.

박홍일, 「이호철 풍자소설 연구」, 계명대 석사, 1993.

윤성원, 「이호철의 분단의식 연구」, 숙명여대 석사, 1994.

이명귀, 「이호철 소설의 한 연구」, 경희대 석사, 1995.

박혜원, 「한국 귀향 소설 연구 - 이호철, 이범선, 하근찬을 중심으로」, 이화여대 석사, 1996.

서선재, 「이호철 소설의 귀향의식 연구 - 중·단편소설을 중심으로」, 성신여대 석사, 1997.

강은아, 「1960년대 소설에 나타나는 분단콤플렉스 양상 - 최인훈, 이호철의 작품을 중심으로」, 한성대 석사, 1998.

김원철, 「이호철 소설의 변모과정 연구」, 서울대 석사, 1998.

김정남, 「이호철 소설 연구 - 소외와 그 극복 양상을 중심으로」, 한양대 석사, 1998.

이호규, 「1960년대 소설의 주체 생산 연구 - 이호철, 최인훈, 김승옥을 중심으로」, 연세대 박사, 1999.

정현중, 「이호철 소설의 귀향의식 연구」, 건국대 석사, 1999.

장연자, 「이호철 소설의 소시민의식 연구 - 60년대 발표작을 중심으로」, 중앙대 석사, 2000.

김재희, 「한국소설에 나타난 중산층의식 연구 - 이호철, 최일남, 박완서를 중심으로」, 중앙대 석사, 2001.

3) 단행본

이호철, 『현대한국문학전집』 8, 신구문화사, 1967.

이호철, 『이호철문학앨범』, 웅진, 1993.

이호철, 『이호철 문학선집』 1~7, 국학자료원, 2000.

이호규(외), 『이호철 소설연구』, 새미, 2001.

천이두(외), 『이호철 소설의 일반론 및 작품론』, 새미, 2001.

■ 장용학

1) 일반 논문

조연현, 「한국전쟁과 한국문학」, 『전선문학』, 1953. 9.
안병욱, 「실존주의의 계보」, 『사상계』, 1955. 4.
조연현, 「4월의 창작」, 『현대문학』, 1955. 5.
방기환, 「조화의 力感」, 『동아일보』, 1955. 7. 28.
백 철, 「신인과 현대의식 – 본질은 찾아지고 있는가」, 『조선일보』, 1955. 10. 18~28.
김동리, 「현대에의 신화의식」, 『서울신문』, 1955. 10. 24.
곽종원, 「1955년도 창작계 별견」, 『현대문학』, 1956. 1.
이봉래, 「신세대론 – 작가를 중심으로 한 시론」, 『문학예술』, 1956. 4.
이선영, 「아웃사이더의 반항 – 손창섭과 장용학을 중심으로」, 『현대문학』, 1956. 9.
백 철, 「상반기의 창작계」, 『사상계』, 1957. 7.
이철범, 「신인들이 많이 등장」, 『세계일보』, 1957. 12. 17.
이어령, 「상반기의 소설」, 『지성』 2, 1958. 가을.
백 철, 「한국문학 십년 – 하나의 서론적인 글」, 『사상계』, 1960. 2.
유종호, 「현대인의 운명 – 「현대의 야」에 부쳐」, 『한국일보』, 1960. 4.
         = 『비순수의 선언』, 신구문화사, 1962.
천이두, 「안티오스의 자유 – 장용학씨 「현대의 야」를 중심으로」, 『현대문학』, 1960. 11.
백 철, 「전후 15년의 한국소설」, 『한국전후문제작품집』, 신구문화사, 1961.
이어령, 「문제성을 찾아서」, 『한국전후문제작품집』, 신구문화사, 1961.
이어령, 「소설의 방법」, 『사상계』, 1963. 2.
이준재, 「존재의 고뇌와 자유의 의미」, 『세대』, 1963. 12.
김교선, 「심리적 지적 사색과 소설적 형성」, 『현대문학』, 1964. 5.
유종호, 「씨니시즘 기타」, 『문학춘추』, 1964. 7.
유종호, 「有所思 – 장용학씨의 「해바라기와 순수신판」에 붙여」, 『문학춘추』, 1964. 9.
유종호, 「버릇이라는 굴레 – 한글 · 한자 · 소설」, 『세대』, 1964. 9.
이어령 · 장용학, 「소설은 현장검증이다」, 『세대』, 1965. 9.
유종호, 「새로운 우상」, 『세대』, 1964. 10.
차현실, 「「요한시집」과 실존문학」, 『녹원문학』(이화여대), 1964. 12.

김　현, 「에피메니드의 역설 - 장용학론」, 『현대한국문학전집』 4, 신구문화사,
　　　1965.
유종호, 「투박한 고정관념」, 『문학춘추』, 1965. 1.
유종호, 「청승의 둘레 - 「낙관론의 주변」을 읽고」, 『세대』, 1965. 2.
이철범, 「장용학론」, 『문학춘추』, 1965. 2.
백승철, 「전후작가의 문제의식」, 『세대』, 1966. 2.
임헌영, 「장용학론 - 아나키스트의 幻歌」, 『현대문학』, 1966. 3.
천이두, 「안테우스의 자유」, 『현대문학』, 1966. 3.
임헌영, 「장용학론 - 아나키스트의 환가」, 『현대문학』, 1966. 11.
이선영, 「아웃사이더의 반항 - 손창섭과 장용학을 중심으로」, 『현대문학』, 1966. 12.
김　현, 「이름없는 세계에의 갈구 - 「비인탄생」, 「역성서설」」, 『현대한국문학전집』 4,
　　　신구문화사, 1967.
이어령, 「주제와 방법 - 『원형의 전설』」, 『현대한국문학전집』 4, 신구문화사, 1967.
염무웅, 「실존과 자유 - 「요한시집」」, 『현대한국문학전집』 4, 신구문화사, 1967.
이철범, 「소외된 인간의 비극 - 「현대의 야」」, 『현대한국문학전집』 4, 신구문화사,
　　　1967.
이철범, 「두 가지 태도의 혼란 - 「상립신화」」, 『현대한국문학전집』 4, 신구문화사,
　　　1967.
서승자, 「자의식 소설의 세계 - 장용학 작 「요한시집」을 통하여」, 『성대문학』, 1967. 1.
최상윤, 「장용학론」, 『동아』(동아대) 7, 1967. 1.
고시영, 「자유 인간론」, 『성대문학』, 1968.
김치수, 「존재에 대한 회의 그리고 논리적 해학 - 김성한·장용학」, 『한국단편문학대
　　　계』 8, 삼성출판사, 1969.
김정주, 「나르시즘과 타부」, 『한국어문학연구』(이화여대), 1969.
김치수, 「장용학작품해설」, 『한국대표문학전집』 9, 삼중당, 1970.
김경임, 「한국의 관념소설고」, 『한국어문학연구』(이화여대) 10, 1970.
이석규, 「장용학론」, 『선청어문』(서울사대), 1970. 3.
김송현, 「장용학론」, 『현대문학』, 1970. 5.
이유식, 「전후소설의 문장변천고」, 『현대문학』, 1970. 7.
김한영, 「전후 한국소설의 특성」, 『선청어문』(서울사대) 3, 1972.
서수생, 「싸르트르와 장용학의 비교 고찰 - 특히 그들의 소설속에 나타난 사상을 중

　　　심으로」,『경북대논문집』16, 1972.
고　은, 「북한과 거제도 사이의 사신」,『1950년대』, 민음사, 1973.
고　은, 「어떤 실존주의 작가의 체험」,『1950년대』, 민음사, 1973.
김윤식·김　현, 「장용학」,『한국문학사』, 민음사, 1973.
박이문, 「부조리한 인간」,『문학사상』, 1973. 3.
박이문, 「논리와 행동의 한계」,『문학사상』, 1973. 4.
박이문, 「비극적 인간」,『문학사상』, 1973. 5.
박이문, 「自暴과 반항」,『문학사상』, 1973. 7.
이홍자, 「「요한시집」 연구 - 실존주의와 휴머니즘의 측면에서」,『선청어문』(서울사
　　　대) 5, 1974. 3.
구인환, 「한국현대소설의 풍자성 고찰」,『조선대종합논문집』, 1975.
김교선, 「장용학의 소설」,『국어문학』(전북대) 18, 1975.
오경숙, 「장용학론」,『국어교육연구』(조선대) 1, 1975. 2.
정숙인, 「『원형의 전설』에 나타난 장용학의 작품세계」,『국어교육연구』(조선대) 1,
　　　1975. 2.
김치수, 「작가와 문학적 변모」,『한국소설의 공간』, 열화당, 1976.
김교선, 「장용학의 소설」,『국어문학』(전북대) 18, 1976.
김영수, 「실존주의와 「요한시집」의 비존」,『청대춘추』 21, 1976.
김치수, 「존재에 대한 회의 그리고 논리적 해학」,『한국단편문학대계』 8, 삼성출판
　　　사, 1979.
임헌영, 「장용학론」,『현대작가론』, 형설출판사, 1980.
우남득, 「실존적 의식을 통해 본 1950년대의 전후소설론」,『이대연구논문집』,
　　　1980.
김시태, 「지식인의 고뇌와 갈등」,『한국단편문학전집』 12, 금성출판사, 1981.
김윤식, 「우화성과 이데올로기 비판 - 장용학론」,『문예중앙』, 1981. 봄.
이재전, 「「요한시집」과 실존사상」,『수련어문논집』(부산여대) 9, 1982.
신경득, 「전후소설의 심층심리분석」,『한국전후소설연구』, 일지사, 1983.
허소라, 「장용학론」,『한국현대작가 연구』, 유림사, 1983.
김봉군, 「장용학론」, 김봉군(외),『한국현대작가론』, 민지사, 1984.
김용구, 「장용학 소설에 나타난 저항의 문제」,『한국현대소설사 연구』, 민음사,
　　　1984.

박동규, 「50년대 소설의 변화」, 『한국현대소설사 연구』, 민음사, 1984.

박신헌, 「「요한시집」과 「광장」의 비교 고찰」, 『문학과 언어』, 1984.

곽학송, 「김성한과 장용학」, 『월간문학』, 1984. 1.

천이두, 「50년대 문학의 재조명」, 『현대문학』, 1985. 1.

선우휘·김우종·최동호, 「6·25와 분단문학의 극복」, 『한국문학』, 1985. 8.

홍성우, 「장용학의 소설 연구 - 시간구조를 중심으로」, 『한양어문연구』, 1985. 10.

정명환, 「실존문학」, 『현대사상과 비평』, 청하, 1986.

원종찬, 「장용학 소설 연구」, 『인하인문』 5, 1986.

육근웅, 「장용학 소설의 신화비평적 접근」, 『한국언어문학』 24, 1986. 5.

서종택, 「『원형의 전설』의 동굴 모티브 - 우리문학의 동굴 모티브」, 『문학과 비평』,
　　　　1987. 가을.

이부영, 「심리학적 상징으로서의 동굴」, 『문학과 비평』, 1987. 가을.

김용성, 「1950년대 한국전후소설 연구」, 『교육논총』(전북대) 8, 1988.

김동환, 「한국 전후소설에 나타난 현실의 추상화방법연구」, 한국현대문학연구회(편),
　　　　『한국의 전후문학』, 태학사, 1991.

김윤식, 「6·25 전쟁문학 - 세대론의 시각」, 문학사와 비평연구회(편), 『1950년대
　　　　문학연구』, 예하, 1991.

조동숙, 「장용학의 실존주의 개념과 사르트르와의 거리」, 『수련어문논집』(부산여대),
　　　　1991.

차원현, 「1950년대 한국소설의 분단인식」, 문학사와 비평연구회(편), 『1950년대 문
　　　　학연구』, 예하, 1991.

한수영, 「1950년대 한국소설 연구 ; 남한(편)」, 한국문학연구회(편), 『1950년대 남
　　　　북한 문학』, 평민사, 1991.

김용성, 「장용학 소설의 시간의식 연구」, 『한국학연구』(인하대) 3, 1991. 3.

송현호, 「「요한시집」」, 『한국현대소설의 해설』, 관동출판사, 1992.

이은자, 「실존주의 논의 일 고찰 - 1950년대를 중심으로」, 『원우논총』(숙명여대)
　　　　10, 1992.

장수익, 「한국 관념소설의 계보 - 장용학·최인훈·이청준의 경우」, 문학과 비평 연
　　　　구회, 『1960년대 문학연구』, 예하, 1992.

양애경, 「「요한시집」 분석」, 『대전어문학』 9, 1992. 2.

송숙이, 「장용학의 「요한시집」과 사르트르의 『구토』와의 비교연구」, 『대구어문논총』

10, 1992. 6.

김윤식·정호웅, 「한국소설사」, 『현대소설』, 1992. 가을.

황순재, 「장용학의 『원형의 전설』 연구」, 『국어국문학』(부산대) 29, 1992. 10.

김정문, 「『요한시집』의 주제에 대하여」, 『배달말』 17, 1992. 12.

서영채, 「알레고리의 내적 형식과 그 의미 - 장용학의 『원형의 전설』론」, 『민족문학
      사연구』 3, 1993. 4.

장양수, 「실존주의 소설 - 장용학 「요한시집」」, 『한국의 문제소설』, 집문당, 1994.

권오현, 「전후문학의 실존주의 수용 양상」, 『계명대신문』, 1994. 3. 15.
      = 『문학에 대한 두 가지 단상』, 사람, 2000.

방민호, 「전후 알레고리 소설에 관한 연구 - 장용학, 김성한, 유주현 소설을 중심으
      로」, 『외국문학』, 1994. 여름.

문흥술, 「양식 파괴의 소설사적 의미 - 장용악론」, 『관악어문연구』 19, 1994. 12.

구인환, 「전후 한국문학의 지형도 - 소설의 서사문법을 중심으로」, 구인환(외), 『한
      국전후문학연구』, 삼지원, 1995.

김 철, 「냉전체제의 고착과 50년대 문학」, 민족문학사연구소, 『민족문학사 강좌』
      (하), 창작과 비평사, 1995.

박유희, 「인식의 혼란과 자기 확인」, 최동호(편), 『남북한 현대문학사』, 나남, 1995.

방민호, 「알레고리적 상상력의 의미」, 장용학, 『원형의 전설』, 동아출판사, 1995.

서영채, 「알레고리와 계몽 - 장용학의 『원형의 전설』 읽기」, 『소설의 운명』, 문학동
      네, 1995.

유임하, 「장용학의 「요한시집」 - 실존적 모험의 시대적 의미」, 홍기삼·한용환(편),
      『『임꺽정』에서 『화두』까지』, 문학아카데미, 1995.

이정숙, 「코페르니쿠스적 전회와 관념의 소설화 - 장용학론」, 구인환(외), 『한국전후
      문학 연구』, 삼지원, 1995.
      = 『한국 현대소설 연구』, 깊은샘, 1999.

한 기, 「전후소설의 계보학적 고찰 - 장용학 소설의 특질론」, 『장용학대표작품선
      집』, 책세상, 1995.

김병로, 「장용학의 『원형의 전설』 분석 - 다중적 전후인식의 다성 담론양상을 중심으
      로」, 『한남어문학』 20, 1995. 4.

김선학, 「시대의 풍향계 그리고 인각학 - 대표 중·단편을 중심으로」, 『문예중앙』,
      1995. 여름.

김승옥, 「구약시대와 신약시대를 잇는 매개자 누혜 - 장용학의 「요한시집」」, 『소설과
      사상』, 1995. 가을.
김혜련, 「탈출과 귀환으로서의 글쓰기 - 원형 구조의 미학, 장용학」, 『동국대한국문
      학연구』 18, 1995. 12.
엄해영, 「전후소설과 장용학 소설의 서사적 응전」, 『한국어교육』(한국어문교육학회)
      11, 1995. 12.
전상기, 「새로운 인간형의 모색과 그 귀결 - 장용학론」, 조건상(편), 『1950년대 문
      학의 이해』, 성균관대출판부, 1996.
이인섭, 「언어심리와 문체 2 - 장용학의 「요한시집」」, 『서울여대인문논총』 2, 1996. 2.
이순직, 「原型의 울림 - 장용학의 『원형의 전설』과 관련하여」, 『북악논총』(국민대)
      14, 1996. 7.
이인섭, 「시점과 문체 - 장용학의 「요한시집」」, 『선청어문』(서울사대) 24, 1996. 10.
김윤식, 「90년대 연구진과 알레고리론」, 『문예중앙』, 1996. 겨울.
김정곤, 「싸르트르(J-P Sartre)의 『구토』(La Nausée)와 장용학의 「요한시집」」,
      『비교문학』, 1996. 12.
남원진, 「1950년대 문학 연구 - 실존주의와 관련 양상을 중심으로」, 『한국현대작가
      연구』, 박이정출판사, 1997.
김미영, 「장용학의 「비인탄생」, 「역성서설」에 대하여」, 한양어문학회, 『1950년대 한
      국문학연구』, 보고사, 1997.
우미영, 「「요한시집」의 서술 거리와 무의식의 원리」, 한양어문학회, 『1950년대 한국
      문학연구』, 보고사, 1997.
이인섭, 「「요한시집」의 문체 - 작가의 언어 심리와 문장의식」, 한양어문학회, 『1950
      년대 한국문학연구』, 보고사, 1997.
임은희, 「장용학의 『원형의 전설』 고찰」, 한양어문학회, 『1950년대 한국문학연구』,
      보고사, 1997.
박배식, 「장용학 소설의 모더니티 연구」, 『한국언어문학』 38, 1997. 6.
이동하, 「소설의 자리와 관녀의 자리 - 장용학의 「요한 시집(詩集)」」, 『현대문학』,
      1997. 6.
나은진, 「장용학 소설 연구」, 『이화어문논집』 15, 1997. 9.
현길언, 「한국 현대소설의 모티브 연구」, 『한양대한국학논집』 31, 1997. 10.
윤상기, 「장용학의 『원형의 전설』 고찰」, 『한국언어문학』 39, 1997. 12.

김은자, 「1950년대 장용학 소설의 인물연구」, 『관동대인문학연구』 1, 1998. 2.

박배식, 「전후소설에 나타난 내면화 경향」, 『비평문학』, 1998. 7.

김미현, 「「요한시집」의 기호론적 구조」, 『이대대학원연구논집』 17, 1998. 8.

박재섭, 「전후소설에 있어서 까뮈의 이입 · 영향연구 - 오상원과 장용학의 작품을 중심으로」, 『인제논총』 14-1, 1998. 10.

김건우, 「장용학의 「도형의 전설」론」, 박동규(외), 『한국전후문학의 분석적연구』, 월인, 1999.

방민호, 「이어령의 구세대 비판 및 장용학의 한자사용론의 의미」, 박동규(외), 『한국전후문학의 분석적연구』, 월인, 1999.

윤진현, 「장용학 「日附變更線近處」 일고」, 『한국극예술연구』 9, 1999. 4.

김영택 · 김상수, 「장용학 문학의 재인식」, 『목원대논문집』 37, 1999. 8.

박창원, 「유고소설 「빙하기행」이 남긴 의미」, 『문학사상』, 1999. 10.

방민호, 「고독한 실존주의자의 생애와 문학」, 『문학사상』, 1999. 10.

오창은, 「전후 실존주의 · 전통론의 '단절과 계승' - 1950년대 비평문학을 중심으로」, 중앙어문학회, 『어문논집』 27, 1999. 12.

권오현, 「전후소설의 이데올로기 표현 방법 연구」, 『문학에 대한 두 가지 단상』, 사람, 2000.

권오현, 「혁명기 한국소설의 현실 반영 양상 연구」, 『문학에 대한 두 가지 단상』, 사람, 2000.

2) 학위 논문

이병직, 「실존성이 소설에 반영된 작품 고찰」, 중앙대 석사, 1961.

권기호, 「소설 『원형의 전설』 연구」, 경북대 석사, 1966.

배정은, 「아웃사이더적 의식에 비추어본 이상, 손창섭, 장용학의 작품고」, 이화여대 석사, 1974.

이재전, 「「요한시집」의 사상성 고찰」, 동아대 석사, 1979.

이숙경, 「장용학 소설에 나타난 신화적 원형고」, 서울사대 석사, 1981.

이은집, 「한국 전후소설에 나타난 인간상」, 동국대 석사, 1981.

박승준, 「「요한시집」의 신화적 연구」, 명지대 석사, 1982.

신경득, 「한국전후소설 연구」, 건국대 박사, 1983.

오경운, 「장용학 연구」, 세종대 석사, 1983.

박수진, 「장용학 소설 연구」, 중앙대 석사, 1984.

김완신, 「1950년대 한국소설 연구 - 손창섭, 장용학을 중심으로」, 연세대 석사, 1985.

김미리, 「장용학 소설론」, 전남대 석사, 1986.

신덕수, 「장용학 단편소설 연구」, 대구대 석사, 1986.

하정일, 「1950년대 한국단편소설 연구」, 연세대 석사, 1986.

김영도, 「장용학 소설 연구」, 숭실대 석사, 1987.

문승준, 「장용학 소설 연구 - 신화적 구조와 원형 상징을 중심으로」, 성균관대 석사, 1987.

서상익, 「장용학 소설에 나타난 죽음의 양상」, 경북대 석사, 1987.

유학영, 「1950년대 한국소설 연구 - 전쟁체험과 갈등구조를 중심으로」, 성균관대 박사, 1987.

최재봉, 「알레고리적 상징을 통한 존재공간 연구」, 경희대 석사, 1987.

김정주, 「장용학의 문체 연구」, 이화여대 석사, 1988.

김은미, 「알레고리적 상징을 통한 존재공간 연구」, 이화여대 석사, 1989.

이기윤, 「1950년대 한국소설의 전쟁체험 연구」, 인하대 박사, 1989.

박홍기, 「근친상간형 설화 연구」, 조선대 석사, 1990.

이대영, 「한국 실존주의 소설 연구」, 충북대 석사, 1990

이지연, 「전후소설에서의 '허무주의'와 '저항'의 성격 - 손창섭과 장용학 소설의 주제를 중심으로」, 성균관대 석사, 1990.

강신경, 「장용학의 실존주의 수용 양상에 관한 연구 - 「요한시집」을 중심으로」, 중앙대 석사, 1991.

안성희, 「신세대 작가의 문체론적 연구」, 이화여대 석사, 1991.

오현숙, 「장용학의 전후소설 연구」, 전북대 석사, 1991.

김양호, 「전후 실존주의 소설 연구 - 손창섭·장용학·오상원을 중심으로」, 단국대 석사, 1992.

박은희, 「장용학 소설 연구」, 영남대 석사, 1992.

변화영, 「장용학 소설 연구 - 1950년대 소설을 중심으로」, 전북대 석사, 1992.

엄해영, 「한국 전후 세대 소설 연구」, 세종대 박사, 1992.

윤필우, 「장용학 소설 연구」, 건국대 석사, 1992.

전기철, 「한국 전후문예비평 전개 양상 고찰 - 불안의식의 내재화와 응전력을 중심으로」, 서울대 박사, 1992.

강선정, 「장용학 소설 연구」, 경남대 석사, 1993.

김영주, 「장용학의 실존의식 연구」, 고려대 석사, 1993.

방민호, 「전후소설에 나타난 알레고리 연구」, 서울대 석사, 1993.

김건우, 「장용학 소설 연구」, 서울대 석사, 1995.

박창원, 「장용학 소설 연구」, 세종대 박사, 1995.

홍혜미, 「장용학 소설 연구 - 인물을 중심으로」, 창원대 석사, 1995.

윤상기, 「장용학 소설 연구」, 전남대 박사, 1996.

이대영, 「한국현대실존주의소설 연구」, 충남대 박사, 1996.

김미락, 「장용학의『원형의 전설』연구」, 연세대 석사, 1997.

유은원, 「장용학 소설 연구」, 이화여대 석사, 1997.

장연자, 「장용학의『원형의 전설』연구」, 동덕여대 석사, 1997.

한병철, 「장용학 후기 소설 연구」, 부산대 석사, 1997.

서동수, 「한국 전후소설에 나타난 이데올로기 연구 - 장용학, 선우휘를 중심으로」, 건국대 석사, 1998.

최정민, 「장용학 소설연구 - 정신분석학과 신화비평적 접근」, 충남대 석사, 1998.

한민주, 「장용학 소설의 알레고리적 특성 연구」, 서강대 석사, 1998.

나은진, 「1950년대 소설의 서사적 세 모형 연구 - 장용학, 손창섭, 김성한을 중심으로」, 이화여대 박사, 1999.

장영은, 「장용학 소설의 공간 연구」, 이화여대 석사, 1999.

장현경, 「장용학 소설 연구 - 전기소설에 나타난 작가의식의 변이를 중심으로」, 인천대 석사, 1999.

최성희, 「1950년대 한국 전후소설의 의미구조 연구 - 장용학, 손창섭, 김성한을 중심으로」, 경성대 석사, 1999.

강승원, 「장용학 소설에 나타난 소외자의 자기실현 연구」, 숭실대 석사, 2000.

임영하, 「장용학 소설의 소극성 연구 - 소극적 인물과 상황을 중심으로」, 서강대 석사, 2000.

3) 단행본

장용학, 『현대한국문학전집』 4, 신구문화사, 1967.
장용학, 『장용학대표작품선집』, 책세상, 1995.

■ 전광용

1) 일반 논문

최일수, 「현대소설과 내용 분석 – 새세대의 창작활동을 중심으로」, 『한국일보』,
        1955. 9. 8, 10.

백 철, 「신인과 현대의식 – 본질은 찾아지고 있는가」, 『조선일보』, 1955. 10. 18~28.

정태용, 「6월의 소설」, 『현대문학』, 1959. 7.

백 철, 「전후 15년의 한국소설」, 『한국전후문제작품집』, 신구문화사, 1961.

이어령, 「문제성을 찾아서」, 『한국전후문제작품집』, 신구문화사, 1961.

김 현, 「대결의 의미 – 「사수」」, 『현대한국문학전잡』 5, 신구문화사, 1967.

이형기, 「인간수호의 시선 – 전광용론」, 『현대한국문학전잡』 5, 신구문화사, 1967.

조동일, 「섬 생활의 객관적 묘사 – 「흑산도」」, 『현대한국문학전잡』 5, 신구문화사,
        1967.

천상병, 「근대적 인간형의 축도 – 「꺼삐딴·리」」, 『현대한국문학전잡』 5, 신구문화
        사, 1967.

정창범, 「인간회귀와 리얼리티 – 오상원·전광용」, 『한국단편문학대계』 9, 삼성출판
        사, 1969.

김치수, 「전광용작품해설」, 『한국대표문학전집』 9, 삼중당, 1970.

신경득, 「소설과 사회의 변주(중) – 이범선, 박경리, 정한숙, 전광용론」, 『현대문학』,
        1980. 8.

김영화, 「과도기와 지식인의 삶」, 『현대작가론』, 문장사, 1983.

신경득, 「전후상황과 신세대의 소설」, 『한국전후소설연구』, 일지사, 1983.

권영민, 「비판정신과 구성의 치밀성 – 전광용론」, 『소설문학』, 1984. 12.

박동규, 「현실의 나신」, 『한국문학전집』 17, 삼성출판사, 1987.

이주형, 「전광용 저 『한국현대문학론고』」, 『정신문화연구』 32, 1987.

김소영, 「전광용 소설 연구」, 『서울대국어국문학논문집』 35, 1988. 8.

조남현, 「전광용론 – 리얼리티에의 투망, 그 정신과 방법」, 『문학사상』, 1988. 9.
        = 이주형(외), 『한국현대작가연구』, 민음사, 1989.

차원현, 「1950년대 한국소설의 분단인식」, 문학사와 비평연구회(편), 『1950년대 문
        학연구』, 예하, 1991.

권영민, 「전광용의 현실인식과 소설적 기법」, 『소설과 운명의 언어』, 현대소설사, 1992.

송현호, 「「흑산도」, 「꺼비딴 리」」, 『한국현대소설의 해설』, 관동출판사, 1992.

염무웅, 「5~60년대 남한문학의 민족문학적 위치」, 『창작과 비평』, 1992. 겨울.

조남현, 「전광용 단편소설의 특징」, 『한국현대소설의 해부』, 문예출판사, 1993.

권영민, 「전광용의 현실인식과 소설적 기법」, 전광용, 『전광용대표작품선집』, 책세상, 1994.

권오현, 「1960년대 소설의 이데올로기 표현 방법 연구」, 『계명대대학원학술연구논문집』, 1994.
    =『문학에 대한 두 가지 단상』, 사람, 2000.

김만수, 「비극적 삶, 소외의 극복양상」, 전광용, 『전광용대표작품선집』, 책세상, 1994.

김우종, 「전광용과 그의 작품」, 『학원한국문학전집』 32, 학원출판사, 1994.

박동규, 「1950년대 소설의 변화」, 전광용(외), 『한국현대소설사 연구』, 민음사, 1994.

윤석달, 「변경의 삶과 시대의 초상 - 전광용론」, 송하춘·이남호(편), 『1950년대의 소설가들』, 나남, 1994.

구인환, 「전후 한국문학의 지형도 - 소설의 서사문법을 중심으로」, 구인환(외), 『한국전후문학연구』, 삼지원, 1995.

전영태, 「사회와 작품을 대하는 엄격성」, 전광용·정한숙, 『꺼비딴 리·전황당인보기』, 동아출판사, 1995.

이용남, 「엄격한 시각으로 현실을 조망했던 교수 작가 - 그의 작품을 학자적 탐구욕과 관찰의 소산」, 『문학사상』, 1998. 6.

김윤정, 「전광용 단편소설 연구」, 박동규(외), 『한국전후문학의 분석적연구』, 월인, 1999.

2) 학위 논문

신경득, 「한국전후소설 연구」, 건국대 박사, 1983.

정은미, 「전광용 소설 연구」, 성신여대 석사, 1993.

김진수, 「전광용' 연구」, 홍익대 석사, 1998.

나은영, 「전광용 단편소설의 인물 연구」, 동아대 석사, 2000.

3) 단행본

정한숙·전광용, 『현대한국문학전집』 5, 신구문화사, 1967.
전광용, 『전광용대표작품선집』, 책세상, 1994.

■ 전봉건

1) 일반 논문

전봉건, 「시작 노트」, 『한국전후문제시집』, 신구문화사, 1957.

전봉건, 「자유」, 『현대한국문학전집』 18, 신구문화사, 1967.

고석규, 「모더니티에 대하여」, 『신작품』 7, 1954. 3.

김춘수, 「전후 15년의 한국시」, 『한국전후문제시집』, 신구문화사, 1957.

이어령, 「전후시에 대한 노트 2장」, 『한국전후문제시집』, 신구문화사, 1957.

유종호, 「불모의 도식 - 1957년의 시」, 『문학예술』, 1957. 7.
　　　 = 『비순수의 선언』, 신구문화사, 1962.

이어령, 「1957년 시 총평」, 『사상계』, 1957. 12.

유종호, 「7월의 창작평」, 『사상계』, 1958. 8.

이철범, 「상반기의 시」, 『지성』 2, 1958. 가을.

김윤성, 「6월의 시」, 『현대문학』, 1959. 7.

이철범, 「영토를 쌓는 30대의 시인 - 김춘수, 김수영, 전봉건 시십에 내하어」, 『세계
　　　 일보』, 1960. 1. 15~16.

김구용, 「전봉건의 시세계」, 『세대』, 1964. 10.

김　현, 「시와 탐구의 태도」, 『문학』, 1966. 8.

김　현, 「암시의 미학이 갖는 문제점 - 언어파의 시학에 관해서」, 『현대한국문학전
　　　 집』, 신구문화사, 1967.

김우정, 「우리 시의 푸른 강줄기 - 한국현대시사서설」, 전봉건(편), 『별 하나의 영원
　　　 을』, 삼애사, 1968.

고　은, 「젊은 형제간의 비극」, 『1950년대』, 민음사, 1973.

홍신선, 「꽃, 혹은 생명에의 원초적인 집착」, 『현대시학』, 1974. 6.

이승훈, 「한국전쟁과 시의 세 양상 - 구상·박양균·전봉건」, 『현대시학』, 1974. 8.

윤석산, 「전달되는 시」, 『현대시학』, 1976. 9.

김규동, 「5시인의 초상」, 『현대시학』, 1978. 5.

이옥희, 「꽃을 소재로 한 한국현대시」, 『현대시학』, 1978. 12.

이수화, 「전봉건·김광림·유안진의 시」, 『현대시학』, 1979. 7.

최원규, 「언어와 존재」, 『현대시학』, 1979. 8.

홍신선, 「50년대의 세 시인」, 『현대시학』, 1980. 2.

김 현, 「종다리의 시학 - 전봉건 두 편의 시 읽기」, 『현대시학』, 1980. 6.

신동욱, 「전봉건론」, 『현대문학』, 1980. 9.

고정희, 「원형에의 회귀본능」, 『현대시학』, 1981. 8.

박청룡, 「물 그 허무의 리듬」, 『현대시학』, 1981. 10.

윤석산, 「개성과 유사개성」, 『현대시학』, 1982. 4.

이관묵, 「관념과 서정의 역동성」, 『현대시학』, 1982. 4.

차한수, 「피의 따뜻함 그리고 원」, 『현대시학』, 1982. 8.

이영걸, 「진실과 표현 - 전봉건 시집 『북의 고향』」, 『현대시학』, 1982. 11.

홍신선, 「전봉건 시집 『북의 고향』」, 『한국문학』, 1982. 11.

유자효, 「만남을 위한 노력과 만남에 의한 성취 - 「돌·3」」, 정한모·김재홍(편),
        『한국현대시평설』, 문학세계사, 1983.

이승훈, 「추락과 상승의 시학」, 전봉건, 『새들에게』, 고려원, 1983.
        = 『현대시학』, 1988. 8.

박정만, 「전봉건과의 대담」, 『현대문학』, 1983. 4.

한광구, 「한국 현대시의 6·25 체험」 3, 『현대시학』, 1983. 4.

채규판, 「조병화·이동주·전봉건의 시세계」, 『원광문화』 20, 1983. 7.

하현식, 「관념 그리고 형상의 시학」, 『현대시학』, 1983. 8.

조남익, 「시의 불꽃」, 『현대시학』, 1984. 4.

윤재근, 「황홀한 체험」, 『현대문학』, 1984. 8.

민병욱, 「전봉건의 서사정신과 서사갈래 체계」, 『현대시학』, 1985. 2~4.

하현식, 「사유와 직관의 원근법」, 『현대시학』, 1985. 3.

구재기, 「시간과 공간」, 『현대시학』, 1986. 3.

남송우, 「연작시, 그 의미와 문학적 자리」, 『현대시학』, 1986. 3.

정진석, 「착한 파수병」, 『현대시학』, 1986. 8.

최휘웅, 「시의 현장성과 비약」, 『현대시학』, 1986. 8.

조남익, 「전통의 시·신풍의 시 - 이동주·전봉건」, 『현대시학』, 1986. 10.

유자효, 「자의식과 달관」, 『현대시학』, 1986. 12.

나태주, 「화해와 사랑의 정신」, 『현대시학』, 1987. 6.

최휘웅, 「분단상황의 시적 대응 - 전봉건론·시선집 『아지랭이 그리고 아픔』을 중심
        으로」, 『현대시학』, 1987. 10~11.

김광림, 「전쟁고발과 죽음의 증언」, 『현대시학』, 1988. 4.

박현서, 「시적구조의 양상」, 『현대시학』, 1988. 7.

김구용, 「전봉건선생과 시극」, 『현대시학』, 1988. 8.

김광림, 「절대평화주의자 전봉건 시인」, 『현대시학』, 1988. 8.

오세영, 「장시의 다양성과 가능성」, 『현대시학』, 1988. 8.

조정권, 「하프를 잃어버린 올페우스」, 『현대시학』, 1988. 8.

하현식, 「새로 쓴 전봉건 작품론 - 말과 고절」, 『현대시학』, 1988. 8.

이승훈, 「6 · 25체험의 시적 극복 - 전봉건론」, 『문학사상』, 1988. 8.

유제하, 「분단 상황의 현대사적 조명 - 전봉건의 연작시 「6 · 25」에 대하여」, 『비평
　　　　문학』 2, 1988. 8.

민　영, 「1950년대 시의 물길」, 『창작과 비평』, 1989. 봄.

김영태, 「시인을 찾아서 - 전봉건」, 『현대시학』, 1989. 4.

박민영, 「전봉건 시에 나타난 '불' 이미지의 변용 연구」, 『이화여대대학원연구논문집』
　　　　17, 1989. 8.

박정남, 「전봉건 시에 나타난 에로스의 세계」, 『대구어문논총』 8, 1990. 5.

박민영, 「전봉건 시에 나타난 피와 꽃의 변증법」, 『현대시학』, 1990. 6.

김　현, 「전봉건을 찾아서」, 『김현 전집』 3, 문학과 지성사, 1991.

최동호, 「실존하는 삶의 역사성」, 『평정의 시학을 위하여』, 민음사, 1991.

조창환, 「장미빛 핏방울과 먹장 어둠 - 전봉건론」, 『현대시』, 1991. 봄.

이승훈, 「전봉건의 시론」, 『한국현대시론사』, 고려원, 1993.

이광호, 「폐허의 세계와 관능의 형식 - 전봉건론」, 송하춘 · 이남호(편), 『1950년대
　　　　의 시인들』, 나남, 1994.

이승훈, 「전봉건 - 「2월의 노래」」, 『한국 현대시 새롭게 읽기』, 세계사, 1996.

김광림, 「순수와 고발의 쌍지팡이 - 6월에 생각나는 시인 전봉건」, 『현대시학』,
　　　　1996. 6.

이소영, 「존재상실과 시적 극복의 가능성 - 1950년대 전봉건 시를 중심으로」, 『명지
　　　　어문학』 23, 1996. 8.

조영복, 「전봉건 시의 유희의식과 반복구조」, 『어문연구』 91, 1996. 9.

이명희, 「전봉건 시에 나타난 에로스적 상상력과 고향의식」, 『건국어문학』(건국대)
　　　　21 · 22, 1997. 9.

윤호병, 「릴케의 영향과 수용」, 『문학의 파르마콘』, 국학자료원, 1998.

김지연, 「전봉건의 시론과 시에 관한 연구」, 한국어문교육연구회, 『어문연구』 100,
　　1998. 12.
남기혁, 「전후 전봉건 시의 시간의식과 현실 부정성」, 박동규(외), 『한국전후문학의
　　분석적연구』, 월인, 1999.

2) 학위 논문

한광구, 「한국 현대시에 나타난 6·25전쟁 체험의 수용」, 경희대 석사, 1981.
이승규, 「전봉건의 전쟁체험과 시적 변용 분석 – 시집 『꿈 속의 뼈』를 중심으로」, 동
　　국대 석사, 1990.
박민영, 「전봉건 시에 나타난 불의 이미지의 변용 연구」, 이화여대 석사, 1990.
임문혁, 「한국 현대시의 전통 연구 – 설화의 수용을 중심으로」, 한국교원대 박사,
　　1993.
강경희, 「전봉건 시 연구」, 숭실대 석사, 1994.
강철수, 「전봉건 시 연구 – 시세계 변모양상을 중심으로」, 한양대 석사, 1994.
김소연, 「1950년대 시 연구 – 전봉건·김종삼·박용래의 초기시를 중심으로」, 성심
　　여대 석사, 1994.
문해경, 「전봉건 시 연구」, 경희대 석사, 1995.
유명신, 「전봉건 시집 『돌』의 지수적 상징 연구」, 동아대 석사, 1995.
이소영, 「전봉건 시 연구」, 명지대 석사, 1995.
유경동, 「전봉건 시 연구 – 상승 이미지를 중심으로」, 고려대 석사, 1996.
이소영, 「전봉건 시 연구」, 명지대 석사, 1996.
박주현, 「전봉건 시의 역동적 상상력 연구」, 서울대 석사, 1997.
박성현, 「한국 전후시의 죽음의식 연구 – 김종삼·박인환·전봉건을 중심으로」, 건국
　　대 석사, 1998.
이재식, 「전봉건의 '새' 이미지 변용」, 동국대 석사, 1998.
정영미, 「전봉건 시 연구」, 건국대 석사, 1998.
박소영, 「전봉건 시에 나타난 생명의식 연구」, 부산외대 석사, 1999.
이성모, 「전봉건 시 연구」, 경남대 박사, 1999.
전미정, 「한국 현대시의 에로티시즘 연구 – 서정주, 오장환, 송욱, 전봉건의 시를 중
심으로」, 서강대 박사, 1999.

유춘희, 「전봉건 시 연구 - 6·25 체험시를 중심으로」, 동국대 석사, 2000.
조민아, 「전봉건 시 연구」, 동아대 석사, 2000.
이현희, 「전봉건 시 연구 - 시적 화자와 상흔(trauma)의 변이과정」, 서강대 석사,
      2001.

3) 단행본

전봉건, 『전봉건시선』, 탐구당, 1985.

■ 정태용

1) 일반 논문

이영일, 「상식의 한계와 비판 - 정태용씨에 대한 재비판」, 『평화신문』, 1957
        3. 29~30. 4. 2.
최원식, 「민족문학론의 반성과 전망」, 『민족문학의 논리』, 창작과 비평사, 1982.
홍정선, 「민족문학 개념에 대한 역사적 검토」, 『문학과 사회』, 1988. 가을.
염무웅, 「5, 60년대 남한문학의 민족문학적 위치」, 『창작과 비평』, 1992. 겨울.
전기철, 「전통론」, 『한국전후문예비평연구』, 서울, 1994.
박헌호, 「50년대 비평의 성격과 민족문학론으로의 도정」, 조건상(편), 『한국전후문
        학연구』, 성균관대출판부, 1993.
김유중, 「중도적 비평의 전개양상 - 정태용론」, 구인환(외), 『한국전후문학연구』, 삼
        지원, 1995.
한수영, 「최일수 연구 - 1950년대 비평과 새로운 민족문학론의 구상」, 『민족문학사
        연구』 10, 1997. 3.
한수영, 「민족문학론의 전개 양상」, 『한국현대 비평의 이념과 성격』, 국학자료원,
        2000.

2) 학위 논문

김승룡, 「정태용의 비평문학」, 동국대 석사, 1985.
전기철, 「한국 전후문예비평 전개 양상 고찰 - 불안의식의 내재화와 응전력을 중심으
        로」, 서울대 박사, 1992.
한수영, 「1950년대 한국 문예비평론 연구 - 민족문학론, 실존주의문학론, 모더니즘
        론을 중심으로」, 연세대 박사, 1996.

■ 정한모

1) 일반 논문

정한모, 「便乘과 統御」, 『현대한국문학전집』 18, 신구문화사, 1967.

정한모, 「나의 문학, 나의 시작법」, 『현대문학』, 1982. 12.

정한숙, 「상호비평 – 한모의 인상」, 『현대문학』, 1958. 4.

김윤성, 「6월의 시」, 『현대문학』, 1959. 7.

오규원, 「『아가의 방』」, 『문학과 지성』, 1971. 여름.

이건청, 「원초적인 것에의 집념」, 『현대시학』, 1974. 5.

정의홍, 「영원과 생명의 모랄 – 정한모의 시」, 『현대시학』, 1974. 10.

김용직, 「『새벽』」, 『문학과 지성』, 1976. 6.

오세영, 「자아와 세계의 화해 – 정한모의 시」, 『현대시학』, 1979. 5.

김광림, 「시점의 확대를 위하여」, 『현대시학』, 1979. 9.

박청룡, 「바람, 그 망각의 그림자」, 『현대시학』, 1981. 11.

김 현, 「정한모 「아가의 방 별사 1」」, 『살아있는 시들』 1, 홍성사, 1983.

김시태, 「정한모와 휴머니즘」, 김용직(편), 『한국현대시사 연구』, 일지사, 1983.

오세영, 「정한모론」, 『현대시와 실천비평』, 이우출판사, 1983.

오세영, 「설화적 모티프와 그 비극적 진실 – 정한모 「나비의 여행」」, 정한모·김재홍
        (편), 『한국대표시평설』, 문학세계사, 1983.

이건청, 「희망적 비젼과 균형의 세계」, 정한모, 『아가의 방 별사』, 문학예술사,
        1983.

하현식, 「관념 그리고 형상의 시학」, 『현대시학』, 1983. 8.

김재홍, 「휴머니즘 또는 미래지향의 역사의식 – 정한모론」, 『현대문학』, 1983. 9.
        = 정한모, 『나비의 여행』, 현대문학사, 1983.
        = 『시와 진실』, 이우출판사, 1984.

차한수, 「시와 고뇌」, 『현대시학』, 1984. 6.

박청룡, 「감성의 생리」, 『현대시학』, 1984. 11.

최원규, 「정한모론」, 『구연식교수회갑기념논문집』, 1986.

송현호, 「현실인식과 예술성」, 『심상』, 1986. 1.

조남익, 「중도시인들의 서정」, 『현대시학』, 1986. 5.

나태주, 「장관시인의 서정시」, 『현대시학』, 1988. 7.

김상호, 「원점 그 인간본향에 대한 갈망 -『원점에 서서』」, 『민족과 문학』, 1989. 12.

정한모·윤석산, 「우리시의 정체성을 생각한다」, 『현대시학』, 1990. 6.

김영태, 「원점에 서 있는 시인 - 정한모」, 『현대시학』, 1990. 7.

오세영, 「생명의 순수성에 대한 열망」, 정한모, 『내 유년의 하늘엔』, 미래사, 1991.

이영섭, 「50년대 남한의 현실인식과 시적 형상」, 한국문학연구회(편), 『1950년대
        남북한 문학』, 평민사, 1991.

김재홍, 「따뜻한 정감의 세계, 사랑과 구원의 시 정신 - 고 정한모의 시세계」, 『문학
        사상』, 1991. 4.

조남현, 「객관성과 엄정성 그리고 리리시즘」, 『문학사상』, 1991. 4.

신용협, 「생명의 외경과 휴머니즘 - 정한모론」, 『현대시』, 1991. 9.
        =『현대 한국시 연구』, 국학자료원, 1994.

김준오, 「정한모 「멸입」 - 서정시의 극기, 「멸입」의 양면성」, 한국시문학회, 『한국
        현대시 작품연구와 감상』, 학문사, 1993.

이승훈, 「정한모의 시론」, 『한국현대시론사』, 고려원, 1993.

최원규, 「정한모론」, 『한국현대시론고』, 신원문화사, 1993.

강신주, 「한국현대시에 나타난 노인의식 연구 - 정한모, 조병화, 구상의 시를 중심으
        로」, 『숙명여대한국학연구』 5, 1995. 12.

박민수, 「정한모의 시론, 그 기술관점과 역사적 의의」, 『한국 현대시의 리얼리즘과
        모더니즘』, 국학자료원, 1996.

문홍술, 「존재의 본질에 대한 갈망 - 정한모 시론」, 『시원의 울림』, 청동거울, 1998.

김영철, 「정한모 시의 지수비평적 고찰」, 『건국대인문과학논총』 32, 1999. 3.
        =『한국 현대시의 좌표』, 건국대출판부, 2000.

김형필, 「정한모론」, 『한국외대논문집』 31, 1999. 6.

2) 학위 논문

양승준, 「정한모 시 연구」, 상지대 석사, 1999.

3) 단행본

오세영(외), 『정한모의 문학과 인간』, 시와 시학사, 1992.

■ 정한숙

1) 일반 논문

최일수, 「현대소설과 내용 분석 - 새세대의 창작활동을 중심으로」, 『한국일보』,
　　　　1955. 9. 8, 10.
백 철, 「신인과 현대의식 - 본질은 찾아지고 있는가」, 『조선일보』, 1955. 10. 18~28.
곽종원, 「1955년도 창작계 별견」, 『현대문학』, 1956. 1.
최일수, 「예술가의 생리와 본질 - 「눈매」(정한숙 작)와 「계모」(방기환 작)를 읽고」,
　　　　『신태양』 48, 1956. 8.
정한모, 「상호비평 - 한숙의 인상」, 『현대문학』, 1958. 4.
유종호, 「7월의 창작평」, 『사상계』, 1958. 8.
문덕수, 「내용과 수법의 다양성 - 정한숙론」, 『현대한국문학전집』 5, 신구문화사, 1967.
염무웅, 「좌절과 도피 - 「IYEU도」」, 『현대한국문학전집』 5, 신구문화사, 1967.
조동일, 「근대사의 두 방향 - 「고가」」, 『현대한국문학전집』 5, 신구문화사, 1967.
홍사중, 「기적을 바라는 사람들 - 「만나가 내리는 땅」」, 『현대한국문학전집』 5, 신구
　　　　문화사, 1967.
이보영, 「6인의 중견작가 - 오유권·정병우·정한숙·박경수·김광식·최일남」, 『한
　　　　국단편문학대계』 9, 삼성출판사, 1969.
김 현, 「소년기의 시대적 절망감」, 『조선일보』, 1976. 11. 27.
오탁번, 「끈질긴 탐구정신의 소산」, 『한국현대문학전집』 25, 삼성출판사, 1978.
신경득, 「소설과 사회의 변주(중) - 이범선, 박경리, 정한숙, 전광용론」, 『현대문학』,
　　　　1980. 8.
김영화, 「백색의 세계 - 정한숙론」, 『현대문학』, 1981. 4.
정현기, 「따뜻한 작가 눈그늘에 비친 세계형식」, 정한숙, 『안개거리』, 정음사, 1983.
곽학송, 「정한숙과 손창섭」, 『월간문학』, 1983. 12.
정현기, 「역사적 진술 의미와 소설적 진실 - 정한숙의 「끊어진 다리」」, 『광장』, 1984. 6.
　　　　=『한국문학의 사회사적 의미』, 문예출판사, 1986.
이태동, 「진리의 빛과 실존적 신화의식 - 정한숙, 이범선, 이정환」, 『한국현대소설의
　　　　위상』, 문예출판사, 1985.
최동호, 「예술가 소설과 인간상의 탐구 - 정한숙론」, 『정통문학』, 1985. 12.
한승옥, 「한국전후소설의 현실극복의지 - 「불꽃」『나무들 비탈에 서다』「끊어진 다리」

를 중심으로」, 『숭실어문』, 1986.

김선학, 「좌절과 의지의 인간학 - 정한숙론」, 『문학사상』, 1988. 4.
       = 권영민(편), 『한국현대작가연구』, 문학사상사, 1991.

이주형, 「정한숙 소설에서의 한국 현대사 인식 - 정한숙론」, 이주형(외), 『한국현대
       작가연구』, 민음사, 1989.

한승옥, 「한국전후소설의 현실극복의지」, 『한국현대장편소설연구』, 민음사, 1989.

윤석달, 「분단현실의 소설적 형상화와 역사의식 - 정한숙의 「끊어진 다리」론」, 『한국
       항공대학논문집』 28, 1990.

유한극, 「인간본위주의적 다양성의 소설」, 『우리시대의 한국문학』 4, 계몽사, 1991.

차원현, 「1950년대 한국소설의 분단인식」, 문학사와 비평연구회(편), 『1950년대 문
       학연구』, 예하, 1991.

송현호, 「「금당벽화」」, 『한국현대소설의 해설』, 관동출판사, 1992.

장성수, 「전후 현실의 문학적 진단과 처방 - 정한숙론」, 송하춘·이남호(편), 『1950
       년대의 소설가들』, 나남, 1994.

윤석달, 「역사와 인간에 대한 폭넓은 탐구」, 전광용·정한숙, 『꺼비딴 리·전황당인
       보기』, 동아출판사, 1995.

장양수, 「물신주의에 모욕당한 예술가의 진정」, 『동의논집』 27, 1997. 11.

양은창, 「정한숙의 「고가」」, 『한국 전후소설 구조론』, 웅동, 1999.

김재두, 「정한숙 소설에 있어서 설화의 현대적 변용 연구」, 『겨레어 문학』 25,
       2000.8.

2) 학위 논문

강명불, 「정한숙 소설에 나타난 분단문학의 양상 - 「고가」와 「끊어진 다리」를 중심으
       로」, 동국대 석사, 1989.

김찬기, 「1950년대 소설의 전통지향성 연구 - 김동리와 정한숙의 소설을 중심으로」,
       고려대 석사, 1998.

김현주, 「정한숙 소설 연구 - 1950년대 작품을 중심으로」, 상명대 석사, 1998.

정영아, 「정한숙 소설 연구」, 고려대 석사, 1998.

홍현아, 「정한숙 소설의 전통의식 연구」, 성신여대 석사, 2001.

3) 단행본

정한숙·전광용, 『현대한국문학전집』 5, 신구문화사, 1967.

■ 조병화

1) 일반 논문

조병화, 「끝없이 끝없는 '말'을 찾아서」, 『한국전후문제시집』, 신구문화사, 1961.

조병화, 「나의 시에 대한 노우트」, 『현대한국문학전집』 18, 신구문화사, 1967.

조병화, 「『버리고 싶은 유산』 시대, 나의 처녀 작품집 시대를 회상하며」, 『동서춘추』 4, 1967. 8.

조병화, 「나의 시작 노트」, 『시문학』, 1971. 9.

조병화, 「보다 자유로운 인간을 위해서」, 『현대시학』, 1978. 4.

조지훈, 「4월의 시단 – 시의 빈곤」, 『현대문학』, 1955. 5.

박목월, 「5월의 시단」, 『현대문학』, 1955. 6.

김용호, 「7월의 시단」, 『현대문학』, 1955. 8.

최일수, 「현대시의 순수감각비판 – 55년도의 시집을 중심으로」, 『문학예술』, 1956. 4.

박재삼, 「조병화 시집 『고독한 하이웨이』」, 『월간문학』, 1969. 2.

윤병로, 「조병화·김남조의 시집」, 『월간문학』, 1971. 5.

김시태, 「조병화론」, 『풀과 별』, 1973. 3.

이승훈, 「침묵의 원형」, 『현대시학』, 1974. 3.

최원규, 「윤동주와 조병화의 세계」, 『심상』, 1974. 4.

이승훈, 「오! 혼이여 날개여」, 『현대시학』, 1974. 6.

김여정, 「고독과 허무의 공간」, 『현대시학』, 1975. 3.

김지향, 「선적음색과 관악독주」, 『현대시학』, 1975. 12.

김규동, 「5시인의 초상」, 『현대시학』, 1978. 5.

김광림, 「평범 속의 진리」, 『현대시학』, 1978. 11.

이옥희, 「꽃을 소재로 한 한국현대시」, 『현대시학』, 1978. 12.

김해성, 「삶의 고독과 도시의 애수 – 조병화론」, 『월간문학』, 1980. 6.

정영자, 「조병화론」, 『현대문학』, 1980. 10.

유자효, 「서정의 유형」, 『현대시학』, 1981. 3.

이응복, 「조병화론」, 『건대문화』, 1981. 5.

고정희, 「물과 꿈」, 『현대시학』, 1981. 9.

오세영, 「영원과 현실 사이」, 『심상』, 1982. 4.

김윤식, 「조병화 시학의 구성원리」, 김용직(편), 『한국현대시사 연구』, 일지사, 1983.

박이도, 「시간, 그 우상화의 형상 - 조병화 「의자」」, 정한모・김재홍(편), 『한국대표 시평설』, 문학세계사, 1983.

오세영, 「조병화론」, 『현대시의 실천비평』, 이우출판사, 1983.

이우영, 「지키는 시」, 『현대시학』, 1983. 5.

하현식, 「실험의식과 화해의 시학」, 『현대시학』, 1983. 6.

채규판, 「조병화・이동주・전봉건의 시세계」, 『원광문화』 20, 1983. 7.

김윤식, 「편지의 형식과 여행의 형식 - 조병화의 시학의 구성원리」, 『현대문학』, 1983. 8.

김재홍, 「낭만주의의 생철학」, 『시와 진실』, 이우출판사, 1984.

허영자, 「가슴과 향기로 쓰는 시 - 조병화시집 『머나먼 약속』」, 『현대시학』, 1984. 3.

하현식, 「영원주의자의 꿈과 고독」, 『현대시학』, 1984. 12.

오순탁, 「시의 진실 그리고 감동」, 『현대시학』, 1985. 6.

김윤식, 「초기시 - 외로움을 얽매는 두 개의 형식」, 마종기(외), 『조병화의 문학 세계』, 일지시, 1986.

오세영, 「60년대의 시 - 고독과 실존」, 마종기(외), 『조병화의 문학 세계』, 일지사, 1986.

이승훈, 「70년대의 시 - 동반과 작별의 시학」, 마종기(외), 『조병화의 문학 세계』, 일지사, 1986.

김재홍, 「80년대의 시 - 조병화의 현주소」, 마종기(외), 『조병화의 문학 세계』, 일지사, 1986.

홍희표, 「나귀의 의미 공간 - 조병화론」, 『목원대논문집』 10, 1986. 2.

윤석산, 「上善如水의 시학 - 조병화 29시집 『해가 뜨고 해가 지고』」, 『현대시학』, 1986. 3.

홍희표, 「곱씹음과 되뇌임 - 조병화론」, 『현대문학』, 1986. 3.

전규태, 「고독과 허무의 미학 - 조병화론」, 『한국언어문학』 24, 1986. 5.

조남익, 「대중적 기반의 시인들」, 『현대시학』, 1986. 9.

이석근, 「통설의 인식 - 어느 독자의 말」, 『현대시학』, 1986. 11.

이승훈, 「고독의 시학」, 『한국시의 구조분석』, 종로서적, 1987.

김영수, 「고독한 나그네의 초상 - 조병화론」, 『현대시학』, 1987. 4.

박이도, 「조병화의 시세계」, 『한국문학』, 1987. 6.

김광림, 「전쟁고발과 죽음의 증언」, 『현대시학』, 1988. 4.

김재홍, 「새봄, 동심과 순결한 사랑」, 『현대시학』, 1990. 3.

원형갑, 「조병화의 자기소묘와 스키조 시대의 시인」, 『월간문학』, 1990. 10.

김재홍, 「조병화, 자유의 길, 영원에의 길」, 『한국 현대시인 비판』, 시와 시학사, 1991.

이형기, 「고독한 나그네의 꿈」, 조병화, 『숨어서 우는 노래』, 미래사, 1991.

김지향, 「조병화 「하루만의 위안」 – 잊어버림의 철학」, 한국시문학회, 『한국 현대시 작품연구와 감상』, 학문사, 1993.

송희복, 「하루만의 위안」, 『한국 서정시의 이해』, 예하, 1993.

이승훈, 「조병화의 시론」, 『한국현대시론사』, 고려원, 1993.

박명용, 「삶의 순수성과 그 시적 공간 – 조병화의 후기시를 중심으로」, 『대전대인문 과학논문집』 19, 1993. 9.

유지현, 「시적 공간의 변전과 시의식의 심화 – 조병화론」, 송하춘·이남호(편), 『1950년대의 시인들』, 나남, 1994.

김영수, 「조병화 시의 결산 – 38시집을 계기로」, 『문학과 의식』, 1994. 4.

이남호, 「1950년대와 전후세대 시인들의 성격」, 『현대시학』, 1994. 6.

박명용, 「조병화 시 연구」, 『대전대인문과학논문집』 21, 1995. 11.

강신주, 「한국현대시에 나타난 노인의식 연구 – 정한모, 조병화, 구상의 시를 중심으 로」, 『숙명여대한국학연구』 5, 1995. 12.

이승훈, 「조병화 – 「낙엽끼리 모여 산다」」, 『한국 현대시 새롭게 읽기』, 세계사, 1996.

김삼주, 「조병화의 시 연구」, 『경원전문대논문집』, 1996. 2.

이한용, 「새로운 시각 새로운 이미지」, 『지구문학』 1, 1998. 4.

하종오, 「팍팍한 시절 시는 더욱 찬란히 꽃피누나」, 『한국일보』, 1998. 12. 16.

김명환, 「시란 영혼의 숙소 머물다 떠나는 영혼의 기록」, 『조선일보』, 1998. 12. 23.

김해성, 「조병화론 – 삶의 고독과 도시의 애수」, 김해성·한성우, 『해방후 시인론』, 대광출판사, 1999.

유지현, 「시적 공간의 변전과 실존의식의 심화 – 조병화론」, 『현대시의 공간상상력과 실존의 언어』, 청동거울, 1999.

이혜원, 「인간 한계의 자각과 서정적 승화」, 『문학과 의식』, 1999. 5.
김재홍, 「조병화, 사랑과 고독, 자유의 시인」, 『시문학』, 1999. 7.
조영숙, 「조병화 시의 형식 고찰」, 『가천길대학논문집』 27, 1999. 12.

  2) 학위 논문

문송산, 「조병화 시 연구 - 주제 발전 과정을 중심으로」, 부산여대 석사, 1995.
조영숙, 「조병화 시 연구」, 경희대 석사, 2001.

  3) 단행본

조병화, 『조병화전집』 1~10, 학원사, 1985~1988.
마종기(외), 『조병화의 문학 세계』, 일지사, 1986.
김삼주, 『조병화의 시 연구』, 우리글, 2000.

■ 조연현

1) 일반 논문

김양수, 「창조적 비평의 선구 - 조연현 문학의 비평사적 의의」, 『월간문학』, 1982. 1.

김 현, 「비평의 유형학을 위하여」, 『예술과 비평』, 1985. 봄.

김시태, 「조연현 평론의 세계」, 『현대문학』, 1986. 11.

김시태, 「문학사가로서의 조연현」, 『현대문학』, 1991. 11.

김윤식, 「근대성 또는 주인과 노예의 변증법 - 조연현 선생의 삶과 문학세계」, 『현대문학』, 1991. 11.

신동욱, 「조연현 문학평론의 특성」, 『현대문학』, 1991. 11.

천이두, 「석재 조연현의 문학비평 - 창조적 비평의 길」, 『현대문학』, 1991. 11.

김시태, 「조연현의 문학사 기술방법 - 문학사가로서의 조연현」, 『한국문학연구』(동국대) 15, 1992. 12.

이형기, 「조연현의 감성논리 - 그의 비평과 에세이의 상관관계」, 『한국문학연구』(동국대) 15, 1992. 12.

천이두, 「조연현의 문학비평 - 창조적 비평의 길」, 『한국문학연구』(동국대) 15, 1992. 12.

김윤식, 「소설과 우연성의 문제 - 김동리, 조연현, 九鬼周造」, 『문예중앙』, 1993. 가을.

류덕제, 「해방직후 조연현 비평 연구 서설」, 『국어교육연구』(경북대) 25, 1993. 12.

김윤식, 「조연현 소묘」, 『한국근대문학사상연구』 2, 아세아문화사, 1994.

송희복, 「근현대 문학사론의 전개과정」, 『한국문학사론연구』, 문예출판사, 1995.

임옥규, 「조연현 비평 일고찰」, 『홍익어문』 14, 1995. 2.

김윤식, 「조연현론」, 『사울사대선청어문』 23, 1995. 4.

신형기, 「비평의 열림과 민족 모순의 심화 - 해방기와 한국전쟁 이후 비평의 흐름」, 『문학사상』, 1995. 4.

이현식, 「해방 직후 순수문학논쟁 연구」, 『민족문학사연구』 7, 1995. 6.

김윤식, 「근대와 반근대」, 김윤식(외), 『한국 현대 비평가 연구』, 강, 1996.

최원식, 「근대문학 기점론」, 『현대문학』, 1997. 1.

김명인, 「조연현의 문학사방법론 비판」, 『한국학연구』(인하대) 10, 1999. 3.

남송우, 「이데올로기의 대립과 민족문학론」, 박철희 · 김시태(편), 『한국현대문학사』,

시문학사, 2000.
임영봉, 「1960년대의 한국 문학 비평」, 『한국 현대문학 비평론』, 역락, 2000.
임영봉, 「1960년대 한국 문학비평 연구 – 비평 세대와 문학 인식의 분화 양상을 중
　　　심으로」, 『한국문학평론』, 2000. 봄.

2) 학위 논문

이광극, 「한국문학사 서술의 비교연구」, 건국대 석사, 1979.
심재추, 「한국현대문학사 서술방법론 연구」, 건국대 석사, 1983.
홍종옥, 「한국현대문학사 연구」, 건국대 석사, 1983.
김백희, 「조연현의 초기비평연구」, 국민대 석사, 1985.
김미진, 「해방기 문예비평의 전개양상」, 전북대 석사, 1992.
김영진, 「한국비평문학연구 – 40년대 후반기를 중심으로」, 동국대 석사, 1992.
송희복, 「해방기 문학비평연구」, 동국대 박사, 1992.
임옥규, 「조연현비평 연구」, 홍익대 석사, 1994.
김명인, 「조연현 연구」, 인하대 박사, 1998.
이지훈, 「조연현 문학비평 연구」, 서울대 석사, 1999.

3) 단행본

조연현, 『조연현문학전집』 1~6, 어문각, 1977.

■ 조 향

1) 일반 논문

조 향, 「데뻬이즈망의 미학」, 『신문예』 5, 1958. 10.
    =『한국전후문제시집』, 신구문화사, 1961.
조 향, 「20년의 발자취」, 『자유문학』 19, 1958. 10.
이어령, 「우상의 파괴 - 문학적 혁명기를 위하여」, 『한국일보』, 1956. 5. 6.
문덕수, 「전국 동인지평」, 『문학춘추』, 1964. 5.
구연식, 「한국 다다이즘의 비교문학적 연구」, 『동아논총』 12, 1975.
오생근, 「초현실주의의 현실인식」, 『문학과 지성』, 1976. 봄.
염무웅, 「50년대 시의 비판적 개관」, 『월간대화』, 1976. 11.
    =『민중시대의 문학』, 창작과 비평사, 1979.
장백일, 「한국적 쉬르리얼리즘시의 비평」, 『한국현대문학론』, 관동출판사, 1978.
오세영, 「후반기 동인의 시사적 위치」, 『문학사상』, 1981. 1.
박철석, 「한·일근대시의 비교문학적 연구」, 『현대시학』, 1984. 1~3.
박철석, 「한국 다다·초현실주의 형성에 관한 연구」, 『현대시학』, 1985. 3~5.
서범석, 「조향론」 1, 『국제어문』 6~7, 1986. 6.
    =『문학과 사회비평』, 박이정출판사, 1995.
조남익, 「초현실주의와 현실인식」, 『현대시학』, 1986. 6.
구연식, 「조향 연구」, 『在釜作故詩人 硏究』, 아성출판사, 1988.
김광림, 「전쟁고발과 죽음의 증언」, 『현대시학』, 1988. 4.
민 영, 「1950년대 시의 물길」, 『창작과 비평』, 1989. 봄.
문광영, 「조향시 연구」, 『인천교대논문집』 23, 1989. 6.
고명수, 「한 아방가르디스트의 모험과 실패 - 조향론」, 『동국대한국문학연구』 14,
    1992. 2.
김준오, 「한국 모더니즘의 현단게」, 『도시시와 해체시』, 문학과 비평사, 1993.
이광수, 「조향의 전기 시세계 연구 - 조향론」, 송하춘·이남호(편), 『1950년대의 시
    인들』, 나남, 1994.
이남호, 「1950년대와 전후세대 시인들의 성격」, 『현대시학』, 1994. 6.
이경수, 「민족시 형성의 과제와 부정의 정신」, 최동호(편), 『남북한 현대문학사』, 나

남, 1995.
이명희, 「한국 초현실주의 시학의 특징 – 1950년대 조향을 중심으로」, 『건국어문학』
　　　19~20, 1995. 5.
　　　=『해천김현룡교수화갑논총』, 박이정출판사, 1995.
이경훈, 「모더놀로지의 시인 조향 – 조향시 소고」, 『비평문학』 9, 1995. 9.
　　　= 한국문학연구회, 『1950년대 남북한 시인 연구』, 국학자료원, 1996.
김지숙, 「조향 시의 현실수용」, 『동아대국어국문학논문집』 15, 1996. 12.
박민영, 「조향 시 연구 – 전후 시의 한 양상」, 『이화어문논집』 15, 1997. 9.
이미순, 「조향 시에서의 환유」, 한국어문교육연구회, 『어문연구』 100, 1998. 12.
조달곤, 「파편화의 감각 – 조향의 시와 시론」, 『한국문학논총』 23, 1998. 12.
이미순, 「조향의 수사학 논의」, 『한국 현대문학비평과 수사학』, 월인, 2000.
이미순, 「조향 시의 수사학적 읽기」, 『한국 현대문학비평과 수사학』, 월인, 2000.
정대진, 「조향 시 소고」, 『단산학지』 6, 2000. 8.

2) 학위 논문

홍정운, 「한국 모더니즘시 연구」, 동국대 석사, 1976.
천소화, 「한국 쉬르리얼리즘 문학 연구」, 성심여대 석사, 1982.
박근영, 「한국 초현실주의시의 비교문학적 연구」, 단국대 박사, 1988.
김진녀, 「조향 연구」, 성신여대 석사, 1992.
이현숙, 「조향 시 연구」, 연세대 석사, 1994.
김종제, 「조향의 초현실주의 시 연구」, 명지대 석사, 1997.
김지숙, 「조향 시의 상징성 연구」, 동아대 석사, 1997.
황진희, 「조향 시의 미적 유희 양상」, 경북대 석사, 2000.

3) 단행본

조　향, 『조향전집』 1~2, 열음사, 1994.

■ 최인훈

1) 일반 논문

백 철, 「하나의 돌이 던져지다 - 최인훈 작 「광장」의 파문」, 『서울신문』, 1960. 11. 27.

신동한, 「확대해석에의 이의 - 백철씨의 「광장」평을 박함」, 『서울신문』, 1960. 12. 4.

백 철, 「우리 문학의 도표는 세워지다 - 기억되는 작품을 더듬어」, 『동아일보』,
        1960. 12. 10.

백 철, 「작품의미의 콤플렉스 - 신동한군의 제기한 이의에 답함」, 『서울신문』,
        1960. 12. 18.

신동한, 「문학의 지도성 - 백철씨에게 드리는 글」, 『서울일일신문』, 1960. 12. 28.

유종호, 「一瞥二言 - 1961년의 소설」, 『사상계』, 1961. 12.
        = 『비순수의 선언』, 신구문화사, 1962.

정명환, 「전쟁과 한국작가」, 『사상계』, 1963. 11.

염무웅, 「에고의 자기점화 - 경향신문신춘문예당선평론」, 『경향신문』, 1964. 1~3.

염무웅, 「망명자의 초상화」, 『세대』, 1964. 9.

김 현, 「풍속적 인간」, 『한국문학』, 1966. 가을~겨울.

김 현, 「감수성의 혁명」, 『동아일보』, 1967. 5. 23.

김영기, 「현실부정 정신의 미학 - 이인직, 이광수, 손창섭, 최인훈」, 『현대문학』,
        1967. 12.

염무웅, 「상황과 자아 - 최인훈론」, 『현대한국문학전집』16, 신구문화사, 1968.

홍사중, 「탈출과 좌절 - 「광장」」, 『현대한국문학전집』16, 신구문화사, 1968.

김 현, 「정신의 치유술 - 「가면고」」, 『현대한국문학전집』16, 신구문화사, 1968.

천이두, 「나와 남들의 관계 - 「구운몽」」, 『현대한국문학전집』16, 신구문화사,
        1968.

김 현, 「헤겔주의자의 고백」, 『이헌구선생송수기념논총』, 1970.

김 현, 「70년대 한국문학의 전망」, 『대학신문』, 1970. 4. 13.

김치수, 「지식인의 망명 - 최인훈의 『회색인』, 『서유기』를 중심으로」, 김 현(외),
        『현대한국문학의 이론』, 민음사, 1972.

김병걸, 「구보(丘甫)씨의 지적 곡예」, 『월간문학』, 1972. 2.
        = 『격동기의 문학』, 일월서각, 2000.

김인환, 「소설가의 소설론 -『소설가 구보씨의 일일』, 「웃음소리」」, 『문학과 지성』,
  1972. 겨울.
김 현, 「최인훈의 정치학」, 최인훈, 『광장』, 민음사, 1973.
김윤식, 「최인훈론」, 『월간문학』, 1973. 1~2.
이보영, 「최인훈론」, 『문화비평』, 1973. 봄.
김윤식, 「어떤 한국적 요나의 체험 - 최인훈론」, 『한국근대작가론고』, 일지사, 1974.
김주연, 「지식인의 행동」, 『문화비평론』, 열화당, 1974.
이 순, 「최인훈론」, 『연세어문학』 5, 1974.
유종호, 「여섯 개의 작품」, 『문학과 현실』, 민음사, 1975.
김병익, 「사랑, 혹은 현대의 구원 - 「가면고」에 대하여」, 『최인훈전집』 6, 문학과 지
  성사, 1976.
김우창, 「남북조시대의 예술가의 초상」, 『최인훈전집』 4, 문학과 지성사, 1976.
염무웅, 「관념의 모험」, 『한국문학의 반성』, 민음사, 1976.
김 현, 「사랑의 재확인 - 「광장」의 개작에 대하여」, 『최인훈전집』 1, 문학과 지성사,
  1976.
오생근, 「민음의 세계와 창의 문학」, 『최인훈전집』 8, 문학과 지성사, 1976.
김 현, 「「총독의 소리 4」와 「안개의 둑」」, 『조선일보』, 1976. 9. 21.
천이두, 「밀실과 광장」, 『문학과 지성』, 1976. 겨울.
이인석, 「전설과 연극」, 『한국연극』, 1976. 12.
김치수, 「장아와 현실의 변증법 -『회색인』에 대하여」, 『최인훈전집』 2, 문학과 지성
  사, 1977.
송재영, 「분단시대의 문학적 방법 -『서유기』에 대하여」, 『최인훈전집』 3, 문학과 지
  성사, 1977.
신동욱, 「식민지 시대의 개인과 운명 -『태풍』」, 『최인훈전집』 5, 문학과 지성사,
  1977.
우남득, 「Road Jim과 「광장」의 비교연구」, 『이화여대대학원논문집』, 1977.
임헌영, 「「광장」론 시비」, 『문학논쟁집』, 태극출판사, 1977.
김인환, 「과거와 현재」, 『문학과 지성』, 1977. 여름.
정현종, 「개인과 상황의 선로 -『역사와 상상력』」, 『세계의 문학』, 1977. 여름.
김 현, 「최인훈 전집에 대하여」, 『뿌리깊은 나무』, 1977. 11.
김주연, 「에세이 소설의 안팎 - '소리' 연작」, 『문예중앙』, 1977. 겨울.

이선영, 「지식인의 의식구조 - 『서유기』」, 『세계의 문학』, 1977. 겨울.

김 현, 「반성적 언어의 작가 - 최인훈의 작품세계」, 『최인훈작품집』 11, 서음출판
　　　사, 1978.

정명환, 「전쟁과 한국작가」, 『한국작가와 지성』, 문학과 지성사, 1978.

천이두, 「추억과 현실과 환상」, 『최인훈전집』 7, 문학과 지성사, 1978.

이태동, 「문학의 인식작용과 야누스의 얼굴」, 『세계의 문학』, 1978. 여름.

권태영, 「개작된 작품의 주제변동 문제」, 김병익·김 현(편), 『최인훈』, 은애,
　　　1979.

김 현, 「전반적 검토」, 김병익·김 현(편), 『최인훈』, 은애, 1979.

김 현, 「비판 문학론」, 『우리 시대의 문학』, 문장사, 1979.

전중명, 「한국문학사에 새로 등장한 인물」, 김병익·김 현(편), 『최인훈』, 은애,
　　　1979.

권오만, 「최인훈 희곡의 특질」, 『국제어문』, 1979.

김주연, 「말멀미에 이기기 위하여 - 최인훈의 평론에 대하여」, 『최인훈전집』 12, 문
　　　학과 지성사, 1979.

김주연, 「분단시대와 지식인의 사랑 - 최인훈 문학의 지향공간」, 『변동사회와 작가』,
　　　문학과 지성사, 1979.

여석기, 「꿈을 현실로 만든 큰 힘」, 『뿌리깊은 나무』, 1979.

임헌영, 「증언과 예언 - 태풍」, 『문학과 지성』, 1979. 봄.

유종호, 「소설의 정치적 함축 - 「광장」과 『회색인』의 경우」, 『세계의 문학』, 1979.
　　　가을.

이태동, 「전통과 개인의 재능 - 箱과 仁勳의 경우」, 『현대문학』, 1979. 11.
　　　　＝『부조리와 인간의식』, 문예출판사, 1981.

김윤식, 「남북조시대의 예술가의 초상 - 어떤 세대의 자화상」, 『최인훈전집』 9, 문학
　　　과 지성사, 1980.

정과리, 「자아의 세계의 대립적 인식」, 『문학과 지성』, 1980. 여름.

김윤식, 「관념의 한계 - 최인훈론」, 『한국현대소설비판』, 일지사, 1981.

김 현, 「최인훈, 변동하는 시대의 예술가의 탐구」, 『신동아』, 1981. 9.

김 현, 「사랑의 재확인 - 「광장」 개작에 대하여」, 최인훈, 『광장』, 문학과 지성사,
　　　1982.

유종호, 「소설과 정치 - 「광장」과 『회색인』」, 『동시대의 시와 진실』, 민음사, 1982.

김인환, 「모순의 인식과 대응방식 - 최인훈론」, 『문예중앙』, 1982. 봄.

신경득, 「전후소설의 심층심리분석」, 『한국전후소설연구』, 일지사, 1983.

신동욱, 「식민지 시대 문학관의 분화사례 연구」, 『동방학지』(연세대) 38, 1983. 10.

박신헌, 「『요한시집』과 「광장」의 비교 고찰」, 『문학과 언어』 5, 1984.

김 현, 「책읽기의 괴로움」, 『세계의 문학』, 1984. 봄.

윤병로, 「전쟁·전후소설의 재평가」, 『한국현대소설의 탐구』, 범우사, 1985.

김흥연, 「최인훈의 『회색인』에 대한 독서방법」, 『한양어문연구』, 1986. 10.

서연호, 「「봄이 오면 산에 들에」」, 『한국의 현대희곡』 II, 열음사, 1988.

서연호, 「「둥둥 낙랑둥」」, 『한국의 현대희곡』 III, 열음사, 1988.

송 전, 「원초심성의 탐구 - 최인훈의 희곡세계」, 『외국문학』, 1988. 가을.

정대화, 「최인훈의 『서유기』 연구 - 수용이론적 방법을 중심으로」, 『서울대국어국문
　　　　학논문집』 35, 1988. 8.

최정희, 「최인훈의 「웃음소리」에 나타난 상징구조」, 『동래여전논문집』 7, 1988. 11.

이동하, 「최인훈의 「광장」에 대한 재고찰」, 『현대소설의 정신사적 연구』, 일지사,
　　　　1989.

박덕규, 「구원 없는 세대의 구원 - 최인훈의 문학세계」, 최인훈, 『최인훈대표작품선
　　　　집』, 책세상, 1989.

이남호, 「냉전상황에 대한 지적대응 - 최인훈의 소설」, 최인훈, 『최인훈대표작품선
　　　　집』, 책세상, 1989.

조남현, 「자아완성과 혹은 구원에의 몸짓」, 최인훈, 『달과 소년병』, 세계사, 1989.

채호석, 「「광장」의 창작방법에 대한 비판적 검토 - 최인훈론」, 이주형(외), 『한국현
　　　　대작가연구』, 민음사, 1989.

윤성희, 「상징의 삼각공간, 그 초월 지향의 구조 - 최인훈의 「광장」」, 『문학과 비평』,
　　　　1989. 봄.

한형구, 「최인훈론 - 분단시대의 소설적 모험」, 『문학사상』, 1989. 4.
　　　　 = 권영민(편), 『한국현대작가연구』, 문학사상사, 1991.

한승옥, 「신화의 진액을 퍼올리는 고독한 예술가의 초상」, 『동서문학』, 1989. 8.

황순재, 「최인훈 소설의 환상 기법 양상과 표현적 효과 - 60년대 소설에서」, 『문학과
　　　　비평』, 1989. 겨울.

이종환, 「한국적 예술가의 초상, 구보 - 세 '구보'에 관한 소고」, 『서울신문』, 1990. 1. 7.

이동하, 「한국 현대소설과 기독교의 관련 양상 - 「목공 요셉」과 「라울전」의 경우」,

『한국문학』, 1990. 3.

이창동·김종회·송재영·권영민·한　기·양승국, 「최인훈 특집 -「광장」에서 『한 스와 그레텔』까지」, 『작가세계』, 1990. 봄.

권오룡, 「이념과 삶의 현재화 - 1960년에서 1990년까지 「광장」의 변천사」, 『한길문 학』, 1990. 10.

김윤식, 「관념의 미학 - 최인훈론」, 『김윤식평론문학선』, 문학사상사, 1991.

전영곤, 「최인훈 문학의 장르 변경의 본질」, 『부산사대어문교육논집』 11, 1991. 2.

권영민, 「최인훈의 「총독의 소리」와 소설의 정치성」, 『소설과 운명의 언어』, 현대소 설사, 1992.

송현호, 「「광장」」, 『한국현대소설의 해설』, 관동출판사, 1992.

장수익, 「한국 관념소설의 계보 - 장용학·최인훈·이청준의 경우」, 문학과 비평 연 구회, 『1960년대 문학연구』, 예하, 1992.

이상구, 「최인훈 희곡 연구」, 『동국대국어국문학논문집』 15, 1992. 2.

조남현, 「「광장」, 똑바로 다시 보기」, 『문학사상』, 1992. 8.

우한용, 「허구적 상상력으로 역사 읽기 -『태풍』, 『비명을 찾아서』, 『황제를 위하여』 등의 경우」, 『문학정신』, 1992. 9.

우한용, 「'꿈과 생시' - 최인훈의 「둥둥 낙랑둥」」, 『연극학연구』 3, 1992. 12.

윤정헌, 「「소설가 구보씨의 일일」에 나타난 패로디(parody)적 양식고」, 『영남어문 학』 22, 1992. 12.

김주연, 「관념소설의 역사적 당위 - 최인훈, 이청준, 박상륭 등과 관련하여」, 『문학 정신』, 1992. 6.

이태동, 「'사랑과 시간' 그리고 고향 - 최인훈의 『회색인』 재고」, 『현대문학』, 1993. 3.

홍진석, 「「달아 달아 밝은 달아」의 주제의식 고찰 -『심청전』과의 서사구조 대비를 중심으로」, 『한국언어문학』 31, 1993. 6.

나병철, 「분단의 상징적 해결과 관념적 서사담론 - 최인훈의 「광장」을 중심으로」, 『수원대논문집』 11, 1993. 12.

장양수, 「「광장」 개작은 실패한 주제 변개 - 전집판의 경우」, 『부산대국어국문학』 30, 1993. 12.

이상우, 「전통으로서의 비극과 경험으로서의 비극 - 최인훈 희곡의 비극성에 관한 고 찰」, 『고려대어문논집』 32, 1993. 12.

권오현, 「1960년대 소설의 이데올로기 표현 방법 연구」, 『계명대대학원학술연구논문집』, 1994.

=『문학에 대한 두 가지 단상』, 사람, 2000.

김병익, 「다시 읽는 「광장」」, 『숨은 진실과 문학』, 문학과 지성사, 1994.

김윤식, 「유죄 판결과 결백 증명의 내력 – 최인훈의 장편소설 『화두』」, 『현대문학과의 대화』, 서울대출판부, 1994.

=『작가와의 대화』, 문학동네, 1996.

정상균, 「최인훈」, 『한국현대서사문학연구』, 새문사, 1994.

장양수, 「이데올로기 소설(1) – 최인훈 「광장」」, 『한국의 문제소설』, 집문당, 1994.

김성희, 「한국적 비극의 특성과 보편성 연구 – 최인훈의 비극을 중심으로」, 『한양여전논문집』 17, 1994. 2.

김병익, 「'남북조 시대 작가'의 의식의 자서전 – 최인훈의 『화두』를 보며」, 『문학과 사회』, 1994. 5.

우찬제, 「현실의 유형인·인식의 세계인, 그 가역반응 – 최인훈의 장편소설 『화두』」, 『세계의 문학』, 1994. 여름.

이대동, 「역사의식과 작가적인 삶의 편력 –『화두』」, 『문예중앙』, 1994. 여름.

이철우, 「대립 속의 순환고리 드러내기 – 최인훈의 「둥둥 낙랑둥」의 서사담론적 접근」, 『한성어문학』 13, 1994. 5.

김주연, 「체제변화 속의 기억과 문학 –『화두』」, 『황해문화』 3, 1994. 6.

오생근, 「『화두』와 기억의 소설적 형식」, 『현대 비평과 이론』, 1994. 9.

김춘식, 「최인훈 「구운몽」의 패로디와 아이러니 – 고전적 세계관의 해체를 중심으로」, 『동국어문학』 6, 1994. 12.

방민호, 「현실을 바라보는 세 개의 논리 – 「아우와의 만남」과 『흰옷』과 『화두』」, 『창작과 비평』, 1994. 겨울.

=『비평의 도그마를 넘어서』, 창작과 비평사, 2000.

김윤태, 「4·19혁명과 민족현실의 발견」, 민족문학사연구소, 『민족문학사 강좌』(하), 창작과 비평사, 1995.

김인호, 「최인훈의 『화두』 – 변화된 시대에 대응하는 새로운 담론」, 홍기삼·한용환(편), 『『임꺽정』에서 『화두』까지』, 문학아카데미, 1995.

김춘식, 「최인훈의 「가면고」 – 구원의 양식으로의 소설쓰기」, 홍기삼·한용환(편), 『『임꺽정』에서 『화두』까지』, 문학아카데미, 1995.

남진우, 「탐색과 구원 – 최인훈의 희곡세계」, 『신성한 숲』, 민음사, 1995.

유종호, 「문학 속에 굴절된 전쟁 경험」, 『문학의 즐거움』, 민음사, 1995.

이태동, 「자연과의 친화 - 『무녀도』와 『회색인』의 경우」, 김우창(외), 『한국문학이란 무엇인가』, 민음사, 1995.

진선주, 「최인훈의 『화두』 - 마뜨료쉬카 인형의 '이피퍼니' - 조이스와의 관련성을 바탕으로」, 『충북대어문논총』 4, 1995. 8.

박배식, 「최인훈의 『서유기』에 나타난 페로디 분석」, 『비평문학』, 1995. 9.

이동하, 「통행금지 시대의 문학 - 최인훈의 「크리스마스 캐럴」 연작」, 『소설과 사상』, 1995. 가을.

서연호, 「최인훈 희곡론」, 『고려대민족문화연구』 28, 1995. 12.

서은선, 「최인훈의 『화두』에 대한 서사론적 분석」, 『부산대국어국문학』 32, 1995. 12.

이광호, 「몽유의 형식과 의식의 고고학」, 최인훈, 『웃음소리』, 민음사, 1996.

이동하, 「통행금지 시대의 소설 - 최인훈」, 『한국문학과 비판적 지성』, 새문사, 1996.

김유미, 「온달 설화의 제의극적 변용 - 최인훈의 「어디서 무엇이 되어 만나랴」」, 『고려대한국어문교육』 8, 1996. 12.

서은선, 「최인훈 소설 「구운몽」의 해체의식과 타자인식 연구」, 『부산대인문논총』 49, 1996. 12.

서은선, 「최인훈 소설 『서유기』의 해체 기법 연구」, 『한국문학논총』 19, 1996. 12.

최인자, 「최인훈 에세이적 소설 형식의 문화철학적 고찰 - 『소설가 구보씨의 일일』을 중심으로」, 『서울사대국어교육연구』 3, 1996. 12.

김윤식, 「발견으로서의 기법 '환각' - 한국 소설의 경우」, 『발견으로서의 한국현대문학사』, 서울대출판부, 1997.

김종회, 「관념과 문학, 그 곤고한 진적 편력 - 최인훈」, 『문학과 전환기의 시대정신』, 민음사, 1997.

권보드래, 「최인훈의 『회색인』 연구」, 『민족문학사연구』 10, 1997. 3.

최현식, 「「소설가 구보씨의 일일」에 나타난 '소설(예술)론'의 위상」, 『작가연구』 3, 1997. 4.

노상래, 「「소설가 구보씨의 일일」들 연구」, 『영남대국어국문학연구』 25, 1997. 12.

김성수, 「최인훈론 - 기억의 화두(話頭), 움직임의 발견, 그리고 비극의 현세성」, 한국문학연구회, 『현역 중진 작가 연구』 II, 국학자료원, 1998.

서은주, 「환멸에 대한 관념적 글쓰기 - 최인훈론」, 민족문학사연구소 현대문학분과,

『1960년대 문학연구』, 깊은샘, 1998.

이호규, 「최인훈 60년대 소설연구 Ⅰ - '나'의 순수한 아름다움과 자유로움을 꿈꾸며」, 한국문학연구회, 『현역 중진 작가 연구』 Ⅱ, 국학자료원, 1998.

차혜영, 「자율적 주체의 개인주의와 모더니즘적 글쓰기 - 김승옥, 최인훈, 이청준의 소설을 중심으로」, 민족문학사연구소 현대문학분과, 『1960년대 문학연구』, 깊은샘, 1998.

권오룡, 「시간이여, 강남콩 꽃빛으로 흘러라 - 『서유기』의 탈근대적 지향」, 『문학과 사회』, 1998. 여름.

김인호, 「주체를 찾아가는 긴 여정 - 최인훈의 『서유기』를 중심으로」, 『현대비평과 이론』 15, 1998. 5.

진선주, 「최인훈의 『화두』와 조이스」, 『세계의 문학』, 1998. 여름.

박해현, 「대한민국 50년(문학50년) - 『토지』-『광장』-『난장이…』 소설 공동 1위」, 『조선일보』, 1998. 7. 31.

장병호, 「이념 혼란 시대의 이상향 찾기 - 최인훈 『광장』에 나타난 소외 의식」, 『비평문학』, 1998. 7.

김인호, 「신 없는 시대의 서사적 몸부림 - 최인훈 『소설가 구보씨의 일일』을 중심으로」, 『동악어문논집』 33, 1998. 12.

임환모, 「최인훈 『광장』의 서사성과 서사 담론 연구」, 『한국언어문학』 41, 1998. 12.

정미숙, 「최인훈 희곡과 패러디 - 「달아달아 밝은 달아」를 중심으로」, 『경상어문』 4, 1998. 12.

양영길, 「작중인물의 욕망 역동체계 - 최인훈의 「웃음소리」를 중심으로」, 『영주어문』 1, 1999. 2.

유헌식, 「기억과 행위의 변증법 - 최인훈의 글쓰기, 그 역사의식의 구조」, 『철학과 현실』 40, 1999. 3.

이태동, 「'광장'과 '밀실'의 변증법 - 최인훈의 『광장』」, 『문학사상』, 1999. 3.

여홍상, 「이데올로기의 개념과 문학비평」, 『소설과 사상』, 1999. 봄.

이정숙, 「모티프(motif)」, 『소설과 사상』, 1999. 봄.

안동준, 「『광장』을 읽는 여덟 번째 방법」, 『배달말』 24, 1999. 6.

이인숙, 「최인훈 소설 「구운몽」의 담론특성에 대하여」, 『국어교육』 99, 1999. 6.

한 기·최인훈, 「인간은 생각하는 짐승!」, 『문예중앙』, 1999. 여름.

권오현, 「혁명기 한국소설의 현실 반영 양상 연구」, 『문학에 대한 두 가지 단상』, 사람, 2000.

권오현, 「1960년대 한국소설의 관념성 연구」, 『문학에 대한 두 가지 단상』, 사람, 2000.

권오현, 「분단기 지식인의 소설적 형상화 연구 - 최인훈의 연작소설 『소설가 구보씨의 일일』을 대상으로」, 『문학에 대한 두 가지 단상』, 사람, 2000.

한형구, 「'소설가 구보 씨의 일일'계보 소설을 통해 본 20세기 서울의 삶의 역사와 그 공간 지리의 변모」, 『서울학연구』 14, 2000. 3.

김현철, 「판소리 「심청가(沈淸歌)」의 패로디 연구 - 채만식의 「沈봉사」, 최인훈의 「달아 달아 밝은 달아」, 오태석의 「심청이는 왜 두 번 인당수에 몸을 던졌는가」를 중심으로」, 『한국극예술연구』 11, 2000. 4.

한수영, 「체험과 회상의 두 가지 양식 - 최인훈의 『화두』와 이호철의 『남녘사람 북녘사람』을 중심으로」, 『시문학』, 2000. 4.

김동주, 「최인훈의 『광장』 연구 - 서사시적 세계에 대한 동경과 좌절을 중심으로」, 『도솔어문』 14, 2000. 5.

2) 학위 논문

김충기, 「최인훈 문학에 나타난 소외의 문제연구」, 경희대 석사, 1977.

오현일, 「소설 속의 에세이적인 것에 관한 연구 - Max Frish의 『Mein Name Sei Gantenbein』과 최인훈의 「가면고」를 중심으로」, 고려대 박사, 1979.

장혜전, 「설화소재희곡의 특성 연구」, 이화여대 석사, 1980.

유재철, 「희곡의 의미구조 분석」, 서강대 석사, 1981.

정화혁, 「최인훈 작품 연구」, 동아대 석사, 1981.

지덕상, 「『광장』의 개작에 나타난 작가의식」, 고려대 석사, 1982.

강경채, 「한국 희곡의 비극성 연구」, 부산대 석사, 1983.

박혜주, 「최인훈 소설의 사실성과 비사실성 연구 - 화자의 시점을 중심으로」, 이화여대 석사, 1983.

신경득, 「한국전후소설 연구」, 건국대 박사, 1983.

김경윤, 「최인훈 소설 연구」, 경북대 석사, 1984.

김성렬, 「최인훈의 「구운몽」 연구」, 고려대 석사, 1984.

이명회, 「최인훈의 「소설가 구보씨의 일일」 연구」, 인하대 석사, 1987.

유진월, 「최인훈 희곡 연구」, 경희대 석사, 1988.

정대화, 「최인훈의 『서유기』 연구」, 서울대 석사, 1988.

김미영, 「최인훈의 『소설가 구보씨의 일일』 연구」, 한양대 석사, 1994.

박승구, 「한국 소설의 결말의 열린 공간 - 『홍길동전』·『무정』·『광장』을 중심으로」, 단국대 석사, 1994.

양순아, 「최인훈의 「광장」 연구」, 전북대 석사, 1994.

오송희, 「최인훈 소설 연구 - 『태풍』, 「광장」에 나타난 공간의 원형의식을 중심으로」, 성신여대 석사, 1994.

이양식, 「최인훈 소설의 인물 분석」, 충북대 석사, 1994.

강애경, 「최인훈 희곡의 문학성과 연극성에 관한 연구 - 「둥둥낙랑동」을 중심으로」, 연세대 석사, 1995.

김태호, 「최인훈 「광장」 연구」, 계명대 석사, 1995.

김홍식, 「최인훈의 「광장」 연구」, 조선대 석사, 1995.

박옥진, 「최인훈 희곡의 비극성 연구」, 숭실대 석사, 1995.

박 진, 「최인훈의 『소설가 구보씨의 일일』 연구 - 패로디의 양상을 중심으로」, 고려대 석사, 1995.

임정애, 「최인훈 풍자소설의 양상 연구」, 경북대 석사, 1995.

정은영, 「최인훈의 「구운몽」 연구 - '미궁 만들기'와 '길 찾기'의 구성과 관련하여」, 서강대 석사, 1995.」

최인자, 「박태원과 최인훈의 「소설가 구보씨의 일일」 대비 연구」, 전북대 석사, 1995.

홍명숙, 「최인훈 소설의 공간 구조 연구 - 「광장」을 중심으로」, 부산대 석사, 1995.

고인환, 「최인훈 초기 소설 연구 - 「광장」, 『회색인』, 『소설가 구보씨의 일일』을 중심으로」, 경희대 석사, 1996.

안정택, 「최인훈의 「광장」에 나타난 소외의식 연구」, 관동대 석사, 1996.

양 인, 「최인훈 소설의 서사형식과 사회적 담론 연구」, 서강대 석사, 1996.

윤미선, 「박태원과 최인훈의 「소설가 구보씨의 일일」 비교 연구」, 연세대 석사, 1996.

윤소연, 「최인훈 소설에 나타난 소외의식 연구」, 명지대 석사, 1996.

장수라, 「최인훈 희곡의 특질 고찰 - 설화 소재 작품을 중심으로」, 조선대 석사, 1996.

조재희, 「한국 현대소설의 미로 이미지 - 최인훈 「구운몽」과 이청준 「소문의 벽」을 중심으로」, 충남대 석사, 1996.

허영주, 「최인훈 소설의 정신분석학적 연구」, 계명대 박사, 1996.

홍진석, 「최인훈 희곡 연구」, 우석대 박사, 1996.

김정혜, 「최인훈의 패러디 희곡연구」, 숙명여대 석사, 1997.

신영지, 「최인훈 패러디소설 연구 - 「구운몽」, 『서유기』의 서사구조를 중심으로」, 성균관대 석사, 1997.

이평전, 「최인훈 소설에 나타난 유토피아 의식 연구」, 동국대 석사, 1997.

정봉곤, 「최인훈의 패러디 소설 연구」, 부산대 석사, 1997.

강은아, 「1960년대 소설에 나타나는 분단콤플렉스 양상 - 최인훈, 이호철의 작품을 중심으로」, 한성대 석사, 1998.

김경욱, 「최인훈 소설의 이데올로기비판 담론 연구」, 서울대 석사, 1998.

김권수, 「최인훈의 「둥둥 낙랑둥」과 셰익스피어의 『햄릿』 비교 연구」, 동아대 석사, 1998.

김남웅, 「최인훈의 60년대 소설 연구 - '근대' 문제를 중심으로」, 경기대 석사, 1998.

김병진, 「최인훈 『회색인』 연구」, 경희대 석사, 1998.

김   향, 「최인훈의 『옛날옛적에 훠어이 훠이』 연구 - 극텍스트의 비극적 구조 분석」, 연세대 석사, 1998.

오승은, 「최인훈 소설의 상호텍스트성 연구 - 패러디 양상을 중심으로」, 서강대 석사, 1998.

유초선, 「최인훈의 반사실주의 소설 연구 - 「가면고」, 「구운몽」, 『서유기』를 중심으로」, 이화여대 석사, 1998.

윤지영, 「최인훈 소설 연구」, 성균관대 석사, 1998.

임달환, 「『광장』에 나타난 갈등양상 연구」, 군산대 석사, 1998.

정미숙, 「최인훈 희곡에 나타난 패러디 연구 - 『달아달아 밝은 달아』를 중심으로」, 경상대 석사, 1998.

최창중, 「최인훈 소설 『서유기』의 모더니즘 성격 연구」, 한국교원대 석사, 1998.

한미혜, 「최인훈의 「광장」, 『회색인』 연구」, 성균관대 석사, 1998.

김기우, 「최인훈 『화두』의 구조와 예술론의 관계에 대한 연구」, 동국대 석사, 1999.

김민수, 「1960년대 소설의 미적 근대성 연구 - 최인훈과 김승옥의 소설을 중심으로」,

중앙대 박사, 1999.

김종수, 「최인훈 소설의 관념표출방법 연구」, 고려대 석사, 1999.

변우호, 「최인훈 소설의 현실인식과 형식」, 안동대 석사, 1999.

양윤모, 「최인훈 소설의 '정체성 찾기'에 대한 연구」, 고려대 박사, 1999.

이인숙, 「최인훈 소설의 담론특성 연구 - 서술층위를 중심으로」, 고려대 박사, 1999.

이정선, 「최인훈 소설 연구」, 경희대 석사, 1999.

이호규, 「1960년대 소설의 주체 생산 연구 - 이호철, 최인훈, 김승옥을 중심으로」, 연세대 박사, 1999.

조보라미, 「최인훈 소설의 환상성 연구」, 서울대 석사, 1999.

조정애, 「협동학습을 통한 소설교육방법 연구 - 최인훈의 「광장」을 중심으로」, 강원대 석사, 1999.

최영숙, 「최인훈 소설의 담론 연구 - 「가면고」·『회색인』·『소설가 구보씨의 일일』을 중심으로」, 계명대 석사, 1999.

김기주, 「최인훈 소설 연구」, 동국대 박사, 2000.

김인호, 「최인훈 소설에 나타난 수체성 연구」, 동국대 박사, 2000.

서은주, 「최인훈 소설 연구 - 인식 태도와 서술방식의 상관성을 중심으로」, 연세대 박사, 2000.

하영미, 「최인훈 단편 소설 연구 - 현실 인식과 표현 양상을 중심으로」, 경희대 석사, 2000.

김주언, 「한국비극소설연구 - 1960년대 최인훈·서정인·김승옥을 중심으로」, 단국대 박사, 2001.

박정하, 「최인훈 희곡의 공간 연구」, 계명대 석사, 2001.

박희조, 「최인훈 소설의 서사형식 연구」, 연세대 석사, 2001.

백수진, 「최인훈의 『광장』의 개작 연구 - 개작의 변모 양상을 중심으로」, 단국대 석사, 2001.

송혜영, 「최인훈 소설에 나타난 나르시시즘의 정신구조 연구」, 서울시립대 석사, 2001.

연남경, 최인훈 소설의 기호학적 분석 - 「춘향뎐」, 「놀부뎐」, 「옹고집뎐」을 중심으로」, 이화여대 석사, 2001.

차봉준, 「최인훈 패러디 소설 연구」, 숭실대 석사, 2001.

채정상, 「최인훈 소설의 기호학적 분석 - 단편소설 『웃음소설』『열하일기』『금오신
    화』를 중심테마로」, 동국대 석사, 2001.

3) 단행본

최인훈, 『현대한국문학전집』 16, 신구문화사, 1967.
최인훈, 『최인훈전집』 1~12, 문학과 지성사, 1976~1980.
최인훈, 『최인훈대표작품선집』, 책세상, 1989.
최인훈, 『웃음소리』, 민음사, 1996.
김병익·김 현(편), 『최인훈』, 은애, 1979.
김욱동, 『『광장』을 읽는 일곱 가지 방법』, 문학과 지성사, 1996.
홍진석, 『최인훈 희곡연구』, 태학사, 1996.
이태동(편), 『최인훈』, 서강대출판부, 1999.

■ 최일남

1) 일반 논문

김우종, 「2월의 작단」, 『세계일보』, 1959. 2. 13 ~14.

천상병, 「순화된 형상세계 – 최일남론」, 『현대한국문학전집』 10, 신구문화사, 1967.

홍기삼, 「소외의 프로세스 – 「진달래」」, 『현대한국문학전집』 10, 신구문화사, 1967.

김우종, 「윤리적 진실성에 의한 排戰狀 – 「동행」」, 『현대한국문학전집』 10, 신구문화
　　　사, 1967.

이보영, 「6인의 중견작가 – 오유권·정병우·정한숙·박경수·김광식·최일남」, 『한
　　　국단편문학대계』 9, 삼성출판사, 1969.

김병익, 「사회변화와 풍속적 고찰 – 최일남 작품론」, 『문학과 지성』, 1975. 가을.

김우종, 「근대화의 음지」, 『창작과 비평』, 1976. 봄.

김윤식, 「최일남론 – 소설사의 한 측면」, 『세계의 문학』, 1977. 가을.
　　　＝『(속)한국근대작가론고』, 일지사, 1981.

천이두, 「자기 초상과 허구」, 『창작과 비평』, 1977. 가을.

김병걸, 「두 개의 정치소설 – 최일남 『거룩한 응달』, 김원일 『불의 제전』」, 『세계의
　　　문학』, 1978. 겨울.

김주연, 「발전의 허구와 삶의 길 – 최일남의 근작세계」, 최일남, 『춘자의 사계』, 문학
　　　과 지성사, 1979.

김영기, 「변동사회와 고향상실 – 최일남론」, 『현대문학』, 1980. 1.

이보영, 「선의적 정치의식의 비극 – 최일남의 『거룩한 응달』론」, 『현대문학』, 1981. 9.

천이두, 「역사의 의미 – 최일남의 『거룩한 응달』론」, 『세계의 문학』, 1981. 가을.

김윤식, 「최일남문학의 정치적 감각」, 최일남, 『누님의 겨울』, 정음사, 1984.

김　현, 「그러나 삶은 살 만한 것인가」, 『한국일보』, 1984. 2. 22.
　　　＝『두꺼운 삶과 얇은 삶』, 나남, 1986.

김선학, 「보통사람이 듣는 무너지는 소리와 그 진원 – 최일남 「깊은 밤 길의 끝」의
　　　실직한 경호」, 『동서문학』, 1986. 9.

김윤식, 「막힘없이 흐르는 부계문학 – 최일남의 작품론」, 『문학사상』, 1986. 11.

김병익, 「풍속의 갈등과 풍자」, 『한국문학전집』 18, 삼성출판사, 1987.

명형대, 「소설과 사회」, 『민석대』 12, 1988.

민병욱, 「최일남 혹은 삶의 정치학」, 최일남, 『무화과꽃은 언제 피는가』, 한겨레, 1988.

이명재, 「원숙한 작가의 문학적 개화 - 최일남 소설집 『무화과꽃은 언제 피는가』」, 『한국문학』, 1988. 4.

정과리, 「4·19세대의 고뇌와 좌절과 자기극복 - 최일남 지음 『숨통』」, 『조선일보』, 1988. 7. 26.

구중서, 「이달의 소설 - 최일남 「힘을 먹는 다슬기」」, 『동아일보』, 1988. 11. 29.

권영민, 「정시의 소설을 위해 - 최일남 선생님께 드리는 사신」, 최일남, 『그때 말이 있었네』, 나남, 1989.

최원식, 「최일남론 - 1950년대 빈궁소설」, 이주형(외), 『한국현대작가연구』, 민음사, 1989.

손자희, 「한국적인 진실을 캐는 강한 체념과 휴머니즘」, 『동서문학』, 1989. 6.

권영민, 「최일남의 「그때 말이 있었네」」, 『동아일보』, 1989. 7. 22.

윤지관, 「파시즘하의 변혁운동과 소설 - 김춘복 『꽃바람 꽃샘바람』, 최일남 『숨통』」, 『창작과 비평』, 1989. 겨울.

권영민, 「최일남론 - 삶의 진실과 소설적 상상력」, 『문학사상』, 1990. 4.
    = 권영민(편), 『한국현대작가연구』, 문학사상사, 1991.

조남현, 「체험을 바탕으로 끄집어낸 혼란과 분열 - 최일남의 「따따로의 혀」」, 『중앙일보』, 1990. 6. 27.

김선학, 「변혁기의 실상과 분단문제의 비판적 접근 - 최일남 『히틀러나 진달래』」, 『중앙일보』, 1990. 9. 29.

정호웅, 「50년대 소설론」, 문학사와 비평연구회(편), 『1950년대 문학연구』, 예하, 1991.

김영민, 「풍속의 변화와 이웃들의 사라짐」, 『월간문학』, 1991. 8.

민현기, 「작가의 몫, 독자의 몫」, 『문학사상』, 1991. 8.

이창숙, 「오늘의 작가를 찾아서 - 최일남(편)」, 『문학사상』, 1991. 9.

김윤식, 「고수의 솜씨보기 - 최일남론」, 『현대소설과의 대화』, 현대소설사, 1992.

정호웅, 「50년대 소설론」, 『우리 소설이 걸어온 길』, 솔, 1994.

이동하, 「건전한 상식의 세계」, 최일남, 『꿈길과 말길』, 동아출판사, 1995.

김종회, 「상처입은 영혼들을 위하여」, 『문학아카데미』 3, 1995. 9.

김윤식, 「어떤 정상급 소설가 소설과 부계문학의 산맥들」, 『문학사상』, 1996. 10.

남송우, 「체험의 재구와 소설적 시간의식」, 『소설과 사상』, 1997. 3.
김윤식, 「기묘년(己卯年)을 빛낸 중진들의 투명한 솜씨들 - 이청준·최일남·이호철」,
    『문학사상』, 1999. 12.

2) 학위 논문

김재희, 「한국소설에 나타난 중산층의식 연구 - 이호철, 최일남, 박완서를 중심으로」,
    중앙대 석사, 2001.

3) 단행본

곽학송·최일남·박경수·권태웅, 『현대한국문학전집』 10, 신구문화사, 1967.

■ 최일수

1) 일반 논문

이어령, 「우상의 파괴 — 문학적 혁명기를 위하여」, 『한국일보』, 1956. 5. 6.

김용권, 「비평의 문맥 — 용어의 객관적 의미에서 본」, 『자유문학』 13, 1958. 4.

백 철, 「신세대적인 문학 — 근대의 고대론을 읽고」, 『문학의 개조』, 신구문화사, 1959.

윤병로, 「식민·분단시대의 민족문학론」, 『현대문학』, 1983. 11.

선우휘·김우종·최동호, 「6·25와 분단문학의 극복」, 『한국문학』, 1985. 8.

최유찬, 「1950년대 비평연구(1)」, 한국문학연구회(편), 『1950년대 남북한 문학』, 평민사, 1991.

염무웅, 「5, 60년대 남한문학의 민족문학적 위치」, 『창작과 비평』, 1992. 겨울.

박헌호, 「50년대 비평의 성격과 민족문학론으로의 도정」, 조건상(편), 『한국전후문학연구』, 성균관대출판부, 1993.

전기철, 「전후 모더니즘론」, 『한국전후문예비평연구』, 서울, 1994.

강경화, 「분단현실의 비평적 소명의식과 민족문학 — 최일수 비평론」, 조건상(편), 『1950년대 문학의 이해』, 성균관대출판부, 1996.
　　＝「최일수 비평론」, 반교어문학회(편), 『근현대문학의 사적 전개와 미적 양상』 II(해방후 편), 보고사, 2000.

한수영, 「1950년대 문학의 재인식」, 『작가연구』 1, 1996. 4.

한수영, 「최일수 연구 — 1950년대 비평과 새로운 민족문학론의 구상」, 『민족문학사연구』 10, 1997. 3.

강경화, 「비평 인식의 발현 양상과 실현화 전략」, 『한국문학비평의 인식과 담론의 실현화 연구』, 태학사, 1999.

김상선, 「전후 문학론 서설」, 중앙어문학회, 『어문논집』 27, 1999. 12.

남송우, 「이데올로기의 대립과 민족문학론」, 박철희·김시태(편), 『한국현대문학사』, 시문학사, 2000.

2) 학위 논문

전기철, 「한국 전후문예비평 전개 양상 고찰 – 불안의식의 내재화와 응전력을 중심으
로」, 서울대 박사, 1992.
　　＝『한국 전후 문예비평 연구』, 서울, 1994.
한수영, 「1950년대 한국 문예비평론 연구 – 민족문학론, 실존주의문학론, 모더니즘
론을 중심으로」, 연세대 박사, 1996.
　　＝『한국현대 비평의 이념과 성격』, 국학자료원, 2000.
강경화, 「1950년대의 비평 인식과 실현화 연구」, 성균관대 박사, 1998.
　　＝『한국문학 비평의 인식과 담론의 실현화 연구』, 태학사, 1999.

3) 단행본

최일수, 『현실의 문학』, 형설출판사, 1976.
최일수, 『민족문학신론』, 동천사, 1983.
최일수, 『분단헐기와 고루살기의 문학』, 1993.

■ 최정희

1) 일반 논문

최정희, 「나의 문학생활 자서」, 『백민』, 1948. 3.
최정희, 「나의 문학 소녀시절」, 『동아일보』, 1958. 7. 2.
최정희, 「나의 인생 나의 문학」, 『월간문학』, 1976. 9.
이무영, 「여류작가 개평」, 『신가정』, 1934. 2.
김광섭, 「인간 최정희 여사」, 『조광』, 1939. 3.
조연현, 「三脈의 倫理 - 최정희론」, 『평화일보』, 1947. 8. 24~26.
곽종원, 「최정희론」, 『문예』, 1949. 8.
　　　　＝『신인간형의 탐구』, 동서문화사, 1955.
노천명, 「최정희론」, 『주간서울』, 1949. 12.
김동리, 「최정희의 3부작」, 『문학과 인간』, 청춘사, 1952.
조연현, 「1월의 작단」, 『현대문학』, 1955. 2.
조연현, 「3월의 창작계」, 『현대문학』, 1955. 4.
홍사중, 「최정희론」, 『문학춘추』, 1964. 4.
박영준, 「최정희 여사의 인간과 문학」, 『조선일보』, 1964. 9. 27.
이정호, 「인문대상 - 최정희론」, 『현대문학』, 1967. 7.
한묵구, 「파인과 최정희」, 『현대문학』, 1971. 9.
고　은, 「한 여류 작가의 잔류 생활」, 『1950년대』, 민음사, 1973.
김윤식, 「여성과 문학」, 『한국문학사론고』, 법문사, 1973.
정창범, 「결백의 정신 - 최정희론」, 『삼성』, 1973.
이광복, 「담인 최정희」, 『월간문학』, 1976. 9.
홍기삼, 「최정희와 그 문학」, 『최정희 선집』, 어문각, 1978.
이동주, 「최정희」(실명소설), 『월간중앙』, 1979. 3.
신동욱, 「최정희 작품에 나타난 여성과 인간의식」, 『청파문학』(숙명여대), 1980.
황현숙, 「최정희 소설에 나타난 여성세계와 의식 고찰」, 『향란문학』, 1982. 2.
이동하, 「최정희의 「인간사」 고」, 『현대문학』, 1982. 6.
최일수, 「최정희론」, 『민족문학신론』, 동천사, 1983.
서영은, 「생의 태풍 속을 무구한 노로」, 『문학사상』, 1983. 8.

송하춘, 「또 하나의 전장」, 『문학사상』, 1985. 6.

서정자, 「최정희 소설의 페미니즘 분석」, 『숙대학보』, 1987. 5. 7.

임선애, 「최정희 소설 연구」, 『국문학연구』(효성여대) 13, 1990. 12.

차원현, 「1950년대 한국소설의 분단인식」, 문학사와 비평연구회(편), 『1950년대 문
　　　학연구』, 예하, 1991.

윤병로, 「고통받는 여성의 인간화에 대한 갈구」, 『문학사상』, 1991. 2.

임금복, 「최정희 소설에 나타난 지식인 연구」, 『성신어문학』 4, 1991. 9.

김용희, 「「지맥」에 나타난 작가 의식」, 『한신논문집』 8, 1991. 11.

허형석·전홍남, 「해방직후 농민소설의 한 양상 - 「논이야기」「농민의 비애」, 「풍류
　　　잽히는 마을」을 중심으로」, 『군산대논문집』 18, 1991. 12.

김윤식, 「모녀소설의 계보 - 김지원, 김채원 그리고 최정희」, 『현대소설과의 대화』,
　　　현대소설사, 1992.

김혜정, 「최정희의 「천맥」에 나타난 여성성」, 『개신어문연구』 9, 1992. 8.

이상신, 「최정희의 「풍류잡히는 마을」에 나타난 쪽제비와 닭의 표상」, 『장안논총』
　　　13, 1993. 2.

신영덕, 「비극적 현실인식의 의의 - 최정희론」, 송하춘·이남호(편), 『1950년대의
　　　소설가들』, 나남, 1994.

전혜자, 「모권에의 유토피아 지향 - 해방기 최정희 소설 연구」, 『숙명여대어문논집』
　　　4, 1994. 8.

김문수, 「최정희 연구 - 『탄금의 서』를 중심으로」, 『한양여전논문집』 18, 1995. 2.

이호숙, 「결백한 도전과 수용 - 최정희론」, 『문학과 의식』, 1995. 8.

권택영, 「한국문학에 투영된 한국여성의 초상 : 사회변동과 여성의식 - 여성소설을
　　　중심으로」, 『한국문학연구』(동국대) 19, 1997. 3.

황수진, 「최정희론 - 「녹색의 문」과 「끝없는 낭만」을 중심으로」, 『건국어문학』(건국
　　　대) 21·22, 1997. 9.

유남옥, 「최정희 노년기소설 연구」, 『숙명여대어문논집』 7, 1997. 12.

이호숙, 「최정희 - 페미니스트 시각에서 본 '여성다움' : 모계사회적 자궁 이미지」,
　　　『문학사상』, 1998. 5.

2) 학위 논문

이미리, 「최정희론」, 숙명여대 석사, 1980.
한진수, 「최정희 문학에 나타난 여인상 고찰」, 조선대 석사, 1985.
서정자, 「일제강점기 한국여류소설 연구」, 숙명여대 박사, 1987.
안숙영, 「최정희 소설 연구」, 충남대 석사, 1987.
정미숙, 「최정희 소설의 공간분석」, 부산대 석사, 1990.
한경숙, 「최정희 소설 연구」, 연세대 석사, 1990.
김효임, 「최정희소설에 나타난 여성인물 연구」, 숙명여대 석사, 1995.
권기성, 「최정희의『인간사』연구」, 한양대 석사, 1996.
김잔디, 「최정희 소설 연구」, 숙명여대 석사, 1996.
이우희, 「최정희 소설 연구 - 현실인식과 시간기법을 중심으로」, 경희대 석사,
    1996.
허유진, 「1930년대 여성소설 연구 - 박화성, 백신애, 최정희, 이선희 소설을 중심으
    로」, 경원대 석사, 1996.
김민정, 「최정희 소설 연구」, 이화여대 석사, 1997.
노수진, 「최정희 소설에 나타난 여성인물의 정체성에 관한 연구」, 부산여대 석사,
    1997.
윤옥희, 「1930년대 여성 작가 소설 연구 - 박화성, 강경애, 최정희, 백신애, 이선희
    를 중심으로」, 성균관대 박사, 1997.
박정애, 「최정희 소설에 나타난 여성적 글쓰기의 특성연구」, 서울대 석사, 1998.
윤인미, 「최정희 소설 연구」, 대구대 석사, 1998.
이진희, 「1930년대 소설에 나타난 모상 연구 - 박태원, 이태준, 최정희, 강경애를
    중심으로」, 서강대 석사, 1998.
김주현, 「한국 현대 소설의 여성의식 변화 연구 - 최정희, 지하연 소설을 중심으로」,
    중앙대 석사, 1999.
노애경, 「최정희 소설의 모성의식 연구」, 동아대 석사, 2000.
황수남, 「최정희 소설 연구」, 충남대 석사, 2001.

3) 단행본

서영은, 『강물의 끝』(전기소설 최정희), 문학사상사, 1984.

■ 하근찬

1) 일반 논문

유종호, 「화해의 거부 - 하근찬」, 『문학과 현실』, 민음사, 1975.

윤병로, 「전쟁·전후소설의 재평가」, 『한국현대소설의 탐구』, 범우사, 1985.

이경수, 「한의 예술적 승화 - 「수난2대」 「야곤」에 대하여, 하근찬론」, 『문학사상』, 1988. 7.

차원현, 「1950년대 한국소설의 분단인식」, 문학사와 비평연구회(편), 『1950년대 문학연구』, 예하, 1991.

한수영, 「1950년대 한국소설 연구 ; 남한(편)」, 한국문학연구회(편), 『1950년대 남북한 문학』, 평민사, 1991.

권오현, 「1960년대 소설의 이데올로기 표현 방법 연구」, 『계명대대학원학술연구논문집』, 1994.
   = 『문학에 대한 두 가지 단상』, 사람, 2000.

유종호, 「문학 속에 굴절된 전쟁 경험」, 『문학의 즐거움』, 민음사, 1995.

박동규, 「하근찬 소설과 정한의 구조」, 『전후 한국소설의 연구』, 서울대출판부, 1996.

현길언, 「형식과 내용의 조화 - 하근찬의 「수난이대」」, 『소설은 어떻게 읽은 것인가』, 나남, 1997.

김복순, 「'이질적인 근대' 체험의 비판적 서사화 - 하근찬론」, 민족문학사연구소 현대문학분과, 『1960년대 문학연구』, 깊은샘, 1998.

정희모, 「1950, 60년대 하근찬의 소설 연구」, 『1950년대 한국문학과 서사성』, 깊은샘, 1998.

하정일, 「주체성의 복원과 성찰의 서사」, 민족문학사연구소 현대문학분과, 『1960년대 문학연구』, 깊은샘, 1998.

하정일, 「한국전쟁의 시공간성과 1960년대 소설의 새로움 - 하근찬을 중심으로」, 『한국언어문학』 40, 1998. 6.

양은창, 「하근찬의 「수난이대」와 「흰 종이 수염」」, 『한국 전후소설 구조론』, 웅동, 1999.

김진기, 「민요적 세계관의 의미구조 - 하근찬론」, 『건국어문학』(건국대) 23·24,

1999. 3.
이남호, 「교과서에 실린 문학작품을 어떻게 가르칠 것인가」, 『현대문학』, 2000. 3.
= 『교과서에 실린 문학작품을 어떻게 가르칠 것인가』, 현대문학사, 2001.

2) 학위 논문

하지영, 「하근찬 소설 연구 - 작중인물을 중심으로」, 서울대 석사, 1987.
정문권, 「한국 전후소설의 휴머니즘 연구 - 김성한, 손창섭, 선우휘, 하근찬을 중심
으로」, 한남대 박사, 1995.
김수정, 「하근찬 소설 연구」, 계명대 석사, 1996.
박혜원, 「한국 귀향소설 연구 - 이호철, 이범선, 하근찬을 중심으로」, 이화여대 석사,
1996.
권오근, 「하근찬 소설 연구」, 경남대 석사, 1997.
김홍배, 「하근찬 소설 모티프 연구」, 명지대 석사, 1997.
이정분, 「하근찬 소설에 나타난 인물형 연구」, 신라대 석사, 1999.
정재은, 「하근찬 소설 연구 - 초기 단편을 중심으로」, 성균관대 석사, 1999.
길현관, 「하근찬 소설 연구 - 삶의 양태와 현실인식을 중심으로」, 인하대 석사,
2000.
이은영, 「하근찬 소설 연구 - 단편소설에 나타난 서술양상을 중심으로」, 세종대 석
사, 2000.

3) 단행본

하근찬 · 정연희 · 한말숙, 『현대한국문학전집』 13, 신구문화사, 1967.

■ 한성기

1) 일반 논문

한성기, 「나의 문학수업」, 『현대문학』, 1956. 10.
김 현, 「한성기 「눈사람」」, 『살아있는 시들』 2, 홍성사, 1983.
채규판, 「욕심껏 쓰는 시 – 1983년 4월의 시」, 『시문학』, 1983. 5.
정진석, 「허무의 극복의지 – 한성기의 시에 나타난 허무의식」, 『한국언어문학』 28, 1990. 5.
박명용, 「한성기 시 연구」, 『대전대인문과학논문집』 20, 1994. 9.
김석환, 「한성기 시의 공간 기호 체계」, 『명지대예체능논집』 5, 1995. 12.

2) 학위 논문

정진석, 「한성기 시 연구」, 한남대 박사, 1998.

■ 홍윤숙

1) 일반 논문

홍윤숙, 「감성·이성·언어」, 『현대한국문학전집』 18, 신구문화사, 1967.
홍윤숙, 「나의 시적 편력」, 『시문학』, 1969. 2.
홍윤숙, 「나의 삶과 나의 문학」, 『태양의 건너마을』, 문학사상사, 1987.
홍윤숙, 「나의 시, 그 영혼의 에스프리」, 『현대시』, 1990. 1.
김 현, 「홍윤숙 시인과의 데이트」, 『대한일보』, 1969. 1. 30.
김우종, 「홍윤숙 시집 『장식론』」, 『월간문학』, 1969. 2.
노향림, 「『타관의 햇살』 - 영원성과 시간체험」, 『심상』, 1975. 3.
고정희, 「존재의식과 시간의식」, 『현대시학』, 1978. 2.
김영태, 「시집 『하지제』」, 『한국문학』, 1979. 3.
김광림, 「이 시대를 사는 아픔의 인식 - 홍윤숙 시집 『하지제』를 읽고」, 『현대시학』,
        1979. 6.
김규동, 「인식으로서의 시학 - 시집 『하지제』」, 『창작과 비평』, 1979. 가을.
박청륭, 「식물, 그 창조의 뿌리」, 『현대시학』, 1982. 7.
박찬선, 「풍류의 회복을 위하여 - 여유, 리듬 그리고 자각」, 『현대시학』, 1982. 11.
정숙희, 「'잃음'과 '꾸밈'의 미적 긴장 - 홍윤숙 「장식론」」, 정한모·김재홍(편), 『한국
        현대시평설』, 문학세계사, 1983.
하현식, 「언어의지와 다이내미즘」, 『현대시학』, 1985. 9.
조남익, 「김구용·홍윤숙의 시」, 『현대시학』, 1986. 7.
정영자, 「홍윤숙론 - 어둠과 지성의 축제」, 『월간문학』, 1986. 10.
홍신선, 「홍윤숙론」, 『김기동박사회갑기념논문집』, 1986. 11.
홍신선, 「홍윤순론」, 『보원김기동박사회갑기념논문집』, 1988.
김광림, 「전쟁고발과 죽음의 증언」, 『현대시학』, 1988. 4.
박인기, 「생의 페시미즘에 대한 시」, 김용직(외), 『한국현대시연구』, 민음사, 1989.
최순렬, 「현실적 삶의 고통을 극복하는 방법론 - 『경의선 보통열차』」, 『현대시』,
        1990. 봄.
홍윤숙·박민영, 「우리시의 정체성을 생각한다」, 『현대시학』, 1990. 8.
채수영, 「원형의식과 정신지리 - 홍윤숙의 『경의선 보통열차』를 중심으로」, 『문학예

술』, 1990. 9.

김영석, 「순수지향과 체관의 거리」, 홍윤숙, 『방목시대』, 미래사, 1991.

김지향, 「홍윤숙 시에 나타난 생활적 애정의식 연구」, 『한양여전논문집』 14, 1991. 2.

박상천, 「홍윤숙론」, 『현대시』, 1991. 5.

김지향, 「홍윤숙론」, 『한국현대여성시인연구』, 형설출판사, 1994.

정영자, 「홍윤숙의 시세계」, 『한국여성시인연구』, 평민사, 1996.

윤병로, 「한국시에서의 기독교와 문학 – 김남조와 홍윤숙의 시세계」, 『문학과 의식』, 1996. 10.

김현자, 「홍윤숙 시의 거리두기와 집짓기의 시학」, 『한국시의 감각과 미적거리』, 문학과 지성사, 1997.

진순애, 「찬미와 부끄러움의 시학 – 홍윤숙, 『실낙원의 아침』, 유자효, 『지금은 슬퍼할 때』」, 『현대문학』, 1997. 3.

이상호, 「순간에서 영원으로」, 『문학과 창작』, 1997. 11.

하종오, 「팍팍한 시절 시는 더욱 찬란히 꽃피누나」, 『한국일보』, 1998. 12. 16.

가영심・홍윤숙, 「인간에 대한 사랑과 그리움, 그 다양성의 변주」, 『시문학』, 1999. 9.

2) 학위 논문

김지향, 「홍윤숙의 일상적 애정의식」, 서울여대 박사, 1989.

김복순, 「한국 현대여류시에 나타난 애정의식 연구 – 모윤숙・노천명・김남조・홍윤숙 시를 중심으로」, 서울여대 박사, 1990.

김영수, 「홍윤숙 시 연구」, 한양대 석사, 1999.

김귀희, 「홍윤숙 시 연구」, 성신여대 석사, 2000.

■ 황순원

1) 일반 논문

이석훈, 「문학풍토기 - 평양(편)」, 『인문평론』, 1940. 8.

남관만, 「황순원 저 『황순원단편집』을 읽고」, 『매일신보』, 1941. 4. 3.

김성욱, 「시와 인형」, 『해동공론』, 1952. 3.

　　　　= 『언어의 파편』, 지식산업사, 1982.

곽종원, 「황순원론」, 『문예』 15, 1953. 2.

　　　　= 『신인간형의 탐구』, 동서문화사, 1955.

조연현, 「2월의 소설」, 『현대문학』, 1955. 3.

곽종원, 「1955년도 창작계 별견」, 『현대문학』, 1956. 1.

조연현, 「1월의 창작」, 『현대문학』, 1956. 2.

천상병, 「창작월평」, 『현대문학』, 1957. 6.

조연현, 「서정적 단편」, 『문학과 그 주변』, 인간사, 1958.

K.B.M.생, 「1000자 인물평 - 입을 가리고 웃는 황순원」, 『현대문학』, 1958. 2.

윤병로, 「1, 2월의 소설」, 『현대문학』, 1958. 3.

윤병로, 「4월의 작단」, 『현대문학』, 1958. 5.

유종호, 「산문정신고」, 『현대문학』, 1958. 9.

　　　　= 『비순수의 선언』, 신구문화사, 1962.

이어령, 「상반기의 소설」, 『지성』 2, 1958. 가을.

천이두, 「인간속성과 모랄 - 황순원의 가능성」, 『현대문학』, 1958. 11.

이어령, 「식물적 인간상 - 『카인의 후예』론」, 『사상계』, 1960. 4.

김운헌, 「황순원론」, 『경북대국어국문학연구논문집』 10, 1960. 12.

백　철, 「전환기의 작품자세」, 『동아일보』, 1960. 12. 9~10.

백　철, 「작품은 실험적인 소산」, 『한국일보』, 1960. 12. 18.

원형갑, 「『나무들 비탈에 서다』의 背地」, 『현대문학』, 1961. 1~3.

정태용, 「전후세대와 니힐리즘 - 『나무들 비탈에 서다』를 읽고」, 『민국일보』, 1961.
　　　　4. 14.

유종호, 「一瞥二言 - 1961년의 소설」, 『사상계』, 1961. 12.

　　　　= 『비순수의 선언』, 신구문화사, 1962.

천이두, 「자의식과 현실 - 『나무들 비탈에 서다』의 기점 개제」, 『현대문학』, 1961.
        12~1962. 1.
        = 『종합에의 의지』, 일지사, 1974.
구창환, 「상처받은 세대」, 『조대문학』 5, 1964.
조연현, 「황순원론」, 『예술원논문집』 3, 1964.
정창범, 「황순원론 - 「너와 나만의 시간」을 중심으로」, 『문학춘추』, 1964. 8.
        = 『율리시즈의 방황』, 창원사, 1975.
조연현, 「황순원 단장」, 『현대문학』, 1964. 11.
구창환, 「황순원문학서설」, 『조선대어문학논총』 6, 1965.
김상일, 「순원 문학의 위치」, 『현대문학』, 1965. 4.
구창환, 「황순원의 생명주의 문학」, 『한국언어문학』 4, 1966.
김치수, 「외로움과 그 극복의 문제」, 『문학』, 1966.
박정자, 「성숙과 고민」, 『성대문학』 12, 1966. 2.
심연섭, 「황순원씨 - 신동아인터뷰」, 『신동아』, 1966. 4.
김교선, 「성층적 미적 구조의 소설」, 『현대문학』, 1966. 5.
최일수, 「황순원씨의 자연사상」, 『현대문학』, 1966. 9.
김상일, 「황순원의 문학과 악」, 『현대문학』, 1966. 11.
이호철, 「문학을 숙명으로서 받아들이는 자세」, 『현대문학』, 1966. 12.
김 현, 「광적인 아름다움」, 『동아일보』, 1967. 1. 24.
김우종, 「명작에서 본 모상 10태(6) - 황순원 작 「과부」」, 『대한일보』, 1967. 6. 10.
정전길, 「황순원 문학 점묘 - 「독짓는 늙은이」 「곡예사」 「별」 등」, 『교양』(고려대),
        1967. 12.
천이두, 「토속적 상황 설정과 한국 소설」, 『사상계』 188, 1968.
        = 『한국소설의 관점』, 문학과 지성사, 1980.
고 은, 「실내작가론 - 황순원」, 『월간문학』, 1969. 5.
천이두, 「황순원의 문학」, 『신한국문학전집』 14, 어문각, 1970.
천이두, 「시와 산문」, 『한국대표문학전집』 6, 삼중당, 1970.
        = 『종합에의 의지』, 일지사, 1974.
이보영, 「황순원의 세계」, 『현대문학』, 1970. 2~3.
        = 김종회(편), 『황순원』, 새미, 1998.
이형기, 「유랑민의 비극과 무상의 성실」, 『황순원전집』 1, 삼중당, 1973.

천이두, 「부정과 긍정」, 『황순원전집』 2, 삼중당, 1973.
    =『종합에의 의지』, 일지사, 1974.
원응서, 「그의 인간과 단편집 『기러기』」, 『황순원전집』 3, 삼중당, 1973.
    = 김종회(편), 『황순원』, 새미, 1998.
김병익, 「찢어진 동천사의 복원」, 『황순원전집』 4, 삼중당, 1973.
    =『한국문학의 의식』, 동화출판공사, 1976.
김병익, 「수난기의 결벽주의자」, 『황순원전집』 5, 삼중당, 1973.
    =『한국문학의 의식』, 동화출판공사, 1976.
김 현, 「소박한 수락」, 『황순원전집』 6, 삼중당, 1973.
    =『사회와 윤리』, 일지사, 1974.
천이두, 「서정과 위트」, 『황순원전집』 7, 삼중당, 1973.
김 현, 「건강한 시점이 아쉽다」, 『서울신문』, 1973. 6. 22.
천이두, 「종합에의 의지」, 『현대문학』, 1973. 8.
    =『종합에의 의지』, 일지사, 1974.
    = 김종회(편), 『황순원』, 새미, 1998.
원형갑, 「버림받은 언어권 - 『움직이는 성』의 인물들」, 『현대문학』, 1974. 3.
이보영, 「황순원 재고」, 『월간문학』, 1974. 8.
이정숙, 「황순원 소설에 나타난 인간상」, 『서울대대학원논문집』, 1975.
김상일, 「순원문학의 원형」, 『월간문학』, 1975. 7.
염무웅, 「8·15 직후의 한국문학」, 『창작과 비평』, 1975. 가을.
    =『민중시대의 문학』, 창작과 비평사, 1979.
구창환, 「황순원 생명주의 문학」, 한국언어문학회, 『한국언어문학』 4, 1976.
홍기삼, 「유랑민의 서사극」, 『한국문학대전집』, 태극출판사, 1976.
김병익, 「순수문학과 그 역사성 - 황순원의 최근의 작업」, 『한국문학』, 1976. 7.
    =『상황과 상상력』, 문학과 지성사, 1979.
천이두, 「원숙과 패기」, 『문학과 지성』, 1976. 여름.
이선영, 「인정, 허망, 자유 - 황순원 「탈」, 서정인 「강」, 이정한 「까치방」」, 『창작과
    비평』, 1976. 가을.
노대규, 「「소나기」의 문체론적 고찰」, 『연세어문학』 9~10, 1977. 6.
이기야, 「소설에 있어서의 상징 문제 - 황순원의 『움직이는 성』을 중심으로」, 『고려
    대어문논집』 19, 1977. 9.

최래옥, 「황순원 「소나기」의 구조화 의미」, 한국국어교육연구회, 『국어교육』 31, 1977. 12

윤명구, 「황순원 소설세계의 변모 - 『황순원전집』 소재 장편소설을 중심으로」, 『국어교육연구』 2, 1978. 3.

김정자, 「황순원과 김승옥이 문체연구 - 통어론적 측면에서 본 시도」, 『한국문학총론』 1, 1978. 12.
　　　= 『한국문학에 나타난 죽음 의식의 사적 연구』, 열화당, 1979.

김윤식, 「황순원론」, 『우리문학의 넓이와 깊이』, 서재헌, 1979.

이재선, 「황순원과 통과제의의 소설」, 『한국현대소설사』, 홍성사, 1979.

김병택, 「결말에 대한 작가의 시선 - 「운수 좋은 날」「금따는 콩밭」「메밀꽃 필 무렵」「소나기」의 경우」, 『현대문학』, 1979. 1.

김희보, 「황순원의 『움직이는 성』과 무속신앙 - M. Eliade의 예술론을 중심으로」, 『기독교사상』 247, 1979. 1.

구인환, 「소설의 극적 구조와 양상」, 『국어국문학』 81, 1979. 12.

김치수, 「황순원의 소설미학」, 『문예중앙』, 1979. 겨울.

김우종, 「38선의 문학과 황순원」, 『한국현대소설사』, 성문각, 1980.

김　현, 「안과 밖의 변증법」, 『황순원전집』 1, 문학과 지성사, 1980.

이상섭, 「'유랑민 근성'과 '창조주의 눈'」, 『황순원 전집』 9, 문학과 지성사, 1980.

이용남, 「조신몽의 소설화 문제 - 「잃어버린 사람들」「꿈」을 중심으로」, 『관악어문연구』 5, 1980.

김　현, 「해방 후 한국사회와 황순원의 작품세계」, 『대학주보』(경희대), 1980. 9. 15. 9. 22.

이태동, 「실존적 현실과 미학적 현현 - 황순원론」, 『현대문학』, 1980. 11.
　　　= 김종회(편), 『황순원』, 새미, 1998.

유종호, 「겨레의 기억」, 『황순원전집』 2, 문학과 지성사, 1981.
　　　= 김종회(편), 『황순원』, 새미, 1998.

조남현, 「순박한 삶의 파괴와 회복」, 『황순원전집』 3, 문학과 지성사, 1981.

김인환, 「인고의 미학」, 『황순원전집』 6, 문학과 지성사, 1981.

송상일, 「순수와 초월」, 『황순원전집』 7, 문학과 지성사, 1981.

홍정운, 「황순원론 - 『움직이는 성』의 실체」, 『현대문학』, 1981. 7.

이유식, 「전후소설에 나타난 문장변천」, 『한국소설의 위상』, 이우출판사, 1982.

권영민, 「일상적 경험과 소설의 수법」, 『황순원전집』 4, 문학과 지성사, 1982.

김치수, 「소설의 조직성」, 『황순원전집』 10, 문학과 지성사, 1982.
       = 김종회(편), 『황순원』, 새미, 1998.

유종호, 「겨레의 기억과 그 전수 - 황순원의 단편」, 『동시대의 시와 진실』, 민음사, 1982.

천이두, 「전체소설로서의 국면들」, 『현대문학』, 1982. 12.

김 현, 「황순원 「낭만적」」, 『살아있는 시들』 2, 홍성사, 1983.

성민엽, 「존재론적 고독의 성찰」, 『황순원전집』 8, 문학과 지성사, 1983.
       = 김종회(편), 『황순원』, 새미, 1998.

우한용, 「현대소설의 고전수용에 관한 연구 - 『움직이는 성』과 서사무가 「칠공주」의 관련성을 중심으로」, 『국어국문학』(전북대) 23, 1983.

천이두, 「청상의 이미지 - 오작녀」, 『한국현대소설론』, 형성출판사, 1983.

천이두, 「밝음의 미학 - 환순원의 『인간접목』」, 『광장』, 1983. 2.

이동하, 「한국소설과 구원의 문제」, 『현대문학』, 1983. 5.

채명식, 「인간의 의지와 신의 섭리 - 『신들의 주사위』를 중심으로」, 『국어국문학논문집』(동국대) 12, 1983. 9.

김병익, 「한국소설과 한국기독교」, 김주연(편), 『현대문학과 기독교』, 문학과 지성사, 1984.

김영화, 「황순원의 단편소설 1 - 해방 전의 작품을 중심으로」, 한국언어문학회, 『한국언어문학』 23, 1984.

김치수, 「소설의 조직성과 미학 - 황순원의 소설」, 『문학과 비평의 구조』, 문학과 지성사, 1984.

정과리, 「사랑으로 감싸는 의식의 외로움」, 『황순원전집』 5, 문학과 지성사, 1984.

조남현, 「황순원의 초기 단편소설」, 『한국현대소설사연구』, 민음사, 1984.

김동선, 「황고집의 미학, 황순원 가문」, 『정경문화』, 1984. 5.
       = 김종회(편), 『황순원』, 새미, 1998.

김영화, 「황순원의 소설과 꿈」, 『월간문학』, 1984. 5.

조규일, 「황순원의 전쟁소설 소고 - 그의 단편소설 「학」을 중심으로」, 『광운공업대학교논문집』 13, 1984. 5.

권영민, 「황순원의 문체, 그 소설적 미학」, 황순원(외), 『말과 삶과 자유』, 문학과 지성사, 1985.

김상태, 「한국 현대소설의 문체변화」, 황순원(외), 『말과 삶과 자유』, 문학과 지성사,
　　　1985.
김주연, 「싱싱함, 그 생명의 미학」, 『황순원전집』 11, 문학과 지성사, 1985.
김치수, 「소설의 사회성과 서정성」, 황순원(외), 『말과 삶과 자유』, 문학과 지성사,
　　　1985.
김　현, 「계단만으로 된 집」, 황순원(외), 『말과 삶과 자유』, 문학과 지성사, 1985.
윤병로, 「전쟁·전후소설의 재평가」, 『한국현대소설의 탐구』, 범우사, 1985.
이보영, 「인간 회복에의 물음과 해답 – 작가로서의 황순원」, 이보영(편), 『황순원』,
　　　지학사, 1985.
이정숙, 「지속적 자아와 변모하는 삶 – 황순원론」, 김용성·우한용(편), 『한국근대작
　　　가연구』, 삼지원, 1985.
　　　＝『한국 현대소설 연구』, 깊은샘, 1999.
이정숙, 「민요의 소설화에 대한 고찰 – 「명주가」와 「바늘」을 중심으로」, 『한성대학교
　　　논문집』, 1985.
정과리, 「현실의 구조화」, 황순원(외), 『말과 삶과 자유』, 문학과 지성사, 1985.
최동호, 「동경의 꿈에서 피사의 사탑까지」, 황순원(외), 『말과 삶과 자유』, 문학과
　　　지성사, 1985.
　　　＝ 김종회(편), 『황순원』, 새미, 1998.
천이두, 「밝음의 미학 –『인간접목』론」, 백　철(외), 『한국소설의 문제작』, 일념,
　　　1985.
최정희·오유권·서정범·이호철, 「황순원과 나」, 황순원(외), 『말과 삶과 자유』, 문
　　　학과 지성사, 1985.
홍정선, 「이야기의 소설화와 소설의 이야기화」, 황순원(외), 『말과 삶과 자유』, 문학
　　　과 지성사, 1985.
김운기, 「황순원 시고」, 『국제어문』 2, 1985. 2.
한승옥, 「황순원의 장편소설 연구 – 원죄의식을 중심으로」, 『숭실어문』 2, 1985. 2.
김병익, 「장인정신과 70년대 문학의 가능성 돋보여 – 고희 맞는 황순원과 그의 문학
　　　세계」, 『마당』 44, 1985. 4.
진형준, 「모성으로 감싸기, 그의 안기기 – 황순원론」, 『세계의 문학』, 1985. 가을.
신춘호, 「황순원의 「황소들」론」, 『충주문학』 3, 1985. 10.
전영태, 「이청준 창작집과 황순원의 단편소설」, 『광장』 146, 1985. 10.

이동하, 「주제의 보편성과 기법의 탁월성 - 황순원의 「잃어버린 사람들」」, 『정통문
　　　학』 1, 1985. 12.
구인환, 「「별」의 이미지와 공간」, 『봉죽박봉세박사회갑기념논문집』, 1986.
신동욱, 「황순원소설에 있어서 한국적 삶 인식 연구」, 단국대동양학연구소, 『동양학』
　　　16, 1986.
장현숙, 「황순원 초기 작품 연구 - 단편집 『늪』을 중심으로」, 『경원공업전문대학논문
　　　집』 7, 1986.
한승옥, 「한국전후소설의 현실극복의지 - 「불꽃」 『나무들 비탈에 서다』 「끊어진 다리」
　　　를 중심으로」, 『숭실어문』, 1986.
김윤식, 「민담, 민족적 형식에의 길」, 『소설문학』, 1986. 3.
이선영, 「전쟁의 혼란과 정신의 순결」, 『문학사상』, 1986. 6.
이남호, 「물 한 모금의 의미 - 황순원의 단편소설」, 『현대문학』, 1986. 11.
　　　= 「물 한 모금의 의미 - 황순원론」, 『문학의 위족』 2, 민음사, 1990.
　　　= 송하춘·이남호(편), 『1950년대의 소설가들』, 나남, 1994.
김종회, 「삶과 죽음의 존재양식 - 황순원 단편집 『탈』을 중심으로」, 『고황논집』(경희
　　　대) 2, 1987.
　　　= 김종회(편), 『황순원』, 새미, 1998.
이동하, 「소설과 종교 - 『움직이는 성』을 중심으로」, 『한국문학』, 1987. 7~9.
윤지관, 「『일월』의 정치적 차원」, 『문학과 비평』, 1987. 가을.
이부영, 「심리학적 상징으로서의 동굴」, 『문학과 비평』, 1987. 가을.
조남현, 「문학사회학의 수용상태의 그 문제점」, 『문학과 비평』, 1987. 가을.
신동욱, 「황순원 소설에 있어서 한국적 삶의 인식 연구」, 『삶의 투시로서의 문학』,
　　　문학과 지성사, 1988.
양선규, 「어린 외디푸스의 고뇌 - 황순원의 「별」에 관하여」, 『문학과 언어』 9,
　　　1988.
오세영, 「한국현대문학과 휴머니즘」, 『휴머니즘 연구』, 서울대출판부, 1988.
김용성, 「한국소설의 시간의식」, 『현대문학』, 1988. 1~2.
김종회, 「삶과 죽음의 존재양식 - 황순원 단편집 『탈』을 중심으로」, 『문학사상』,
　　　1988. 3.
이동하, 「황순원, 파멸의 길과 구원의 길 - 『별과 같이 살다』에 대하여」, 『문학사상』,
　　　1988. 3.

이동하, 「황순원론 - 파멸의 길과 구원의 길」, 『문학사상』, 1988. 3.
        = 권영민(편), 『한국현대작가연구』, 문학사상사, 1991.
김병욱, 「황순원 소설의 꿈 모티프 - 『일월』을 중심으로」, 『문학과 비평』, 1988. 여름.
이동하, 「입사소설의 한 모습」, 『물음과 믿음 사이』, 민음사, 1989.
이동하, 「전통과 설화성의 세계 - 황순원의 「기러기」」, 『물음과 믿음 사이』, 민음사, 1989.
조남현, 「우리 소설의 넓이와 깊이, 황순원의 『카인의 후예』」, 『문학정신』, 1989. 1~2.
조남현, 「우리 소설의 넓이와 깊이, 『나무들 비탈에 서다』, 그 외연과 내포」, 『문학정신』, 1989. 4~5.
허명숙, 「황순원 소설 연구 - 『일월』, 『움직이는 성』, 『신들의 주사위』의 인물구조를 중심으로」, 『숭실어문』 6, 1989. 4.
이호철, 「황순원의 삶과 문학의 본질」, 『예술과 비평』, 1989. 9.
김종회, 「소설의 조직성과 해체의 구조」, 『현실과 문학의 상상력』, 교음사, 1990.
김종회, 「황순원 소설의 작중인물 연구」, 『한국소설의 낙원의식 연구』, 문학아카데미, 1990.
양선규, 「황순원 초기단편소설 연구 1」, 『개신어문연구』 7, 1990.
우한용, 「민족성의 근원추구 - 황순원의 『움직이는 성』」, 『한국현대소설구조 연구』, 삼지원, 1990.
우한용, 「소설구조의 기호론적 특성 - 황순원의 『신들의 주사위』」, 『한국현대소설구조 연구』, 삼지원, 1990.
우한용, 「소설의 양식차원과 장르차원 - 황순원의 『별과 같이 살다』」, 『한국현대소설구조 연구』, 삼지원, 1990.
이정숙, 「인간의 내면과 원형의 탐구」, 『한국 현대장편소설 연구』, 삼지사, 1990.
이정숙, 「자아인식에의 여정 - 황순원 『움직이는 성』」, 『한국 현대장편소설 연구』, 삼지사, 1990.
임종국, 「8·15의 민족사적 의미」, 『오늘의 문학 오늘의 역사』, 중앙일보사, 1990.
노귀남, 「황순원 시세계의 변모를 통해서 본 서정성 고찰」, 『고황논집』(경희대) 6, 1990. 2.
고형철, 「황순원 시 연구 - 시집 『방가』에 나타난 역사의식을 중심으로」, 『한국문학논총』 11, 1990. 10.
안남연, 「황순원 장편소설의 작중 인물과 윤리의식」, 『한국외대 우리어문학연구』 2,

1990. 10.

유종호, 「현실주의 상상력」, 『산문정신고』, 나남, 1991.

차원현, 「1950년대 한국소설의 분단인식」, 문학사와 비평연구회(편), 『1950년대 문학연구』, 예하, 1991.

한수영, 「1950년대 한국소설 연구 ; 남한(편)」, 한국문학연구회(편), 『1950년대 남북한 문학』, 평민사, 1991.

박배식, 「『움직이는 성』의 원형분석」, 『국민어문연구』 3, 1991. 4.

장현숙, 「황순원, 민족현실과 이상과의 괴리 - 단편집 『기러기』를 중심으로」, 『경원전문대학논문집』 13, 1991. 4.

구인환, 「황순원 소설의 극적 양상 - 『움직이는 성』을 중심으로」, 『서울사대선청어문』 19, 1991. 12.

권영민, 「황순원과 산문문체의 미학」, 『소설과 운명의 언어』, 현대소설사, 1992.
= 김종회(편), 『황순원』, 새미, 1998.

송현호, 「황순원의 「목넘이마을의 개」」, 『한국현대소설의 이해』, 민지사, 1992.

송현호, 「「별」, 「목넘이 마을의 개」, 「독짓는 늙은이」, 「학」, 『카인의 후예』, 「이리도」」, 『한국현대소설의 해설』, 관동출판사, 1992.

현길언, 「변동기 사회에서 '집'과 '토지'의 문제, 황순원의 「술」 「두꺼비」 「집」」, 『한국소설의 분석적 이해』, 민지사, 1992.

김만수, 「어둠을 응시하는 아르고스의 세 시선 - 황순원, 『카인의 후예』」, 『문학정신』, 1992. 4.

나경수, 「「독짓는 늙은이」 원형재구」, 『한국언어문학』 30, 1992. 6.

박미령, 「시적 체험의 생성과 변용 - 순원과 동규의 비교연구」, 『대한체육과학대논문집』 8, 1992. 6.

양선규, 「황순원 단편소설 연구 2」, 『개신어문연구』 9, 1992. 8.

김만수, 「황순원 초기소설 연구」, 문학사와 비평연구회, 『1960년대문학 연구』, 예하, 1993.

이봉범, 「민족사의 소설적 재현과 그 문학적 성과 - 1950년대 황순원 장편소설의 배경」, 조건상(편), 『한국전후문학연구』, 성균관대출판부, 1993.

장현숙, 「전쟁의 상흔과 인간긍정의 철학 - 단편집 『곡예사』를 중심으로」, 『경원전문대학논문집』 16, 1993.

천이두, 「황순원의 「소나기」 - 시적 이미지의 미학」, 『한국현대소설 작품론』, 문장,

1993.

최일수, 「황순원의 줄글과 비침글 – 소설은 끝장난 것인가?」, 『분단헐기와 고루살기의 문학』, 원방각, 1993.

김재철, 「황순원 소설연구 – 『일월』을 중심으로」, 『한양여대논문집』 16, 1993. 2.

장현숙, 「해방후 민족현실과 해체된 삶의 형상화 – 황순원 단편집 『목넘어마을의 개』를 중심으로」, 『어문연구』 77~78, 1993. 6.

전흥남, 「'10월 인민항쟁'의 소설적 형상화에 관한 고찰」, 『한국언어문학』 31, 1993. 6.

양선규, 「한국근대소설의 보수주의 미학 연구 – 김동리, 황순원 소설에 대한 분석심리학적 접근을 중심으로」, 『충북대인문학지』 10, 1993. 12.

손화숙, 「존재의 고독과 모성의 추구 – 황순원의 장편소설을 중심으로」, 『부산외대우엄어문논집』 4, 1994. 2.

신동욱, 「황순원 문학의 역사성 – 황순원 소설의 한국적 삶의 인식 연구」, 『문학사상』, 1994. 2.

성현기, 「유년기 체험 소설 연구」, 『연세대매지논총』 11, 1994. 2.

강상희, 「황순원의 『나무들 비탈에 서다』고」, 『난국대국문학논집』 14, 1994. 5.

방민호, 「현실의 包懷하는 상징의 세계 – 황순원 장편소설 『별과 같이 살다』론」, 『관악어문연구』 19, 1994. 12.

최시한, 「『일월』과 형평운동의 관련 맥락」, 『서강어문』 10, 1994. 12.

김만수, 「서정적인 아름다움이 지닌 힘」, 황순원, 『카인의 후예』, 동아출판사, 1995.

박유희, 「인식의 혼란과 자기 확인」, 최동호(편), 『남북한 현대문학사』, 나남, 1995.

박혜경, 「황순원의 「별」 – 부재하는 어머니의 세계와 탈현실적 심미성의 공간」, 홍기삼·한용환(편), 『『임꺽정』에서 『화두』까지』, 문학아카데미, 1995.

김윤창, 「황순원 소설 연구 – 근대화 인식의 소설적 구조화」, 『한양대한국학논총』 26, 1995. 2.

방경태, 「황순원 「별」의 모티프와 작중인물 연구」, 『대전어문학』 12, 1995. 2.

유임하, 「설화적 세계와의 결별양식 – 황순원 『카인의 후예』론」, 『동국대한국문학연구』 17, 1995. 3.

김종회, 「문학의 순수성과 완결성, 또는 문학적 삶의 큰 모범」, 『작가세계』, 1995. 봄. = 김종회(편), 『황순원』, 새미, 1998.

송하춘, 「문을 열고자 두드리는 사람에게 왜 노크하냐고 묻는 어리석음에 대하여」,

『작가세계』, 1995. 봄.

박혜경, 「현세적 가치의 긍정과 미학적 결별성의 세계」, 『작가세계』, 1995. 봄.
      = 김종회(편), 『황순원』, 새미, 1998.

서준섭, 「이야기와 소설 - 단편을 중심으로」, 『작가세계』, 1995. 봄.

김인환, 「여성주의 소설의 미학 - 『별과 같이 살다』 『카인의 후예』를 중심으로」, 『작
      가세계』, 1995. 봄.

우찬제, 「'말무뉘'·'숨결'·'글틀' - 황순원 소설의 문체 분석을 위한 발견적 독서」,
      『작가세계』, 1995. 봄.
      = 『타자의 목소리』, 문학동네, 1996.
      = 김종회(편), 『황순원』, 새미, 1998.

서정주, 「내 일생에 아주 드문 사람」, 『작가세계』, 1995. 봄.

김용성, 「보신탕집 하수구는 막히지 않는다」, 『작가세계』, 1995. 봄.

전상국, 「부드러움과 단호함」, 『작가세계』, 1995. 봄.

하재봉, 「그냥 그 자리에 계신다는 것」, 『작가세계』, 1995. 봄.

구재진, 「황순원의 『나무들 비탈에 서다』 연구」, 『서울사대선청어문』 23, 1995. 4.

김구중, 「『나무들 비탈에 서다』 수정과 전복을 통한 읽기」, 『한남어문학』 20, 1995. 4.

안남연, 「황순원 소설 연구 - 윤리의식을 중심으로」, 『경북산업대논문집』 32, 1995. 8.

조용란·박경숙, 「황순원의 「소나기」에 나타난 '비'의 의미」, 『인하공전논문집』 20,
      1995. 8.

허명숙, 「황순원의 초기 단편소설 연구」, 『숭실어문』 12, 1995. 11.

김종욱, 「황순원의 초기 장편소설에 대한 일 고찰」, 『목원어문학』 13, 1995. 12.

이경호, 「『나무들 비탈에 서다』의 타자성」, 『한양어문연구』 13, 1995. 12.

이재복, 「어머니 꿈꾸기의 시학 - 황순원의 『인간접목』론」, 『한양어문연구』 13,
      1995. 12.

김영찬, 「구세대의 현실인식과 전후의식의 극복의 전망 - 황순원의 『나무들 비탈에
      서다』론」, 조건상(편), 『1950년대 문학의 이해』, 성균관대출판부, 1996.

편집부(편), 「한국현대소설의 샤머니즘 수용양상 - 「무녀도」, 『움직이는 성』, 『불의
      딸』을 중심으로」, 『원천어문』(아주대) 8~9, 1996.

김경수, 「소설에서 드러나는 무의식의 세계 - 황순원의 「늪」」, 『문학사상』, 1996. 6.

임영천, 「과오를 딛고 일어선 변화된 인간상 - 황순원, 『움직이는 성』」, 『신안세계』
      338, 1996. 9.

김윤식, 「상의 의미」, 『황해문화』 13, 1996. 12.

서재원, 「황순원과 김동리 소설 비교 연구 - 설화적인 소설을 중심으로」, 『고려대한
　　　국어문교육』 8, 1996. 12.

조현일, 「근대 속의 '이야기' - 황순원론」, 『소설과 사상』, 1996. 겨울.

김종회, 「단단한 서정성과 문학적 완전주의 - 황순원」, 『문학과 전환기의 시대정신』,
　　　민음사, 1997.

이경호, 「『나무들 비탈에 서다』의 타자성 연구」, 한양어문학회, 『1950년대 한국문학
　　　연구』, 보고사, 1997.

이재복, 「어머니 꿈꾸기의 시학 - 황순원의 『인간접목』론」, 한양어문학회, 『1950년
　　　대 한국문학연구』, 보고사, 1997.

김주현, 「『카인의 후예』의 개작과 반공 이데올로기의 문제」, 『민족문학사연구』 10,
　　　1997. 3.

양은창, 「황순원의 『윤삼이』 고」, 『단국대국문학논집』 15, 1997. 4.

김연권, 「황순원과 프로베르의 비교 연구 - 곰녀와 펠리씨테를 중심으로」, 『경기대논
　　　문집』, 1997. 8.

田尻浩幸, 「한국 근대소설과 상상의 공동체　근대초기의 이인직과 해방직후의 황순
　　　원을 중심으로」, 한국어문교육연구회, 『어문연구』 95, 1997. 9.

노승욱, 「황순원 단편 소설의 환유와 은유」, 『외국문학』, 1998. 봄.

박배식, 「황순원 소설의 구원의식」, 『동신대인문논총』 5, 1998. 12.

문흥술, 「전통지향성과 이야기 형식 - 황순원 초기 단편소설 연구」, 박동규(외), 『한
　　　국전후문학의 분석적연구』, 월인, 1999.

양은창, 「황순원의 「윤삼이」」, 『한국 전후소설 구조론』, 웅동, 1999.

이경숙, 「『움직이는 성』과 자아인식의 여정」, 『한국 현대소설 연구』, 깊은샘, 1999.

김미현, 「유랑의 형식과 대위법의 언어 - 황순원의 『움직이는 성』」, 『현대문학』,
　　　1999. 2.

정태선·김진숙, 「문학교육 - 황순원의 「소나기」수업 모형 개발과 적용」, 『덕성여대
　　　열린교육실행연구』 2, 1999. 2.

김종회, 「격동의 시대와 모성적 사랑의 조합 - 황순원의 『카인의 후예』」, 『문학사
　　　상』, 1999. 3.

임진영, 「설화성·사실성·알레고리 - 황순원의 해방 직후 소설에 대하여」, 『한국문
　　　학평론』, 1999. 봄.

장양수, 「황순원 장편『일월』의 실존주의문학적 성격」, 『한국문학논총』 24, 1999. 6.
박배식, 「황순원 소설에 나타난 무의식의 상징성 -『움직이는 성』을 중심으로」, 『동
　　　신대인문논총』 6, 1999. 12.

2) 학위 논문

이정숙, 「황순원소설에 나타난 인간상」, 서울대 석사, 1975.
박해경, 「황순원 소설의 미학」, 이화여대 석사, 1976.
박미령, 「황순원론」, 충남대 석사, 1980.
방용삼, 「황순원 소설에 나타난 애정관」, 경희대 석사, 1981.
백승철, 「황순원 소설의 악인 연구」, 세종대 석사, 1982.
안영례, 「황순원 소설에 나타난 꿈 연구」, 중앙대 석사, 1982.
장현숙, 「황순원 작품연구」, 경희대 석사, 1982.
김전선, 「『나무들 비탈에 서다』에 관한 연구」, 이화여대 석사, 1983.
유재봉, 「황순원 소설에 나타난 주인공의 인간상 고찰」, 충남대 석사, 1983.
임관수, 「황순원 작품에 나타난 자기실현 문제 -『움직이는 성』을 중심으로」, 충남대
　　　석사, 1983.
안남연, 「황순원 소설의 작중인물 연구 -『나무들 비탈에 서다』·『일월』·『움직이는
　　　성』의 자의식 · 유랑민성의 성격을 중심으로」, 한국외대 석사, 1984.
임채옥, 「황순원 작품의 구조 연구 - 단편소설을 중심으로」, 원광대 석사, 1984.
전해선, 「『나무들 비탈에 서다』에 관한 연구 - 유리 이미지와 현실의 문제를 중심으
　　　로」, 이화여대 석사, 1984.
전현주, 「황순원 단편 고찰 - 이니시에이션 스토리를 중심으로」, 　동아대 석사,
　　　1984.
최민자, 「황순원 작품 연구 - 장편소설『일월』의 상징성을 중심으로」, 동아대 석사,
　　　1984.
김경희, 「황순원 소설 연구 - 장편에 나타난 인물의 갈등을 중심을」, 중앙대 석사,
　　　1985.
김난숙, 「황순원 문학의 상징적 고찰」, 부산여대 석사, 1985.
김종회, 「황순원 소설의 작중인물 연구 -『일월』과『움직이는 성』을 중심으로」, 경희
　　　대 석사, 1985.

최민자, 「황순원 작품연구 - 장편소설의 상징성을 중심으로」, 동아대 석사, 1985.

권경희, 「황순원 소설에 나타난 종교사상 연구 - 『일월』과 『움직이는 성』을 중심으로」, 한양대 석사, 1986.

김영환, 「황순원 소설의 작중인물 연구」, 동국대 석사, 1986.

김정하, 「황순원 『일월』 연구 - 전상화된 상징구조의 원형비평적 분석과 해석」, 서강대 석사, 1986.

서경희, 「황순원 소설의 연구 - 작중인물의 성격을 중심으로」, 전북대 석사, 1986.

윤민자, 「황순원 소설에 나타난 애정관 - 장편소설을 중심으로」, 연세대 석사, 1986.

전미리, 「황순원 단편소설 연구 - 작품 「별」·「닭제」·「소나기」·「학」을 중심으로」, 서울여대 석사, 1986.

정창훤, 「황순원 소설의 이미지에 관한 연구」, 전북대 석사, 1986.

최옥남, 「황순원 소설의 기법연구」, 서울대 석사, 1986.

강평구, 「황순원 소설의 인물유형 고찰」, 조선대 석사, 1987.

구수경, 「황순원 소설의 담화양상 연구」, 충남대 석사, 1987.

김경혜, 「황순원 장편에 나타난 인간구원 의식에 관한 고찰 - 『나무들 비탈에 서다』·『일월』·『움직이는 성』을 중심을」, 숙명여대 석사, 1987.

박선미, 「황순원 문체연구 - 『나무들 비탈에 서다』를 중심으로」, 이화여대 석사, 1987.

박진규, 「황순원 초기 단편 연구 - 「늪」 「기러기」에 나타난 서정적 기법을 중심으로」, 부산대 석사, 1987.

이호숙, 「황순원 소설의 서술시점에 관한 연구」, 이화여대 석사, 1987.

문영희, 「황순원 문학의 작가정신 전개양상 연구」, 경희대 석사, 1988.

방민화, 「황순원 『일월』 연구 - 입사식을 중심으로」, 숭실대 석사, 1988.

윤장렬, 「황순원 단편소설 구조 연구」, 한국외대 석사, 1988.

이부순, 「황순원 단편소설 연구」, 서강대 석사, 1988.

이운기, 「황순원의 초기 작품 연구」, 건국대 석사, 1988.

이현란, 「황순원 소설 연구 - 전기 장편을 중심으로」, 성신여대 석사, 1988.

최인숙, 「황순원의 『움직이는 성』 연구」, 효성여대 석사, 1988.

허명숙, 「황순원 장편소설 연구 - 『일월』·『움직이는 성』·『신들의 주사위』의 인물구조를 중심으로」, 숭실대 석사, 1988.

강영주, 「황순원 성장소설 연구」, 전남대 석사, 1989.

권혜정, 「황순원의 액자소설 연구」, 경북대 석사, 1989.

배규호, 「황순원 소설의 작중인물 연구 - 『나무들 비탈에 서다』를 중심으로」, 계명대
석사, 1989.

김희범, 「황순원 소설의 인물 연구 - 단편소설에 나타난 어린이와 노인을 중심으로」,
경남대 석사, 1990.

박노철, 「황순원 소설에 나타난 구원의 양상 - 『카인의 후예』를 중심으로」, 건국대
석사, 1990.

배선미, 「황순원 장편소설 연구 - 전쟁에 의한 피해양상 및 극복의지를 중심으로」,
숙명여대 석사, 1990.

서재원, 「황순원의 해방직후 소설 연구」, 고려대 석사, 1990.

이월영, 「꿈소재 서사문학의 사상적 유형연구」, 전북대 석사, 1990.

임유순, 「황순원 소설에 나타난 소년상 연구」, 인천대 석사, 1990.

홍순재, 「황순원의 『움직이는 성』 연구」, 경남대 석사, 1990.

현영종, 「이니시에이션 소설 연구 - 염상섭, 황순원, 김승옥, 김원일 작품을 중심으
로」, 고려대 석사, 1990.

서월심, 「황순원 소설에 나타난 죽음의식 연구」, 한남대 석사, 1991.

양선규, 「황순원 소설의 분석심리학적 연구」, 경북대 석사, 1991.

최미옥, 「황순원 소설에 나타난 인물의 자기실현 연구」, 강원대 석사, 1991.

한효연, 「황순원 작품의 문체론적 연구 - 단편소설을 중심으로」, 고려대 석사,
1991.

김희광, 「황순원 소설 연구 - 장편에 나타난 죄의식과 인간구원의 문제를 중심으로」,
성균관대 석사, 1992.

권오선, 「황순원의 1940~1950년대 소설 연구」, 충북대 석사, 1993.

김경화, 「황순원의 장편소설 연구 - 소설에 나타난 죄의식과 구원의 문제를 중심으로」,
서강대 석사, 1993.

김홍길, 「황순원 장편소설의 작중인물 연구 - 『나무들 비탈에 서다』와 『일월』에 나타
난 현실인식의 문제를 중심으로」, 한국교원대 석사, 1993.

안미현, 「황순원 장편소설 연구 - 『별과 같이 살다』· 『카인의 후예』· 『인간접목』을
중심으로」, 연세대 석사, 1993.

이현주, 「황순원 단편소설에 나타난 서술양상 연구」, 이화여대 석사, 1993.

김미정, 「황순원의 작가정신과 인간탐구 – 전기 장편을 중심으로」, 부산대 석사,
    1994.
김윤선, 「황순원 소설에 나타난 꿈 연구」, 고려대 석사, 1994.
박양호, 「황순원 문학 연구」, 전북대 박사, 1994.
전경석, 「김동리와 황순원 시 연구」, 충남대 석사, 1994.
장현숙, 「황순원 소설 연구 – 주제의식의 전개양상과 지향성을 중심으로」, 경희대 박
    사, 1994.
김인숙, 「황순원 장편소설 연구 – 작중인물의 성격을 중심으로」, 연세대 석사,
    1995.
박혜경, 「황순원 문학 연구」, 동국대 박사, 1995.
양영미, 「황순원 장편소설 인물 연구 – 주인공의 갈등을 중심으로」, 전남대 석사,
    1995.
이수남, 「황순원 단편소설 인물성격 연구」, 영남대 석사, 1995.
이희경, 「황순원 문학에 나타난 인간상 고찰 – 『움직이는 성』을 중심으로」, 조선대
    석사, 1995.
정재석, 「한국 소설에서의 유년시점 연구 – 김남천, 현덕, 황순원 소설의 유년 인물
    을 중심으로」, 서강대 석사, 1995.
정현돈, 「황순원의 『나무들 비탈에 서다』 연구」, 계명대 석사, 1995.
최주한, 「황순원의 『카인의 후예』 연구 – 제의적 소설형식의 특성을 중심으로」, 서강
    대 석사, 1995.
류정숙, 「황순원의 『카인의 후예』 연구」, 경북대 석사, 1996.
방경태, 「황순원 장편소설에 나타난 죄의식 연구」, 대전대 석사, 1996.
오연희, 「황순원의 『일월』 연구」, 충남대 박사, 1996.
이성준, 「황순원 초기 소설의 상징 연구 – 단편집 『늪』을 중심으로」, 제주대 석사,
    1996.
이원태, 「황순원의 초기소설 연구」, 계명대 석사, 1996.
주경자, 「황순원 장편소설 연구 – 작중인물의 새로운 세계의 모색을 중심으로」, 상지
    대 석사, 1996.
최미숙, 「황순원 후기 장편소설의 서사구조 연구 – 『일월』과 『움직이는 성』을 중심으
    로」, 동덕여대 석사, 1996.
김윤정, 「황순원 소설 연구」, 한양대 박사, 1997.

김희숙, 「황순원 소설 연구 – 단편집『기러기』를 중심으로」, 성신여대 석사, 1997.

남태제, 「황순원 문학의 낭만주의적 성격 연구」, 서울대 석사, 1997.

노승욱, 「황순원 단편소설의 수사학적 연구」, 서울대 석사, 1997.

양현진, 「황순원 소설의 '금기'구조 연구 – 단편 소설을 중심으로」, 이화여대 석사, 1997.

허명숙, 「황순원 소설의 이미지 분석을 통한 동일성 연구」, 숭실대 박사, 1997.

황효일, 「황순원 소설 연구」, 국민대 박사, 1997.

김보경, 「황순원 소설 연구 – 현실인식을 중심으로」, 순천향대 석사, 1998.

김봉숙, 「황순원 소설에 나타난 통과제의 연구 – 「별」·「소나기」·「학」을 중심으로」, 제주대 석사, 1998.

김순남, 「황순원 소설 연구 – 단편소설의 소년상을 중심으로」, 호남대 석사, 1998.

김형찬, 「황순원 소설에 나타난 부상 연구 –『일월』·『신들의 주사위』를 중심으로」, 경희대 석사, 1998.

박주연, 「황순원 장편소설의 인물구조 연구 –『나무들 비탈에 서다』, 『일월』, 『움직이는 성』을 중심으로」, 서울여대 석사, 1998.

이경호, 「황순원의 소설의 주체성 연구 – 전후 장편소설을 중심으로」, 한양대 박사, 1998.

이소영, 「황순원 소설에 나타난 생태의식 연구」, 고려대 석사, 1998.

이현숙, 「황순원 소설의 인물 연구 – 이니시에이션 소설을 중심으로」, 단국대 석사, 1998.

임정옥, 「황순원 소설에서의 죄의식과 구원문제」, 전북대 석사, 1998.

황의진, 「황순원 초기 단편 소설 연구」, 전주대 석사, 1998.

김선태, 「황순원 소설연구 – 모성애와 범 생명사랑을 중심으로」, 숙명여대 석사, 1999.

박명복, 「황순원의 통과제의적 소설 연구 – 단편소설을 중심으로」, 공주대 석사, 1999.

브루스, 「황순원 단편소설 연구」, 서울대 박사, 1999.

윤성훈, 「황순원 장편소설 연구 – 작중인물의 성격과 갈등을 중심으로」, 성균관대 석사, 1999.

윤은영, 「황순원 장편소설에 나타난 애정 욕망 연구」, 숙명여대 석사, 1999.

이원동, 「1950년대 황순원 소설 연구 – 실향민의식과 서술방법의 관계를 중심으로」,

경북대 석사, 1999.

이향환, 「황순원 소설에 나타난 인간 구원의 문제」, 아주대 석사, 1999.

임진영, 「황순원 소설의 변모양상 연구」, 연세대 박사, 1999.

홍종원, 「황순원의 『별과 같이 살다』 연구」, 경희대 석사, 1999.

강은숙, 「황순원 소설에 나타난 죽음모티브의 심리적 분석 – 초기 단편을 중심으로」, 덕성여대 석사, 2000.

곽성연, 「황순원 단편소설의 서정성 연구」, 충남대 석사, 2000.

김광주, 「황순원 전기 장편소설 연구」, 계명대 석사, 2000.

노애리, 「황순원 단편소설 연구 – 1950년대를 중심으로」, 서울대 석사, 2000.

박희영, 「황순원 초기 단편소설에 나타난 아동문학적 양상 연구 – 초기 단편소설을 중심으로」, 동국대 석사, 2000.

유남희, 「황순원 소설에 나타난 구원양상 연구」, 광운대 석사, 2000.

최정심, 「황순원 장편소설의 인물 연구」, 경원대 석사, 2000.

3) 단행본

황순원, 『황순원대표작선집』 1~6, 조광출판사, 1969.

황순원, 『황순원전집』 1~7, 삼중당, 1973.

황순원, 『황순원전집』 1~11, 문학과 지성사, 1980~1985.

황순원(외), 『말과 삶과 자유』, 문학과 지성사, 1985.

오생근(편), 『황순원 연구』, 문학과 지성사, 1985.

이보영(편), 『황순원』, 지학사, 1985.

이보영(편), 『황순원』, 벽호, 1994.

장현숙, 『황순원 문학연구』, 시와 시학사, 1994.

이태동(편), 『황순원』, 서강대출판부, 1997.

김종회(편), 『황순원』, 새미, 1998.

송현호, 『황순원』, 건국대출판부, 2000.

Ⅵ. 북한문학 연구 목록

1

북한문학 연구 목록

1) 일반 논문

이기봉, 「북한문학의 뿌리와 현실」, 『동서문학』, 1986. 6.

구 상, 「북한의 시」, 『시대문학』, 1987. 가을.

오현주, 「북한 문학사 서술 방식의 변천과정」, 『원우논집』(연세대) 16, 1988. 2.

권영민, 「문학사의 총체성 회복과 월북 문인」, 『문학사상』, 1988. 6.

정창범, 「북한문학의 실상」, 『민족지성』 29, 1988. 7.

성기조, 「북한의 문학예술 40년에 관한 연구 – 소설문학을 중심으로」, 『비평문학』 2,
　　　　1988. 8.

김재용, 「해금작가들과 민족문학사」, 『월간중앙』, 1988. 9.

김윤식, 「북한의 문학이론」, 『문예중앙』, 1988. 가을.

윤미량, 「북한문학에서의 혁명적 낙관주의」, 『민족재결합의 모색』 40, 1988. 12.

황패강, 「분단시대의 문학사 서술」, 『숭실대논문집』 18, 1988. 12.

김윤식, 「주체 사상에 기초한 사회주의적 문예이론」, 권영민(편), 『북한의 문학』, 을
　　　　유문화사, 1989.

김재홍, 「북한 시의 한 고찰」, 권영민(편), 『북한의 문학』, 을유문화사, 1989.

이재선, 「사회주의 역사소설과 그 한계」, 권영민(편), 『북한의 문학』, 을유문화사,
　　　　1989.

임진영, 「해방직후 민주건설기의 북한문학」, 『해방전후사의 인식』 5, 한길사, 1989.

임헌영, 「북한의 항일 혁명 문학」, 권영민(편), 『북한의 문학』, 을유문화사, 1989.

정호웅, 「북한소설의 비판적 이해」, 『해방공간의 민족문학연구』, 열음사, 1989.

조남현, 「북한소설의 한 단면」, 권영민(편), 『북한의 문학』, 을유문화사, 1989.

송희복, 「남북한 문학사 비교 연구」, 『동원논집』 2, 1989.

오현주, 「북한의 혁명문학 40년」, 『사회와 사상』, 1989. 2.

김윤식, 「북한 문학을 어떻게 대할 것인가」, 『문학과 사회』, 1989. 봄.

박찬승, 「북한학계의 근대사 연구」, 『문학과 사회』, 1989. 봄.

백낙청, 「통일운동과 문학」, 『창작과 비평』, 1989. 봄.

이동하, 「북한문학과 우리 소설」, 『문학과 비평』, 1989. 봄.

권영민, 「북한에서의 근대문학 연구 – 당의 정책변화와 '주체의 문예이론' 정립과정을
　　　　중심으로」, 『문학사상』, 1989. 6.

김열규, 「북한문화의 특성과 남북문화 교류의 전망」, 『문학사상』, 1989. 6.

김윤식, 「주체사상에 기초한 사회주의적 문예이론」, 『문학사상』, 1989. 6.

김재홍, 「『백두산』 그 진행형 테마 – 조기천 · 백두산론」, 『문학사상』, 1989. 6.

이재선, 「사회주의 역사소설과 그 한계 – 박태원 · 갑오농민전쟁론」, 『문학사상』,
　　　　1989. 6.

임헌영, 「북한의 창작문학 – 소설을 중심으로」, 『문학사상』, 1989. 6.

조남현, 「『두만강』을 통해 본 북한문학 – 이기영 · 두만강론」, 『문학사상』, 1989. 6.

백진기, 「북한의 문예에 대한 올바른 이해를 위해」, 『실천문학』, 1989. 여름.

유중하, 「주체문예이론의 대중노선에 대하여」, 『창작과 비평』, 1989. 여름.

임헌영, 「북한문학개론」, 『실천문학』, 1989. 여름.

이복규, 「북한의 문학사 서술양상」, 『국제어문』 9~10. 1989. 7.

김윤식, 「이기영론 – 『고향』에서 『두만강』까지」, 『동서문학』, 1989. 8~10.
　　　　= 『한국현대현실주의소설 연구』, 문학과 지성사, 1990.
　　　　= 정호웅(편), 『이기영』, 새미, 1995.

유중하, 「주체문예이론의 대중노선에 대하여 – 중국 현대문학의 관점에서 본 북한문
　　　　학 연구 노트」, 『창작과 비평』, 1989. 여름.

임형택 · 최원식 · 김명환 · 김형수, 「통일을 생각하며 북한문학을 읽는다」, 『창작과
　　　　비평』, 1989. 가을.

정호웅, 「『두만강』론 – 항일무장투쟁의 길」, 『창작과 비평』, 1989. 가을.

김승환, 「남북한 근대문학과 언어 이데올로기적 대차」, 『국제관계연구』, 1989. 12.

구인환, 「이기영의 『두만강』」, 『월간문학』, 1989. 12.

신동한, 「『갑오농민전쟁』론」, 『월간문학』, 1989. 12.

홍낙훈, 「정치선동의 조작품 – 북한문학의 실상」, 『월간문학』, 1989. 12.

김윤식, 「토지개혁과 개벽사상 – 이기영의 『땅』」, 『한국현대현실주의소설 연구』, 문
　　　　학과 지성사, 1990.

김윤식, 「작가의 관념적 오류와 소설적 진실 - 이기영의 「농막일기」과 「농막선생」」, 『한국현대현실주의소설 연구』, 문학과 지성사, 1990.

이윤상, 「근현대사의 시대구분」, 안병우·도진순(편), 『북한의 한국사 인식』, 한길사, 1990.

장윤익, 「교류의 방향과 전망 - 남북문학사의 비평적 조명」, 『남북문학의 비평적 조명』, 백문사, 1990.

박상천, 「해방후 북한의 문학」, 『현대시』, 1990. 1~2.

이상호, 「북한의 문학연구의 기본관점」 1~2, 『현대시』, 1990. 1~2.

김윤식, 「80년대 북한 문학작품 읽기 1 - 한국문학사 연구노트 7」, 『동서문학』, 1990. 2.

이우용, 「이태준의 『농토』에 나타난 인물성격 연구 - 사회주의 리얼리즘 논의를 중심으로」, 『건국대대학원논문집』 30, 1990. 2.

김경원, 「해방 직후 남북한 리얼리즘 소설에 나타난 긍정적 주인공의 양상」, 『동서문학』, 1990. 3.

홍정선, 「통일문학사와 정통성의 장벽 - KAPF 처리 문제를 중심으로」, 『문학과 사회』, 1990. 여름.

성기조, 「북한문학연구 - 성과작으로 내세우는 작품 중 정치성과 노동관을 중심으로」, 『문학예술』, 1990. 7.

오현주, 「남북한의 6·25문학 비교 - 소설을 중심으로」, 『한길문학』, 1990. 7.

송희복, 「분단문학사와 통일문학사」, 『문학공간』, 1990. 8.

이강옥, 「북한 문학사의 실증적 오류 및 문제점 검토」, 『한길문학』, 1990. 8.

권영민, 「분단문학으로서의 북한문학의 성격」, 『세계의 문학』, 1990. 가을.

김대행, 「북한의 문학사 연구, 어디까지 왔는가」, 『문학과 비평』, 1990. 가을.

김동훈, 「북한 학계 리얼리즘 논쟁의 검토」, 『실천문학』, 1990. 가을.

서경석, 「문학사 서술에 나타난 남북한의 거리」, 『문학과 비평』, 1990. 가을.

홍정선, 「카프와 주체사상의 관계」, 『문학과 비평』, 1990. 가을.

김윤식, 「한설야론(상) - 「과도기」에서 『설봉산』까지」, 『동서문학』, 1990. 9.

성기조, 「북한문학연구 - 성과작으로 내세우는 작품중 정치성과 노동관을 중심으로」, 『비평문학』, 1990. 10.

홍정선, 「북한문학과 주체문예 이론 - 사회주의국가의 현대문학」, 『전망』 46, 1990. 10.

권영민, 「김일성의 주체사상과 북한문학」, 『통일로』 27, 1990. 11.

권영민, 「분단문학으로서의 북한문학의 성격 - 분단, 통일, 문학」, 『세계문학』,
      1990. 겨울.
이기철, 「북한문학사 기술의 시점」, 『영남대민족문화논집』, 1990. 12.
정주환, 「북한문학의 이질화와 우리의 과제」, 『호남대사회교육』 3, 1990. 12.
김승종, 「황건의 「개마고원」론」, 한국문학연구회(편), 『1950년대 남북한 문학』, 평
      민사, 1991.
김재홍, 「광복50년 남북한 시의 한 검토」, 『한국현대시사의 쟁점』, 시와 시학사, 1991.
서경석, 「1950년대 북한문학의 한 양상 - 윤세중의 소설을 중심으로」, 문학사와 비
      평연구회(편), 『1950년대 문학연구』, 예하, 1991.
심원섭, 「1950년대 북한 시 개관」, 한국문학연구회(편), 『1950년대 남북한 문학』,
      평민사, 1991.
양승국, 「1945년~1953년의 남북한 희곡에 나타난 분단문학적 특질」, 문학사와 비
      평연구회(편), 『1950년대 문학연구』, 예하, 1991.
윤여탁, 「한국전쟁후 남북한 시단의 형성과 시세계」, 『한국 현대시사의 쟁점』, 시와
      시학, 1991.
윤재근, 「북한 문학론의 경직성」, 『한국한논집』 19, 1991.
한형구, 「1950년대의 한국시 - 전쟁시 혹은 전후시의 전개」, 문학사와 비평연구회
      (편), 『1950년대 문학연구』, 예하, 1991.
김용직, 「이데올로기와 창작활동 - 북한의 문예이론·문예정책」, 『동서문학』, 1991. 1.
심경훈, 「주체적 문예이론과 서정시론」, 『예술과 비평』, 1991. 봄.
김승환, 「해방공간의 북한문학 - 문화적 민주기지 건설론을 중심으로」, 『한국학보』,
      1991. 여름.
김윤식, 「분단문학, 통일문학」, 『현대소설과의 대화』, 현대소설사, 1992.
김윤식, 「남북작가회의에의 길」 1~2, 『현대소설과의 대화』, 현대소설사, 1992.
김재남, 「김사량 문학연구」, 김재남(편), 『김사량 작품집』(종군기), 살림터, 1992.
정영진, 「문학사의 미궁 찾기 1 - 북행문인·북한문학산고」, 『현대문학』, 1992. 1.
홍문표, 「남북한 시의 이질화에 관한 고찰」, 『명지어문학』 20, 1992. 2.
김재용, 「북한문학개론의 '반종파투쟁'과 카프 및 항일혁명문학」, 『역사비평』, 1992. 봄.
김재용, 「북한문예학의 전개과정과 과학적 문학사의 과제」, 『실천문학』, 1992. 봄.
권영민, 「민족공동체 문화의 확립을 위한 방안」, 『문학사상』, 1992. 4.
김외곤, 「북한문학에 나타난 민족해방투쟁의 형상화와 그 문제점 - 민촌 이기영의

『두만강』을 중심으로」, 『문학정신』, 1992. 4.
= 『한국근대리얼리즘문학 비판』, 태학사, 1995.
류보선, 「이상적 현실의 형상화와 소설적 진실 - 이기영의 『땅』에 대하여」, 『문학정신』, 1992. 5.
김성수, 「장편소설론의 이상과 '혁명적 대작 장편' 창작방법논쟁」, 『한길문학』, 1992. 여름.
김외곤, 「1930년대 적색농조운동과 낙관주의적 비극 - 한설야의 『설봉산』」, 『문학정신』, 1992. 7.
조남철, 「한설야 소설 연구 - 『설봉산』을 중심으로」, 『한국방송통신대논문집』 14, 1992. 7.
서경석, 「남북한소설의 차별성 - 창작방법론과 관련하여」, 『문학사상』, 1992. 8.
김재용, 「80년대 북한 소설문학의 특징과 문제점 - 사회주의 현실 주제의 중장편을 중심으로」, 『창작과 비평』, 1992. 겨울.
권영민, 「북한의 문학」, 『한국현대문학사』(1945~1990), 민음사, 1993.
김동훈, 「전후문학의 도식주의 논쟁 - 1950년대 북한 문예비평사의 쟁점」, 김재남 (외), 『한국전후문학의 형성과 선개』, 대학사, 1993
김성수, 「1950년대 북한 문예비평의 전개과정」, 조건상(편), 『한국전후문학연구』, 성균관대출판부, 1993.
김윤식·정호웅, 「북한소설 개관」, 『한국소설사』, 예하, 1993.
조남현, 「이기영의 『두만강』」, 『한국현대소설의 해부』, 문예출판사, 1993.
현재원, 「'전후복구건설시기' 북한희곡에서의 도식주의 - 문예정책과의 관련을 중심으로」, 조건상(편), 『한국전후문학연구』, 성균관대출판부, 1993.
류보선, 「모더니즘적 이념의 극복과 영웅성의 세계 - 박태원의 『갑오농민전쟁』」, 『문학정신』, 1993. 2.
서준섭·신형기·하정일·김성수·김재용·임진영, 「북한문학 이해의 올바른 방향」, 『민족문학사연구』 5, 1994.
신두원, 「해방직후 북한의 문학비평」, 『한국학보』, 1994. 봄.
김재용, 「초기 북한문학의 형성과정과 냉전체제」, 『통일문제연구』 21, 1994. 7.
서준섭, 「북한문학 이해의 올바른 방향」, 『민족문학사연구』 5, 1994. 7.
박선애, 「『해방전후』, 『농토』 연구」, 『원우론총』(숙명여대) 12, 1994. 11.
김현숙, 「북한문학에 나타난 여성인물 형상화의 의미」, 『이화여대여성학논집』 11,

　　　　1994. 12.

신형기, 「북한문학 연구의 성과 - 김재용, 『북한문학의 역사적 이해』」, 『민족문학사
　　　　연구』 6, 1994. 12.

신형기, 「북한문학 연구의 성과와 근대 리얼리즘의 가닥잡기」, 『오늘의 문예비평』,
　　　　1994. 겨울.

임진영, 「북한문학의 이해 - 단편소설을 중심으로」, 민족문학사연구소(편), 『민족문
　　　　학사 강좌』(하), 창작과 비평사, 1995.

김재용, 「도시를 동경하는 북한농촌의 젊은이들」, 『통일한국』 134, 1995. 2.

이명재, 「북한문학 기술의 문제점」, 『자유』, 1995. 2.

김재용, 「북한문학을 통해 본 북한사람들 3 - 여성해방」, 『통일한국』 135, 1995. 3.

김재용, 「김정일 시대의 주체 문학론」, 『문예중앙』, 1995. 봄.

신형기, 「90년대 북한문학의 동향」, 『문예중앙』, 1995. 봄.

김윤식, 「유럽에서 만난 북한 학자들 - 유럽지역 한국한대회(AKSE) 참관기」, 『문예
　　　　중앙』, 1995. 여름.

임규찬, 「90년대 문학의 현황 점검」, 『창작과 비평』, 1995. 여름.

김재용, 「근대문학 기점 논의와 한국문학의 근대성」, 『문학사상』, 1995. 7.

김윤식, 「50년대 북한 문학의 동향에 대한 연구」, 『한국학보』, 1995. 가을.

김재용, 「문학의 정치성과 정치주의 - 8·15이후 안함광의 문학론을 중심으로」, 『현
　　　　상과 인식』, 1995. 10.

김재용, 「북한문학의 공식성과 비공식성」, 『민족예술』 8, 1995. 10.

박보영, 「북한문학 50년」, 『통일로』 86, 1995. 10.

권영민, 「북한의 문학 50년」, 『북한문화연구』 3, 1995. 12.

이상경, 「토지개혁과 북한문학 - 체험에서 역사로」, 『북한문화연구』 3, 1995. 12.

손광은, 「북한시의 위상과 동질성 회복 문제」, 『전남대용봉논총』 24, 1995. 12.

김윤식, 「50년대 북한문학의 동향」, 『북한문학사론』, 새미, 1996.

김윤식, 「북한문학 50년의 비평사적 검토」, 『북한문학사론』, 새미, 1996.

송현순, 「세계의 한국문학 어디로 가는가」, 『한겨레 21』, 1996. 2. 29.

최호열, 「북한문학의 흐름 - 남한에서 출간된 작품들을 중심으로」, 『민족예술』 14,
　　　　1996. 4.

김재용, 「김일성 사후의 북한문학 - 90년대 중반 북한소설의 새로운 경향과 그 의미」,
　　　　『문예중앙』, 1996. 여름.

최수봉, 「김 부자 체제 지탱하는 북한의 '주체적' 문학·예술 - 북한문학의 현황과 실제」, 『새물결』 183, 1996. 7.

최수봉, 「북한문학 발목잡는 '전형성의 원칙' - 북한문학의 현황과 실제 2」, 『새물결』 184, 1996. 8.

신춘호, 「이기영의 『두만강』 연구」, 『건국대중원인문논총』 15, 1996. 8.

최수봉, 「'원칙'과 '규제'뿐인 문학창작의 불모지대 - 북한문학의 현황과 실제 3」, 『새물결』 185, 1996. 9.

최수봉, 「'검열' 사슬에 묶인 문학창작·출판의 현실 - 북한문학의 현황과 실제 4」, 『새물결』 186, 1996. 10.

최수봉, 「'김부자 우상화' 사명에 신음하는 북한 문예 - 북한문학의 현황과 실제 5」, 『새물결』 187, 1996. 11.

이명재, 「북한문학사의 특질과 그 평가」, 『현대문학』, 1997. 1.

권영민, 「북한의 문학(상)」, 『학교경영』, 1997. 3.

김용직, 「주체사상 문예판의 실상과 허상 - 종자이론에 대하여」, 『현대문학』, 1997. 3.

김우종, 「문학에서의 민족의 뜻」, 『현대문학』, 1997. 3.

임헌영, 「북한문학에서의 민족」, 『현대문학』, 1997. 3.

이선영, 「남북한의 문학과 사회 - 작가와 정치권력의 관계를 중심으로」, 『문학과 의식』, 1997. 4.

김준오, 「조선족문학·한국문학·북한문학의 동질성과 이질성 - 서술시를 중심으로」, 『한국문학논총』 20, 1997. 6.

권영민, 「북한의 문학은 어떻게 변화해 왔는가(하)」, 『학교경영』, 1997. 7.

설성경, 「통일 한국 문학의 진로와 세계화방안 연구 - 남북한 문학의 총체적 비교와 전망을 중심으로」, 『연세대동방학지』 98, 1997. 12.

이재인, 「새로운 영웅의 창조 - 북한문예정책의 고찰」, 『경기대인문논총』 5, 1997. 12.

노귀남, 「북한문학의 혁명전통과 전형의 변화」, 박이도(외), 『전환기 한국문학의 과제와 전망』, 시와 시학사, 1998.

신형기, 「북한문학의 발단과 기원 (1)」, 한국문학연구회, 『현역중진작가연구』 Ⅲ, 국학자료원, 1998.

신형기·김화영, 「'천리마 대고조기'의 북한문학」, 『경성대논문집』, 1998. 2.

신형기, 「전후시기의 북한문학 - 새것과 낡은것의 갈등」, 『경성대논문집』, 1998. 2.

양문규, 「북한문학을 통해 본 북한의 일상」, 『강릉대통일문제연구』 14, 1998. 2.

안숙원, 「역사소설과 박태원의 『갑오농민전쟁』 연구」, 『서울보건대논문집』 18, 1998. 8.

김윤영, 「북한문학의 우상화에 관한 소고 – 1980년대 소설에 나타난 김일성부자 우상화 실태분석을 중심으로」, 『공안연구』 54, 1998. 10.

조병기, 「북한문학의 실상과 민족문학적 접근」, 『동신대인문논총』 5, 1998. 12.

신형기, 「북한문학의 발단과 기원 (2)」, 한국문학연구회, 『현역중진작가연구』 IV, 국학자료원, 1999.

신형기, 「북한문학의 성립」, 『연세어문학』 30 · 31, 1999. 2.

전영태, 「남쪽 민족문학론의 전개 – 민족문학의 가능성」, 『현대문학』, 1997. 3.

김재용, 「민주기지론과 북한문학의 시원」, 『한국학보』, 1999. 봄.

신상성, 「북한문학에 나타난 분단문제와 민족정서 연구 – 90년대 전후 북한소설을 중심으로」, 『비평문학』, 1999. 7.

조병기, 「북한문학의 실상과 민족문학 접근」, 『비평문학』, 1999. 7.

진창영, 「미적 범주에서 본 남북한 시의 비교」, 『비평문학』, 1999. 7.

김재용, 「북한문학에서의 여성과 민족, 그리고 국가」, 『숙명여대통일논총』 17, 1999. 12.

이명재 · 엄동섭, 「월북 및 재북 문인 조사 연구」, 중앙어문학회, 『어문논집』 27, 1999. 12.

김영철, 「북한문학사 기술의 제 문제」, 『한국 현대시의 좌표』, 건국대출판부, 2000.

임영봉, 「북한 문학사 개관 – 시기별 쟁점을 중심으로」, 『한국 현대문학 비평론』, 역락, 2000.

임영봉, 「고난의 행군의 전위, 우리 식 평론 – 1990년대 북한의 문학평론」, 『한국 현대문학 비평론』, 역락, 2000.

표언복, 「북한문학연구의 현황과 과제」, 『백론어문』 16, 2000. 2.

김동훈, 「주체문학의 역사와 이론」, 『동서문학』, 2000. 봄.

김재용, 「낯익은 것과의 결별 그리고 평등한 세상의 희구 – 4세대 문학의 새로움과 특징」, 『동서문학』, 2000. 봄.

홍정선, 「월북문인들의 유형과 북한에서의 활동」, 『동서문학』, 2000. 봄.

노만수, 「북, 반동작가 '멍에' 벗기고 있다 – 정지용 · 염상섭 등 일제시대 활동 시인 · 소설가 '자주적 민족작가'로 재평가」, 『뉴스메이커』, 2000. 6. 8.

신형기, 「북한 문학의 과거와 현재」, 『문학과 의식』, 2000. 가을.

2) 학위 논문

김성렬, 「광복직후 좌우대립기의 문학연구」, 고려대 박사, 1990.
송희복, 「해방기문학비평연구」, 동국대 박사, 1991.
하정일, 「해방기 민족문학론 연구」, 연세대 박사, 1992.
김정우, 「북한문학의 특질 연구 -『꽃파는 처녀』, 『피바다』를 중심으로」, 중앙대 석
　　　사, 1998.

3) 단행본

국토통일원 조사연구실, 『북한의 문예정책과 문예이론 연구』, 1979.
문예출판사(편), 『해방 후 서정시 선집』, 문예출판사, 1979.
국토통일원 조사연구실, 『북한의 문화예술』, 1981.
홍기삼, 『북한의 문예이론』, 평민사, 1981.
국토통일원 남북대화사무국(편), 『북학의 문화예술』, 1985.
국토통일원 통일연구소(편), 『북한의 문화예술정책』, 1986.
남현우(편), 『항일무장투쟁사』, 대동, 1988.
신형기(편), 『해방 3년의 비평문학』, 세계, 1988.
이상우(외), 『북한 40년』, 을유문화사, 1988.
태백편집부(편), 『북한의 사상』(주체의 사상 · 이론 · 방법), 태백, 1988.
국토통일원, 『북한 및 공산권관계 장서목록』, 1989.
권영민(편), 『북한의 문학』, 을유문화사, 1989.
김윤식(편), 『해방공간의 민족문학 연구』, 열음사, 1989.
김윤식, 『해방공간의 문학운동과 문학의 현실인식』, 한울, 1989.
동아일보사(편), 『원자료로 본 북한』, 동아일보사, 1989.
사회과학원 문화연구소(편), 『주체사상에 기초한 문예이론』, 인동, 1989.
이병천, 『북한학계의 한국 근대사 논쟁』, 창작과 비평사, 1989.
전기철(편), 『전후 한국문학 비평 자료집』 1~20, 토지, 1989.
한국비평문학회, 『혁명전통의 부산물』(납 · 월북문인 그후), 신원문화사, 1989.
김윤식, 『한국 현대 현실주의 소설 연구』, 문학과 지성사, 1990.
성기조, 『북한비평문학40년』(정치성과 노동관을 중심으로), 신원문화사, 1990.

이형기·이상호(편), 『북한의 현대문학』 1, 고려원, 1990.

윤재근·박상천(편), 『북한의 현대문학』 2, 고려원, 1990.

한길문학현집위원, 『남북한 문학사 연보』, 한길사, 1990.

민족문학사연구소, 『북한의 우리 문학사 인식』, 창작과 비평사, 1991.

이선영·김병민·김재용(편), 『현대문학비평 자료집』(이북편) 1~8, 태학사,
        1993~1994.

김성수(편), 『북한 문학신문 기사 목록』(사실주의 비평사 자료집), 한림대아시아문화
        연구소, 1994.

김철학(편), 『북한의 대표적 서정시』, 한빛, 1996.

성기조, 『주체 사상을 위한 혁명적 무기의 역할』(시), 신원문화사, 1989.

태백편집부(편), 『주체사상 연구』, 태백, 1989.

김대행, 『북한의 시가문학』, 문학과 비평사, 1990.

김성수(편), 『우리 문학과 사회주의 리얼리즘 논쟁』, 사계절, 1992.

신상성·박충록, 『한국통일문학사론』, 아사달의 꽃, 1994.

이종석, 『현대북한의 이해』, 역사비평사, 1995.

김재용, 『북한문학의 역사적 이해』, 문학과 지성사, 1995.

이종석, 『조선로동당 연구』, 역사비평사, 1995.

최동호(편), 『남북한 현대문학사』, 나남, 1995.

김윤식, 『북한문학사론』, 새미, 1996.

신형기, 『북한소설의 이해』, 실천문학사, 1996.

한국문학연구회(편), 『1950년대 남북한 시인 연구』, 국학자료원, 1996.

김종회(편), 『북한문학의 이해』, 청동거울, 1999.

박태상, 『북한문학의 위상』, 깊은샘, 1999.

우대식(편), 『적치 6년의 북한문단』, 보고사, 1999.

이미림, 『월북작가 소설연구』, 깊은샘, 1999.

김재용, 『분단구조와 북한문학』, 소명, 2000.

신형기·오성호, 『북한문학사』, 평민사, 2000.